U0633847

程正民著作集

俄罗斯
作家创作心理研究

程正民　著

中国社会科学出版社

图书在版编目（CIP）数据

俄罗斯作家创作心理研究／程正民著 . —北京：中国社会科学出版社，2017.3
（程正民著作集）
ISBN 978 - 7 - 5161 - 9469 - 0

Ⅰ.①俄…　Ⅱ.①程…　Ⅲ.①文学创作—文艺心理学—研究—俄罗斯—近代
Ⅳ.①I512.064

中国版本图书馆 CIP 数据核字（2016）第 308838 号

出 版 人　赵剑英
责任编辑　罗　莉
责任校对　李　林
责任印制　戴　宽

出　　　版　中国社会科学出版社
社　　　址　北京鼓楼西大街甲 158 号
邮　　　编　100720
网　　　址　http://www.csspw.cn
发 行 部　010 - 84083685
门 市 部　010 - 84029450
经　　　销　新华书店及其他书店

印刷装订　北京君升印刷有限公司
版　　　次　2017 年 3 月第 1 版
印　　　次　2017 年 3 月第 1 次印刷

开　　　本　710×1000　1/16
印　　　张　30.75
字　　　数　491 千字
定　　　价　108.00 元

凡购买中国社会科学出版社图书,如有质量问题请与本社营销中心联系调换
电话:010 - 84083683
版权所有　侵权必究

目　录

第三编　艺术家个性心理和发展

上篇　艺术家个性心理结构

第四编　心理美学和文艺心理学

我所走过的学术道路①

程正民

一

1955 年我从厦门双十中学毕业,到北京师范大学中文系学习,至今已经整整 60 年了。我的祖籍是惠安,出生地是厦门,18 岁以前一直在厦门生活和求学,是家乡的水土养育了我,是家乡的老师培育了我,我对福建、对厦门怀有深深的感情。

1959 年,我从北京师范大学中文系毕业,留在文艺理论教研室工作,从此走上文艺理论教学和研究的道路。60 年代中期,转入苏联文学研究室和后来的苏联文学研究所,专门从事俄苏文论和俄苏文学的研究工作和教学工作。期间曾任《苏联文学》杂志常务副主编和苏联文学研究所副所长。90 年代初,苏联文学研究所解散,叶落归根,我又回到中文系文艺理论教研室,先后担任过教研室主任和中文系系主任。退休以后,我一直在 2000 成立的教育部人文社会科学重点研究基地北京师范大学文艺学研究中心工作。50 多年来,工作单位虽有变化,但我的学术研究和教学工作始终没有离开文学理论,重点也一直是俄苏文学理论。

"文化大革命"前我主要从事文艺理论教学工作,"文化大革命"期间除了"大批判"根本谈不上什么学术研究,我们这一代人的宝贵青春是在政治运动中耗掉的。好在历史是有情的,新的历史时期使我们重新获得学术生命,在科学的春天里开始了真正的科学研究。新时期以来,我的

---

① 本文是为《程正民著作集》写的总序。

研究工作以俄苏文论为中心，先后从事以下几个方面的研究：（1）俄苏文学批评史的研究，俄苏马克思主义文论的研究；（2）文艺心理学的研究，俄国作家创作心理学的研究；（3）巴赫金的研究；（4）20世纪俄罗斯诗学流派的研究。这次出版的这套著作集基本上反映了以上几个方面的研究成果。

在著作集编辑出版的过程中，我的学生王志耕、邱运华、陈太胜和他们的学生在各个方面做出了很大的努力，付出了辛勤的劳动，他们对老师的爱让我深深感动，我谢谢他们。

二

新时期我的学术研究是从俄苏文学批评史研究，从俄苏马克思主义理论批评研究起步的。俄苏文学批评、俄苏马克思主义理论批评，在世界文学理论批评格局中占有重要地位，对中国现代文学理论批评也产生过独特的、深刻的影响，这项研究的意义是不言自明的。1983年，我参加刘宁主持的国家社科"六五"重点项目"俄苏批评史"的研究工作，同他一起给研究生开设"俄苏文学批评史"课程，共同编写出版《俄苏文学批评史》（1992），后来又参加他主持的《俄国文学批评史》（1999）的编写。在宏观研究的基础上，我又抓住列宁和卢那察尔斯基这两个重点人物进行研究，这两个项目先后被列入"八五"和"九五"国家社科基金项目，出版了《列宁文艺思想与当代》（1997）和《卢那察尔斯基文学理论批评的现代阐释》（2006）这两本专著。前者被评论认为是"对列宁文艺思想中的一系列重大理论问题进行了深入的研究，可称建国以来中国学者集中研究列宁文艺思想的突破性和总结性成果"（《文艺理论与批评》1998年第5期）。尽管当下有些人看不上马克思主义文艺理论批评，但我始终认为马克思主义文论是经过实践检验的科学真理，当今西方一些著名的文学理论家都十分看重它，认为马克思主义文艺理论是无法绕过的。问题是马克思主义文艺理论需要随着现实生活的发展，随着当下文学艺术的发展而发展。为了总结20世纪马克思主义文艺理论的新发展、新形态以及多样性、当代性、开放性等一系列新特征，我于2003年申请了国家社科重点项目"20世纪马克思主义文艺理论国别研究"，并邀请我的朋友童庆炳同我一起担任总主编,大家经过多年努力,出版了包括中国、俄国、日本、德国、法国、英国、美国七大卷的《20世纪马克思主义文艺理论国别研究》(2012)。其中,我参加了《20世纪俄国马克思主义文艺理论研究》的编写。国别史的研究引起学界的重视,著名文艺理论家钱中文指出:"这套丛书,应该说是对20世纪世界范围的马克思主义文艺理论成就、问题的一个总体性的详尽描述、一个综合性的理论总结,堪称一部20世纪全景式的马克思主义文艺理论发展史。这样全面性的介绍、大规模的综合研究,在中国自然是第一次,在世界范围内也更属首创,这真使我们大开眼界。"(《中国图书评论》2012年第10期)

三

历史地看,马克思主义文论、马克思主义艺术社会学,在20世纪俄罗斯文论中占有主导的地位,但随着材料的发掘和研究的深入,人们发现俄罗斯文论并非只此一家别无分店。20世纪俄罗斯诗学不仅有普列汉诺夫、列宁、沃罗夫斯基和卢那察尔斯基这些光辉的名字,也有什克洛夫斯基、普罗普、维戈茨基、洛特曼和巴赫金这些曾受过批判但具有国际影响的文论大家,不同的诗学流派构成了20世纪俄罗斯诗学多姿多彩的灿烂图景,他们的理论探索和理论贡献开拓了新的文艺理论空间,影响了世界文论的发展。注意到这种新情况,近十几年来,我的俄罗斯文论研究以巴赫金的研究为起点,开始转向更为开阔的俄罗斯诗学流派研究,并于2010年申请了教育部人文社会科学研究基地重大项目"20世纪俄罗斯诗学流派",同我的年轻朋友一起从事社会学诗学、形式诗学、心理诗学、叙事诗学、历史诗学、结构诗学和文化诗学等七大诗学流派的研究。

20世纪初,俄罗斯诗学产生了重要变化,在出现了马克思主义社会学诗学的同时,也出现了把文艺等同于政治、经济的庸俗社会学(非诗学的社会学),出现了只讲形式结构忽视历史文化语境的形式主义(非社会学的诗学)。面对这种复杂的局面,如何把文学的内容研究和形式研究、历史研究和结构研究、外部研究和内部研究统一起来,成了文艺理论家纠结的大问题。当年俄罗斯各诗学流派的代表人物顶住了被打成"形式主义"的罪名和"离经叛道"的种种压力,进行了长期的、艰难的理论探索。普罗普用了 20 年时间以故事结构研究为起点,进而把故事的结构研究和历史研究结合起来,他的研究深深影响了西方的叙事学。维戈茨基作为著名的心理学家,专注于作品叙事的结构研究,寻找读者审美反应和文本艺术结构的内在联系。洛特曼的诗歌研究从诗歌结构入手,研究诗歌结构和意义生成的关系,提出应当把文本结构和超文本结构(历史文化语境)结合起来。这些诗学流派代表人物的研究,十分重视艺术形式结构的研究,又努力继承俄罗斯文论的历史主义传统,他们强调形式和内容的结合、结构和历史的融合、内部和外部的贯通,为文学研究闯出了新路。

在 20 世纪俄罗斯诗学七大流派的研究过程中,除了完成我个人承担的《巴赫金诗学研究》,我也对其他诗学流派做了概略的研究,写出了《历史地看待俄国形式主义》、《普罗普的故事结构研究和历史研究》、《维戈茨基论审美结构和审美反应》、《洛特曼论文本结构和意义生成》等系列论文。同时,应学校研究生院之约为文艺学硕士和博士研究生录了网络专题课"从形式主义到巴赫金——20 世纪俄罗斯诗学流派研究"。之后,为了深化这方面的研究,我写出了 20 万字的《在历史和形式之间——考察 19—20 世纪俄罗斯文论的一个视角》。我研究的目的是试图把一个重要的理论问题交还给历史,从史论结合的角度,从俄苏文学理论批评史的角度,来探讨内容和形式、历史和结构、外部和内部这个重要的文学理论问题,使得理论的研究有历史感,使历史的研究有方向感和理论深度。其中包括 19 世纪俄国文学理论批评的两种走向(别林斯基的历史批评及美学批评和皮萨列夫的"美学毁灭论"、德鲁日宁的"纯艺术论"),19 世纪末 20 世纪初俄罗斯学院派文学理论批评的两个派别(佩平的历史文化学派和维谢洛夫斯基的历史比较学派),20 世纪初俄罗斯文学理论批评的两个极端(俄国形式主义和庸俗社会学),俄罗斯马克思主义文学理论批评如何对待历史批评和美学批评(普列汉诺夫、列宁、卢那察尔斯基),十月革命后俄罗斯文学理论批评历史和形式相融合的新探索和新趋势。通过历史的研究可以发现,内容与形式、历史与结构、外部与内部的矛盾以及对于两者融合的追求和探索,始终贯穿其中。这个历史过程的展示,也能引发我们对如何达到两者融合的理论思考,并进一步把握理论发展的趋势。

四

在 20 世纪俄罗斯各种诗学流派中，最重要的也最令我神往的是巴赫金的诗学。巴赫金是 20 世纪俄罗斯乃至世界范围最伟大的哲学家和文学理论家。20 世纪 80—90 年代，当他进入国内学术界的视野时，人们普遍关注的是他的"对话"、"复调"、"狂欢"理论，在此之外，我更关心他的诗学理论。我认为一部《陀思妥耶夫斯基诗学问题》谈的与其说是陀思妥耶夫斯基的诗学，不如说是巴赫金诗学，巴赫金是通过研究陀思妥耶夫斯基的诗学来表达和阐明自己的诗学观点。巴赫金的诗学研究内容非常丰富、深刻，而且独具特色，其中包括语言诗学、体裁诗学、小说诗学、历史诗学、文化诗学和社会学诗学等。当年我的巴赫金诗学研究是从巴赫金文化诗学研究起步的，是在我的老师、中国民俗学泰斗钟敬文先生的关心和指导下进行的。他在《巴赫金全集》首发式上谈巴赫金的狂欢化思想和中国狂欢文化的关系，给了我很大的启发。当他看到我发表在《文学评论》（2000 年第 1 期）的论文《巴赫金的文化诗学》时，鼓励我将它扩展为一本书。2002 年 1 月，我把刚出版的《巴赫金的文化诗学》送到先生病床前时，他露出了微笑。而由他审阅过的《文化诗学：钟敬文和巴赫金的对话》发表在《文学评论》2002 年第 2 期时，他已离我们而去。巴赫金的文化诗学研究给我最大的启示是不能把文学研究封闭于文本之中，研究文学不能脱离一个时代完整的文化语境，要把文学理论研究同文化史研究紧密结合起来，只有这样做才能揭示文学创作的底蕴。巴赫金在《陀思妥耶夫斯基诗学问题》中，既细致地分析了复调小说在体裁、情节、结构和语言方面的一系列特征，又深入揭示了复调小说的文化历史根源，以及它同民间狂欢文化的联系，狂欢体小说的历史演变等。这样，他把文学的内部研究和外部研究完全融为一体。在从事巴赫金的文化诗学研究之后，我又先后研究了巴赫金的语言诗学、体裁诗学、小说诗学、历史诗学和社会学诗学，写出了 30 多万字的专著《巴赫金的诗学》。在这些研究中，我感到巴赫金不仅对各种诗学的研究有自己独到的见解和突出的理论建树，其中诸如"超语言学"、"体裁社会学"、"小说性"、"文学的内在社会性"等一系列理论观点，有很强的理论独创性和很高的理论价值，同时，巴赫金又是把诗学研究作为一个整体加以看待，他认为文学是一种复杂而多面的现象，有社会、文化、心理、语言、形式多种层面。文学研究没有什么灵丹妙药，必须从不同的角度和不同的层面进行研究，而不同角度和不同层面的研究又不是互不相干的，它们构成一个统一的整体，这是巴赫金诗学研究最富独创性和最具特色的地方。因此，我把巴赫金的诗学命名为巴赫金的整体诗学。巴赫金的整体诗学研究形成了一个基本的格局：（1）把形式和体裁放在一个重要的突出的地位，主张诗学研究应当从形式和体裁切入，从形式和体裁的创新来把握思想内容的创新，来把握作家创作的真正特质。（2）把文化诗学作为诗学研究的中心，既反对把文学同社会政治经济因素直接联系起来，又反对过分强调文学的特性，把文学同社会历史文化割裂开来，主张在一个时代广阔的整体的文化语境中来理解和把握文学现象。（3）为了深入把握一种艺术形式和艺术体裁的特征，还必须把体裁诗学同历史诗学结合起来，对艺术形式、艺术体裁、艺术手法的演变过程作深入的历史分析，使共时研究和历时研究得到相互印证。

不管是巴赫金也好，普罗普、维戈茨基、洛特曼也好，他们的研究对象虽然各不相同，巴赫金是研究小说的，普罗普是研究故事的，洛特曼是研究诗歌的，但他们都是在克服非社会学的诗学（形式主义）和非诗学的社会学（庸俗社会学）的基础上，积极探索和实践文学研究中形式研究和内容研究相结合、结构研究和历史研究相融合、内部研究和外部研究相贯通的道路。他们的研究既弘扬了俄罗斯文论的历史主义传统并克服其对艺术结构形式的忽视，又吸收西方文论对形式结构的重视并纠正其忽视社会历史文化语境的偏颇，这就为世界文论的发展找到了新的出路，开拓了新的理论空间。

五

文艺心理学研究，特别是俄国作家创作心理研究，也是我新时期文论研究的一个独具特色的方面。新时期的文艺心理学研究在沉寂了半个世纪之后重新活跃起来，许多研究文学理论的同行从文艺社会学的研究转向文艺心理学的研究。这种现象的出现不是偶然的。大而言之，它是同关注人自身、研究人自身的思潮相联系的，是同文艺界对审美主体的重视，对艺术特点和艺术规律的探求相联系的。文艺心理学在洞悉艺术的奥秘方面，比起文艺学的其他分支来就有不可代替的优势。从我个人来说，由文艺社会学转向文艺心理学研究，则是同自己的学术旨趣相关。在文学理论的教学和科研中，我一直对作家的个性和作家创作过程的奥秘感兴趣，但又苦于无法从理论上透彻说明一些问题，传统的文学理论很少涉及这方面的问题，而文艺心理学恰好能为探讨这些问题找到一些出路。我的文艺心理学研究最早得到我的老师黄药眠先生的关心和支持，他热情鼓励我从事文艺心理学研究，并建议利用熟悉俄苏文学文论的优势，先从了解苏联的文艺心理学研究做起。在先生的指导下，我先后翻译了苏联心理学家科瓦廖夫的《文学创作心理学》，苏联文艺学家梅拉赫的《创作过程和艺术接受》，并在《文艺报》上发表了《苏联的文艺心理学研究》（1985 年第 6 期）一文。事物的发展总有必然性也有偶然性，1985 年我的朋友童庆炳恰好申请到国家"七五"社科重点项目——"心理美学（文艺心理学研究）"，他诚恳地邀请我参加这项研究，于是我们同他的 13 位硕士生组成一个充满学术锐气和团结和谐的学术集体，师生平等地展开研究和对话，共同在文艺心理学的世界里遨游，当年的情景至今仍然令人神往。这项研究的最终成果是《现代心理美学》（1993），其中我写了"总论"。作为这一项目的组成部分，我们还出版了一套《心理美学丛书》（13 种），其中我写了《俄国作家创作心理学研究》（1990）。

《俄国作家创作心理学研究》是国内第一次从文艺心理学的角度探讨普希金、果戈理、屠格涅夫、陀思妥耶夫斯基、托尔斯泰、契诃夫等俄罗斯著名作家的创作心理，试图从作家个性特征和艺术思维特征的角度，更深入地揭示俄罗斯作家的创作奥秘和底蕴，为俄罗斯文学研究提供新的视角，开拓新的天地。研究的中心是作家的个性心理，其特色是理论研究和个案研究的结合。我力求运用文艺心理学的相关理论来阐明俄罗斯作家的创作心理，同时又借助俄罗斯作家创作心理的丰富内容来思考和深化文艺心理学一些重要的理论内容，其中涉及作家创作个性和作家气质的关系，作家艺术个性和作家艺术思维、艺术思维类型的关系，以及作家童年经验对作家创作的影响等问题。例如在作家创作个性和作家艺术思维关系问题上，指出由于感性、理性等不同的思维组成因素在不同作家身上形成不同的独特联系，作家艺术思维可以划分为主观型、客观型和综合型等不同类型，造成了作家不同的创作个性。普希金的创作个性是同诗人富于创造性的、开放性的和不断变化的艺术思维相联系的，是同思想、感情和形象和谐统一的艺术思维相联系的，而陀思妥耶夫斯基的创作个性则是同作家充满矛盾和充满活力的艺术思维相联系的。陀氏艺术思维中的感情因素和理性因素、形象因素和思维因素，常常处于不平衡和矛盾的状态。当作家从现实生活出发，当他的艺术思维中情感的因素占优势、逻辑的理性的因素被掩盖时，作品就充满艺术力量；当他的艺术思维中脱离现实生活的逻辑的理性的因素占优势，具体的形象的感性的因素只能做一种点缀时，这时作品必然丧失艺术力量。但总的来看，陀思妥耶夫斯基的艺术思维体系是现实主义的，它比作家那些脱离现实生活的偏执理论更有力量，天才作家不朽的力量盖源于此。

随着研究的深入，我也渐渐发现文艺心理学研究也有局限性，作家的创作心理实际上不仅是一种个性心理现象，也是一种社会心理现象。在文艺心理学研究中把文艺心理学和社会心理学结合起来是必然的，于是便有了《托尔斯泰的创作和俄国农民心理》、《俄国文学主人公的演变和社会心理的变化》、《俄苏文学创作和世纪之交的俄国心理学》等文章，并收入多人合作的《文学艺术与社会心理》（1997）之中。在《托尔斯泰的创作和俄国农民心理》中，我在学习列宁论托尔斯泰论文的基础上，试图进一步探讨托尔斯泰创作的矛盾、托尔斯泰创作的艺术独创性、托尔斯泰艺术思维的变化和托尔斯泰美学思想同俄国农民心理的内在联系，指出托尔斯泰把俄国千百万农民的真诚和天真、抗议和绝望，完全融进自己的创作探索和美学探求之中。

六

从中文系文艺理论教研室到苏联文学研究所，又从苏联文学研究所回到文艺理论教研室和文艺学研究中心，回顾50多年所走过的研究和教学的道路，由于历史的原因，我一直在文学理论研究和俄苏文论、文学两界穿行。我的文学理论研究以俄苏文论为中心，又同俄苏文学创作密切联系。这虽然是一种个人无法选择的命运安排，却暗合了理论和实践相结合、理论研究和历史研究相结合的研究路数。我常常告诉自己的学生，做文学理论研究，最好以一个国别的文学和文论的研究，或者以一段文学史或几个作家的研究作为根据地，只有真切地感悟文学作品的艺术魅力，真正深入到历史文化语境中去，这样谈起文学理论问题才不会从理论到理论，从概念到概念，才能避免干巴空疏，才能真正洞悉文学现象的全部历史复杂性，才能真正领略文学现象的无限生动性。理论和创作相结合，使我的文学理论研究获益不少。文学理论的视角给我的俄苏文学研究带来"理论色彩"，而俄苏文学的研究又使得我的文学理论研究有了创作实践的依据，也更富于历史感。比如，我的俄罗斯作家研究，由于从文艺心理学的角度切入，就更能深入作家的内心世界，更能把握作家的创作个性和艺术特色，同时，俄罗斯作家创作心理的个案研究也促使我思考作家的童年经验和创作的关系、作家的艺术思维类型和创作个性的关系等一系列文艺心理学的重要理论问题。又如，文学的内容和形式、历史和结构、外部和内部，一直是让历代文学理论家纠结和苦闷的问题，当我把这个重大的理论问题交给历史，特别是交给 20 世纪俄罗斯文学理论批评的新进展来进行思考时，我就可以从巴赫金、普罗普、维戈茨基这些理论大家的探索中得到启发，找到解决问题的思路，史论结合的方法使我尝到了甜头。

当然，这种两界穿行由于精力分散和自身学养不足，也存在明显的局限，两方面的研究常常顾此失彼，无法深入，因而两个方面的研究都很难达到比较理想的境界，并留下不少遗憾。随着时间的流逝，年岁的增长，这一切很难再有大的改进，只能留给年轻的一代学者去探索和解决。令我感到欣慰的是，在 50 多年的学术道路上我始终热爱自己的专业，始终没有懈怠，始终没有放弃自己的追求。让我感到温暖的是，在这条道路上一直有师长、同行和朋友的陪伴和相助，这一切我将永远铭记在心。

第一编

俄罗斯作家个性心理研究

从文艺心理学角度研究俄国作家的尝试

　　近年来随着各学科的相互渗透，交叉学科的研究引起人们极大的兴趣，然而我把俄国文学和文艺心理学结合起来研究倒不是为了赶时髦，而是有另外一些考虑。首先这同我个人的经历有关，"文化大革命"前我教过文艺理论课，后来转为研究俄苏文学，主要还是研究俄苏文艺理论批评，目前在工作之余又对文艺心理学颇感兴趣。我自知对文艺心理学所知甚少，所以在步入文艺心理学领域时始终立足于我的本行，我先是从翻译苏联文艺心理学专著和收集整理俄苏作家创作谈的资料做起的。在选择文艺心理学的研究课题时，我也就自然想起把俄国作家和文艺心理学结合起来研究。当然这可能只是比较表层的动机，更为深层的动机则是我对俄苏文学研究和文艺心理学研究的现状和问题的思考。正是这两个领域在进一步研究时出现的问题，促使我尝试着将这两门学科结合起来研究。

　　先谈谈俄苏文学研究。

　　俄苏文学在我国的翻译和介绍已有半个多世纪的历史，从鲁迅、茅盾、瞿秋白和曹靖华开始，其间历经几代人的努力，确实取得了很大的成绩。然而在当前形势下它所存在的问题也是越来越显眼了。突出的问题是翻译这条腿粗，研究这条腿细。我国拥有相当强大的俄苏文学翻译队伍，例如目前对苏联当代文学作品的介绍，翻译范围之广新出书速度之快，简直令苏联朋友感到吃惊。同翻译相比，研究就显得比较薄弱了。且不说以往常常用政治裁决代替科学研究，目前研究工作本身也存在一些突出的问题。一是常常照搬苏联的研究成果。研究俄苏文学借鉴苏联的研究成果是必要的，然而不能照搬，必须发出中国人自己的声音。二是同中国文学不搭界，不十分了解中国文艺界的需要，不注意联系中国文艺界的实际。俄苏文学研究一旦离开了中国文艺界的需要，也就必然丧失了自己的活力。三是观念陈旧和研究方法单一。我国的俄苏文学研究在苏联的影响下基本上也是几十年一贯制，我们在研究方法基本上是运用社会历史分析方法，我们的教学仍然是按照"作家生平和创作道路、作品社会背景、作品的人物和主题、作品的写作特点"这个老套套进行，难怪不少学生对此不感兴趣。社会历史分析的方法是俄苏文学研究的重要方法，但不能排斥其他方法，如果只用一种方法当然就要影响到研究的深入。

俄苏文学史的研究同国内其他文学史的研究相比，比如同中国现代和当代文学史研究相比，显然是大大落后了。俄苏文学史研究要有所突破，革新观念和改进研究方法是很重要的，我们在继续重视社会历史角度的同时，也可以从比较文学、文化学、结构符号学以及接受美学的角度来探讨。这方面不少同志，特别是青年同志已经做了可贵的尝试。其中我认为文艺心理学也是一个新的角度。

文艺心理学研究能给俄苏文学研究带来新的活力吗？我认为是可能的。从根本上讲，文艺心理学的研究对象和内容是同俄苏文学的研究对象和内容息息相关的：文艺心理学研究作家的气质、才能、艺术思维方式、情感形态、意志特点，乃至作家的身心健康和作家的工作方式，这对于俄苏文学史研究中把握作家创作个性和艺术风格是必不可少的；文艺心理学研究作家的创作动机，作家创作过程的心理机制，读者接受过程的心理机制，这对于俄苏文学史研究深入了解作品的思想艺术内容也是至关重要的；至于运用心理分析方法分析文学作品的人物，那就更不待言了。当然，文艺心理学并不只是用于解决文学史研究的某个具体问题，它是从根本上为文学史研究提供新的视角，开辟新的前景。它当然要侧重作为审美主体的作家的心理活动的研究，但也力求同社会历史条件相呼应。在这方面是有研究者的广阔天地的。比如文学史和艺术史同社会心理和艺术心理的关系问题，就是其中一个十分诱人的、前景广阔的课题。

再谈谈文艺心理学研究问题。

文艺心理学是一门古老而年轻的学科。在鲁迅翻译厨川白村的《苦闷的象征》和朱光潜著述《文艺心理学》之后，我国的文艺心理学研究半个世纪以来基本上处于停滞状态。新时期以来文艺心理学研究在我国又勃发了新的生机，出现了活跃的局面。然而离这门学科的真正成熟，还有相当长的路程。我国的文艺心理学研究刚刚起步就面临不少问题，一开始碰到的问题就是文艺心理学到底是姓文艺学还是姓心理学。读者不满足于那种文艺学加心理学等于文艺心理学的研究，然而文艺学和心理学的真正融合又是很不容易的。我认为其中的关键问题是对文艺心理学学科对象和特点的把握。文艺心理学既不同于文艺学，也不同于心理学，它是一门边缘学科，交叉学科。文艺心理学要吸收各门学科的研究成果，同时又有自己的研究对象和研究特点。我认为文艺心理学的研究对象主要是作家的个性心理，艺术创作过程和艺术接受过程的心理机制。这一特殊研究对象带来以下一些特点。

一是隐秘性。

文学作品是外露的，是可以触摸的，而作家的个性心理和创作过程的心理活动却是隐秘的，是我们看不见摸不着的，因此有人说创作心理是个"黑箱"。由创作心理的隐秘性又引出创作心理的模糊性，对作家的创作心理很难进行科学的定量分析（当然也有人在做）。我们对创作心理的研究常常是远距离的、模糊的，实际上这恰恰是更逼近研究对象本身；而那种近距离的、精确的研究实际上却是更远离对象本身。这看来似乎是矛盾的、荒谬的，然而却十分符合创作心理的实际。

二是动态性。

文艺心理学的研究对象主要不是处于静态的文学作品，而是处于动态的艺术创作过程和艺术接受过程的心理活动。作家创作过程所产生的种种心理活动，如情感、想象、直觉等，都是在处于动态的过程中得到展示的。因此过程是文艺心理学研究的一个中心概念，文艺心理学所研究的一切问题都应当放在处于动态的过程中加以研究，紧紧把握住过程这一中心概念。例如，如果我们只是静态地研究艺术情感，那么只能归纳出艺术情感的几个特点；如果我们把艺术情感放在创作过程中，动态地加以研究，情况就大不相同了，我们可以研究艺术情感的生成过程，可以研究情感和思想、形象在整个创作过程中的种种矛盾和联系，这样就能够更深入地把握艺术情感的本质。

三是系统性。

我们的文艺心理学研究常常是从诸多的创作心理因素中抽出某个因

素，或是想象或是直觉或是无意识，单独加以研究，而忽略了诸多创作心理因素之间的彼此联系。实际上在作家创作过程中诸多心理因素不是彼此割裂的，而是相互联系的，而且构成一定的系统性。在不同的作家身上由于诸多心理因素相互联系的形式不同，也就有各自的系统性，从而形成了作家不同的创作个性。同时，各种心理因素的这种联系往往也不一定都是和谐统一的，有时各种心理因素在一定系统中也产生矛盾、碰撞。实际上正是这种矛盾和碰撞往往给作家的创作带来生机和活力。

四是个别性。

作家的创作是最富于个性和独创性的事业，作家的创作心理当然也就带有强烈的个性色彩。研究创作心理要寻找共同的一般规律，同时也要充分注意到不同创作方法，不同创作风格，不同气质作家创作心理的特征。我们的文艺心理学研究往往正是忽略了作家创作心理的个性特征。比如一谈到艺术想象，就一般地抓住几个特征，好像所有作家的想象都是毫无差别的。而实际情况并不是这样的，浪漫主义作家的艺术想象就不同于现实主义作家的艺术想象，而现代主义作家的艺术想象也不同于现实主义作家的艺术想象。只有充分注意到创作心理的个性特征问题，才能把创作心理的研究引向深入。

把握了文艺心理学的研究对象和研究对象的特点，我们自然就会发现，目前文艺心理研究的现状是同这门学科研究对象的特点很不适应的。首先是材料掌握得不够。文艺心理学不仅理论性很强，而且实践性也很强，只有理论和实践相结合才能比较深入地了解和掌握创作心理的规律。这就需要积累和掌握大量的材料，特别是作家创作过程的材料。国内文艺心理学界在这方面下的功夫是很不够的，因此有些研究流于空泛，缺乏说服力。其次是研究缺乏系统性。我们的一些研究常常只停留在举例说明的阶段，很少对一个作家或一类作家的创作心理做比较系统的研究。这样一来，所得的结论往往只适应自己所举的例子，常常顾此失彼，并不带有普遍性。研究的系统性不强也影响研究的进一步深入，常常只是在几个老问题上打转转，很难发现新的问题，提出新的见解。

那么俄苏文学的研究能给文艺心理学研究带来新的活力吗？我认为是可能的。首先，俄苏文学的研究能为文艺心理学研究提供丰富的和系统的材料。苏联向来十分重视作家创作材料的积累。他们在高尔基世界文学研究所、普希金文学研究所以及其他作家纪念馆都保存着大量的作家手稿。早在 50 年代苏联就出版了 4 卷本的皇皇巨著《俄罗斯作家论文学劳动》，系统地收集了 18 世纪和 19 世纪俄国作家论述创作劳动的材料。就以托尔斯泰而论，苏联就系统出版过托尔斯泰论文学、托尔斯泰日记和书信、托尔斯泰夫人的日记、同时代人对托尔斯泰的回忆等，同时还出版了研究托尔斯泰创作过程的专著，如日丹诺夫的《〈复活〉的创作过程》和《〈安娜·卡列尼娜〉的创作过程》。其次，通过对俄苏作家创作心理的系统研究，能够弥补文艺心理研究系统性不够的缺陷，有助于文艺心理学研究的深入。例如苏联学者梅拉赫的艺术思维研究就建立在对俄国作家系统研究的基础上。他在掌握大量的普希金手稿的基础上，写出了专著《作为创作过程的普希金艺术思维》（1962，1971）。后来他又在另一部专著《创作过程和艺术接受》（1985）中，对普希金、陀思妥耶夫斯基和契诃夫的艺术思维进行比较研究。由于他对俄国作家有比较系统的研究，所以才能在艺术思维问题上提出了一些比较深刻的见解，例如他关于艺术思维类型的研究就给人深刻的启示。

基于对俄苏文学研究现状和问题的思索和对文艺心理学研究现状和问题的思索，我觉得如果把两者结合起来研究，既能给俄苏文学研究带来新的活力，也会给文艺心理学研究带来新的活力。然而两个不同的学科如何进行交叉研究呢？这是一个过去没有碰到过的问题。事实上两个学科交叉碰到的问题比一个学科碰到的问题要难解得多。这种交叉研究，既不能只是用俄苏文学的例子去说明文艺心理学的原理，也不能只是用文艺心理学的原理去分析俄苏文学，而必须是两者的融合，就是说通过两者的融合使各自领域的研究都有新的发现，有新的进展。当然这是一个比较高的要求，目前还很难达到。我采取的办法还是以俄国作家研究为重点，力图通过对俄国作家创作心理的研究，能够对俄国作家和文艺心理学都有一些新的领悟。然而几个作家写下来，自己还是很不满意，材料堆了一些，也做了一些归纳，但分析得很不够，更谈不上有什么新的发现。

我这本书只是俄苏文学研究和文艺心理学研究相结合的一种尝试。人们拿出自己不成熟的著作时总爱说这是抛砖引玉，其实这本书只能算是一块砖坯。"文化大革命"中我曾在砖厂干过活，在这儿我第一次参加了烧砖的全过程：先用水和泥制成砖坯，再经过晾干、火烧，最后才能成为有用的砖。目前我只能拿出这块湿乎乎的砖坯，日后如有机会，再经过晾干、火烧，兴许才能成为一块红砖，才能为中国文艺心理学这座大厦的兴建增添一砖一瓦。

第 一 章

普希金:创作个性和艺术思维特征

鲜明的创作个性是作家成熟的标志,一切优秀的作家都具有独特的创作个性。过去我们更多的是通过文学作品来研究作家的创作个性,这当然是正确的,实际上文学作品是作家艺术思维客观化和物质化的结果,作家艺术思维从某种意义上讲是更直接和更充分地体现了作家的创作个性。分析体现于创作过程的动态的艺术思维,比起分析静态的文学作品当然有更大的难度,然而它为我们深入把握作家的创作个性揭示了新的前景。

艺术思维是作家的思维方式,它有明显的历史制约性。从文学艺术发展的历史来看,文明社会艺术家的艺术思维显然不同于原始社会艺术家的艺术思维。同时,在文学发展的不同时期,艺术思维也有不同的特点,浪漫主义时期作家的艺术思维显然不同于古典主义时期作家的艺术思维,同样,现实主义时期作家的艺术思维也不同于浪漫主义时期作家的艺术思维。艺术思维不仅具有历史制约性,同时还有强烈的个性特征,即使处于同一时代,运用同一创作方法的不同作家的艺术思维,也仍然有不同的特点。这样就产生了艺术思维类型问题,这个问题虽然一直没有得到深入的研究,但在历史上已引起不少文艺学家、心理学家和生理学家的关注。

俄国生理学家巴甫洛夫从生活中观察到的两种信号系统的一定关系出发,创立了人的高级神经活动类型学说,将人群划为艺术型、思想型和中间型。

俄国文艺心理学家奥夫相尼科－库里科夫斯基从心理学出发,把作家的艺术思维分为两种类型:观察型和实验型。观察型以客观地观察和表现各种生活现象作为创作前提,要求逼真性,对生活中人物之间和事件之间的关系不作任何歪曲、改变；实验型则根据作家主观需要，把各种人物和事件重新加以综合、组织，破坏原有的比例关系，好像对现实生活进行某种心理实验。

瑞士精神分析学家荣格创立了以区分"外向性"和"内向性"为主的性格学。他把人格分为八种类型，各种类型有不同的规定性。这八种类型中，外向型有：（1）外向思考型，（2）外向感觉型，（3）外向感情型，（4）外向直观型。内向型有：（1）内向思考型，（2）内向感觉型，（3）内向感情型，（4）内向直观型。

苏联当代文艺学家梅拉赫则根据不同思维因素在作家身上的独特联系，将作家的艺术思维划为三种类型：艺术分析型、主观表现型和纯理性型。

这些理论家从不同的角度，根据不同的原则，直接或间接地涉及作家艺术思维类型问题，他们的探讨对作家艺术思维类型研究极富启示，同时也给停滞不前的艺术思维研究带来新的活力。本章准备结合普希金艺术创作的实践，通过对普希金艺术思维特点的分析，对艺术思维类型问题作一些初步的探寻。

普希金作为俄罗斯文学的奠基人，他的作品既有浓郁的时代色彩和民族风格，又有鲜明的创作个性。诗人是从阴冷的俄国上空燃起的新阳，他的创作恰似一条宽阔的耀眼的河流。当你走进普希金的艺术世界，你便会发现这里没有华丽的词藻，只有真挚的情感和朴素的话语；没有混浊和堆砌，只有明净和和谐；没有外表的炫耀和矫饰，只有崇高的思想和内在的光彩。这是一个真挚、明净、和谐和深沉的世界。对于普希金的创作个性，卢那察尔斯基曾经做过十分精彩的分析，他说："普希金特别稳当地掌握着以个人激情为他的抒情作品增添光彩的能力。""普希金还拥有一项能力：把自己的血化为红宝石，把自己的泪化为珍珠，就是说，用珠宝艺人的坚毅精神和井井有条的方法，来琢磨他那往往很痛苦的感受。""普希金的这项能力还同另一项能力有着血肉关系。他的诗充满感情，富于思想；可是感情和思想几乎总是包括在具体的、浮雕式的、因而吸引人的形象之中。""最后，普希金又把他的基本工具，即语言，推到了最高的完美境界，这语言既是描写手段，又是一个音乐因素，而且普希金使描写力和音乐性获得了人世间艺术很少达到的统一。"①

　　普希金鲜明的创作个性是同体现在创作过程中的艺术思维特点紧密相连的。在普希金关于文学创作任务和文学创作过程的论述中，在普希金的创作提纲中，在普希金不同文本的手稿中，我们都可以看到普希金艺术思维的特点，而这种特点又直接和充分地体现了普希金的创作个性，自普希金这颗俄罗斯诗歌的太阳陨落以后，俄国和苏联研究普希金的论著浩如烟海，然而研究普希金艺术思维的论著却寥寥无几。其中最引人注目的是梅拉赫教授的专著，他在《作为创作过程的普希金艺术思维》（1962）和《创作过程和艺术接受》（1985）这两部专著中，都以大量的第一手材料论述普希金艺术思维的特点。下面试图以前人的研究成果和提供的材料为基础，对普希金艺术思维的特点做一些归纳和分析。

一　富于创造性和开放性的艺术思维

　　文学史上的作家就其对待文学发展的态度而言，存在两种艺术思维类型：一种是保守性和封闭性的艺术思维，属于这种艺术思维类型作家的创作、他们作品的内容和形式不是向生活开放，不是随着现实生活的变化而不断革新、创造，而是死守限制作家创造精神的艺术教条，结果他们的创作必然走上僵死的道路；另一种是创造性和开放性的艺术思维，属于这种艺术思维类型作家的创作、他们作品的内容和形式是向生活开放的，是随着现实生活的变化而不断革新、创造，是充满活力和创造精神的。普希金的艺术思维就属于后一种类型。

　　普希金艺术思维的开放性和创造性，在很大程度上是由诗人在俄国文学史上的特殊地位决定的。拿高尔基的话讲，普希金是俄国文学"一切开端的开端"（《俄国文学史》），他是俄国文学的天才创造者，出色的俄罗斯文学语言的创造者，他完成了俄罗斯文学从浪漫主义向现实主义的过渡，确定了现实主义文学在俄罗斯文学中的主导地位，同时又是俄国文学理论和文学批评的开拓者。普希金作为俄国文学转折时期继往开来的人物，作为一种崭新文学的开创者，这样一种特殊的地位就决定了作家的艺

---

① 《卢那察尔斯基论文学》，人民文学出版社1983年版，第155页。

术思维必然是富有创造性的和开放性的，是充满活力的，而不能是封闭的、保守的和僵化的。

普希金艺术思维的创造性和开放性是社会发展的新时代的产物，是同他的创造观点和发展观点相联系的。普希金把历史、科学和文学都看做创造活动，同时又看到科学创造和文学创造的区别。他在《奥涅金》第八章和第九章序言草稿里写道："当古代农学、物理学、医学、哲学的伟大代表们的概念、著作和发现已经老化，而且每天都被另一些概念、著作和发现所代替的时候，真正的诗人们的作品却是永远新颖和永葆青春的。"[1] 普希金曾经在未完成的几行诗里对人类创造活动做了深刻的概括：

> 啊，有多少奇妙的发现！
> 在为我们准备启蒙精神哪，
> 既有经验，严重错误［之子］，
> 又有天才，［反常的］友人，
> ［还有机缘，那发明者的上帝］。[2]

在普希金看来，人类创造活动的主要特点和条件是：时代精神（启蒙精神）、经验、天才（同对事物大胆的反常的见解相联系）和机缘。这种对创造本质的深刻认识是同他对文学创造本质的深刻认识完全一致的。普希金认为文学也是作家高度天才和发明勇气相结合的产物，而被贵族社会看做是"健全思想"和"雅致"的条条框框是同文学的创造本质相违背的。

普希金的世界观同时包含发展的观点，他认为世界是不断变化的，人也随着世界的变化而变化。他在抒情诗《想当初……》（1836）中写道：

> ……天道本来如此。
> 人周围的世界在旋转——

---

[1] 《普希金全集》（16 卷集）第 6 卷，俄文版，第 54 页。

[2] 转引自梅拉赫《创作过程和艺术接受》，黄河文艺出版社 1989 年版，第 98 页。

难道独有他肖然不动？

普希金这种对人和世界的看法是全新的，是同把人和世界看成是静止的、凝固的和永恒的观点相对抗的。这种发展的观点不仅促使他从全新的角度认识和探索生活，而且促使他从全新角度认识和探索艺术把握世界的新途径。例如，他再也不把"真理"看成是不可动摇的、永恒的东西，看成是艺术形象只配加以体现的东西，而提出了真理只能从研究生活中获得的观点。他在论述人民戏剧的文章中提到了"研究真理"① 的问题，认为真理是作家创造性地深入地研究所描写的客体之后而获得的。

普希金艺术思维的创造性和开放性是不同于古典主义、感伤主义和浪漫主义的艺术思维，它为现实主义的艺术思维开辟了广阔的道路。

普希金在 19 世纪 20 年代是作为浪漫主义诗人走上俄国文坛的，他继承了俄国文学的传统，同时又抛弃了古典主义。他反对古典主义为专制君主和专制制度服务，主张诗人应当是"气度高尚，独立不倚"的；反对克制个人情欲、崇尚纯理性主义，主张文艺作品应有"自由感情的流露"；反对墨守成规，主张根据内容需要采用灵活自由的表现形式。在当时，浪漫主义概念是混乱的，不论是俄国还是欧洲，把同古典主义抗衡的作家都称之为浪漫主义者。别林斯基曾经指出："古典主义和浪漫主义——这便是在我们文学的普希金时期风传着的两个词儿；这便是我们以此为题写了许多书、论文、杂志文章、甚至诗歌，睡觉和醒来都念叨着，为此打得死去活来，在教室里、客厅里、广场上、街上争吵得落泪的两个词儿！"② 面对这场剧烈的争论，普希金是站在"公平看待一切伟大的当代事件、现象和思想，当时俄国所能感受的一切"③ 的立场上。他虽然站在革新文学的浪漫主义一边，但又不把它看成是十全十美和万古长青的。他在《论古典主义和浪漫主义诗歌》（1825）④ 一文中，从欧洲文化艺术发展道路出发，把古典主义和浪漫主义看做是人类文化艺术发展的历史必

① 《普希金全集》（16 卷集）第 11 卷，俄文版，第 181 页。
② 《别林斯基选集》第 1 卷，上海译文出版社 1979 年版，第 72 页。
③ 同上书，第 79 页。
④ 《普希金论文学》，漓江出版社 1983 年版，第 106—110 页。

然阶段，肯定各自的历史作用。他同时又指出，无论是崇尚理性和墨守成规的古典主义，还是崇尚情感和不拘一格的浪漫主义，也都有各自的片面性。在普希金看来，古典主义封闭性的艺术思维限制了作家的首创精神，然而同古典主义相抗衡的浪漫主义在艺术方法上同古典主义也有某些相似之处，它们都排斥发展的思想，都排斥多侧面描写性格和决定性格的环境。从艺术思维的角度看，他们都不善于把分析和描写、思想和感情、真实和想象有机结合起来。因此可以说，浪漫主义在反对古典主义的同时，并没能摆脱古典主义的教条而获得自由。普希金在 1828 年谈到法国浪漫主义诗歌时曾经指出："读着冠有浪漫主义称号的一些零星抒情诗篇，我没有从它们那里看到浪漫主义诗歌那真诚而自由的进程的痕迹，却看到了法国伪古典主义的矫揉造作。"①

　　普希金显然不是简单地看待古典主义和浪漫主义之争，他力求用历史的眼光和客观的态度分析各种文学流派的利弊，取其所长，弃其所短，创造出一种向生活开放的新文学，这就是现实主义的文学。

　　普希金的现实主义艺术思维既不同于古典主义的艺术思维，也不同于浪漫主义的艺术思维。普希金强调艺术真实性是现实主义艺术的首要标志和基础。他在《论人民戏剧和〈玛尔法女市长〉》（1830）一文中指出："逼真仍然被认为是戏剧艺术的主要条件和基础。""假想环境中激情的真实和感受的逼真——这就是我们的智慧对剧作家的要求。"② 在这里他正确地阐明逼真和假定的关系，把两者统一起来看待，而不是加以对立。同时，普希金在总结他人和自己创作经验的基础上，提出了多方面表现人物性格、典型化和个性化统一的塑造性格的原则。这是现实主义文学在俄国的重大胜利。普希金原来深受拜伦的影响，但很快意识到浪漫主义把人物理想化、概念化的主观主义创作原则的局限性。他在 1822 年给 В. П. 哥尔查科夫的信中承认，他不应该把《高加索俘虏》中的俘虏写成一个很有理智和能够克服个人情欲的人。他说："俘虏的性格是不成功的；这证明，我不适于描写浪漫主义诗歌的英雄。"③ 他在 1827 年所写的《论拜伦

---

①　《普希金全集》（16 卷集）第 11 卷，俄文版，第 67 页。
②　《普希金论文学》，漓江出版社 1983 年版，第 90—91 页。
③　同上书，第 60 页。

的戏剧》中又指出，拜伦笔下浪漫主义英雄的性格只是作者性格的化身，"拜伦对世界和人类的本性投之以片面的一瞥，然后便抛弃它们，沉浸于自我之中。他给我们展示一个自我的幽灵。他再度进行了自我创造，时而扎着叛逆的缠头巾，时而披着海盗的斗篷，时而是一个死于苦刑戒律的异教徒，时而是一个行踪不定的飘泊者……归根到底，他把握了、创造了和描写了惟一的一个性格（即他本人的性格）"。① 与此同时，普希金非常推崇莎士比亚"自由而宽广的性格描绘，以及塑造典型的随意和朴实"②。他在《桌边漫话》（30 年代）中谈道："莎士比亚创造的人物不是莫里哀笔下的只有某种热情或恶行的典型，而是具有多种热情、多种恶行的活生生的人物；环境把他们形形色色的、多方面的性格展现在观众面前。莫里哀笔下的悭吝人只是悭吝而已，莎士比亚笔下的夏洛克却悭吝、敏捷，怀复仇之念，抱舐犊之情，而又机智灵活……"③ 如果我们把普希金 30 年代的言论同马克思 1859 年提出的"莎士比亚化"原则加以对照，便可以发现普希金对现实主义创作原则具有何等深刻的洞察力！普希金从效仿拜伦到效仿莎士比亚意味着他同浪漫主义的决裂，同时也表明他从浪漫主义走向现实主义。普希金在 1827 年的《给〈莫斯科导报〉出版人的信》中谈到《鲍里斯·戈都诺夫》时指出，戏剧的陈腐形式需要革新，要按照莎士比亚的体系撰写悲剧，要打破三一律。他说："我自愿放弃了艺术体系向我提供的、为经验所证实的、为习惯所确认的许多好处，力求用对人物和时代的忠实描绘，用历史性格和事件的发展来弥补这个明显的缺点，——总之，我写了一部真正的浪漫主义悲剧。"④ 1830 年在《〈鲍里斯·戈都诺夫〉序言草稿》（法文）中，普希金又一次谈到，"我效法莎士比亚，只对时代和历史人物作大规模的描绘，而不追求舞台效果、浪漫主义激情等等"。⑤ 显然，普希金所说的"真正的浪漫主义"就是现实主义。众所周知，"现实的诗歌"这个提法是别林斯基 1835 年才首次使用的。

----

① 《普希金论文学》，漓江出版社 1983 年版，第 73 页。
② 同上书，第 86 页。
③ 同上书，第 95—96 页。
④ 同上书，第 74—75 页。
⑤ 同上书，第 83 页。

通过普希金创作从浪漫主义走向现实主义的分析，可以清楚地看出普希金艺术思维创造性和开放性的特点，正是这种艺术思维的创造性和开放性标志着俄国文学自觉的全新阶段。可以毫不夸张地说，如果没有普希金创造性和开放性的艺术思维，就很难有俄国现实主义文学的发展。

二　思想、情感和形象和谐统一的艺术思维

作家的艺术思维是由思想、情感、想象、形象诸多思维因素组成的，诸多思维因素在不同作家那里按照不同方式连结起来，形成独特的联系，并且具有系统性，正是这种独特的系统性决定了作家的创作个性。梅拉赫指出，可以根据在作家艺术思维中是理性逻辑思维占优势还是具体感性思维占优势，将作家的艺术思维分为三种类型：理性逻辑思维较之具体感性思维占优势的理性型；情感色彩强烈而分析概括倾向相对薄弱的主观表达型；具体感性因素和分析因素相结合、思想和形象相结合的艺术分析型。普希金的艺术思维就是属于艺术分析型。他的作品达到了思想、情感和形象的和谐统一，我们可以看到他的作品富有深刻的思想和真挚的情感，而思想和情感又总是蕴含于生动鲜明的艺术形象之中。关于普希金艺术思维这个重要的特点，别林斯基在《亚历山大·普希金的作品集》第五篇论文（1844）中曾做了深入的分析。他认为普希金的作品是思想和情感的高度融合，达到了一种情致（пафос）的境界。在他看来，"每一部诗情作品都是主宰诗人的强大思想的果实"。然而"艺术不能容纳抽象的哲学思想，更不能容纳理性的思想：它只能容纳'诗的思想'，而这'诗的思想'不是三段论法，不是教条，不是箴言，不是规则，它是活生生的热情，它是情致"。[①] 这种情致实际上是被思想提高了的情感，被情感深化了的思想，是情理美三者交融的统一体。别林斯基同时又指出，普希金诗歌中这种思想和情感的融合又是同艺术形象和艺术形式相适应的。他认为普希金诗作的优点"包含在它的艺术性中，在内容和形式，以及形式和内容的这种有机的、生动的适应中。在这方面说来，可以把普希金的诗比作由于情感和思想而变得神采奕奕的眼睛的美；你如果剥夺了这双眼睛那

---

① 《别林斯基全集》第 7 卷，苏联科学院 1953—1959 年版，第 311 页。

使之变得神采奕奕的情感和思想，它们就只能是美的眼睛，却不再是神奇而又秀美的眼睛了"①。

　　思想、情感和形象的和谐统一是普希金艺术思维的特点，也是诗人的艺术理想。普希金向来把思想看做是艺术的真正生命。他在《书信、凝想、札记拾零》（1827）中指出，文学作品要达到思想情感和形式的完美统一，否则就毫无意义。他说："有两类毫无意义的作品：一类是由于用词语代替情感和思想的不足；另一类是由于情感和思想的充沛，却缺乏达意的词语。"② 普希金认为真正优秀的作家总是通过独特的艺术形象体现自己鲜明的思想，例如卡尔德隆把闪电叫做吐向大地的天空的火舌；密尔顿说，地狱之火只能使人看出地狱的永恒黑暗。他指出："这些词语是别开生面的，因为它们强有力地、不同凡响地向我们描绘出鲜明的思想和富于诗意的画面。"③ 他在《论人民戏剧和剧本〈玛尔法女市长〉》（论文提纲）（1830）中谈道："在悲剧中展开的是什么呢？它的目的是什么呢？人和人民。人的命运和人民的命运。……戏剧作家需要什么呢？哲学、冷静、历史家的国家思想、悟性、想象的灵活性、对喜爱的思想不怀任何偏见。自由。"④ 看来，普希金的艺术理想是富有诗意的深刻的思想，富有诗意的情感，历史领悟的内容，同生动艺术形象和艺术形式的和谐统一，是艺术想象和真实再现现实的和谐统一。

　　思想、情感和形象的和谐统一，在普希金的创作过程中体现得更加清楚和更加充分。普希金虽然不是哲学家，但他称得上是诗哲，他十分重视思想在创作过程中所起的作用。他有一次在谈到自己的创作时说，"我用诗句思考"⑤。他赞扬巴拉廷斯基是"优秀的诗人"，也在于诗人"善于思考"。他说："当他的感受强烈而又深刻的时候，他能按自己的方式正确地、独立不羁地进行思考。"⑥ 普希金在创作过程中同样非常重视想象的作用。然而他认为作家非凡的想象应当同创作过程中明确的目的性并行

---

① 《别林斯基全集》第 7 卷，苏联科学院 1953—1959 年版，第 277 页。

② 《普希金论文学》，漓江出版社 1983 年版，第 117 页。

③ 同上书，第 119 页。

④ 同上书，第 38 页。

⑤ 转引自《创作过程和艺术接受》，黄河文艺出版社 1989 年版，第 119 页。

⑥ 《普希金论文学》，漓江出版社 1983 年版，第 120 页。

不悖。这一思想非常生动地体现在他的诗作《秋》① 之中:

………

在甜蜜的宁静中
我的幻想使我如痴如梦,
于是,诗兴在我心中苏醒:
内心里洋溢着滚滚的激情,
它颤栗、呼唤、寻求,梦魂中
想要自由自在地倾泻尽净——
这时一群无形之客向我走来,
似曾相识,都是我幻想的成品。

　　　　十一

于是脑海中的思想如狂涛汹涌,
于是轻快的韵律迎着思潮奔腾,
于是手指握住笔,笔尖儿伸向纸,
刹那间,诗章恰似流泉涌。
有如船儿在平静的水面上寂然不动,
你听,猛然间水手们在慌忙行动,
爬上爬下,鼓起了帆儿灌满了风;
庞然大物乘风破浪向前进。

　　　　十二

船在前进。我们究竟驶向何方?

………

　　普希金在这首诗中生动描绘了诗歌创作过程中出现的灵感、幻想、激情和思想,并特别点明创作中思想的作用。诗人把诗歌创作过程比作乘风破浪的航行,一方面是“庞然大物乘风破浪向前进”,各种灵感、幻想、激情和思想纷至沓来,奔腾汹涌;另一方面提出“船在前进。我们究竟驶向何方?”在定稿里是航船和航向的类比,而在草稿里则是诗人和急流

---

① 《普希金论文学》,漓江出版社 1983 年版,第 130 页。

飞舟的类比。① 在普希金看来，创作中的灵感、幻想、激情、想象犹如波涛翻滚中的航船，急流中飞驶的木舟，总是要有航向（明确的思想和目的）的，总是要由领航人操纵的，否则就要迷失方向，甚至落水翻船。

　　普希金对创作目的性的重视集中体现在对提纲的态度上。诗人非常重视创作提纲，他不仅把提纲视为创作技巧，而且视为创作思想，他不仅把提纲视为未来作品的轮廓，而且视为创作过程的一个重要阶段。普希金认为，提纲的欠缺是致命的弱点，它是一切办法都无法弥补的，甚至用上吸引人的情节也无济于事。他在关于《巴赫契萨拉依的喷泉》的札记中曾这样写道："提纲的欠缺不是我的过错：我迷信地往诗里套进了一个青年妇女的故事。"② 普希金对创作提纲的重视正体现了诗人艺术思维的特点，他要求作品有明晰的思想，强烈的情感和生动的形象，同时作品的一切因素又都是和谐统一的，没有任何混乱和繁杂，为此他曾经提出了"相称性"和"相适性"的原则。

　　作家在提纲拟定过程中所碰到的主要问题是如何处理好概念和形象的相互关系。在创作提纲中一切都是概括的、概念的，作家的本领就在于善于透过这些概念看到具体生动的形象，又把它"内筑"到构思运动中去，使内容的立意得到实现。如果不是这样，立意就很容易变成纯理性主义的目的，使文学创作走上通过形象语言复述抽象真理的歧路。这大概是作家在创作过程中所遇到的最伤脑筋的难题，然而正是在这个问题上突出体现了普希金艺术思维中思想和形象和谐统一的特点。

　　从普希金的创作过程可以看出，概念和形象常常相互影响和相互作用，而且概念往往作为形象展开情节的先导出现。普希金经常通过概念性的定义勾画出作品的轮廓，然后用形象化手段有血有肉地表现出来。我们可以看到，提纲中散文的语言、概念性的语言在创作过程中转化为诗歌的语言，转化为形象、音调、韵律、语气，诗人的魔力使提纲变了样，在诗文中呈现的不再是思想、概念，而是激情和形象。

　　让我们先拿《叶甫盖尼·奥涅金》中达吉雅娜写给奥涅金的那封信的提纲和作品的诗文作对照。

---

①　转引自《创作过程和艺术接受》，黄河文艺出版社 1989 年版，第 111 页。
② 　《普希金全集》（16 卷集）第 11 卷，俄文版，第 77 页。

普希金先是草草写出信件的前八行：

> 我在给您写信——
> 还要怎么样呢？
> 我还有什么好说的？
> 现在，我知道，您可以随意
> 对我轻蔑，拿它来惩罚我。
> 但是您对我不幸的命运
> 哪怕还存在一点怜悯之心，
> 就一定不会拒绝我的接近。

在写完这八行之后，诗人就中断作诗，用散文概要写下信件后面的内容：

> 我这里什么人也没有。我已经认识您。我知道，您看不起我，我很长时间想沉默——我曾想，我会看到您的。我什么愿望也没有，只想见到您——我这里什么人也没有，您来吧，您本应该这样。如果不，那是上帝欺骗了我……但是反复读着信，我没有力量签字，想象一下吧，我只……①

普希金根据这个提纲写成的诗共有七十九行，这里只引最后十九行：

> 也许这一切全然是空想，
> 一个未经世事的灵魂的幻梦！
> 到头来却完全是另一种下场……
> 然而让它去吧！如今我把
> 自己的命运全向你托付，
> 在你面前洒下点点热泪，
> 恳切地请求你的保护……

---

① 转引自《创作过程和艺术接受》，黄河文艺出版社 1989 年版，第 114—115 页。

试想一下吧：我孤零零一个人，
谁也不能理解我的心，
我已无力保持自己的理性，
我应当默默地去寻找死神。
我等着你：请你只看我一眼，
用它来复活我心中的希冀，
要不然就打破我这沉重的梦，
噢，给予我应得的责备！

写完了！我不敢再看一遍……
羞愧和恐惧使我手足无措……
但你的人格是我的保障，
我大胆地把自己向它付托……①

拿这最后写成的诗文同前面的散文提纲作对照，我们便会发现，干巴巴的合乎逻辑的理性提纲，在诗中化为充满浪漫激情的、心灵纯洁的达吉雅娜的生动形象。尽管如此，诗中形象的基调仍然是由提纲决定的，无论在提纲中还是在诗文中，我们感受到一个羞涩的纯洁的少女对爱情的大胆追求，感受到她的痛苦和希冀。

再看看《青铜骑士》第二部的提纲：

［空旷的地方］
［第二天一切恢复〈正常〉］
疯子
寒风〈雨〉
马
彼得〈的〉纪念〈碑〉
岛②

---

① 《叶甫盖尼·奥涅金》，上海译文出版社 1982 年版，第 94—95 页。
② 转引自《创作过程和艺术接受》，黄河文艺出版社 1989 年版，第 116 页。

这个提纲是高度凝练的、高度概念化的，它在作品中化为富有浓烈感情色彩和生动形象的内容。"第二天一切恢复正常"这一句在作品中变为："一切事情和从前一样有条理地进行"，紧接着又用一组镜头加以形象化：街上人们淡漠平静的表情；官员们返回衙门去办公；毫无气馁的小贩；最后还有哼着"涅瓦两岸不幸"的赫瓦斯托夫伯爵。而"寒风"在诗文中也是这样展开的：

> 骤起阴风。黝黑的波浪
> 扑向码头，责备的怨诉
> 敲击着光滑的阶沿
> 像是含冤人在哀求法官
> 靠在那紧闭不动的门前。

无力敲击阶沿的波浪和含冤人形象的对照充满激情，它突出了主人公叶甫盖尼的孤苦伶仃，无依无靠，表现了他那令人心酸的冤情。提纲结尾的"马"、"彼得大帝纪念碑"、"岛"在作品中也得到形象化的表现，作品描写了叶甫盖尼同青铜骑士最后一次相遇，"可怜的疯子"的愤怒和驯服，"威严的沙皇"的追逐，以及主人公最后的灭亡。

通过《叶甫盖尼·奥涅金》和《青铜骑士》几段提纲和作品诗行的对照，可以看出普希金的创作过程有很强的目的性和构想性，然而作品的诗行又不是提纲概念的形象图解，而是将提纲的概念化为充满情感的艺术形象。我认为其中的奥秘就在于，在诗人的整个创作过程中，思想、情感和形象始终是不分离的，他笔下的提纲是蕴含着情感和形象的概括性的提纲，他笔下的形象又是渗透着思想和情感的艺术形象。

思想、情感和形象的和谐统一是普希金艺术思维的特征，对于这个特征的分析给了我们一个重要的启示：一部作品能否取得成功，并不是在作品出版的时候才见分晓的，作品的命运应该说在作家开始创作时就决定了。一个作家的创作如果从生活出发，同时在整个创作过程中思想、情感和形象始终是紧密结合、不可分离的，那么他的作品肯定会取得成功；相反，一个作家的创作如果不是从生活出发，而是从概念出发，而且在整个创作过程中思想、情感和形象又始终不是紧密结合的，而是割裂的、脱离的，那么他的作品肯定要遭到失败。

三　不断变化发展的艺术思维

普希金的艺术思维是随着现实生活和他的创作个性的变化而变化的，它不是停滞的、僵化的，而是不断革新、不断发展，这也正是普希金的创作富有巨大生命力的重要原因。别林斯基对此作过深刻的分析，他说："我们如果评论普希金的作品，就必须严格按照写作年代的顺序来观察。普希金之所以和他以前的诗人不同，就在于从他作品的顺序不仅仅可以看出他作为一个诗人的不断发展，而且可以看出他作为一个个人和个性的发展。他在任何一年中所写的诗，不只在内容上，而且在形式上和以后一年所写的必然不同……这一点很重要：它说明了普希金的巨大创作天才，并且指出了他的诗充满着有机的生命。这有机的生命的源泉是在于：普希金不仅推寻诗，他还以生活的现实和永远优美的思想作为诗的土壤。"①

如前所述，普希金的创作经历了从浪漫主义到现实主义的演变，在这个过程中普希金艺术思维的性质也相应发生了变化，我们只要深入到诗人的创作过程就可以看到这种变化。

在浪漫主义时期，普希金虽然也是"现实的诗人"，但他创作的主要注意力是放在事物的质的确定性上，放在渲染强烈的激情上，而忽视事物和人物性格的矛盾和多样性，忽视深入揭示人物性格和激情的根源，揭示人物性格和环境的相互关系。这个时期的创作提纲总的看也都比较粗略，不注重分析和研究。这里以浪漫主义时期的代表作《高加索的俘虏》的创作为例。普希金在 1822 年给哥尔查科夫的信中谈到作品的创作动机时说："我想在他身上描绘出对生活和生活享乐的这种冷漠态度，描绘出心灵的这种未老先衰，这些已经成了 19 世纪青年的特点。"② 诗人在这里提出的实质上是现实主义的创作任务，然而他在创作中采用的却是浪漫主义

---

① 别林斯基：《亚历山大·普希金作品集》第四篇论文，见《普希金抒情诗选集》（下集），江苏人民出版社 1982 年版，第 530—531 页。

② 《普希金论文学》，漓江出版社 1983 年版，第 60 页。

的创作方法，结果遭到了失败。他说："我的俘虏为何不追随契尔克斯姑娘投河自尽呢？作为一个人，他的行动是很有理智的，但在长诗主人公身上并不要求理智。俘虏的性格是不成功的；这证明，我不适于描写浪漫主义诗歌的英雄。"① 显然，普希金的失败在于没有实现原有的构想——表现 19 世纪青年的典型特点："对生活的冷漠"，在俘虏身上失望和淡漠同隐蔽的"抗议热情"和英雄主义激情混在一起了。这个缺点也表现在创作提纲和草稿上。普希金自己承认："提纲的简单近于构思的贫乏。"② 请看《高加索的俘虏》的最后提纲：

> 阿乌尔。
> 俘虏。
> 姑娘。
> 爱情
> 别什突
> 契尔克斯
> 盛宴
> 歌曲
> 回忆。
> 秘密——
> 袭击
> 深夜
> 逃脱。③

从这个提纲看不出情节的基本冲突，事件之间的连贯性和因果关系，以及主人公的面貌和主要性格特征。从草稿看也是如此，在《高加索的俘虏》的草稿中有揭示主人公生活体验的具体材料：他被俘了，他对家乡的怀念，他的痛苦。然而在诗文中这一切都被删去了，只留下了浪漫主

---

① 《普希金论文学》，漓江出版社 1983 年版，第 60 页。
② 转引自《创作过程和艺术接受》，黄河文艺出版社 1989 年版，第 120 页。
③ 同上书，第 134 页。

义的抽象的形象："他拥抱了高傲的苦痛"。

　　随着创作从浪漫主义到现实主义的转变，普希金对创作提纲越来越重视，他往往为拟定提纲做了不少工作。同现实主义方法相适应，普希金通过提纲的拟定，深入研究了人物行动的动机，人物性格和环境的关系，事件之间的因果关系。普希金在他的现实主义作品中力求深入思考和表现世界历史和俄国历史重大转折时代人和人民的命运，这就使得创作过程中的分析和综合、思想和想象、性格真实和情感真实出现新的联系。这时，创作提纲成为在总的思想指导下将所获得的观察和印象加以条理化的结果，它不仅预示未来作品的面貌，而且直接参与创作过程。这一切都鲜明地体现了普希金艺术思维和谐统一的特点。

　　普希金创作提纲类型由浪漫主义到现实主义的转变，是以《鲍里斯·戈都诺夫》（1824—1825）为标志的。这部诗剧是俄国戏剧史上第一部现实主义悲剧。普希金在 1825 年写给小拉耶夫斯基的信中谈到这部作品的创作时说："我边写边思索。大部分场面要求的只是议论；当我进行到要求灵感的那一场时，我就等它出现或者放过这一场。这种写作方法对我来说是全新的。现在我感到我的精神力量已得到充分发展，我能够进行创作了。"① 这里值得注意的是"边写边思索"，它意味着诗人对创作提纲采取全新的态度，它要求自己对悲剧的主题，人物的性格和心理，历史事件的因果关系进行深入的思考和分析。诗人在拟定提纲之前虽然曾经受到卡拉姆辛《俄罗斯国家史》的启发，但不受其宣扬维护专制制度的正统思想的局限。诗人独立研究了俄国历史，研读了俄国古代编年史以及历史学家谢尔巴托夫的《俄罗斯史》，他称剧本是"长期劳动和纯正研究的果实"。下面是话剧《鲍里斯·戈都诺夫》的提纲：

　　　　戈都诺夫在修道院。公爵们的议论——消息——广场，关于选举的消息。戈都诺夫。苦行僧——编年史家奥特烈比耶夫——奥特烈比耶夫逃亡。

　　　　戈都诺夫在修道院。他忏悔——逃亡的僧侣们。家族中的戈都〈诺夫〉——

---

① 转引自《创作过程和艺术接受》，黄河文艺出版社 1989 年版，第 117 页。

戈都诺夫在议事。广场上议论纷纷。

关于叛变的消息，伊琳娜之死。——戈都诺夫和巫师们

战前的僭称王——

戈都诺夫之死——关于初战告捷的消息，宴会，僭称王的出现，大贵族宣誓，背叛。

普希金和普列谢耶夫在广场上——季米特里的信——市民会议——杀害沙皇——僭称王进莫斯科。①

这个创作提纲同浪漫主义时期的提纲有很大差别，它比较详细，同时有很明确的目的性，尽管后来的作品同提纲相比有不少变化，但基本上是遵循提纲所指出的方向发展的。这个提纲特别突出地体现出普希金现实主义艺术思维的特征，它深入思考了人物和事件的关系，人物和社会历史环境的关系，分析性因素明显增强。其中安排了主要人物和用以揭示人物性格的主要情节，安排了主要历史事件以及事件的连贯性和内在因果关系。特别值得注意的是提纲出现了情节的人民背景。例如三次提到"广场"，突出"市民会议"，剧本最后幕间还出现了老百姓活动的"隆礼台"，并有一个"站在台上的庄稼汉"发出号召："老乡们！老乡们！到克里姆林宫去！到皇宫去！走！把鲍里斯的狗崽抓起来！"人民背景的出现是俄国戏剧的全新现象，也是剧本的重要支撑点，它表现了人民是决定皇位更替的重要力量。总之，在剧本中深刻的思想和历史的内容，历史真实和艺术真实，思想和形象达到了和谐统一，它比较好地实现了普希金的艺术理想，同时也集中地体现了普希金现实主义艺术思维的特点。

---

① 转引自《创作过程和艺术接受》，黄河文艺出版社 1989 年版，第 118 页。

第 二 章

果戈理:气质、生命力和创作

我们以往在研究创作主体时,十分重视从社会学角度看待创作主体,十分重视作家的世界观,包括作家的政治观、社会观、道德观、美学观对创作的影响,而较少从心理学角度来看待创作主体,较少注意到作家气质、才力、身心状态、情感形态对创作的影响。如果说作家的世界观对表现社会生活的深度和广度有重要影响,那么作家的气质对作品的题材、人物和风格也有突出的影响,而作家的生命力,他的身心健康状态则往往决定作品创作的命运。

作家气质等问题虽然没有能够在文艺学中得到充分研究,但已往也被不少理论家所关注。亚里士多德在《诗学》中就谈到诗人气质同诗歌体裁的关系,他说,由于诗人个性特点不同,诗歌便分为两类:"比较严肃的人摹仿高尚的行动,即高尚的人的行动,比较轻浮的人则摹仿下劣的人的行动,他们最初写的是讽刺诗,正如前一种人最初写的是颂神诗和赞美诗。"[1] 苏联作家法捷耶夫也曾经指出:"作家的才力、修养、智力发展的趋向、气质、意志以及其他的个人特征在选择材料的时候都起着重大的作用。"[2] 亚里士多德和法捷耶夫虽然时隔一千多年,但他们同样都注意到个性气质对创作的影响。

我看到杨绛先生在《记钱锺书与〈围城〉》中,也有一段话相当生动地论述了钱锺书的气质同他的创作的关系:"我认为《管锥编》、《谈艺录》的作者是个好学深思的锺书,《槐聚诗存》的作者是个'忧世伤生'

---

① 《诗学》,人民文学出版社 1962 年版,第 12 页。

② 《苏联作家谈创作经验》,中国青年出版社 1959 年版,第 48 页。

的锺书,《围城》的作者呢,就是个'痴气'旺盛的锺书。我们俩日常相处,他常爱说些痴话,说些傻话,然后再加上创造,加上联想,加上夸张,我常能从中体味到《围城》的笔法。我觉得《围城》里的人物和情节,都凭他那股痴气,呵成了真人真事。可是他毕竟不是个不知世事的痴人,也毕竟不是对社会现象漠不关心,所以小说里各个细节虽然令人捧腹大笑,全书的气氛,正如小说结尾所说:'包涵对人生的讽刺和伤感,深于一切语言、一切啼笑',令人回肠荡气。"① 对于杨绛先生这段生动的论述,郑朝宗先生也有一段中肯的评介,他认为"痴气"是钱锺书先生气质的一种"异常"外观现象,"而内里却蕴藏着一股灵气",这股灵气贯注于他一生的治学和创作中。②

由钱锺书我想到了果戈理。果戈理作为俄国伟大的现实主义作家,国内外论述他的创作和世界观关系的论文和专著不计其数,但很少有人从文艺心理学的角度来窥探一番果戈理的世界。果戈理幼年丧父,一生坎坷,这造成他忧郁的气质。果戈理的气质同他的创作有什么关系,为什么忧郁的果戈理既写出了欢乐、抒情和浪漫的《狄康卡近乡夜话》,又写出了令人捧腹的讽刺喜剧《钦差大臣》?再有,果戈理的生命力,他的身心健康状态同他的创作又有什么关系,为什么当他疾病缠身然而精神爽健时能够写出辉煌的《死魂灵》第一部,而在身心交瘁的情况下却必然写出连他自己也加以否定的《死魂灵》第二部?这些都是需要我们认真加以探讨的问题。

一　"愉快的忧郁者"和"含泪的笑"

一般来说,作家不同气质形成作品不同风格。刘勰指出,"各师成心,其异如面","吐纳英华,莫非情性","才性异区,文辞繁诡"(《文心雕龙·体性篇》)。李卓吾在《读律肤说》中进一步发挥这种观点,他用音乐来说明作家不同个性气质形成作品不同风格:"性格清彻者音调自然宣畅,性格舒徐者音调自然舒缓,旷达者自然浩荡,雄迈者自然壮烈,

---

① 杨绛:《将饮茶》,三联书店 1987 年版,第 136—137 页。
② 郑朝宗:《画龙点睛,恰到好处》,见《文艺报》1986 年 8 月 23 日。

沉郁者自然悲酸，古怪者自然奇绝。有是格，便有是调，皆情性自然之谓也。"① 这些观点一般来说是正确的，然而创作心理现象是千变万化，十分复杂的。豪迈者的作品定然是壮烈的吗？沉郁者的作品定然是悲酸的吗？其实不尽然。果戈理是公认的沉郁者，他固然写出了十分悲酸的《外套》，然而也写出了十分欢快的《狄康卡近乡夜话》，也写出了非常辛辣的《钦差大臣》，这种现象又作何解释呢？

　　创作心理现象是一种既十分隐秘又非常复杂的现象。作家心理同创作的关系，作家气质同创作的关系，并不是一种表层的、外在的、直线的关系，而是一种深层的、内在的、曲折的关系。那种以为有什么气质便有什么风格的直线逻辑在这个领域是行不通的。下面让我们来看看欢快的《狄康卡近乡夜话》和辛辣的《钦差大臣》这两部风格迥异的作品同果戈理忧郁气质的内在关系。

　　《狄康卡近乡夜话》是果戈理的成名之作，作者用浪漫主义的笔调刻画了乌克兰人民智慧、勇敢和热爱自由的性格，表现了乌克兰迷人的风情，全书充满欢快、清新、幽默的情调。拿别林斯基的话说，这部集子是"小俄罗斯的诗的素描，充满着生命和诱惑的素描。大自然所能有的一切美好的东西，平民乡村生活所能有的一切诱人的东西……都以彩虹一样的颜色，闪耀在果戈理君初期的诗情幻想里面"。② 然而就是在这部小说集中，我们也能听到果戈理忧郁的心声。

　　就拿其中的小说《索罗庆采市集》来说，在这篇小说里，作者把乌克兰农村集市的兴旺景象同男女青年初恋的欢乐加以对照，烘托出一种欢快的气氛。其中值得注意的是小说末尾欢乐婚礼的描写。开始，"穿粗布褂子、生着长长的鬈曲的胡髭的乐师把弓子一拉，整个人群自愿或不自愿地跟着变成统一而和谐的一团……阴沉的脸上仿佛一辈子没有闪露过一丝微笑的人们，也都顿着脚，扭动起肩膀来了……一切奔驰着。一切舞蹈着"。可是后来，"喧闹声、笑声、歌声慢慢地静了下来。弦索渐息，含糊的音响减弱下去，消失在空漠的大气中。什么地方还可以听见顿脚的声音，有点像遥远的海洋的低语，不久一切都变得静寂而消沉了……欢

---

① 转引自王元化《文心雕龙创作论》，上海古籍出版社 1979 年版，第 120 页。
② 《别林斯基选集》第 1 卷，上海译文出版社 1982 年版，第 198 页。

乐——这位美丽而变幻无常的客人，不就是这样从我们身边飞走，徒然让残留的一声两声来表示快乐的么？声音在自己的回声里听出了哀愁和荒凉，迷惑地谛听着。蓬勃而放纵的青春的活泼的游伴，不就是这样一个跟着一个在世间消逝，最后，把一个老伙伴孤单单地撇在后边？遗留下来的人可真寂寞啊！心里感到沉重而悲哀，毫无解脱的办法"。①

在这段描写里作者的情绪发生一种突变，好像快乐的琴弦突然绷断了，随之而来的是令人揪心的哀愁。柯罗连科指出："随着沸腾洋溢的欢乐而来的这一声令人肠断的苦闷的叫喊，是从一个二十多岁的青年的胸中迸发出来的！"② 当年普希金在读完《狄康卡近乡夜话》后的第一个反应是："真是一本愉快的书"，过了不久，诗人也以自己的敏锐感受听出果戈理"笑"的全部复杂性，他认为果戈理是个"愉快的忧郁者"。看来，普希金和柯罗连科都从果戈理早期充满快乐浪漫情调的小说中听出了年轻果戈理的寂寞、苦闷和哀愁的心声，认定他的气质是忧郁型的。问题在于忧郁的果戈理为什么会写出欢乐情调的作品，这两种截然对立的现象是怎样统一起来的。下面我们先看作家几段很有意思的自白。

果戈理在《作者自白》中说："人们在我的初期作品中看到的那种愉快，其原因在于某种精神要求。我有一种自己也无法解释的苦闷，常常发作。这种苦闷也许是由于我的疾病产生的。为了使自己开心，我……想出些十分可笑的人物和性格来，想象地把他们布置在最可笑的境遇中，完全不去考虑这样做是为什么，有什么好处以及对什么人有好处。在青春时代心中往往不会发生任何疑问，是青春的力量怂恿着我这样做。这便是我那些初期作品的来源，这些作品使有些人——也使得我自己——无忧无虑地欢笑，使得另一些人困惑不解：一个聪明人怎么会出现这种蠢话呢？"③

果戈理在 1847 年 12 月 29 日给茹可夫斯基的信中也承认："我是忧郁质和倾向于沉思的性格。后来又加上病态和忧郁症。而这种病态和忧郁的心情却成了我早期作品中表现出快乐情绪的原因。为了使自己快乐，我在缺乏进一步的目的和人物设想的情况下进行虚构，将人物置于令人发笑的

① 《果戈理选集》第 1 卷，人民文学出版社 1983 年版，第 42—43 页。

② 柯罗连科：《文学回忆录》，人民文学出版社 1985 年版，第 187 页。

③ 同上书，第 194 页。

地位——这样就产生了我的中篇小说。"①

果戈理这两段自白都很精彩，它深刻说明了果戈理气质和作家早期创作的内在联系，生活的苦闷和疾病造成果戈理忧郁的气质，他正是通过早期充满欢乐情调的作品来发泄和排解自己心中的郁闷，他的创作成为自己的一种精神需要。我们从中可以看到，作家心中的苦闷以及由于这种苦闷而造成的忧郁气质是根本的，是第一位的，至于采用什么形式来发泄和排解那是第二位的，而且也不是绝对的。作家在生活的不同时期，可以根据自己对生活认识的深化和审美情趣的变化，采用各种不同的形式来发泄和排解心中的郁闷，来表现自己的审美理想。但是不管作家采用什么形式，作家的内在气质总是要在风格迥异和情调迥异的作品中顽强表现出来，总是要影响作品的基调。这就可以说明，为什么在生活的欢乐战胜生活的苦闷和哀愁的《狄康卡近乡夜话》中，我们依然可以听见孤独、忧郁的声息。

如果说果戈理在《狄康卡近乡夜话》中，是通过欢乐浪漫的情调来发泄心中的苦闷和忧郁，那么在后来的作品中，果戈理主要通过辛辣的讽刺，通过笑来发泄心中的苦闷和忧郁，也就是说，辛辣的讽刺和喜剧的形式是体现果戈理忧郁气质的另一种表现形式。忧郁的气质和喜剧形式的奇妙结合，构成果戈理一系列作品的重要特色。

果戈理在 1835 年连续发表的两部小说集《密尔格拉得》、《小品集》和后来的《彼得堡故事》中，一反早期作品欢乐抒情的情调，开始采用讽刺的笔调揭露现实的丑恶，作品的内容、形式和风格都有明显的变化，进入了创作的新阶段。可是我们看到，果戈理尽管用讽刺代替抒情，但内在的气质仍然是忧郁，这点被别林斯基敏锐地发现了。他指出，在《旧式地主》里，作者对地主阶级无聊，猥琐，赤裸裸的、丑恶至极的生活作了彻底的揭露和发出尽情大笑之后，是深刻的悲哀，他认为这是"一部名副其实的含泪的喜剧"。② 至于《狂人日记》，他认为是"对于生活和人、可怜的生活、可怜的人的温厚的嘲笑"，"你仍旧会对这个蠢物发

---

① 《果戈理全集》第 6 卷，俄文版，第 378—379 页。

② 《别林斯基选集》第 1 卷，上海译文出版社 1982 年版，第 193—194 页。

笑，可是你的笑已经消溶在悲哀之中"。① 别林斯基在对这两个小说集的作品做了具体分析之后又做了总结，他指出果戈理创作的这个重要特色是"表现在那总是被深刻的悲哀之感所压倒的喜剧性的兴奋里"。② 关于果戈理创作的这一特色，别林斯基在另一处又作了进一步的分析，他认为果戈理创作中的悲剧因素和喜剧因素不是相加的，而是融合的。他说："在看似喜剧性的中篇小说《外套》中，在既可笑又可怜的阿卡基·阿卡基耶维奇的身上及其命运中，都可以强烈感到悲剧性因素。在《旧式地主》里，读者出自好心的愉快的笑化为令人心碎的忧郁之感……我们可以在果戈理的大部分喜剧性作品中观察到这一悲剧因素"。他认为果戈理创作中喜剧因素同悲剧因素的融合，是"他的才能最突出的和最鲜明的特色"，表现了他的"伟大优点"。③

果戈理内心的苦闷和忧郁同喜剧形式的奇妙结合，在《钦差大臣》中表现得更为淋漓尽致。在这个喜剧里，作家利用喜剧的夸张形式和辛辣的讽刺，逼真地反映了俄国专制制度的主要矛盾，揭露了官僚阶级的种种丑态和腐败。作家在《作者自白》中说："在《钦差大臣》中，我决心要把我当时所知道的俄国的一切恶习、发生在最需要公正的地方和场合的一切不公正行为全部汇集起来，概括地加以嘲笑。"④ 然而果戈理的这种嘲笑决不是专供人消遣的无聊的笑，它饱含着作家悲切的热泪，蕴含着深刻的社会意义。赫尔岑在《论俄国革命思想的发展》一文中，曾经深刻分析了果戈理笑的内在含义："在莫斯科的天空下，在他的心头，一切都变得阴沉、朦胧、充满敌意。他继续发笑，甚至比以前还厉害，然而这是另一种笑，只有那种心地十分冷酷或者过分天真的人才会错会笑的意义。果戈理在离开他的小俄罗斯人和哥萨克走向俄罗斯人的时候，就不再描写老百姓，而集中注意他们的两个最可诅咒的敌人：官僚和地主。在他之前，从来没有一个人把俄国官僚的病理解剖过程写得这样完整。他一面嘲笑，一面穿透这种卑鄙、可恶的灵魂的最隐秘的角落。"⑤

① 《别林斯基选集》第1卷，上海译文出版社1982年版，第193—194页。
② 同上。
③ 《别林斯基全集》（13卷集）第13卷，俄文版，第222页。
④ 《果戈理全集》第8卷，俄文版，第440页。
⑤ 《赫尔岑论文学》，上海文艺出版社1962年版，第71—72页。

　　果戈理的笑为什么具有赫尔岑所说的穿透力呢？果戈理在《剧场门口》一文中做了分析，他在谈论《钦差大臣》时提出了"为笑一辩"的论点，他深为"没有一个人发现剧中有个正面人物"而感到遗憾，他指出这个"无往而不在"的"正直而高尚的人物就是笑"。在果戈理看来，这种笑"要比人们所想象的重要得多，深刻得多。这个笑不是那种出于一时的冲动和喜怒无常的性格的笑，同样也不是那种专门供人消遣的轻松的笑；这是另一种笑，它完全出于人的明朗本性，其所以如此，是因为在人的本性的最深处蕴藏着一个永远活跃的笑的源泉，它能够使事物深化，使可能被人疏忽的东西鲜明地表现出来，没有笑的源泉的渗透力，生活中的无聊和空虚便不能振聋发聩"。① 果戈理所说的"笑的源泉"，其实就是作家内在的气质，是作家对生活深刻的认识，是作家忧愤的情感，是作家崇高的审美理想，正是有了这个源泉，才使得果戈理的笑对现实具有强烈的穿透力，并使人的情感得到净化和升华。

　　果戈理的《死魂灵》也体现了作家创作中悲喜剧因素相结合的特色，不过比起《钦差大臣》，它对俄国生活的揭露要更为广泛和深刻，它以对贵族地主的无情揭露震撼了整个俄罗斯。别林斯基在拿《死魂灵》同《伊利亚特》对比时，曾经深刻指出："在《伊利亚特》里，生活被提高到华美的极致；在《死魂灵》里，生活败坏，被否定；《伊利亚特》的激情，是从那对于神妙境界的直观而来的幸福的陶醉；《死魂灵》的激情则是通过世人看得见的笑和他们看不见、不明白的泪来直观生活的幽默。"② 别林斯基认为，《死魂灵》的力量在于它的真实，在于它对生活的否定，然而作家对生活并不是冷酷的、缺乏爱心的，他是用泪水来直观生活，他的否定和讽刺是由作家满怀炽热的爱引发的。在这部长篇小说里，我们可以看到，讽刺的主题常常同为生活的丑恶而忧心如焚的悲剧性主题并行发展。

　　通过上面的分析可以清楚地看到，果戈理忧郁的气质对他一生的创作都有影响，是经常起作用的因素，只不过在不同时期表现形式各不相同而已。从创作心理学的角度来看，作家的气质和作家创作的关系是十分微妙

---

① 转引自《果戈理和他的创作》，北京出版社 1982 年版，第 75 页。

② 《别林斯基选集》第 1 卷，时代出版社 1952 年版，第 467 页。

的。作家由于个人和社会的种种原因，往往造成内心的苦闷和忧郁的气质，而这种苦闷和忧郁必然使作家的心理失去平衡。在这种情况下，作家常常需要通过创作来发泄心中的苦闷和忧郁，以达到心理平衡。如前所述，果戈理把这种现象称作"某种精神要求"。问题在于果戈理早期和后期为什么会采取迥然不同的艺术形式来发泄心中的苦闷和忧郁呢？这是一个更为复杂的问题。总的来说，这是同作家对生活认识的变化，同作家情感的超越和升华相联系的。果戈理早期的苦闷和忧郁更多的是个人的苦闷和忧郁，他在生活中找不到出路，他主要是通过欢快抒情的作品来发泄心中的苦闷和忧郁，他的《狄康卡近乡夜话》更多是体现出一种青年人对美好生活的向往，对生命的追求。后来果戈理对俄国社会逐步加深了认识，他开始看到生活中丑恶的东西，地主官僚的丑恶和腐朽使他感到激愤，这时作家感叹的已不是个人命运的不幸，而是整个俄罗斯的无尽的苦难，他的个人苦闷和忧郁已升华为全民的苦闷和忧郁。作家早期欢快抒情的作品已无法发泄全民的苦闷和忧郁，因此他只有用充满辛辣讽刺的喜剧来发泄全民的苦闷和忧郁。他的作品一以贯之的悲喜剧因素相结合的独特艺术风格，便是由此产生的。从这里我们可以看出作家的气质同作家思想感情变化的联系，看出作家气质变化对作品内容、形式和风格的深刻影响。

二 生命力、身心健康和创作

除了气质以外，作家的生命力，作家的身心健康状态对创作也有很大影响。作家总是把作品看成是自己心血的凝聚，看成是自己生命的流溢。托尔斯泰曾经说过："只有当你每次浸下笔，就像把一块肉浸到墨水瓶的时候，你才应该写作。"[1] 迦尔洵也这样说过："我实际上是仅仅用我的不幸的神经来写作，每一个字母费去我的一滴血，这决不是夸大其词。"[2]

作家的生命力，他的身心健康状态总是要在创作中留下痕迹的。如果作家心境十分平静，他的作品总是从容不迫，行文流畅；如果作家心中焦

---

① 《托尔斯泰评传》，时代出版社 1954 年版，第 160 页。

② 柯罗连科：《文学回忆录》，人民文学出版社 1985 年版，第 281 页。

灼不安，你就会感到他的作品始终有什么在燃烧。作家的身体健康对于创作固然十分重要，然而更重要的是作家的精神健康。有了精神健康，作家即使身患病痛，他也能战胜疾病去进行创作；反之，作家如果产生精神危机，即使他有健康的身体，也仍然写不出什么好作品来。有些作品你一看就知道是作家凝聚心力写成的，内容充满生命的力量，整体无比从容和谐；有些作品你一看就知道作者心力已经涣散，本身像一条枯涩的河流，没有生命的流动，整体芜杂、零乱。

在果戈理身上，我们也可以清楚地看到作家的生命力，身心健康状况对他创作的重大的影响，果戈理从小体弱多病，心灵饱经忧患。他的一生疾病不断，而且不断产生精神危机，他的创作涨落是随着他的身心健康的状况而起伏的，身体的疾病固然会导致精神消沉、颓丧，然而精神反过来也能制服体质。在果戈理的创作生涯中，我们常常可以看到疾病和精神两者之间反复不断的斗争，而他的作品正是这种斗争的产物。正如柯罗连科正确指出的："果戈理的每一部作品，不但是艺术珍品，而且是从致命的疾病手中夺得的胜利，是人的精神对命定的疾病的胜利。而且这种斗争和这两种胜利是在一块清扫干净的场地上进行的，凡是可能使这场地复杂化的一切生活条件，全都被排除掉了。可以明确地说，这是天才同致命的疾病的真正的决斗，在这决斗中，天才的每一次奏捷都标志着俄罗斯文学的新的胜利。"①

果戈理的作品确实是同身体疾病和精神疾病斗争的产物。果戈理的父亲从小健康不良，他的健康衰弱常引起残酷的绝望，他异常多疑，经常陷入忧郁状态，四十五岁就早逝了。据果戈理说，他父亲的死，不是由于某种明确的疾病，而是"由于对死亡的恐怖"。父亲的这份遗产完全由果戈理承继了，他也是从小多病，精神忧郁，他早在少年时代就预料到自己的一生是短促的。他在 1837 年写给茹可夫斯基的信中说，"我爱惜寸阴，因为我不相信我会长寿"。② 在去世前十四年（1838 年），他又写道："唉，我的健康不良，可是雄心浩大……唉，朋友，如果我再能健康工作五年该

---

① 柯罗连科：《文学回忆录》，人民文学出版社 1985 年版，第 202 页。
② 同上书，第 192 页。

多好啊！"① 俄国医生巴热诺夫在《果戈理的病和死》（《俄国思想》1902年2月号）一文中把果戈理所患的病称之为"抑郁性神经病"。② 如前所述，果戈理是从创作中找到战胜身心疾病的出路的，在他身上，身心的疾病同创作的喜悦这两种相反的力量一直在进行搏斗。这种搏斗贯穿作家整个创作生涯，一直十分剧烈，但不总是取得胜利。

在《钦差大臣》初次演出（1836年4月19日）后，果戈理就经历了一次重大的精神危机。喜剧的上演在俄国社会引起强烈的反响，以别林斯基为代表的进步阵营给予热烈肯定，而反动阵营却发起一次猛烈的攻击。据安年科夫回忆，上层观众对首演开始感到困惑不解，"大多数观众以为表演的是滑稽剧，因而可以放心，并且一直采取这样的看法。有两三次听到哄堂大笑。然而快到第四幕的时候，笑声就敛缩起来，消失了。几乎没有人再鼓掌。到第四幕末了，紧张的愤怒差不多变成一致的愤怒……从四面八方传来特等观众的一致的嚷嚷声：这是不可能的，这是诽谤，是胡闹……"③沙皇也认为，"大家都受到谴责，而我受到的最多"。这样一来，多数报刊评论都指责果戈理，认为他写的全是反面人物，没有写出可以"寄托道德感情"的有德行的人物。在反动势力的疯狂进攻面前，果戈理由于感到自己不被理解而陷入深深的苦闷和绝望之中，他没等演出结束便离开剧场。果戈理在给普希金的信中说："我身心交瘁了。我发誓，没有一个人知道，也没有一个人看到我的痛苦。"④ 在首演后十天，他在给主要演员谢普金的信中说："年长的、可敬的官吏们大声疾呼，说我胆敢这样讲到公职人员，简直目无神圣，警察反对我，商人反对我，文学家反对我……我现在才明白，做一个喜剧作家是什么味道。只要有一点真实的影子，人家就会反对你，并且不止一个人，而是整个阶层。"⑤ 这种看法本来很正确，可是果戈理并没有坚持这种看法，反而在种种压力下很快就谴责起自己来。他在另一封信中说："从一开始……我在剧院就感到寂寞了。我并不关心观众是否喜欢，是否能接受。在所有当时在场的人中间，

①　柯罗连科：《文学回忆录》，人民文学出版社1985年版，第192页。

②　同上。

③　同上书，第202—203页。

④　同上书，第204页。

⑤　《果戈理选集》，俄文版，第6卷，第232页。

我只怕一个审判官，这个审判官就是我自己。我在自己内心听见我对自己这个戏剧的责备和埋怨，这个声音压倒其他一切声音。"①

由于《钦差大臣》的演出而招来的反动阵营的诽谤和中伤，使思想本来就不坚定的果戈理深深感到苦闷和绝望，而精神上的痛苦又加剧了他的肠胃病。处于"身心交瘁"状况的果戈理根本无法进行创作。从 1836 年到 1841 年期间果戈理到了国外，先后在法国、德国和意大利飘泊（1840 年曾一度回国），目的是治疗身体疾病和精神创伤，同时，正是在这期间作家写出了《死魂灵》第一部，这部伟大作品可以说是作家同身心疾病拼搏的心血结晶。

果戈理早就开始构思和创作《死魂灵》，他在 1835 年 10 月给普希金的信中说："我已动手写《死魂灵》了，故事拉得很长，将会是一部卷帙浩繁的长篇小说，而且它也许很可笑。但我现在却在第三章上搁笔了……我打算在这部长篇小说里把整个俄罗斯反映出来，即使是从一个侧面也好。"② 果戈理把《死魂灵》手稿带到国外，陆续进行创作。在这期间果戈理由于预感到自己不会长寿，于是就极力排除一切干扰，把全部生命力集中于创作。他在给朋友的信中常说："我的天！多么好的题材！""谁知力量够不够啊！""只要足以完成《死魂灵》的一点生命，此外我一小时也不向上帝要了！""你问我罗马的事件，我一个字也不回答你！""不，不要使我分心。我发誓，这是罪过，是大罪过，是深重的罪过。"③

尽管果戈理想集中生命力进行拼搏，然而他的健康状况一直不稳定，他在给国内朋友的信中常常诉苦，抱怨健康不佳。他在 1838 年给维亚捷姆斯基的信中说："我的健康不良。轻便的工作也会使我的头沉重起来。意大利，我娇媚可爱的意大利，延长了我的生命。然而要完全根除这专横地侵入我的身心的疾病，它没有这能力……如果我不能完成我的工作，可怎么办呢？"同年，在给波戈金的信中说，"我的病本来似乎好些了，现在又厉害起来……"④

---

① 柯罗连科：《文学回忆录》，人民文学出版社 1985 年版，第 204 页。
② 《果戈理选集》第 6 卷，俄文版，第 229 页。
③ 柯罗连科：《文学回忆录》，人民文学出版社 1985 年版，第 205—206 页。
④ 同上书，第 208 页。

非常有意思的是，在果戈理这几年的通信中，既有抱怨健康不佳的，也有倾诉创作的满足和得意之情。他在 1836 年给茹可夫斯基的信中说，"《死魂灵》进展很快，比在沃韦（瑞士地名）时更活跃，更爽利。我简直觉得仿佛在俄国了。我眼前的一切都是我国的景象：我国的地主、我国的官吏、我国的军官、我国的农民，我国的村舍——总而言之，是我们整个正教罗斯。"① 根据贝尔格回忆，果戈理曾向他讲过 1838 年期间发生的一件事，果戈理说："有一次我行驶在詹萨诺与阿里巴诺两个小城之间；时值七月。途中高坡上有家蹩脚的饭馆，大厅里设有台球，一天到晚都是撞球声和操着各种语言的说话声。过往旅客必定在这儿打尖，特别是天热的时候。我也下来打尖。那时我正在写《死魂灵》第一卷，那个笔记本一直带在身边。我不知道为什么，就在走进这家饭馆的那一刹那，突然想写作了。我吩咐摆张小桌子，便坐在一个墙角里，从皮包里取出手稿本。在滚动的台球的大声撞击声中，在极度的喧哗声中，在仆役的奔跑声中，在烟雾腾腾声中，在令人窒息的空气里，我仿佛陷入梦境，没动地方就写了整整一章，我认为这一章文字是最富有灵感的文字之一。我写东西的时候很少这样振奋过。"② 贝尔格的这段回忆足以说明果戈理在国外期间既是疾病缠身，同时又时常出现精神振奋和创作高涨。

果戈理在疾病缠身的情况下又怎能出现创作高涨？这是一个很有意思的创作心理学问题。作家本人 1841 年写给茹可夫斯基的信中，有一段话为解答这个问题提供了思考的线索。他说："我不能说我是健康的。不，身体也许比以前更坏。然而我比健康更胜一筹。我常常在刹那间听到奇妙的声音，体验到内在的、伟大的、包含在我自己心里的奇妙的生活，我宁愿不要任何幸福和健康。"③ 这段话说明了，对于作家来说，第一，身体健康固然重要，精神健康、创作的欲望和激情更为重要；第二，精神健康、创作的欲望和激情往往可以战胜身体的疾病；第三，一旦进入创作境界，出现创作激情，往往为了创作宁愿牺牲身体健康。针对果戈理的健康和创作的关系，柯罗连科有一段生动深刻的描述："艺术构思一经找到自

---

① 柯罗连科：《文学回忆录》，人民文学出版社 1985 年版，第 209 页。
② 《回忆果戈理》，天津人民出版社 1986 年版，第 184 页。
③ 柯罗连科：《文学回忆录》，人民文学出版社 1985 年版，第 210 页。

己的形象，就获得一种犹如自己的有机生命般的东西，并且按照自己的规律向前进展。这种井井有条地进展的思考，是一种几近于自发的过程，可以作为作者高度满足的源泉。我们不要忘记，按照果戈理的明确记述，他最初的那些幽默形象竟是在精神压抑期间产生的。现在，当这位天才人物的稳固下来的想像力在生动的艺术构思激流中推进的时候，他的创作是一股强大的、有益身心的力量……那种神秘的病，其全部作用在于引起精神压抑的那种病，在这浩浩荡荡奔向指定目标的特殊热情的急流面前就退避三舍了。"①

如果说《死魂灵》的第一部是果戈理的精神力量和创作激情战胜身体疾病的心血结晶，那么《死魂灵》第二部以及果戈理的焚稿则是作家身心交瘁的必然结果。

《死魂灵》第一部发表后，果戈理从 1842—1848 年又到了国外，这时欧洲工人运动和社会斗争风起云涌，国内各派社会势力的思想斗争日益尖锐，果戈理作品也成了两派争论的中心。果戈理本想躲到国外安心从事《死魂灵》第二部的创作，实际上这是办不到的。在国外，他脱离了国内进步文学界，接近他的又是斯拉夫派中坚分子，他们的反动保守思想给了果戈理很深的影响。这样，果戈理又陷入严重的精神危机，他追求道德自我完善，主张到宗教迷信、神秘主义之中寻找安宁。这种情绪明显表现在《死魂灵》第二部中，他企图在作品中塑造"性格深沉、内心丰富、蕴蓄着内在力量的俄国人"，塑造"充分揭示足以显示我们门第的高尚气度的某些最好特征"的地主形象。由于作家创作思想的迷误和脱离现实生活，作品所塑造的人物十分苍白，整个作品没有生命力的流动，充分表现出作家创造力的严重衰退。这种写作是十分痛苦的，作家常常不满于写得虚伪而陷入绝望，果戈理曾经这样说过："我折磨自己，强制自己写作，经受着沉重的痛苦，全身软弱无力。这样的强制多次招致疾病，什么也不能做，结果一切都搞得勉勉强强，十分糟糕。由于这个原因，忧郁许多次、许多次朝我袭来，我几乎陷入绝望。"② 这是 1845 年夏天的事。写完《死魂灵》第二部后他又病倒了。他在疗养院养病期间反复阅读初稿，清醒

---

① 柯罗连科：《文学回忆录》，人民文学出版社 1985 年版，第 211 页。

② 《果戈理传》，天津人民出版社 1982 年版，第 490 页。

意识到三年来所写的一切都是"十分糟糕的",于是他将部分手稿付之一炬,他认为这是因为这部手稿"未能了如指掌地为任何人指出通往崇高和美的途径"。①

在焚稿后一段时间里,果戈理的情绪更加消沉、颓丧,他常常想到死,他在给亚济科夫的信中写道:"无论如何,我的疾病的发展是自然的。它使我精力衰竭。在任何情况下,我的寿命都长不了。我的父亲也是生来虚弱,去世得早,他是由于自身精力的衰竭,而不是由于患病而死的。"②

果戈理的精神危机在 1847 年出版的《与友人书简选》中暴露得最为突出。他对过去所写的揭露社会罪恶的作品公开表示忏悔,认为《死魂灵》"满是漏洞、时代错误,对许多事物显然无知,有些地方甚至是故意地写了凌辱的、触犯的话"。说他微不足道的才能仅仅是"把庸人的庸俗这样有力地勾勒出来,使得一切轻易滑过的琐事会显著地显现在大家眼前",并且宣称自己"生到世上来,决不是为了要在文学领域中划一时代",③ 而是为了拯救自己的灵魂。《与友人书简选》出版后,立即受到反动文人的喝彩,鼓吹"果戈理的灵魂得救了",而进步文学界却为果戈理感到难过,别林斯基在《同时代人》杂志发表书评,并写了《给果戈理的一封信》。他为果戈理的行为感到愤怒,指出:"一位伟大的作家,曾经借优美绝伦、无限真诚的作品,如此强有力地促进俄国的自觉,使她能够像在镜子里一样看到自己,——这位作家,现在却出版了这样一本书,凭着基督和教会之名,教导野蛮的地主榨取农民更多的血汗,更厉害地辱骂他们。"④

从此,果戈理一蹶不振。他在 1851 年勉强完成《死魂灵》第二部全部手稿,这时他已经像一匹筋疲力尽的老马,他的作品流露出的是思想的疲惫和倦怠。他一生的最后三年是向"衰老"斗争的痛苦的三年,1852年 2 月 11 日,他将《死魂灵》第二部手稿投进熊熊燃烧的火里。焚稿后

---

① 《果戈理全集》第 4 卷,俄文版,第 92 页。
② 《果戈理传》,天津人民出版社 1982 年版,第 650 页。
③ 《别林斯基选集》第 2 卷,时代出版社 1952 年版,第 298—304 页。
④ 同上书,第 320 页。

十天，果戈理离开人世。年仅四十三岁，结果比他父亲还少活了两岁。

　　果戈理晚年的悲剧，主要应当从政治思想上加以分析，这是完全正确的，然而人们忽视了另一方面，忽视了造成果戈理悲剧的生理的和心理的因素。这两方面实际上是相互联系的，正是果戈理思想上的迷误和精神上的危机造成他心灵的疲惫，而心灵的疲惫又加重了他的疾病。生理的和心理的疾病最后使得果戈理身心交瘁，以致完全丧失创作能力。看来作家生命力衰竭之时，也正是他创作结束之日。

　　从果戈理《死魂灵》第一部和第二部的创作同作家的身心健康关系来看，我们深深感到文学创作本身也是一种生命现象。人的生命有生长、发展和衰老的过程，有一定的规律可循，作家的创作也有生长、发展和衰落的过程，也有一定的规律可循。同时，人的生命和作家的创作生命也有密切的关系，也有一定的规律可循。从根本上，人的生命力决定了创作的生命力，然而反过来看，创作的生命力也会影响作家的生命力，这点我们在果戈理的创作生涯中看得很清楚。

　　作家把自己的创作当作自己生命的一部分，当作自己生命的延续。真正伟大的作家总是把创作当作自己的生命，他们在自己的创作中融进自己的血肉，他们的作品就是自己心血的结晶。在这种作品中，我们可以感到生气的灌注，可以感到生命汩汩的流动。作家把自己的生命和创作结合得这样紧密，以致往往当他们一旦停止创作，他们的生命也就很快终结了。

　　人的生命力包括身体的力量和精神的力量，也就是生理力量和心理力量这两个方面。这两股力量在人体中是一种统一的力量，也是一种相互影响的力量。人的身体力量是人的生命的基础，人的精神力量是人的生命的主宰。人的身体状况会影响人的精神状况，人的精神状况也会影响人的身体状况，这就是我们平常所说的体弱神衰和心宽体胖的现象。创作作为一种生命现象也必然要受到生命的这两种力量的影响。作家的身体健康是创作的基础，作家的精神健康却是创作的主宰力量。作家身体健康与否会影响创作，然而作家的精神状态更是会对创作起决定作用。这是因为创作同时作为一种精神现象，它主要是受精神因素制约的。作家一旦进入创作状态，就会忘却一切，就会浮想联翩，心潮澎湃，得到一种创作喜悦，这本身就是一种精神力量。这种强大的、有益于身心的力量会帮助作家战胜身体的疾病，使他取得创作成果。

　　作家创作同作家气质、身心健康的关系，归根到底是作家创作同生命的关系。其他诸如创作与动机的关系，创作与思维的关系等，也是创作和生命的关系。我们只有把创作当作一种生命现象来看待，并且进行合乎生命规律的分析，才能真正揭开创作心理之谜。

第 三 章

屠格涅夫:特殊音调和特殊构造的喉咙

屠格涅夫的创作是俄国现实主义发展的一个高峰，他是第一个拥有世界影响的俄国作家。美国作家亨利·詹姆斯把他称作为"小说家之中的小说家"，他在《屠格涅夫与托尔斯泰》一文中指出："我们可以把屠格涅夫，在一个罕有的程度上，称之为一位小说家之中的小说家，他的艺术影响力是价值珍贵、与众不同、根深蒂固和确定不移的。"[①]

如果拿屠格涅夫同俄国现实主义文学发展的另外两座高峰——陀思妥耶夫斯基和托尔斯泰加以比较，你便会发现他们虽然都为俄国现实主义文学做出重大贡献，也都有重要国际影响，但是作为文学大师，他们也都有自己鲜明的创作个性，他们的现实主义是各放异彩的。

屠格涅夫的创作具有鲜明独特的创作个性，他也非常重视作家的创作个性，他曾经这样说过：

> 在文学天才身上……不过，我认为，也在一切天才身上，重要的是我敢称之为自己声音的一种东西。是的，重要的是自己的声音。重要的是生动的、特殊的、自己个人所有的音调，这些音调在其他每一个人的喉咙里是发不出来的……为了这样说话并取得恰恰正是这样的音调，必须恰恰具有这种特殊构造的喉咙。这正像禽鸟一样……一个有生命力的、富有独创精神的才能卓越之士，他所具有的主要的、显著的特征也就在这里。"[②]

---

① 《文艺理论研究》1982 年第 2 期。
② 《俄国作家论文学劳动》第 2 卷，列宁格勒，1955 年，第 712—713 页。

屠格涅夫在这段话里所说的"自己的声音"和"特殊的音调",显然是指作家的创作个性。那么他所说的能够发出特殊音调的"特殊构造的喉咙"指的又是什么呢?这里我认为他指的是作家的心理素质和才能。屠格涅夫这段话相当生动地说明了作家创作个性和作家心理素质、才能的关系,在他看来,凡是作家都有喉咙,都能发出音调,但是只有特殊的心理素质和才能的作家才能具有独特的创作个性,而他所珍视的正是作家特殊的才能和独特的创作个性。

普通心理学认为,才能是指同活动的要求相符合并影响活动效果的个性心理特征的综合。从这种观点来看,作家的才能便是同文学创作活动的特殊要求相符合的并影响文学创作活动效果的作家个性心理特征的综合,实际上也就是作家之所以成为作家所需要的心理素质。

车尔尼雪夫斯基曾经概括过文学才能几个基本的方面,他写道:"人只须能够理解真人的性格的本质,能用敏锐的眼光去看他就行了,而这正是诗的天才的特征之一;此外,还必须理解和体会这个人物在被诗人安放的环境中将会如何行动和说话,这是诗的天才的又一面;第三,必须善于按照诗人自己的理解去描写和表现人物,这也许是诗的天才的最大特征。"① 这是车尔尼雪夫斯基看到了文学才能的三个重要方面:敏锐的艺术感受力和观察力;丰富的艺术想象力;高度的艺术表现力。屠格涅夫对文学才能也曾经提出过自己的看法,他在《歌德的作品〈浮士德〉》一文中分析了歌德的文学才能。他认为歌德在创作中善于把非常专心致志的才能"同不断观察的才能","同非常发达的内省的才能……以及无限多样和富于敏锐的幻想"和谐地结合起来。②

那么作为文学天才的屠格涅夫的特殊音调是什么呢?发出这种特殊音调的具有特殊构造的喉咙又是什么呢?

只要你深入屠格涅夫的艺术世界,你便会既感受到强烈的时代气息、时代脉搏的跳动,又会感受到各种人物心灵的无穷的奥秘和颤动,同时还会感受到生活迷人的诗意,这几个方面的高度融合便形成屠格涅夫特殊的

---

① 《生活与美学》,人民文学出版社 1959 年版,第 78 页。
② 转引自《文学创作心理学》,福建人民出版社 1983 年版,第 81 页。

音调。而发出这种特殊音调的具有特殊构造的喉咙，我认为就是从作家感受生活和表现生活中鲜明体现出来的创作心理素质和创作才能，具体说，就是作家善于敏锐地、真诚地、细腻地和富有诗情地感受生活和表现生活的能力。

屠格涅夫在自己的一生中有两次比较系统地总结自己的创作，一次是在《关于〈父与子〉》（1869）中，一次是在《六部长篇小说总序》（1880）中。在这两篇文章中，屠格涅夫系统总结了自己的创作，讲述了每部小说的创作过程，并且真诚地袒露了自己的创作心迹，他针对文坛对他的种种指责，希望读者能理解他的创作追求，他说："我做到了多少——不由我来判断；可是我敢于希望，现在读者们将不会再怀疑我的愿望的真诚性和一贯性。"① 下面我们主要根据作家这两篇自白，参照作家书信和有关回忆录，并结合作家的作品，试着分析屠格涅夫创作心理素质和创作才能的某些重要特点。

一　"做一个忠诚老实的人"

真诚是作家最可贵的品格，也是作家最重要的创作心理素质。所谓真诚，就是作家必须能够顶住外界强大的压力，能够摒弃个人偏狭的观念，敢于说真话，敢于面对严酷的现实。只有这样的作家写出来的作品，才能有真实的生命，才能震撼千百万人的心灵。相反，那些说假话的作家所写出来的粉饰现实的作品是没有任何生命力的，是迟早要被扔进历史的垃圾堆的。历史上一切伟大的作家都是极其真诚的。果戈理不满于《死魂灵》第二部的虚假，勇敢地把手稿投入熊熊的火中。法国诗人贝朗瑞对此评论说："再没有什么东西能比勇敢地投入壁炉中的手稿的火焰更能启发一个作家的了。"俄国作家魏列萨耶夫也感叹道："果戈理的全部创作生涯都被这种崇高的火焰所照亮。"② 我国老一辈作家巴金的《随想录》之所以能打动千千万万读者的心灵，就在于作家在书中讲了真话，记录了自己"真实的思想和真挚的感情"，他推心置腹地与读者交流自己对祖国和人

---

① 《文艺理论译丛》第 1 期，人民文学出版社 1957 年版，第 203 页。
② 《果戈理是怎样写作的》，天津人民出版社 1980 年版，第 10 页。

民命运的深沉思索，并坦诚和无情地进行自我解剖，显示出作家的正直和光明磊落，表现出作家的真诚和勇气。

屠格涅夫作为一个伟大的作家，他的创作心理素质的一个特点也是真诚。他为人真挚、诚实，这种品质体现在文学创作上，便成为现实主义创作应有的可贵品格，这就是坚持表现客观真实，为了忠于客观真实甚至可以违背个人的喜好和政治见解。

屠格涅夫把客观地反映生活真实当作自己的创作原则，他早在1848年5月1日给维阿尔多的信中就形象地表明自己的现实主义观点："我是离不开大地的。我宁愿静观鸭子用湿蹼在沼泽旁搔后脑勺的匆促动作……而不愿静观可以在天上看见的一切。"①

屠格涅夫在青年时代确立起来的现实主义原则指导了作家一生的创作。他的文学创作能够取得伟大的成就，便在于他始终坚持从生活出发，真实地反映生活。

屠格涅夫在《关于〈父与子〉》（1868—1869）一文中总结自己的创作经验时，特别强调他的创作是从生活出发，而不是"从观念出发"，或是为了"发挥一种观念"。他认为："准确而有力地表现真实和生活实况是作家的最高幸福，即使这真实同他个人的喜爱并不符合。"②

作家在1875年2月22日给米留金娜的信中又宣称："我主要是一个现实主义者，最感兴趣的是人的面貌的生动活泼的真实……一切属于人的东西对我都是珍贵的。"③

在这些言论里，屠格涅夫是把真实地反映生活当作现实主义创作的原则提出来的。他在阐述这一原则时充分显示了一个现实主义作家的真诚和勇气，他认为为了真实而牺牲个人喜爱也在所不惜。

为了体现这一原则，屠格涅夫特别强调描写的客观性。他要求作家客观地、真实地再现生活，尽量避免直接说出作家对生活的个人感受和评价。在他看来，描写的客观性不只是一种同抒情和政论相对立的叙事手法，而是现实主义创作的一个重要原则。他认为一切现实主义作家，一切

---

① 《俄国作家论文学劳动》第2卷，第721页。
② 《屠格涅夫回忆录》，人民文学出版社1962年版，第90页。
③ 《古典文艺理论译丛》第3册，人民文学出版社1962年版，第192页。

叙事类作品的作家都对外在的客观现实抱有浓厚的兴趣。他在致基格诺的信中说:"如果你对研究人的外貌和他人的生活比描述个人的思想和感情更感兴趣;如果,例如对你来说,不仅真实而准确地表达人的外貌,而且表达普通事物的外貌比美妙地和热烈地说出对这些事物和这些人的感受更加愉快——这就意味着你是客观作家,并可以去写中长篇小说。"①

屠格涅夫一生为现实主义文学的客观性而斗争,他的理想是做一个客观的作家。他在评图尔的长篇小说《外甥女》时,把主观的天才和客观的天才加以比较,但并没有把二者对立起来。他认为二者都有共同的源泉,都不排斥"同整个生活——一切艺术永恒的源泉,同独特的作家个性的经常的内在联系。"② 屠格涅夫虽然肯定主观的天才——浪漫主义作家的真诚、倾心和热情,但反对浪漫主义固有的主观性。他认为图尔小说的人物是苍白的,缺乏典型的"附着力"和"生动的浮雕性",没有"性格这个词严格意义上"的性格,而那种"用来竭力向我们阐释自己人物的性格描写是完全失败的"。③ 他认为,只有客观的天才才能创造出典型的性格。

从描写的客观性原则出发,屠格涅夫坚持创作要从现实生活出发,要有站稳脚跟的基地。他的重要作品的重要人物大都有生活中的原型做为依据。他在《关于〈父与子〉》一文中说:"我应该承认,如果没有一个逐渐融合与积聚了各种适当要素的活人(而不是观念)来做根据,我决不想去'创造形象'。我没有随意发明的天才,总是需要一个使我能够站稳脚跟的基地。"④ 他甚至宣称:"我写下的任何一行字都是受了某种事物的感染——或者是我本人的遭遇,或者是我观察到的情况。"⑤ 屠格涅夫的创作就证实了他本人的主张。例如罗亭的原型是作家青年时代的密友巴枯宁,同时也融进赫尔岑和屠格涅夫本人的某些特点;英沙罗夫的原型是当时曾一度闻名的保加利亚爱国者卡特拉诺夫;而巴扎罗夫的原型则是外省青年医生季米特里耶夫。

---

① 转引自《屠格涅夫的创作》,莫斯科,1956 年,第 382 页。
② 《屠格涅夫文集》第 11 卷,莫斯科,1956 年,第 119 页。
③ 同上书,第 126 页。
④ 《屠格涅夫回忆录》,人民文学出版社 1962 年版,第 87 页。
⑤ 《俄国作家论文学劳动》第 2 卷,第 752 页。

然而，在屠格涅夫看来，描写的客观性并不意味着作家对自己所描写的客观事物没有任何倾向，而是说明现实主义作家表现自己观点的方式是独特的：他们往往隐藏在所描写的现象和人物的背后，并不站出来对所描写的一切发表议论。屠格涅夫说："当着诗人所创造的人物让读者觉得是生动和独特的，以至人物的创造者在读者眼中消失时，当着读者在思索诗人的诗作如同思索整个生活时，艺术只有这时才能取得最大的胜利。""反之，用歌德的话来说，你就会感到作者的意图，并且感到失望。"① 屠格涅夫顽强地追求客观艺术的理想，努力向普希金和果戈理学习。他说："如人们所说，果戈理的人物是那样生动地站立着"，"如果这些人物和他们的创造者之间有必然的联系的话，那么这种联系的本质对我们来说是隐秘的，解决它已经不是批评家的事，而是心理学家的事"。②

屠格涅夫通过持久的创作实践逐渐深化现实主义客观描写的原则。在他的作品中可以看到一种艺术论证的特殊方法：作家尽量避免直接干预描绘的线索。例如在人物刻画方面，屠格涅夫更多的是借助形象的对比和反衬来表现人物性格，而作家本人的主观评价则蕴含在这种客观描绘之中。

当屠格涅夫的客观性原则同他的政治观点发生矛盾时，为了坚持客观性原则，作家坚决从生活出发，抛弃自己的政治偏见。他在《关于〈父与子〉》一文中举了两个例子：

一个例子是《贵族之家》中拉夫列茨基和潘辛的一场舌战。他说："我是一个道地的、顽强的西欧主义者，无论过去或者现在，我都丝毫也不隐瞒这一点；虽然如此，我却特别高兴在潘辛（《贵族之家》）身上写出了西欧派的一切可笑和庸俗的方面；我使得斯拉夫主义者拉夫列茨基'在所有论点上都打败了他'。"屠格涅夫既然认为"斯拉夫派的学说是错误的和无益的"，他为什么要这样做呢？他说："因为，在这个场合，照我的理解，生活正是这个样子，而我首先就想做一个忠诚老实的人。"③

另一个例子是对《父与子》中巴维尔·基尔沙诺夫和巴扎罗夫的处理。屠格涅夫不顾自己政治上的同情，把巴维尔·基尔沙诺夫表现为守旧

---

① 《屠格涅夫文集》第 11 卷，莫斯科，1956 年，第 7—8 页。

② 同上书，第 119 页。

③ 《屠格涅夫回忆录》，人民文学出版社 1962 年版，第 90 页。

的保守分子。他说，虽然人家"断言我站在'父亲'那一边"，但"我在描写巴维尔·基尔沙诺夫的形象时甚至违反艺术真实，把他的缺点夸张得近乎一张漫画，使他变成了可笑的人物！"相反，在他笔下，平民知识分子巴扎罗夫却处处占上风，他说，"除了巴扎罗夫对艺术的看法以外，我差不多赞成他的全部主张"。当然作家也不想美化这个人物，他说，"当我描绘巴扎罗夫的形象时，我从他的爱好中排除了一切艺术性的东西，却给他添上一种刺眼、粗犷的色调"。屠格涅夫在解释对这两个人物为什么这样处理时，仍然是那句话："生活就是这样"。他说："也许我错了，但是我要再说一遍：我对得起良心；我用不着自作聪明，——我正应该这样勾画他的形象。在这件事情上，我的个人爱好是无关紧要的。"①

这两个例子充分显示出屠格涅夫在艺术上的真诚和勇气。尽管违背自己的政治观点是痛苦的，但是为了艺术的真实，作家还是摒弃了自己的观点。事实证明，一个真正的现实主义作家只要坚持从生活出发，他就有可能克服自己的偏见，做到真实和准确地反映现实生活。屠格涅夫创作中出现的这种现象，恩格斯把它称为"现实主义最伟大的胜利之一"。在屠格涅夫写下上述自白之后 20 年，恩格斯在 1888 年给哈克纳斯的信中谈到巴尔扎克的创作时是这样说的："巴尔扎克于是不得不违反他自己的阶级同情和政治偏见，他看出来他所心爱的贵族的必然没落而描写了他们不配有更好的命运，他看出了仅能在当时找得着的将来的真正人物，——这一切我认为是现实主义最伟大的胜利之一，巴尔扎克老人最伟大的特点之一。"② 屠格涅夫和恩格斯两人所说的话虽然相隔 20 年，然而却共同道出了现实主义艺术创作的一条重要规律。从中我们也可以看出，屠格涅夫在创作理论上和创作实践上，对于作家的真诚，对于现实主义创作的规律都有相当深刻的理解。

二　出奇的敏感和敏锐的眼光

强烈的和敏锐的感受力是作家的基本心理素质。作家对生活抱有无限

---

① 《屠格涅夫回忆录》，人民文学出版社 1962 年版，第 90—91 页。

② 《马克思恩格斯论艺术》第 1 卷，人民文学出版社 1960 年版，第 11 页。

的热望，有无法忍受的好奇心，他敏感地对待社会现象和自然现象，他常常能发现别人未能发现的有特色的事物，能揭示新的东西。正如杜勃罗留波夫所说的：“一个感受力比较敏锐的人，一个有‘艺术家气质’的人，当他在周围的现实世界中，看到了某一事物的最初事实时，他就会发生强烈的感动。他虽然还没有能够在理论上解释这种事实的思考能力；可是他却看见了，这里有一种值得注意的特别的东西，他就热心而好奇地注意着这个事实，把它摄取到自己的心灵中来，开头把它作为一个单独的形象，加以孕育，后来就使它和其它同类事实与现象结合起来，而最后，终于创造了典型……”①

在屠格涅夫身上，我们也可以看到这种特殊的艺术才能，而且在某种程度上讲，他的感受力比其他作家显得更为强烈和敏锐。作家在总结自己一生的文学创作时曾经这样说过：“1855 年的《罗亭》的作者和 1876 年《处女地》的作者是同一个人。在整个这段时间中，我用尽力气和本领，务求诚挚而冷静地把莎士比亚称为 the body and pressure of time（此处所引与原文有出入，原文卞之琳先生译为‘给时代和社会看看自己的形象和印记’——译注）的东西和俄国文明阶层人士的迅速变化的面貌描绘出来，并体现在适当的典型中。”②

杜勃罗留波夫对屠格涅夫这种善于在“迅速变化”的现实生活中敏锐地捕捉新的动向和新的人物的能力，曾经做过这样的概括：“他很快猜到了新的要求，猜到了渗透进社会意识的新的观念，在他的作品中通常［一定］注意到（只要情势许可）那些已经轮到、已经开始朦胧地扰乱社会的问题……我们要把屠格涅夫君在俄国公众中间所得到的成功，极大部分都归给作者对社会中充满生气的弦索的这种敏感，归给这种立刻对刚刚开始渗透进优秀人们意识里的高贵思想以及真诚的感觉表示反应的能力。”③

屠格涅夫非常珍视这种感受生活的敏感性。在他的创作生涯中我们可以看到，当作家具有这种敏感性时，他的创作就能抓住时代脉搏的跳动，

① 《杜勃罗留波夫选集》第 1 卷，上海新文艺出版社 1954 年版，第 164 页。
② 《文艺理论译丛》第 1 期，人民文学出版社 1957 年版，第 203 页。
③ 《杜勃罗留波夫选集》第 2 卷，上海文艺出版社 1961 年版，第 263 页。

就有一股勃勃的生气，就有一种震撼的力量；相反，如果丧失这种敏感性，他的作品就会缺乏吸引人的力量，甚至于丧失创作的要求。他曾在1880 年说过，他总是在生活中的一些人物身上感到"有某种与众不同的东西、我在别人身上没有看见过和听见过的东西震撼了我"，才开始创作，如果"这种对某种事物——特别是我遇见的人物和现象中存在的事物——的敏感性"逐渐丧失了，"描写我所见到的事物的要求本身也慢慢消失了"。①

　　下面我们来看看屠格涅夫这种感受生活的敏感性在创作中是如何体现的。我们在作家的创作中看到，作家对自己时代的社会政治现象有浓厚的兴趣，他能敏锐地觉察时代的变化，抓住时代的脉搏；并且通过鲜明的艺术形象表现出各种社会历史力量和倾向的斗争，以及它在社会意识和社会心理中所显露出来的变化。尽管自由主义的倾向限制作家对社会斗争的全面把握，但作家还是在同自己的阶级同情和反感的斗争中，力图展示社会历史发展的趋势和进程。早在 40 年代，他在《猎人笔记》中，就善于从所谓愚昧、顺从的俄国农民身上，深刻地揭示出他们美好的心灵和卓越的才干，显示出天才作家敏锐的感受力和观察力。后来，他又在新的历史条件下敏锐地觉察到贵族知识分子的变化，揭示新一代多余人的特征（"多余人"这个名词就是在屠格涅夫 1850 年发表了中篇小说《多余人日记》后才广为流传的）。他在《罗亭》和《贵族之家》中，反映了贵族知识分子历史作用的消失，为贵族阶级的没落唱了挽歌，而在《前夜》和《父与子》中则反映了改革前夜和改革引起的剧烈的社会斗争，表现了"新人"——平民知识分子取代"旧日英雄"——贵族知识分子的历史必然趋势。正如作家自己所说的，《前夜》之所以题名《前夜》，"是因为它出现的时间（1860 年——农奴解放前一年），而不是因为它的内容。新的生活那时开始在俄国出现，像叶莲娜和英沙罗夫那样的人物便是这种新生活的先驱者"。② 至于《父与子》中的巴扎罗夫，他认为自己所表现的也是"刚刚产生、还在酝酿之中"的典型。显然，当一种新的社会现象或一种新的人物刚刚在生活中出现，而别人只能朦胧感受到的时候，屠格涅夫却

---

　　① 《古典文艺理论译丛》第 3 册，人民文学出版社 1962 年版，第 196—197 页。
　　② 同上书，第 190 页。

能敏锐地抓住它，并且通过艺术形象表现出来。作家这种高度敏锐的生活感受能力确实令人惊叹，即使到了60年代末和70年代，屠格涅夫由于侨居国外和阶级局限，生活感受力有所削弱，但他在《烟》和《处女地》中仍然敏锐而真实地反映了俄国社会生活的变化，体现了作家对俄国社会改革的期望和追求。

作家怎样才能具有敏锐的感受力呢？屠格涅夫在《关于〈父与子〉》的后半部分作了系统的总结。他在总结自己"侍奉缪斯"25年的经验的基础上，以同行的身份向青年作家谈了这个问题。他首先引用歌德的一段话："把手伸入人类生活的深处吧！人人都在生活，但只有少数人熟悉生活，只要你能抓住它，它就会饶有趣味！"那么怎样才能获得抓住生活的能力呢？屠格涅夫说："唯独才能磅礴的人才具有这种'抓住'生活、'把握'生活的能力，而才气并不是人力所能获得的；可是单单有才气还不够。必须经常接触你要描写的环境；在你自己的感受方面，需要真实、严酷的真实；需要看法上理解上的自由、充分的自由，最后还需要教养，需要知识！"① 在这里，屠格涅夫谈到抓住生活和把握生活的能力——敏锐感受力的几个条件。在他看来，除了才气之外，第一是生活，作家要熟悉生活，要经常接触所要描写的环境；第二是感受，作家要摒弃自己的种种偏见，绝对忠实于从生活中所获得的感受；第三是思想，作家对生活要有自己的见解，要摆脱内心的种种束缚，要获得思想上最大的自由；第四是修养，要有教养和知识。这几个条件是缺一不可的，又是相互联系的。屠格涅夫认为，"在艺术、诗歌的事业中比任何地方更需要自由"；而知识恰好"比任何东西更能给人自由"。同时，艺术家也只有摆脱内心的束缚，摘下有色眼镜，才能获得真正的自由，写出真正有生命的作品来。下面着重谈谈屠格涅夫关于敏锐的感受能力同作家生活和思想关系的一些见解。

屠格涅夫作为现实主义作家，他一贯坚持生活是文学创作唯一源泉的观点，认为作家敏锐的感受力首先来自生活。在他看来，作家的创作动机不是来自先入为主的抽象概念，而是生活本身所激发的。他说，"现代的作家、特别是俄罗斯作家很难平心静气——无论从内部或是从外部他都感

① 《屠格涅夫回忆录》，人民文学出版社1962年版，第96页。

到不平静"，这是因为"生活催促着，鞭策着，逗引着又诱惑着"。① 在平静的和停滞的生活中作家是很难磨炼出敏锐的感受力和观察力的，作家敏锐的感受力和观察力往往是在动荡不安和急剧变化的生活中逐渐培养的。这里可用《父与子》创作做为例子。小说主人公巴扎罗夫形象所体现的新人特征，所谓"虚无主义"因素，当时在社会生活中还"刚刚产生、还在酝酿之中"。但是很快就被屠格涅夫抓住了。这是因为作家经常接触并且熟悉不断变化的生活，所以他能及时从生活中发现新的倾向和新的人物。谈到这个人物的创造时，屠格涅夫说："没有县城医生季米特里耶夫就不会有巴扎罗夫。我坐二等车厢从彼得堡到莫斯科去。他坐在我对面。我们很少谈话，只谈些琐碎小事。他正在推广一种治疗西伯利亚瘟疫的药剂。至于我是谁、文学是什么东西，他是很少感兴趣的。他身上的巴扎罗夫作风深深打动了我，于是我开始到处观察这个新生典型。"② 作家在另一处又谈到类似的情况："主要人物巴扎罗夫的基础，是一个叫我大为惊叹过的外省青年医生的性格（他在 1860 年以前不久逝世）。照我看来，这位杰出人物正体现了那刚刚产生、还在酝酿之中、后来被称为'虚无主义'的因素。这个性格给我的印象很强烈，同时却不太清楚。起初连我自己也不能透彻地了解它，于是我就聚精会神地倾听和观察我周围的一切，仿佛要检查自己的感觉是否真实似的。使我不安的是这个事实：我觉得到处都有的东西，在我们全部文学作品中连一点迹象也看不见。"③ 显然，屠格涅夫一开始对新人并没有透彻的了解，首先是生活中涌现的新人深深打动他，给他深刻的印象，才使得他敏锐地抓住新人，然后他又通过到处观察来检查和印证自己的感受，深化自己对新人的理解。作家敏锐的感受力和观察力就是在这种不断接触生活和深入生活之中得到磨炼的。

屠格涅夫认为获得敏锐感受能力的另一个重要条件是作家的思想。他十分重视思想对于提高作家敏锐感受能力的作用，然而他对思想的作用又有自己独到的见解。第一，不是任何思想都对创作起好作用，他认为作家只有不受自己阶级"偏颇的思想和体系"的束缚，只有获得内心的真正

---

① 《古典文艺理论译丛》第 3 册，人民文学出版社 1962 年版，第 181 页。

② 同上书，第 196 页。

③ 《屠格涅夫回忆录》，人民文学出版社 1962 年版，第 87—88 页。

自由，才能写出有生命的东西。例如，"斯拉夫主义者们尽管具有无可怀疑的才华"，但由于他们受到偏颇思想的束缚，结果"他们中间从来没有人写出过什么有生命的东西"。① 第二，思想必须同情感和形象交融，才能有利于创作。屠格涅夫在评论俄国诗人丘特切夫诗歌时发表过一段非常精彩的见解："假如我们说得不错，他的每首诗都开始于思想，不过，这种思想，像火花那样，是受深沉的感情和强烈的印象的影响而迸射出来的；因此，要是可以这样说的话，就自己的产生说来有其特性的丘特切夫君的思想，从来也不曾赤裸裸地、抽象地出现于读者之前，而常常是同来自内心和自然界的形象交融一起，为这些形象所透渗，而又难解难分地贯穿于形象之中。"② 屠格涅夫在这里谈到思想同形象关系的一个方面：思想来自生活，是受强烈生活感受的影响而产生的，同时又是同来自生活的形象相融合的。然而思想同形象的关系还有另一个方面：作家在生活中形成的思想，反过来也会提高作家观察、感受和理解生活的能力，也会加深作家对形象的认识和理解。

三 "隐蔽的心理学家"

　　文学的天才除了具有敏锐的感受能力和深刻的观察能力，还具有能够深入人物内心世界和体验人物内心世界的内省能力和内视能力。他们在创作中总是把他对外部世界的敏锐感受同他对内部世界的内省体验结合在一起。巴尔扎克在《法齐诺·加奈》的前言中写道："我喜欢观察我所住的那一郊区的各种风俗习惯，当地的居民和他们的性格……我的观察既不能忽略外表又能深入对方的心灵；或者也可以说就因为我能很好抓住外表的一切细节，所以才能马上透过外表，深入内心。当我观察一个人的时候，我能够使自己处于他的地位，过着他的生活……听着这些人的谈话，我就能深深体会他们的生活，仿佛自己身上就穿着他们那身破旧不堪的衣服，脚上就穿着他们那双满是窟窿的鞋子；他们的欲望，他们的需求，这一切

---

① 《屠格涅夫回忆录》，人民文学出版社 1962 年版，第 97 页。
② 《外国理论家作家论形象思维》，中国社会科学出版社 1979 年版，第 100—101 页。

都深入我的心灵，我的心灵和他们的心灵已经溶而为一了。"①

屠格涅夫作为天才的作家，他也是不仅具有敏锐感受和表现迅速变化的外部客观世界的能力，而且具有深入体验和表现人物微妙的内心世界的能力，这种宏观把握和微观体验的结合，使他的创作富有一种特殊的艺术魅力。

屠格涅夫在俄国文学史上是一位别具一格的心理描写大师。作家的心理分析原则是服从于他总的创作原则的。如前所述，他的创作追求是客观而真实地反映出迅速变化的时代面貌和塑造社会典型，表现人物的社会理想。他的人物一般都体现一定的社会思想，代表一定的社会力量，具有明确的信念和稳定的性格，而没有特别复杂的内心矛盾发展过程。根据这一原则，他主张心理描写要简练明确，集中完整，反对琐细的心理分析。

屠格涅夫认为作家应当是隐蔽的心理学家。他在 1852 年就批评奥斯特罗夫斯基在《穷嫁娘》中对心理分析的滥用。他说："心理学家应当隐伏在艺术家的身上，正如骨骼隐伏在有血有肉的躯体里，骨骼是作为稳固而看不见的支撑物为躯体服务的。"② 他在 1860 年给莱昂齐耶夫的信中又一次谈道："诗人应当是一个心理学家，然而是隐蔽的心理学家：他应当知道和感觉到现象的根源，但是表现的只是兴盛或衰败的现象本身。"③ 他谆谆告诫青年作家不要迷恋琐细的心理描写，因为它会破坏性格的完整性和典型性。他对青年作家莱昂齐耶夫说："在艺术事业上要尽可能做到简单明了；您的不幸在于思想的紊乱（这些思想虽然真实，但过分琐碎），在于别有用意的观念、次要的情感和暗示的过分丰富……请您记住，人体随便哪部分组织，例如说皮肤的内部结构尽管多么细致复杂，但它的外表是一目了然的和具有同一质地的。"④

屠格涅夫这些看法归纳起来，就是作家要做隐蔽的心理学家，心理描写要简洁明了，具体说，包括两个方面：第一，作家必须事先把握人物的心理，了解心理的过程和变化的根源，然而在作品中表现的只是心理活动

---

① 《译文》1958 年第 1 期。
② 《屠格涅夫文集》第 11 卷，莫斯科，1956 年，第 142 页。
③ 《古典文艺理论译丛》第 3 册，人民文学出版社 1962 年版，第 185 页。
④ 《俄国作家论文学劳动》第 2 卷，第 752 页。

的结果；第二，心理活动要通过人物行动表现出来，它应当是隐蔽在人物行动的背后，而不要由作家从旁更多地加以暗示，或者由作家特别说出来。根据屠格涅夫对心理描写的这些见解，他所提出的原则，再对照作家的创作实践，我们可以看出他的心理描写的一些重要特征。

首先，屠格涅夫更多的是通过人物的动作或行动来表现人物的心理活动。

在《父与子》中，阿尔卡狄在巴扎罗夫家向他父亲谈了自己对巴扎罗夫的印象，这使老人兴奋不已，在作品里屠格涅夫是通过老人一系列动作来表现老人此时此刻的心情：

> 瓦西里·伊凡诺维奇注意地听着，他一会儿擤鼻涕，一会儿把他的手帕放在两只手里搓成一团，一会儿咳嗽，一会儿又把头发搔得直起来，最后他实在忍不住了，他俯下头去，在阿尔卡狄的肩头上吻了一下。

在《贵族之家》尾声中，拉夫列茨基和丽莎在修道院相遇一段更为精彩：

> 她在他身边走过，像一个修女那样步履平稳、急速而安详，也没有看他一眼；只是向着他一边的眼睛的睫毛微微颤动了一下，只是将自己削瘦的脸沉得更低，绕着念珠、紧握着的手指握得更紧了……

丽莎在这次相遇中，看来尽量装得不动声色，但作家通过她那很难觉察的脸部表情和手的动作，将她由于相遇而引起的情感波澜细致地表现出来，写得含而不露，意蕴无穷，让读者可以充分地展开自己的想象。

在屠格涅夫看来，最能表现人物心理的，"最可贵的是那些明确无误地说明人的心灵的、简单而突然的动作"。例如在《前夜》中，当叶莲娜听到英沙罗夫突然失踪了，便一下子"沉到一把椅子里"，但又"极力想装得冷淡"，这表现出她已爱上英沙罗夫而又怕别人觉察的微妙心情。当伯尔森涅夫告诉她英沙罗夫决定要离开时，她的脸又一下子"变得惨白了"，"并且不自觉地把伯尔森涅夫的手紧紧地握在自己冰冷的手里"。最后当她得知英沙罗夫离开的真正原因就是爱上她时，她便"无法自持了"，"眼泪如泉水涌出她的眼睛，她跑回到自己房里去了"。通过这些"简单而突然的动作"，作家把叶莲娜的感情变化充分展示出来了，正是这种不自觉的动作最能表现出人物复杂的心理世界。正如杜勃罗留波夫所说的："屠格涅夫君，这个纯洁的理想的女性之爱的歌唱家，他是这样深刻地透进年轻无邪的处女的灵魂，把她理解得这样完整，带着这样兴奋的颤动、这样热烈的爱描写她的最好的时刻，使得我们在她的故事中能够感到她处女胸怀的波动、悄悄的叹气、温和的眼光，能听到激动的心灵的每一下跳动。"[1]

其次，表现人物思想动机和内心矛盾的内心独白也求鲜明、朴素，不作过多的琐细的描写。

在《前夜》中，屠格涅夫就善于用内心独白来表现伯尔森涅夫的心理活动。伯尔森涅夫是个学者，他善良、诚实、博学多思、远离生活、只想做一个"科学祭司"。他对个人幸福存在某种程度的恐惧，害怕承担责任。他过分谦虚，永远满足处于第二位的处境。他爱叶莲娜，当他得知叶莲娜爱上英沙罗夫后，内心感到"酸苦"，但没有怨恨，只是对自己作了一点自我嘲讽。英沙罗夫病倒后，他日夜护理，当叶莲娜去探望英沙罗夫而请他回避时，他产生了淡淡的忧伤。他觉得"不必把自己沾附在别人的巢边"，自己的良心已经做了应该做的事，"让阳光照耀别的人"，自己应当回到工作上去，这些内心独白鲜明、朴素，又同人物性格非常贴切。

第三，主要描写心理活动的结果，而不去描写心理活动的过程。

皮萨列夫在谈到《父与子》时，曾经谈到屠格涅夫心理描写的这一重要特点。他说："屠格涅夫的笔下，我们只看到巴扎罗夫所达到的结果，我们看到现象的外部方面，就是说，听到巴扎罗夫说了些什么，知道他在生活中怎样行动，怎样对待各种各样的人。我们找不到心理分析、巴扎洛夫思想的一览表；我们只能猜想到他想了些什么，怎样在自己的头脑中形成自己的信念。"[2]

确实，屠格涅夫常常是通过心理活动的结果来表现人物的心理活动，

---

[1] 《杜勃罗留波夫选集》第 2 卷，上海文艺出版社 1961 年版，第 291 页。

[2] 转引自《创作个性和文学的发展》，上海人民出版社 1977 年版，第 413 页。

既不像托尔斯泰那样揭示人物心理发展的整个过程，也不像陀思妥耶夫斯基那样详尽地展现人物内心世界的种种矛盾和变化。

在《贵族之家》中，当拉夫列茨基同丽莎在感情上日益接近时，他在寝前从法文报纸上突然看到妻子的死讯。这条死讯在拉夫列茨基心理上引起的强烈震动是可想而知的，然而作家并没有详细描写他的心理活动和心理过程，只是描写他"似乎被刺了一下，从床上跳了起来"。读完报后，"拉夫列茨基穿上衣服，走到花园里，沿着一条林荫道来回踱着，直到天亮"。然而结合前后情节的发展，我们可以猜想到拉夫列茨基此时此刻丰富的内心活动：妻子突如其来的死讯使他感到惊恐不安，他也为自己前半生不幸的命运感到悲哀；如果妻子的死讯被证实，他就是一个"自由的人"了，他同丽莎难于实现的爱情就有可能实现了，但是他又担心丽莎对潘辛的爱情。总之，主人公的惊恐、期望、担忧的复杂感情尽在其中。后来，当拉夫列茨基和丽莎相爱，而他的妻子又突然回来时，作品只写道，"他的呼吸停止了……他支撑在墙边"；当拉夫列茨基的妻子来到丽莎家时，丽莎"许久许久站在客厅门外，没有勇气去开门"。无论是拉夫列茨基的绝望，还是丽莎的负罪感和痛苦，作家都没有详细加以描写，而是让读者去猜想、去丰富、去补充。

屠格涅夫的心理描写显然是不同于托尔斯泰的。屠格涅夫对后者也颇有微词。他在 1868 年给安年科夫的信中谈到《战争与和平》时写道："关于托尔斯泰的所谓'心理描写'可以说许多话：得到真正发展的连一个性格都没有……有的只不过是表达同一感情和同一情况的动摇、颤动的老一套办法罢了……这些似是而非的（guasi）细腻的反省和思考，以及对自己感情的观察，是多么叫人腻烦啊！托尔斯泰似乎不想知道其他的心理，或者故意漠然视之。"[1] 他甚至讥讽托尔斯泰的心理分析是某些"又机巧又花哨的小东西"，是"从主人公的胳肢窝里或别的什么角落里掏出来的小小心理表白，在历史长篇的广阔背景上所有这一切是多么渺小啊！"[2] 尽管屠格涅夫的言词十分激烈，但实事求是地看，在艺术表现问题上很难裁定谁是谁非，只能说这两位大师在心理描写上是各有千秋的。

---

① 《屠格涅夫文集》第 12 卷，第 385—386 页。

② 《俄国作家、批评家论列夫·托尔斯泰》，中国社会科学出版社 1982 年版，第 545 页。

特别需要指出的是，他们各具特色的心理描写是同他们各具特色的思想美学原则紧密相连的。托尔斯泰注重探寻人的道德成长和完善的根源，表现精神的人和动物的人的内在矛盾的发展过程，因此他采用细致入微的心理分析，着重表现心理过程，表现"心灵的辩证法"。屠格涅夫则侧重揭示人对社会理想的追求，人的社会心理气质，因此他更多地采用性格对比，突出人物主要心理特征。

四　"我容易感受诗意"

莫洛亚在《屠格涅夫的艺术》中，把屠格涅夫的现实主义称之为"富有诗意的现实主义"。① 这相当准确地指出屠格涅夫创作的一个重要特征。

屠格涅夫的艺术世界是很富有诗意的，作家善于从日常生活中，从平凡的人物身上和自然风景中感受、捕捉美好的富有诗意的东西，善于用自己的情绪深深打动你，同时还能造成一种富有魅力的氛围，让你在其中流连忘返。对此杜勃罗留波夫有一段生动的描绘：

> 屠格涅夫叙述他的主人公，就好像在谈论他的亲近的人们一样；他从他们的胸膛里提炼出热烈的感情来，并且怀着温柔的同情、病态的烦虑看护着他们，他跟自己所创造的人物一起受苦，一起欢乐，他自己就神往于他一直很喜欢使他们置身于其间的那种诗意的环境。……他的迷恋是极有传染力的：它不可抗拒地占有了读者们的同情，从第一页起就使他们的思想和感情凝结在小说上，迫使他们来体验和感受那些屠格涅夫的人物就在那里向他们显示的那种场景。过了许多时候，读者们也许会忘却故事的进程，失去各个事件详细情节之间的联系，遗忘个别人物和情势的特征，也许，最后把所读过的东西都忘记干净了；然而，他们会一直记住和珍爱那些他们在阅读小说时，所体味到的生动而愉快的印象。②

---

① 《世界文学》1981 年第 5 期。
② 《杜勃罗留波夫选集》第 1 卷，上海新文艺出版社 1954 年版，第 61—62 页。

　　屠格涅夫作品的诗意大都表现在人物形象的塑造和自然景物的描绘中，他善于从人物形象身上和大自然景物中感受和捕捉富有诗意的东西，正如作家自己所表白的："我容易感受诗意"。①

　　屠格涅夫笔下一系列人物形象，特别是动人的少女形象，极富诗意，像《罗亭》中的娜达丽娅、《贵族之家》中的丽莎、《阿霞》中的阿霞、《前夜》中的叶莲娜、《处女地》中的玛利安娜。其中最感人的是叶莲娜的形象。屠格涅夫在她身上发现了富有诗意的东西，透过文静的外表展示她那渴望崇高理想和积极行动的丰富的内心世界。他以浓郁的抒情笔调渲染叶莲娜这种外表平静内心激动的特点："一种无名的、不可控制的力，却又在她的心底沸腾起来，大声要求着出路"，"年华消逝，年复一年；迅速地、无声地，有如雪下的水，叶莲娜的青春暗暗地流着，从外表看来是平静无事，但内心里，却经历着不安与苦斗"。叶莲娜的动人之处不仅在于追求崇高的理想，而且在于积极行动，她一旦看准目标，就能为个人和社会的幸福而斗争到底，最终实现了娜达丽娅、丽莎、阿霞追求过的而未能实现的目的。正如杜勃罗留波夫在《真正的白天何时到来?》一文中所说的："在她的身上表现出一种为了一件什么事而起的朦胧的忧郁，一种几乎是不自觉的、但却是新的生活、新的人们的不可阻挡的要求，这种要求现在几乎笼罩着整个俄国社会，甚至不光是限于所谓有教养的社会。"②

　　屠格涅夫作品的诗意也表现在对自然景物的描绘中。作家对自然景物的描绘常常注入自己的感情，渗透自己的评价，使作品充满浓郁的诗情画意，达到情景交融的境界。

　　在《猎人笔记》的《森林与草原》中，大自然的景物是通过猎人的眼睛来加以描述的："七月里的早晨，除了猎人，有谁能感受到黎明时刻漫步丛林中的愉快呢? 跟着您在沾满露水的、白蒙蒙的青草地上走过的足印，出现一道绿色的线条，您拨开潮湿的灌木丛——这样，积累了一夜的火热的气味向您袭来；整个空气充满着艾草的新鲜苦味和三叶草的甘香；

---

　　①　《古典文艺理论译丛》第 3 册，人民文学出版社 1962 年版，第 192 页。

　　②　《杜勃罗留波夫选集》第 2 卷，上海文艺出版社 1961 年版，第 295 页。

远处像一堵墙似的橌树林，在阳光下闪闪发光，显出鲜红色。"这简直就是一幅七月丛林之晨的风景画，它既有真实生动的画面，又渗透着猎人的欢愉之情，正是在这种情绪的感染下，七月丛林之晨的色彩和光线都显得新鲜、火热、生气勃勃。

莫洛亚在评论屠格涅夫的创作时说过："把大自然与人的内心激情结合在一起，把个人遭遇重新置于云彩与太阳、春天与冬天、青春与暮年这些广泛的而有节律的运动中去，这样的人便是诗人，同时也是小说家。"①屠格涅夫正是这样的诗人和小说家。在他的作品中，我们常常可以看到寓情于景、情景交融的描写，可以感受到浓郁的诗意。在《幽会》中，起初"林子里面全都充满了太阳光，四面八方通过了欢欣地喧噪的树叶，处处望得见闪耀的明蓝的天空；云被风吹散，都消失了，天气晴好了，空气中有一种特殊的、干燥的爽气，这爽气使人心中充满了蓬勃的感觉"。这里写的虽然是秋景，却仍然是生气蓬勃，这同纯洁、痴情的阿库丽娜的心境是协调的。后来当维克托尔抛弃她时，阿库丽娜伤心已极，这时林中景色也变得满目凄凉：太阳"光线也似乎苍白而发冷了"；"卷曲的小树叶"在谷场的残株前"匆忙地飞舞起来"；"一只小乌鸦……断断续续地叫着"；凋零的自然景物使人感到"似乎有不远的冬天的凄凉的恐怖偷偷地逼近来了"。作家写的是冬天的恐怖逼近了，实际上是不幸向阿库丽娜逼近了。

屠格涅夫作品的诗意归根到底是源于作家"容易感受诗意"的能力，而这种能力的获得又是同作家的气质和素养紧密相关的。

屠格涅夫具有诗人的才能，忧郁的气质和多情的性格。作家在年轻的时候曾经迷恋过浪漫主义的诗歌，他是以诗剧《斯节诺》和长诗《巴拉莎》步入文坛的。他从青年时代到老年时代都始终保持诗人的激情，在他 60 岁上下还能写出像《春潮》和《爱的凯歌》那样充满浪漫主义情调的作品和《散文诗》那样热情洋溢的散文诗。就是在病危时，他还从国外写信嘱托朋友——诗人雅·波·波隆斯基："您去斯巴斯克的时候，请代我向我的宅子、花园和我那棵小橡树告别，——代我向祖国告别，我大概永远看不到它了。"作家热爱祖国、热爱家乡和依恋大自然的赤诚依然

---

① 《屠格涅夫传》，见《名著欣赏》1982 年第 4 期。

如故。看来，正是诗人的敏感和多情，使他特别"容易感受生活的诗意"。

丰厚的艺术素养和敏锐的艺术感受能力，也是屠格涅夫"容易感受生活的诗意"的原因。屠格涅夫不仅精通文学，而且对音乐有强烈的爱好。他热爱贝多芬、莫扎特、舒伯特、维尔特，而李斯特、古诺、柴可夫斯基、鲁宾斯坦都是他的座上客。同时他还同法国著名声乐艺术家、著名歌剧演员波琳娜·维阿尔多夫人保持四十年的友情。丰厚的艺术修养使得屠格涅夫不仅能够通过艺术视觉来观察和捕捉生活中富有诗意的事物，而且还能通过他特别发达的艺术听觉来感受和捕捉生活中富有诗意的事物，非常准确地描绘出大自然富有诗意的声响。屠格涅夫 1849 年 8 月 7 日给波·维阿尔多夫人的信中有一段夜间大自然声响的生动描绘：

> 每晚临睡之前，我总要在庭院里做一次小小的散步，昨夜我伫立桥头，静静谛听。我听到各种不同的声音：耳朵里鸣响着呼吸与血液的喧闹。树叶的瑟瑟，不停的私语。夜莺的啼叫——一共有四只栖息在院里的树上。鱼儿浮上水面，发出轻轻的接吻般的声音。水滴坠落下地，带着轻轻的银铃般的音响。一根树枝断了，是谁折断了它？哦，这低沉的声音……这是什么？路上的脚步声？还是人的嗓音？突然间在您的耳旁响起一只蚊子的纤细的女高音。①

这段文字生动地描绘了屠格涅夫如何通过敏锐的听觉感受深夜大自然的各种声响，感受大自然的诗情。正是这种敏锐的艺术听觉，使得作家能够在他的作品中生动地表现出生活和自然的诗意。

在《猎人笔记》的《霍尔和卡里内奇》中有这样一段描写：猎人在霍尔家投宿，睡在储存干草的屋里，黑夜无灯，"我有很久睡不着。一头母牛走到门边来，大声地喷了两口气；狗威严地向它狂吠起来；一头猪一门心思地哼着，从屋边走过；附近不知什么地方有一匹马嚼起干草来，打着响鼻……我终于打起盹来"。

屠格涅夫凭着自己敏锐的听觉，几笔就生动勾勒出农家之夜，这夜不

---

① 《俄苏文学》1983 年第 5 期。

是死寂的，而是蕴含着勃勃生机，而这生机只有热爱生活的作家，只有具
有敏锐艺术听觉的作家才能听得到。

　　俄国诗人巴拉廷斯基在《悼歌德》一诗中，有几行诗句相当生动地
描绘了天才作家歌德敏锐地感受自然，感受自然诗意的卓越艺术才能：

　　　　他的生命同大自然一同呼吸：
　　　　他理解溪流的细语，
　　　　他懂得树叶的低诉，
　　　　他感觉得到野草的生长；
　　　　他能辨认天上的星辰，
　　　　海浪也同他谈话。

　　这几行诗用来形容屠格涅夫"容易感受诗意的才能"也是很贴切的。
正是对大自然的热爱培养了屠格涅夫感受大自然诗意的卓越才能，使他成
为俄国文学中著名的大自然歌手。

第 四 章

陀思妥耶夫斯基:探索人类心灵奥秘的艺术

　　陀思妥耶夫斯基是 19 世纪俄国文学中具有世界影响的作家，他的创作是一种非常复杂的现象。一个世纪以来，作家的创作无论在俄国还是在西方，一直引起无休止的争论，这在俄国文学中乃至世界文学中都是少见的。尽管人们批判他的反动思想，但又毫无例外地一致称赞他的艺术才华。高尔基在指出陀思妥耶夫斯基和托尔斯泰对于自己"黑暗、不幸的祖国……有过不好的影响"的同时，又赞叹"托尔斯泰和陀思妥耶夫斯基是两个最伟大的天才；他们以自己的天才的力量震撼了全世界，使整个欧洲惊愕地注视着俄罗斯，他们两人都足以与莎士比亚、但丁、塞万提斯、卢梭和歌德这些伟大人物并列"。① 陀思妥耶夫斯基的创作为俄国文学赢得了世界声誉。1981 年，在作家诞辰 160 周年和逝世 100 周年的时候，为了纪念他对人类文化的贡献，联合国教科文组织宣布这一年为陀思妥耶夫斯基年。

　　陀思妥耶夫斯基的创作之所以成为十分复杂和矛盾的现象，固然有社会历史原因和作家世界观方面的原因，同时也是同作家独特的艺术探索相联系的。陀思妥耶夫斯基对于探索人性、探索人类心灵的奥秘怀有非常浓厚的兴趣，并且对人性进行深刻的分析和独特的艺术表现。正是从这个意义上讲，人们往往称他为心理学家。当然，他并不是严格意义上的心理学家，因为他只擅长剖析人类的心灵，只探索和表现人类心灵的奥秘，而不

---

　　① 《论文学》（续集），人民文学出版社 1983 年版，第 50 页。

从中研究心理学的规律。尽管如此，在俄国文学中，很少有像陀思妥耶夫斯基这样同心理学联系得如此紧密的作家，他的创作可以说是文艺心理学研究的极好对象。本章试图从文艺心理学的角度来研究这位充满矛盾的天才作家，研究作家的创作心理、作家创作的思想艺术特色的心理依据、作家艺术思维的特点和作家个性心理特征。

一　"在人身上发现人"

鲁迅曾经指出："显示灵魂的深者，每要被人看作心理学家；尤其是陀思妥耶夫斯基那样的作者。他写人物，几乎无须描写外貌，只要以语气，声音，就不独将他们的思想和感情，便是面目和身体也表示着。又因为显示着灵魂的深，所以一读那作品，便令人发生精神的变化。灵魂的深处并不平安，敢于正视的本来就不多，更何况写出？因此有些柔软无力的读者，便往往将他只看作'残酷的天才'。"[1]

陀思妥耶夫斯基创作的最大特色正是敢于对人性进行深刻的大胆的剖析，善于通过种种艺术手段来揭示人的内心的全部奥秘。

陀思妥耶夫斯基在 17 岁的时候就说过："人是一个秘密，必须识破它。如果识破它需要整整一生，也不能说是浪费时间；我要探索这个秘密。"[2] 年轻的陀思妥耶夫斯基实现了自己的诺言，他果真用毕生的精力探索人的奥秘，并且做出了卓越的贡献，作家晚年在对自己的创作进行总结时又回到人的论题，他认为自己一生的创作是"用完全的现实主义在人身上发现人"，他"描绘的是人的内心的全部奥秘"。[3] 这可以说是陀思妥耶夫斯基毕生的创作纲领。

陀思妥耶夫斯基从成名作《穷人》开始，便把作品的重点放在人物的内心世界，他力图通过人物的两重性格和内心的分裂来反映俄国当时那个混乱、动荡的时代。在他的笔下，作品情节的基础是人物心灵的矛盾和撞击，作品人物典型是"灵魂的历史"，作品的环境是人物内心具象化的

---

① 《鲁迅全集》第 1 卷，人民文学出版社 1958 年版，第 94 页。
② 《陀思妥耶夫斯基论艺术》，莫斯科，1973 年，第 465 页。
③ 《陀思妥耶夫斯基书信集》第 1 卷，俄文版，1928 年，第 76 页。

环境。为了揭示人物两重的、分裂的、隐秘的内心世界，作家还采用了无意识、梦幻、变态、象征，甚至是怪诞的艺术手法。显然，探索人性，探索人的内心的全部奥秘，是陀思妥耶夫斯基一生的创作追求。作家之所以确立这样一个独特的创作目标，同时代、同作家的创作个性有密切联系，同时也同作家对艺术本质的深刻理解息息相关。文学是人学，文学是反映现实生活的，但它是通过人和人的内心世界的变化来反映现实生活的变化的。人是社会关系的总和，在人身上体现着种种复杂的社会关系，而人的内心深处更是积淀着社会的、民族的、历史的、文化的、人性的种种复杂因素。艺术家只有善于揭示人的内心的全部奥秘、人的内心的全部矛盾和复杂性，才能深刻反映现实的全部矛盾和复杂性，才能造就真正的人学，这正是陀思妥耶夫斯基创作给我们的深刻启示。

俄国文学史上有不少心理分析大师，在他们当中陀思妥耶夫斯基是独树一帜的。屠格涅夫表现的是已形成的个性的心理，社会对人物性格心理的影响，他写的是人物心理活动的结果。托尔斯泰感兴趣的是人物内心的成长和变化，他着重表现人物的"心灵辩证法"，表现人物心理过程本身。陀思妥耶夫斯基最关心的不是人物心理活动的过程，也不是人物心理活动的结果，而是人物内心的差异、矛盾和斗争，人物心理的变态。他从矛盾斗争的角度来揭示人物的内心世界。描写资本主义社会所造成的人物的心理变态——双重性格、性格分裂，这是陀思妥耶夫斯基对俄国文学，乃至对世界文学的独特的突出的贡献。

在陀思妥耶夫斯基最早的小说《穷人》中，主人公杰符什金是一个受屈辱的小人物，同时内心又是善良和自尊的。我们发现这个人物的性格是统一的，他是善的代表，在作品中善与恶是分别由两种人物来体现，善与恶被表现为社会的两极，是泾渭分明的。而在作家第二部小说《双重人格》中，情况就有了明显的变化：作品出现了双重人格，善与恶不是由代表社会两极的人物来体现，不是泾渭分明的，而是体现在一个人物身上，体现在主人公高略德金这个性格分裂的典型人物身上。作者认为这人物"是一块污秽龌龊的抹布，可是这可能是一块并不简单的抹布，这块抹布可能是富有自尊心，富有兴奋和感情的，固然它富有的是一种沉默无言的兴奋，沉默无言的感情，而且还是深藏在这块抹布的肮脏的褶缝里的，然而它毕竟是富有感情的"。关于这个人物杜勃罗留波夫明确指出：

"他的精神分裂了，他自己也看到了这种两重性……他积聚他所幻想到的一切卑鄙的、充满世故的狡猾的手段，一切丑恶而有效的手段；可是有几分是实际上的胆怯，有几分是深邃褶缝里的某个地方还隐藏着道德感情的残余，阻挠了他采取他所设想好的一切阴谋诡计，丑恶行为，于是他的幻想就使他变成'两重人格'；这就是他癫狂的基础。"① 在这之后，陀思妥耶夫斯基一系列作品的主人公大多表现出双重人格和精神分裂：在长篇小说《卡拉马佐夫兄弟》中，检察官曾经这样概括"卡拉马佐夫性格"，说它是"能够兼容并蓄各种各样的矛盾。同时体味两个深渊，一个在头顶上，是高尚的理想的深渊，一个在脚底下，是极为卑鄙丑恶的堕落的深渊"，总之，是"善与恶奇妙的交织体"。

陀思妥耶夫斯基所表现的这种双重人格和内心分裂，是资本主义所造成的心理变态和人性扭曲。这些人物由于丧失了道德支柱和精神支柱；在思想上现实与理想、善与恶、崇高与卑劣的斗争达到白热化程度，内心的痛苦难于忍受。这种人正如高尔基所指出的，内心已经支离破碎，而且不断分裂为二，"意识成分与本能成分几乎永远不会在他心中汇合成单一的'我'"。②

陀思妥耶夫斯基描绘双重人格和内心分裂是同作家对人性的认识和分析相联系的。在他看来，"人生来就有良心，就有善与恶的概念"。同时，他又把人的性格看成是环境的产物。他对人性的认识是十分深刻的，他不否认人的生物性和遗传性，但他又很明确地指出人是从属于社会的。他说："人是从属于社会的。从属，但是不是整个人。"③ 在作家笔下，双重人格和内心分裂归根到底乃是畸形社会和混乱时代的反映。在资本主义社会，金钱势力使人性中的善变成恶，人自身也就异化为非人。作家表现人性的异化归根到底是为了表现社会的畸形，是对资本主义现实的深刻揭露。作家对人性对人的内心世界的"残酷"剖析，乃是对资本主义的无情批判。陀思妥耶夫斯基认为"最高意义上的现实主义者"就是要描绘"人的内心的全部奥秘"。他说："我对于现实主义有着完全不同于我们的

---

① 《杜勃罗留波夫选集》第 2 卷，上海文艺出版社 1961 年版，第 92 页。
② 《论文学》（续集），人民文学出版社 1983 年版，第 69 页。
③ 《文学遗产》第 83 卷，第 422 页。

现实主义作家和批评家的概念。我的理想主义要比他们现实得多。上帝啊！必须详详细细地阐述我们所有俄罗斯人近十多年来所经历的精神发展——但愿现实主义者不要惊叫这是幻想，这才是地道的真正的现实主义！"①

陀思妥耶夫斯基表现双重人格和内心分裂又是同他的人道主义信念相联系的。人们称他为"残酷的天才"，就在于他敢于"残酷"地挖掘深藏于灵魂中的人性恶，同时更在于他敢于表现灵魂中的人性善以及人性善和人性恶的斗争，能够"在人身上发现人"。当人性中善的部分被种种恶行和重重苦难所掩盖，所扭曲时，如果不进行近乎"残酷"的发掘，是无法表现人类内心深处的奥秘的。鲁迅曾指出，陀思妥耶夫斯基是"人的灵魂的伟大的审问者"②，"他把小说中的男男女女，放在万难忍受的境遇里，来试炼它们，不但剥去了表面的洁白，拷问出藏在底下的罪恶，而且还要拷问出藏在那罪恶下的真正洁白来"。③ 例如，在《白痴》中娜斯塔西娅是被侮辱被损害的人物，是被毁灭了的美的化身。为了报复从小侮辱和损害她的托兹基，她决心嫁给粗野、无耻抢购她的罗果静；她不愿嫁给她心灵中追求的梅思金公爵，则是不愿意"玷污"他。作家在娜斯塔西娅自暴自弃的变态行为里拷问出她"真正的洁白"：她的善良，她的反抗。

二　被激动的灵魂的热烈呼吁

陀思妥耶夫斯基对人性、对人的内心世界进行解剖和发掘时是"残酷"的，然而作家的情感是火热的。当我们阅读陀思妥耶夫斯基的作品时，总会被一种强烈的情感所打动，总会感受到作品字里行间跳动着作家骚动不安的灵魂。正如卢那察尔斯基所说的，"陀思妥耶夫斯基是抒情艺术家。他的所有的中篇和长篇小说，都是一道倾泻他的亲身感受的火热的

① 《陀思妥耶夫斯基论艺术》，漓江出版社1988年版，第409页。
② 《鲁迅全集》第7卷，第95页。
③ 《鲁迅全集》第6卷，第327页。

河流"。① 正是这种火热的感情，使作品产生一种火热的紧张的气氛，使读者的情感处于一种激动不安的状态。

让我们看看《白痴》中娜斯塔西娅·菲里波芙娜在生日那天拍卖自己那惊心动魄的一幕。娜斯塔西娅当众"用一种发高烧似的"口气喊道："这是十万卢布"，它"就在这龌龊的纸包内"。原来这是罗果静买她的十万卢布，也是给她的所谓"生日礼物"。娜斯塔西娅指着罗果静说："今天上午他像疯子一样喊叫，说到晚上给我送来十万卢布，所以我老是等候他。他把我拍卖了：从一万八千起，忽然增加到四万，以后又加到十万。他总算没有失约！你们瞧他的脸色多么惨白！"随后，娜斯塔西娅又一一揭露老将军叶潘钦、他的秘书甘尼亚·伊伏尔金和托兹基，并拒绝了自己所爱的梅思金公爵。最后，她把十万卢布扔进熊熊燃烧的壁炉，并要甘尼亚光着手去取，对他说要"最后一次看一看你的灵魂"。这时气氛简直到了白热化的程度："周围传出一阵喊声，许多人甚至画起十字来"，"她发疯了！她发疯了！"人们失去理智地喊叫着。再看甘尼亚·伊伏尔金，"一丝憨笑掠过他那苍白得像张纸似的面孔……他两眼死死盯着那个就要变成灰烬的纸包"，他一动也不动，最后终于支持不住倒地晕过去了。这时娜斯塔西娅从火中钳出钱包，宣布它归甘尼亚所有。此刻她报了仇，得到了满足。

这是一个富有强烈戏剧性的场面，它是由人物性格和心理的尖锐冲突构成的。同时我们看到，作者火热的情感也造成了一种白热化的气氛，在这种气氛中人物形象被扭曲了，被变形了，这又大大增强了这个场面的戏剧效果。显然，火热的情感加强了心理冲突，造成了强烈的戏剧效果，使作品产生一种揪心的艺术力量。正如卢那察尔斯基所概括的："陀思妥耶夫斯基所创造的气氛是火热的，它由于温度的变化而闪烁不定，常常明显地歪曲了来到你面前的事实和对象。陀思妥耶夫斯基笔下的故事叙述人或者干脆用作为登场人物的'我'的名义说话，或者是一个痉挛的、哆嗦的、时而嘲讽时而痛苦的编年史家。"②

陀思妥耶夫斯基作品中这种火热的情感是怎么产生的，或者说它是由

---

① 《卢那察尔斯基论文学》，人民文学出版社 1983 年版，第 213 页。

② 同上书，第 231 页。

作家哪些心理因素造成的？据卢那察尔斯基的分析①，它来自以下几个方面。

一是"灵魂奥秘的连续的自白"，"披肝沥胆的热烈的渴望"。作家只有真诚才能打动读者，这是从作家心理素质的角度来分析的。陀思妥耶夫斯基创作心理的重要特点就是真诚，他总是想把自己灵魂的奥秘向读者袒露，把自己的感受和痛苦向读者倾吐。作家这种内在的、热烈的、真诚的情感构成了作品艺术感染力的基础。

二是"当他向读者表白他的信念的时候，总是渴望感染他们，说服和打动他们"。作品要打动读者，首先作家心中必须有读者，这是从艺术接受角度来分析的。陀思妥耶夫斯基并不十分关心他的作品外表的美，他故意使得他的文字极端质朴，对自然景物的描绘也十分冷淡。他最关心的乃是"尽快地打动您，向您倾吐心曲"，是用他所写的内容的独创性来吸引读者。

三是"热烈的、不可抑制的生活渴望"。这是从作家创作的角度，从作家情感体验的角度加以分析的。作家在整个创作过程中总是伴随着强烈的情感体验活动，他在塑造人物形象时总是从自己的情感经验出发，去体验人物的思想感情，并且在人物形象身上融进自己的情感。所谓"热烈的、不可抑制的生活渴望"，实际上讲的就是作家的情感体验。卢那察尔斯基认为陀思妥耶夫斯基的情感体验有作家自己的特色，它包括以下两个方面：一方面是他同他所有的主角紧密相连："他的血在他们的血管里奔流，他的心在他所创造的一切形象里面跳动。""他同他的主角一道去犯罪。他同他们一道过着沸腾的生活。他同他们一道忏悔。"另一方面是"陀思妥耶夫斯基除了亲自经受他的主角所遭遇的一切事件，为他们的痛苦而痛苦之外，他还玩赏这些感受。他经常观察各种细节，是为了将他所想象的生活体现得像幻景一样鲜明。他需要这些细节，也是为了把它们当作真正的内心的现实，加以玩味"。卢那察尔斯基指出陀思妥耶夫斯基不仅感受生活，而且玩赏这些感受，这是很深刻的，这真正道出陀思妥耶夫斯基情感体验的特点，也揭示出作家艺术风格的一个重要特点。陀思妥耶夫斯基曾经谈到这样的观点：人生的一切挫折，他都当作快乐来领受，甚

---

① 《卢那察尔斯基论文学》，人民文学出版社1983年版，第213—215页。

至苦楚本身也能带来快乐。

陀思妥耶夫斯基的情感体验常常达到一种炽热的程度，这是其他作家难以比拟的。他曾经这样说过："如果说我过去什么时候有过幸福的话，那么，这也并不是我因成就而陶醉的最初瞬间，而是当我还没有把我的手稿读给任何人听、拿给任何人看的时候：在那漫漫的长夜里，我沉湎于兴奋的希望和幻想以及对创作的热爱之中；我同我的想象，同亲手塑造的人物共同生活着，好像他们是我的亲人，是实际活着的人；我热爱他们，与他们同欢乐、共悲愁，有时甚至为我的心地单纯的主人公洒下最真诚的眼泪。"①

陀思妥耶夫斯基创作过程中炽热的情感体验，归根到底是源于作家的生活体验。在作家对作品中主人公的心理活动描绘中，我们往往可以发现作家生活中曾经有过的精神体验的影子。在长篇小说《罪与罚》中，作家和主人公拉斯柯尔尼科夫在不少心理活动上可以说是心心相印。例如拉斯柯尔尼科夫在帮助处理马尔美拉托夫的丧葬时，重新体验到生命的强大和无限，他认为"这种感觉可以和一个被判处死刑、突然获得出乎意外的赦免的囚犯的感觉相似"。主人公的这种感觉正是源于作家曾经亲自体验过的感觉。1849 年陀思妥耶夫斯基同彼特拉舍夫斯基小组成员一起被沙皇政府逮捕，他因在一次会上宣读别林斯基致果戈理的那封有名的反农奴制的信等"罪名"，被剥夺贵族身份，并判处死刑，临刑时又宣谕沙皇尼古拉一世的旨意改处苦役及期满当兵。又如拉斯柯尔尼科夫在流放地"严格地检查了自己的行为，他那颗变得冷酷的良心在他以前的行动中，除了人人都能发生的极平常的失策外，找不到任何别的可怕罪行"。"他失败了，所以他去自首，仅仅在这一点上他服罪了"。这些想法也正是陀思妥耶夫斯基在流放地的内心活动的再现。

当然，作品主人公的心理不可能是作家心理的简单再现，它是现实中人物的心理和作家心理的融合和升华，是各种心理因素的概括和典型化。然而这种典型化的基本方向是由作家的心理定势所决定的。只有作家怀着炽热的感情，同主人公一起经受同样的苦难和折磨，寻求同样的欢乐和慰藉，才有可能打动读者，感染读者，使读者同主人公一起痛苦，一起义

---

① 《古典文艺理论译丛》第 11 册，第 111 页。

愤，一起哭泣，一起欢笑，最后也才能使作品产生强烈的艺术效果。

这里分析的是陀思妥耶夫斯基创作过程中的情感体验和他的作品表现情感的特点，人们并不要求每一个作家都按照统一的模式去表现情感，作家在作品中表现自己的情感可以有多种多样的形式。尽管如此，我们应当看到，作家的真诚，作家热烈的丰富的情感是作品生命之所在，也是作品艺术感染力之所在。

三　变态心理、潜意识和梦幻

陀思妥耶夫斯基为了揭示心灵的奥秘，为了表现人物的双重性格和分裂性格，表现人物深层的心理，相应地采用一套独具特色的艺术表现手法，他也表现人物的常态心理、显意识和现实生活，但更关注的是人物的变态心理、潜意识以及梦幻生活。作家通过表现人物的心理变态、潜意识和梦幻，把人物最隐秘、最深层的内心世界揭示出来。这种独特的表现方法深化了心理分析，把小说艺术推到了一个新的高度，至今世界各国作家仍然对它表现出极大兴趣。

陀思妥耶夫斯基和托尔斯泰都擅长心理分析，他们都是心理分析大师。但是我们从他们作品的人物心理描写来看，托尔斯泰更关注人物的常态心理，而陀思妥耶夫斯基则更关注人物的变态心理。在托尔斯泰笔下，人物心理活动的轮廓分明，人物心理过程的脉络清晰，前后变化十分符合逻辑。而在陀思妥耶夫斯基笔下，人物心理活动往往是混乱的，前后矛盾的，令人难于理喻的。作家正是通过这种变态心理来揭示人物隐秘的深层的心理活动。

在陀思妥耶夫斯基的作品中，作家往往通过人物反常的行为、言谈和笑貌来表现变态心理，让人觉得十分古怪，不可理解。实际上只要我们透过现象深入到事物的本质，只要我们稍加深入分析，便会发现变态心理和常态心理的心理内容原来是相同的，只不过表现形式不同罢了。常态心理是变态心理的原型，变态心理是常态心理的扭曲表现。这样一种扭曲在文学作品中表现出来，一是可以借此深入人物的心理深层；二是可以增强作品的艺术感染力。同时，我们在陀思妥耶夫斯基的作品里还可以发现这样一种现象：人物的常态心理和变态心理常常又是相互转化的，常态心理可转化为变态心理，变态心理也可转化为常态心理。不过这种转化需要有一定的条件。这里我们可以举生活中一些简单的事例来加以说明，例如当人们在日常生活中碰到意料不到的喜事时，有人可能是笑，这是常态；有人则可能是哭，这是变态。哭正是笑的扭曲表现，是笑的变形。实际上无论是哭是笑，这两种情感形式所表现的内容都是高兴。同时我们发现在日常生活中笑和哭在一定条件下也是可以转化的，这就是所谓乐极而涕和破涕为笑。

下面让我们看看陀思妥耶夫斯基在长篇小说《被侮辱和被损害的》中是如何描绘伊赫缅涅夫的变态心理的。

伊赫缅涅夫老人原是瓦文科夫斯基的管家，被主人视为"亲兄弟"。可是后来却被瓦文科夫斯基逼得倾家荡产，亲人离散。老人受到瓦文科夫斯基的欺凌和侮辱，精神上受到极大的创伤，然而他又是自尊和倔强的。这样就形成了他的矛盾心理和心理变态。他变得非常多疑，常常自言自语，比划手势。老人对离去的女儿娜塔莎由爱变为恨，他同老伴之间"有一种默契，那就是只字不提娜塔莎，仿佛世上根本没有她这个人似的"。实际上老人对女儿依然是爱的，他的自尊、倔强、怨恨只是这种爱的变态。小说对这种变态心理及其转化，有一段十分精彩的描写。

老人偷藏着镶嵌着女儿小时画像的项链。有一次老人急于从兜里掏出文件，把小金盒也带出来了，老伴见了又惊又喜，连忙说道："亲爱的，这么说你爱着她哪！"老太婆话音未落，老人就火了：

> 一听她的叫喊，他两眼便闪现出疯狂的怒火。他抓起小金盒，使劲把它摔在地板上，开始发疯一般拿一只脚去踩它。
>
> "我要永远、永远地咒骂你！"他气喘吁吁地用嘶哑的嗓子吼道，"永远，永远！"
>
> "天哪！"老太婆叫了起来，"她，她！我的娜塔莎！她的小脸蛋拿脚去踩！……拿脚！……暴君！……"
>
> 听到妻子的啼哭，发了疯的老人停住了片刻，他被所做的事吓坏了。蓦地他从地板抓起小金盒，向室外奔去，但他刚迈了两步，双膝便跪了下来，双手抓住他面前的沙发，精疲力竭地耷拉下脑袋。
>
> 他像孩子和女人那样嚎啕大哭起来。哭声折磨着他的肺腑，使他

肝肠寸断。一个威严的老人变得比一个婴儿还孱弱可怜。啊，如今他已经不能再詈骂了；在我们任何人面前他都不再害羞了，一阵狂热的爱情的冲动，促使他当着我的面，再次把无数的热吻印在一分钟前被他用脚践踏过的画像上。他的一片深情，被他长期压在心底的对女儿的全部的爱，如今似乎以不可遏止的力量迸发出来，这股力量又使他的整个身心化作了齑粉。

"宽恕她，宽恕她！"安娜·安德烈夫娜哭哭啼啼地大声说道……

"不，不！决不，决不！"他用嘶哑的，哽咽的声音叫道。

陀思妥耶夫斯基在这个场面里，把老人伊赫缅涅夫的变态心理写得曲折有致、细腻动人，且有一种揪心的艺术力量。老人疯狂的发怒是长期压抑的对女儿的爱的变态，后来他的嚎啕大哭，他的热吻才是老人的常态心理。不过这种常态是被压抑的、潜藏的，一旦有了外界的刺激才能不可遏止地爆发出来。从作品的描写来看，激发老人心理转化的外界条件一是触物生情，见到女儿小时的相片引起情感急剧变化；一是老伴言语的刺激，老伴的话一触到他的痛处他就立刻爆发了。从整个场面的描写来看，老人的心理和情感是不断转化的：由怒到爱，又由爱到怒。这样就把伊赫缅涅夫老人恨和爱、冷和热的心理和感情，既表现得十分深刻，又非常富有艺术感染力。这就是陀思妥耶夫斯基表现变态心理的艺术力量之所在，也就是说作家不是为了表现变态心理而表现变态心理。表现变态心理是他的手段，揭示人物的性格才是他的目的。

描绘无意识的行为是陀思妥耶夫斯基揭示人物深层心理的另一种表现手法。一般说来，自觉的意识不容易表现出人物的真情，而无意识的行为恰恰更能流露出人物内心的真情。陀思妥耶夫斯基小说《少年》中主人公的一段话，颇能代表作家对这个问题的看法："笑着的人像睡着的人一样，大家都不知道自己的样子。为数极多的人完全不善于笑。然而这也不是善于或者不善于的问题；这是一种禀赋，它是做作不起来的。而笑只有一个办法：教育自己，把自己往好的方面发展，克服性格中坏的本能。这样，这个人的笑也一定会变得美好起来。有些人一笑就露出了本性，你就能立刻看穿他的底细……笑首先要的是真诚……有些性格你长久不能识透，而这个人凑巧出自本性一笑，整个性格就一下子暴露无遗了。"纵有许多动作也无法识透人物性格，这是因为这些动作不是出自人物的本性；相反，只要有出自人物本性的一个动作，就能亮出人物的整个性格。这里着重说明的就是无意识行为和动作对于表现人物内心真情和揭示人物性格的重要作用。

陀思妥耶夫斯基在作品中常常运用各种形式的无意识行为来揭示人物的深层心理。在长篇小说《罪与罚》中，主人公拉斯柯尔尼科夫在杀人之后惊恐不安，陷入极度矛盾和痛苦的状态：一方面想向人倾吐内心的秘密，另一方面又惊恐、多疑。这时作家运用下面几种无意识行为来揭示主人公这种矛盾和痛苦的心理：

一种是无目的、莫名其妙的行为。拉斯柯尔尼科夫既想对人吐露真情，可又害怕泄露内心的秘密，结果是他忽儿在街头无目的地漫游，差点被马车轧死，忽儿又找到老同学拉祖米兴那里，可是又马上莫名其妙地离开。

一种是不合情理的相互排斥的情绪和行为。拉斯柯尔尼科夫杀人之后怕露马脚，虽然把赃物藏得很严实，仍然无法掩盖自己内心的惊恐不安，结果是一会儿在睡了一觉之后突然又想起什么事情来，又反反复复检查自己的衣服，一会儿又无意识地走到自己行凶的房间，对正在修理房间的工匠说："老太婆同她的妹妹被人杀害了。这儿有一摊血哩！"两个工匠听了感到莫名其妙，还以为他是疯子。

正是这些莫名其妙的行为和相互排斥的行为，活现了主人公极端矛盾和痛苦的心境，作品人物这种深层的心理活动，是正常的情绪和行为难以表现的。

梦幻和梦境也是陀思妥耶夫斯基揭示人物深层心理活动的一种手段。日有所思，夜有所梦，梦幻和梦境往往集中了人物的潜意识，最能体现人物内心的秘密。作家通过作品中的人物伊凡·卡拉马佐夫的嘴说明了这种心理现象："在睡梦中，尤其是发梦魇的时候，由于肠胃失调，或者其它什么原因，有时人会作很艺术的梦，看到复杂而真实的思想，看到一些事，或者甚至看到一连串的事件，由统一的纠葛联为一个整体，其中会有意想不到的细节，从最高的精神表现到胸衣的最后一颗钮扣，我敢向您发誓，这是列夫·托尔斯泰也写不出来的。"显然，作家在这里是把梦境和梦幻作为揭示人物深层心理活动的一种手段，认为梦可以体现"复杂而真实的思想"，甚至可以发掘人物"最高的精神表现"。

在《罪与罚》中，陀思妥耶夫斯基就成功地运用梦境和梦幻来展示人物的心理。主人公拉斯柯尔尼科夫在杀人犯罪之前，曾经梦到儿童时代看见一群醉汉凶狠地鞭打一匹疲惫瘦弱的老马，让它驾着重载奔驰，直至老马不支而死。这是主人公过去的体验和现实的印象相融合的虚幻再现。拉斯柯尔尼科夫在杀人之后则是梦见自己在街上走着，有个陌生人向他招手，他跟那个人走进一幢黑洞洞的楼房，里面空无一人。他忽然看见那个被他杀死的放高利贷的老太婆坐在椅子上，不让他看清自己。他勃然大怒，拿起斧头用足力气向她的天灵盖猛砍过去，然而怎么也砍不动，越砍那个老太婆越笑得厉害。他惊恐万状，发现到处都是人，人们望着他交头接耳，他觉得自己无路可逃了。这个梦境恰好是留在拉斯柯尔尼科夫潜意识中的杀人犯罪的切实体验的真实再现，同时也表现了他杀人之后走投无路的惊恐心理。正是这种草木皆兵的感觉使主人公的精神防线完全崩溃了，最后为寻求解脱，只好去自首了。

我们为了说明问题，把陀思妥耶夫斯基表现人物深层心理的三种形式——变态、无意识和梦幻分别加以分析。实际上作家在作品中运用这些表现形式时往往是把它们融合在一起的。人物的潜意识和双重性格是变态心理、无意识行为和梦幻的根源。三种表现形式的交融运用往往就能更充分和更深刻地揭示人物的深层心理，构成震撼人心的艺术效果，陀思妥耶夫斯基在《罪与罚》中交融运用变态行为和梦幻等手法来刻画斯维德里加依洛夫的双重性格就是很好的例子。当他把杜尼雅诱骗到自己房间时，按照他的本性是完全可能野蛮地奸污她的。可是这时他"心里发生了片刻无声的剧烈斗争"。结果是"他忽然放开了手，掉转身子，快步向窗口走去"；把钥匙扔给她，再三催促她"快走"。从这些反常的动作和行为中，可以看出在斯维德里加依洛夫身上那难以抑制的兽性和情欲，同潜意识中残留的人性和良心展开了剧烈的搏斗，最终正如他自己所分析的，"在那一刹那，他对她仿佛起了怜悯之心，仿佛觉得心揪紧了"。之后，在一个凄风苦雨之夜，他在一家小旅店里又产生一系列梦幻：一个已经死去的大理石雕塑一样的少女面容，她是由于纯洁的心灵受到凌辱而自尽的；一个被酗酒的妈妈遗弃的五岁的小女孩被他抢回屋里之后，向他发出妓女那样的淫笑，其中"含有一种无限丑恶的、侮辱性的东西"，他不禁惊叫起来。前面的变态行为和后面的梦幻融合在一起，就更生动和真实地揭示了斯维德里加依洛夫身上人性与兽性剧烈搏斗的深层心理。

四　奇特的小说形式

以往我们只注意到文学作品的艺术内容同心理因素的联系，对于艺术形式同心理因素的联系往往重视不够。实际上任何一种艺术形式的产生和运用都是同艺术家的心理相联系的，这点在陀思妥耶夫斯基的创作中也表现得很充分。陀思妥耶夫斯基对人物深层心理的开掘和表现不仅同作品内容紧密相关，而且也形成作品奇特的艺术形式。卢那察尔斯基曾经敏锐地觉察到这种现象，他说："他的小说的形式往往非常奇特。研究这一点很有意思，正像地质学家研究埃特纳火山（在意大利西西里岛）或研究富士山的起因一样。"① 卢那察尔斯基的这个观点极富启示性：火山表层的地质结构是火山深层长年积聚的岩浆爆发的产物，研究火山不仅要研究表层地质结构，而且也要研究火山的起因。同样，陀思妥耶夫斯基小说奇特的形式也是作品人物长期郁结的深层意识和心理爆发的产物，我们研究作家的艺术形式必须从心理方面寻找根源。

我们在陀思妥耶夫斯基的作品中发现，作家许多独特的艺术表现形式都是为深入心理分析服务的，都是为揭示人物深层心理服务的。他善于选择和虚构那种骇人听闻的和惊心动魄的事件来表现人物心灵的搏斗，通过作品情节的逆转来表现人物的心理，而作品中情节的发展过程又是同人物心灵的运动紧紧相连的。他在作品中所安排的环境往往是人物心理的外化，他着重表现的不是物质的时间和空间，而是心理的时间和空间。陀思妥耶夫斯基作品艺术形式的心理问题正越来越引起人们的关注和兴趣。

从陀思妥耶夫斯基作品的选材来看，作家感兴趣的不是日常生活，而是特殊的事件，古里古怪的事件，甚至是骇人听闻的、惊心动魄的事件。在作家的笔记本里，我们可以看到作家记下的各种耸人听闻的奇特的消息：弑父的孩子们；强迫妻子代替拉边套的马在皮鞭驱赶下猛跑几十俄里

---

① 《卢那察尔斯基论文学》，人民文学出版社 1983 年版，第 213—214 页。

的丈夫；由于小孩向狗扔石头而吩咐放出群狗追捕小孩的地主将军；为三个卢布而发生的残忍凶杀，等等。① 这些素材写进作品就成为惊心动魄的情节，诸如《罪与罚》中的杀人，《卡拉马佐夫兄弟》中的弑父等。对此，陀思妥耶夫斯基在谈到《恶魔》时曾经明确指出："我认为我自己是一件个别的意味深长的事件的记叙者，这件事在我们这里突然发生，出人意外……当然，由于事件不是发生在天上，毕竟在我们这里，因而我有时就不能不涉及我们省城的日常生活图景；但我要提醒注意，我只是在最必要的范围才这样做，我决不专门描写我们当代的日常生活。"②

陀思妥耶夫斯基选择特殊的事件是同他的创作思想相联系的，是为了表现病态、畸形的社会，也是为了更好地表现两重人格的内心矛盾和心灵搏斗。因此他认为文学不应当回避社会的病态现象和畸形现象，并且对批评界不能正确看待这种现象表示不满："我们这个社会骨子里就有毛病，存在着病态，要是谁能发现并讲出来，大家便群起而攻之。"③ 在他看来，这些事件虽然是特殊的，甚至是虚构的，然而不是作家臆造的，它是现实生活的一部分，有时甚至构成生活的本质。陀思妥耶夫斯基一再强调："我对现实（艺术中的）有自己独特的看法，而且被大多数人称之为几乎是虚幻的和特殊的事物，对于我来说，有时构成了事物的本质。事物的平凡性和对它的陈腐看法……还不能算现实主义。""讲清楚我们俄国人在近十年来思想发展中的体验，——这才是现实主义。"④

陀思妥耶夫斯基在 60 年代和屠格涅夫的通信中，曾经提出过虚幻在艺术中的表现问题。他认为艺术中的虚幻和艺术真实并不矛盾。他在谈到自己的小说《一个温顺的女人》时说得更加明确："我称它为'虚幻的'，其实是高度现实的，不过确实有虚幻的东西，恰好是在小说的形式方面。"⑤ 陀思妥耶夫斯基对虚幻的理解是深刻的，在他看来，虚幻主要是艺术表现形式，它从根本上讲并不违背艺术的真实。例如《白痴》第一部，梅思金公爵一天之内巧遇并经历了许多戏剧性事件，在时间上看来是

①　梅拉赫：《创作过程和艺术接受》，黄河文学出版社 1989 年版，第 150 页。

②　《陀思妥耶夫斯基的创作》，俄文版，1955 年，第 566 页。

③　《陀思妥耶夫斯基书信集》第 4 卷，俄文版，1959 年，第 62—63 页。

④　《陀思妥耶夫斯基论艺术》，漓江出版社 1988 年版，第 409—410 页。

⑤　同上书，第 480 页。

不现实的，但事件本身还是可能的。这种"虚幻的"形式虽然同生活真实不一致，但并不违背艺术真实。当然陀思妥耶夫斯基认为艺术中的虚幻也是有限度的，他说："艺术中的虚幻是有限度的，也是有规则的，虚幻尽可能接近现实，以期达到几乎要信以为真的程度。"①

陀思妥耶夫斯基作品情节的安排也是服从于揭示人物内心奥秘，表现人物深层心理这个总目的。在作家的作品中，事件常常只是外在的框架，情节的真正推动力是人物的心理活动和心理冲突。不管作品外在的情节多么曲折离奇，作品的情节乃是人物心灵活动的历史。长篇小说《罪与罚》的情节线索是犯罪和审讯，而情节的真正推动力却是主人公拉斯柯尔尼科夫的内心冲突，整部作品实际上就是他的心灵的活动史。陀思妥耶夫斯基的其他作品也都是作家的主要人物的心灵活动和内心冲突的历史，作家是在事件的流动过程中深入挖掘人物矛盾的深层的心理活动。人物的心理冲突决定了事件的进程，而事件的进程就是人物心理的展示过程。

陀思妥耶夫斯基安排情节的另一个特点是通过情节的突然逆转来展示人物的心理。突然逆转的情节一是能够让人物的灵魂曝光，一是能充分表现人物心理的复杂性。《白痴》中生日的一幕就是情节的突然逆转。娜斯塔西娅·菲里波芙娜把罗果静买她的十万卢布扔进燃烧的壁炉，这种情节的突然逆转无异于对在场的每一个人施行一场灵魂绞刑，它不仅拷问出每个人灵魂深处的罪恶，同时也使作品的情节具有强烈的戏剧性和艺术感染力。在《罪与罚》中，陀思妥耶夫斯基也安排了许多突然逆转的情节来展示主人公拉斯柯尔尼科夫心理活动的矛盾性和复杂性，把他的内心冲突不断推向高潮，同时也使整个故事腾挪跌宕，引人入胜。例如，拉斯柯尔尼科夫杀人之后在严重的精神折磨之下走投无路。正在这时，情节突然发生逆转：马尔美拉托夫被马车碾死了。于是拉斯柯尔尼科夫立即解囊相助，把母亲寄来的仅剩下的二十卢布交给卡杰琳娜·伊凡诺夫娜办丧事，得到一家人的感激。这时，他的精神陡然一振，"他心里充满一种从未有过的、突然涌现的、具有一股充沛强大的生命力的广大无边的感觉。这种感觉可以和一个被判死刑，突然获得出乎意外赦免的囚犯的感觉相似"。"我活着，难道我现在没有活着吗？我的生命还没有跟老太婆一同死

---

①　《陀思妥耶夫斯基书信集》第 4 卷，俄文版，第 178 页。

去！……现在我们来较量较量吧！"这段潜台词只有在情节逆转的情况下才有可能出现，它透露出拉斯柯尔尼科夫对生的渴求，也表露出他想继续做"超人"的企图。后来警察局侦察科长波尔菲里对他进行三次精神攻势，诱逼他去自首。这时作家又安排了三次情节逆转，直到最后，拉斯柯尔尼科夫在警察局门口看到离入口处不远站着惊惶失色的索尼娅，她"脸上流露出痛苦、惊讶和失望的神色"，这才促使他下决心向警察局自首。

陀思妥耶夫斯基作品的环境描写更是独具一格，它也完全服从对于人物心理的揭示。在传统的现实主义那里，人物所处的环境得到具体的描绘，而且是通过作家的视觉来描绘的。在陀思妥耶夫斯基那里，他所关注的不是人物所处的环境本身，而是人物的内心世界，因此作家强调的是人物的主体性，他不是通过作家的视角来描绘环境，而是通过人物的视角来描绘环境。他着重描绘的是人物对环境的感受，环境往往是人物心理的外化，是人物内心世界的具象化。《罪与罚》的主人公从棺材似的斗室走到街上，看到的是污秽的街道，肮脏的小酒店，卖身的妓女，卧倒的醉汉；听到的是吉他声，妇女的尖叫声和疯狂的鞋跟踏地声；闻到的是小酒馆桌上粗糙的马铃薯煎牛排散发出的腐臭的腥味。这时，时钟响着"被锁紧了咽喉似的嘎声"，街灯也像"鬼火似的"闪烁着，甚至连"风也像求施的讨厌的乞丐似的呻吟着"。这幅破败、零乱、阴暗的街景，正是主人公焦躁不安，心烦意乱情绪的外化。反过来，正是出于主人公矛盾、紊乱的心理才把街景看成是破败、零乱和阴暗的。在这里，街景已不是主人公心理的衬托和象征，而是主人公心理的体现。

环境的描绘既然依附人物的心理，由人物的心理来主宰，因此陀思妥耶夫斯基作品中的环境往往不是独立的、完整的图景，它随人物心理的变化而变化，甚至被人物的感受所切割。①《罪与罚》中的涅瓦河是通过拉斯柯尔尼科夫的视角和感受来描绘的：主人公的心理状态不同，他所看到的涅瓦河也不同，整个涅瓦河的景象似乎是被主人公不同心理状态下的不同视角所切割，作品中从来没有出现过涅瓦河的全景。

① 这部分的分析参见樊锦鑫《陀思妥耶夫斯基艺术世界中的时间和空间》，见《国外文学》1983 年第 3 期。

第一次是在主人公童年之梦苏醒过来之后，这时他准备抛弃杀人的念头，心情比较平静。"他走过桥的时候，悄悄地、心境宁静地望着涅瓦河，望着那嫣红的太阳。"他所平视的河和太阳是他平静心情的外化。

第二次是在杀死老太婆之后，拉斯柯尔尼科夫挨了马车夫一鞭子，路人同情他，塞给他二十戈比。他手握银币走了十来步路，"脸转向涅瓦河，朝皇宫望去。天空没有一丝云彩，河水几乎是浅蓝色的，在涅瓦河里，这是很少见的。大教堂的圆顶光彩夺目，不论从哪里看这个圆顶，都没有像这儿离钟楼二十来步路的桥上看得清楚；透过洁净的空气，连它的每种装饰都可以看得清清楚楚"。浅蓝色的河水，晴朗的天空，洁净的空气，以及他所仰视的光彩夺目的教堂，这是主人公感受到人类之爱的内心温暖感情的外化。

第三次是在他精神恍惚之时，"他俯身看着河，无意识地望着那落日余辉的粉红色的反照……他又望望河里那片黑黝黝的水，似乎看得很用心"。这是主人公对涅瓦河的俯视。当时他感到绝望，甚至想投河一死，这里所俯视的落日余辉，黑黝黝的河水，就是这种绝望心情的外化。

显然，主人公处于不同心情，他所看到的河水的色调和所注意的景观是完全不同的：心情平静时没有注意到河水的颜色，所注意的是嫣红的太阳；心情温暖时，河水是浅蓝色的，所注意的是教堂；心情绝望时，河水是黑黝黝的，所注意的是落日。作家与其说是在描绘涅瓦河的景色，不如说是在表现主人公心理的变化。涅瓦河的景色在作家笔下完全是人物心情的外化。

在陀思妥耶夫斯基作品中时间同样是人物心理所感受的时间，而不是日常生活中的时间，作家作品中的时间是被高度浓缩的，常常不是按照日常生活的时间流程循序发展，而是跳跃的、突变的，主要是服从于人物当时的心理情绪。例如《罪与罚》中拉斯柯尔尼科夫在杀死老太婆和丽扎韦塔之后病了一场，五天之后他又无意识地来到她们所住的房间：

　　　　这套房间也在装修；有几个工匠正在里边干活；这仿佛使他猛吃一惊。他不知为什么有了这么个想法：他将要看到的一切东西都会同他离开它们时一模一样，连那两具尸体也许还躺在地板上原来的地方呢。可是现在四壁萧条，一件家具也没有，好奇怪！

　　这段描写确实十分奇特。实际情况是主人公在五天之前来到这个房间，而且杀了人。五天之后这个房间已经面目全非，然而主人公全然没有想到时间已经过了五天，全然没有看到房间发生的变化，他脑子的兴奋中心还是杀人的那一天，还是那一天的那个房间的那个现场。在主人公心理的作用下，作品的时间描写显然完全超越了现实的时间和空间，完全是主人公的心理时间和空间。

　　以人物的心理为依据，超越物理世界的时间和空间，重新结构心理的时间和空间，形成独特的艺术世界，这就是陀思妥耶夫斯基环境描写的独创性，也就是卢那察尔斯基所指出的一种"十分奇特的形式"。

五　充满矛盾和活力的艺术思维

　　前面我们主要依据陀思妥耶夫斯基的创作，从内容和形式两个方面来探讨作家的创作特色——窥探人类心灵奥秘的艺术。作家创作的特色源于作家创作个性的特点和艺术思维的特点。后面两节将更多依据作家创作过程的材料，着重从艺术思维和艺术个性的角度进一步探讨作家创作的特征。

　　陀思妥耶夫斯基生前和身后的几十年，在俄苏乃至世界范围，对作家的创作一直存在剧烈的争论。传统深厚的强大的现实主义阵营始终不愿割舍这位享有世界声誉的伟大作家，然而又往往把他视为异端；蔑视传统的后来崛起的现代主义阵营却始终十分崇拜陀思妥耶夫斯基，常常把他视为鼻祖。从艺术思维的角度看，争论涉及到一个重要问题，陀思妥耶夫斯基究竟是直觉主义者还是理性主义者。西方的一些人从陀思妥耶夫斯基表现变态心理、无意识、幻觉、梦幻出发，断定他是直觉主义者，认为他的创作都是来自潜意识冲动，来自神秘主义的悟性；而另一些人从陀思妥耶夫斯基宣扬宗教理性出发，断定他是理性主义者。苏联学者梅拉赫认为他们的看法实际上脱离了作家的创作实际，"忽略了他的艺术思维的真正独创性"[①]。所谓陀思妥耶夫斯基是直觉主义者或理性主义者的看法是抓住了

————————————

　　①　转引自《创作过程和艺术接受》，黄河文艺出版社1989年版，第131页。

作家艺术思维的某些特征，但是没有从总体上，从矛盾斗争的角度把握作家艺术思维的特征。总的看来，陀思妥耶夫斯基的创作是自觉的，有明确的指导思想的。然而光看到这一点还是不够的，重要的是还要看到作家的艺术思维既是充满活力的，又是充满矛盾的。

梅拉赫指出陀思妥耶夫斯基艺术思维的基本特点是"认识—分析倾向"。作家的创作有明确的指导思想，陀思妥耶夫斯基常常指出，作家在分析当代现实生活时必须寻找一定的规则和指导线索，他说："如果社会生活处于这种早已存在、现在尤甚的混乱中，尚不能给艺术家找到正常的规则和指导线索，甚至可能连莎士比亚式的诗律也找不到，那么至少，哪怕不希求指导线索，有谁能阐明这混乱的哪怕一部分也好啊？"① 他非常强调研究当代社会和未来社会的规律，他说："我们现在毫无疑义地有正在瓦解的生活，所以有正在瓦解的家庭。然而必定也有已经建立在新的基础上的、重新建立起来的生活。谁来发现这些新基础，谁又来指出它们呢？有谁哪怕能够稍微确定和表达一下这个瓦解和新建的规律也好啊！或者说这样的要求还为时过早？"② 虽然作家无法揭示这些规律，但我们从这些表白看出一种强烈要求认识和分析生活的倾向，这推动他的创作的发展。他认为他的创作的基本任务就是抓住最尖锐、最折磨人的问题，揭示出当代生活中普通人发现不了的最隐秘的现象。具体说，就是力求搞清楚在当代混乱、畸形社会中所产生的偶合家庭和双重性格。陀思妥耶夫斯基一系列长篇小说的构思和中心思想，都是同作家对当代生活这一基本看法和基本意向相联系。例如在谈到《卡拉马佐夫兄弟》时，作家曾经说过："把这四个性格（指费多尔、伊凡、德米特里和阿列克赛·卡拉马佐夫）综合到一起，您就会得到哪怕缩到千分之一的、我们当代现实的、我们当代知识分子的俄罗斯的描写。"③

陀思妥耶夫斯基艺术思维的另一个特点是综合的倾向。在作家的艺术思维中，理性逻辑的和具体感性的，理性的和直觉的，思想的和形象的各种因素的对比关系是不断变化的。当作家艺术思维中理性逻辑因素占优势

① 《陀思妥耶夫斯基全集》（30卷集）第25卷，第35页。
② 《陀思妥耶夫斯基全集》（30卷集）第28卷，第35页。
③ 《陀思妥耶夫斯基全集》（30卷集）第15卷，第435页。

时，他就面临着损害浓烈情感因素和生动形象的危险。作家告诫过自己：
"艺术性是首要的事情，因为它能以突出的画面和形象帮助表达思想，相
反只表达思想而缺乏艺术性的时候，我们造成的仅仅是枯燥乏味，留给读
者的是平庸和肤浅，有时是对不正确表达出来的思想的不信任。"① 因此
作家在创作中力求把理性逻辑的因素和具体感性的因素综合在一起，把不
仅由理性法则，而且由心灵追求而产生的各种思想综合在一起，把细腻的
抒情、心理分析同政论性逻辑性很强的对白和独白结合在一起。他的作品
虽然对白和议论不少，但读者仍然能感受到主人公说话的姿态、语调以及
他们对周围世界的反映。能够根据作家所提供的个别细节和特征再现出人
物的完整形象。正如鲁迅所说的："他写人物，几乎无须描写外貌，只要以
语气，声音，就不独将他们的思想和感情，便是面目和身体也表示着。"②

　　陀思妥耶夫斯基的艺术思维尽管有认识分析的特点和综合的特点，同
时它也是充满矛盾的，也就是说作家艺术思维中理性逻辑的因素和情绪情
感的因素，思想的因素和形象的因素，不都是处于平衡的和和谐的状态，
而是常常处于不平衡的和矛盾的状态。③

　　作家非常重视思想在创作中的作用，他说："诗歌需要有热情，需要
有您的思想，而且一定要有热情举起的、能做指示的手指。"④ 然而他认
为艺术创作的活力不仅来自思想，更重要的是来自生活，来自思想和生活
的联系，思想一旦离开生活，理性因素不能同形象因素相融合，创作便要
遭到失败。他曾经结合自己的创作经验这样说过，"为了写小说，首先需
要积累一个或几个确实由作者心灵体验到的强烈印象。诗人的事情就在于
此，由这个印象生发出主题、提纲和严整的整体"。⑤

　　从创作实践来看，陀思妥耶夫斯基的创作是充满深刻矛盾的。他一方
面憎恨暴力的、残酷的和庸俗的世界，追求人道主义的思想，另一方面又
宣扬宗教，鼓吹向恶的势力屈服。这种世界观的矛盾决定了作家创作的深

---

　　① 转引自《创作过程和艺术接受》，黄河文艺出版社 1989 年版，第 130—131 页。

　　② 《鲁迅全集》第 7 卷，第 94 页。

　　③ 这部分分析参见梅拉赫《创作过程和艺术接受》。

　　④ 陀思妥耶夫斯基笔记本 12 号，转引自《创作过程和艺术接受》，黄河文艺出版社 1989
年版，第 144 页。

　　⑤ 《文学遗产》第 57 卷，第 64 页。

刻矛盾。在陀思妥耶夫斯基的创作中，既有作家对当代生活及其骇人听闻的混乱的天才批判，又有对未来反动而神秘的省悟。从艺术思维的角度看，当作家的思想是来自现实生活的直接体验，现实生活的直接体验战胜了抽象的思想，思想和形象、理性逻辑和情绪情感得到和谐融合，这时他的创作就会充满活力，就能得到成功。相反，当作家的思想与生活隔绝，纯粹来自宗教说教，抽象的思想只是拿形象稍加点缀，形象和思想是割裂的，这时他的创作就没有生命力，就必然遭到失败。这两种情况在陀思妥耶夫斯基的长篇小说《卡拉马佐夫兄弟》第二部第五卷和第六卷中分别得到充分的体现。

在第五卷《赞成与反对》里，陀思妥耶夫斯基试图表现"上帝是否存在"的主题。然而这一亵渎神明的主题在作品中是不能以抽象的形式展开的，而是以艺术形象的形式展开的。作品这部分的重要章节的内容都是建立在一般议论、概念同具体形象冲突的基础上，它是以现实生活为基础，以艺术形象为内容的，在这里理性逻辑因素和情绪情感的因素是融为一体的。伊凡·卡拉马佐夫关于基督上帝不能胜任自己任务的议论，关于新约学说软弱无力的议论，在作品里都化为现实生活中残酷的和缺乏人性的形象，可怕和完整的形象。据伊凡·卡拉马佐夫说，"理智动摇并隐匿了起来"，无神论的论据被现实的生动形象充实起来了。这时小说出现了一个个残酷可怕的画面，其中最震撼人心的是一个小男孩的故事：一个小男孩在玩的时候打伤了地主将军一只狗的腿，地主将军立即命令放出一群猎犬去追扑这个倒霉的小男孩，结果是小男孩当着母亲的面被猎犬撕成碎片。当伊凡·卡拉马佐夫向自己的弟弟苦修士阿辽沙·卡拉马佐夫讲述这件骇人听闻的故事，并向他提出应当拿将军怎么办时，阿辽沙·卡拉马佐夫竟然违背了自己所敬重的基督教教义，说了一句："枪毙！"在这里形象的力量压倒了抽象的教义，作家否定宗教的思想是同生活形象完全融为一体的，艺术思维中理性逻辑的因素和情绪情感的因素是融为一体的，因此具有强烈的艺术感染力量。

在第五卷《赞成与反对》里，我们看到的是抽象的教义被现实形象所覆盖，而在第六卷《俄罗斯教士》里，我们看到的却是抽象的教义压倒了生活的形象，脱离生活的思想成了干巴巴的说教。按照陀思妥耶夫斯基的创作意图，他企图在第六卷里解决第五卷里所提出的社会矛盾，塑造出一个"谦逊而伟大的人物",即基督教教士的形象。如果说作家在第五卷里用艺术形象展示的是上帝所创造的世界的不公平,人在这个染满鲜血的地球上不可能有幸福,那么在第六卷里作家就想确定一个至善至美的世界,表现被基督教教义平息下来的人类灵魂的天堂。然而由于思想脱离了现实,思想和形象割裂,结果是艺术家的陀思妥耶夫斯基变成了基督教教士,使这一卷的创作完全遭到失败:他力求树立的正面理想成了基督教教义千篇一律的、枯燥无味的空洞说教,尽管作家试图用一些具体形象加以点缀,结果也无法使概念和形象得到融合。

六　俄国专制时代的精神病者

这一节要谈的是作家的个性和作家创作的关系,这是最后一节,也是最难把握的一节。在谈到这个题目时,自然要碰到陀思妥耶夫斯基的癫痫病问题。人们常常把作家的疾病同他的创作相联系,认为他的疾病是他的创作的推动力,这种看法是需要具体分析的。作家的疾病同作家的创作无疑是有联系的,然而把作家创作的动力完全归之于疾病,就不够全面了。一个作家的创作首先是同时代相联系,时代造就了作家,特别是历史大变动、大动荡的时代更容易造就伟大的作家。同时,作家的创作又是同作家的个性和心理素质相联系的,这种个性和心理素质既得力于先天的气质,更得力于后天的生活实践,其中有生理因素,而社会因素则起更大的作用。

陀思妥耶夫斯基是生活在俄国农奴制走向崩溃和资本主义迅猛发展的时代,这是俄国社会激烈动荡和危机四起的时代。托尔斯泰和陀思妥耶夫斯基分别从不同阶级的立场出发反映了这个时代。如果说托尔斯泰是站在俄国宗法制下农民的立场反映这个时代,那么陀思妥耶夫斯基则是站在城市小市民及其知识分子的立场反映这个时代。城市的小市民既憎恨金钱和权势又追求功名利禄,他们向往着富贵的生活,实际却注定要过一贫如洗的生活。陀思妥耶夫斯基的创作正是反映了在资本主义飓风包围下的城市小市民的生活,表现了他们的抗议、幻想和失败,也表现了他们的劣根性:试图从宗教当中得到解脱,试图用俄国社会长期积淀下来的宽容忍顺、和谐虔诚的精神去抵御无情的资本主义飓风。陀思妥耶夫斯基创作中存在的深刻矛盾，正是危机时代的被吞噬的小资产阶级及其知识分子骚动不安的内心的表现，这是具有强烈的时代感的现象。正如卢那察尔斯基所指出的："痉挛得发抖的小市民，特别是小市民知识分子，是把这个爱慕虚荣的病态人物当作自己的伟大表现者的。"①

陀思妥耶夫斯基的创作个性同时又是同他一生特殊的经历、疾病以及先天和后天造成的气质相联系的。

陀思妥耶夫斯基坎坷的一生在他的创作中，打下了深深的烙印。他的许多作品是源于生活的直接体验和生活冲动，他出生于莫斯科贫民区的医生家庭，小人物悲酸的生活给他留下强烈的印象。作家在谈到《穷人》的构思时曾经说过："那时，另一件事情，历历浮现在眼前，在某个黑洞洞的角落里，跳动着一颗九等文官的心，一颗正直而纯洁、有道义而忠于上级的心；跟他一起的是一个受尽屈辱、抑郁寡欢的小姑娘。他们的事情深深地叩动了我的心弦，使我感到心碎。"② 是对小人物生活的体验和对小人物的同情，使他写出震撼人心的《穷人》。同样，四年西伯利亚苦役所受的难于想象的折磨和熬煎促使他写成《死屋手记》，真实记录了俄国专制暴政的黑暗和俄罗斯劳动人民美好的品德。1854 年他的苦役解除就给哥哥 M. 陀思妥耶夫斯基写信，信中谈到了苦役地的专制和黑暗，同时也谈到了俄罗斯人民的美好品质。他说："在狱中四年，我终于在强盗中看到了人。你信吗？存在着深沉的、坚强的、美好的人，在粗糙的外壳下面挖掘金子多么愉快……我在狱中得到了多少民间的典型和人物啊！我和他们一起住惯了，因而，我觉得，对他们很了解。有多少流浪汉和强盗的故事以及一般平民不幸的故事啊，足够写出几大本书。多么好的人民！总之我的时间没有白过。如果我对俄罗斯还不够了解，至少我很好地了解俄罗斯人民，而且了解得如此充分，能达到这样深度的人大概是不多的。"③

除了坎坷的一生，陀思妥耶夫斯基的疾病也在他的创作中留下痕迹。作家一生受尽癫痫病的折磨，我们发现他的小说的许多人物都患有癫痫

---

① 《卢那察尔斯基论文学》，人民文学出版社 1978 年版，第 200 页。

② 《用诗和散文描述的彼得堡梦景》，见《陀思妥耶夫斯基中短篇小说选》（下），人民文学出版社 1982 年版，第 97 页。

③ 陀思妥耶夫斯基：《书信选》，人民文学出版社 1986 年版，第 58—59 页。

病，像《被侮辱和被损害的》中的涅莉，《白痴》中的梅思金公爵，以及《卡拉马佐夫兄弟》中的斯麦尔加科夫。在这些人物身上都真实地再现了陀思妥耶夫斯基患癫痫病时肉体痛苦和精神痛苦的体验。

陀思妥耶夫斯基的生活经历和疾病对作家创作的影响，当然不只限于作家描写自己所经历过的生活和表现自己的生活体验，更重要的是作家的特殊生活经历和特殊的疾病造成了作家特殊的气质，归根到底是这种特殊的气质最后形成了作家独特的创作个性。苦役的生活和反复发作的癫痫病使陀思妥耶夫斯基身心受到极大的痛苦和折磨，使他形成一种多疑、敏感、好冲动和忧郁的性格，经常处于一种强烈的感情生活中和强烈的精神生活中，这一切造成作家十分独特的创作个性和十分独特的艺术风格。

强烈的感情常常使得他的作品成为一道道火热的河流。他所创造的气氛是火热的，由于温度的变化和升高，他笔下的人物和事情往往好像是恍恍惚惚的，变形的，扭曲的，而叙述者的声调也往往是痉挛的，哆嗦的，这就造成一种强烈的感染力。

强烈的情感生活和紧张的精神生活使作家和作品的人物完全融为一体，为他们的痛苦而痛苦，并且津津有味地去玩味这种痛苦，正如卢那察尔斯基所说："陀思妥耶夫斯基在痛苦中生育他的形象，他的心急剧地跳动着，他吃力地喘息着。"① 由于这样，他的作品比其他作家的作品就更具有一种震撼人心的力量。

神经的敏感使作家能够感受到当时社会条件下绵绵不尽的痛苦，也使作家能敏锐地感受和深入复杂的现实世界，特别是更能使他洞察人类隐秘的心灵世界，并且进行惊心动魄的心理解剖。

强烈的感情和紧张的神经往往能够激发作家丰富的想象和奇妙的幻觉。我们发现当作家处于高度热烈、紧张的精神状态时，处于神魂颠倒、心迷神醉的状态时，特别能感受到无人知晓的美妙的幻觉。看来，陀思妥耶夫斯基作品中常常出现的梦幻、幻觉是源于作家强烈的情感和紧张的神经。

最后，作家火热的感情和紧张敏感的神经也给他的作品留下了惶惑不

---

① 《卢那察尔斯基论文学》，人民文学出版社 1978 年版，第 214 页。

安的痕迹，造成一种紧张和忧郁的基调。

在这一节的结尾，还需要认真探索一番癫痫病对陀思妥耶夫斯基创作影响的问题。在这个问题上存在两种倾向：一种是只强调社会因素，根本不承认生理因素对创作的影响；一种是过分夸大生理因素对创作的影响，把癫痫病视为陀思妥耶夫斯基创作的推动力和认识生活的手段。茨维格在《陀思妥耶夫斯基》中认为，癫痫病"使他达到了正常人的感觉所达不到的高度紧张的精神状态，使他得以洞视隐秘的感觉世界和人所不知的心灵领域"。"他把对自己生命的最可怕的威胁——癫痫病变成其艺术的伟大秘诀：在头晕目眩的预感的瞬间，从不可思议地汇集着令人神魂颠倒的'自我'陶醉的感觉状态中，他感受到至今无人知晓的玄妙美景。"[1] 肯特在《果戈理、陀思妥耶夫斯基和他们的先驱者的下意识》中，认为陀思妥耶夫斯基创作中通过癫痫发作的形式表现出来的下意识，原来都是"认识生活和认清理想的最强大的手段"。[2]

我们并不简单否认癫痫病同陀思妥耶夫斯基创作的密切联系，问题是不能离开社会因素过分夸大生理学因素的影响。癫痫病是有遗传性的，但它的发作同后天的因素相联系，据陀思妥耶夫斯基本人证明，他初次发病正是在服苦役的时候，是在一次关于宗教问题的争论之后。陀思妥耶夫斯基癫痫病的发作，显然是同作家在肉体上和精神上所受的残酷折磨相联系的，它多半是精神性的，而不是官能性的。卢那察尔斯基曾经指出："可见是社会原因促使陀思妥耶夫斯基害了'神圣的病'，社会原因在生理学性质的前提中找到一个适当的基础（这基础无疑与他的才能本身有关），于是同时产生了他的世界观、创作风格和他的病。"[3] 鲁迅先生也曾就这个问题做过一番精辟的分析，他说："医学者往往用病态来解释陀思妥耶夫斯基的作品。这伦勃罗梭式的说明，在现今的大多数的国度里，恐怕实在也非常便利，能得一般人们的赞许的。但是，即使他是神经病者，也是俄国专制时代的神经病者，倘若谁身受了和他相类的重压，那么，愈身受，也就会愈懂得他那夹着夸张的真实，热到发冷的热情，快要破裂的忍

---

① 转引自《精神分析学说和创作》，北京师范大学出版社 1986 年版，第 127—128 页。

② 转引自《创作过程和艺术接受》，黄河文艺出版社 1989 年版，第 57 页。

③ 《卢那察尔斯基论文学》，人民文学出版社 1978 年版，第 217 页。

从，于是爱他起来的罢。"① 显然，是后天的社会因素引发了先天因素造成的癫痫病，最后造成作家特殊的气质和独特的创作风格。在这里，社会因素是主要的，归根到底起重要作用的因素。

癫痫病和陀思妥耶夫斯基创作关系的另一个问题是：癫痫病能否对作家创作直接起作用，能否成为作家创作的直接推动力。如前所述，我们认为癫痫病只能对作家创作间接起作用，比如癫痫病的经历可能进入创作的内容，更重要的是癫痫病会造成作家特殊的气质，进而影响创作的风格，而癫痫病本身是很难成为创作的动力的。

其一，癫痫病发作时，作家在精神上和肉体上都是很痛苦的，此时此刻是无法进行创作的。陀思妥耶夫斯基在他的通信中，常常谈到这种痛苦的情状及其对创作的影响。

1866 年 2 月 18 日他在给亚·叶·弗兰格尔的信中说："长篇小说是艺术创作，进行创作时要求情绪稳定和富有想象。可是债主总是折磨我，即以送我坐班房相威胁……请你理解我有多么不安。这会破坏情绪和感情，而且常常一连几天，可是却必须坐下来写作，有时候这是不可能做到的。这就是很难找到平静的时刻与老朋友谈谈的原因。天啊！还有病痛。回国以后不久，癫痫病发作得很厉害，像是要补足在国外三个月没有发病的次数似的。而现在痔疮已经折磨了我一个月。"②

1868 年 8 月 28 日给阿·尼·迈科夫的信中说："您知道我出国的原因。主要有两个：其一，要挽救的不仅仅是健康，甚至可以说是生命。癫痫病每周发作，清楚地感觉并意识到这种神经性和大脑的疾患是非常痛苦的。神志确实混乱了，这是真的。我感到这种情况，神经的疾患有时使我发狂。"③

以上两封信就足以说明陀思妥耶夫斯基在患癫痫病期间是无法进行创作的，那种认为癫痫病是作家创作推动力的说法是很难令人相信的。

其二，处于病态作家的心理活动和处于健康状态作家的心理活动是有区别的。在病人那里，他的心理活动是不受控制和监督的，这种活动常带

---

① 《鲁迅全集》第 6 卷，第 328 页。
② 陀思妥耶夫斯基：《书信选》，第 147—148 页。
③ 同上书，第 168 页。

有冲动性和无目的性；在身心健康的作家那里，他的心理活动在任何时候都是要受控制和监督的，他能够使自己的作品客体化。作家在创作中常常处于一种高度激动的状态，但他始终能控制住自己，在作品中他有很强的分寸感，能把抒情的兴奋和病态的激情严格区分开来。

第 五 章

托尔斯泰:情感的世界

    列夫·托尔斯泰是俄国 19 世纪伟大的作家,他的创作是 19 世纪俄国文学的顶峰,同时也是 19 世纪欧洲文学的顶峰。列宁曾发表一系列评论,给予托尔斯泰创作以崇高的评价,称他是"俄国革命的镜子",是"真正伟大的艺术家"①,指出"托尔斯泰在自己的作品里能以提出这么多重大的问题,能以达到这样大的艺术力量,使他的作品在世界文学中占了一个第一流的位子。由于托尔斯泰的天才描述,一个被农奴主压迫的国家的革命准备时期,竟成为全人类艺术发展中向前跨进的一步了。"②从托尔斯泰走上俄国文坛开始,其每一部作品都引起强烈的反响,一百多年来对托尔斯泰的研究连绵不断。光是托尔斯泰的研究史就足以写成一部皇皇巨著。人们研究过托尔斯泰矛盾复杂的思想世界,雄浑奇妙的艺术世界,绚丽多彩的人物世界……然而至今仍然无法穷尽他那博大精深的世界。本章想从创作心理的角度,撩开托尔斯泰世界帷幕的一角,遨游一番托尔斯泰的情感世界。托尔斯泰对艺术创作活动中的情感有自己独特的理解和独特的表现:他把艺术的本质归结为情感的交流,视作家的真诚为决定作品价值的重要条件;他强调作家要热爱所描写的对象,认为如果对描写的对象缺乏强烈的情感是无法进入创作的;他的作品以表现"纯洁的道德情感"和描写"心灵的辩证法",为俄国现实主义的发展做出独特的贡献。总之,在俄国作家中很难找到比托尔斯泰更看重艺术情感的作家了!

    情感当然无法概括托尔斯泰创作心理的全部内涵,但情感确实是托尔

---

① 《列宁论文学与艺术》,人民文学出版社 1983 年版,第 201 页。

② 同上书,第 210 页。

斯泰创作心理的核心,抓住了情感就等于抓住了托尔斯泰创作心理的关键。下面从情感和艺术的本质、情感和创作过程、情感和艺术的内容、情感和表现形式等四个方面来揭示托尔斯泰的情感世界,来考察托尔斯泰的创作心理。

一 情感和艺术的本质

人类任何创造活动都包含有情感因素,正如列宁所指出的,"没有'人的感情',就从来没有也不可能有人对真理的追求"[1]。在艺术创作活动中,情感的作用就更加突出了,也可以说没有情感就从来没有也不可能有人对艺术的追求。

中外古今的作家和理论家都把情感看作是文艺创作的重要因素。《礼记·乐记》谈到音乐创作时指出,"情动于中,故形于声。声成文,谓之音"。《毛诗序》在谈到诗歌创作时也表达了同样的见解,"情动于中而形于言,言之不足故嗟叹之,嗟叹之不足故永歌之,永歌之不足,不知手之舞之,足之蹈之也"。刘勰在《文心雕龙》的《情采》篇中指出,"情者文之经",在《知音》篇中又指出,"夫缀文者情动而辞发,观文者披文以入情。沿波讨源,虽幽必显"。白居易在《与元九书》中说:"感人心者,莫先乎情,莫始乎言,莫切乎声,莫深乎义。诗者,根情,苗言,华声,实义。上自圣贤,下至愚骏,微及豚鱼,幽及鬼神,群分而气同,形异而情一,未有声入而不应,情交而不感者。"白居易的见解是很精彩的,他把情感放在首要地位,把情和言比作根苗关系,把声和义比作华实关系,同时又说明情感同思想、语言、音乐是有机结合的。

在西方,早在古希腊罗马时期,情感就被充分重视,古罗马哲学家、文学家西塞罗在《神性论》中说:"德谟克利特不承认有某人可以不充满热情而成为大诗人。"[2] 文艺复兴以后情感就更被重视,狄德罗说:"根据情感和兴趣去描写,这就是诗人的才华"[3],"情绪表现得愈激烈,剧本的

---

[1] 《列宁全集》第 20 卷,第 255 页。

[2] 北京大学哲学系编:《古希腊罗马哲学》,三联书店 1957 年版,第 107 页。

[3] 《文艺理论译丛》第 2 册,人民文学出版社 1958 年版,第 129 页。

兴趣就愈浓厚"。①"没有感情这个品质，任何笔调都不可能打动人心"②。康德在人的知、情、意三个精神领域中，把情专门划归文学艺术，俄国文学批评家别林斯基则认为，"感情是诗情天性的最主要的动力之一；没有感情，就没有诗人，也没有诗歌"。③

中外作家和理论家显然都非常重视情感在艺术创作中的重要地位，但只要我们仔细分析他们的言论便会发现，他们谈的大都是情感在文艺创作中的地位和作用，很少有人把情感同文学的本质联系在一起，很少有人把情感提高到文艺本体论的地位。在这方面，托尔斯泰的观点是不同凡响的，是他首次把情感同文学的本质联系起来，赋予情感以文学本体的重要地位。

托尔斯泰在《艺术论》中是这样确定艺术的本质的：

> 作者所体验过的感情感染了观众或听众，这就是艺术。
>
> 在自己心里唤起曾经一度体验过的感情，在唤起这种感情之后，用动作、线条、色彩、声音，以及言词所表达的形象来传达出这种感情，使别人也能体验到这样的感情，——这就是艺术活动。艺术是这样的一项人类的活动：一个人用某种外在的标志有意识地把自己体验过的感情传达给别人，而别人为这些感情所传染，也体验到这种感情。④

托尔斯泰把艺术界定为情感交流是别具一格的，他不是从静止的、凝固的观点来考察艺术的本质，而是从动态的变化的观点来考察艺术的本质。他认为艺术首先是一种人类活动，然而艺术活动又不同于其他人类活动，艺术的本质是情感的交流，他不仅把艺术理解为情感的表现，而且理解为情感的交流。他是从作家的艺术创作过程和读者的艺术接受过程来把握艺术的情感本质的，认为艺术不仅要表现作者所体验过的情感，而且要

① 《文艺理论译丛》第 1 册，人民文学出版社 1958 年版，第 148、149 页。
② 同上。
③ 《古典文艺理论译丛》第 11 辑，人民文学出版社 1966 年版。
④ 《艺术论》，人民文学出版社 1958 年版，第 47—48 页。

让读者也受到感染，也体验到这种情感。

托尔斯泰的这种艺术定义包含着丰富的内容，它涉及一系列重要问题。

核心是艺术感染力问题，托尔斯泰非常重视艺术感染力，他认为："区分真正的艺术和虚假的艺术的肯定无疑的标志，是艺术的感染性。"① "不但感染性是艺术的一个肯定无疑的标志，而且感染的程度也是衡量艺术价值的唯一标准。"② 托尔斯泰所指的艺术感染力问题，实际上是作者和读者、听众、观众的关系问题，是艺术接受的问题。在他看来，真正的艺术必须引起读者、听众和观众的共鸣，艺术情感在他们之间是相通的。他说："如果一个人体验到这种感情，受到作者所处的心情的感染，并且感觉到自己和其他的人融合在一起，那么唤起这种心情的东西便是艺术；没有这种感染，没有这种和作者的融合以及和欣赏同一作品的人们的融合，——就没有艺术。"③

那么，情感，艺术情感怎样才能感染人，怎样才能引起作者和读者、观众、听众的交流呢？托尔斯泰在他的艺术定义中主要从情感的内容和情感的形式这两个方面加以说明。

首先是情感的内容，托尔斯泰认为艺术作品要具有感染力，首要的条件是创作主体在作品中所传达的情感必须是自己深切体验过的，同时接受主体对创作主体在艺术作品中所传达的情感也必须是自己体验过和自己所能体验得到的。显然，托尔斯泰非常重视艺术情感的体验特性。他的这种看法是很有见地的，因为不包含作者或读者亲身体验的情感就不是艺术情感，就不可能有艺术感染力。托尔斯泰不仅重视艺术情感的体验性，而且提出了具体的要求，这就是："1）所传达的感情具有多大的独特性；2）这种感情的传达有多么清晰；3）艺术家的真挚程度如何，换言之，艺术家自己体验他所传达的那种感情的力量如何。"④

其次是情感的形式。托尔斯泰在肯定情感的艺术内容的同时，并不忽

---

① 《艺术论》，人民文学出版社 1958 年版，第 148 页。
② 同上书，第 149—150 页。
③ 同上书，第 149 页。
④ 同上书，第 150 页。

视情感的艺术形式。他认为决定艺术本质的是情感，是情感内容的特性，同时又认为情感在艺术作品中是无法孤立存在的，它必须通过一定的形式加以表现，这种形式不是逻辑的形式，而是形象的形式，这就是托尔斯泰所说的，"用动作、线条、色彩、声音，以及言词所表达的形象来传达出这种感情"。

托尔斯泰的艺术定义的核心显然是艺术情感，是情感的交流，他是从创作和接受相结合，内容和形式相结合，情感和形象相结合的角度来把握艺术的情感本质的。托尔斯泰的艺术定义虽不能说是尽善尽美，无懈可击（实际上也不存在这种定义），但它毕竟是作家一生创作经验的结晶，是作家深思熟虑的结果。应当说托尔斯泰强调艺术的情感交流，比以往的艺术定义是更准确地切入艺术的本质，他从情感和形象相结合的角度把握艺术的本质，比起从思想和情感相结合的角度把握艺术的本质，也是高出一筹的。

对于托尔斯泰的艺术定义历来有不同看法。其中最有代表性的、最有影响的是普列汉诺夫的批评。普列汉诺夫对托尔斯泰艺术定义的批评主要有两点：

一是批评托尔斯泰所说"一个人使用语言向别人传达自己的思想，而人们使用艺术互相传达自己的感情"。普列汉诺夫指出："依据托尔斯泰伯爵的意见，艺术表现人们的感情，而语言表现他们的思想。这是不对的。语言服务于人们，不仅是表现他们的思想，而且也表现他们的感情。证据是：诗歌正是以语言作工具的。"①

二是批评托尔斯泰所说"在自己心里唤起曾经一度体验过的感情，在唤起这种感情之后，用动作、线条、色彩、声音，以及言词所表达的形象来传达出这种感情，使别人也能体验到这样的感情，——这就是艺术活动"。普列汉诺夫指出："说艺术只是表现人们的感情，这一点也是不对的。不，艺术既表现人们的感情，也表观人们的思想，但是并非抽象地表现，而是用生动的形象来表现。艺术的主要特点就在于此。"②

"我认为，艺术开始于一个人在自己心里重新唤起他在周围现实的影

---

① 《普列汉诺夫美学论文集》第 1 卷，人民文学出版社 1983 年版，第 308 页。

② 同上。

响下所体验过的感情和思想，并且给予它们以一定的形象的表现。"①

普列汉诺夫批评托尔斯泰所说"语言表现思想，艺术表现情感"，是正确的。然而批评托尔斯泰认为艺术只表现情感不表现思想，就欠公允了。在托尔斯泰的艺术定义中虽然没有出现"思想"这两个字，但不等于说托尔斯泰认为艺术不表现思想。普列汉诺夫对托尔斯泰的批评，看来是由于他对托尔斯泰的艺术思想缺乏全面的把握，对托尔斯泰艺术定义的形成过程更是缺乏历史的了解。

首先我们看看托尔斯泰的艺术定义是如何形成的②。托尔斯泰从19世纪七八十年代产生思想危机之后就开始冷静思考艺术的本质问题。从1882年写给 H. A. 亚历山大罗夫的信，到1898—1899年发表《艺术论》，他用了二十多年时间探索艺术的本质，其间阅读大量美学书籍，写了好几篇专门论述艺术的文章，如《论艺术》（1889），《论什么是艺术，什么不是；以及什么时候艺术是重要的事业，什么时候它是一件空洞的事情》（1889），《科学与艺术》（1889—1891），《论科学与艺术》（1891），《论什么是艺术》（1896），等等。

托尔斯泰探寻艺术本质的过程是艰辛的。他寻找艺术本质是从这样一个基本点出发的：要寻找出使艺术成为人类不可缺少的手段的因素，寻找出否定当时所流行的只供享乐的作品的根据。他在探寻过程中迈出的重要一步是区分艺术和科学的异同。在《论什么是艺术，什么不是；以及什么时候艺术是重要的事业，什么时候它是一件空洞的事情》一文中，他首先认为艺术是人类精神活动之一，之后又把人类精神活动分为教育、科学和艺术，进而比较教育同科学、同艺术的差别，提出艺术和科学同是一种创造；最后再进一步区分艺术和科学的差别。托尔斯泰说："什么是科学和艺术的创造呢？科学与艺术的创造是这样一种精神活动，它使那些人们不清楚的思想或者感情变得如此清晰、明白，使别的人都能够掌握这种思想，都同样地领受到这种感情。"③ 在这里，托尔斯泰注意的是艺术和科学的共性，认为两者都是创造，也都传达思想和感情。然而我们不难发

---

① 《普列汉诺夫美学论文集》第1卷，人民文学出版社1983年版，第308页。
② 参见李正荣《论托尔斯泰的"感情说"》，《北京师范大学学报》1988年增刊。
③ 《托尔斯泰全集》第30卷，俄文版，第319页。

现，在《艺术论》中，在托尔斯泰比较的艺术定义中，在界定艺术特性时，"思想"这两个字不见了。

为什么托尔斯泰对最后的定义感到满意呢？主要是这个定义同他原来探索艺术本质的出发点是一致的：把艺术界定为情感交流，一方面可以使以情感为内容的艺术成为对全人类来说具有普遍意义的、非常重要的事业；另一方面又找到了使艺术区别于其他精神活动的内在特征——把情感作为艺术的特殊对象。

为什么托尔斯泰不用思想而用情感来界定艺术的本质呢？显然，他认为思想观念是科学的内容所具有的特征，而只有传达情感才是真正艺术所共有的内在特征，它可以把艺术同"科学创造"，同"游戏的娱乐"区分开。

从托尔斯泰探索艺术本质的过程来看，他是从艺术对于人类的重要意义和艺术与科学的区别的角度来考虑问题的，他在定义中没有提到思想，并不等于他不重视思想。

其次，从托尔斯泰《艺术论》和托尔斯泰文艺思想的完整体系来看，这个问题就更清楚了。

托尔斯泰在《艺术论》中指出："我的基本思想——关于现代艺术所走的不正确道路、关于它走上这条道路的原因以及关于什么是艺术的真正使命的基本思想，是正确无误的。"[1] 围绕这一基本思想，他批判颓废主义、自然主义、"纯艺术"的文艺思想，坚持现实主义文学的重要原则：真实性和思想性。可见托尔斯泰对文学艺术作品的思想内容是极为重视的。

托尔斯泰在《艺术论》中，还把作家的思想水平看作是作家创作的重要条件。他说："一个人要创造真正的艺术品，必须具备很多条件。这个人必须处于他那个时代最高的世界观的水平，他必须体验过某种感情，而且他有愿望、也有可能把这种感情传达出来，同时，他还必须在某一种艺术方面具有一定的才能"，"我所谓的才能，是指能力而言：在文学中指的是把自己的思想和印象很方便地表现出来"。[2] 在这里，他把思想放

---

① 《艺术论》，人民文学出版社1958年版，第192页。

② 同上书，第113—114页。

在相当重要的地位。他在 1876 年 4 月 23 日给尼·尼·斯特拉霍夫的信中说："在我所写的全部作品，差不多是全部作品中，指导我的是：为了表现，必须将彼此联系的思想搜集起来。"① 这怎么能说托尔斯泰认为艺术不表现思想呢？

最后，再看看托尔斯泰所说的情感的具体内容同思想的关系。我们从托尔斯泰论述艺术条件和艺术情感特征的言论中可以发现，托尔斯泰总是要求文学艺术作品所表达的情感要以崇高的道德伦理作为基础，以坚定的思想方向作为指南。

他在 1894 年所写的《〈莫泊桑文集〉序》中谈到的艺术的条件是："1. 作者对待事物正确的、亦即道德的态度，2. 叙述的清晰，或者说，形式的美，这是同一个东西，3. 真诚，亦即艺术家对他所描绘的事物的真实的爱憎感情。"② 这里 1、3 两条说的都是作家的主观态度，作家的道德思想倾向。

总之，托尔斯泰把艺术本质界定为传达情感是别具一格的，是有丰富的、深刻的内容的，是有其历史形成原因的，是有其完整的思想的。当然，托尔斯泰的艺术定义的缺点也是十分明显的，比如在他的定义中就没有清楚地说明情感和思想的关系，没有说明情感和生活的关系。尽管如此，托尔斯泰的艺术定义比起那些把艺术界定为形象反映生活或者形象表现思想，只字不提情感的定义，还是更切近艺术的本质和特征。实际上恐怕只有把情感、思想和形象融为一体来考察，最后才有可能真正洞悉艺术的本质，托尔斯泰在这方面是迈出了可贵的、重要的一步。

二　情感和创作过程

黑格尔曾经在《美学》中指出，在艺术创作"这种使理性内容和现实形象互相渗透融汇的过程中，艺术家一方面要求助于常醒的理解力，另一方面也要求助于深厚的心胸和灌注生气的情感"③。

---

① 《文艺理论译丛》第 1 期，人民文学出版社 1957 年版，第 231 页。
② 《文学研究集刊》第 4 册，人民文学出版社 1956 年版，第 300 页。
③ 黑格尔：《美学》第 1 卷，商务印书馆 1984 年版，第 359 页。

托尔斯泰从把情感传达界定为艺术的本质的观点出发，一贯非常重视情感在创作过程中的作用。他首先认为情感是创作的动力。

1851 年 3—5 月托尔斯泰在一段日记中写道："正如果戈理在最后一篇小说中（《它是从我内心唱出来的》）所说的那样，作品要写得好，就必须从作者的内心唱出来。"①

在写《战争与和平》的第二年，托尔斯泰在 1864 年 11 月 16 日给索·安·托尔斯泰雅的信中谈道："我现在在早晨向塔尼亚口授将近一小时，但不好，很平静，缺乏激情，而如果缺乏激情，我们作家的创作是搞不好的。"②

后来，在 1867 年，托尔斯泰还在继续写《战争与和平》，索菲亚·安德烈耶芙娜在日记中写道："辽沃其卡整个冬天肝火旺盛，他流着泪，满怀激情地进行创作。"③

1908 年托尔斯泰在给列昂尼德·安德烈夫的信中说："要表达的思想萦怀在心，当它尚未得到完美的表现之前，你无法摆脱它，只有在这种情况下才应该写作。"④

1908 年 12 月 6 日托尔斯泰在日记中写道："很想写作，但我不动手，因为没有写作的强烈愿望，没有非写不可的东西，这和结婚一样，我只能在不得不结婚的时候才结婚。"⑤

托尔斯泰这些言论集中到一点，就是说明情感是作家创作的动力。作家如果没有激情，没有强烈的创作欲望，是无法进入创作的。有人把创作说成一种燃烧是很有道理的，托尔斯泰在进入创作高潮时不就是泪流满面吗？作家创作的实践告诉我们，当作家表现出不可遏止的创作欲望时，他的内心情感的汹涌可以使记忆表象浮上心头，并且激发起丰富的艺术想象，这就是所谓文思如泉涌。

问题在于作家这种创作动力——强烈的情感和欲望是从何而来的？

---

① 转引自《俄国作家、批评家论托尔斯泰》，中国社会科学出版社 1982 年版，第 452—454 页。

② 同上。

③ 同上。

④ 同上。

⑤ 同上。

　　文学创作作为一种带有社会性质的创造活动，它的创作动力是同社会要求和作家内心的要求相联系的。托尔斯泰在《那么我们该怎么办》（1882—1886）中说："思想家与艺术家将永远不能安坐在奥林匹斯山上，像我们惯常想象的那样。思想家与艺术家应当与众人一同受苦，以寻求拯救和安慰。除此以外，他的受苦还由于他经常不断地激动不安——他本可以解答和说出：何者能给予人们以幸福；拯救他们于苦难；给予他们以安慰。可是他没有照他份内那么说，那么描写；他丝毫没有解答过，丝毫没有说过，而到明天，可能就要迟了——他要死去了。正因为如此，受苦与自我牺牲将永远是思想家和艺术家的命运。"因此，他认为，吸引艺术家创作的有"两种不可抗拒的力量"，这就是"内心的要求和人们的要求"。①

　　在创作过程中，社会的要求和作家内心的要求都是创作的动力，然而这两股动力并不是平行起作用的，社会要求是无法直接成为作家的创作动力的。只有社会要求和作家的内心要求融为一体，也就是只有社会要求化为作家内心的要求，两股不可抗拒的力量合而为一，才可能真正成为艺术创作的情感动力。

　　那么，社会要求怎样才能化为作家的内心要求从而形成创作的情感动力呢？其中的关键看来是作家的内心同生活中人物或事件的碰撞，只有现实生活中的人物或事件在作家心中激起不可抑制的情感，才有可能形成创作的动力。

　　让我们来看看《复活》创作的情感动力。托尔斯泰的《复活》写于1889—1899年，整整用了十年时间。90年代正是俄国第一次革命的前夜。推动托尔斯泰创作《复活》的情感动力，从大的方面来讲，是更猛烈地抨击沙皇专制制度的社会要求。这种社会要求只有在托尔斯泰听了担任地方法院检察官的朋友科尼向他讲了一个妓女的故事之后，特别是在作家对故事中的人物产生了强烈的感情之后，才化为托尔斯泰的内心要求，才真正成为《复活》创作的情感动力。

　　科尼向托尔斯泰讲的故事是这样的：在科尼担任地方法院检察官时，有个青年找他，说自己准备同一个女犯人结婚。这个女犯人叫罗扎丽雅·

---

　　① 《文学研究集刊》第 4 册，人民文学出版社 1956 年版，第 344 页。

奥尼，是个下等妓院的妓女，因为偷了喝醉酒的嫖客的 100 卢布被判了刑。科尼听了这事后大吃一惊。虽经科尼再三劝阻，青年人仍然坚持要结婚，女犯人也表示同意。不久，女犯人得斑疹伤寒死去，婚礼未能举行。据女监看守说，罗扎丽雅的父亲是贵族的佃户，父亲死后女主人收她当佣人，她在 16 岁时被青年人（女主人的亲戚）诱奸，有了身孕之后又被女主人赶走。她被赶走后生活越来越过不下去，终于沦为妓女。故事结尾，两人在法庭重见，受害的罗扎丽雅坐在被告席上，而有罪的青年人却坐在陪审员的安乐椅上。（科尼《在生活的途程中》第二卷）①

"科尼的故事"深深打动了早已被尖锐的社会问题激动着的托尔斯泰，在他的内心激起了强烈的创作欲望。他在 1888 年 5 月 9 日给索菲亚·安德烈耶芙娜的信中说："情节极妙，好得很，我很想写。"② 然而在创作过程中却是困难重重，接连几年创作一直进行不下去。究其原因就是作家抨击沙皇专制制度的强烈情感同"科尼故事"没能很好结合起来，作家对所描写的人物还没有产生强烈的出自内心的感情。拿托尔斯泰的话说，"利尼的故事不是产生在我自己的心里；因此就显得棘手"③。可见听来的故事不等于作家亲身体验的故事，从听到故事到真正进入创作，还需要有一个情感激发的过程。直到 1895 年，情况才有了变化。托尔斯泰在 1895 年 11 月 5 日的日记中写道："现在出去散步，我清楚懂得《复活》为什么写不下去：开头写得不对……我懂得了应该从农民生活写起，他们是主体，是积极人物，而其它不过是影子，是消极人物。"④ 这样一来，作家才找到作品真正的主人公——下层被压迫的农民，并且对他们开始产生强烈的感情。作家把自己的感情从贵族聂赫留多夫身上转到了农民卡秋莎身上，作品所表现的不再是贵族悔罪的故事，而是通过卡秋莎悲惨的命运对专制制度提出强烈的控诉。在这里，社会的要求和作家内心要求——宗法制农民的立场和情感完全融合起来，从而形成了真正的情感动力，从此《复活》的写作也就进入了顺境。

---

① 多宾：《生活素材和艺术情节》，列宁格勒，1958 年，第 105 页。
② 同上书，第 108 页。
③ 转引自贝奇科夫《托尔斯泰评传》，人民文学出版社 1981 年版，第 496 页。
④ 多宾：《生活素材和艺术情节》，列宁格勒，1958 年，第 113 页。

　　除了情感动力，托尔斯泰在创作过程中特别注意情感体验。他指出：
"艺术家之所以为艺术家，只是因为他并不是按照他所想要看的那样去看
事物，而是按照事物的本来面目去看事物。"① 他根据自己丰富的创作经
验，给一个跟他通信的人写道，"您设身处地体会您所描写的人物，把他
们的内心感受通过形象描写出来；人物自己会按照他们的性格做出需要做
的事情，也就是说，从人物的性格和处境所得出的结局，会自然而然地来
到，出现……"② 托尔斯泰这种来自创作实践的经验之谈非常重要，作家
在创作过程中只有从自己的情感经历出发，去"设身处地体会"人物的
心理和情感，才能真正表现人物的性格，才能使作品有艺术感染力。

　　托尔斯泰写《安娜·卡列尼娜》时，当写到安娜决定离开丈夫，有
一天偷偷跑到以前住过的房子里与儿子见面时，他非常苦闷，多次回到自
己旧家里去体验。他不满足自己所想的，觉得未必真实，例如安娜回到旧
家里是怎样想的？怎样与仆人说话？这些问题使托尔斯泰很苦闷，有天清
早，托尔斯泰跑进餐厅时很愉快，他说："我找到了!"这就是说托尔斯
泰通过一番实地考察和情感体验，最后真正找到了安娜准确和真实的内心
感受。

　　有一次，加·安·鲁萨诺夫埋怨托尔斯泰，说他让安娜·卡列尼娜卧
轨自杀，未免过于残酷。托尔斯泰笑了笑回答道："这个意见……使我想
起了普希金遇到过的一件事。有一次他对自己的一位朋友说，'想想看，
我那位塔姬雅娜跟我开了多大的玩笑！她竟嫁了人！我简直怎么也没有想
到她会这样做'。关于安娜·卡列尼娜我也可以说同样的话。根本讲来我
那些男女主人公有时就常常闹出一些违反我本意的把戏来：他们做了在实
际生活中常有的事和应该做的事，而不是做了我所希望他们做的事。"③

　　在《复活》的创作过程中也出现过同样的情况。托尔斯泰原先打算
让卡秋莎和聂赫留多夫结婚，但最后作家还是否定了原来的创作意图。索
菲亚·安德烈耶夫娜在 1898 年 8 月 23 日的日记中写道："早晨列夫·尼
古拉耶维奇写了《复活》，对那天的工作非常满意。当我走到他面前的时

---

① 《托尔斯泰全集》第 30 卷，第 20 页。
② 《托尔斯泰全集》第 63 卷，第 424 页。
③ 《托尔斯泰评传》，人民文学出版社 1981 年版，第 344—345 页。

候，他对我说：'告诉你，她没有跟他结婚。我今天全部写完了，换句话说，解决得非常好！'"①

乍一看来，好像主人公跟作家开了玩笑，人物的行动违背了作家的意图。仔细一想，这正说明作家通过情感体验和理性思考，加深了对人物性格和心理的理解。不论是安娜的卧轨自杀，还是卡秋莎拒绝同聂赫留多夫结婚，都是作家设身处地体验人物内心情感的结果。试想，当贵族阶级抛弃了安娜，法律剥夺了她的儿子，而沃伦斯基又使她感到失望，这时处于绝境的安娜能不卧轨吗？事实证明作家只有通过情感体验，才能真实表现人物的性格和心理，才能有真正的艺术说服力。

托尔斯泰在创作过程中同时还十分重视移情作用，他常常把自己的情感移入描写对象之中，使对象富有感情色彩，从而增强形象的艺术感染力。这就是刘勰在《文心雕龙》的《神思》篇中所说的，"登山则情满于山，观海则意溢于海"。

托尔斯泰无论是描写人物还是景物，都移入自己的感情。他在 1867年给 A. A. 费特的信中谈到屠格涅夫的《烟》时说，"没有爱的力量便没有诗"②。托尔斯泰一生的创作都坚持这一观点。

还在青年时代，在写《圣诞节之夜》的时候，托尔斯泰便在日记中指出："开始写的短篇小说并不吸引我。其中没有我喜爱的高尚人物。"③

在写作《战争与和平》期间，1865 年 1 月，托尔斯泰关于这部长篇小说写道，"那里有许多好人，我很喜爱他们"④。

相反，如果托尔斯泰对作品人物没有好感，那么他就写不下去。他在1909 年 1 月 1 日的日记中写道："昨天我还理解了一个错误——从描写不喜欢的人物开始创作。"⑤

托尔斯泰在自己所描写的人物身上总是倾注了自己的情感。在《复活》的创作过程中，作家为了写好自己所喜爱的人物玛丝洛娃在法庭第一次出场的形象，进行了二十次的修改。头几稿是这样描写玛丝洛娃的形

① 多宾：《生活素材和艺术情节》，列宁格勒，1958 年，第 114 页。

② 《俄国作家、批评家论托尔斯泰》，中国社会科学出版社 1982 年版，第 487 页。

③ 同上书，第 452 页。

④ 同上书，第 487 页。

⑤ 同上。

象的：

> 她是瘦削而丑陋的黑发女人，她所以丑陋，是因为她那个扁塌的
> 鼻子。
> 高高的个子，带有凝神和病态的样子。
> 一个矮个子的黑发女人，与其说她是胖的，还不如说她是瘦的。
> 她的脸本来并不漂亮，而在脸上又带堕落的痕迹。

这几稿只突出了玛丝洛娃的丑陋和堕落，看不出值得同情的地方，作家很不满意。于是又改为：

> 美丽的前额，卷曲的头发，匀正的鼻子，在两条平直的眉毛下
> 面，有一双秀丽的黑眼睛。①

这一稿玛丝洛娃改漂亮了，但不符合人物的身份和遭遇，违反了生活的真实。于是托尔斯泰又反复修改，直到第二十稿，才改成现在小说所描写的样子：

> 一个小小的、胸脯丰满的女人，贴身穿一套白色布衣布裙，外面
> 套一件灰色的囚大衣……她头上扎着头巾，明明故意的让一两绺头发
> 从头巾里面溜出来，披在额上。这女人的面色显出长久受监禁的人的
> 那种苍白，叫人联想到地窖里储藏着的白蕃薯所发的芽……两只眼睛
> 又黑又亮，虽然浮肿，却仍然发光（其中一只眼睛稍稍有点斜睨），
> 跟她那惨白的脸儿恰好成了有力的对照。②

托尔斯泰对最后一稿显然是满意的。两只仍旧发光的、又黑又亮的眼睛，让人想起玛丝洛娃天真可爱的少女时代，显示出这个纯朴的下层妇女美好的内心世界；故意留在头巾外面的一两绺头发、浮肿的眼睛和惨白的

---

① 以上几稿均见纪录片《托尔斯泰手稿》译文。
② 托尔斯泰：《复活》，汝龙译，人民文学出版社 1957 年版，第 6—7 页。

脸色，却显露出这个被侮辱和被损害的人物的精神创伤和内心痛苦。通过这两个特征的强烈对比，作家有力地展示出人物前后的巨大变化，一个惨遭沙皇专制制度和贵族阶级蹂躏的劳动妇女形象跃然纸上，作家深厚的爱憎情感也饱含其中，从而造成一种巨大的艺术感染力量。

托尔斯泰在景物描写中同样把自己的情感移入景物之中，使景物情绪化，人格化，形成一种艺术力量。

在《战争与和平》中，我们看到安德烈两次看到同一棵橡树竟然是两种截然不同的形象。第一次，安德烈在经历战争和丧妻之后看到的橡树，"像一个古老的、严厉的、傲慢的怪物"，"不肯对春天的魔力屈服，既不注意春天，也不注意阳光"，"板着脸，僵硬，丑陋，冷酷"。这棵被蒙上强烈感情色彩的橡树显然是安德烈当时那种阴冷和绝望的心情的写照。一个星期后，当安德烈在认识娜塔莎之后，再看到那棵橡树时，同样的一棵橡树却"完全变了样子，展开一个暗绿嫩叶的华盖，如狂似醉地站在那里，轻轻地在夕阳的光线中颤抖。这时那些结节的手指，多年的疤痕，旧时的疑惑和忧愁，一切都不见了。透过那坚硬古老的树皮，以至没有枝子的地方，生出令人无法相信那棵老树会生得出的嫩叶"。这棵被蒙上新的情感色彩的老树，显然是安德烈在见到娜塔莎之后充满了喜悦和希望的情感的写照。

在《安娜·卡列尼娜》中有一段暴风雪的描写也很精彩。安娜在舞会上征服了沃伦斯基后，意识到事态的严重，于是悄悄乘火车离开莫斯科，赶回彼得堡。作家是这样描写的："狂暴的风雪在火车的车轮之间、在柱子的周围、在车站的转角处呼啸着、冲击着。火车、柱子、人们和一切看得出来的东西都半边盖满了雪，而且愈盖愈厚了。风雪平静了片刻，接着又猛烈地刮着，简直好像是抵挡不住。""在这一瞬间，风好像征服了一切障碍物，把雪从车顶上吹下，使吹掉了的什么铁皮发出铿锵的声音，火车头的嘎声的汽笛在前面凄惋而又忧郁地鸣叫着。暴风雪的一切恐怖在她现在看来似乎显得壮丽了。"这场暴风雪实际上成了安娜心中正在掀起的风暴的折射，被安娜涂上了强烈的感情色彩，在她眼里这场风雪既有恐怖的一面，又有壮丽的一面，这两种形象恰好同她内心的冲突——既喜悦又惊惶的情感交相辉映，显得无比动人。

三　情感和艺术的内容

托尔斯泰既然把情感作为艺术的本质和艺术创作的动力来理解，他把情感当作艺术的内容来看待也就不奇怪了。问题是情感一旦进入艺术的内容，它便不是一般的情感，而是艺术的情感。托尔斯泰认为作为艺术内容的情感有自己的特征。他在探索艺术本质的过程中，在不同时期结合对艺术的要求，对艺术情感的特征也提出了一系列看法。

在《论艺术》（1889）一文的手稿中，他提出艺术的三个条件：

> 为了使艺术作品尽善尽美，那就要求艺术家所说的东西必须是崭新的，对所有人来说都是重要的；而且要用很美的形式去表现它；还要艺术家从内心的要求出发说出这些，因而也就是真实地说出这些。[①]

在《论什么是艺术，什么不是；以及什么时候艺术是重要的事业，什么时候它是一件空洞的事情》（1889）中，他也谈到艺术的三个条件：

> 他所见到的新的东西应是对于人们是重要的东西，他不应当过自私自利的生活，而应当参与人类的共同生活。当他一旦发现了这个新的重要的东西，他就会找到表现它的形式，也将具有那个作为文艺作品的必要条件的赤诚之心。[②]

1889 年在给戈果采夫的信中又谈到艺术的三个条件：

> 艺术作品是好是坏决定于，艺术家说的是什么、他怎样说的以及在多大程度上是由衷说的。1. 为了让艺术家知道他应该说什么，必须使他知道什么是全人类所固有的东西以及与此同时什么是全人类尚

---

① 《托尔斯泰全集》第 30 卷，第 213 页。
② 《托尔斯泰论创作》，漓江出版社 1982 年版，第 131 页。

不知晓的东西……2. 为了让他好好地说出他想说的东西（"说"一词，我指的是思想的任何表达方式），艺术家应当掌握技巧……3. 为了使自己说出的话完全出自内心，艺术家必须热爱他的工作对象。而为了这个，必须不准开口说出那对它冷漠或可以对它闭嘴的事情，而只能说出那不得不说的事情，只能说出那些他爱得心痛的事情。①

在《〈莫泊桑文集〉序言》（1893—1894）中，他再一次谈到艺术三条件：

一、作者对事物的正确的即道德的态度；二、叙述的明晰，或者说，形式的美，这是同一个东西；三、真诚，即艺术家对他所描写的事物的真诚的爱憎感情。②

在《艺术论》（1897—1898）中，他专就艺术感染力谈了三个条件：

感染越有力，则艺术之为艺术就越优秀——这里的艺术并非就其内容而言，即是说，不问它所传达的感情好坏如何。

艺术感染的深浅程度决定于下列三个条件：（1）所传达的感情具有多大的独特性；（2）传达这种感情的清晰程度如何；（3）艺术家真诚的程度如何，即是说，艺术家自己体验他所传达的那种感情的力量如何。③

托尔斯泰以上五处言论谈的大都是对艺术的要求，只有第五处专门谈到了对艺术情感的要求，尽管如此，我们通过作家对艺术必备条件的反复阐明，可以看出他对艺术情感的一些基本要求。这些要求可以开列一大堆，但是集中起来，大致可以归纳为真、善、美三大要求。

所谓"真"就是真诚。托尔斯泰认为艺术和艺术情感的首要条件是

---

① 《托尔斯泰全集》第30卷，第130页。
② 《托尔斯泰论创作》，漓江出版社1982年版，第85页。
③ 同上书，第24页。

真诚。他在不同时期、不同场合对艺术和艺术情感提出的三个条件尽管内容和表达方式各不相同，但唯一不变的是将真诚视为首要的决定性的条件。他在《艺术论》中论及三条件时说："我说艺术价值和艺术感染力决定于三个条件，而实际上只决定于最后一个条件，就是艺术家内心有一个要求，要表达出自己的感情。""因此这第三个条件——真诚——是三个条件中最重要的一个。"① 他在致戈果采夫的信中谈到三个条件时也说："上述三个基本条件是任何艺术作品所必备的，而第三条是主要的：缺了这一条，即缺了对工作对象的热爱，退一步说，缺乏对它真诚的正确的态度，艺术作品便完蛋了。"②

托尔斯泰为什么将真诚视为艺术作品和艺术情感的首要条件呢？

这主要同托尔斯泰对艺术本质的理解有关。他把艺术本质界定为情感的传达。真正的艺术作品是来自作家内心的要求，是作家激情的产物，作家对自己的描写对象必须有"狂恋式的爱"。艺术家如果对描写对象是冷冰冰的、无动于衷的，那么作品就不可能有艺术感染力量。在托尔斯泰看来，如果艺术家在作品中所表现的情感是自己亲身体验过的，是自己深深激动过的，而不是单纯为了影响读者，这样艺术家的情感就会感染读者；相反，如果艺术家在作品中所表现的情感不是自己亲身体验过的，不是自己深深激动过的，而是单纯为了影响读者，那么就会引起读者反感。托尔斯泰认为真诚这个条件在民间艺术中经常存在，所以民间艺术才会那样强烈地感动人；而在上层阶级的艺术中真诚这个条件完全不存在，所以上层阶级的艺术就缺乏动人的力量。显然，在这里托尔斯泰是把情感的真诚当作艺术情感交流的基础来看待，艺术如果没有真诚的情感，也就不成为艺术，也就没有存在的价值了。

同时，托尔斯泰是从真诚和艺术其他条件的相互关系来论述真诚对艺术作品的重要意义的。就真诚和艺术作品内容与形式的关系而言，他认为情感的真诚决定作品内容的充实和形式的美。他说："艺术的神经就是艺术家对他的工作对象的狂恋式的爱情，如果有了这一条，那么一切不在话下，他的作品必将符合其它条件——内容充实和形式完美：内容必然充

① 《托尔斯泰论创作》，漓江出版社 1982 年版，第 25 页。
② 同上书，第 130 页。

实，因为不可能热爱下贱的东西；形式必然完美，因为他既已热爱他的对象，艺术家就会不惜任何心血以使他所爱恋的内容披上最美好的形式。"①就情感的真诚和情感的独特和清晰而言，他认为情感的真诚决定情感的独特和清晰。他说："如果艺术家很真诚，那么他就会把感情表达得正像他所体验的那样。因为每一个人都和其他人不相似，所以他的这种感情对其他任何人说来都将是很独特的；艺术家越是从心灵深处汲取感情，感情越是真诚，那么它就越是独特。这种真诚使艺术家能为他所要传达的那种感情找到清晰的表达。"②

真诚是艺术的首要条件，也是艺术情感的首要条件，这是托尔斯泰毕生艺术创作经验的高度总结。谁读了托尔斯泰的作品都会被艺术家情感的真诚所打动。在他的作品中，无论是对专制制度和官方教会的无情揭露，对资本主义的强烈抗议，还是对下层劳动群众的深切同情，甚至是对"道德自我完善"和"不以暴力抗恶"的虔诚追求，都是来自宗法制农民的真诚，作家"把农民的心理放在自己的批判、自己的学说当中"。③ 正因为如此，列宁在论托尔斯泰的文章中，多次提到托尔斯泰创作的真诚，并把它视为伟大作家创作的重要特点。例如，"他对社会上的撒谎和虚伪作了非常有力的、直率的、真诚的抗议"④；他"曾经以巨大的力量、信念和真诚提出许多有关现代政治和社会制度的基本特点的问题"⑤；托尔斯泰的批判"有这样充沛的感情，这样的热情，这样有说服力，这样的新鲜、诚恳……"⑥； "托尔斯泰以巨大的力量和真诚鞭挞了统治阶级……"⑦列宁在自己的文章里，正是从思想和艺术的结合上独具慧眼地抓住了托尔斯泰创作的一个重要特点。

托尔斯泰认为艺术和艺术情感的另一个条件是"善"，也就是"作者对事物正确的道德态度"。他在谈到艺术和艺术情感的首要条件是真诚

---

① 《托尔斯泰论创作》，漓江出版社 1982 年版，第 130—131 页。
② 同上书，第 25 页。
③ 《列宁论文学与艺术》，人民文学出版社 1983 年版，第 218 页。
④ 同上书，第 202 页。
⑤ 同上书，第 216 页。
⑥ 同上书，第 218 页。
⑦ 同上书，第 220 页。

时，有时也说暂且"不问它所传达的感情的好坏如何"。可是实际上托尔斯泰是很看重文艺作品艺术情感的道德内容的。

托尔斯泰在 1896 年的日记中写道："美学是伦理学的表现，即按俄国的说法，艺术表现艺术家所体验的感情。如果感情是好的、高尚的，那么艺术也将是好的、高尚的，或者相反。如果艺术家是个有道德的人，那么他的艺术也将是有道德的，或者相反。"①

托尔斯泰在《〈莫泊桑文集〉序言》中更是集中阐明了作家情感的道德内容问题。托尔斯泰按艺术三条件衡量莫泊桑的创作。在他看来，莫泊桑有能见人之所不能见的能力，他的作品有"美丽的形式"，也"具有一种真诚，绝不假装着是爱还是恨，而确确实实热爱或者憎恨他所描写的事物"。然而他认为莫泊桑的作品缺乏艺术作品的主要条件，"缺乏对他所描绘的事物的正确的道德的态度"。② 具体说，就是指莫泊桑喜爱而且描绘了那些不应该喜爱、不应该描绘的东西，而独不爱也不去描绘那应该爱、应该描绘的东西，例如他在自己的作品里不厌其烦、津津乐道地描写了女人怎样污辱了男人和男人怎样污辱了女人，描写了许多令人难以理解的秽行，而对待这一切并没有正确的道德态度。同时，托尔斯泰也指出，莫泊桑后来写的小说《她的一生》和《俊友》克服了早期作品的客观态度，鲜明地表现了作者的道德态度。这两部小说都是"以严肃的思想和情感作为基础的"。③ 托尔斯泰认为莫泊桑如果在《她的一生》中感到困惑，那么在《俊友》中作者就表示愤慨了。他说："作者在《她的一生》里似乎在问：为了什么，一个优美的女性被戕害？为什么发生这种事情？而在《俊友》里，他似乎是回答这个问题：一切纯洁的、善良的东西在我们社会里已经被毁灭了，而且正在被毁灭着，因为社会是堕落的、狂妄的、可怕的。"④

托尔斯泰不仅对艺术和艺术情感提出"正确的道德态度"的要求，而且他一生的创作也鲜明地体现这种态度。车尔尼雪夫斯基在托尔斯泰刚

---

① 《托尔斯泰论创作》，漓江出版社 1982 年版，第 12—13 页。
② 同上书，第 85 页。
③ 同上书，第 87 页。
④ 同上书，第 88 页。

刚走上文坛时，就在《童年与少年·战争小说集》（1856）中指出，托尔斯泰创作的一个重要特色，就是"道德情感的纯洁"，而这种纯洁的道德感情又给托尔斯泰的作品"添上一种完全独特价值的力量"，"添上一种独特的——令人感动而和谐的——魅力"。①

托尔斯泰创作中纯洁的艺术感情是有具体的阶级内容的，前后期是有明显变化的。如果说托尔斯泰前期是站在贵族阶级立场来揭露社会罪恶，企图从道德上矫正贵族阶级的弊病，他的情感是先进贵族的情感；那么，在后期，当他从贵族立场转到宗法制农民立场上来时，这时托尔斯泰创作中的纯洁的道德情感就是俄国农民的情感的体现。他在作品中表现出的对专制制度和资本主义的强烈仇恨、愤怒的批判和彻底的否定，力图寻找出群众灾难的真实原因的穷根究底的大无畏精神，以及"不以暴力抗恶"和"道德自我完善"的说教，都是来自俄国农民的感情。

托尔斯泰创作中道德情感的前后变化，也明显影响到他的创作风格的变化。正如俄国著名文艺学家奥夫相尼科 – 库里科夫斯基所指出的，托尔斯泰早期创作是属于观察型的，他比较客观全面地反映生活的各个方面，"作为一个艺术家，他具有保持非凡的平衡的特点，而且几乎总是能为自己不安的观察和热情的探索找到艺术表现的史诗般从容不迫的形式"。②而托尔斯泰后期的创作则属于实验型的，这类创作故意选择某些特点和特殊的解释，"因此造成对生活片面的、粗线条的、不完整的反映，加浓了它的色调，突出了在现实生活中并不明显，或者只在个别场合才突出的东西"。③在他的后期作品中，我们看到的是在早期作品中难以看到的"充满了热情的号召、愤怒、辛辣的讽刺、不满、蔑视、在罪恶和道德沦丧深渊之前的恐怖"。④显然，"托尔斯泰在解决激动着他的宗教和道德方面的问题时所具有的冷静与明智都和非常冲动和满怀激情的写作风格结合起来"。⑤

托尔斯泰对艺术情感除了要求真（真诚）、善（纯洁的道德感）外，

---

①　《车尔尼雪夫斯基论文学》下卷（一），上海译文出版社 1982 年版，第 268—269 页。

②　《俄国作家、批评家论托尔斯泰》，中国社会科学出版社 1982 年版，第 184—186 页。

③　同上。

④　同上。

⑤　同上。

还要求美，所谓美就是艺术情感必须通过美的形式表现出来。在托尔斯泰看来，所谓艺术情感美的表现形式，有以下三个方面的特点。

一是独创性。托尔斯泰是把艺术情感的独特、新鲜和深刻联系在一起考虑的。他说："对于婴儿，一切都是新鲜的，因此他有许多艺术印象。对于我们来说，只有某种感情的深刻性，即表现一个人区别于其他人的个性的感情的深刻性才会是新鲜的。"① 从另一个角度讲，他认为情感越独特就越有感染力，他说："所传达的感情越是独特，这种感情对感受者的影响就越大。感受者所感受的心情越是独特，他所体验到的喜悦就越大，因此也就越发容易而深刻地融合在这种感情里。"②

二是清晰性。托尔斯泰认为作家所传达的情感的清晰程度决定艺术感染力的深浅程度。他说："感情的清晰的表达也有助于感染，因为感情（这种感情对感受者来说好像是早就熟悉并早就在体验着的，到现在为止他才为这种感情找到了表达）表达得越是清楚，感受者在自己的意识中和作者融合时所感到的满足也越大。"③

三是分寸感。除了独特、清晰，托尔斯泰特别看重艺术情感的分寸感。在他看来，艺术情感不论是表现得不够充分，还是表现得过分，都无感染力。只有掌握好分寸，才能产生强大的艺术感染力，据马科维茨基记述，托尔斯泰在 1907 年曾经谈到，"艺术中最主要的是分寸感"。④ 他在《艺术论》中谈到俄国画家勃留洛夫有一次给学生修改习作，他只在几处稍微动了几笔，这幅毫无生气的习作立刻变活了。一个学生说，"看！只不过稍微点了几笔，一切就都改变了"。勃留洛夫回答说，"艺术就是从这'稍微'两个字开始的地方开始的"。托尔斯泰非常欣赏勃留洛夫这句话，认为它"正好说出了艺术的特征"。他说："所有一切艺术都是一样：只要稍微明亮一点，稍微暗淡一点，稍微高一点，低一点，偏右一点，偏左一点（在绘画中）；只要音调稍微减弱一点或加强一点，或者稍微提早一点，稍微延迟一点（在戏剧艺术中）；只要稍微说得不够一点，稍微说

---

①　《托尔斯泰论创作》，漓江出版社 1982 年版，第 132—133 页。

②　同上书，第 24—25 页。

③　同上。

④　转引自《托尔斯泰研究论文集》，上海译文出版社 1983 年版，第 230 页。

得过分一点，稍微夸大一点（在诗中），那就没有感染力了。只有当艺术家找到构成艺术作品的无限小因素时，他才可能感染别人，而且感染程度也要看在任何程度上找到这些因素而定。要用外表的方式教人找到这些无限小的因素，那是绝对不可能的：这些因素只有当一个人沉醉于感情中才能找到。"① 这里托尔斯泰阐明了两个问题：一是艺术的感染力是同艺术的分寸感相联系的，艺术感染力的程度取决于艺术家对艺术分寸的把握；一是艺术分寸感不仅仅是形式问题，而且是内容问题，不仅仅是艺术技巧问题，而且也是艺术家对待生活的态度和思想道德评价问题。在托尔斯泰看来，艺术家只有沉醉于感情之中，只有具有真诚的感情，才有可能受到内心的提示，才有可能找到表达自己感情的恰如其分的音调、色彩、线条、动作和诗句。

四 情感和表现形式

托尔斯泰在重视情感的内容的同时，也十分重视情感的表现形式。托尔斯泰对俄国现实主义革新的意义之一，就在于他对于艺术再现人的心灵、人的情感这个既隐秘又广阔的世界所作的贡献，他的作品真实而动人地表现了人的复杂的感情，有着强烈的艺术感染力。托尔斯泰曾经说过："艺术是一架显微镜，艺术家用它来对准自己灵魂的秘密，并且把这些人所共有的秘密展示给人们。"② 显然，托尔斯泰对人的心理和感情的研究及表现是从自我分析、自我体验入手的。我们从他的日记、书信和札记可以看到，他从少年时代起就喜欢自我分析、自我反省和自我观察，并对自己的内心体验进行精细入微的剖析。同时，他又善于从自己心理和情感的剖析中去寻找"人所共有"的东西，去寻找人的心理和情感产生、变化和发展的规律。正如车尔尼雪夫斯基所指出的："谁要是不从本身研究人，他就永远不会对人们达到深刻的认识……他十分注意从自己内心之中研究人类精神生活的秘密；这种知识的可贵，不只是因为他能够描写出我们要使读者注意的人的思想的内在活动的图景，但也许，更多的是因为这

---

① 托尔斯泰：《艺术论》，人民文学出版社 1958 年版，第 124—125 页。
② 《托尔斯泰全集》第 53 卷，第 94 页。

给他研究一般人类生活、猜测人物性格与行为的动力，以及热情与印象的斗争提供一种坚实的基础。我们要是说：自我观照一般说应该使他的观察力变得十分敏锐，教会他使用洞察万有的目光来观察人们，这是不会错的。"①

托尔斯泰对人的心理和情感的分析，不仅源于作家的自我分析，而且继承了前人的传统，其中有俄国作家普希金、果戈理、莱蒙托夫、屠格涅夫的传统，也有欧洲作家斯泰恩、司汤达的传统，同时又有自己独特的创造。托尔斯泰作品在分析和表现人的心理和情感方面有以下几个重要的特点。

首先是善于表现心理和情感的过程。

在托尔斯泰之前，作家们往往是静态地表现人的心理和情感，或者只是侧重表现一种心理活动和情感活动的开端和结果。托尔斯泰的独特贡献在于从动态的角度来表现人的心理和情感，表现心理和情感的过程本身。拿托尔斯泰自己的话说，就是表现人的心灵的运动。他曾经写道："主要在于描写人的内部的、心灵的运动，要加以表现的并不是运动的结果，而是实际的运动过程。"② 车尔尼雪夫斯基把它称之为表现"心灵的辩证法"，他在托尔斯泰刚步入文坛时，就敏锐地发现托尔斯泰创作的这一重要特点。他在列举心理分析的各种不同倾向之后指出："而托尔斯泰伯爵最感兴趣的却是心理过程本身，心理过程的形式，心理过程的规律，用明确的述语来表达，这就是心灵的辩证法。"③

所谓"心灵的辩证法"，按照托尔斯泰和车尔尼雪夫斯基的理解，就是指人物心灵的运动，人物由一种情感状态向另一种情感状态不断运动、变化的心理过程，也就是把人物的心理和情感作为动态来加以表现。

托尔斯泰在《战争与和平》中，就细致入微地描写了尼古拉赌博输掉四万三千卢布巨款前前后后的心理过程。开始，他同多洛霍夫开赌时是存有戒心的；随着输款激增，他就产生大难临头的恐惧；最后，当输掉巨款回家时，他的心情是沉重、后悔、羞愧，几乎是绝望的，他甚至想自

---

① 《车尔尼雪夫斯基论文学》下卷（一），上海译文出版社 1982 年版，第 267—268 页。
② 转引自《托尔斯泰研究论文集》，上海译文出版社 1983 年版，第 288 页。
③ 《车尔尼雪夫斯基论文学》下卷（一），上海译文出版社 1982 年版，第 261 页。

杀。正在这个时候，他听到了娜塔莎的歌声，他简直受不了。

> "她高兴什么！"尼古拉看着他妹妹，心里想道。"她怎么不觉得烦闷和害臊呢？"……"这是什么呀？"尼古拉听到了她的歌声之后，睁大眼睛想道。"她怎么啦？她现在唱得怎么样？"他想道。突然间他觉得整个世界都集中在对下一个声调、下一句歌词的期待上，世界上的一切被分成三个拍子：Ohmio crudele affetto①……一、二、三……一、二、三……Oh mio crudele affetto……一、一、二……"哎，我们这荒唐的生活！"尼古拉想道。"所有这一切，不幸，金钱，多洛霍夫，怨恨，名誉……所有这一切都一钱不值，而这才是真的……真好，娜塔莎，真好，亲爱的！真好！我的妈妈！……她那个Si②怎么唱得上去呢？唱上去了！感谢上帝！"他没有发现自己也在唱了，为了加强那个Si，他唱出了高音第三度第二部。"我的上帝！多么好！难道这是我唱的吗？多么幸福！"他心里想道。
>
> "啊，这第三度颤动得多么好"，罗斯托夫心中最好的东西受到最大的触动！这是一种不以世上的一切为转移的东西，是高于世上一切的东西。输的钱，多洛霍夫，以名誉担保算得了什么！……一钱不值！

在这段里，托尔斯泰生动地描写了处于绝望之中的尼古拉在听到娜塔莎歌声后引起的情感变化过程：当他绝望时，妹妹的歌声带来的生活欢乐的感觉吸引了他，这时他豁然省悟，觉得这种生活欢乐的感觉比世上的一切都重要，这样他的痛苦和绝望就被赶跑了。通过这一心理过程的展示，我们可以看到涉世不深的尼古拉的单纯。

其次，善于表现心理和情感的复杂性。

人的心理和情感是复杂的，托尔斯泰就善于通过复杂的心理矛盾来揭示人物的性格特征，他说："要知道，小说中的人物完全和我们自己一

---

① 意大利语：哦，我这残酷的爱情。
② 长音阶中的第七音。

样，这就是说，是杂色的，好的和坏的方面同时并存于一个人身上。"①
他在《复活》中，以"人好比河"这句格言来表现人物的心理和情感。
他写道："人好比河，所有的河里的水都一样……可是每条河都是有的地
方河身狭窄，有的地方水流湍急，有的地方河身宽阔，有的地方河水清
澄……人也是这样。每一个人身上都有一切人性的胚胎，他常常变得完全
不像他自己，同时又始终是他自己。"

　　基于上述见解，托尔斯泰在表现人物心理和感情时，总是不急于显露
其统一的基本方面，而是通过表现其矛盾斗争最终显示出统一的基本的方
面。在他的笔下，人物的心理和情感总是经历复杂的矛盾斗争过程，然又
不失去基本的性格特征。《战争与和平》中的娜塔莎有天真、纯朴、诗一
般迷人的性格，但从成为安德烈的未婚妻到成为彼埃尔的妻子，她的心理
和情感是发生很大变化的，其间经历许多心理冲突，感情波澜，如她对浪
子阿那托里有过盲目的感情，然而她的基本性格始终不变。反过来说，如
果托尔斯泰不写娜塔莎心理和感情复杂矛盾的一面，这个人物也就不会那
么真实可信了。

　　托尔斯泰认为人的心理和情感的复杂也表现在：人的各种心理和情感
并不是以"纯粹"的形态并存的，而是以相互结合的形态存在的。在
《战争与和平》的安娜·舍列尔的晚会上，娇艳的爱伦引起了彼埃尔的肉
欲，后者企图求助于理智战胜这种欲望，尽量去想她身上丑恶的东西。
"但是正当他这样考虑的时候（这种考虑还没有结束），他发现自己在微
笑，感觉到从前一些想法背后浮现出另外一连串想法，使得他在同一时间
内既想象到她毫不足取，又想象到她将成为他的妻子，会爱上他，而且可
能变成另外一种人，希望他所想到的和听到的关于她的一切都不真实。"
托尔斯泰在这里遵照生活和性格的逻辑，真实生动地揭示了彼埃尔两种心
理和情感的联系和冲突，并没有把彼埃尔对爱伦的迷恋简单加以否定，在
托尔斯泰看来，"在维系这个社会的卑微琐屑和虚伪做作的兴趣之中，还
有美丽、健康的青年男女之间互相倾慕的单纯感情。这种人的感情压倒了
一切，凌驾于一切矫揉造作的唧唧私语之上"。

　　托尔斯泰所描写的人的心理和情感的复杂性还表现在心理和情感的多

---

① 《俄罗斯作家论文学劳动》第 3 卷，第 497 页。

层性上。① 在作家笔下有的心理和情感活动是表面的，是能意识到的，而另外一些心理和情感活动则是深层的，自己没有意识到，或者只是模糊猜测到的。托尔斯泰在刻画人物性格时，特别注意揭示人物深层的心理和情感。在他看来，深层的心理和情感同表层的心理和情感往往是处于矛盾状态，但是前者往往比后者更为真实和深刻。在《安娜·卡列尼娜》中，当安娜同丈夫进行艰难的谈话之后，针对丈夫提出的保持"体面"的要求，她决定同他决裂。"'哼，我要冲破它，冲破它！'她忍住眼泪，叫着跳起来。她走到写字桌旁，想另外给他写一封信。但她心底里感觉到，她无力冲破任何罗网，无力摆脱这样的处境，不论它是多么虚伪和可耻。"托尔斯泰正是通过多层次地描写人物的心理和情感，描写表层和深层心理情感的联系和矛盾，深入揭示了人物的性格特征，构成强烈的艺术感染力。

第三，善于表现人物心理情感活动和社会历史现实的联系。

人是社会关系的总和，人物心理和情感的产生和变化归根到底是有一定的社会历史原因的。在托尔斯泰笔下，我们可以看到他的人物心理、情感活动同社会历史活动的深刻联系。这种联系有的是比较直接的，有的是比较间接的。在《战争与和平》中，库图佐夫、巴格拉季昂、图申等人的心理情感描写就直接纳入重大历史事件的叙述之中。彼埃尔虽然没有直接介入重大历史事件，但他的心理和情感、他的精神探索都受到重大历史事件的深刻影响。在《安娜·卡列尼娜》中，列文的失恋，他企图通过繁忙农务得到慰藉，他终于建立美满和谐的家庭，美满和谐的家庭也无法使他摆脱精神痛苦以及最后终于从宗教教义中得到精神解脱和达到所谓"内心的和谐"，透过主人公这一系列心理和情感的变化，都可以让人感到农奴制改革后俄国的社会危机和思想危机，都有鲜明的时代历史特征。列文一方面坚持地主贵族阶级的利益，同农民始终对立，另一方面又无力抵制资本主义洪水猛兽般的袭击，因此他是无力的，是没有出路的。

托尔斯泰不仅揭示社会历史现实对人的心理和情感活动的作用，而且表现人的心理和情感对现实的影响。在作家笔下，现实常常被染上主人公的情感色调，成为同主人公情感相一致的东西。《安娜·卡列尼娜》中，

---

① 见《艺术家托尔斯泰》，上海译文出版社1987年版，第479页。

当列文向吉提表白爱情后，周围的一切在他的眼里仿佛都具有特殊的性质，人们似乎都急于同他分享巨大的欢乐。"他当时看见的景象，以后再也没有看见过。特别使他感动的是两个上学的孩子，几只从屋顶飞到人行道的瓦灰鸽，几个被一只看不见的手摆在窗口的沾满面粉的小圆面包。这些面包、鸽子和两个孩子好像都不是尘世的东西……马车夫显然什么都知道了。他们喜气洋洋地围着列文，争先恐后兜揽生意。列文竭力不得罪另外几个马车夫，答应下次乘他们的车，就坐上一辆，吩咐到谢尔巴茨基家去。"显然，列文周围的环境被他那兴奋的心情大大渲染了。在《伊凡·伊里奇之死》中，这一特点表现得更加突出。主人公重病之后，"觉得街上的一切都是阴郁的，马车夫是阴郁的；房子是阴郁的，行人和商店都是阴郁的"。在这里，主人公阴郁的心情投射到现实的一切事物上，它表现了主人公巨大的心理真实。

托尔斯泰笔下人物的心理情感对现实影响的另一个表现是，通过人物情感描写揭示重大事件的意义，而且往往比直接描写重大事件更深刻更动人。在《战争与和平》中，娜塔莎在从莫斯科撤退时得知包尔康斯基受了致命伤后蒙受巨大痛苦，后来又在梅季希看到莫斯科的大火，"'啊，多么可怕！'又冷又怕的索尼亚从院子里回来说道。'我想，整个莫斯科都会烧光，那里有一片可怕的火光！娜塔莎，你现在看一看，从这个窗口就可以看得见'，她对娜塔莎说，显然是想转移她的注意。可是娜塔莎看了看她，好像不懂她对她说的什么，两眼又盯着炉围。从早晨开始，娜塔莎就处于这种呆滞状态……"这里作家的叙事和心理描写完全融为一体了。安娜·塞格尔斯在一篇文章中曾经指出，由于心事重重的娜塔莎几乎没有去注意莫斯科大火，因而这场大火"要比浓墨重彩的描写更为动人"。

托尔斯泰在表现人物的心理和感情时除了具有上述几个特征以外，他在具体描写时还采用了一些具体手法，其中较有特色的有以下几种。

一是内心独白。

内心独白在托尔斯泰表现人物心理和情感中起着重要作用。这种独白运用于以下几种场合：表现人物在紧张时刻的感受；描述人物对人生意义的探索；说明人物行为动机；揭示人物的愿望，袒露人物的心声，等等。在《战争与和平》中，娜塔莎在野战医院会见受重伤的安德烈，她向安德烈跪下，安德烈也终于向她伸出手来，下面有一段安德烈的独白："于是他懂得了她的感情，她的痛苦，羞耻和后悔。他这时第一次懂得他拒绝她这行为的全部残忍性，他跟她决裂的残忍性。'但愿我能再见她一次。只要一次，看看那双眼睛……'"在这段内心独白中，托尔斯泰揭示了安德烈向娜塔莎伸出手来的思想动机，描写了安德烈对娜塔莎真切的爱。

托尔斯泰的内心独白有鲜明的特色，这就是作家把内心独白当作表现人物性格的一个环节，内心独白不离开人物性格。因此托尔斯泰的人物内心独白具有个性化的特点，它取决于人物总的心理特征。《战争与和平》中尼古拉的独白带有具体性，安德烈的独白则比较抽象。在《安娜·卡列尼娜》中，卡列宁的独白使用的是文牍式语言。在《复活》中，聂赫留多夫的内心独白常常是长篇大论，他善于沉思默想，而玛丝洛娃的内心独白就比较简洁。这些都十分符合生活的真实和人物的身份。

托尔斯泰塑造的人物的内心独白不仅是个性化的，同人物心理相联系的，而且同人物周围环境相联系。在《安娜·卡列尼娜》中，奥勃朗斯基参加了莉季雅·伊凡诺夫娜伯爵夫人的晚会，女主人和卡列宁假仁假义的谈话，以及准备朗道降神的场面给人留下非常不快的印象。听着女主人的朗读，觉察朗道眼睛盯着他，"他头脑感到有说不出的沉重。五花八门的思想在他头脑里搅成一团……"他的思想和感觉都很乱，这反映了他对一切抽象议论的冷漠和沮丧，而这种情绪完全是由女主人家那种令人窒息的沉闷引发的。

二是潜意识。

托尔斯泰善于通过人物的潜意识的描写来表现人物的心理和感情。这种潜意识往往带有很大的随意性和跳跃性，有时缺乏内在逻辑，然而它却真实表现人物深藏的心理和情感。正如 B. 斯塔索夫在给托尔斯泰的信中所说的："几乎在任何人那里，在任何地方都没有这种真正的真实性、偶然性、不规则性、不连贯性、不完结性和各种跳跃。几乎所有的作者（其中包括屠格涅夫、陀思妥耶夫斯基、果戈理、普希金和格里鲍耶陀夫）写的独白都是完全规则的、连贯的、搞得笔直笔直的，作过过分的修饰，变得最合乎逻辑而又前后一贯……直到目前为止，我只找到一个唯一的例外：这就是列夫·托尔斯泰伯爵。只有他在小说里和剧本里写出了真正的独白，这些独白正好具有全面不规则性、偶然性、不完结性和跳跃。"①

托尔斯泰所描写的人物的潜意识有两个明显的特点：一是人物的潜意识往往是同人物的意识相联系的、互为表里的；一是人物的潜意识的种种表现都是由外界事物引发的。

下面看看托尔斯泰所描写的安娜临死前的潜意识心理活动。小说描写了三个场面。

第一个场面是安娜同沃伦斯基吵架，沃伦斯基不辞而别，安娜乘车去杜丽家倾诉衷肠。一路车窗外街上的一切引起她对自己短暂一生的回忆和即将消逝的青春的哀叹。她想起好久好久以前她只有十七岁；同姑妈去朝拜三圣修道院……她又看见林荫道上三个男孩在奔跑，玩赛马游戏，这时她又想到儿子，"唉，谢辽查！我失去了一切，也不能使他再回来了"。这是表现安娜对失去的爱的伤感和哀怨。

第二个场面是安娜在杜丽家受到吉提的冷遇，在回家路上心情更加恶劣。她感到给她带来不幸和痛苦的现实本来就是那么虚伪，充满谎言、欺骗和痛苦。安娜在马车上看到一个肥胖红润的绅士迎面过来，错把她当熟人，摘下礼帽，她想："他还以为认识我呢，其实他并不认识我，天下没有一个人认识我。连我自己也不认识我自己。"接着是晚祷钟声响了，两个商人一本正经画着十字，安娜由此想到："这些教堂，这些钟声，这些谎言，都有什么用？无非是想掩盖我们彼此的仇恨，像这些破口大骂的车夫一样。"

第三个场面是安娜回家仍不见沃伦斯基，顿时萌发"报仇欲望"，决心上火车站，一路上安娜心中的郁闷、愤怒到了顶点。她在马车上看见一个正被警察带走的喝得烂醉如泥的工人，从他身上引起联想，一目了然地看清她和沃伦斯基的关系，"我同沃伦斯基就没有这样开心过，尽管我们很想过这种开心的日子"。于是一系列往事回忆使她陷入痛苦之中，"他在我身上寻求什么呢？与其说是爱情，还不如说是满足他的虚荣心"，"如果，他不爱我，却由于一种责任感而对我曲意温存，但是却没有我所渴望的情感，这比怨恨还要坏千百倍！这简直是地狱！"通过对社会清醒

---

① 转引自《艺术家托尔斯泰》，上海译文出版社 1987 年版，第 479 页。

的批判和自我内心世界的剖析，安娜正一步步走向死亡。

从这三个场面看，安娜的一切潜意识和自我联想都是由外界事物引发的，这些思绪表面看来是凌乱的、跳跃的、不连贯的，可实际上都有内在的逻辑性，这就是安娜被沃伦斯基，被社会抛弃后心中的痛苦和哀怨，它们都非常真实地表现了安娜的心理状态和情感状态。

三是景物描写。

托尔斯泰还特别善于通过自然景物的描写来烘托和表现人物的心理和情感，常常以景寓情，达到情景交融的境界。如在《战争与和平》中，奥斯特里茨的天空引起安德烈的沉思就是一段精彩的描写。当安德烈在奥斯特里茨战场上身负重伤，仰望高高的天空和"天空里静静移动的一片片灰色云彩"的时候，他认识到荣誉的渺小和功名的虚幻。大自然及其无限性引起了安德烈的沉思，使他了解到自己的错误。后来，当他回到家园充满痛苦和绝望时，也正是大自然，正是那棵"复活"的大橡树，使他重新萌发生活的热望。从中我们看到，托尔斯泰在通过自然景物表现人物的心理和情感时，不仅是以景寓情，情景交融，而且富有一种托尔斯泰式的深沉的哲理意味。

第 六 章

契诃夫:童年经验、客观性和分析型艺术思维

在俄国作家中,契诃夫生活和创作的命运是十分独特的:一个农奴的后代、一个食品杂货铺的小伙计,最后竟然成为向世界贡献了最精美的短篇小说和剧本的伟大作家。高尔基曾情不自禁地对他赞叹道:"安东·巴甫洛维奇,你是一个非常好的人,是一个了不起的天才。"① 列夫·托尔斯泰在赞赏他的一篇小说时也这样说道:"这好像是一个纯洁的处女编织的花边。古代曾经有这样的编织花边的姑娘,'老处女',她们把自己的整个一生、把自己关于幸福的一切幻想都织进了花边。她们用花纹来幻想最心爱的东西,她们把自己的朦胧而纯洁的爱情全部都织进了花边。"②

契诃夫独特的生活命运和创作生涯,自然引起研究者的关注,然而作家本人却始终很少谈及。他在1899年写道:"我生着一种病,它叫自传恐怖症。阅读那些关于我的详细叙述,尤其是要我为报刊撰写关于我自己的东西,——这一切对我来说简直是一种折磨。"③ 由于作家本人守口如瓶,人们对契诃夫"创作实验室"奥秘的了解是十分可怜的。高尔基说:"关于他的文学创作,他谈得很少,而且很勉强;我倒想用'贞节地'这个字眼,或者还可以说像他谈到列夫·托尔斯泰的时候那样的谨慎。"④

库普林在关于契诃夫的回忆录中也这样写道:"泛泛而论,我们不仅

---

① 《高尔基全集》(30卷本)第23卷,俄文版,第443页。
② 《高尔基和契诃夫通信、文章、言论》,第144页。
③ 《契诃夫作品书信全集》(20集集)第18卷,俄文版,第242页。
④ 高尔基:《回忆录选》,人民文学出版社1959年版,第169—170页。

对他的创作秘密几乎一无所知，就连他写作的外在习惯手法也不了解。在这方面，安东·巴甫洛维奇不露心境和守口如瓶到了令人纳闷的程度……他谁也不相信，从不揭示自己的创作道路。"①

库普林说契诃夫对谁也不相信和从不谈自己的创作有些言过其实，高尔基说契诃夫对谈创作持谨慎态度则比较公允。这种情况的出现给研究契诃夫的创作，特别是给研究契诃夫的创作心理带来很大困难。尽管如此，契诃夫的书信（《契诃夫论文学》，人民文学出版社 1958 年版），契诃夫的创作笔记和日记（《契诃夫的手记》，浙江人民出版社 1982 年版），同时代人对契诃夫的回忆，以及契诃夫的作品，都在不同程度上透露了契诃夫创作的奥秘。

通过这些珍贵的材料，我们还是可以深入契诃夫的创作过程，研究作家的创作心理，尽力捕捉作家艺术思维的一些重要特点。

一　童年经验的超越和升华

在俄国作家中，特别是在那些贵族出身的作家中，无论是普希金、莱蒙托夫、果戈理、屠格涅夫、阿克萨科夫还是冈察洛夫、涅克拉索夫、列夫·托尔斯泰，都有过幸福、快乐的童年，唯独平民出身的契诃夫没有幸福快乐的童年。契诃夫曾经说过，"我的童年没有童年"②，"在我们的童年里，只有痛苦"。③

痛苦的童年作为一种精神经历，作为一种具有强烈个性色彩的精神经历，对作家独特的创作个性的形成，对作家作品独特的深层意蕴的形成，有着不可低估的作用，它在作家的创作中打下深深的烙印。痛苦的童年经验对契诃夫的创作有重大的影响，俄国任何一个作家童年经验对创作的影响，都无法同痛苦的童年经验对契诃夫创作的影响相比拟。遗憾的是这一重要现象往往被研究者所忽略，没有引起足够的重视，唯有叶尔米洛夫的《契诃夫传》涉及这个问题。我以为，从某种意义讲，只有了解契诃夫童

---

① 《同时代人回忆契诃夫》，莫斯科，1960 年，第 556—557 页。

② 《契诃夫传》，人民文学出版社 1960 年版，第 10 页。

③ 同上书，第 8 页。

年的精神经历，才能比较透彻地理解契诃夫的创作心理和创作个性，才能
比较深入地把握契诃夫作品深层的意蕴。

契诃夫所说的"我的童年没有童年"，这句话包含着许多丰富的痛苦
的内容，这首先指的是家庭的专制、棍棒纪律和囚犯似的劳役。

在契诃夫的童年中，父亲的毒打给他留下最痛苦的印象，这是对儿童
心灵的摧残，对人的尊严的摧残。他曾经对聂米罗维奇－丹钦科说道：
"你知道，我永远不能原谅父亲在童年时代这样打我。"①

在家里，契诃夫是父亲杂货铺里的小伙计，从小就得学会算账，熟悉
招徕顾客的办法，乃至"假秤、假斗和各种做生意的小骗术"。作家的哥
哥亚历山大在回忆契诃夫这段囚徒般的生活时写道，"在父亲的小杂货铺
里，他马马虎虎复习自己的功课；在这里他经受冬日的严寒，冻得手足发
麻；在这小杂货铺里，他像一个囚徒在监牢里一样，苦闷地度过学校放假
的美好时光"②。

再有就是宗教教育，唱圣诗，做早祷。契诃夫兄弟三人在父亲组织的
教堂唱诗班里差不多唱了十年的圣诗。契诃夫后来回忆说："我和我的两
个哥哥唱三重唱，唱《悔改吧!》或《阿尔汉格尔斯克之声》，人们都非
常感动地看着我们，他们都很羡慕我们的父母，而我们三人这时都感到自
己是小苦役犯人。"③（1892 年 3 月 9 日给谢格洛夫的信）哥哥亚历山大
的回忆更是令人心酸："可怜的安托沙非常受罪，他当时还是一个刚刚长
大的孩子，胸部还不发达，耳音既差，嗓子也弱……在练唱的时候流了不
少眼泪，这些迟至深夜的练习也夺去了他许多童年的甜蜜的睡眠。凡是和
宗教礼拜有关的事情，巴维尔·叶果罗维奇都是一丝不苟，严格而苛刻
的。每逢大节期，需要做早弥撒的时候，他总是深夜两三点钟就把孩子叫
起，不管什么天气，也必定要带他们去教堂……对于巴维尔·叶果罗维奇
的孩子们来说，星期天和假日也是劳动的日子，就像工作日一样。"④

在家里受压制，而学校更是形同监狱。当局要把学生培养成别里科夫

---

① 《契诃夫传》，人民文学出版社 1960 年版，第 10 页。

② 《同时代人回忆契诃夫》，第 32 页。

③ 《契诃夫和他的时代》，中国社会科学出版社 1984 年版，第 3—4 页。

④ 《契诃夫传》，人民文学出版社 1960 年版，第 6—7 页。

似的"套中人",常把学生折磨到唯命是从、战栗不安的地步。曾经在塔
干罗格中学（契诃夫上的中学）念书的作家、契诃夫的同学写道："塔干
罗格中学实质上是一种特殊的犯人劳动大队。那是一个感化营,不同的只
是用希腊文和拉丁文的课堂译作替代了棍棒和皮鞭。"①　作家的哥哥亚历
山大回忆说:"我的许多同学都是满腔悲痛离开学校的。我自己则几乎到
五十岁还时常在夜里梦见严格的考试、校长可怕的申斥和教员的挑剔。在
中学生活里,我从来没有过一天愉快的日子。"②　契诃夫在 1886 年的一封
信里也承认:"我到现在有时还会梦见中学时代的生活:功课没有温熟,
害怕教师叫到我……"③

　　无论是在家庭还是在学校,契诃夫处处感到专制和谎言的压迫,感到
一种社会想把他变成奴隶的威胁,因此从童年起他就痛恨专制和谎言,痛
恨小市民习气。契诃夫在责备哥哥亚历山大不该对妻儿那样专制和粗暴的
信中（1889）说:"我请你回忆一下,专制和谎言怎样毁掉了你母亲的青
春吧。专制和谎言毁掉了我们的童年,使我们现在回想起来都感到恶心和
可怕。你还可以回忆一下父亲在饭桌上由于汤做咸了而大发雷霆,骂母亲
是笨货的时候我们所感到的恐怖和厌恶……"④

　　正是童年痛苦的精神经历,使契诃夫决定维护人的尊严争取人的自
由。这一切不仅造就了契诃夫忧郁和自尊的性格和心理,同时也构成了作
家创作的主要内容和作品深层的意蕴。俄国社会污浊的现实,令人"不
堪忍受的生活",常常使契诃夫感到"苦闷和忧郁",他在 1888 年 12 月
26 日的一封信中写道:"请原谅我的忧郁心情,我自己也不喜欢这种心
情,这种心情是由许多因素引起的,而这些因素又不是我造成的。"⑤　面
对现实的丑恶,契诃夫不仅感到忧郁,他还十分痛恨,他极力要维护人的
尊严。在他的作品里既有契诃夫式的忧郁,又有崇高的人道主义精神。契
诃夫曾经在 1888 年 10 月 4 日给普列谢耶夫的信中明确地表明自己的文学
创作纲领。他说:"我痛恨以一切形式出现的虚伪和暴力……伪善、愚

---

① 《契诃夫和他的时代》,中国社会科学出版社 1984 年版,第 4 页。

② 《契诃夫传》,人民文学出版社 1960 年版,第 16—17 页。

③ 同上。

④ 同上书,第 4 页。

⑤ 《契诃夫全集》第 14 卷,第 264 页。

蠢、专横，不是仅仅在商人家庭里和监狱里盛行；我在科学方面，文学方面，青年当中，也看见它们。……我心目中的最神圣的东西是人的身体、健康、智慧、才能、灵感、爱情、最最绝对的自由——免于暴力和虚伪的自由，不问这暴力和虚伪用什么方式表现出来。如果我是个大艺术家，那么这就是我要遵循的纲领。"①

前面所说的是契诃夫童年精神经历主要的方面，同时我们也不应当忽视另外一个方面，这就是家庭艺术环境对契诃夫的熏陶。契诃夫一家三代都具有艺术家的气质，这就是耽于幻想。他的祖父写信常用文学笔调，不断转换人称。他的父亲多才多艺，还积极为教堂组织唱诗班。契诃夫在谈到自己和他的兄弟姐妹时曾经这样说过，"我们的才能来自父亲，我们的心灵来自母亲。"② 契诃夫的两个哥哥也具有艺术天才：老大亚历山大进了莫斯科大学，后来当上新闻记者，又写小说；老二尼古拉进了莫斯科绘画、雕塑、建筑学校，成了画家。在这样一种家庭艺术氛围中，契诃夫从小就不自觉地用幽默和嘲讽来抵御童年的痛苦。他善于做即兴表演，扮演各种各样的人物，常上剧院看演出，还参加《钦差大臣》的家庭演出，在学校主办手抄刊物，写诗讽刺学监。更有意思的是他们兄弟三人常常凑在一起演笑话剧和小戏。当两个哥哥到莫斯科上学以后，契诃夫还特意为他们出版称之为《兔子》的幽默刊物，按期寄到莫斯科。

童年的艺术经历对契诃夫后来成为作家是至关重要的，它显露并培养了作家幽默、讽刺的才能。其中父辈的艺术熏陶固然重要，三个兄弟之间亲密无间的艺术交流和艺术创造的环境尤为可贵，契诃夫童年的艺术经历告诉我们，作家和艺术家早期的艺术教育不只是一种消极的艺术接受和艺术熏陶，更重要的、更具有决定意义的应当是一种艺术交流和艺术创造，特别是要造成一种和谐、融洽和富有创造性的艺术环境和艺术气氛，在这种环境中未来的作家和艺术家能够相互理解和交流，达到思想上和艺术上的共鸣，在这种愉快的、富有生气的气氛中，未来的天才的任何创造都能得到回应，得到肯定，同时又激发出新的思想、新的灵感和新的创造。这种情况不仅出现在契诃夫三兄弟身上，而且也出现在英国女作家夏洛蒂·

---

① 《契诃夫论文学》，人民文学出版社 1959 年版，第 96 页。

② 《契诃夫传》，人民文学出版社 1960 年版，第 6 页。

勃朗特、艾米莉·勃朗特和安妮·勃朗特三姐妹身上。勃朗特姐妹从小失去母亲，她们居住在远离城市的荒凉的呼啸山庄，只有靠书籍和报刊才得以同外部世界发生联系。三姐妹自幼爱好文学，抱有成为作家的梦想。她们的童年是生活在双重的世界里，一个是深居闺房的、家世不幸的现实世界，一个是三姐妹相互交流和创造的文学世界。在冬夜每天九点钟后，她们相濡以沫，一起朗读和讨论各自的创作。像盖斯凯尔夫人所说的，夏洛蒂、艾米莉和安妮"像不安的野生动物似地在客厅里来回踱步"，创造"她们奇妙的故事"。这些故事一直编到她们二十多岁，计手稿一百多种，成了勃朗特姐妹发挥想象、构思练笔的园地。① 同契诃夫三兄弟一样，勃朗特三姐妹日后成为著名作家，是同童年时代有一个能够相互交流和共同创造的艺术环境相联系的。

这里出现一个问题：是不是有痛苦童年的精神经历的人，有童年艺术经历的人，日后都能成为作家和艺术家呢？回答当然是否定的。契诃夫和他两个哥哥的生活遭遇就是很好的例证。契诃夫两个哥哥同他一样，都有痛苦童年的精神经历，都十分憎恨专制制度和小市民习气，也都有艺术才能，然而最后却都葬送了自己的艺术天才。他们反对专制制度和小市民习气，同时又害怕艰苦的劳动，一上了大学就尽情享受"自由"，每天出门作客，经常喝得酩酊大醉，过着放荡不羁的名士派生活，最后还是陷入小市民泥沼里。大哥亚历山大是一个很有学识的记者，写过几篇颇有才华的小说，最后却是默默无闻地、悲惨而凄凉地死去。二哥尼古拉是个画家，俄国著名画家列维坦很看重他的才华，然而由于酗酒加速他肺病的恶化，结果正当三十一岁的盛年就去世了。契诃夫在 1883 年 4 月给大哥亚历山大的信中，曾经这样谈到二哥尼古拉："尼古拉成天闲荡；一个强有力的出色的俄罗斯天才就这样毁掉了，毁得毫无价值。你看见过他最近画的作品。他画的是什么呢？尽在画一些庸俗的、一文不值的东西……而堂屋里却放着那幅已经开了头的杰出的画（指尼古拉一幅未完成的巨画，画着一个缝纫女工晨曦中伏在工作台上睡着了）。"②

---

① 贺兴安：《柔弱而倔强的灵魂——访勃朗特姐妹故居》，见《光明日报》1988 年 3 月 27 日。

② 《契诃夫传》，人民文学出版社 1960 年版，第 184 页。

从契诃夫三兄弟的命运可以看出，作家的童年经验只是造就作家的条件，只是作家的摇篮，要真正成为作家还需要思想上和艺术上的磨炼，需要有一个对童年经验超越和升华的过程。在这方面，契诃夫曾经历了一个艰难的历程。

契诃夫在 1889 年 1 月 4 日给苏沃林的信中写下了一段著名的话：

> 贵族出身的作家从自然界毫不费力地取得的东西，平民作家却要用整个青春的代价去买来。您该写一篇小说，描写一个青年，原是农奴的儿子，做过店员和唱诗班的歌手，进过中学和大学，从小受到要尊敬长上，要吻神甫的手，要崇拜别人的思想，要为每一小块面包道谢，挨过许多次打，出去教家馆的时候没有雨鞋穿，常常打架，虐待动物，喜欢在阔亲戚家里吃饭，只是因为觉得自己渺小就毫无必要的在上帝和别人面前假充正经；请您写这个青年怎样把自己身上的奴性一点一滴的挤出去，怎样在一个美妙的早晨醒来，觉得自己血管里流着的已经不是奴隶的血，而是真正的人的血了。[①]

在这段话里契诃夫总结了自己的一生和自己思想的发展历程。他既不同于祖辈和父辈，也不同于兄辈：祖辈和父辈也憧憬过自由，想"独自经营"，但是最终也没有获得真正的自由，因为专制制度已在他们灵魂中生了根；兄辈似乎也"自由"了，然而他们最终也不能摆脱小市民习气的束缚。在契诃夫看来要获得真正的自由，要获得人的尊严，就必须摆脱专制制度、私有制的和小市民习气的一切思想束缚，一点一滴地挤出自己身上的奴性。在这方面，契诃夫表现出极大的勇气和韧性。

契诃夫首先坦率承认自己身上的奴性，并勇敢解剖它。他在 1888 年的一封信中痛苦地说："我出生在一个金钱万能的社会里，而且在这种环境中成长、学习和开始写作——这给了我极坏的影响。"[②] 在 1903 年 2 月 11 日给克尼碧尔·契诃娃的信中，他这样谈到自己："你说，你羡慕我的性格。应当告诉你，我的性格本来是暴躁的，我又容易发火，又有许许多

---

① 《契诃夫论文学》，人民文学出版社 1959 年版，第 141 页。

② 《契诃夫传》，人民文学出版社 1960 年版，第 15 页。

多别的毛病。可是我养成了控制自己的习惯，因为一个正派的人是不应该放任自己的。早先，天晓得我干了些什么事情。你要知道，我的祖父在信仰方面是一个热烈拥护农奴制的人啊。"①

契诃夫从自己身上挤掉奴性的过程从小就开始了，他坚持不懈地反对专制、谎言、虚伪和奴性，坚决捍卫人的独立人格和尊严。

他在1879年4月6—8日给弟弟米哈伊尔的信中说："有一件事情我不喜欢：你为什么自称是'你的渺小无闻的弟弟'？你承认自己渺小吗？并不是所有的米沙都是一样的，弟弟。……在人们当中需要晓得自己的尊严。你又不是骗子手，你是个正直的人，对吧？那就尊敬自己是个正直的人吧，要知道，正直的人并不是渺小的。不要把'谦虚'和'妄自菲薄'混为一谈。"②

哥哥亚历山大同妻子只是举行"世俗"婚礼而没有经过教堂仪式，当他为此受到父亲谴责而感到痛苦时，契诃夫在1883年4月给他的信中说："你不敢硬对着石头碰，却好像在竭力向它谄媚讨好……他爱怎么想就怎么想好了。……你知道你是对的，那你就应该坚持你自己的立场，别人再怎么说，再怎么苦恼，你也不必理睬。……朋友，生活的全部精义就在于毫无谄媚讨好地反抗到底。"③

勃洛克说过这样的话：作家的作品"只是秘密成长的心灵的外在成果"④。经过坚持不懈的自我斗争和自我教育，经过所谓"痛苦的抗拒"，契诃夫最后终于超越了童年的精神经历，得到了思想的升华，把自己培养成为真正的人，并且把真正的人的思想和情感体现在自己的作品之中。

童年的精神经历需要超越和升华，童年的艺术经历同样需要超越和升华。契诃夫并不满足从小形成的艺术才能，而是在创作实践中不断提高自己的艺术素养，不断进行创造性的劳动。他从一个专门写讽刺幽默小品的小品文作者契洪特（早期笔名）成长为伟大的作家契诃夫，其中既有思想的超越和升华，又有苦行僧式的艺术劳动。

---

① 《契诃夫论文学》，人民文学出版社1959年版，第38页。
② 《契诃夫传》，人民文学出版社1960年版，第27页。
③ 同上书，第177页。
④ 《勃洛克文集》（8卷本）第5卷，1952年，第369、370页。

艺术才能对于契诃夫来说就是劳动。高尔基曾经这样谈到契诃夫："我从来没有看见过有谁像安东·巴甫洛维奇那样深刻而全面地感到了作为文化基础的劳动的意义。"① 在契诃夫心目中，再也没有比劳动更加美好，更加崇高和更加合乎人性的事业！

蒲宁在回忆录中谈到，契诃夫最喜欢的话题是工作，他常说"应当不住手地工作"，"工作一辈子"，"在工作中应当真诚朴素，要达到苦行僧的程度"。"如果一个人不工作，不经常生活在那能使艺术家头脑清醒的艺术气氛里，那么即使他有所罗门那样的智慧，他也仍然会感到自己头脑空虚，碌碌无为。有时候他从抽屉里拿出自己的札记本来，扬着脸，夹鼻眼镜的镜片闪闪发光，挥着那个本子说：'整整一百套情节！是的，亲爱的先生！……真正的工作者！怎么样？卖两三个给您好吗？'"②

契诃夫为了成为一个真正的作家，在艺术上整整锻炼了一生，但他仍然认为自己是"门外汉"，对自己从不满足。他在1889年4月8日给苏沃林的信中说："看书比写作快乐。我暗想：要是我能再活四十年，而在这四十年中我一味看书，看书，学会写得有才气，也就是写得简练，那么四十年后我就会用一尊大炮向你们大家放它一炮，震得天空都发抖。而现在呢，我也跟旁人一样，只是个利利普仙。"③

在契诃夫身上，把自己培养成真正的人同把自己培养成艺术家是一致的，童年精神经历和艺术经历的超越和升华也是同步进行的。深怀痛苦而又超越痛苦，在痛苦童年的土壤上结出深沉和崇高的思想果实；艺术早慧而又超越早慧，在辛勤耕耘的土壤上开出灿烂的艺术之花，这就是契诃夫童年经验对作家创作影响所给予我们的深刻启示。

二 寓倾向和情感于客观描写之中

在文学创作中，作家的主观倾向、情感同作品的客观描写是一对基本

---

① 高尔基《回忆录选》，人民文学出版社1959年版，第168页。译文略有更动。
② 《同时代人回忆契诃夫》，第473页。
③ 《契诃夫论文学》，人民文学出版社1959年版，第152页。利科普仙为斯威夫特《格列佛游记》中的小人国国民。

矛盾，这一矛盾的处理是否得当，直接关系到作品的成败和艺术水平的高低。我们常常看到，一些作品离开现实生活的真实描写，赤裸裸地表现作者的倾向和情感，结果成为政治说教；另外一些作品在描写客观现实生活时则沉溺于琐屑的细节，既没有明确的目的也没有作者的情感，结果堕入客观主义和自然主义的泥淖。正是在总结文学创作经验的基础上，恩格斯在给敏·考茨基的信中明确指出："我决不是反对倾向性本身……可是我认为倾向应当从场面和情节中自然而然地流露出来，而不应当特别把它指点出来；同时我认为作家不必要把他所描写的社会冲突的历史的未来的解决办法硬塞给读者。"[1] 他在给玛·哈克奈斯的信中又一次反对用所谓"倾向小说""来鼓吹作者的社会观点和政治观点"，认为"作者的见解愈隐蔽，对艺术作品来说就愈好"。[2] 恩格斯所指出的文学作品的倾向应当通过对现实生活真实而艺术的描写表现出来，是现实主义文学创作一条重要的规律，文学史上一切伟大作家都是遵循这一规律的，契诃夫就是其中的一位。

契诃夫的文学创作是有独特的艺术个性的，他一贯反对主观成分，主张客观地描写现实，他的倾向完全寓于形象之中，寓于客观描写之中。他的倾向和情感在早期是隐蔽在明快、欢乐、幽默的描写之中（早期讽刺幽默小说），后来则是隐蔽在表面冷淡和极度客观的描写之中。然而透过这种含蓄和客观的描写，我们仍然可以从字里行间感受到作家对人民深沉的爱，对专制制度和小市民习气强烈的恨，和对自由的热烈渴望。

契诃夫早在 1883 年 2 月给他哥哥亚历山大的信中，就明确反对创作中的"主观态度"。他说："你就是在作品里也极力注意那些无聊的东西。……可是随便说一句，你并非天生来就是抱主观态度的作家。……只要老实一点就行了，完全撇开自己，不要把自己硬塞到小说主人公身上去，哪怕只把自己丢开半个钟头也好。你有一个短篇小说，那里面一对年轻夫妇在吃一顿饭的工夫里老是接吻啦、哼哼唧唧啦、胡闹啦。……一句正经话也没有，一味轻飘飘！你不是为读者写它。……你写它，是因为你自己觉得这样扯淡有意思。……可是你该这样描写这顿饭：他们怎样吃，吃些什么，厨娘是什么样儿，你的男主人公满足于游手好闲的幸福，是怎

---

① 《马克思恩格斯全集》第 36 卷，人民出版社 1975 年版，第 386 页。
② 《马克思恩格斯选集》第 4 卷，人民出版社 1984 年版，第 462 页。

样的庸俗，你的女主人公也怎样的庸俗，她爱上这么一个围着食巾、心满意足、塞得饱饱的蠢鹅是多么可笑。"① 契诃夫在这里所说的"主观态度"是一种委婉的说法，实际上指的是他哥哥亚历山大在小说中所表现的小市民习气，对饱食终日无所用心的小市民庸俗生活的欣赏。他认为亚历山大只有"丢开这种主观态度"，客观地描写生活，才能"成为一个最有益处的艺术家"。

契诃夫在 1886 年 5 月 10 日给哥哥亚历山大的信中，又明确指出："要符合下列条件才能成为艺术品：①不要那种政治、社会、经济性质的冗长的高谈阔论；②彻底的客观态度；③人物和事实描写的真实；④加倍的简练；⑤大胆和独创精神，避免陈腔滥调；⑥诚恳。"② 在这六个条件中，契诃夫强调的仍然是反对主观态度，提倡彻底的客观态度。

然而正是在这个问题上契诃夫遭到了非议，当时有人指责他是一个"没有世界观的人"，是一个"对善和恶漠不关心的人"。这实际上是对作家创作的极大歪曲。

首先，应当看到契诃夫不是笼统地反对倾向性，他反对的是反动的倾向性，资产阶级自由派的倾向性，自由民粹派的倾向性，以及一切错误的倾向性和政治说教。

亚·谢·拉查列夫－格鲁津斯基在回忆录中曾经这样说过："契诃夫在 80 年代遗留下来的有关写作言论中间有一条是始终不变的，那就是防止写作中的倾向性。契诃夫在那些年间是倾向性的可怕的反对者，他以一种经久不息的热烈的坚持精神反复谈论这个问题。"③

契诃夫为什么总是激烈地反对倾向性呢？下面是他的一段自白：

　　　既然我所知道的政治集团或"党派"都是薄闻浅见、持有错误
　　倾向的，那我不如超出一切集团和党派，超然于一切政治倾向之外，
　　不使任何东西蒙蔽我的眼睛，不使任何政治偏见和教条妨碍我完成我
　　的艺术家的职责；我的职责是以实事求是的冷静的态度，按照生活的

————————————

① 《契诃夫论文学》，人民出版社 1959 年版，第 7—8 页。

② 同上书，第 26 页。

③ 《同时代人回忆契诃夫》，莫斯科，1960 年，第 123 页。

实际情况，真实地、正直地、独立地、客观地描写俄罗斯生活，而不
是按照……民粹派的宗教主义或自由派的"空谈家"们的种种无中
生有的、公式化的、持有狭隘集团偏见的想法来描写生活。①

对契诃夫这种超然不群的立场应当持一分为二的态度。他力图摆脱一
切错误政治偏见和教条的束缚，从现实生活出发，客观地反映现实生活，
这是他思想主导的方面，是应当充分肯定的。然而这种超然的立场也有消
极的一面，他一方面追求一种明确的世界观，另一方面又排斥一切政党和
派别，连先进的政党也一概不闻不问，这就必然堵死自己获取先进世界观
的道路，这就使他的艺术视野受到限制，使他始终感到痛苦和空虚，不能
看到俄国社会的主要内容——工人阶级革命运动的增长。

其次，还应当看到契诃夫还是有明确的倾向性的，他的作品反对沙皇
专制制度，揭露资本主义的罪恶，批判小市民的庸俗习气，同情和热爱下
层人民，热烈向往俄罗斯光明的未来。特别是从库页岛归来之后，他开始
认识到一个作家需要的不是"最最绝对的自由"，而是"比空气更为宝贵
的""正义感"；作家应该"生活在人民中间"，应该有"社会生活和政
治生活，哪怕是一点点也是好的"。②

他在 1888 年写给阿·尼·普列谢耶夫的信中说："难道在最近这个短
篇小说里（指《命名日宴会》）人会看不出什么'倾向'吗？您有一回
对我说：我的小说缺乏抗议的因素，我的小说里没有同情，也没有恶
感……可是难道在这篇小说里我不是从头到尾都在对虚伪提出抗议吗？难
道这不是思想倾向吗？"③

他在 1892 年 10 月 25 日写给苏沃林的信中，强调一切优秀的现实主
义作家在描写现实时都有崇高的目标和理想。他说："最优秀的作家都是
现实主义的，按照生活本来面目描写生活，不过由于每一行都像浸透汗水
似的浸透了目标感，您除了看见目前生活的本来面目以外还会感觉到生活
应当是什么样子，这一点就迷住您了。可是我们呢？我们啊！我们也按照

---

① 《契诃夫传》，人民文学出版社 1960 年版，第 228 页。
② 《契诃夫论文学》，人民文学出版社 1958 年版，第 196 页。
③ 同上书，第 98 页。

生活本来面目描写生活，再往前就一步也动不得了。"①

　　显然，契诃夫不是笼统地反对在文学作品中表现倾向性，而是反对在文学作品中表现错误的乃至反动的倾向，反对用赤裸裸的政治说教代替对现实的真实描写。如果是进步的倾向，文学作品又该如何表现呢？在契诃夫看来，即使是进步的倾向性，在文学作品中也不能赤裸裸地加以表现，必须采取严格的客观态度，让作者的倾向和情感完全寓于现实的客观描写之中。契诃夫之所以毕生坚持这一创作原则，关键在于他认为这一创作原则不仅是符合文学创作的规律，而且是符合文学接受的规律，不仅符合作家的创作心理，而且也符合读者的接受心理。

　　契诃夫对文学创作采取彻底客观的态度，首先是为了排除一切主观成分的干扰，真实地反映生活。在他看来，作家反映生活应当从生活出发，按照生活本来的面目来描写生活，而不应当从作者的主观愿望出发，从一些脱离生活的教条出发，去任意宰割生活，歪曲生活。契诃夫写了一个短篇小说《泥潭》，他的朋友玛·符·基塞列娃看完写信给他，尖锐否定了《泥潭》的主题。照她看来，契诃夫不该描写生活的阴暗面。她说："这世界上充斥着肮脏、坏男人和坏女人，他们产生的印象并不新鲜。然而另一方面，如果有一个作家在领着您穿过粪堆的那股臭气的时候在那儿拣出一颗珍珠，那么人们对他会多么感激啊！"基塞列娃虽然是契诃夫的亲密朋友，但作家对她的观点是不敢恭维的。他在 1887 年 1 月 14 日的信中尖锐地反驳了基塞列娃的见解："讲这世界上'充斥着坏男人和坏女人'，这话是不错的。人性并不完美，因此如果在人世间只看见正人君子，那倒奇怪了。然而认为文学的职责就在于从坏人堆里挖出'珍珠'来，那就等于否定文学本身。文学所以叫做艺术，就是因为它按照生活本来面目描写生活。它的任务是无条件的、直率的真实。把文学的职能缩小成为搜罗'珍珠'之类的专门工作，那是致命打击，如同您叫列维丹画一棵树，却又吩咐他不要画上肮脏的树皮和正在发黄的树叶一样。我同意'珍珠'是好东西，不过要知道，文学家不是糖果贩子，不是化妆专家，不是给人消愁解闷的；他是一个负着责任的人，受着自己的责任感和良心的约

---

① 《契诃夫论文学》，人民文学出版社 1958 年版，第 217 页。

束。"① 在这段话里，契诃夫是从作家的使命出发，来肯定客观描写的创作原则的。在他看来，文学作品反映客观现实应当是无条件的、直率的，作家一旦走上粉饰生活的道路，也就从根本上违背了作家的道德。

文学作品不仅要真实地反映生活，同时也要形象生动地反映现实。契诃夫认为只有对现实采取彻底客观的态度，才能生动形象地反映现实，提高文学作品的艺术真实性，增强文学作品的艺术感染力。在这方面，契诃夫着重论述了以下两个问题。

第一，为了把人物写活，必须用人物的语言说话，按照他们的方式来思索，按照他们的心理来感觉，如果更多地加进作家的"主观成分"，形象就会模糊不清。

契诃夫在 1888 年 5 月 30 日给苏沃林的信中说："艺术家不应当做自己人物和他们所说的话的审判官，而只应当做它们的不偏不倚的见证人。我听见两个俄罗斯人针对悲观主义说了许多杂乱的、什么也没有解决的话，那我就应当把这些话按照我原来听见的那种样子转达给读者，让陪审员，也就是读者来评价它。我的任务只在于我得有才能，那就是我得善于把重要的供词跟不重要的供词分开，善于把人物写活，用他们的语言来说话。"②

他在 1890 年 4 月 1 日写给苏沃林的信中又谈道："您希望我在描写偷马贼（指契诃夫的小说《偷马贼》）的时候应该说明：偷马是坏事。不过话说回来，这种话就是我不说，别人也早已知道了。让陪审员（指读者）去裁判吧，我的工作只在于表明他们是什么样的人……要知道，为了在七百行文字里描写偷马贼，我得随时按他们的方式说话和思索，按他们的心理来感觉，要不然，如果我加进主观成分去，形象就会模糊。"③

第二，为了增强作品感染人的力量，作家的感情不应当外露，作家越冷淡，人物的痛苦就越动人。

契诃夫 1892 年 3 月 19 日写给丽·维·阿维洛娃的信中说："我以读者的身份给您提一个意见：您描写苦命人和可怜虫，而又希望引起读者怜

---

① 《契诃夫论文学》，人民文学出版社 1958 年版，第 35 页。
② 同上书，第 87—88 页。
③ 同上书，第 186 页。

悯的时候，自己要极力冷心肠才行，这会给别人的痛苦一种近似背景的东西，那种痛苦在这背景上就会更明显的露出来。可是如今在您的小说里，您的主人公哭，您自己也在叹气。是的，应当冷心肠才对。"①

过了一个月，契诃夫在 4 月 29 日给阿维洛娃的信中，又反复谈起这个问题。他说："是的！有一回我写信给您说，人在写悲惨小说的时候应当冷淡。您没有明白我的意思。人可以为自己的小说哭泣，呻吟，可以跟自己的主人公一块儿痛苦，可是我认为这应该做得让读者看不出来才对。态度越是客观，所产生的印象就越有力。我要说的就是这个意思。"②

契诃夫是很懂得创作规律和创作心理的，是很懂得创作辩证法的。不论是让人物按自己的语言、行为方式和心理来说话、行动和感觉也好，还是对人物的痛苦要冷心肠也好，契诃夫谈的都是要发挥生活本身的力量，形象本身的力量，因为生活本身和形象本身比作家本身直露的、一览无余的叙述蕴含着更为生动和丰富的内容，同时也就更具有感人的力量。所谓态度越客观印象就越有力，看来就是这个意思。

契诃夫主张对现实采取彻底的客观态度，同时也是符合艺术接受规律的。契诃夫是很懂得读者接受心理的，他在创作时心中经常装着读者。他向来反对作者主观说教，反对作者将自己的主观意图强加于读者，主张要"充分信赖读者"，要"留有余地"，要"简练"，总之要注意发挥读者的主观能动性和创造性。

契诃夫尽管热爱托尔斯泰，承认陀思妥耶夫斯基的才能，然而对他们作品中枯燥说教的部分是很不客气的。他认为托尔斯泰在《克莱采奏鸣曲》"跋"中的说教的价值"赶不上《霍尔斯托美尔》（指托尔斯泰描写马的小说）里面的一匹母马"③，而《复活》结尾"一下子把一切归结到《福音书》的文字上去，这未免太宗教气了"④。他认为陀思妥耶夫斯基的书"倒挺好"，只是"很长，很不谦虚。装腔作势的地方很多"⑤。"他是有才能的作家，而且无疑的有很大的才能"，不过在《卡拉马佐夫兄弟》

---

① 《契诃夫论文学》，人民文学出版社 1958 年版，第 205 页。
② 同上书，第 209 页。
③ 同上书，第 196 页。
④ 同上书，第 297 页。
⑤ 同上书，第 148 页。

中"用检查官和辩护人口吻所说的那些话"损伤了作品，是"完全多余、完全多余的"①。同他们相反，契诃夫向来主张寓倾向和感情于艺术形象之中，给读者留下想象和思索的余地，让读者自己去作结论。他说："我写的时候，充分信赖读者，认定小说所缺欠的主观成分读者会自己加进去。"②"在短篇小说里，留有余地要比说过头为好。"③

契诃夫有一句名言："简练是才能的姐妹。"以往人们常常只是把简练当作作家的创作风格和艺术形式来看待，我以为简练不仅是契诃夫的创作风格，而且也是他的创作原则，它同我们上面所说的作家反对主观说教，主张彻底客观态度的原则是密切相关的。所谓简练并不等于简单，而是寓丰富的内容于凝练的艺术表现形式之中。这种创作原则从生理上讲是为了给读者造成强烈的印象，让小说"一下子，在一秒钟里，印进人的脑筋"④，是为了不让读者的"注意力疲劳"⑤，"让他保持紧张"⑥。从心理学上讲，是为了给读者提供想象和思考的余地，充分调动读者的主观能动性和创造性。比如，契诃夫主张"自然的描写应当非常简练"。下面是一个非常有名的例子。他说："比方说，要是你这样写：在磨坊的堤坝上，有一个破瓶子的碎片闪闪发光，像明亮的星星一样，一只狗或一只狼的影子像球似的滚过去等等，那你就写出了月夜。"⑦ 显然，这里所描写的月夜的形象是非常简练的，也是十分含蓄的，读者不是直接感受到月夜，而是通过闪闪发光的碎片和狗或狼的影子来感受月夜的，其中就有读者想象和创造的过程。

三　分析型的艺术思维

契诃夫曾经说过："作家的独创精神不仅表现在文体方面，而且也表

---

① 《契诃夫论文学》，人民文学出版社 1958 年版，第 428 页。

② 同上书，第 187 页。

③ 《契诃夫全集》第 14 卷，第 22 页。

④ 《契诃夫论文学》，人民文学出版社 1958 年版，第 283 页。

⑤ 同上书，第 234 页。

⑥ 同上书，第 65 页。

⑦ 同上书，第 26—27 页。

现在思想方法方面，信念方面，等等。"① 他的这个看法是很精彩的，我们分析契诃夫创作的独创性不仅要研究他的作品，同时要深入到作家的创作过程，研究作家艺术思维的特点。从创作心理学的角度来看，作家创作的独创性归根到底是由作家艺术思维的特点决定的。

契诃夫的艺术思维是属于什么类型，它有什么特点呢？苏联文艺学家梅拉赫认为契诃夫的艺术思维属于分析型，其主要特色是综合性。在这种思维类型作家的创作中，具体感性的因素和分析的因素相结合，思想和形象相结合。就契诃夫而言，梅拉赫认为其艺术思维的主要特点是"有分析地理解创作任务，解决任务的严整逻辑同对世界高度形象的、富有诗意的观照，以及对世界充满感情的感受相结合。"②

契诃夫分析型艺术思维的特点主要体现在作家对文学创作的独特理解中和作家的创作过程中。

在契诃夫生活的年代，特别是在 19 世纪末和 20 世纪初的世纪之交的年代，当时有不少人把文学创作看成是超乎客观规律之外的由作家心灵的意志而引起的活动。然而契诃夫却认为文学创作是有客观规律的，而且是可以用科学方法加以揭示的。梅列日科夫斯基在《北方导报》1888 年第 11 期发表文章《关于新人才的老问题》评论契诃夫的创作，文章在最后谈到创作心理学的一般问题。他认为创作过程的任何规律是无法揭示的，原因在于创作过程是无意识的。他说："这一活动和其他精神状态和激情的不同特点正是在于它的无意识的、生物的和本能的性质。"③ 契诃夫在 1888 年 11 月 3 日写给苏沃林的信中针对梅列日科夫斯基的观点，阐明了自己对创作规律的看法，他认为创作是存在客观规律的，并且是可以用科学方法加以揭示的。他说："那些对科学方法入迷的人，被上帝赐给稀有的才能而善于用科学方法思考的人，依我看来，只有一条出路——创作的哲学。他们可以把各时代艺术家创作的最优秀的作品搜集起来，放在一起，使用科学方法来理解其中有一种什么共同的东西使得它们彼此相近，成为它们的价值的原因。这种共同的东西就是法则。那些被称为不朽的作

① 《契诃夫论文学》，人民文学出版社 1958 年版，第 43 页。

② 梅拉赫：《创作过程和艺术接受》，黄河文艺出版社 1989 年版，第 153 页。

③ 同上书，第 154 页。

品有很多共同点；如果从其中每个作品里把这类共同点剔除干净，作品就会丧失它的价值和魅力。这是说那些共同点是不能缺少的，是一切有志于成为不朽的作品的不可缺少的条件。"①

契诃夫在上面这段话里没有涉及作家的艺术个性问题，他所关注的是艺术创作的共同规律。在契诃夫论文学的其他言论中，我们还可以看到一个重要特点，这就是试图运用比较分析的方法，运用比较分析艺术和科学的异同的方法，来进一步探讨文学创作的规律。

首先，契诃夫认为艺术和科学在认识现实方面有内在的联系，它们都追求客观性，真实性，都追求生活的真理，都有认识意义，然而两者也有本质的差别：科学研究不能夹进主观色彩，主观评价，而文学创作却需要体现作家的立场、世界观和美学评价。当然他强调作家的主观倾向不能赤裸裸地表现出来，必须寓于客观描写和艺术形象之中。同时，契诃夫还看到科学的认识是概括的，而文学认识是个别的。他在1888年10月18日写给苏沃林的信中说："您和我是主观的。比方说，如果人家对我们泛泛的讲到动物，我们立刻就会想起狼和鳄鱼，或者想起夜莺和美丽的母鹿；可是对动物学家说来，狼和母鹿之间并没有区别：对他来说那点区别太不足道了。"②

其次，契诃夫认为文学同科学一样，在认识过程中总是要提出一定问题的。他在1888年10月27日写给苏沃林的信中说："艺术家观察、选择、推测、配合——光是这些活动就预先在一开头提出了问题；如果一开头没有给自己提出问题，那就没有什么可推测的，也没有什么要选择的……如果否认创作包含着问题和意图，那就得承认艺术家事先没有意图，没有预谋，只是一时着了魔才进行创作；因此，假如有个作家对我夸耀说，他写小说并没有事先想好的意图，而只是凭一时的兴会，那我就要说他是疯子。"③ 然而在他看来，科学家不只是提出问题，而且还要解决问题；而艺术家即使解决不了问题，只要能够正确提出问题也完成了自己的任务。他说，不能混淆解决问题和正确提出问题这两个概念，"只有

---

① 《契诃夫论文学》，人民文学出版社1958年版，第114页。
② 同上书，第104页。
③ 同上书，第110页。

'正确的提出问题'才是艺术家必须承担的。在《安娜·卡列尼娜》里，在《奥涅金》里，一个问题也没有解决，然而这些作品还是充分使您感到满足，这只是因为书中所有的问题都提得正确罢了"。①

契诃夫认为，艺术家的观察与学者的观察有同样的价值，有时甚至还能超过学者的发现和结论，他在给格利果罗维奇的信中举例说，他读过一篇法国小说，大概是龚古尔的长篇小说《亲爱的》，其中"作者在描写部长女儿的时候，大概自己也没有料到创造了一幅癔病临床的忠实图画"。②

第三，契诃夫认为文学创作应当通过有形世界的描绘力求揭示无形的世界。在他的作品中表现了从生活中观察到的生活现象，人与人的关系的有形世界，行动世界和行为世界。但更令作家感兴趣的是为旁人所不注意的无形世界，人们的思想和情感，人的心理世界。他在创作过程中极力想弄清生活的"迷魂阵"，弄清生活之谜。当然，无形世界在作品中是通过有形世界表现出来的，但是有形世界归根到底是由无形世界决定的，是人的行为动机，人的心理决定了人的行为。契诃夫多次把自己的小说称作"精神病理学性质的随笔"，例如在 1890 年 3 月 16 日给 M. H. 柴可夫斯基的信中，就把自己的小说《灰色的人们》称作"精神病理学性质的随笔"。这种称呼虽然不见得十分合适，但它还是表达了契诃夫力求深入人物心理世界的愿望。

透过契诃夫对艺术，对艺术创作规律的独特认识，我们可以看出作家艺术思维的特点，在他身上同时具有艺术家和科学家的特质，同时具有科学分析的能力和艺术想象的能力。在他看来，在一个作家身上这两者应当是结合，他本人就是如此，作为作家兼医生，他一生同时完成了科学思维和艺术思维的学业。他认为："艺术家的感觉有时候抵得过学者的脑子，它们有同样的目的，同样的本质，也许将来有一天，方法完善了，它们会联合成现在很难想象的巨大而惊人的力量。"③ 其实在契诃夫身上就已经体现了这种力量。人们以往常常简单地认为医生出身对契诃夫创作的影响，只是体现在有关医学内容的准确描写。实际上在契诃夫身上文学和医

---

① 《契诃夫论文学》，人民文学出版社 1958 年版，第 110 页。

② 转引自梅拉赫《创作过程和艺术接受》，黄河文艺出版社 1989 年版，第 158 页。

③ 同上。

学这两个领域的结合更为深刻，它集中体现了两种思维的有机结合。他在
1899 年 10 月 11 日给格·伊·罗索里莫的信中说："我不怀疑研读医学对
我的文学活动有重大影响；它大大扩展我的观察范围，给予我丰富的知
识。对做为作家的我来说，这种影响的真正价值只有作家自己兼做医生的
人才能领会。医学还有指导的作用，大概多亏接近医学，我才避免了许多
错误。由于熟悉自然科学，熟悉科学方法，我总让自己小心在意，凡是在
可能的地方总是尽力用科学根据考虑事情，遇到不可能的地方宁可根本不
写。我要顺便说一句，艺术创作的条件不能永远容许作品中的事实跟科学
根据充分符合。舞台上服毒自尽不可能表演得跟实际情形一样。"① 在这
里，契诃夫并没有把科学对文学创作的影响简单化和庸俗化，他要求科学
作为指导，但并不要求文学创作精确地表现科学原理。文学不同于科学，
科学与文学的结合，归根到底是两种思维方式的结合。

　　契诃夫艺术思维的特点还表现在作家对复杂的心理现象的分析上，他
在 1887 年 2 月 12 日给格里果罗维奇的信中，谈到了对格里果罗维奇小说
《卡烈林的梦》的看法，其中特别分析了梦这种复杂的心理现象。契诃夫
说："我觉得您把睡眠的人的脑筋活动和一般感觉描写得很艺术，就生理
方面来说也正确。"他认为"梦是主观现象"，同时又认为梦是与生活印
象有关，与外部刺激有关，是一种形象联想。他说："梦总是要看见人，
而且一定是不招人喜欢的人。比方说，我觉得冷的时候就梦见在我小时候
侮辱过我母亲的那个仪表优雅、颇有学问的司祭长，梦见我醒着时候从没
有见过的坏人、凶狠的人、阴险的人，幸灾乐祸的笑着的人、庸俗的人。
火车车厢窗子里的笑声正是卡烈林的恶梦的很有特色的征象。每逢人在梦
里感到恶势力的压迫，不可避免的要在这恶势力下灭亡，那他总会看到像
这种哄笑之类的东西……我也梦见我喜爱的人，可是他们一出现，照例总
是跟我一块儿受苦……等到我的身体习惯了寒冷，或者我的家人给我盖好
了被子，那么寒冷的感觉、孤独的感觉、恶势力压迫人的感觉，就渐渐消
失了。随着温暖，我开始感觉到自己好像在柔软的地毯上或者草地上走
着，看见太阳、女人、孩子。……画面不断更换，而且比醒着的时候换得
快，以致醒来以后很难想起这个画面怎样过渡到那个画面。这种转换的奇

---

　　① 《契诃夫论文学》，人民文学出版社 1958 年版，第 285—286 页。

突在您的小说里表现得极好，加强了梦的印象。还有一种被您注意到的自然现象也有力的扑进读者的眼帘：做梦的人在表现自己的心理活动的时候总很冲动，形式尖锐，跟孩子一样。这非常真实！做梦的人远比醒着的人爱哭，爱喊叫。"①

在这封信中，契诃夫拿格里果罗维奇小说中梦境的描写同自己的体验作对比，对梦做了细致的分析。在他看来。梦是由被潜意识改造的生活印象引起的，是受外在因素影响的，梦境本身是一种形象联想，而这种形象联想有一定的连接结构，是随外界作用不断转换的。同时，梦境又是富有强烈的感情色彩的。通过契诃夫的分析，我们可以感到作家对心理现象和文学创作过程有深切的了解。实际上文学创作过程和梦的结构是有相似的因素，只不过文学创作过程的形象联想是受知觉控制的，而在梦境中形象联想则完全处于潜意识层次。

契诃夫艺术思维的特点除了体现在他对艺术，对艺术创作规律的理解中，更主要的是体现在作家的创作过程中。契诃夫的创作经历了一个演变过程，如果说他早期对待文学创作是"极其轻浮、漫不经心、马马虎虎"②（1886 年 3 月 28 日给格里果罗维奇的信），写的是肤浅的"琐事"（他曾这样称呼自己早期的幽默小说）；那么后来他对文学创作则是"诚心诚意地写，满怀感情地写，有条有理地写，不是一个月写五张，而是五个月写一张"③（1889 年给苏沃林的信），这时他所关注的不是"琐事"，而是生活中尖锐的有意义的题材。这种转变的关键就在于作家对生活开始采取一种分析的态度，这一点贯穿于作家观察生活、编写创作提纲和具体写作的整个过程之中。

首先，契诃夫在创作的最初阶段，在他对生活进行观察时就有一定的视角，就贯穿着一定的思想，这就是所谓"问题的视角"，"契诃夫的视角"。这种"问题的视角"就是契诃夫对生活的思索和分析，就是企图弄清生活"迷魂阵"的愿望。这一点相当充分地体现在他的有数的创作札记中，例如：

---

① 《契诃夫论文学》，人民文学出版社 1958 年版，第 41—42 页。

② 同上书，第 22 页。

③ 转引自梅拉赫《创作过程和艺术接受》，黄河文艺出版社 1989 年版，第 172 页。

当你安安静静呆在家里时，你觉得生活平平常常，一旦上了街，开始观察、询问，比如说妇女，那么生活就变得极为可怕了。巴特里阿尔什池塘四周看来又安静又和平，实际上那里的生活是地狱。

服务公众利益的愿望一定要成为灵魂的要求，个人幸福的条件；如果它不从这里产生，而是出自理论上或其他方面的考虑，那就不是那么回事了。

如果你想成为乐观主义者并懂得生活，你就不要相信人们说的话写的书，而要亲自去观察和思考。

当您给一个人描绘出他是什么样子的时候，他就会变好。①

这些类似卷首语的创作札记，体现了艺术家契诃夫和分析家契诃夫的有机统一，其中对生活的观察和思索，也凝聚着作家的激情和沉思。

另一种创作札记是只用一个细节或轻轻的一笔勾勒出各种人物的面貌。例如：

这是一位小心翼翼的"好好先生"："他甚至连寄贺年信都用有收据的挂号寄出。"

这是一位军官，他同妻子"一起走进浴室，勤务兵给他们俩擦身，很明显，他们没有把他当人看"。

这是一位恪守格言的公公，他正对儿子说："为什么你不给我看你媳妇的信？要知道咱们是一家人哪。"

一位先生痛恨一位聪明博学的小姐，只因为在她洗澡的时候他看到了她窄小的骨盆和瘦瘦的胯股。

一个儿子这样训示他母亲："妈妈，您别在客人面前露面了，您太胖了。"

一个未婚夫在回答未婚妻漂亮不漂亮的问题时说，"反正她们大家都一样"。②

在这里每条札记几乎都构成一种社会典型，每种人物都离不开"契

---

① 转引自梅拉赫《创作过程和艺术接受》，黄河文艺出版社 1989 年版，第 177 页。

② 同上书，第 178—179 页。

诃夫的视角"，而且在这些札记创作中，准确的特征同准确的分析又是融合在一起的。

不管契诃夫日后如何运用这些创作札记，但有一点是十分清楚的，作家即使在创作的最初阶段就兼有艺术家和分析家的天赋。

其次，契诃大在创作之前总要进行长期周密的思考。例如关于他的剧本《未来的剧本》，他在 1902 年 1 月 20 日写给奥·列·克尼碧尔的信中说："它刚刚在脑子里发出微光，好比最早的晨曦：我自己也还不知道它是什么样子，它会写成什么东西，而且它天天都在变样。假定我们见了面，我就会告诉你，然而写信告诉你却不行，因为什么都没有写，光是说种种废话，后来就会对这题材冷淡下来了。"① 关于短篇小说《高级僧正》，他也这样说过："这个题材——已经在我头脑里转悠了十五年之久。"② 由于缺乏材料，我们很难断定契诃夫是否常用通常意义的提纲，但有一点可以肯定：契诃夫的创作常有深思熟虑的构思。例如短篇小说《新娘》留下了一份草稿、一份誊清稿和两份校样。专家指出，还在草稿时小说就"作为思想和表达完全成型的东西确定下来。主人公的性格、小说的情节，结构以及大部分叙述的形象性细节都确定下来"。③

契诃夫在创作过程中还非常注意作品的总体构思和布局，让作品各部分达到和谐，并服从于统一的构思。他指出："为了建筑长篇小说，就一定得熟悉使一大堆材料保持匀称和均衡的规律，长篇小说就是一座完整的大宫殿，作者得让读者在宫殿里感到自由自在，而不是像到博物馆里那样又吃惊又无聊。"④ 关于《我的婚姻》的手稿，契诃夫也曾经在写给 A. 季洪诺夫的信中说："恳请你把我的手稿还给我。好多地方得修改，因为这还不是小说，只是粗粗钉起来的一个构架，房子完工的时候，我还要给它抹泥，刷漆。"⑤

第三，契诃夫在创作过程中十分注意想象和逻辑的相互联系。根据柯罗连科回忆，契诃夫有一次同他谈到这个问题：

---

① 《契诃夫论文学》，人民文学出版社 1958 年版，第 335—336 页。
② 转引自梅拉赫《创作过程和艺术接受》，黄河文艺出版社 1989 年版，第 173 页。
③ 《文学问题》1961 年第 9 期，第 169 页。
④ 转引自梅拉赫《创作过程和艺术接受》，黄河文艺出版社 1989 年版，第 179—180 页。
⑤ 同上。

　　"'我果然在写剧本了,而且一定要完成它',他说,'这个剧本叫《伊万·伊万诺维奇·伊万诺夫》……您明白吗?伊万诺夫有成千上万个……这是一个最普通的人,绝不是一个英雄……正因为如此,所以难写……您有没有这种情况,写作的时候,在想象中看得很清楚的两段情节之间忽然空洞无物了?……'

　　'那么,'我说,'必须在这两者之间搭一座小桥,不是用想象,而是用逻辑,是吗?'

　　'是啊,是啊……'

　　'对,往往有这种情形。可是我到这种时候,总是丢开工作等待着。'

　　'是的,在戏剧里,没有这种小桥是不行的啊……'"①

　　在这段对话里,我们清楚地看到契诃夫不仅注重想象在创作中的重要作用,同时也很重视逻辑在创作中的重要作用,并把它看作是联接想象的桥梁。这种来自创作实践的认识是很有见地的,它深刻地体现了契诃夫分析型艺术思维的重要特征。

---

　　① 《文学回忆录》,人民文学出版社 1985 年版,第 103—104 页。

第二编

俄罗斯作家个性心理和
社会心理

第 一 章

俄国文学主人公的演变和俄国社会心理的变化

翻开俄国文学史，我们便可以发现其中最有光彩，最为动人的艺术形象是俄国知识分子的形象，从格里鲍耶多夫的恰茨基，普希金的奥涅金，莱蒙托夫的皮却林，冈察洛夫的奥勃洛莫夫到屠格涅夫的巴扎罗夫，都给各代读者留下极其鲜明和深刻的印象。在俄国作家笔下，俄国知识分子的矛盾、痛苦和追求被揭示得淋漓尽致。这些知识分子形象既有鲜明的个性心理特征，又融进了俄国社会转折时期的社会心理内容。从某种意义上讲，一部俄国文学史就是一部俄国知识分子的历史，是一部俄国知识分子心灵发展的历史。

俄国知识分子是俄国社会的精华，在俄国社会发展中占有重要地位。他们从小受到良好的教育，有较高的文化素养；他们勇于独立思考，比一般社会成员更早、更敏锐地感受到社会变革的声息，往往成为社会先进思想的代表和时代的良知；他们富于创造精神，在文学艺术和文化教育领域创造了属于全人类的珍贵的精神财富。同时我们也在俄国社会发展中发现这样一些矛盾的现象：一方面是知识分子精神文化十分丰富，创造了丰硕的思想文化成果，另一方面是知识分子对民族文化提高直接影响不大，整个俄国社会文化落后；一方面是知识分子有很高的思考能力和先进的思想，另一方面是知识分子缺乏行动的能力，无法实现自我价值，不能对社会发展起积极推动作用。

俄国作家正是从俄国现实出发，凭借自己的艺术感悟，塑造了一系列俄国知识分子的形象，其中特别成功的是"多余人"的形象。每个俄国作家对自己笔下的形象都有他自己独特的感受和理解，以及他自己独特的艺术表现手法。通过考察这些形象的更替和演变，我们可以了解到这些知识分子形象之间的内在联系，这些艺术形象同俄国各个转折时期的社会心理的内在联系，也可以从中了解到俄国作家对俄国知识分子命运的思考。

一 恰茨基——智慧的觉醒和智慧的痛苦

恰茨基是俄国作家格里鲍耶多夫喜剧《智慧的痛苦》（一译《聪明误》）中的主人公，他是俄国 19 世纪 20 年代优秀知识分子的代表。这个形象集中反映了俄国 20 年代知识分子的社会心理，反映了俄国社会自我意识的觉醒。

19 世纪初的俄国与西欧先进国家相比，是一个十分落后的农奴制国家。随着资本主义的发展，国外资产阶级革命的影响，特别是经过 1812 年的卫国战争，俄国贵族中的先进人物开始起来斗争，于是爆发了 1825 年的十二月党人起义。正是十二月党人这批贵族革命家揭开了俄国资产阶级革命的序幕。《智慧的痛苦》的作者亚历山大·谢尔盖耶维奇·格里鲍耶多夫（1795—1829）正是这个时代的产儿。他出身于俄国古老的贵族家庭，自幼受到良好的家庭教育，懂得数国语言，在莫斯科大学修完了三个系（文学、法律、数学物理）的课程，可谓是贵族中的优秀分子。在大学上学期间，他同未来的十二月党人保持密切的来往，深受他们的思想影响。他虽然没有直接参加十二月党人的秘密团体，但在十二月党人起义失败后便被沙皇政府逮捕。格里鲍耶多夫的《智慧的痛苦》创作于十二月党人运动蓬勃发展的时期，它的手抄本在十二月党人起义前夕在俄国进步人士中间广为流传。这个剧本之所以能引起俄国社会的广泛关注，从根本上讲是因为它敏锐地反映了这个社会转折时期俄国人的社会心理，表现了那个时代的新与旧、革命与反动两种社会力量的尖锐冲突。

《智慧的痛苦》写的是贵族先进青年恰茨基和贵族少女索菲娅的爱情故事，实际上是通过这条爱情线索表现革命力量和反动力量的全面冲突。恰茨基出身于中等地主家庭，自幼父母双亡，由父执莫斯科大官僚法穆索夫抚养成人。恰茨基同法穆索夫的女儿索菲娅是童年朋友。恰茨基长大成人后受先进思想影响，想外出成就一番事业。但三年后一事无成又回到莫斯科。他想从儿时恋人身上寻找安慰，然而这时的索菲娅已经迷恋上父亲的秘书莫尔恰林，而法穆索夫又为女儿选中了粗鄙的军官斯卡洛茹布上校。索菲娅看不上斯卡洛茹布，也厌烦恰茨基对贵族社会风习的机智嘲讽，然而却没看透莫尔恰林是个趋炎附势追名逐利的小人。恰茨基嘲笑莫尔恰林的卑鄙，索菲娅一气之下把恰茨基称为"疯子"，于是整个社交界就沸沸扬扬盛传恰茨基是疯子。直到最后，索菲娅才明白自己上了莫尔恰林的当，恰茨基在揭穿索菲娅的谎言后愤然离开了莫斯科。

《智慧的痛苦》表面看来是一部爱情喜剧，实际上具有深刻的社会政治内容。它鲜明地表现了"今天的世纪和过去的世纪"的冲突。格里鲍耶多夫曾经说过："在我的喜剧里，二十五个蠢材对一个有健康思想的人，而这个人物当然处于与社会，与周围环境的矛盾之中。"作者通过恰茨基和法穆索夫之间的冲突，一方面揭露和抨击农奴制俄国社会的反动和腐朽，一方面表现了新的社会力量的崛起和这支力量中的代表人物的悲剧性命运。

剧本通过对反动阵营代表人物的描写，揭露了专制农奴制的反动和腐朽。这一阵营的代表人物是法穆索夫。他疯狂维护农奴制和一切旧的思想和风俗，极端害怕威胁旧制度的新事物和新思想，尤其仇视教育和文化的普及。作为一个农奴主，他衡量人的尺度就是拥有农奴的数目，他告诫女儿："一个人只要继承了两个农奴，就算得上是个好配偶。"作为一个农奴制的维护者，他仇视先进思想的传播，恨不能"把书籍都放在一起烧光"。斯卡洛茹布上校同法穆索夫是一路货色，可以说是军界的法穆索夫。他成天想的是"赶紧弄个将军头衔"，他同样敌视新的思想和新的文化，希望大、中、小学都受军训，主张派伍长"代替伏尔泰"去管理有学问的人。显然，1825年在彼得堡参政院广场上向富有自由思想的十二月党人开炮射击的就是斯卡洛茹布之流。除了大官僚法穆索夫，反动军官斯卡洛茹布，"出身寒微"的沉默的奴才莫尔恰林也是俄国农奴制的可靠支柱。他为了早日出人头地，对上级阿谀奉承，唯命是从，完全是专制制度的走狗。

《智慧的痛苦》中唯一的正面人物便是同法穆索夫等人相对立的恰茨基，这部作品的重要意义正在于塑造了恰茨基这个艺术形象，作者通过这个形象反映了贵族中先进人物的智慧和痛苦，他们的觉醒和他们的悲剧，反映了 19 世纪 20 年代俄国社会的情绪和心理。赫尔岑这样写道："恰茨基是一个内心抑郁、专喜讽刺、愤怒时会颤抖的并充满着幻想的人物。他是在亚历山大统治的最后时刻、是在伊萨基耶夫斯基广场起义的前夜出现的人物。这是一个十二月党人。"①

恰茨基是先进的贵族青年，他有教养，有才华，"文章写得好，翻译也漂亮"；他为人正直，高尚，有理想有抱负，不肯卑躬屈膝和追求高官厚禄，只求为人民为国家做一番事业。他宣称："为事业服务我很高兴，逢迎上司却令人恶心。"恰茨基身上的智慧是贵族先进青年的智慧，其实质是一代贵族先进青年的觉醒，是他们对资产阶级理性和人道的追求。这种智慧，这种理性是资本主义进入俄国的这一深刻过程的结果，它导致恰茨基的出现，也导致了十二月党人的出现。卢那察尔斯基深刻指出："智慧表示有教养的资产阶级（虽然是贵族出身）的第一支先锋队已经出现，资产阶级开始提出使全部俄国生活欧化的严肃要求。"②

在《智慧的痛苦》中，主人公恰茨基作为智慧的代表，体验着两种强烈的情绪，这也就是 20 年代贵族先进分子的两种心理：一是对专制制度的强烈愤怒，一是智慧找不到出路的痛苦。

恰茨基作为智慧的代表，他首先是一个人道主义者，一个维护个性自由和独立人格的人物。由此出发，他对反人道的压抑个性的专制农奴制度充满强烈的愤怒和抗议，这点充分表现了贵族先进分子社会自我意识的觉醒。恰茨基对俄国社会当时存在的买卖农奴的野蛮风习极为愤慨，在反对法官的一段义愤填膺的独白中，他揭露了农奴制的惨无人道：那些达官贵人为了"换取三条猎狗"，毫不顾惜地出卖那些"不止一次救过他的性命和荣誉"的家奴；他们为了自己取乐便从农奴身边强行拉走他们的小儿女，一旦债台高筑，他们便把家奴"一个一个来卖掉"。在恰茨基看来，农奴制本身就是不道德的，他的愤怒的、崇高的激情是对整个封建农奴制度的否定，是"当看到由渺小的人们构成的腐烂社会时所产生的暴风雨

---

① 《赫尔岑全集》第 17 卷，第 225 页，转引自《俄罗斯古典作家论》（上），人民文学出版社 1958 年版，第 317 页。

② 《卢那察尔斯基论文学》，人民文学出版社 1978 年版，第 82 页。

般的、酒神般热烈的、愤怒的激情"①。

恰茨基在体验着强烈的愤怒的同时，也体验着智慧的痛苦，体验着深沉的悲伤。恰茨基的痛苦和悲伤首先是来自反动阵营。在专制社会，他感到自己和自己所代表的贵族先进分子的智慧和天才毫无用处，农奴制的俄国是容不得有思想和有才能的智者的。普希金 1836 年 5 月 18 日在写给妻子的信中就这样说道："谁叫我这个有灵魂和才能的人生在俄国呢？"对法穆索夫和他所代表的农奴制社会来说，恰茨基这样的人是"荒唐的"，同时也是危险的。当恰茨基还没有威胁到他们的统治时，他们还把他当做自己贵族阶级的浪子而加以怜惜。他们一旦在恰茨基身上感到威胁时，就激怒起来，用尽一切方法来对付他，开始恨不能"送他去当兵"，后来又异口同声宣布他"发了疯"，借此来否定他的思想和他的影响。令人深思的是，在舞台上的恰茨基悲剧发生十年后，在现实生活中沙皇尼古拉一世也曾宣布普希金和格里鲍耶多夫的朋友恰达耶夫是疯子，原因就在于恰达耶夫发表了批评尼古拉一世反动政策的著名的《哲学书简》（1836）。对此，卢那察尔斯基深刻地指出："喜剧《智慧的痛苦》其实是一篇描述人的智慧在俄国遭受摧残，智慧在俄国毫无用处，智慧的代表在俄国感到痛心的悲剧。"② 当然，恰茨基的痛苦和忧伤也来自贵族先进分子自身。这些人对沙皇专制制度有清醒的认识，决心推翻沙皇制度，但他们脱离人民群众，常常感到自己是无力的。格里鲍耶多夫在《郊外小游》（1826）一文中曾称俄国贵族地主为"受了毒害的半欧洲人阶级"，并沉痛地说："是什么不祥的魔法把我们变成人民中间的陌生人"，使得人民"跟我们永远分离呢？"正是这一根本弱点造成了后来十二月党人的悲剧，十二月党人在反对专制农奴制度时，无疑是反映了人民群众反对专制农奴制度的强烈情绪的，正是人民群众的这种情绪才产生解放运动的激情，但他们毕竟是贵族革命者，他们不能，也没有决心依靠人民。这就是列宁所指出的："这些革命者圈子是狭小的。他们同人民的距离非常远。"③

《智慧的痛苦》是俄罗斯戏剧的一颗明珠，它预示着俄罗斯文学中即

---

① 《别林斯基选集》第 2 卷，俄文版，第 600 页。
② 《卢那察尔斯基论文学》，人民文学出版社 1978 年版，第 79 页。
③ 《列宁论文学与艺术》，人民文学出版社 1983 年版，第 132 页。

将来临的现实主义的胜利。作家通过对一系列人物的刻画，深刻表现了19 世纪 20 年代俄国现实的和社会心理的历史变化。如果说十二月党人起义是俄国反专制农奴制度斗争的第一声春雷，那么恰茨基形象的出现便是俄罗斯文学中反农奴制的第一只春燕，恰茨基的愤怒和悲伤都植根于俄国20 年代的社会心理，它标志着俄国社会意识的觉醒，也反映了先进贵族致命的弱点。正因如此，别林斯基才对《智慧的痛苦》在俄罗斯文学发展中的地位给予了崇高的评价。他说："《智慧的痛苦》和普希金的《奥涅金》一起……可以说是真正广阔地、诗意地描写俄罗斯现实生活的第一个典范。在这方面，这两部作品给后来的文学奠定了基础。它们并且成为一所学校。从这所学校里培养出了莱蒙托夫和果戈理。如果没有《奥涅金》，就不可能有《当代英雄》，同样地，如果没有《奥涅金》和《智慧的痛苦》，就连果戈理也不可能感到自己能够那样足有把握地，将俄罗斯的现实生活那样深刻而真实地描绘出来。"①

二　奥涅金——20 年代俄国社会意识的觉醒

奥涅金是普希金的诗体小说《叶甫盖尼·奥涅金》中的主人公。普希金这小说是俄国现实主义文学的奠基之作，它在真实而广阔地描绘俄国社会生活的基础上，塑造了鲜明生动的艺术典型——俄国贵族社会中的"多余人"的形象，从而深刻反映了 20 年代的社会心理——人们对专制农奴制度的怀疑和社会意识的觉醒。别林斯基称这部作品为"俄国生活的百科全书"，普希金认为"它是我的最好的作品"。

如果拿普希金的《叶甫盖尼·奥涅金》同格里鲍耶多夫的《智慧的痛苦》相比较，人们自然会提出一个问题，同是反映 20 年代的社会心理，这两部作品有什么不同？同是塑造贵族阶级中的先进青年形象，奥涅金同恰茨基有什么不同？这里首先必须注意一个写作时间表，格里鲍耶多夫的《智慧的痛苦》写于 1823—1825 年，它是在十二月党人起义的前夕，在革命斗争高涨的气氛中完成的，作品的主人公恰茨基作为先进贵族青年的代表，虽然他有智慧的痛苦，智慧的忧伤，但更多的是智慧的愤

① 《别林斯基选集》第 3 卷，俄文版，第 506 页。

怒，智慧的觉醒，他痛恨专制农奴制度，并且与专制农奴制度的代表正面展开冲突，他决不是无所事事的。而普希金的《叶甫盖尼·奥涅金》写于 1823—1831 年，时间跨度相当大，基本上横跨了整个 20 年代，其间经历了十二月党人起义的酝酿准备时期，十二月党人起义，十二月党人失败后的黑暗时期。因此，普希金的《叶甫盖尼·奥涅金》表现了作家对一个历史转折时期的沉思，从而也就蕴含了 20 年代更为丰富的社会心理内容。他笔下的奥涅金虽然和恰茨基同属贵族先进青年，但这位奥涅金已经不能像恰茨基那样同专制制度的代表正面交锋，他已经沦为一个"多余的人"。

我们先来看看别林斯基对这部小说内容的精彩概括："《奥涅金》的内容是人所共知的，用不着把它细述。但为了理解横亘在它根底的思想起见，我们将用几句话把它讲一讲。一个在穷乡僻壤教养出来的、年轻的、耽于梦想的姑娘，爱上了一个年轻的、彼得堡的——用现在的流行话说——阔少，这个人厌倦了上流社会的生活，到自己村子里消遣解闷的。她决定写一封充满着天真热情的信给他；他当面回答她说，他不能够爱她，认为自己不是为了'家庭生活的幸福'而生的。后来，为了一点事故，我们多情的女主人公的未婚妹夫连斯基叫奥涅金去决斗，被奥涅金打死了。连斯基的死使达吉雅娜和奥涅金分离了许久。幻梦破灭了的可怜的少女，经不起老母亲的哭泣和哀求，嫁给了一位将军，因为如果非嫁人不可，那么，无论嫁给谁，在她都是一样的。奥涅金在彼得堡又遇见达吉雅娜，简直认不出她了；她变得这么多，朴素的乡下姑娘和雍容华贵的彼得堡贵妇人之间一点相似之处也没有。奥涅金心里燃起了对达吉雅娜的热情；他写了一封信给她，可是这一回轮着她当面回答他说，她虽然爱他，但已不能属于他——这是为了贞洁而自豪。这便是《奥涅金》的全部内容。"①

在别林斯基看来，奥涅金既不是十恶不赦的坏蛋，也不是十全十美的英雄，而只是一个属于他的时代的普通人。奥涅金这一形象首先是时代的产物。18 世纪末 19 世纪初，俄国沙皇开始重视国民教育，设立大学、中学和一般学校，其中直接受益者仍是贵族青年。随着贵族青年受到教育，

---

① 《别林斯基选集》第 4 卷，上海译文出版社 1991 年版，第 536—537 页。

接受了欧洲先进的思想和文化，也随着 1812 年卫国战争唤起民族觉醒，这些青年产生了对反人道的、僵死的、停滞的专制农奴制度的强烈不满，起而反对沙皇统治。但是我们也看到了贵族青年中出现的两种情况：他们当中最有觉悟的最先进的部分，有明确的政治目的，敢于采取行动，这就是十二月党人；他们当中另一些人虽然不满专制统治，不甘沉沦，但又无力行动，这就是普希金所描写的奥涅金。高尔基曾经指出："作为一个典型，奥涅金在 20 年代刚刚形成起来，但诗人马上便看出这种心理状态，对它进行研究，了解之后便写成了俄罗斯第一部现实主义长篇小说。"别林斯基也特别欣赏普希金这种善于"正确抓住社会生活中特别瞬间的现实"的能力。

以往有关小说的评论更多强调奥涅金是"多余人"，是"聪明的废物"，强调普希金对他持批判态度。实际上普希金对待奥涅金是既有批判又有同情，把奥涅金当做自己的好朋友来描写的。奥涅金出身于贵族家庭，天资聪敏，但他从小受到的是脱离人民和民族文化传统的教育，思想空虚，精神贫乏，成年后就投入喧闹的上流社会，成为社交界的宠儿，整天沉溺于舞会、剧院、恋爱、饮宴，生活在一个同人民隔绝的社会环境之中，但西欧启蒙主义思想和 20 年代初俄国的社会意识逐渐使他从醉生梦死中醒悟过来。他对纸醉金迷的物质享受开始感到厌倦，看透了贵族社会中人情关系的虚伪，既不想在仕途上飞黄腾达，也不愿通过进入军界光宗耀祖。因此，他得了时代的"忧郁症"，变得忧郁孤僻，他开始用怀疑、批判的目光来看待周围的世界，并痛苦地寻找出路。这是奥涅金所代表的 20 年代贵族青年的觉醒。然而奥涅金又受本阶级的局限，他渴望行动但又缺乏毅力。他试图以读书和写作来填补自己心灵的空虚，但由于自幼缺乏"艰苦劳作"的习惯，浅尝辄止，一事无成。他为继承遗产来到乡村，对乡村地主的庸俗无聊感到厌恶，并进行了以代役制代替徭役制的自由主义改革。他的改革引起了乡村贵族地主的嫉恨，他被他们认为是"最危险的怪物"，结果仍然是一事无成。接着，普希金又通过奥涅金同连斯基的关系，奥涅金同达吉雅娜的关系，通过友谊和爱情这两个重要的情感领域，更进一步揭示奥涅金的精神世界和情感世界。

奥涅金和连斯基是两个不同的人物。虽然他们俩是好朋友，同样受过启蒙教育，同样向往自由，厌恶现实，他们还一起热烈讨论各种社会、政治、哲学、伦理问题，但是相比起来，奥涅金是个现实主义者，他对现实和人生有更为清醒的认识，而连斯基则是一个浪漫主义者，往往把幻想当作现实。正如别林斯基所说："奥涅金是一个现实性格，由于他没有丝毫空想的、梦似的东西，他只有在现实中，并且也只有通过现实才能快乐或悲哀。""连斯基无论就天性，就时代精神来说，都是一个浪漫主义者。不用说，这是一个能够理解一切优美而崇高的事物的人，是一个纯洁而高贵的灵魂。但同时，'他在心灵上却是一个可爱的无知者'，永远谈论着生活，却始终不理解生活。"① 因此，奥涅金对待连斯基常常持几分温和的嘲讽。在决斗的问题上，奥涅金由于小小的误会而伤害了连斯基。他虽然看清了贵族道德原则的虚伪，却无力摆脱它，恪守贵族的尊严，屈服于"社会舆论"的压力，他接受连斯基的挑战，一枪打死了自己的好朋友。事后又深受良心谴责，不能自已。在同连斯基的关系上，我们看到奥涅金的清醒和善良，也看出他始终不能摆脱贵族的局限。

　　奥涅金同连斯基的友谊是一场悲剧，他同达吉雅娜的爱情也是一场悲剧。别林斯基说："达吉雅娜是一个特殊的人，一个深刻、充满爱心的、具有热情的天性的人，爱情对她来说，如果不是生命中的最大的幸福，就一定是生命中最大的灾难，没有任何妥协的中庸之道。"② 奥涅金同达吉雅娜有共同之处，两人都善良，都同自己的环境格格不入，都讨厌虚伪，都得了忧郁症。因此，达吉雅娜不顾一切主动表白了爱情。对于上流社会的爱情已经厌倦的奥涅金，虽然想到达吉雅娜可爱，但无意改变自己"自由"的生活，也不想玩弄一个天真的姑娘的爱情，于是他拒绝了她的求爱。这固然有其冷酷的一面，但从中也可看出他的善良。奥涅金后来重返彼得堡。这时他虽然已经 26 岁，依然"没有公职，没有妻室，没有立业"，普希金对他充满同情，指出他比"到五十岁……平稳地把名誉、金钱、爵位都依次一一拿到手中的人"好得多。奥涅金在极度孤独和绝望中同已是将军夫人的达吉雅娜重逢，"像孩子一样"爱上达吉雅娜，结果遭到拒绝。人们尽管可以责备奥涅金，说他仅凭感情驱使，没有坚定的精神支柱。达吉雅娜在表面上对奥涅金追求她无动于衷，而在无人处却为自

---

① 《别林斯基选集》第 4 卷，上海译文出版社 1991 年版，第 576、578 页。
② 同上书，第 599 页。

己、为奥涅金的不幸而泪如雨下，对此读者不能不为那一代已经觉醒却又无法摆脱自己命运的贵族青年男女感到悲伤。

　　普希金所塑造的奥涅金形象对于我们了解俄国 19 世纪 20 年代的社会心理，了解那个转折时代贵族青年的社会心理，有重要意义。不少人把奥涅金称为"多余人"，"多余人"一词是《叶甫盖尼·奥涅金》发表十几年后由于屠格涅夫的小说《一个多余人的日记》（1850）问世才开始在俄国流行的。赫尔岑把奥涅金称为"多余人"是 1851 年，他说："只要我们不愿做官和地主，就多少有点奥涅金的成分。"他又说："奥涅金是个无所事事的人，因为他从来什么事也不做，他在他所处的那个环境中是个多余的人，而又没有足够的性格力量从这个环境中挣脱出来。"① 显然，奥涅金体现了 20 年代贵族青年两个心理特征，一是他们不满于专制农奴制度，他们对贵族阶级的道德原则和生活理想产生怀疑并力求探求新的出路；一是他们由于贵族阶级的局限，贵族阶级心理结构的不良，由于脱离了人民而成为无根的浮萍。但是不管怎么说，奥涅金形象的出现是具有积极意义的，如果说十二月党人是从行动上第一次向专制制度发起进攻，那么奥涅金则是从思想上第一次对专制制度的永世长存的可能提出怀疑。正因为如此，别林斯基认为普希金用这部作品证明自己是"不仅表现为诗人，而且是初次觉醒的社会自觉的代表，这是一种无法估量的功绩!"② 而《奥涅金》"对于俄国社会是一个自觉的过程，它几乎是向前迈进的第一步，但是却是多么伟大的一步! ……这一步具有巨人似的规模，从此以后，要停留在一个地方就成为不可能了……尽管让时间前进，随着带来新的要求，新的观念，尽管让俄国社会成长起来，超过奥涅金好了：可是无论走得多么远，俄国社会永远都会爱好这部长诗，用充满爱情和感激的眼光凝视着它"③。

三　皮却林——30 年代的"多余人"

　　皮却林是莱蒙托夫的长篇小说《当代英雄》（1840）的主人公。作家

---

① 《赫尔岑论文学》，上海译文出版社 1962 年版，第 64、63 页。
② 《别林斯基选集》第 4 卷，上海译文出版社 1991 年版，第 521 页。
③ 同上书，第 628 页。

通过这个人物反映了 19 世纪 30 年代先进贵族知识分子的心理，他们的矛盾和痛苦，苦闷和绝望，以及他们的悲剧性命运。皮却林和奥涅金同是"多余人"，他们都是贵族阶级的叛逆、贵族阶级的先进知识分子，也都是找不到出路的"无根的浮萍"。然而，奥涅金是 20 年代的"多余人"，而皮却林却是 30 年代的"多余人"，他的性格明显融进了 30 年代的社会心理特征。由于十二月党人起义的失败，30 年代沙皇尼古拉一世加紧了反动统治，30 年代的知识分子更加痛苦和失望，更加愤世嫉俗。同时，在被剥夺从事任何正当社会活动的情况下，他们也更多地潜入内心世界，进行自我分析、自我反省，自我中心意识明显增强。正是从这个意义上，别林斯基深刻指出："奥涅金不是模仿，而是反映，不过，这不是诗人幻想的反映，而是诗人通过诗情长篇小说主人公加以描绘的那个现代社会的反映。"同时，他也指出："奥涅金对于我们来说已经是过去了，而过去的东西是一去不复返了。"他认为"莱蒙托夫笔下的皮却林……这是当代的奥涅金，当代的英雄"①。别林斯基这段话是理解莱蒙托夫小说《当代英雄》的关键，也就是说，必须把皮却林这个人物看成时代的产物，看成 30 年代先进贵族知识分子精神悲剧的产物。

《当代英雄》的结构是独特的。它由五个中篇小说组成，由主人公皮却林把它们连成一部完整的中篇小说。小说写的是俄国军官的几段经历。在《贝拉》和《马克西姆·马克西梅奇》中，描绘了皮却林非凡的外表，初步展示了他的性格以及他同周围人物的反常关系，引起读者了解他的内心世界的兴趣。在后三部中篇小说《塔曼》、《梅丽公爵小姐》和《宿命论者》中，作者以皮却林日记的形式，通过主人公心灵的自我曝光和忏悔，把人物的性格和心理充分揭示了出来。

皮却林是一个先进的贵族青年，他的性格和精神处处充满矛盾。他出身贵族世家，从小受良好的教育，他相貌英俊，才智过人，体魄健壮，精力充沛，并具有不达目的誓不罢休的坚强意志。然而他的才智和精力同他的行动完全不符，他把自己的聪明才智和过人精力完全消耗在无谓的行为之中了。在高加索服役期间，他煞费苦心地赢得契尔克斯少女贝拉的爱情，很快却又对她变了心，他的薄情间接导致贝拉的惨死；在温泉疗养

---

① 《别林斯基选集》第 2 卷，上海译文出版社 1979 年版，第 360—361 页。

地，他追求自己并不爱的梅丽小姐，并以同梅丽的交往掩护同旧情人维拉的交往，结果使两个真诚的心灵都受到伤害；皮却林对别人冷漠、自私，对自己的生命也毫不顾惜，他介入别人的恋爱生活，挑起朋友格鲁式尼茨基的虚荣心，结果使自己的朋友在同自己的决斗中死于非命；他受好奇心驱使，跟踪走私贩子，害得其中一老一少失去依靠，自己也险些葬身大海。

皮却林看似冷酷，自私，干下种种恶作剧，确实令人厌恶，不过他并不是天生如此，他也有善良的天性。当格鲁式尼茨基散布谣言，说他同梅丽小姐关系暧昧，并要求同他决斗时，他首先表示愿意和解，直到格鲁式尼茨基面临死亡关头，还给对方一次请求宽恕的机会，以最后挽救他的生命。别林斯基就此指出，皮却林不是利己主义者。他说："利己主义是不会感觉痛苦，不会责备自己，却会对自己感到满意，感到高兴的。利己主义者不知道有苦恼这回事：痛苦是仅仅有爱心的人才会感受到的。"①

皮却林看似看破红尘，玩世不恭，然而他也曾有过抱负，也曾不懈地追求人生崇高目标，希望像拜伦和亚历山大大帝那样度过一生。他羡慕自己的前辈十二月党人能有机会"为人类幸福作出巨大的牺牲"，他自叹自己生不逢时，只能在上流社会消磨自己的一生，最后丧失美好的理想和感情。他痛心地承认"我的心已经被上流社会毁掉了"。于是他学会欺骗，学会冒险，学会追求刺激，以此来填补心灵的空虚，发泄过人的精力。然而结果并没有减轻他的痛苦，反而增加了他的痛苦。可以说，玩世不恭的皮却林有着一颗痛苦的灵魂，这点在皮却林的外貌描写中充分体现了出来。作者十分强调他的衰老："当他坐在板凳上时，他那挺直的躯干弯下来，仿佛背上没有骨头似的，他全身的姿态现出衰弱的样子。"同时也强调他的忧郁："当他笑的时候，他的眼睛并不笑，这是脾气很坏或是经常抑郁寡欢的标志。"

应当说皮却林的形象十分真实地反映了 30 年代先进贵族的心态，然而却招来许多指责，沙皇攻击作家是追求时髦，"夸张地描写当今外国小说里常见的那种卑鄙性格"，让人觉得"世界就是由这些个人主义者构成的"。有人认为不该"把一个那么不道德的人标榜为当代英雄"，有人指

---

① 《别林斯基选集》第 2 卷，上海译文出版社 1979 年版，第 357 页。

责作家"在描绘自己的肖像和自己熟人的肖像"。对此，莱蒙托夫在小说再版时加了一篇序言，——加以回答，并且再三强调皮却林形象的典型性和真实性。他写道："当代英雄的确是一幅肖像，但不是一个人的：这是一幅由我们整整一代人的充分发展的缺点构成的画像。你们又会对我说，一个人是不可能那样邪恶的，而我却要对你们说：你们既然相信悲剧和恋爱故事中的一切恶人有存在的可能，那么为何不相信皮却林的现实性呢？如果你们欣赏这较可怕的和荒谬的凭空臆造，为什么这个人物，纵然是向壁虚构的，在你们心中就得不到怜悯呢？是不是因为他的真实性超过了你们的希望？"在这里，莱蒙托夫说到了两个重要问题，一是皮却林是有缺点的，然而他不是单个的人，他的一切都是属于时代的；二是皮却林的性格是真实的，是有现实性的，而不是作者的向壁虚构。也就是说，皮却林的形象既是真实的，又是典型的。

那么，我们怎样进一步理解皮却林形象的典型性？莱蒙托夫为什么把这么一位自私、冷酷的人物，一位所谓"不道德的人"称之为"当代英雄"呢？作者对此曾这样说过："也许，有些读者想知道我对于皮却林性格的意见吧？我的回答便是这本书的题名。'可是这是一种恶毒的讽刺呢！'他们将会这样说。——我哪知道。"对这点莱蒙托夫其实是很清楚的。历史地看，19 世纪 30 年代俄国社会的真正英雄是十二月党人的继承人，是在沙皇尼古拉一世更加反动更加专制的统治下不屈不挠进行斗争的赫尔岑和别林斯基。同时我们也应当看到，皮却林作为 30 年代贵族知识分子心理的反映者，作为 30 年代时代心理的负载者，也有不亚于这些真正英雄的典型意义。皮却林的天性是善良的、真诚的，又才智过人，然而他又是属于阶级的和时代的。作为贵族阶级的知识分子，他的自私、冷酷，他的对普通人的高傲，他的找不到出路，这都打上了阶级的烙印。作为 30 年代的知识分子，在更加专制的沙皇统治下，他看不到革命前景，他的痛苦和失望更甚于他的先辈奥涅金，然而他不像奥涅金那么冷漠，在被剥夺从事一切社会活动和社会斗争的情况下，皮却林更加面向个人内心世界，他的自我中心意识增强了，他更严厉地审视自己，否定自己，批判自己。这种精神是属于时代的，也代表了时代的进步精神。也许是从这个意义上讲，莱蒙托夫把自己心爱的主人公称之为"当代英雄"。

应当说，高度发展和不断增强的自我中心意识，对自己的无情解剖和批判，这是皮却林性格的核心。如果缺了这一性格特征，皮却林充其量也就是一个奥涅金，而不是30年代的"当代英雄"。让我们先来看看作者和主人公对自己的看法：

莱蒙托夫在皮却林日记的"序言"中说："阅过这些杂记，我信服此人的诚实，他是那样无情地暴露出本身的弱点和缺点。人的心灵的历史，哪怕是最渺小心灵的，也不见得比整个民族的历史来得少兴趣和少用处，特别如果它是一个成熟的理性对自己观察的结果，并且在写的时候毫未存在着唤起同情或惊异的奢望。卢梭的《忏悔录》就有这种缺憾，因为他是把它读给自己朋友们听呢。"这里，莱蒙托夫强调了皮却林自我分析自我批判的两个特点，一是真诚，不是说给别人听的，不是装给别人看的；二是理性，理性就是成熟，理性就是自觉，这也就是皮却林高于奥涅金之处。

在作品中，皮却林对自己的朋友魏涅尔医生也是这样说的："我很久以来就不是用心，而是用头脑生活着。我带着深切的好奇心，但没有带着同情心来衡量、分析自己的热情和行为。我有两种人格：一个存在于'生活'这个字的完全意义里，另一个思索并裁判它。"

皮却林冷静的理性的自我解剖和自我批判在作品中表现得非常充分。他批判自己行为的利己主义本质说："我看别人的痛苦和欢乐只基于它们对我的关系，把它们当作维持我精神力量的食粮。""我的爱没有给任何人带来幸福，因为我从未为自己所爱的人牺牲过什么；我是为了自己，为了快活才去爱的。"他坦诚地说了自己精神幻灭的过程："我的没有光彩的青春都在我同我自己和社会的斗争中流逝过去了；因为怕嘲笑，我反把最好的感情埋葬在内心深处，它们就死在那里。我说真话——人们不相信我，我于是开始欺骗，在深深地懂得人情世故之后，我终于熟悉了人生的学问，并且看见那些傻里傻气的人是怎样幸福……于是我的心中产生绝望的情绪。我成了一个在道德上有缺陷的人。"他追思生活的目的，并为失去它而慨叹："我在脑海中追溯我的全部经历，我不禁问自己：我活着为了什么？我生来有什么目的？目的一定是有的，我一定负有崇高的使命，因为我感觉到我的灵魂里充满了无限的力量。可是我猜不透这使命是什么，我迷恋于空虚而无聊的情欲，饱经情欲的磨炼，我变得铁一样又硬又冷。"

皮却林这种充满理性和真诚的自我解剖和自我分析，标志着 30 年代先进贵族青年的自我中心意识的增强，他们已经不仅仅是把批判锋芒指向周围的环境，指向社会，而且开始指向自己，这是 30 年代社会心理的重要变化。应当看到，积极的反省和紧张的探索是专制社会中发达的个性进行自我认识的重要形式，也是社会斗争的必要前提。对此，别林斯基曾经给予积极的评价。他认为皮却林是当代的奥涅金，"他是当代的奥涅金，当代的英雄"。他指出，奥涅金"是这样一个人：教养和社交界的生活把他摧毁了，他对什么都厌倦了，腻烦了，欣赏够了，他的全部生活就是：他在时髦的或是古老的客厅里，同样是呵欠连连"。[1] 但是皮却林不同于奥涅金，"皮却林却不是如此。这个人不是冷淡地、漠不关心地忍受着自己的痛苦：他疯狂地追逐生活，到处寻找它；他痛苦地谴责自己的迷误。在他的心里，连续不断地发生许多内在的问题，这些问题烦扰着他，折磨着他，他在反省中寻求对这些问题的解答：他窥探着自己心灵的每一个活动，考察着自己的每一个思想"。[2]

《当代英雄》是俄罗斯文学中第一部社会心理、社会哲理小说，莱蒙托夫通过皮却林的形象敏锐而深刻地反映了 30 年代社会心理的变化，同时也是对这个时代一种惆怅的理性沉思。

四　奥勃洛莫夫——40 年代俄国民族心理的扭曲

奥勃洛莫夫是冈察洛夫（1812—1891）长篇小说《奥勃洛莫夫》（1859）中的主人公。小说发表在俄国农奴制改革的前夕，发表在俄国废除农奴制呼声最高的年代，而小说描写的却是 40 年代的生活，它塑造了一个腐朽没落的地主典型——奥勃洛莫夫，作家通过揭示奥勃洛莫夫性格和心理及其形成的社会条件，旨在预示农奴制度及生活原则和道德原则的必然灭亡。

19 世纪 40 年代是俄国社会生活的复杂时期，一方面是社会自我意识的急剧发展，西欧各种理论学说传到俄国，社会关注俄国向何处去的问

---

[1] 引自《叶甫盖尼·奥涅金》第二章第三节。
[2] 《别林斯基选集》第 2 卷，上海译文出版社 1979 年版，第 362 页。

题，不同社会集团对俄国向何处去作了不同回答，形成了斯拉夫派和西欧派两大派别，前者捍卫农奴主的利益，后者崇拜资产阶级及西方，而以赫尔岑和别林斯基为代表的民主派既反对斯拉夫派也反对西欧派，他们同情农民，坚决反对农奴制度。另一方面的情况是，沙皇在十二月党人起义失败后加紧反动统治，特别是1848—1855年，俄国社会进入最反动的"黑暗的七年"，整个社会生活停滞不前。冈察洛夫所塑造的奥勃洛莫夫形象就体现了停滞时期的社会心理，他只会空想，不会也不愿行动，他既体现40年代俄国地主阶级的腐朽，也反映俄国民族心理的扭曲。

小说《奥勃洛莫夫》共分四部分，以主人公奥勃洛莫夫的一生为主要线索。

小说第一部分写了奥勃洛莫夫的一天。他是一个三十二三岁的年轻地主，早晨依然穿着宽大的睡衣懒洋洋地躺在长沙发上。尽管管家来信报告收成不好，房东催他尽快搬家，他也感到事情迫在眉睫，不容拖延，但他的四肢和双眼仍不听使唤，仍然眷恋柔软的沙发，还是卧躺和昏睡。办事需要本领和行动，他既起不来又不会干，结果只好以空想代替实干。一天过去了，他依然穿着睡衣躺在沙发上。

小说第二三部分写了奥勃洛莫夫一段不了了之的爱情故事，作家把主人公放在友谊和爱情中进行考验，进一步揭示他的性格和心理。如果说作者在第一部中是通过静态的生活展示奥勃洛莫天性格的本质，那么在第二三部中，作家则是在动态中更深入地揭示奥勃洛莫夫的顽固。奥勃洛莫夫的朋友希托尔兹出身工艺师，惯于独立工作，很有活动能力，两人性格截然不同。希托尔兹不忍看着奥勃洛莫夫沉沦下去，极力挽救他。在朋友的带动下，奥勃洛莫夫开始扔下睡衣，走出庄园。通过希托尔兹的介绍，奥勃洛莫夫结识既温柔又刚毅，同时充满生活热情的少女奥尔迦。奥尔迦对他爱得真诚、热烈，他也曾体验到爱情的美好，好似恢复了青春。但是他从骨子里惧怕爱情和婚姻会带来不安和动乱，于是便逃避会面，最后葬送了爱情。

小说第四部分写奥勃洛莫夫的后半生和最后归宿，继续深化奥勃洛莫夫的性格。奥勃洛莫夫和奥尔迦分手之后，从女房东普希尼钦娜寡妇在厨房、贮藏室和地窖的忙碌中，看到儿时十分熟悉的生活方式，找到自己追求的理想生活，于是娶了这位既无思想又无性格的小市民主妇为妻，在她为自己布置的安乐窝里度过了后半生。奥勃洛莫夫由于长年卧躺不动，因营养过剩而发胖，中风，最后安息在一块僻静的墓地里，好像实现了自己的理想——长眠不醒。奥勃洛莫夫与房东太太的婚事和他最后的死，终于完成了奥勃洛莫夫性格历程，他看来生无怨恨、死无痛苦，在悄无声息中自生自灭，"就像一只忘了上发条的时钟停摆不走"了。这一结局深刻说明奥勃洛莫夫性格是扼杀社会生活中一切生机的腐蚀力量。

奥勃洛莫夫首先是一个贵族地主，他有一套地主阶级的人生哲学和心理。他虽然十分无能，什么事情也做不来，但仍以老爷自居。仆人给他穿袜子穿靴子，稍不如意，他就会踢到仆人的鼻子上去。他忌讳把他同"别人"相提并论，只要触犯贵族自尊心，他就大为光火，称"别人"是吃马铃薯、住房顶楼、干脏活的"粗人"，而自己是从小受人伺候的"老爷"。

奥勃洛莫夫性格的特征第一是懒惰，他的一生是寄生虫的一生，他不但什么事情也不做，连鞋子也要仆人给他穿，他的生活就是躺卧和昏睡，就连做梦都是睡觉，杜勃罗留波夫指出："奥勃洛莫夫性格的主要特征，是在于什么呢？是在于一种彻头彻尾的惰性，这种惰性是由于对世界上所进行的东西，都表示冷淡而发生的。"① 第二是保守，他一生蝇营狗苟，墨守成规，害怕任何微小的变动，写一封信，搬一次家，对别人来说不算什么，对他来说就要了命，因为这要求他下床来，要惊动他死水一潭的生活，于是他就无限烦恼，甚而气急败坏。第三是耽于幻想，他虽然上过名牌大学，也是三十多岁的人，但碰到实际问题就无所适从，常常只能用幻想来逃避实际问题的解决，结果只能被别人所左右，成为上当受骗的可怜虫。

性格是环境的产物。冈察洛夫的艺术才能不仅在于塑造了奥勃洛莫夫性格，还在于深入揭示了产生这一性格的社会环境，把奥勃洛莫夫性格当做腐朽的农奴制度的产物来加以表现。正如杜勃罗留波夫所指出的："奥勃洛莫夫并不是一个天性上已经完全失去自由活动能力的人。他的懒惰，他的冷淡，正是教育和周围环境的产物。"②

---

① 《杜勃罗留波夫文学论文选》，上海译文出版社 1984 年版，第 12 页。

② 同上书，第 22 页。

在小说中，冈察洛夫通过第一部插入的《奥勃洛莫夫的梦》，向读者介绍了奥勃洛莫夫的故乡，童年和身世，深入揭示了产生奥勃洛莫夫典型性格的典型环境。奥勃洛莫夫从小生活在一个偏僻的、与世隔绝的庄园，这是一个愚昧的、停滞的、封闭的、死寂的世界。童年的奥勃洛莫夫——伊留沙活泼好动，有孩子特有的感受力和好奇心，然而这些美好的天性都受到环境的压抑，受到母亲溺爱的压抑。他想自己动手做事，有人制止；他想外出，有人制止，于是"伊留沙就凄然地呆在家里，好像温室里异国花卉一样被人爱抚，而且也像后者一样，在玻璃底下毫无生气地生长，他那寻找机会向外发展的精力，就闷在里边，逐渐衰颓了"。念中学时他常因怕冷怕热而旷课；读大学时他对学习没有兴趣，认为读书是白浪费时间；当十品文官时，他受不了衙门的纷乱，嘈杂，最后称病辞职。终其一生，奥勃洛莫夫性格发展的各个阶段皆与衰颓相联系，而他的衰颓又是环境所致：第一，庄园三百个农奴的劳动和伺候，使他养成懒惰的天性，成了什么事都不会做的废物，第二，由于长期过着衣来伸手、饭来张口的生活，既不动手也不动脑，奥勃洛莫夫逐渐就患上了心智衰弱症，直到五十岁还像个小孩。看来，奥勃洛莫夫性格的造成既有外因也有内因，而他的内部的心智衰弱归根到底还是由外部农奴主的环境所决定的。

冈察洛夫的小说写的是40年代的人物，但在50年代发表是有重要的社会意义的，它深刻反映了1861年农奴制改革前夕俄国社会强烈要求废除农奴制的社会心理。当时的文学史家斯卡彼切夫斯基说："在改革前三年，当整个文学界宣传着反沉睡、反消极、反停滞的十字军东征时，它像一颗炸弹一样落在知识分子阶层中。"① 批评家杜勃罗留波夫也发表长篇论文《什么是奥勃洛莫夫性格？》，论述了奥勃洛莫夫性格的特征、实质、产生的内因外因和它的社会作用。他敏锐地感受到奥勃洛莫夫性格"是解开俄罗斯生活中许多现象之谜的关键"，认为从这一性格中"我们看到了一种比较出于强大才能之手的成功作品更要巨大的东西；我们发现了这是俄罗斯生活的产物，这是时代的征兆"②。这种时代的征兆，这种时代的心理是什么呢？这就是强烈地反对奥勃洛莫夫式的停滞、衰颓，强烈要

① 《奥勃洛莫夫》，俄文版，1960年，第43页。

② 《杜勃罗留波夫文学论文选》，上海译文出版社1984年版，第11页。

求废除它所植根的腐朽的农奴制度，这是一种"新生活的微风"，这是一种"在社会本身之中，已经出现了的对于真正工作的要求"①。如果说在普希金的奥涅金身上，在莱蒙托夫的皮却林身上所反映的这种要求"还只是朦胧不明的片言断语，嗫嚅低语"，那么现在"已经采取确定而强固的形式、公开而大声地诉说出来了"②。

　　这里值得深思的问题是奥勃洛莫夫同他的先辈奥涅金、皮却林、别尔托夫、罗亭等人有什么异同？这些形象所传达的时代信息和社会心理有何不同？杜勃罗留波夫在他的论文中，曾拿奥勃洛莫夫同奥涅金、皮却林、别尔托夫和罗亭做比较，指出"在他们中间的每个人身上，你都能寻找到几乎和奥勃洛莫夫的性格一模一样的特征"，这就是他们"都为了看不见生活中的目的，又不能给自己找到合适的事业而痛苦着。就是为了这个缘故，他们就对一切工作都感觉厌烦和憎恶，因而他们就跟奥勃洛莫夫显得极其相像"③。然而，我们也应当看到，随着时代的变化，随着社会心理的变化，奥涅金、皮却林、别尔托夫、罗亭和奥勃洛莫夫之间还是有着重要的差别。如果说奥涅金、皮却林们是贵族中的优秀青年，他们有很高的天赋和智力，那么奥勃洛莫夫虽然也上过大学，却更像个心智衰颓的地主；如果说比较容易冲动的奥涅金和肝火旺盛的皮却林还试图对环境作出反抗，试图超出包围着他们的环境，试图改变一下环境，那么奥勃洛莫夫则太萎靡了，他总是被动地受自己存在的环境的支配，他对一切变动都表示保守性的嫌恶，他的性格完全缺乏内在的反应能力。这一切差异说明40 年代的俄国社会心理已不同于 20 年代的社会心理，社会的停滞已代替了社会的自觉，奥勃洛莫夫形象的意义就在于强烈要求结束俄国社会的停滞状态，呼吁进行社会改革。

五　巴扎罗夫——60 年代的新人

　　19 世纪 60 年代是俄国解放运动从贵族革命阶段到平民知识分子阶段的

---

① 《杜勃罗留波夫文学论文选》，上海译文出版社 1984 年版，第 39—40 页。

② 同上书，第 40 页。

③ 同上书，第 22—23 页。

转折时期，时代的转折带来社会心理的转换。同时也带来俄罗斯文学中主人公角色的转换。在屠格涅夫长篇小说《父与子》（1862）中，60年代的新人巴扎罗夫出现了，这标志着这个时代转折时期的社会心理的转换。

60年代是指以1861年农奴制改革为中心的革命高涨年代。1855年沙皇政府在克里米亚战争中失败，塞瓦斯托波尔陷落，都暴露了俄国农奴制度的腐朽与衰弱。俄国政治、经济、军事的落后，政府的昏庸和腐败，大大激起了进步知识分子和广大人民群众的不满，国内阶级矛盾日益尖锐，越来越多的人认为只有改革农奴制才能挽救俄国，谢尔古诺夫在回忆当时的情况时写道："克里米亚战争一结束，大家就呼吸到新鲜自由的空气，所有俄国知识界都在思考……朝着一个自由的方向思考，朝着为大家、为每个人创造良好条件的方向思考。"① 沙皇政府，这时感到与其自下而上起来革命，不如自上而下解放农奴，于是1861年实行农奴制改革，颁布了自上而下"解放"农奴的命令。实际上这不是什么改革，而是一场骗局，它没有从根本上动摇农奴制，反而使农民受到更残酷的掠夺和剥削，处境更为恶化，于是农民又纷纷起来反抗。显然，农民问题、农奴制问题成了这个时期社会斗争的焦点。革命民主派主张通过农民革命彻底摧毁农奴制及其残余，贵族自由派则支持沙皇进行自上而下的改良。他们代表着俄国社会的两种社会倾向和两种社会力量。在俄国社会，主张自上而下改良的贵族活动家——自由主义者已经逐步丧失其进步作用，而主张自下而上进行革命的民主主义平民知识分子已经开始取代他们登上历史舞台。正如列宁所指出的："60年代的自由派和车尔尼雪夫斯基是两种历史倾向、两种历史力量的代表，这两种倾向和力量从那时起一直到今天，都在决定着为建立新俄国而进行的斗争的结局。"② 屠格涅夫的小说《父与子》中"父"与"子"的冲突正反映了俄国社会中贵族自由主义者和民主主义平民知识分子这两种历史倾向和两种历史力量的冲突，反映了60年代俄国社会转折时期的特殊的社会心理。

屠格涅夫是一位生活感受和艺术感受异常敏锐的作家，他善于在迅速

---

① 谢尔古诺夫：《回忆录》，俄文版，第163页；转引自《屠格涅夫研究》，上海译文出版社1989年版，第197页。

② 《列宁全集》第17卷，人民出版社1959年版，第104页。

变化的现实生活中敏锐地捕捉新的动向和新的人物。杜勃罗留波夫曾经指出："他很快猜到了新的要求，猜到了渗透进社会意识的新的观念"，并且在作品中"注意到（只要情势许可）那些已经轮到、已经开始朦胧地扰乱社会的问题"。① 这一特点我们在屠格涅夫 50—60 年代创作中看得很清楚。在 50 年代末，当他看到贵族知识分子的历史作用逐渐消失时，便在 1856 年创作了长篇小说《罗亭》，塑造了俄罗斯文学中最后一个"多余人"——罗亭的形象，为贵族阶级的没落唱挽歌。罗亭作为俄国文学中的"多余人"形象，他同奥涅金、皮却林有相似的一面，也有不同的一面，比如他对社会的抗议更为自觉，并积极宣扬崇高的理想，想献身于公众利益，尽管如此，贵族知识分子的历史作用已经消失了。在 50 年代末，当俄国解放运动进入第二个阶段——革命民主主义阶段时，平民知识分子自觉发挥历史作用，并逐渐取代贵族知识分子，在屠格涅夫的创作中，新人的形象也开始代替了"多余人"的形象。在长篇小说《前夜》（1860）中，他塑造了有理想、有行动、勇于牺牲自己的新人——英沙罗夫的形象。尽管英沙罗夫是与土耳其斗争的保加利亚的爱国者，但杜勃罗留波夫在《真正的白天何时到来？》一文中指出俄国的英沙罗夫即将出现，"我们不会等他很久的：我们盼望他在生活中出现时的热病似的、痛苦的不耐烦，就是这一点的保证。他是我们所必要的，没有他，我们整个生活就算虚度了，而且，每一天的本身并没有什么意义，它只是另一天的前夜，这一天，它到底要来的"②。果然，不过一年，屠格涅夫的长篇小说《父与子》（1862）发表了，俄国的英沙罗夫、俄国 60 年代的新人——巴扎罗夫出现了。

《父与子》中所描写的事件发生在 1859 年夏天，结尾是在 1861 年俄国农奴制废除之后。作品抓住了时代的中心问题——农奴制改革问题，在自由派与民主派，或者是小说所说的父与子的剧烈斗争中，塑造了新人巴扎罗夫的形象。

小说描写的是医科大学生巴扎罗夫应同学阿尔卡狄之邀，到他父亲尼古拉·彼得罗维奇田庄做客。他虽然受到热情接待，但他的否定精神立即

① 《杜勃罗留波夫选集》第 2 卷，上海文艺出版社 1961 年版，第 26 页。

② 同上书，第 330 页。

同阿尔卡狄的伯父巴维尔·彼得罗维奇发生尖锐冲突。在一次舞会上，巴扎罗夫认识了美貌的女地主奥金佐娃并向她求爱，但遭到拒绝。后来，巴扎罗夫同巴维尔·彼得罗维奇由于一件偶然的事发生决斗，后者受了轻伤。巴扎罗夫第二天就离开了田庄，回到父母亲家里。在一次为伤寒病人解剖尸体时，巴扎罗夫不慎划破手指，不久因感染而死亡。

小说的开头，屠格涅夫向读者展示了俄国农村改革前一幅贫困凄凉的画面，连温和的贵族少爷阿尔卡狄也看不下去，不禁想道："不，不能够照这样下去，改革是绝对必须的。"这里传达出50年代末俄国社会不满农奴制和强烈要求进行改革的社会情绪和社会心理。

小说主人公巴扎罗夫正是这个时代呼唤出来的新人。屠格涅夫塑造这个人物是有现实生活的根据的，虽然当时这种人物还没有普遍出现，但是作为一种社会心理典型，被屠格涅夫敏锐捕捉到了。谈到对这个人物的创作时，他在一处说："没有县城医生季米特里耶夫就不会有巴扎罗夫。我坐二等车厢从彼得堡到莫斯科去。他坐在我对面。我们很少谈话，只说些琐碎的小事。他正在推广一种治疗西伯利亚瘟疫的药剂。至于我是谁，文学是什么东西，他是很少感兴趣的。他身上的巴扎罗夫作风深深打动了我，于是我开始到处观察这个新生典型。"[1] 作家在另一处又谈到类似的情况："主要人物巴扎罗夫的基础，是一个叫我大为惊叹过的外省青年医生的性格（他在1860年以前不久逝世）。照我看来，这位杰出人物正体现了那刚刚产生，还在酝酿之中、后来被称为'虚无主义'的因素。这个性格给我的印象很强烈，同时却不太清楚。起初连我自己也不能透彻地了解它，于是我聚精会神地倾听和观察我周围的一切，仿佛要检查自己的感觉是否真实似的。使我不安的是这个事实：我觉得到处都有的东西，在我们全部文学作品中连一点迹象也看不见。"[2]

屠格涅夫是把巴扎罗夫当作60年代的新人，60年代的"当代英雄"来加以描写的，他在1861年给陀思妥耶夫斯基和卡特科夫的信中谈到这个人物时说："在我的心目中，他确实是当代英雄。"[3] 那么，巴扎罗夫作

---

① 《古典文艺理论译丛》第3册，人民文学出版社1962年版，第196页。
② 《屠格涅夫回忆录》，人民文学出版社1962年版，第87—88页。
③ 《屠格涅夫全集书信集》第4卷，俄文版，第303页。

为 60 年代的新人和当代英雄，他的性格和心理中融进了哪些时代的心理特征呢？

首先，是对沙皇专制制度及其赖以生存的一切原则的否定精神。屠格涅夫把巴扎罗夫的政治观点叫做虚无主义，他是从"否定者"，从否定精神这个意义上来使用这个词的。他曾这样说过："如果叫他虚无主义者，那就该读作革命者。"① 巴扎罗夫对封建农奴制，对贵族阶级的思想、原则和制度是全盘否定的。当保守贵族巴维尔夸耀英国贵族制度时，巴扎罗夫斩钉截铁地反驳道："贵族制度、自由主义、进步、原则……这一堆外国的没有用的字眼，对一个俄国人来说，它们一点用处也没有。"他宣布："凡是我们认为有用的事，我们就根据它行动，目前最有用的事就是否定——我们便否定。"巴维尔问他："否定一切吗？"他回答道："否定一切。"巴扎罗夫的否定精神虽然有其片面性，但从当时的社会历史条件来看，它反映了强烈要求摧毁农奴制度和专制制度的时代要求和社会心理，因而是积极和进步的。他虽然不明确新的生活和新的制度是什么？但他有两点是十分明确的：一是破坏一切不是为否定而否定，他说："我们首先是把地面打扫干净"，他相信"社会一改造，病就不会有了"。二是为了达到目的需要行动，他不同于"多余人"，他公开声明要投入战斗，他对阿尔卡狄说："像你们这一类贵族至多不过做一些高贵的顺从和高贵的愤慨的举动，你不肯战斗……可我们要战斗……我们要打倒别人。"

其次，是接近人民的平民精神。巴扎罗夫不仅出身平民（他祖父做过教堂杂役，父亲是外省的一个医生），而且生活方式、生活作风都是平民化的。他那双"没有戴手套的红色的手"，一看就知道是一双劳动的手。他在同巴维尔辩论时自豪地说："我祖父耕田，您随便去问一个您这儿的农人，看我们——你跟我两个人中，他更愿意承认哪一个是他的同胞。您连怎样跟他们说话都不知道！"的确，他同劳动人民十分亲近，同农民的孩子交朋友，"一块到池塘去捉青蛙"，连亚麻裤上沾满污泥也不在乎。他回到家就帮助父亲给乡亲看病，最后在治病中感染伤寒而死去。虽然巴扎罗夫对俄国农民不够了解，在他看来，"俄国农民是个神秘的未知数——谁能够了解他！"同时，他也对未来感到悲观。尽管如此，巴扎

---

① 《屠格涅夫文集》第 12 卷，俄文版，1951 年，第 339 页。

罗夫已不是脱离人民、疏离人民的 20 年代和 30 年代的"当代英雄",而是来自人民、亲近人民的 60 年代"新人"。

第三,是注重实践的科学精神。巴扎罗夫是一个具有唯物主义思想的自然科学知识分子,他学过医学、化学、物理和其他自然科学,他喜欢解剖青蛙,研究甲虫,他来到田庄的第二天就开始做实验,弄得满屋子是药味和廉价的烟草味。巴扎罗夫特别看重感觉,特别热衷于科学实践,他认为只有具体的实验才有意义。他懂得是各种物质关系组成的国家制度决定着道德问题,只有对国家制度进行彻底改造,道德问题才能解决。他认为对国家的"烂疮"空发议论是毫无用处,强调首先"需要解决的问题是我们每天的面包",虽然巴扎罗夫的唯物主义有庸俗成分,如过于看重由生理感觉所检验的具体经验,不承认尚未经过检验的科学预见和理论,然而巴扎罗夫的战斗的唯物主义精神,注重实践的科学精神,都是十分可贵的,它体现了 60 年代新人的精神心理特征,正是这种重行动的实践精神使沙皇统治者感到心惊胆战,也正是这种战斗的唯物主义精神使贵族地主的俄罗斯思想界经历着一场深刻的危机。

我们看到巴扎罗夫完全是俄罗斯文学中一个崭新的人物,同时也是一个存在性格内在矛盾的人物:他否定专制农奴制度,同时又否定诗歌、爱情,否定一切;他接近人民,同时又不了解人民;他重实践,重行动,同时又有庸俗唯物主义思想。这样一个人物的出现在 60 年代立刻引起文学界和思想界的剧烈争论,出乎作者意料,"这部小说在俄国生活中出现,仿佛火上浇油似的"。保守派否定巴扎罗夫形象,认为他的活动"不仅有害而且危险",是"破坏社会基础的"。而革命民主主义者也有人指责巴扎罗夫形象是"对年轻一代民主主义者的粗暴的、反动的诽谤",他"不是人,而是一种可怕的怪物、魔鬼,或者用富于诗意的话来说是魔王"。[1]

巴扎罗夫性格的内在矛盾以及这个形象所引起的争论,固然同屠格涅夫世界观矛盾有关,他在政治上是"渐进的改良派",他憎恨农奴制的残暴,却不赞成暴力革命,而主张适度改良。这种矛盾的世界观决定了巴扎罗夫性格的内在矛盾。然而巴扎罗夫性格的内在矛盾归根到底还应当从时代,从时代社会心理的矛盾和变化中去寻找。屠格涅夫在谈到巴扎罗夫形

---

　① 《屠格涅夫全集》第 11 卷,俄文版,第 17 页。

象的构思时曾经说过这样一段话："我所想象的青年，是一个阴沉、野蛮、高大，一半从泥土里长大的，刚强、凶狠、正直；但仍旧注定要灭亡，因为他始终站在未来的门口。"① 这段话是耐人寻味的，它说明巴扎罗夫既不是属于过去的，也不是属于未来的，他还站在未来的门口，他是一个过渡性的人物，他的性格内在矛盾是时代转折期社会心理矛盾的反映。首先，他不是"多余人"，他不属于过去，皮却林们有才智有精力，但缺乏明确的生活目的，缺乏行动的能力，罗亭们喜欢空谈，但无意也无力去改变世界，巴扎罗夫同样有才智有精力，但他崇尚理性，崇尚行动，注重实际，正如皮萨列夫所指出的："皮却林们有思想而没有知识，罗亭们有知识而没有思想，巴扎罗夫有知识有思想，思想和事业融为一个牢固的整体。"② 皮却林的时代，罗亭的时代，贵族知识分子的时代已经过去，改革俄国历史的重任落在平民知识分子身上。巴扎罗夫身上的否定精神、平民精神、科学精神、实干精神以及他的否定一切的偏激精神，从正反两个方面都反映了 60 年代先进青年的情绪和心理。然而他只是一个具有民主主义思想的平民知识分子，还不是一个具有革命民主主义思想的平民知识分子。据同时代人说，他的外貌很像杜勃罗留波夫，他的彻底否定旧世界的精神和坚强的性格又像车尔尼雪夫斯基，然而巴扎罗夫还不是别林斯基、车尔尼雪夫斯基和杜勃罗留波夫，他缺乏明确的政治理想，缺乏对人民的深切了解，也缺乏科学的唯物主义思想，因此，巴扎罗夫这个新人只是属于 60 年代，而不是属于未来。俄国的未来是属于俄国真正的新人，俄国的革命民主主义者！如果说巴扎罗夫是站在未来"门口"的"过渡性的典型"，体现了"新一代过渡的因素"，那么卢那察尔斯基认为车尔尼雪夫斯基长篇小说《怎么办？》中的拉赫美托夫则以"无比的感情力量和明确的目的性吸引了我们，这些特点终于使他成为 60 年代所创造的最高典型"。③

　　上面我们从社会心理的视角考察了 19 世纪俄罗斯文学中主人公形象的演变，从中可以看出 19 世纪俄国社会心理的变化对 19 世纪俄罗斯文学

---

① 《屠格涅夫全集》第 12 卷，俄文版，第 341 页。

② 《皮萨列夫文集》第 2 卷，俄文版，第 13 页。

③ 卢那察尔斯基：《论俄罗斯古典作家》，人民文学出版社 1958 年版，第 94 页。

发展的重要影响。以往的文学史更多的是从社会政治经济的角度来考察俄罗斯文学的发展，把俄罗斯文学的发展和俄国解放运动紧密连在一起，这固然是十分正确的，然而还不够，俄罗斯文学的发展归根到底是由俄国社会政治经济的变化所决定的，但是俄国社会政治经济的变化是通过俄国社会心理的变化来影响俄罗斯文学发展的，俄国社会心理是影响俄罗斯文学发展更为直接的因素。只有抓住这一重要因素，我们才能把俄罗斯文学史的研究引向深入。

第一，俄国社会心理的转换引起了俄罗斯文学主人公角色的转换。

19 世纪俄国社会心理是不断变化的，也是十分复杂的，特别是处于社会转折时期的社会心理就更为复杂和深刻，正是这一特点使俄罗斯文学的主人公显得既丰富多彩，又很有社会历史深度，因为他们的动机不是来自琐碎的个人欲望，而是来自时代的历史潮流。

恰茨基、奥涅金和皮却林这些俄罗斯文学中的文学典型，这些贵族阶级中先进知识分子的典型，在 19 世纪初期取代了 18 世纪文学中贵族的典型。他们同样是 19 世纪 20—30 年代俄国社会意识觉醒的代表，同样是反映了 20—30 世代的社会心理特征——对专制农奴制怀疑和不满，然而由于各个历史阶段社会心理的差异，他们各自也具有自己鲜明的个性特征。在十二月党人运动高涨时期出现的恰茨基既有智慧的痛苦，更有智慧的愤怒，而经历了十二月党人运动失败的奥涅金和皮却林则成为"聪明的废物"，成为"多余人"，他们既对现实强烈不满，然而又是"无根的浮萍"。同是"多余人"，由于社会心理的变化，30 年代的皮却林不同于 20 年代的奥涅金。面临政治高压和被剥夺从事任何正当的社会活动的权利，皮却林更加痛苦和失望，于是他就更多地潜入内心世界，自我中心意识明显增强。

同一个作家，由于社会心理的转换，他也在自己的作品中不断完成主人公角色的转换，屠格涅夫在 50 年代创作的《贵族之家》和《罗亭》中，作品的主人公依然是贵族知识分子，由于他对社会生活和社会心理变化的高度敏感，他在 60 年代创作的《前夜》和《父与子》中，就迅速将作品中的主人公让位给 60 年代的新人——平民知识分子英沙罗夫和巴扎罗夫。从《父与子》的艺术结构来看，巴扎罗夫占主要地位，同时作为父辈的代表人物贵族基尔沙诺夫兄弟在长篇结构中也还占有显著的地位，但是作为贵族知识分子新一代的代表阿尔卡狄在结构中只不过是配角而已。如果说在《前夜》中，贵族知识分子舒宾还不服平民知识分子英沙罗夫，那么在《父与子》中，贵族知识分子阿尔卡狄就甘拜平民知识分子巴扎罗夫为"导师"。这深刻说明，随着社会心理的转换，对社会心理变化高度敏感的作家必然要迅速完成自己作品中角色的转换。

第二，社会心理的转换引起了俄罗斯文学艺术表现形式和艺术风格的转换。

社会心理的转换不仅引起作品主人公的转换。同时也引起作品艺术形式和艺术风格的转换，这种情况在俄罗斯文学史中也可以看得很清楚。普希金的《叶甫盖尼·奥涅金》为了表现"多余人"的形象，为了表现社会意识的自觉，为了广泛表现19世纪初俄国社会生活和社会心理，他大胆地把诗和小说这两种不同的文学体裁结合起来，独创了"诗体小说"这种体裁，同时在小说中大量运用"抒情插话"，这样既有利于表现社会生活和社会心理风貌，又有利于展示主人公的内心世界。莱蒙托夫的《当代英雄》被公认为优秀的社会心理小说，为了深入展示人物的内心世界，体现30年代社会心理特征——自我中心意识的增强，小说的结构是颇具匠心的。小说表面上由五个中短篇故事组成，实际上是由一个主人公，一个中心思想所贯穿，书中五个中篇的排列顺序并非是事件发生的前后，这种安排是为了更好地展示主人公的心理。第一篇故事由上尉转述皮却林和贝拉的爱情悲剧，第二篇出现皮却林其人，后面三篇则是以皮却林日记的形式写成，着重表现主人公的自我分析、自我反思，和自我无情解剖，从而深刻地展示他的内心矛盾和精神悲剧。

社会心理的转换也引起作品艺术风格的转换。《罗亭》和《贵族之家》中，充满着浓郁的抒情，淡淡的哀愁，而这一切又同男女主人公的性格和心理，同男女主人公的爱情悲剧十分协调，从而形成一种淡雅、细腻的诗一般的风格。然而，随着所表现的社会心理的变化以及社会心理典型的变化，在《前夜》和《父与子》中，屠格涅夫的艺术风格也稳中有变。他的主人公已不是善良和软弱的贵族知识分子，而是刚强、粗犷的平民知识分子。在《前夜》中，作品的音调开始变得凝重、粗犷，英沙罗夫身上没有柔和的色调，叶莲娜依然充满诗意，但也变得更为炽热。在《父与子》中，屠格涅夫的风格变化就更大了。这里没有充满诗意的俄罗斯少女形象，很少那种淡淡的哀愁，整部小说中有的是激烈的争论、冷漠的讽刺和悲壮的色彩。

第三，俄国社会心理的转换和作家个性心理之间存在复杂的关系。

社会心理对创作的影响必须通过作家个性心理来体现，具体不同个性心理的作家会对社会心理做出不同的感应，从而形成作品的不同风格和特色。同时，作家个性心理对社会心理的感应也存在种种复杂情况：第一种是作家个性心理对社会心理没有敏锐的感应，在这种情况下作家很难写出有深度和有特色的作品。第二种是作家个性心理对社会心理有敏锐的反应，两者又得到比较好的融合，在这种情况下就有可能写出好的作品来。第三种是作家个性心理和社会心理处于矛盾状态，其中既有感应的一面，又有拒阻的一面，在这种情况下写出的作品也就比较复杂，可能既有成功的一面，又有不成功的一面。

社会心理和作家个性心理的种种复杂关系在俄罗斯文学中可以看得很清楚，拿普希金的《叶甫盖尼·奥涅金》来说，作家对 20 年代的社会心理，对贵族先进知识分子的心理以及"多余人"的心理，有深切的感受。普希金在长诗中多次称奥涅金为自己的好朋友，这是因为他同奥涅金有共同的生活经历和苦闷，他也深深感到在专制制度中智慧和天才是毫无用处的。别林斯基曾经指出，《叶甫盖尼·奥涅金》"是普希金最真挚的作品，是他幻想的最钟爱的宠子。我们只能指出极少数作品，在其中诗人的个性得到充分、透彻和清晰的反映，像普希金的个性反映在《奥涅金》里一样。这里有他的全部生活、全部灵魂、全部爱情；这里有他的感情、观念、理想"①。显然，普希金的个人心理和奥涅金所反映的社会心理如果不是达到高度的融合，奥涅金这个艺术典型就很难获得这么大的成功。

屠格涅夫的《父与子》则出现另一种情况。作家出于对社会生活和社会心理变化的高度敏感，他在小说中把平民知识分子巴扎罗夫写成"当代英雄"，让他打败自己心爱的贵族阶级，正如他自己所说的："我的整部中篇小说都是反对把贵族阶级作为进步阶级的……审美感使我挑出的正是贵族中优秀的代表人物来更确切地证明我的主题：倘使奶油是坏的，

---

① 《别林斯基选集》第 4 卷，上海译文出版社 1991 年版，第 520 页。

那么牛奶更不用说了。"① 正是作家个人心理同社会心理的相一致的一面，使《父与子》获得了应有的成功。同时，我们看到屠格涅夫毕竟是一位贵族知识分子，他虽然敏锐感到革命民主主义者必然代替贵族自由派，但他对贵族自由派的失败总有些惋惜，而对革命民主派的主张和行动又有些不理解，甚至怀有恐惧心理。在《父与子》中，巴扎罗夫身上的一些东西是和革命民主主义者格格不入的：他既否定专制制度，又否定艺术和爱情，否定一切；他接近人民，又同人民有隔阂，互相不理解。在屠格涅夫看来，60 年代革命民主主义知识分子的革命道路是没有前途的，未来不属于巴扎罗夫这样的人。因此，他一方面肯定巴扎罗夫的聪明、刚毅、正直和他那巨大的精神力量，另一方面又给他安排一个意外的早死，使这个形象蒙上浓重的悲剧色彩。显然，正是屠格涅夫个人心理和社会心理不协调的一面使作品在文学界和思想界引起剧烈的争论，同时也使作品的艺术力量受到削弱。

---

① 《屠格涅夫文集》第 10 卷，俄文版，第 214 页。

第 二 章

托尔斯泰的创作和俄国农民心理

一 列宁论托尔斯泰和社会心理批评

人们在评论俄国伟大作家列夫·托尔斯泰时，往往会想到列宁对托尔斯泰的评论。列宁在 1908 年到 1911 年期间，写了一组专门评论托尔斯泰的文章。就托尔斯泰在世界文学史上所占的重要地位而言，就列宁在马克思主义文艺理论批评史上所占的重要地位而言，这组评论的重要意义是显而易见的。

列宁头一篇文章的标题就明确指出"列夫·托尔斯泰是俄国革命的镜子"，在文中又谈到"如果我们看到的是一位真正伟大的艺术家，那末他就一定会在自己的作品中至少反映出革命的某些本质的方面"，强调"从俄国革命的性质、革命的动力这个观点去分析他的作品"。① 近一个世纪以来，不少评论也就着重研究列宁如何用反映论的观点来阐明托尔斯泰和俄国革命的关系，随之而来的也就不断有人认为列宁对托尔斯泰的评论是一种政论批评，而不是文艺批评。列宁的评论固然有强烈的政论色彩，着重从政治上提出问题，但是很难否定它们是一组相当出色的文艺评论。问题不在于列宁评论本身，而在于人们对列宁评论的理解过于简单。事实上列宁在评论中所体现出的反映论不是简单的反映论、机械的反映论，而是辩证唯物主义的艺术反映论，他不仅注意到了托尔斯泰创作和俄国革命之间的联系，而且充分注意到了这种联系的全部复杂性和独特性。

首先，列宁并不把托尔斯泰的创作看成是俄国革命的直接反映，而是

---

① 《列宁论文学与艺术》，人民文学出版社 1983 年版，第 201 页。

充分注意到社会心理在其中所起的重要作用。普列汉诺夫早已指出文艺是以社会心理为中介来反映社会的政治经济的，列宁在论托尔斯泰的文章中，也持同样的观点。他从分析托尔斯泰学说和创作的矛盾入手，进而指出托尔斯泰学说和创作的强处和弱点正是俄国 19 世纪后 30 年农民心理和情绪的反映，指出"作为俄国千百万农民在俄国资产阶级革命快到来的时候的思想和情绪的表现者，托尔斯泰是伟大的"。① 正因为托尔斯泰的创作深刻地体现了俄国资产阶级革命时期的俄国农民的心理和矛盾，有助于人们认识 19 世纪后 30 年俄国社会的矛盾，认识俄国资产阶级革命的性质，列宁才称托尔斯泰是俄国革命的一面镜子。在这里，列宁的评论遵循的路线是托尔斯泰创作——俄国农民心理——俄国革命，而不是托尔斯泰创作——俄国革命。这种评论是同那种把文学同政治、革命直接画等号的庸俗社会学批评完全划清界线的。

其次，列宁充分注意到农民心理对托尔斯泰创作的重大影响。列宁不仅指出托尔斯泰是俄国农民心理的表现者，而且分析了农民心理和托尔斯泰创作独创性之间深刻的内在联系，认为托尔斯泰一旦将农民心理放到自己的创作中，放到自己的批判，自己的学说中，它就会使托尔斯泰的创作发生重大变化，从而形成具有独创性的思想内容和艺术形式。在列宁看来，托尔斯泰创作的思想力量和艺术力量来自农民心理，托尔斯泰创作鲜明的思想特色和艺术特色，也都来自农民心理。列宁不仅注意到了社会心理和文学创作内容的内在联系，而且注意到了社会心理同艺术作品形式和风格的内在联系。这种分析比起前人来，应当说是大大前进了一步。

总的来说，列宁对托尔斯泰的评论是一组优秀的文艺评论，它是政论式批评的典范，也是社会心理批评的典范，它对于我们理解文学与社会心理之间复杂的和多方面的联系，富有极大的启示。

二　托尔斯泰创作的矛盾和俄国农民心理

在分析托尔斯泰创作和思想的矛盾时，存在两种在方法论上截然对立的做法。一种是托洛茨基和普列汉诺夫的做法，他们不是从托尔斯泰的作

———————

① 《列宁论文学与艺术》，人民文学出版社 1983 年版，第 203 页。

品出发，而是从托尔斯泰的阶级出身出发，来分析托尔斯泰创作和思想的矛盾。托洛茨基否定托尔斯泰思想发展有过激变，认为托尔斯泰"从懂事的时候起直到今天，在他最新创作所反映的内心深处来看都始终是一个贵族"。他把托尔斯泰创作和思想的全部矛盾归结为作家个人生活的矛盾，作家庄园内部的矛盾。普列汉诺夫也认为托尔斯泰"到死都是一个大地主"，并且把思想和艺术割裂开来，称托尔斯泰是"天才的艺术家和极低能的思想家"①。另一种是列宁的做法，他首先不是从托尔斯泰的阶级出身出发，而是从托尔斯泰的作品出发，从作品所反映的社会矛盾和阶级心理出发，从中看到托尔斯泰立场的变化，看到托尔斯泰创作同俄国革命转折时期千百万农民思想情绪和心理特点的内在联系。

从托尔斯泰创作的实际出发，列宁明确指出：

> 托尔斯泰的作品、观点、学说、学派中的矛盾的确是显著的。一方面，是一个天才的艺术家，不仅创作了无与伦比的俄国生活的图画，而且创作了世界文学中第一流的作品；另一方面，是一个发狂地笃信基督的地主。一方面，他对社会上的撒谎和虚伪作了非常有力的、直率的、真诚的抗议；另一方面，是一个"托尔斯泰主义者"，即是一个颓唐的、歇斯底里的可怜虫，所谓俄国的知识分子，这种人当众捶着自己的胸膛说："我卑鄙，我下流，可是我在进行道德上的自我修养；我再也不吃肉了，我现在只吃米粉糊子。"一方面，无情地批判了资本主义的剥削，揭露了政府的暴虐以及法庭和国家管理机关的滑稽剧，暴露了财富的增加和文明的成就同工人群众的穷困、野蛮和痛苦的加剧之间极其深刻的矛盾；另一方面，狂信地鼓吹"不用暴力抵抗邪恶"。一方面，是最清醒的现实主义，撕下了一切假面具；另一方面，鼓吹世界上最卑鄙龌龊的东西之一，即宗教，力求让有道德信念的僧侣代替有官职的僧侣，这就是说，培养一种最精巧的因而是特别恶劣的僧侣主义。②

---

① 《俄国作家批评家论列夫·托尔斯泰》，中国社会科学出版社1982年版，第474页。
② 《列宁论文学与艺术》，人民文学出版社1983年版，第202—203页。

　　列宁在这里，从四组八个方面详尽地分析了托尔斯泰创作和思想的种种矛盾，这些矛盾归纳起来看，从思想上讲，就是对现实的无情揭露和彻底批判同企图用道德自我完善和不以暴力抗恶的方法来解决社会问题之间的矛盾；从艺术上讲，就是撕下一切假面具的最清醒的现实主义同缺乏艺术力量的宗教说教的矛盾。正是前者使托尔斯泰成为天才的艺术家，使他的创作充满力量，成为世界一流的作品，而后者则充分表现了托尔斯泰软弱的一面，使得他的作品的思想艺术力量受到严重的削弱。

　　列宁对托尔斯泰矛盾的揭示是符合托尔斯泰创作实际的，抓住了托尔斯泰创作的本质，因此它具有很强的概括性。我们在托尔斯泰的作品中常常可以看到列宁所揭示的矛盾，特别是在后期的作品中这种矛盾表现得更为充分和突出。例如在长篇小说《复活》中，托尔斯泰对俄国现实的黑暗、罪恶和虚伪作了最有力的揭露和最深刻的批判。小说中，以主人公聂赫留多夫为玛丝洛娃等无辜犯人奔走于上流社会、法庭、政府机构为线索，揭露了法庭的反人民本质，宗教的虚伪，并且对地主土地所有制作了最彻底的否定。正如列宁所说的："他在自己的晚期作品里，对现代一切国家制度、教会制度、社会制度和经济制度作了激烈的批判，而这些制度所赖以建立的基础，就是群众的被奴役和贫困，就是农民和一般小业主的破产，就是从上到下充满着整个现代生活的暴力和伪善。"① 另一方面，在《复活》中，我们也看到托尔斯泰主义的充分表现。在作品的第三部，托尔斯泰的批判调子明显降低，作家几乎看不到战胜"恶"的可能，看不到解决社会矛盾的办法，于是他就寄希望于主人公的良心发现和精神复活，寄希望于他们的"道德自我完善"，甚至主张服从上帝的戒律，宽恕一切人，彼此相亲相爱。同时，托尔斯泰还通过对革命者的歪曲描写，宣扬不抵抗主义、改良主义，宣扬不以暴力抗恶。他引用《马太福音》的戒律，告诫人们不要以牙还牙、以眼还眼，而要温顺地忍受欺侮，他天真地认为："一旦执行这些戒律（而这是完全可以办到的），人类社会的全新结构就会建立起来，到那时候不但惹得聂赫留多夫极其愤慨的所有那些暴力会自动消失，而且人类所能达到的最高幸福，人间天堂，也可以实现。"可以说，托尔斯泰的力量和软弱，托尔斯泰的直率和真诚、天真和

---

　　① 《列宁论文学与艺术》，人民文学出版社 1983 年版，第 217—218 页。

可笑，在长篇小说《复活》中都得到淋漓尽致的表现。

关于托尔斯泰创作和思想的矛盾，在列宁之前的俄国文学评论中实际上已经涉及。俄国民粹派文学评论家米海洛夫斯基在《列夫·托尔斯泰的左手和右手》①（1875）中，就称托尔斯泰的作品是"优秀的艺术镜子"。他认为"托尔斯泰伯爵十分坚定地站在粗暴、肮脏和愚昧的人民一边"。托尔斯泰的右手（长处）是厌恶不劳而获的有闲阶级，坚定地维护无闲阶级，反对颂扬资本主义；托尔斯泰的左手（短处）是宿命论，作家认为文明的人们"有权利和义务把某种为人民所缺乏的东西提供给人民"，"但我们有能力这样做吗？我们会不会只能将事情搞糟了呢？不如让事情听天由命不是更好吗？"于是，托尔斯泰的"左手伸出来了"。

列宁之前的俄国评论显然已经涉及到托尔斯泰创作和思想存在的矛盾，然而他们对产生矛盾的原因茫然不解，只能把它看成是作家个人内心的矛盾，只能从作家个人身上去寻找原因。这种看法当然是不科学的，因为任何一个作家创作和思想的矛盾总是同一定的时代和一定的阶级相联系的。那么，托尔斯泰创作所体现的力量和弱点，所体现的思想和情绪是同哪个阶级相联系的呢？显然，无论是贵族阶级的作家还是资产阶级作家，对现存制度，国家和社会都不可能有那么强烈的激愤的仇恨和抗议，那样一种彻底的大无畏的批判精神。在列宁看来，托尔斯泰创作和思想所体现的力量和弱点，只能是同革命转折时期的俄国农民的情绪和心理相联系。

首先，列宁认为托尔斯泰虽然出身于贵族阶级，然而到了80年代，现实生活条件的变化促使他站到了农民一边。列宁说："乡村俄国一切'旧基础'的急剧的破坏，加强了他对周围事物的注意，加深了他对这一切的兴趣，使他的整个世界观发生了变化。就出身和所受的教育来说，托尔斯泰是属于俄国上层地主贵族的，但是他抛弃了这一阶层的一切传统观点，他在自己的晚期作品里，对现代一切国家制度、教会制度、社会制度和经济制度作了剧烈的批判。"②

其次，列宁认为托尔斯泰的世界观和立场转到农民一边后，他的创作和思想的矛盾，只能是俄国宗法制农民的革命性和软弱性的矛盾的艺术反

---

① 米海洛夫斯基：《文学批评论文集》，莫斯科，1957年，第59—180页。
② 《列宁论文学与艺术》，人民文学出版社1983年版，第217页。

映。1861年到1905年的俄国革命是农民资产阶级革命，俄国宗法制农民是这场革命的动力和主力军。俄国农民长期受农奴制的压迫，继而又遭资本主义的洗劫，他们怀有深仇大恨，要求推翻地主政府，铲除官办教会，废除土地私有制，具有很强的革命性。同时，由于阶级的局限性，他们又对统治者抱有幻想，斗争不坚决，常常与敌人妥协，显得非常软弱。列宁说："在托尔斯泰的作品里，正是既表现了农民群众运动的力量和弱点、也表现了它的威力和局限性。"[①] 托尔斯泰作品中对官方政府和官方教会的强烈抗议，对土地私有制的彻底否定，对资本主义的无情揭露，都充分体现了农民的力量和威力；托尔斯泰作品所宣扬的道德自我完善，不以暴力抗恶，逃避政治，悲观绝望，则充分反映了农民的弱点和局限。因此列宁说："托尔斯泰观点中的矛盾，的确是一面反映农民在我国革命中的历史活动所处的各种矛盾状况的镜子。"[②]

三　托尔斯泰的艺术独创性和俄国农民心理

列宁既分析了托尔斯泰创作的矛盾源于俄国农民心理，同时认为托尔斯泰创作的艺术独创性同俄国农民心理也有内在联系。列宁分析托尔斯泰艺术成就的一个重要特点，就是紧紧抓住托尔斯泰的创作个性。在分析托尔斯泰创作的艺术独创性时，他既分析了托尔斯泰创作艺术独创性同俄国农民心理的内在联系，又分析了农民心理给托尔斯泰创作带来的鲜明的思想特色和艺术特色。这可以说是列宁论托尔斯泰文章最为精彩的内容之一，它对于我们了解社会心理同文学创作的微妙关系极富启示意义，可惜这一点往往被论者忽略了。

列宁指出："托尔斯泰的批判并不是新的。"[③] 同时，他又指出："托尔斯泰富于独创性。"[④] 这两者看似矛盾，实际上是一致的。所谓"托尔斯泰的批判并不是新的"，是指"他不曾说过一句那些早已在他以前站在

---

① 《列宁论文学与艺术》，人民文学出版社1983年版，第211页。
② 同上书，第203页。
③ 同上书，第218页。
④ 同上书，第203页。

劳动者方面的人在欧洲和俄国文学中所没有说过的话"。也就是说，托尔斯泰对封建农奴制的批判和对资本主义的批判，以往同情劳动人民的贵族阶级作家和资产阶级作家，在欧洲文学和俄国文学中都曾经进行过。然而，由于他们的阶级局限，他们对劳动人民仅限于同情，对封建农奴制和资本主义的批判也不是彻底的。列宁说托尔斯泰富于独创性，是指他既不是从贵族阶级的立场，也不是从资产阶级的立场（当然更不会是从工人阶级的立场），而是站在宗法制农民的立场对封建农奴制和资本主义进行批判的。列宁明确指出："托尔斯泰是用宗法式的天真的农民的观点进行批判的，托尔斯泰把农民的心理放在自己的批判、自己的学说当中。"①这句话是至关重要的。在列宁看来，正因为托尔斯泰把农民的心理放入自己的批判，让农民心理渗透于自己的创作中，才使托尔斯泰的创作发生重大变化，给托尔斯泰的创作带来了贵族阶级作家和资产阶级作家的作品所未曾有过的极其鲜明的思想特色和艺术特色。在他看来，托尔斯泰创作的艺术独创性源于农民立场和农民心理，托尔斯泰作品的思想力量和艺术力量也都来自农民的心理。

那么农民心理给托尔斯泰的作品带来了什么样的思想特色和艺术特色呢？

列宁认为托尔斯泰创作最大的特色是情感的真挚和诚恳。我们清楚地看到，在托尔斯泰的作品中，无论是对专制制度和官方教会的无情揭露，对资本主义的抗议，还是对下层劳动者的深切同情，甚至是对列宁所批判的"道德自我完善"、"不以暴力抗恶"的追求，都是非常真诚的。因此，列宁在论托尔斯泰的文章中，一而再，再而三，多次提到托尔斯泰情感的真诚绝不是偶然的。例如，列宁谈到"托尔斯泰以巨大的力量和真诚鞭打了统治阶级……"②；"他对社会上的撒谎和虚伪作了非常有力的、直率的、真诚的抗议"③；他"曾经以巨大的力量、信念和真诚提出许多有关现代政治和社会制度的基本特点问题"④；他的批判"有这样充沛的感情，

① 《列宁论文学与艺术》，人民文学出版社 1983 年版，第 218 页。

② 同上书，第 220 页。

③ 同上书，第 202 页。

④ 同上书，第 216 页。

这样的热情，这样有说服力，这样的新鲜、诚恳并有这样‘追根究底’要找出群众灾难的真实原因的大无畏精神”① 等。这里所说的“真诚”和“诚恳”是出自作家内心的赤诚之心，是作家对他所描写的客观对象的真挚的爱憎感情。在列宁看来，托尔斯泰的真诚，不仅来自于作家个人，而且来自于俄国宗法制农民的情感和心理。列宁说：“他对国家、对警察和官方办的教会的那种强烈的、激愤的而且常常是尖锐无情的抗议，表达了原始的农民民主的情绪，在这种原始的农民民主要求里积累了农民群众由于几世纪以来农奴制的压迫，官僚的横暴和劫掠，以及教会的伪善、欺骗和诡诈而发出的极大的愤怒和仇恨。”② 实际上也就是说，如果托尔斯泰不是把农民的心理放在自己的批判中，也就不可能有托尔斯泰对农奴制和资本主义那种有力的、真诚的揭露和抗议。

非常有意思的是，列宁把真诚视为托尔斯泰创作最大的特点，托尔斯泰本人也恰恰是把真诚视为艺术的首要条件。托尔斯泰在不同时期，不同场合对艺术提出的三个条件（正确道德态度，叙述的清晰，真诚）尽管内容和表达方式各不相同，但唯一不变的是他始终将真诚视为艺术首要的和决定性的条件。他在《艺术论》（1897—1898）中论及艺术三条件后说：“我说艺术价值和艺术感染力决定于三个条件，而实际上只决定于最后一个条件，就是艺术家内心有一个要求，要表达出自己的感情。”“因此第三个条件——真诚——是三个条件中最重要的一个。”③ 他在致戈里采夫的信（1889）中说到艺术三条件时也说：“上述三个基本条件是任何艺术作品所必备的，而第三条是主要的：缺了这一条，即缺了对工作对象的热爱，退一步说，缺乏对它真诚的正确态度，艺术作品便完蛋了。”④托尔斯泰把真诚视为艺术的首要条件，自然同他对艺术本质的理解有关（他把艺术本质界定为情感的传达，认为真正的作品是来自作家内心真诚的要求，是作家激情的产物），然而也应当看到，这同托尔斯泰转到宗法制农民立场之后美学观的变化也有内在的联系。

---

① 《列宁论文学与艺术》，人民文学出版社1983年版，第218页。
② 同上书，第211页。
③ 《托尔斯泰论创作》，漓江出版社1982年版，第25页。
④ 同上书，第130页。

　　农民心理给托尔斯泰创作带来的另一个重要特色是"撕下了一切假面具"的"最清醒的现实主义"。如果说真诚是托尔斯泰的一种主观倾向，那么它体现在作品中便化为"最清醒的现实主义"。由于托尔斯泰具有宗法制农民的真诚，具有对他所描写的事物的真实的爱憎感情，他对俄国农民千百年来所受的苦难抱有深切同情，对压迫人民的专制制度和统治阶级怀有深仇大恨，所以他的揭露具有一种强烈的批判力量，具有一种来自农民心理的热情、新鲜和诚恳。我们看到，托尔斯泰在作品中从不粉饰，从不理想化，而是如实揭露现实的矛盾，无情地撕下一切假面具。同其他现实主义作家相比，托尔斯泰的现实主义具有更强烈的批判力量。

　　托尔斯泰的揭露和批判直指专制制度，特别是在描写那些统治阶级的人物时，他善于透过他们外表的华丽辉煌、温文尔雅，暴露出他们的丑恶和虚伪。在《复活》的法庭审判场面上，检察官和法官个个道貌岸然，端坐在堂皇威严的法庭，而实际上，他们都是内心龌龊，草菅人命。副检查官登堂前一夜醉酒，打牌，逛妓院，没来得及看完犯人卷宗就要起诉，胡说"犯罪是下层阶级的天性"。三个法官，一个与妻子吵架，惦着午饭没着落；一个想着治胃病的药方灵不灵；一个急着赶紧收拾好去会红头发情妇。正是由于他们拿普通人的命运当儿戏，受尽凌辱的玛丝洛娃才被错判发配西伯利亚服苦役。在托尔斯泰笔下，法庭的假面具被撕下了。托尔斯泰清醒地看到，"法院无非是一种行政工具，用来维护对我们的阶级有利的现行制度罢了"。沙皇专制机构"从上到下充满着整个现代生活的暴力和伪善"。

　　托尔斯泰在描写下层劳动群众时，不仅表现他们的善良纯朴，他们的受侮辱和受损害，而且着力表现他们的仇恨和愤怒。他们在上层阶级面前不低三下四，不受欺骗，不存任何幻想，充分体现出托尔斯泰清醒的现实主义精神。在玛丝洛娃这个人物身上，作家着力表现她的鲜明的阶级意识，在她的情感和心理中沉淀了俄国农民千百年积累的愤怒和仇恨。在那个凄风苦雨的秋夜，玛丝洛娃怀着身孕赶到车站去会聂赫留多夫。隔着车窗，"他，在灯火明亮的车厢里，坐在丝绒的靠椅上，说说笑笑，喝酒取乐。我呢，却在这儿，在泥地里，在黑暗中，淋着雨，吹着风，站着哭泣……"正是从这可怕的夜晚起，卡秋莎再也不相信善，再也不相信上帝，认为"一切有关上帝和善的话都是骗人的"。后来，当聂赫留多夫表示要赎罪，要同她结婚时，她对贵族阶级的伪善简直是怒不可遏，她的仇恨完全是火山爆发式的，她气愤地向他大喊："我是苦役犯，是窑姐儿。你是老爷，是公爵……我的价钱是一张十卢布的钞票。""你在尘世上的生活里拿我取乐还不算，你还打算在死后的世界里用我来拯救你自己！我讨厌你！讨厌你那副眼镜，讨厌你那肮脏的肥脸！你走开！走开！"玛丝洛娃对待上层阶级的态度如此鲜明，如此决绝，这在以往批判现实主义作品的下层人物形象中是很难见到的。我们不能不承认托尔斯泰的创作确实"反映了一直到最深的底层都在汹涌激荡的伟大人民的海洋"，俄罗斯千百万受侮辱和受损害的玛丝洛娃通过托尔斯泰的嘴在说话，在控诉。

四　托尔斯泰艺术思维的变化和俄国农民心理

托尔斯泰世界观的变化，农民心理的渗入，影响到他的作品的思想内容和艺术特色，深一层看，它也影响到托尔斯泰艺术思维的变化。这种变化不仅使作品主观色彩浓重了，同样也给托尔斯泰作品的叙述方式和心理描写带来了一系列新的特色。

艺术思维是作家的思维方式，不同作家有不同的艺术思维。作家的个性和艺术独创性是同艺术思维的类型相联系的。巴甫洛夫把人群划分为艺术型、思想型和中间型，荣格把人的性格划为外向型和内向型。这都是一般的思维类型和性格类型划分。就艺术思维而言，俄国文艺心理学家奥夫相尼科－库里科夫斯基将艺术思维分为两种类型：观察型和实验型。观察型以客观地观察和表现各种生活现象和人物作为创作前提，要求逼真，对生活中各种现象之间和各种人物之间的比例关系不作任何歪曲、改变。实验型则根据作家主观需要出发，把各种事件和人物重新加以改造、综合，破坏原有比例关系，好像对生活进行某种心理实验。苏联文艺心理学家梅拉赫则将艺术思维分为三种类型：理性型（理性思维强于感性思维）、主观表现型（感性、情感重于分析概括）和艺术分析型（感性因素与分析因素相结合）。这些划分有各自的出发点和侧重点。在我看来，艺术思维主要还是主观型和客观型两大类。他们都是以描写客观现实为基础，但前者更侧重于从自我出发，主观色彩更突出、更浓烈些；后者更侧重于从客观出发，情感更为冷静。当然二者也是相互渗透，根本不存在绝对的主观型和绝对的客观型。

从托尔斯泰的情况来看，以他的世界观突变为界限，他的早期艺术思维和后期艺术思维有很大不同。

在早期作品中，如自传三部曲《幼年》、《少年》和《青年》中的内容，《战争与和平》中罗斯托夫家族和保尔康斯基家族的生活，《安娜·卡列尼娜》中列文的家庭生活，都是作家对地主庄园生活观察的结果，而自传三部曲中的叙述者，《一个地主的早晨》中的聂赫留多夫，《哥萨克》中的奥列宁，《战争与和平》中的彼埃尔和安德烈，《安娜·卡列尼娜》的列文，也都是作家以其主观经验为基础进行创作。这时期的创作主要以对本人或本阶级成员生活和内心的观察为基础。其中只有像《战争与和平》中的普拉东·卡拉塔耶夫，《哥萨克》中的叶罗什卡大叔、玛丽扬卡，《塞瓦斯托波尔的故事》中的群众形象，才是超出作家本阶级范围的人物，是他对不熟悉的生活观察的结果，在这些人物身上充满作家主观上的热烈追求，是作家艺术上的新发现。但这类情况相对来说，不是占主导地位的。总的来说，在托尔斯泰早期的创作中，他的艺术思维是以客观型和观察型为主，当然这不等于说托尔斯泰没有内心不安，没有热烈的追求，但他善于把巨大不安和热烈追求同冷静的从容不迫的艺术形式结合起来，正如奥夫相尼科－库里科夫斯基所指出的："托尔斯泰作为一个得天独厚、才情洋溢、道德高尚的个性从来不是对人和物持冷淡态度的观察者，生活冷静的旁观者；但作为一个艺术家，他具有保持非凡的平衡的特点，而且几乎总能为自己不安的观察和热情探索找到艺术表现的史诗般从容不迫的形式。他在自己文学创作的早期，无论是塑造主观的形象，还是刻画客观的形象和画面，仍然是艺术家——观察家（而不是实验家）……"①

到了托尔斯泰创作的后期，情况发生了重大变化。由于作家从贵族立场转到宗法制农民立场，由于作家的情感和心理渗透了宗法制农民的情感和心理，他既是激烈的抗议者，愤怒的揭发者，同时也是热烈的说教者，他内心充满巨大的不安和愤怒，他急于说出自己拯救世界的主张。显然，原来有的客观型、观察型的艺术表现手法已经无法满足他的要求，于是我

---

① 《俄国作家批评家论托尔斯泰》，中国社会科学出版社1982年版，第185页。

们看到托尔斯泰的艺术思维开始由客观型、观察型急速向主观型、实验型转变。这种转变的主要标志是在他的创作中主观色彩趋于浓烈。在这个时期，托尔斯泰"艺术中的主要手段是幽默、嘲笑、辛辣的讽刺、眼泪、悲哀、对生活庸俗一面的痛苦反应、不满"，① 而这一切在托尔斯泰前期作品中，相对来说，是比较少的。当然，主观性的加强决不等于说是客观性描写的削弱，而是说早期创作中那种内心不安、热情探索与从容不迫的史诗形式的结合已经不见了，取代它的是解决社会问题和道德问题时的冷静同异常冲动的满怀激情的写作风格的结合。对此，批评家指出："原有的像史诗般从容不迫的艺术家的那种平衡性已经不复存在，原来细致入微的描写和丰满的心理分析却没有了，这时候托尔斯泰已经不是荷马和莎士比亚，他是一个揭露者，禁欲主义者，说教者；以《黑暗的势力》、《伊凡·伊里奇之死》、《克莱采奏鸣曲》、《复活》命名的这些色调鲜明的，这些强烈的、激动人心的'实验'，充满了热情的号召、愤怒、辛辣的讽刺、不满、蔑视、在罪恶和道德沦丧的深渊之前的恐怖。"② 这些概括不敢说十分准确，但有一点是肯定的，那就是托尔斯泰后期创作在客观地描绘现实的同时，主观色彩是大大加强了。这主要表现在以下几个方面。

（一）作品中充满愤怒和恐怖的感情

在托尔斯泰晚期作品中，我们感到一种强烈的愤怒，甚至是恐怖的情绪。作家对现存制度以及现代生活的暴力和虚伪充满愤怒，而对资本主义给社会生活带来的灾难和罪恶，特别是给广大农民带来的破产、饥饿、死亡，更是充满恐怖。正如列宁所说："他充满最深沉的感情和最强烈的愤怒对资本主义进行了不断的揭发；这种揭发表达了宗法制农民的全部恐惧。"③ 且不说《复活》，托尔斯泰在剧本《黑暗势力》（1886）中揭露了金钱势力侵入俄国农村如何破坏宗法制农村的经济基础和道德基础，愤怒谴责金钱势力对农民的罪恶影响，批判资本主义结下的恶果。在《克莱采奏鸣曲》（1891）中，作家讲述了以性欲为基础的资产阶级爱情带来的

---

① 《俄国作家批评家论托尔斯泰》，中国社会科学出版社 1982 年版，第 144 页。

② 同上书，第 186 页。

③ 《列宁论文学与艺术》，人民文学出版社 1983 年版，第 211—212 页。

家庭悲剧和丈夫杀死妻子的可怕情景。

（二）作品中抨击和政论因素明显加强

在托尔斯泰晚期作品中，作家对现实的揭露和抨击是尖锐的、猛烈的、深刻的。他对现存的国家制度、社会制度、经济制度以及现实生活的暴力和伪善毫不宽容，铁石心肠，常常进行一种严峻、毫不留情的判决。因此我们常常看到作品中带政论性的批判增多了，政论因素加强了。这种创作倾向在长篇小说《复活》中得到了最充分的体现。作家在揭示宗教的虚伪时，先是描写了监狱中的司祭用切碎的小面包块放在葡萄酒里充当上帝的血和肉的鬼把戏，进而尖锐指出这种鬼把戏连司祭本人也不相信，然而他"深信不移的，是十八年来他多亏奉行了这种信仰的种种规定，才得到一笔收入，足以赡养他的家属，送他的儿子进中学，送他的女儿进宗教学校"。至于监狱的长官和看守，他们"隐隐约约"地"体会到这种信仰在为他们残忍的职务辩护"。托尔斯泰的议论一针见血地揭露了宗教的虚伪。在揭露统治阶级的残酷本性时，作家借聂赫留多夫的口说道："所有这些人被捕，监禁起来，或者流放出去，根本不是因为这些人违反了正义，或者有非法的行为，仅仅是因为他们妨碍了那些官僚和富人占有他们从人民手里搜刮来的财富罢了"。托尔斯泰的这些议论在作品里同具体形象的描绘相结合，因此它不仅是尖锐的，同时也是有感染力的。

（三）作品中辛辣的讽刺增多了

在托尔斯泰早期作品中，讽刺的因素分量不重，甚至可以说是极其微弱。他本人甚至说过："讽刺不合我的性格。"在后来的作品，比如在《安娜·卡列尼娜》中，讽刺的成分明显增多了（如对卡列宁形象的刻画），但作家并没有把讽刺作为一种独立的艺术表现形式。随着托尔斯泰世界观的激变，后期作品中揭露、批判和抗议的激情占了主导地位，与此同时，作品中的讽刺因素明显增强了，并且成为一种重要的艺术表现手段。在《复活》这部作品中，我们看到托尔斯泰广泛使用讽刺的艺术手段，并且取得了很好的艺术效果。例如法庭审判中对法官和检察长的讽刺，在监狱的宗教仪式中对司祭的讽刺，都是非常出色的。透过托尔斯泰后期作品，我们还可以看出托尔斯泰讽刺的几个明显特点：（1）他突出揭露一定的生活现象和人的行为原则的道德的、社会的和历史的不合理性，突出对社会制度的批判。（2）他善于揭露庄严、华丽背后的卑鄙和丑恶，善于撕下一切假面具。（3）善于站在老百姓的立场，对一切暴力和虚伪进行讽刺，以老百姓的观点和感受同统治阶级人物的凶残和虚伪进行对比。由于托尔斯泰的讽刺同社会批判紧密结合，同时放进了农民的心理和感情，作品表现出很强的艺术感染力。

托尔斯泰后期艺术思维的变化除了影响到作品的内容，同时也影响到作品的艺术表现形式。

先看看叙述方法。在后期作品中，作者或者观点同作者接近的人物有力地掌握着叙述的主动权，使作品具有明显的倾向性和政论性。这里可分为两种情况：一种是作者直接出面叙述，作者的观点通过对人物和事件的描写直接表现出来，如《伊凡·伊里奇之死》、《恶魔》、《谢尔吉神父》；一种是叙述者是作品的主人公，事件参与者，他讲述自己经受的一切，同时也表达了作者的观点，如《霍尔斯托麦尔》、《疯人札记》、《克莱采奏鸣曲》。不管属于什么情况，我们此处都能听到作者的观点，感受到作者的感情，或者是作者在替人物说话，或者是人物在替作者发表议论。例如在《霍尔斯托麦尔》中，托尔斯泰讲述了一匹老马的悲惨遭遇，其中作家把自己对私有制的看法包含在了老马对自己一生厄运的叙述当中，当老马又被主人卖给另一个主人时，老马想到："当时，我说什么也弄不懂，把我说成是一个人的私有物究竟是什么意思。我觉得把我这样一匹活生生的马说成是'我的马'实在别扭，就像说'我的土地'、'我的空气'、'我的水'一样。"作家这段关于老马的叙述采用的是陌生化的手法，"我的马"对于我们来说，习以为常，不足为奇，对于马来说就觉得别扭。这种描写就把私有制的反人道和不合理表现得更加醒目，作家对私有制的抗议也通过老马的嘴说了出来。在这里，作者在叙述中的作用是十分突出的。

再看看心理描写。早在托尔斯泰登上文坛时，车尔尼雪夫斯基就敏锐地发现，表现人物"心灵的辩证法"是作家创作的主要特色。所谓"心灵辩证法"，就是指人物心灵运动，就是人物"心理过程的本身，它的形式，它的规律"。到了托尔斯泰创作的后期，作家仍然注意揭示人物心理活动的过程，它的形式和规律。但随着作家世界观的变化，托尔斯泰的心理描写也发生了变化。一是在早期创作中托尔斯泰竭力揭示人物心理中"永恒的本能"，人类的共同本性，到了晚期则十分关注人物的社会分析，关注人物社会地位和社会心理的描绘，突出人物性格中的阶级属性。二是在表现心理活动过程和心理变化的同时，突出表现人物心理活动的阶段性。托尔斯泰在写《谢尔吉神父》时，曾在日记里写道："开始写《谢尔吉神父》，并仔细考虑了这部作品。他所经受的各个心理阶段——这就是全部意义所在。"[①] 托尔斯泰这样做其目的在于更直接地表现作品的主题和作者的倾向性。例如在《伊凡·伊里奇之死》中，作家把主人公分成几个重要而明显的阶段，突出人物心理活动的阶段性，然而又有一条主线将各阶段连接起来，这就是主人公以"轻松、愉快和体面地生活"为主要内容的生活哲学，其核心也就是亦步亦趋地仿效上司和讨好权势者。三是内心独白中不见各种心理活动和思想情绪的转换、替代和重叠，而追求思想单一，直线发展，在这里作者或者主人公的内心独白倒好像是在得出什么结论，劝告人们应当如何行事，例如，《伊凡·伊里奇之死》中的主人公一生贪图私利，浑浑噩噩，追求"轻松、愉快和体面地生活"，直到临死才认识到他和周围的人所过的是一种毫无意义的可怕的生活，他临终的内心独白完全是带结论性和劝诫性的："他在他们身上看到了他自己，看到了他过去赖以生存的一切，他清楚地看到这一切统统错了，这一切乃是一个掩盖了生与死的可怕的大骗局。"

五　托尔斯泰的美学思想和俄国农民心理

托尔斯泰后期世界观的变化，不仅影响他的创作，对他的美学思想也有重大影响。作为伟大的作家，托尔斯泰对文学艺术问题，有来自创作实践的真知灼见，有严肃认真的思考，例如他关于艺术本质的独到见解，关于文学艺术作品三个条件的论述，一直为作家和美学家们称道和珍视，然而他对一些文学问题的见解以及对一些作家的评论，例如他对莎士比亚的创作的评论，又让作家和美学家们感到不可理喻。人们对于托尔斯泰美学

[①] 见托尔斯泰1890年6月8日日记，《托尔斯泰论艺术与文学》第1卷，俄文版，第461页。

思想的矛盾，特别是文学批评中的极端和偏激，往往很难理解。不少人也试图从各种角度加以解释，结果很难令人满意。列宁论托尔斯泰的文章虽然只谈到托尔斯泰世界观矛盾和托尔斯泰创作矛盾的关系，但对于我们解释托尔斯泰美学观的矛盾仍然有指导意义。是不是可以说，托尔斯泰美学观的矛盾有种种原因，但归根到底还是反映了托尔斯泰世界观的矛盾，托尔斯泰美学观的真知和偏颇归根结底也只能是源于俄国宗法制农民的强处和弱点。当托尔斯泰作为伟大作家，从人类文学艺术经验出发，站在人类文学艺术高峰对文学艺术问题发表意见时，他的见解是十分精辟的，是弥足珍贵的，正如萧伯纳在谈到《艺术论》时所说："凡是真正精通艺术的人，都能在这本书里辨认出这位大师的声音来。"当托尔斯泰站在宗法制农民立场，从农民的心理和艺术趣味出发，对文学艺术问题发表意见时，他的大部分见解带着宗法制农民的真诚，是很有特色和很有价值的。他的另外一些意见则带着宗法制农民的局限，是片面的和偏狭的。从这个角度来看，托尔斯泰的美学思想确实是非常复杂和独特的。

　　托尔斯泰早期曾明确发表过他的艺术主张。第一篇体现他的美学主张的文章是《在俄罗斯文学爱好者协会的演讲》。在这篇文章中，他高度评价俄罗斯文学的成就，他说："我们的文学绝对不像许多人仍然认为的那样，是从异国土壤移植过来的儿戏，它有自己的坚实基础，符合自己社会的各方面需要，已经说出而且还将说出许许多多的话，它是严肃的人民的严肃意识。"然而在同一文章中，托尔斯泰又认为俄罗斯文学的发展出现了片面性，也就是说，致力于暴露现实丑恶的"政治的文学"取代了真正的诗。他说："不论反映社会暂时利益的政治文学意义如何伟大，不论它对人民的发展如何必要，总还存在另一种文学，它反映永恒的、全人类的利益，反映人民的弥足珍贵的内心意识，为一切民族一切时代所享受，离开它任何一个具有力量和朝气的民族都不能得到发展。"① 虽然托尔斯泰在早期创作和其他文章中都表现对重大社会问题的关注，但从这篇文章可以看出，他早期的美学思想是更倾向于纯艺术理论的。

　　托尔斯泰在完成世界观的转变之后，他对一系列文学艺术问题的看法有了明显变化。艺术问题的探索成了作家思想探索的重要组成部分。他用

---

　　① 《托尔斯泰文集》第 14 卷，人民文学出版社 1992 年版，第 7—9 页。

了十五年的时间写成了美学专著《什么是艺术?》（1898，中文译为《艺术论》）。在这本专著和其他论文中，托尔斯泰阐明自己独特的美学观点。

人民的问题在托尔斯泰美学思想中占有核心地位。作家从宗法制农民的立场和心理出发，极力主张艺术应当面向人民。他指责贵族和资产阶级不仅在物质上，而且在精神上掠夺人民。托尔斯泰在研究了艺术发展的历史之后发现，艺术的发展存在两种趋势：一部分艺术朝着民主化方向发展，一部分艺术朝着贵族化的方向发展。他认为艺术实际上已经分化为"老爷的艺术"和人民的艺术。而更为深刻的是，他把这两种艺术的产生归为两个阶级的对立："我们雅致的艺术只能在人民群众受奴役的制度下产生，也只能维持到这种奴役还存在的时候。"① "只要把资本的奴隶们解放出来，就不再会产生这种雅致的艺术；只要使这些奴隶变成艺术的享受者，艺术就不再会是雅致的，因为奴隶们会对艺术找出另外的要求。"② 从这种观点出发，他认为真正的艺术应当为人民所享受，他说："艺术，如果它是艺术的话，应该是所有的人都能享受的，特别是那些它为之产生的人能够享受的。"③ 同时，他还说到，真正的艺术家要关注劳动者的生活和劳动，只有那些游手好闲的作家才会认为"劳动人民的生活内容是贫乏的"，而他们的生活是"充满意义的"。④ 他坚持只有构成人类"绝大多数"的劳动者才能评判艺术作品的真正价值，他在创作时常有一种"最强烈的愿望——让自己的思想经受劳动者的最终审判"。

从艺术为人民的观点出发，托尔斯泰猛烈抨击资产阶级颓废派的艺术。托尔斯泰确信艺术必须是现代的，但认为并非任何现代的艺术都是真正的艺术。他认为颓废派艺术的出现是文化艺术退化的表现，"艺术的内容变得越来越贫乏，它的形式变得越来越不可理解……艺术竟已丧尽了它所应有的一切特性"，究其原因，托尔斯泰认为是艺术脱离了人民，艺术成了极少数人享受的工具，"上层的艺术因为脱离了全民的艺术而变得内容贫乏，形式粗陋，换言之，变得越来越不可理解。不仅如此，随着时间

---

① 《托尔斯泰全集》第 30 卷，俄文版，第 82 页。
② 《托尔斯泰文论和资料集》，俄文版，第 90 页。
③ 《托尔斯泰全集》第 25 卷，俄文版，第 360—361 页。
④ 《托尔斯泰全集》第 30 卷，俄文版，第 87 页。

的推移，它甚至不再是艺术了，而开始为艺术的赝品所替代"。①

托尔斯泰美学思想另一个重要内容是对艺术本质的阐述。托尔斯泰为了弄清什么是艺术，逐一分析了美学史上从鲍姆加通算起 70 多种关于美的定义，并在这个基础上将它分为两类，一类是"客观的，神秘的"，认为"美是一种独立存在的东西，是绝对完满——观念，精神，思想，上帝——的表现之一"；另一类"主观的"，认为"美是我们所得到的某种并不以个人利益为目的的快感"。② 托尔斯泰认为不管是客观的还是主观的定义，都是把美的目的归之于享乐。作家从艺术和人民的关系的角度出发，提出"为了准确地给艺术下定义，首先应该不再把艺术看做享乐的工具，而把它看做人类生活的条件之一。对艺术采取这样的看法之后，我们就不可能不看到，艺术是人与人相互交际的手段之一"。③ 根据这种见解，托尔斯泰给艺术下了如下定义：

> 在自己心里唤起曾经一度体验过的感情，在唤起这种感情之后，用动作、线条、色彩、音响和语言所表达的形象来传达这种感情，使别人也体验到同样的感情，这就是艺术活动。艺术是这样一项人类活动：一个人用某些外在的符号有意识地把自己体验过的感情传达给别人，而别人为这些感情所感染，也体验到这些感情。④

托尔斯泰给艺术下的定义是别具一格的，这个定义的核心是情感，是情感交流，他是从创作与接受相结合、内容与形式相结合、情感与形象相结合的角度来把握艺术的情感本质的。这个定义一是强调艺术在人类社会生活中的巨大作用，不是把艺术看成个人的事业，而是看成对全人类具有普遍意义的，非常重要的事业；二是明确指出艺术区别于人类其他精神活动形式的特点，它的形象性和动人的情感力量。

同对艺术本质的认识相联系，托尔斯泰提出了自己评价作品的标准。

---

① 《托尔斯泰文集》第 14 卷，人民文学出版社 1992 年版，第 231 页。
② 同上书，第 231 页。
③ 同上书，第 171 页。
④ 同上书，第 174 页。

他认为艺术的三条件是："1. 作者对事物的正确的即道德的态度；2. 叙述的明晰，或者说，形式的美，这是同一个东西；3. 真诚，即艺术家对他所指出的事物的真诚的爱憎感情。"① 艺术感染力的三条件是："1. 所传达的感情具有多大的独特性；2. 传达这种感情的清晰程度如何；3. 艺术家真诚的程度如何，即是说，艺术家自己体验他所传达的那种感情的力量如何。"② 不管是艺术三条件，还是艺术感染力三条件，托尔斯泰始终认为真诚是首要的决定性的条件。他说："我说艺术价值和艺术感染力决定于三个条件，而实际上只决定于最后一个条件，就是艺术家内心有一个要求，要表达出自己的感情。""因此这第三条——真诚——是三个条件中最重要的一个。"③ 托尔斯泰将真诚视为艺术作品和艺术感染力的首要条件，固然同他对艺术本质的理解有关，深一层看，也是反映了宗法制农民的真诚。

在艺术的内容和形式问题上，托尔斯泰认为内容起主导作用，形式服从于内容。他要求作品的内容要有崇高的理想，要有明确的道德评价。他认为艺术的目的是"艺术地表达思想"，他最关心的是通过作品把错综复杂的交织在一起的思想表现出来。在艺术形式方面，他既反对繁琐和矫揉造作，也反对粗糙简陋，他要求艺术形式和艺术语言尽量简练和朴素。他对作品内容和形式的这些要求，完全是同农民的审美趣味紧密相联的。

综观托尔斯泰的美学思想，他的强和弱是十分明显的。他从农民的立场出发提倡人民的艺术，反对老爷的艺术，要求艺术为人类事业服务，要真诚，要有艺术感染力，要求艺术要朴素，为人民所理解。同时，对现代资本主义文明和资产阶级艺术的虚假、颓废、没落表示了极大愤怒，作出非常有力的真诚的揭露。这都是很有特色和很有价值的美学思想，这些思想渗透了宗法制农民的心理和感情，体现了他们的审美理想和审美趣味。同样，从农民的立场出发，他简单地否定了所谓老爷的艺术，雅致的艺术，对贵族的艺术、资产阶级的艺术缺乏历史分析的态度，同时他把艺术的退化归之于对宗教信仰的动摇，要求用宗教道德规范文学艺术作品，认

---

① 《托尔斯泰论创作》，漓江出版社 1982 年版，第 85 页。
② 同上书，第 24 页。
③ 同上书，第 25 页。

为艺术遵循的原则应是宗教意识，即"全人类和睦相处"，常常把对文艺思想性的理解同对"纯净"宗教的鼓吹联系在一起。这些思想充分体现了农民思想和心理的偏狭和局限。

托尔斯泰美学思想的强和弱，托尔斯泰美学思想的深刻矛盾，在托尔斯泰文学批评中体现得更为具体和深刻，其中最主要的是《〈莫泊桑文集〉序》（1894）和《论莎士比亚戏剧》（1903）这两篇论文。

托尔斯泰在《〈莫泊桑文集〉序》① 中，以他提出的真正艺术作品的三个条件来评价莫泊桑，他认为莫泊桑是有才华的作家，他的作品有美丽的形式，具有一种真诚，唯一缺乏的是真正作品的第一条件——对所描绘事物的正确的道德态度：有的短篇作品以谈笑形式描写丑恶行径，有的短篇作品把劳动人民描写成畜生。对于莫泊桑的作品《一生》和《俊友》，托尔斯泰作出肯定评价，因为作者站在善的方面，作品是以严肃的思想和感情作为基础，对善表示同情，对恶表示愤慨的。在这之后的作品中，托尔斯泰认为作者对生活的道德态度又开始混乱起来，对生活现象的评价开始摇摆、模糊，甚至颠倒，而这一切导致作者才能衰退。托尔斯泰认为莫泊桑的悲剧应归罪于社会，归罪于那种认为艺术不需要有正确生活态度，而只需"创造一点美"的时髦理论，归罪于无信仰和对基督教的冷漠态度。托尔斯泰指出莫泊桑的悲剧在于缺乏正确的道德态度，是中肯的，然而把这一切归之于无信仰，而企望用宗教来矫正社会则又是荒唐的。

《论莎士比亚戏剧》② 一文更是集中暴露了托尔斯泰美学观的矛盾。托尔斯泰在文章中指出："不仅不能把莎士比亚看做伟大的、天才的作家，甚至不能看做最平常的文人。"这种偏激、武断的结论令人感到惊异，而托尔斯泰本人却认为这不是"偶然兴至或轻率论事"。因此可以看出，这篇文章是相当深刻地体现了托尔斯泰美学观的矛盾的。归根到底，托尔斯泰是以区分老爷的艺术和人民的艺术为标准来评价莎士比亚的作品的，他是力图站在人民艺术的立场，把莎士比亚的戏剧当做老爷的艺术加以批判的。

首先，托尔斯泰指责莎士比亚主要歌颂国王、王子、贵族而贬低人

① 《托尔斯泰文集》第 14 卷，人民文学出版社 1992 年版，第 66—90 页。

② 同上书，第 337—398 页。

民，在他的作品中帝王将相占中心地位，普通人只作为陪衬出现，并且是被丑化和轻视的。托尔斯泰把人民看得高于贵族资产阶级老爷，这是十分可贵的，它体现了农民的观点。他用这种观点去看莎士比亚作品，指出它缺乏民主性，也是可以理解的，然而应当看到，莎士比亚并不是一味歌颂国王和王子，他的作品除了有贵族主义的历史局限外，也有人文主义的理想。莎士比亚处于他的时代，把帝王、国王、王子作为主人公，这是阶级局限和历史局限，是可以理解的。

第二，托尔斯泰指责莎士比亚不道德，他的作品中恣意描写凶杀，他的人物都热衷于追求个人幸福和利益，并由此得出结论说：莎士比亚剧作的基础"是一种最低下最庸俗的世界观"。莎士比亚笔下的主人公反对封建禁欲主义，追求个性解放，在当时历史条件下是有进步意义的。何况像哈姆雷特那样的人物考虑的不完全是个人问题，而是人类命运。而托尔斯泰却斥之为"不道德"。这里体现出资产阶级世界观和农民世界观的剧烈冲突。当然，托尔斯泰认为莎士比亚作品不道德，更主要的是体现他的宗教观点。他极力鼓吹清洗过的新宗教是拯救和改造人类最好的药方，要求作家们在自己作品中都能体现基督徒的博爱精神，并以此作为评价作品的重要标准，莎士比亚与此大相径庭，托尔斯泰当然格杀勿论了。

第三，托尔斯泰指责莎士比亚作品语言华丽、浮夸、矫揉造作，没有节制，认为这是上流阶级艺术的特点。托尔斯泰的这种指责固然反映了他所代表的宗法制农民的审美要求，他对艺术作品形式和语言朴素、明了的追求，但也应当看到托尔斯泰对诗剧的不理解，他是用小说的标准来要求诗剧的，莎士比亚诗剧的语言当然比托尔斯泰小说的语言要显得华丽，但这只是诗剧语言的要求，而不能说是"浮夸"。

托尔斯泰作为伟大的艺术家，他的美学探索和艺术探索是他思想探索的重要组成部分。他的思想探索是真诚动人的，他的美学探索也是真诚动人的。他的美学思想有许多真知灼见，然而有些观点也令人觉得幼稚可笑，尽管如此，人们还是为他的真诚所感动。他对莎士比亚的评价武断、偏激，他对资产阶级现代派艺术的分析也失之笼统，然而在字里行间，我们可以感受到他对上层阶级艺术的激愤，对资产阶级艺术堕落的抗议，这非常真诚地表达了原始的农民民主的情绪。他对艺术本质问题的孜孜不倦的探求，他穷根究底要寻找现代艺术堕落的原因和为艺术发展寻找药方，虽然显得软弱无力，幼稚可笑，然而非常真诚，它表现了俄国农民对于解决社会问题的无能为力。可以说，托尔斯泰把千百万农民的真诚和天真，抗议和绝望，也完全融进自己的美学思想之中了。

第三章

俄苏文学创作和世纪之交的俄国社会心理

　　文学史上重要的文学现象，无论是伟大作家的产生还是文学杰作的出现，都是同社会的大变动，社会的大转折，以及由这些变动和转折所引起的社会心理的重要的深刻的变化相联系的。在经历一场大的革命，大的战争，大的灾难之后，总是要出现大的作家，而他们的作品也总是这些社会变动所引起的社会心理的深刻反映。普希金的《叶甫盖尼·奥涅金》是俄国 19 世纪 20 年代社会自我意识觉醒的反映，屠格涅夫的《父与子》反映了俄国社会革命由贵族知识分子向平民知识分子转换时期的社会心理。如果说陀思妥耶夫斯基的创作是从小市民的心理出发来感受俄国社会从农奴制往资本主义发展所产生的社会危机，那么托尔斯泰的创作则是从农民心理出发来感受这场重大的社会变动和社会危机，他的创作深刻地反映了从 1861 年到 1905 年这个俄国社会大变动时期的俄国农民心理。

　　19 世纪末到 20 世纪初，特别是十月社会主义革命，是俄国社会一次更为深刻的大变动和大转折。不管今天人们怎么评价，它是 20 世纪全世界的重大历史事件，它既影响了俄国社会历史发展的进程，也影响了人类历史发展的进程。这场革命以及它所引起的社会心理的深刻变化，同苏联文学有割不断的联系，正如以往人们所说的，苏联文学是十月革命的产儿。从文艺与社会心理关系的角度来看，就这段文学而言，提出两个问题来思考是很有意义的。首先是十月革命以及它所引起的社会大变动和社会心理的深刻变化如何影响新一代苏联作家的创作，它给新生的苏联文学带来哪些新的特质。其次，更为重要的是，具有不同生活经历和不同创作个性的作家，如何从各自的独特角度艺术地反映十月革命所引起的社会心理变化。比如，在高尔基的《仇敌》和《母亲》中，我们看到的是十月革命所引起的工人心理的变化；在肖洛霍夫的《静静的顿河》中，我们看到的是十月革命所引起的哥萨克农民心理的变化；在帕斯捷尔纳克的《日瓦戈医生》中，我们看到的则是十月革命所引起的知识分子心理的变化。从这里我们可以看到一个时代社会心理的丰富性，也可以看到作家反映社会心理的多样性。从这样一种角度来看待苏联文学中某些历来存在争议的名家名著，比起以往只用一种严峻的政治尺度来评价它们，我们可能会有一些新的感受和新的领悟，也可以为苏联文学史的研究提供一种新的视角。

一　高尔基的《仇敌》、《母亲》和工人阶级的心理

高尔基是苏联社会主义文学的奠基人，他的创作在世界文学中开辟了一个新的时代，列宁称他为"无产阶级艺术最杰出的代表"。[①] 然而在苏联解体前后，苏联文学界始终有人想否定高尔基，贬低他的创作成就。这种看法是不符合客观实际的，也是非历史主义的。尽管高尔基本人有这样或那样的弱点，他的创作有这样或那样的不足，但他的历史地位不是任何个人可以制造的，也不是任何个人可以抹杀的。

高尔基是位横跨两个时代、横跨两种文学的大作家，阿·托尔斯泰说过："高尔基横跨着两个时代，他是在古典遗产和我们之间的一座活的桥梁。"罗曼·罗兰也说过，高尔基"像一座高大的拱桥，联接着过去和未来的两个世界，同时也联接着俄国和西方。它耸立在大路上，而我们后来人还将长久地看到它"。[②] 如果从两个时代的转换和两种文学的转换来看待高尔基和他的创作，高尔基重要的历史地位和历史作用就在于：他是在无产阶级新纪元和无产阶级文学新纪元来到的时期，第一个在文学中天才地塑造无产阶级的典型，艺术地表现无产阶级革命意识和阶级心理的作家。他的出现标志着无产阶级艺术走向成熟。正如卢那察尔斯基所说："通过高尔基，无产阶级首次在艺术上意识到自己。正如马克思、恩格斯

---

①　《列宁论文学与艺术》，人民文学出版社 1983 年版，第 272 页。

②　《三人书简（高尔基、罗曼·罗兰、茨威格书信集）》，湖南人民出版社 1980 年版，第 33 页。

和列宁在哲学上和政治上意识到自己一样。"①

高尔基作为第一个艺术地表现工人阶级的意识和心理的天才，首先是属于时代的，没有俄国社会历史的重大变动，没有俄国工人阶级阶级意识的觉醒，就不可能有高尔基的艺术创作。其次，高尔基的天才也是属于他个人的，属于他对时代转换和文学转换高度的艺术敏感。他从现实革命实践中，从文学创作实践中，敏锐地感受到时代的变化，工人阶级心理的变化和文学的变化，感受到原有的创作方法已经无法适应表现新的时代和新的人物的要求。正像卢那察尔斯基所指出的，高尔基在 90 年代"反映了蓬勃发展的无产阶级的第一步。80 年代的朦胧的黄昏逝去了，90 年代使人兴奋的大雷雨发作了。出现了新的主人公——无产阶级……出现了许多感觉到即将来临的事件的伟大意义的作家，高尔基便是其中的第一人"。②

俄罗斯文学表现工人阶级经历了漫长的历史。19 世纪俄罗斯文学的基本主题是贵族、百姓和官吏。80 年代末和 90 年代初，俄罗斯大型工业已经形成，工人阶级已经成长。在列舍特尼科夫和马明 - 西比利亚克的作品中，开始表现工人，但他们仅限于对工人苦难的同情，他们笔下工人的反抗没有表现出工人阶级的自觉性。到了 90 年代和 20 世纪初，一些作家表现的仍是工人阶级的自发斗争。有些作家，如魏列萨耶夫虽然也表现了革命工人，但由于作家本人同工人阶级缺乏有机的联系，他们笔下的工人阶级形象不是有血有肉的，而是公式化和概念化的。

在表现工人阶级的作家中，高尔基是独树一帜的。他的早期作品主要写流浪汉，后来开始涉及工人题材。他的中篇小说《三天》和剧本《小市民》塑造了工人阶级的形象。在《三人》中，主人公开始意识到工人中个人的无组织的反抗是徒劳的，是毫无出路的。在《小市民》中，高尔基表现了工人阶级要改造世界的明确的阶级意识。然而，真正艺术地成功地表现了工人阶级心理的作品当推剧本《仇敌》（1906）和长篇小说《母亲》（1906—1907）。

《仇敌》是以 1905 年初莫洛佐夫工厂发生的工人"暴动"事件为素材写成的剧本。工厂的工头作恶多端，工人群情激昂，要求开除工头，否

---

① 卢那察尔斯基：《论高尔基》，俄文版，第 187 页。
② 同上书，第 251 页。

则就要罢工。厂长从工人散发的传单中"已经嗅到社会主义的气息",他宁可关闭工厂也决不让步;在同工人代表的谈判中,厂长大发雷霆,踢打工人,甚至拔出手枪相威胁。在忍无可忍的情况下,一个工人夺过手枪,打死了厂长。

《仇敌》的发表,把高尔基的创作大大向前推进了一步,当年虽有争议,但文学史却给予公正的评价。在剧本发表 25 年后,卢那察尔斯基正确指出:"现在,当我们经历了一段足够长久的时间,可以回顾一下当年被一口否定的作品的时候……我们直截了当地说,历史地看,甚至从绝对艺术价值的观点来看,《仇敌》《母亲》这类作品都属于高尔基艺术创作的顶峰之列。"① 卢那察尔斯基为什么给《仇敌》和《母亲》这么高的评价呢?原因就在于这两部作品在俄罗斯文学史上,甚至在世界文学史上,第一次正确而艺术地表现了有觉悟的工人阶级的心理。如前所述,在 19世纪末 20 世纪初,表现工人斗争和工人阶级的作品并不少,然而敏锐地感受到工人运动的变化和工人阶级心理变化,并加以艺术表现的作家是罕见的,高尔基就是其中杰出的代表。在谈到《仇敌》这个剧本时,普列汉诺夫指出:"描写阶级斗争的艺术家,应当向我们表明,剧中人物的精神状态是怎样受到阶级斗争支配的,阶级斗争是怎样决定他们的思想和感情的。总之,这样的艺术家必须同时又是心理学家。高尔基这篇新作品之所以出色,正是因为它在这一方面已经符合了严格的要求。《仇敌》恰好在社会心理方面是很有意思的。我很愿意把这个剧本推荐给一切对现代工人运动心理感到兴趣的人们。"②

高尔基在《仇敌》中所体现的有觉悟的工人阶级的心理的主要特征是什么呢?这是一种为了工人阶级的崇高事业所具有的自我牺牲精神和团结战斗精神。青年工人阿基莫夫出于仇恨开枪打死厂长,他面临的是被捕入狱的灾难,可是家里又有老婆孩子需要照顾,家庭负担很重。这时,青年工人里雅布佐夫站出来自愿顶替他入狱。他说:"我决无怨言。我虽然年轻,不过我明白,——我们需要像铁链似的……更坚强地互相团结在一起。"有觉悟的工人深深懂得为了摆脱被压迫和被剥削的地位,除了工人

---

① 卢那察尔斯基:《论文学》,人民文学出版社 1978 年版,第 302—303 页。

② 《普列汉诺夫美学论文集》第 2 卷,人民文学出版社 1983 年版,第 591 页。

阶级团结起来以外，绝对没有别的出路。当宪兵队开到工厂逮捕工人时，工人们个个勇敢坚定，大义凛然。青年工人阿基莫夫为了不让里雅布佐夫替他下狱受苦，最后挺身而出，承认他杀死了厂长。工人们在斗争中表现出来的这种崇高的牺牲精神和团结精神，深深打动了各阶层的人，厂长的弟媳妇、女演员塔吉雅娜预言："这些人一定会胜利的。"

剧本《仇敌》由于深刻表现了有觉悟的工人的心理，使当局感到害怕，并加以禁演。1907 年，沙皇书报审查官在报告中说："这个戏鲜明地表现了工人与企业之间无法调和的矛盾。同时，工人被描写为自觉地奔向既定目标，即消灭资本的坚强战士，而企业主则被写成狭隘的利己主义者……作者借厂长弟媳塔吉雅娜之口预言工人的胜利。这个剧本完全是反对有产阶级的宣传，因此不能许可上演。"①《仇敌》也让资产阶级感到不愉快，他们据此攻击高尔基"才能衰退"，认为"高尔基完蛋了"。普列汉诺夫为此发表了《谈谈工人运动的心理（评马克西姆·高尔基的〈仇敌〉）》一文，对剧本给予高度的评价，同时尖锐地指出资产阶级攻击《仇敌》是毫不足怪的。他说："描写得很出色的流浪汉可以使资产阶级艺术爱好者感到兴趣，而描写得很出色的觉悟的工人一定会引起他们一连串最不愉快的想法。"②

高尔基另一部成功地表现工人阶级心理的作品是长篇小说《母亲》。这部作品的人物和素材来自真人真事。1902 年巴赫宁县索尔莫沃区的革命工人举行五一游行，游行组织者工人扎莫洛夫被捕，他的母亲安娜继续儿子的事业。后来扎洛莫夫在法庭审判时发表了演说，最后被判处终生流放。当然，高尔基的创作并没有局限于真人真事，而是在作品中融进了自己参加 1905 年革命运动中所积累的经历和感受，它力图表现工人阶级在革命运动实践中由自发斗争转为自觉斗争的心理过程。

从 19 世纪 70 年代开始，俄国长篇小说体裁的美学结构就开始产生变化，如同谢德林所说："俄国长篇小说超出了家庭观念的范畴"。在车尔尼雪夫斯基等人的社会政论性长篇小说中，我们看到了谢德林所指出的变化。不过在这类作品中社会政论的因素和人物的情感、心理因素还没有达

---

① 《高尔基全集》第 7 卷，俄文版，第 676—677 页。

② 《普列汉诺夫美学论文集》第 2 卷，人民文学出版社 1983 年版，第 614 页。

到有机的和谐的统一。高尔基的《母亲》写的既是家庭，也是革命，在作品中社会与家庭不是割裂的，作家不是直接表现社会心理的变化，而是通过家庭的心理变化，家庭成员母亲和儿子的个性心理的变化，最终来表现工人阶级心理的变化。个人心理、家庭心理和社会心理较好的融合，社会、政论、思想因素和人物情感、心理较好的融合，是这部长篇小说成功之处。

作品主人公巴威尔·符拉索夫是一个普通工人，他像所有小伙子一样，"经常参加晚会，学会了跳加特里舞和波里卡舞，每逢假日，回家时喝得醉醺醺的"，他完全可能像他父亲一样最后在酗酒中终其一生。然而时代变了，巴威尔有可能接触革命，书籍擦亮了他的眼睛，他决心走革命的道路，成为职业革命家。对于高尔基来说，最大的难度是在于展示这位工人革命家复杂而又完整的个性，展示他的个性心理发展的基本阶段，而这一切又需要同工人阶级心理发展的过程相一致。在高尔基笔下，巴威尔既是工人革命者，又是独具个性的："在这些人里面，数他最坚强、最朴实，当然，也最严厉。他很敏感，又很温柔，只是不好意思流露感情。"巴威尔个性心理发展在作品中分三个阶段很有层次地层开。在"沼地戈比"事件中，崭露头角的巴威尔的演说不能打动工人，也没有组织好工人，罢工遭到了失败，但他没有丧失信心。在五一游行中，巴威尔已经成为公认的领头人，工人们"像铁屑被磁石吸住一样，聚拢在他周围"。在母亲眼里，"儿子越来越不爱说话，同时还发觉儿子有时说出一些她不懂的新字眼，而她听惯了的那些粗鲁生硬的话——连一句也没有了"。在最后的法庭演讲中，巴威尔成为抨击资产阶级、宣扬无产阶级战斗纲领的老练的革命家。他的演说雄辩地说明了被审判者不是巴威尔，而是没落的反动阶级。

巴威尔的母亲尼洛芙娜是作品中另一位主人公。母亲形象的出现是同作者对工人运动是群众运动的认识，对人民群众历史作用的理解分不开的。随着这种认识的变化，作品的美学结构也发生变化，在《母亲》中多主人公的结构取代了以往单一主人公的结构。作者在作品中把表现工人阶级先进分子和表现工人群众结合起来，把展示先进分子的心理和展示群众的心理结合起来。在许多人看来，母亲尼洛芙娜的形象比儿子巴威尔的形象更为真实，更为动人。这种看法有一定道理，因为在尼洛芙娜身上高

尔基固有的人道主义思想同社会主义思想得到较好的融合，母亲的心理和
工人阶级的心理得到较好的融合。小说开头，我们看到尼洛芙娜"像工
厂区大多数妇女一样"，在社会上和家庭里都没有任何地位，备受丈夫的
折磨，胆小怕事，逆来顺受；但是在儿子和他的伙伴的影响下，她的心理
慢慢发生变化。她从自己的遭遇出发，逐渐深化对革命的认识，她说：
"有时夜里想起过去，想起我被践踏的精力，想起我年轻时受尽折磨的
心——我就怜惜自己，真苦呀！现在我总算过得好一些了，我对自己也越
来越了解了……"尼洛芙娜对革命的认识是同对儿子的认识相联系的，
她由对儿子的爱升华为对革命的爱。巴威尔被捕后，她答应到工厂散发传
单，是出自母亲对儿子的爱。她开始为儿子担忧，慢慢地她为儿子感到自
豪。她开始只是为儿子担心，后来是为大家担心，她对儿子说："难道做
母亲的不心疼吗？不可能。我心疼你们大家。你们——全是我的亲人，都
是好样的！除我之外，还有谁心疼你们呢？"做为一个工人的母亲，她这
样来理解工人的事业："孩子们，我最亲的骨肉，都肯献出自由和生命，
奋不顾身地牺牲自己，——我这个当母亲的还有什么说的呢？"从儿子第
一次被捕她去散发传单，五一游行同儿子一起走上街头，到儿子第二次被
捕，最后去车站散发儿子在法庭的演说稿，这时她已经从一个普通工人的
母亲变成革命者。

　　从上面两部作品来看，高尔基对工人阶级的心理表现在俄罗斯文学
中，乃至在世界文学中，确实打开了新的一页，他在这方面所取得的成就
是毋庸置疑的。同时，我们也注意到对高尔基表现工人阶级心理的创作，
除了来自反动阵营的攻击，在革命队伍内部，甚至是一些著名的马克思主
义文学评论家，如普列汉诺夫、卢那察尔斯基、沃罗夫斯基，也提出了一
些看法，其中诸如《母亲》的艺术成就不如高尔基早期流浪汉小说，《母
亲》中的形象是理想的形象，是乌托邦等。以往对这些意见多是简单对
待，轻易扣上贬低无产阶级文学、否定社会主义现实主义等帽子。其实这
里涉及的问题很多，如果从文学表现社会心理的角度来看，有些问题是值
得进一步思考的。作家要表现好社会心理，存在一个作家个人心理和社会
心理关系的问题。作家要艺术地表现社会心理，并达到较高的艺术成就，
需要在作家个人心理和社会心理之间建立稳固而和谐的关系，也就是说作
家需要有足够的心理准备才能表现社会心理。否则，他的作品对于了解一

定时期的社会心理也许有一定的意义，但是在艺术上很难达到较高的成就。就拿高尔基早期流浪汉题材小说来说，这些小说被公认达到了较高的艺术成就，其中一个重要因素就是高尔基本人也当过流浪汉，他对流浪汉的心理有深切的了解，也就是说他本人的心理完全融合于流浪汉的心理之中，因此他才能透过流浪汉粗野、强悍的外表，看到他们的善良、利他和人道，看到他们还有一颗金子般的心。在受到柯罗连科高度赞扬的《切尔卡什》（1895）中，流浪汉切尔卡什和破产农民加弗里拉深夜盗卖码头货物，前者大胆、机智，后者胆小、迷信。第二天分钱时，加弗里拉起了贪心，想杀死伙伴独吞巨款。这时切尔卡什轻蔑地把钱全部掷给加弗里拉，他"觉得自己是个英雄"，觉得"自己尽管是一个贼，一个和一切亲属断绝了关系的流浪汉，却永远不会这样贪婪、这样下贱、这样忘乎所以。永远不会！"作家看到了流浪汉不为金钱所动的品质，同时也清醒地点出他是"一个世界上谁也不需要的人"。如果作家个人心理和流浪汉心理之间没有一种稳固、和谐的联系，作品就不可能表现得如此动人，如此有分寸感。就《母亲》而言，高尔基亲身参加了 1905 年革命的实践，他相当敏锐地把握住了世纪之交的俄国工人阶级心理的变化，这说明他的个人心理和社会心理有融合的一面，因此小说达到了相当的成就。同时，也可以看到高尔基对工人的了解远不如对流浪汉的了解，对工厂工人阶级的生活还不够熟悉，对工人阶级由自发走向自觉这一过程的全部矛盾和复杂的心理了解得还不够深切，也就是说作家个人心理还没有完全融入工人阶级心理之中，所有这一切妨碍了高尔基表现工人阶级心理的作品达到更高的艺术成就。

二　肖洛霍夫的《静静的顿河》和哥萨克农民的心理

如果说高尔基的《仇敌》和《母亲》反映了世纪之交俄国工人阶级的心理，那么肖洛霍夫的长篇小说《静静的顿河》则反映了 20 世纪第二个十年哥萨克农民的心理。

《静静的顿河》是苏联文学的经典作品，也是具有广泛世界影响的世界名著。长篇小说共分四部，分别发表于 1928 年、1929 年、1932 年和 1940 年。第一部写第一次世界大战爆发前后（1912—1916）顿河地区哥萨克的生活情况；第二部写 1916 年到 1918 年哥萨克地区复杂的阶级斗争，包括二月革命、科尔尼洛夫叛乱、十月革命和国内战争；第三部写 1918 年春至 1919 年 5 月，哥萨克地区尖锐的阶级斗争；第四部写 1919 年春到 1922 年，包括白匪军和哥萨克中农武装叛乱的失败，以及顿河地区苏维埃政权的巩固。这部史诗性的长篇小说几乎囊括了俄国社会历史上急剧转折的十年（1912—1922）的社会现实，作者正是在这个广阔的历史背景下，以主人公葛利高里的命运为核心，充分展示了哥萨克农民在战争和革命的风暴中所走过的悲剧性的道路。

《静静的顿河》在苏联文学史上既是一部享有世界声誉的史诗，又是一部最具有争议的作品，这种强烈的反差原因在于人们评价作品的视角各异。当年作品刚发表就立刻受到老作家绥拉菲莫维奇的高度赞扬，他把肖洛霍夫比作草原上突然展开巨大翅膀的雏鹰，称赞他是"一个非同凡响的、同谁都不相像的、具有自己独特风貌的作家"。[①] 教育人民委员、著名评论家卢那察尔斯基也认为《静静的顿河》是"一颗钻石"，他说："肖洛霍夫尚未完成的长篇小说《静静的顿河》，就其广阔的图景，就其对生活的了解和对人的了解，就其故事的痛楚，是一部极为有力的作品。它使我们记起了所有时代俄国文学最优秀的作品。"[②] 然而这样一部优秀作品的发表却屡屡受阻，发表《静静的顿河》第一部的《十月》杂志编辑部，批评它所描写的第一次世界大战前哥萨克的旧时生活没有现实意义。1930 年，编辑部又对第三部的艺术构思提出质疑，批评作者为哥萨克暴动辩护。当时甚至有人提出作者是革命者还是反革命分子的问题。显然，这是一种粗暴的政治判决，而不是文学评论。在西方，《静静的顿河》一直被看好，但评论也是五花八门，有的认为它是写哥萨克反抗的史诗，有的强调它的悲剧艺术是同官方的社会主义现实主义理论背道而驰的，有的则欣赏它表现了顿河地区哥萨克的"异国情调"。

仁者见仁，智者见智，究竟怎样看待《静静的顿河》这部作品，让我们先听听作者本人的意见。肖洛霍夫在《静静的顿河》英文版前言中写道："这部小说在英国竟被看成是'异域情调'的作品，这使我颇感不

---

① 《真理报》1928 年 4 月 19 日。
② 《文学的一年》，《红色全景镜》1929 年第 1 期。

安。如果英国读者通过这种对欧洲人陌生的哥萨克生活的描写，还能看到另外一点：即由战争和革命而在生活中和人的心理上所引起的那些巨大变化，那么，我将会感到高兴。"[①] 显然，肖洛霍夫创作《静静的顿河》既不是为了直接表现自己对战争和革命的政治观点，也不完全是为了渲染顿河哥萨克地区的"异域情调"，小说的全部重心是在于表现 20 世纪第二个十年的战争和革命在哥萨克农民心理上引起深刻矛盾和巨大变化，以及作家对哥萨克农民悲剧性命运的深沉思索，这就是《静静的顿河》的精华所在，价值所在。

《静静的顿河》的主人公是悲剧性人物葛利高里，作者在这个人物身上融进了历史转折时期哥萨克农民既丰富又复杂的心理内容，如果说肖洛霍夫以前的作家更多的是表现经历战争和革命的人民的自我觉醒的过程，那么肖洛霍夫在葛利高里身上更多的是表现经历战争和革命的哥萨克农民的心理矛盾和心理冲突的过程，表现他们从旧的社会形态迈向新的社会形态所经历的悲剧性道路。

哥萨克是俄国历史上形成的一个特殊的社会阶层。16 世纪俄国内地的农奴反抗地主压迫逃到顿河地区定居，他们以热爱劳动、热爱自由和英勇善战著称于世。沙皇政府对其采用分化政策，培养他们的优越感，使他们为沙皇效劳。这一切使哥萨克农民走向新生活的道路显得更加曲折和复杂。

葛利高里是哥萨克农民的代表，在他身上集中体现了哥萨克农民的性格特征和心理特征。在第一次世界大战以前，葛利高里是一个 18 岁的小伙子，他性情开朗，体格健壮，热爱劳动，浑身充满一种野性美。他遵从父命娶了富农女儿娜塔莉亚为妻，但又无比爱恋阿克西妮娅，为了爱情他终于同阿克西妮娅私奔。他们敢于向旧观念挑战，带有哥萨克热爱自由的传统，同时也传达了反宗法制的革命时代快要来到的信息。

肖洛霍夫笔下的葛利高里是一个秉性骄傲和热爱自由的哥萨克，面对20 世纪初俄国社会战争和革命的风云，作家在他身上突出了两个重要的性格特征和心理特征：一是动摇不定，充满矛盾；二是苦苦探索，追求真理。这两个特点非常真实和深刻地反映了哥萨克农民在历史转折时期的重

---

① 转引自叶尔绍夫《苏联文学史》，北京师范大学出版社 1987 年版，第 532 页。

要心理特征。

在肖洛霍夫看来，葛利高里是"一个动摇不定的人物"。[①] 他说："葛利高里是哥萨克中农的一个独特象征。那些了解顿河国内战争历史、了解它的过程的人，都知道在 1920 年以前不是一个葛利高里·麦列霍夫，也不是几十个葛利高里·麦列霍夫动摇过。"[②] 第一次世界大战爆发后，葛利高里应征入伍，上了前线。在战场，他看到战争的罪恶，"在心里滋生着因战争造成的痛苦"，对战争产生不满情绪。十月革命初，葛利高里在哥萨克上层人物的煽动下，曾拥护哥萨克脱离俄国独立的主张。后来受革命哥萨克的影响，参加了红军，向白军作战，但又对红军镇压白军军官表示反感。在顿河地区建立苏维埃政权斗争最紧张的时候，葛利高里起初企图逃避斗争，过和平安宁的生活，但很快又卷入白军反抗红军的叛乱，甚至当上师长，即使在这个时候，他内心也是充满矛盾和痛苦，觉得对沙皇军官来说，自己"从头到脚都是一个陌生的人"。他所在师的参谋长也这样说他："一方面你是拥护旧时代的战士，另一方面请原谅我说话尖刻，又有点像布尔什维克。"当顿河地区叛军被打垮后，葛利高里又参加红色骑兵，当上副团长，他作战勇敢，想以此赎罪。可是当他复员回乡后，因为害怕肃反委员会找他算旧账，结果又一次落入匪首佛明的怀抱，当了参谋长。最后他决心逃出佛明匪军，可是在路上阿克西妮娅中弹身亡，此时他悲痛欲绝。当他回到故乡时，父母、妻子、小女儿都死了，他成了一个白发老人，身边只有一个小儿子。小说的结尾，肖洛霍夫仍然突出葛利高里性格和心理的矛盾：他的心像被"黑色野火"烧焦的草原，但仍然未彻底丧失"人的魅力"。作家在葛利高里身上，充分展示了哥萨克农民走向新生活的全部复杂性，以及他们所付出的沉重代价。

葛利高里不仅是一个动摇不定的人物，同时也是一个真理的探索者。葛利高里的动摇不定既不是出于对战争和革命的惊慌失措，也不是出于思想上的糊涂，而是出于他对生活真理执着的探索和追求。用肖洛霍夫的话来说，葛利高里性格的魅力恰恰是"力量和诚挚"。葛利高里在第一次世界大战战场上第一次杀人之后就开始探索真理，力图弄清楚谁是战争的罪

① 《在文学岗位上》1929 年第 7 期。

② 《苏维埃俄罗斯报》1957 年 8 月 25 日。

魁祸首，一旦明白真相他就坚决起来反对战争。在村里建立苏维埃政权时，葛利高里就想知道苏维埃政权将会带来什么好处。当人们回答将给哥萨克带来自由和权利时，他不满地说："1917 年就这样说的，现在（指1919 年冬——笔者注）应该想出点儿新词啦！分给土地吗？自由吗？咱们的土地可多得很。自由可再不能要啦，不然的话在街上就要你杀我，我杀你啦。从前区长镇长都是选举的，现在却是官派的……"在这里，葛利高里的思考是深刻的，他想了解十月革命除了在经济和政治方面，在精神道德方面究竟会给哥萨克带来什么新东西。在严酷的战争和革命中，葛利高里实际上对红白两方都不满意，他总想站在"两种原则的交界处"，他身处白军又觉得自己不是他们的人，他身处红军又觉得自己的观点同他们有分歧。他幻想走第三条道路，而实际上这条道路是走不通的，他幻想一种新的生活制度，但它又是同革命铁的逻辑相矛盾的。

葛利高里这个人物之所以能成为这部史诗的主人公，能打动千百万读者的心灵，固然在于他的悲剧性命运，同时还在于他对生活真挚的探索和追求，而这种命运和追求又不仅仅是属于他个人的，而是属一个时代和民族的。也就是说，作为哥萨克农民，葛利高里的性格和心理是同一个时代的社会心理和民族心理相联系的。

以往在分析造成葛利高里悲剧的原因时，通常只注意以下两个方面：一是阶级原因，葛利高里是个中农，作为劳动者，他同土地和人民有紧密的联系，有拥护革命的一面；但作为私有者，他的个人利益占上风，对苏维埃政权持怀疑态度。二是政策原因，哥萨克起来暴动是因为政府对中农哥萨克采取过火行为，葛利高里投入叛军怀抱也是因为村苏维埃对他处理失当。这些分析看来不无道理，但深一层看，葛利高里性格和心理的矛盾冲突是同社会心理和民族心理相联系的。肖洛霍夫高明之处就在于他并没有简单地从阶级的角度分析葛利高里悲剧的原因，而是从社会历史的、社会心理的和民族心理的角度来深入揭示主人公悲剧的原因。

首先，葛利高里的性格和心理的矛盾是同 20 世纪初俄国社会心理相联系的。《静静的顿河》所反映的 1912—1922 年的俄国现实生活，正是俄国社会历史急剧转折的十年。第一次世界大战和十月革命在俄国各阶级和各阶层人民心理上引起巨大的震动，旧的生活形态和新的生活形态的剧烈冲突，旧的心理和新的心理的剧烈冲突，构成这个时期社会心理的主要内容。人们不满于旧的制度和旧的生活，而对新的制度和新的生活又不习惯，不理解，这点在俄国农民身上表现得更为突出。我们看到，葛利高里对急剧的社会变革存在一种本能的恐惧，他从根本上不理解新的生活准则，他把新政权存在的"不平等现象"、"掌权后的胡作非为"全算在新制度的身上。虽然他不愿意接受旧制度旧生活的根本方面，最后也离开了白匪，但他没有足够的勇气同过去彻底决裂。总之，葛利高里缺乏足够的心理准备来迎接俄国社会历史的大变动，他的不信任感，他的动摇不定，他的心理矛盾，都是历史转折时期和历史过渡时期的社会心理的反映。肖洛霍夫《静静的顿河》的艺术价值正是在于，作家通过葛利高里的心理矛盾表现了社会心理冲突，通过葛利高里的个人悲剧表现了从旧制度、旧生活向新制度、新生活过渡的历史悲剧，最终通过葛利高里这个悲剧性的艺术形象把时代长河的两岸连接起来了。

其次，葛利高里性格和心理的矛盾又是同俄罗斯民族心理，特别是同哥萨克的心理相联系的。哥萨克作为俄罗斯的一个特殊的社会阶层，既带有俄罗斯民族的性格心理特征，也带有自己独特的性格心理特征。他们热爱自由，具有很强的反抗精神，同时又有很强的荣誉感，其中有不少东西成为他们的历史包袱，成为他们走向新生活的心理障碍。葛利高里是劳动哥萨克农民中最有代表性的一员，然而不是劳动哥萨克中最优秀的一员，哥萨克农民心理上一切优点和缺点，在他身上都得到最充分和最深刻的体现，例如。葛利高里在第一次世界大战战场上看到战争的罪恶，在布尔什维克启发下，开始认清战争的罪魁祸首，憎恨驱使百姓为他们卖命的沙皇。可是当沙皇政府奖给他一枚十字勋章，哥萨克乡亲对他十分尊敬，他立刻熄灭了身上"伟大的人类真理"的火花。一个月后，他"又忠实地保持哥萨克的光荣"，重返前线卖命去了。又如，在残酷的阶级斗争中，葛利高里把朋友关系看得高于阶级关系，身为暴动军的师长，他得知朋友珂晒沃依等被俘，他不顾彼此处于敌对阵营，立刻策马拯救他们。后来，当葛利高里复员回乡，珂晒沃依指出他们的关系是敌我关系，他根本不理解这一残酷的现实。还有，红军连长被葛利高里所在的暴动师俘虏时表现得十分勇敢，当上校提出要枪毙这个宁死不屈的俘虏时，他则提出留下红军连长，枪毙出卖红军连长的红军战士。葛利高里这种行为和心理完全是同哥萨克崇尚勇敢精神、宽待战败者和蔑视胆小鬼的传统心理一脉相承的。显然，哥萨克特有的性格和心理对葛利高里性格和心理的形成，对于他的悲剧命运，都有重要的影响。

三　帕斯捷尔纳克的《日瓦戈医生》和俄国知识分子的心理

同是表现世纪之交的俄国社会心理，在不同作家笔下是各呈异彩的。高尔基从自己的经历和感受出发反映了工人阶级的心理，肖洛霍夫从自己的经历和感受出发反映了哥萨克农民的心理，帕斯捷尔纳克则从自己的经历和感受出发反映了知识分子的心理。

帕斯捷尔纳克是苏联著名的诗人，马雅可夫斯基称他为"诗人的诗人"，布哈林在全苏作家一大报告中称他为"我们当代诗歌界的巨匠"。然而我们更多的是从长篇小说《日瓦戈医生》以及它所引发的"帕斯捷尔纳克事件"中认识帕斯捷尔纳克的。帕斯捷尔纳克的长篇小说1948年动笔，1955年完成，后交《新世界》杂志发表。1956年杂志编委复信拒绝出版，信中说："您的小说的精神是仇恨社会主义……小说中表明作者的一系列反动观点，即对我国的看法，首先是对十月革命头十年的看法，说明十月革命是个错误，支持十月革命的那部分知识分子参加革命是场无可挽回的灾难，而后所发生的一切都是罪恶。"一年之后，1957年小说首次在意大利出版，再过一年，欧美各国用15种文字出版了这部小说。1958年，帕斯捷尔纳克由于"既对现代抒情诗，又对俄罗斯小说家的伟大传统作出的重大贡献"被授予诺贝尔文学奖奖金。对此，苏联当局作出强烈的反应，苏联作协决定开除他的会籍，《真理报》指责《日瓦戈医生》"恶毒嘲笑社会主义革命、苏联人民和苏联知识分子"，谴责作家"缺乏公民的良心和对人民的责任感"。与此同时，西方世界对小说则是一片赞扬，认为它是一部真实反映十月革命的、充满人道主义思想的杰作。围绕这部小说，东西方两大阵营又掀起了一场冷战。几十年过去了，人们不再认为《日瓦戈医生》是一部政治小说，单纯的政治审判确实是无法再现小说的真实面貌。

虽然我们今天不再认为《日瓦戈医生》是一部政治小说，但不少人还习惯于只从政治的角度来看待这部小说。1994年出版的中国社会科学院外国文学研究所编的三卷本《苏联文学史》仍然认为"《日瓦戈医生》的中心主题是如何看待苏联十月革命的问题"。① 这种看法是值得商榷的。小说的主人公日瓦戈医生短短四十年的一生经历了世纪之交俄国社会一系列重大历史事件：1905 年革命，第一次世界大战，二月革命，十月革命，国内战争，新经济政策，社会主义建设。从小说的实际出发，帕斯捷尔纳克与其说是着力表现主人公对这一系列历史事件的政治态度，不如说作家是着力表现这一系列历史事件在主人公心理引起的矛盾和变化。小说在西方发表三十年后，苏联于 1988 年在《新世界》杂志首次公开发表。为此，苏联文艺理论家利哈乔夫院士于同年发表评论《对帕斯捷尔纳克的长篇小说〈日瓦戈医生〉的思考》。作者认为小说虽然是按照传统的形式写成的，但我们不能按常规办事，寻找其中有什么和没有什么，寻找对事件的直接评价，而应当看到作品同现实的"诗的关系"。他指出："《日瓦戈医生》甚至不是一种长篇小说。在我们面前是一种自传，一种以令人惊奇的形式使作品缺乏同作者的现实生活相一致的外部事实的自传。"② 利哈乔夫的看法是很有见地的和具有启示意义的。在他看来，第一，作品的重点不是写历史事件，不是写外部事实的；第二，作品的重点也不是对历史事件的外部评价；第三，作品的重点应该是表现同现实的"诗的关系"，也就是说表现作家对现实的主观的、独特的心理感受。显然，《日瓦戈医生》准确地说是写一个知识分子在战争和革命中的心灵史，在某种意义上也可以说是作家的一部独特的精神自传。日瓦戈自幼丧母，十岁就成了孤儿。他在教授家长大，后来成为医生。在具有革命思想的舅舅的影响下，他渴求自由和新的生活。第一次世界大战期间，他在沙皇军队任军医，目睹了战争的灾难、沙皇的无能和军队的腐败，渴望革命带来新生。二月革命后，他既怀念宁静的家庭生活，又向往革命。在听到十月革命喜讯时，他对革命的真正意义并不理解，但衷心赞叹十月革命是历史的壮举和奇迹。后来面对革命后国内战争时期严酷的现实，他对新政权产生怀疑和失望，他厌恶红军与白军之间的残酷斗争，反对一切暴力行为。在新经济政策时期和社会主义建设时期，他认为自己和绝大多数人"被迫

---

① 《苏联文学史》第 3 卷，中国社会科学出版社 1994 年版，第 133 页。

② 《外国文学动态》1988 年第 6 期，第 14 页。

经常而系统地过着双重生活"。后来他终于在这种"双重生活"的压力下过早地猝然死去，结束了悲剧性的一生。

日瓦戈是一个典型的俄罗斯知识分子，他热爱俄罗斯、心地善良，他天资很高，博学多才。作家在日瓦戈身上极力突出两个重要的性格特征和心理特征：一是人道精神，一是个性自由，并且着力表现主人公的人道和个性同革命的深刻的心理冲突，以及由此引发的主人公的心理悲剧和精神悲剧。

日瓦戈是个人道主义者，他痛恨专制、战争和暴力。他学医是因为医生是施行人道的好职业。在第一次世界大战的战场上，他为了保护他人，自己负了重伤。他欢呼革命的到来，真诚赞成十月革命是"割去所有腐臭的溃疡的了不起的手术"，它"一下子就把千百年来人们顶礼膜拜、奉若神明的不合理制度判了死刑"。但是我们看到日瓦戈是站在人道主义立场来看待十月革命的，他同俄罗斯一切进步知识分子一样痛恨沙皇专制和资本主义的罪恶，当他们看到十月革命如此迅速铲除专制制度，自然欢欣鼓舞。然而他并不真正理解十月革命的意义，也不理解革命既孕育了新的社会，新的生命，同时也带来分娩的痛苦，也带来污血。十月革命后，起初日瓦戈还能以苦为乐，为新政权服务。后来，为了不在莫斯科冻死饿死，他举家迁往乌拉尔，在一路上看到俄罗斯遭到内战的破坏，这时他开始产生疑虑，认为一些革命家革命上了瘾，忘了人道和生活。他的人道主义立场使他反对一切暴力行动，认为暴力不能征服人心，18个月的游击队生活，使他深深感到内战的残酷和无情，他为俄罗斯人的相互残杀感到万分悲痛，终于从游击队逃了出来。随后，日瓦戈又看到工人和大学生出身的红军将领安季波夫因被政权当异己追捕而开枪自杀，自己的情人拉拉死在革命政权的集中营，自己的妻子托尼娅被驱逐出境，自己的大学同学戈尔顿和托多罗夫多次被政权关押，这一切迫害，更是深深刺痛了他那敏感的人道的心灵。显然，帕斯捷尔纳克既写了日瓦戈对革命的赞叹，更写了日瓦戈对革命的困惑，而这一切深刻的精神困惑和心理矛盾，归根到底都是源于日瓦戈的人道主义。从作家的创作意图和作品的实际情况来看，作家并不是借用日瓦戈的人道主义精神来否定十月革命和社会主义，而是在对革命，战争，人道，知识分子等问题进行追问和探索。

日瓦戈同时也是一个自由个性的追求者，他极力维护精神独立以及个性的自由和尊严。日瓦戈同拉拉说的一段话很能代表他的心理:"先是战争,接着就是革命,战争人为地使生活中断了,就好像可以把生活推迟一个时期似的。(多么荒唐呀!)革命不由自主爆发了,就像憋了太久的一口气那样。每个人都活跃起来,新生了,所有的人都在变化,转变。可以说,每个人都达到两种革命,一种是自身的,另一种是社会的。我认为社会主义好比海洋,所有这些自身的革命都应当像溪流一样汇入海洋,汇入这生活的海洋,这特有的海洋。我说的生活的海洋,是在图画上也可以看到的那种生活,那种能够发挥才能、发挥创造性的生活的海洋。但是现在人们要通过自身,通过实践来体验这种生活,而不是停留在书本上和抽象概念上了。"这段话充分体现了日瓦戈独特的个性色彩,在他看来,战争是不人道的,革命是合理的、人道的,它使人获得新生,同时,他强调社会主义不能压制个人才能和创造性,而要充分发挥个人的才能和创造性,他强调人要独立地、通过实践来体验社会主义,而不应当去附和某种教条和抽象的原则。

同日瓦戈站在一起的是拉拉。拉拉同他情投意合,因为他俩共同追求个性自由,维护人格尊严。拉拉以一般少女罕见的毅力摆脱使她沉沦的陷阱,依靠自己诚实的劳动,克服精神创伤,争取独立的新生活。她维护人格尊严,既不轻易接受恩人赐予,也敢于惩罚自己的仇人。拉拉是同日瓦戈相辅相成的,他俩最后的命运也是一样的。他们纵然逃到瓦雷金诺的荒郊僻野,沉醉于与世隔绝的醉梦之中,然而他们追求的个性自由的幻梦也终究被革命风暴所击破。

日瓦戈的反衬人物是安季波夫。安季波夫原来也是追求个性自由的知识分子,他出身贫寒,但发愤学习,自我奋斗,力图出类拔萃。后来,他成了红军将领,以刚毅果敢著称,同时也成了公众思想的体现,原则的化身。在拉拉看来,他已经变成"石头做的,里里外外都是原则和纪律"的人,但"这种人不是人"。就是这样的人,最后也难逃厄运,他失去了个性,也掌握不了自己的命运,最终成了原则的牺牲品。作家对这种人既是谴责的,也是同情的。

日瓦戈的人道精神和对个性自由的追求,日瓦戈的个性同革命的矛盾,日瓦戈的心理悲剧,这一切既属于日瓦戈个人,同时又是属于世纪之交的俄罗斯知识分子,它反映了面对战争和革命的俄罗斯知识分子的普遍的社会心理。在新旧时代交替的历史转折时期，如果说葛利高里们从旧生活迈向新生活是一个痛苦的悲剧性的过程，那么日瓦戈们从旧生活迈向新生活更是一个心灵的"苦难历程"。只要我们稍稍回顾一下十月革命前后俄国作家的命运，这个问题就不难理解了。十月革命后，俄罗斯的一部分作家流亡国外，如布宁、库普林、安德列耶夫、阿·托尔斯泰、茨维塔耶娃等，大部分作家则留在国内，如高尔基、费定、左琴科、别雷、扎米亚京、马雅可夫斯基、阿赫玛托娃、叶赛宁，等等。这些作家都热爱俄罗斯祖国，都很有才气，他们当中相当一部分人是欢迎十月革命的，然而他们的人道精神和个性自由的追求又是同革命格格不入的，他们即使留在国内，内心也是处于流亡状态。其中，作为苏联文学代表的高尔基也不例外，他在十月革命前后发表了一组题为《不合时宜的思想》的政论，从人道主义立场出发，剧烈反对十月革命，认为列宁是拿工人阶级的血肉做实验。十月革命后他尽管留下来了，后来却又离开俄罗斯达十二年之久。高尔基还是幸运的，十月革命后有相当一批俄罗斯作家或者过早悲剧性地死去（如马雅可夫斯基、叶赛宁），或者受到猛烈的批判（扎米亚京、左琴科、普拉东诺夫），或者受到镇压（古米廖夫、巴别尔、皮里尼亚克）。他们的命运代表了俄罗斯知识分子的命运。

　　以往人们指责帕斯捷尔纳克反对十月革命，指责日瓦戈反对十月革命，这太简单化了。日瓦戈们的人生悲剧究其实质是一种心理悲剧，是一种精神悲剧，它的形成有时代转折时期的历史原因，有"左"倾政策的原因，也有其本人性格的原因。作为作家，我们承认帕斯捷尔纳克有其明显的局限性，他不可能用马克思主义观点来分析和解决个性与社会，个人与革命，人道主义和社会主义等一系列重大的问题，然而他凭着自己的亲身经历和艺术的直觉，真实而深刻地再现了处在转折时期的俄罗斯知识分子的心理矛盾和精神悲剧，并让我们去思考革命、战争、人道、个性等一系列撞击知识分子心灵的问题，这是作家一种敢于直面现实的正义感和责任感，仅这一点就足以使《日瓦戈医生》在苏联文学史上占有重要的地位。

第三编

艺术家个性心理和发展

艺术家心理学的研究对象和研究方法

　　新时期以来，国内文艺心理学的研究有了很大发展，大有异军突起之势。这种势头的出现不是任何个人可以推动的，而是有深刻的社会历史文化动因的。大而言之，这是同社会对人和人的命运的关注相联系的。在两次世界大战之后，在充满战争危机、道德危机和生态危机的当今世界，人们越来越珍视生命的价值，越来越把探索人的精神生活提至重要的地位，而心理学和文艺心理学都是研究人和人的精神生活现象的学科，它们正是在这方面满足了社会的需求。具体来说，文艺心理学的兴起又是同文艺领域对艺术特性和艺术规律的探求相联系的。长期以来，教条主义和庸俗社会学的创作理论盛行，这种理论片面强调文艺是社会生活的反映，完全忽视作家艺术家作为创作主体的能动性，这就束缚了文艺创作的发展，人们也难于从理论上真正阐明艺术的特性和规律。文艺界从种种精神枷锁中解放出来之后，开始重视作家艺术家创作主体的研究，也不满足于从单一的角度来揭示艺术创作的奥秘，这就为文艺心理学研究的恢复和发展开辟了道路。

　　20 世纪 80 年代以来，文艺心理学研究取得了有目共睹的成绩，出现了一大批涉及面相当广的专著，对文艺学的研究、文学史的研究和文艺批评的开展产生了深刻的影响。同时，大家也都看到，90 年代以后的文艺心理学研究远没有 80 年代那么红火。出现这种"沉寂"局面的原因是复杂的，对一个学科的发展来讲也是正常的。一方面是当前文艺问题的研究已经出现多元互补的局面，文艺心理学研究和文本研究、接受研究一样，都不可能永远处于中心的位置，永远惹人注目；另一方面是文艺心理学研究本身确实存在一些问题，学科建设需要深入，之前出现的大量的概论性的研究成果当前已经无法满足社会的需要。

当前文艺心理学需要深入，需要有新的推动，它的研究要深入到文艺心理学的基本理论、文艺心理学史和文艺心理学的实际运用；在马克思主义的指引下，它的动力则来自认真总结和吸收中外心理学和文艺心理学理论的精华，来自积极面向前人和今人的文艺创作实践。只有肯于在基本理论研究方面下苦功夫，只有坚持理论和实践的相互碰撞，才能为文艺心理的发展带来新的生机和活力。

本书把文艺心理学的重要组成部分——艺术家心理学，把艺术家的心理和发展作为研究对象，也是将文艺心理学研究引向深入的一种尝试。

一　艺术家心理研究的对象和地位

文学艺术是一种多面和复杂的现象，文学艺术研究没有什么灵丹妙药，不同的研究方法在研究文学艺术时都不是万能的，它们都有自己的角度和切入点，也有自己的长处和短处。社会历史研究侧重研究文艺同社会生活的关系，研究文学艺术发展的社会历史动因；新批评的文本研究侧重研究作品文本的结构和语言；接受美学侧重研究艺术接受的对象和艺术接受的一般规律；而文艺心理学的研究则是从心理学的角度切入，侧重研究审美主体在艺术创作过程和艺术接受过程中的心理规律。

文艺心理学的研究，一般认为包括艺术家心理、创作心理、作品心理分析和接受心理四大组成部分。

艺术家心理是研究作为创作主体的艺术家的个性心理结构和艺术家个性心理的发展。

创作心理是研究创作主体在创作过程中的心理活动和规律。

作品心理分析是研究艺术作品的内容和形式所蕴含的心理内容。

接受心理是研究接受主体在接受过程中的心理活动和规律。

在谈到文艺心理学的四个组成部分时，有两个问题需要特别关注：

第一，文艺心理学的四个组成部分是一个有机的整体。描述性的文艺心理学一般只是在作家艺术家创作经验谈的基础上，对创造过程和接受过程的各种心理活动作孤立的和静止的描述，因此无法揭示审美主体一切心理活动的内在规律。而功能性的文艺心理学则是把创作过程和创作过程中审美主体的种种活动看成是一个有机的整体，认为多种心理因素和心理活动是相互联系和相互作用的，并且处于一个有机的整体之中。文艺心理学的任务就是要从整体的角度，动态的角度，来揭示主体审美的各种心理因素和心理活动如何发挥自己的功能的，文艺心理学的各个组成部分是如何相互联系和相互作用的。

第二，文艺心理学四个组成部分既不是互不相关，也不是平起平坐的，其中艺术家心理学是最重要的组成部分，它是文艺心理学之本，艺术家心理归根到底制约着创作心理、艺术作品的内容和接受心理。

艺术家心理决定创作心理，创作心理是艺术家心理在创作过程中的外化。艺术家的创作动机虽然复杂多样，但都是同艺术家的心理相联系，在艺术家意识中的显动机背后，还隐含着潜动机，这种潜动机则是来自艺术家深层的心理，作为创作的动因它是创作心理过程的起点，它对整个创作心理过程有深刻的影响。艺术家进入创作过程之后，从艺术构思到艺术表现，他的种种心理活动，他的艺术知觉、艺术情感、艺术想象等，归根到底都是他的个性心理的外化，都是受他的个性心理所制约的。就艺术情感来说，艺术情感不同于自然情感，它是通过艺术家主体"再度体验"而升华的审美情感，在这个过程中必然打上艺术家的烙印，因此世界上有多少艺术家，就有多少表现情感的方式。

艺术家心理决定艺术作品的内容，艺术作品是艺术家心理的物化，是艺术家心理的形式化。艺术家心理是动态的，是隐秘的，是摸不着看不见的，而艺术作品是静态的，是外现的，是摸得着看得见的，从这个意义上讲艺术家心理只有通过艺术作品才能得到表现，艺术作品是用艺术形式所表现的物质化的艺术家心理活动的"静的属性"。从文学艺术作品本身来看，无论是题材和体裁的选择，人物的塑造，还是艺术形式和艺术手法的采用，无不蕴含着丰富的心理内容，无不受艺术家个性心理的制约。苏联作家法捷耶夫指出："毋庸争辩，个人的品质：作家的才力、修养、智力发展的趋向、气质、意志以及其他的个人特征，在选择材料的时候都起着重大的作用。"① 苏联艺术家康定斯基也指出艺术形式与艺术家个性的关

---

① 《苏联作家谈创作经验》，中国青年出版社1959年版，第48页。

系："形式反映出每个艺术家的特定精神，它带有个性的烙印。"①

艺术家心理影响接受心理。接受心理同创作心理是一种双向交流，作为艺术接受者，读者、观众和听众的心理是同艺术创作者的心理相通的。他们的艺术接受过程既是对艺术家心理和体验的接受，也是对艺术家心理和体验的二度阐释，是艺术家心理和体验的升华。因此人们说有一千个读者就有一千个哈姆雷特。这是问题的一个方面。另一方面，归根到底艺术接受者的心理还是要受艺术家心理的影响。艺术家在创作时总是要考虑到接受者，接受者在某种程度上也介入艺术创作过程，甚至影响艺术家的个性心理，但是艺术家的个性心理结构是相对稳定的，他不会迎合接受者，相反，他要用自己心理去征服接受者，艺术接受者的心理归根到底是受艺术家心理规范的。

从上面的分析可以看出，艺术家心理学在整个文艺心理学中确实占有重要的地位，这也是本书把它作为研究对象的根据。

二　艺术家心理学研究历史的回顾

艺术家心理学的研究虽然是从近代开始的，但中外文论蕴含着不少有关艺术家个性心理研究的思想资料。对这份理论遗产进行认真的整理、研究，将有助于艺术家个性心理研究的深入发展。

中国古代文论在论及艺术家个性心理时，一个重要特点就是强调道德文章，强调创作主体的道德人格及其对创作的影响。孔子曰："有德者必有言。"（《论语·宪问》）认为有高尚的人格才能创作出有价值的作品。孟子曰："颂其诗，读其书，不知其人可乎？是以论其世也。"（《孟子·万章下》）这一著名的知人论世说，强调的也是评论作品必须联系其人，其时代。

之后，较早明确论述作家艺术家个性心理结构以及个性心理结构同作品风格关系的是刘勰的《文心雕龙》。其中的《体性篇》所指的体是文体，所指的性是才性。刘勰所说的"各师成心，其异如面"，"吐纳英华，莫非情性"，"才性异区，文辞繁诡"，都说明作家艺术家不同个性心理形

---

① 《世界美术》1983 年第 4 期，第 65 页。

成作品风格的差异。他在本篇的开头就指出："夫情动而言形，理发而文见，盖沿隐以至显，因内而符外者也。然才有庸俊，气有刚柔，学有浅深，习有雅郑，并情性所铄，陶染所凝。是以笔区云谲，文苑波诡者矣。"刘勰这段话首先阐明文学创作中内容与形式，内在思想感情与外在艺术形式的关系，接着指出作家艺术家的个性是由才、气、学、习四个因素构成的，而后归为作家艺术家个性同作品风格的内在联系。从艺术家心理学角度看，除了指出个性与风格关系外，刘勰这段话最有价值之处是较早阐明了艺术家个性心理的构成和它是如何生成的。所谓的才、气、学、习，才是指才能，气是指精神气质，这属于先天禀赋，是由"情性"决定；学指学识，习指练习，这属于后天的素养，是由后天"陶染"，由艺术实践决定的。不仅如此，刘勰还认为"才力居中，肇自血气"，这就是说作家艺术家的才能是同他的精神气质有内在联系。

　　明代万历年间以后，与当时追求个性解放的早期启蒙思潮相适应，文论中出现的李贽的"童心说"、汤显祖的"唯情说"和公安派的"性灵说"都涉及了作家个性心理及其对艺术创作影响的问题。李贽认为童心是"最初一念之本心"，是"真心"、"赤子之心"。作家只有"绝假"，保持"童心"的纯真，"发乎情性，出乎自然"，才能写出好文章。他认为人的个性是各不相同的，不可"一律求之"。他还用音乐来说明作家艺术家不同性格形成作品的不同风格："性格清彻者音调自然宣畅，性格舒徐者音调自然舒缓，旷达者自然浩荡，雄迈者自然壮烈，沉郁者自然悲酸，古怪者自然奇绝。有是格，便有是调，皆情性自然之谓也。"（《读律肤论》）公安派的"性灵说"同李贽的"童心说"是一致的，都是强调作家艺术家要有"真情"，要有个性。袁宏道认为创作要"独抒性灵，不拘格套，非从自己胸臆中流出，不肯下笔"。不过，"性灵说"除了强调真性情外，还强调要表现灵气、才气，这就是他们所说的"慧黠之气"。

　　到了清代，叶燮的面目论，胸襟论，才胆识力论，可以说将古代文论关于艺术家个性心理的研究提高到一个新的水平。叶燮主张人品与诗品的统一，他认为不能只讲"作诗者在抒写情性"，还必须强调"作诗有性情必有面目"，把作品能否有自己独特的"面目"，视为诗人是否成熟的重要标志。在诗人的个性心理结构中，叶燮把"胸襟"摆在重要地位。他说："诗之基，其人之胸襟是也。有胸襟，然后能载其性情智慧、聪明才辨以出，随遇发生，随生即盛。"在他看来，胸襟在诗人个性心理结构中是居更高的层次，作品深层的意蕴是由它决定的。叶燮对作家艺术家个性心理的论述，最有价值最精彩的部分，当推论及作家艺术家艺术创造力的才、胆、识、力说。第一，他认为才、胆、识、力构成作家艺术家创造力的四种因素，所谓才是指才能，指审美感受和审美表达的能力；识是指辨认客观事物的能力，分辨是非、美丑的能力；胆是指突破传统，自由创造的勇气；力是指艺术独创的生命力。第二，他认为四要素是不可偏废的，是"交相为济"的。他说："大凡人无才则心思不出，无胆则笔墨畏缩，无识则不能取舍，无力则不能自成一家。"（《原诗》内篇）第三，他认为四要素中"识"为先，"识"是首位的、决定性的。他说："才、胆、识、力四者，交相为济，苟一有所歉，则不可登作者之坛。四者无缓急，而在先之以识。使无识，则三者俱无所托。"（《原诗》内篇）具体来说，他认为"识为体而才为用"，"识明胆张"，"力大而才能坚"。叶燮关于艺术创造力的论述从现代的观点来看是很有理论深度的。一是他把艺术创造力看成是一个有机的整体，而不是把其中某要素绝对化，同时又辩证阐明四要素之间的关系。二是他没有把艺术创造力神秘化，完全归结为天赋，而是明确指出："在我者虽有天分之不齐，要无不可以人才充之"（《原诗》内篇）。他认为"才"要依托于"识"，"若不足于才，当先研精推求乎其识"。

西方文论中关于艺术家个性心理的论述也是相当丰富的。在古代，亚里士多德提出艺术是现实的模仿，同时也指出艺术家的模仿活动也是一种创造活动，"艺术就是创造能力的一种状况"①（《伦理学》），而且他也注意到了诗人个性与诗歌创作的关系："诗由于固有的性质不同（由于诗人的个性不同）而分为两种：比较严肃的人模仿高尚的行为，即高尚人的行动，比较轻浮的人即模仿下劣的人的行动，他们最初写的是讽刺诗，正如前一种人最初写的是颂神诗和赞美诗。"②

应当看到，由于欧洲漫长的中世纪对人的压抑，也由于西方文论相当长一个时期重"模仿论"，重对客观现实作理性的分析，文论中对艺术家

① 转引自《西方美学史》上卷，人民文学出版社 1979 年版，第 71 页。

② 《诗学》，人民文学出版社 1962 年版，第 12 页。

主体关注不够。后来，随着主体美学观的兴起，随着浪漫主义创作的兴起，艺术家个性研究、艺术家个性心理研究才得到重视。康德认为艺术作品是艺术家心灵自由创造的产物，"美的艺术必然要看作出自天才的艺术"①，他把天才的特征归结为创造性、典范性、自然性和限于艺术领域等四点。歌德从艺术的特点出发，始终强调艺术家的自主性，强调艺术家的创造能力和艺术家自由的艺术经验，他认为"艺术家必须永远有感而作，无论他进行什么创作，他都只能显示他的个性"②，而他自己的作品都是"一种伟大的心声的片断"③。然而这种表现艺术家心声片断的艺术作品又是一种"完整的艺术作品"，而"这种完整性不是他在自然中所能找到的，而是他自己心智的果实，或者说，是一种丰产的神圣的精神灌注生气的结果"。④ 他多次宣称，"艺术家是天生的"，诗就是"灵感……天才"，"真正的创造力量在于无意之中"⑤。黑格尔对于艺术家的个性心理也高度关注，他在《美学》中设专节讨论"艺术家"问题。他认为"艺术作品既然是由心灵产生出来的，它就需要一种主体的创造活动，它就是这种创造活动的产物"⑥。他并不把艺术家的独创性完全归之于创作主体，而指出"独创性是和真正的客观性统一的，它把艺术表现里的主体和对象两方面联合在一起"⑦。在谈到艺术家的艺术创造能力时，他强调了两个方面：一是"艺术家一方面要求助于常醒的理解力，另一方面也要求助于深厚的心胸和灌注生气的情感"⑧；二是艺术家的艺术创造力"不仅是一种认识性的想象力、幻想力和感觉力，而且还是一种实践性的感觉力，即实际完成作品的能力"，在他看来，艺术家"心里的构思和作品的完成（或传达）是携手并进的"。⑨

　　在西方文论中别林斯基关于艺术家个性心理的见解是独具特色的。他

　①　转引自《西方美学史》下卷，人民文学出版社 1979 年版，第 386 页。

　②　转引自《近代文学批评史》第 1 卷，上海译文出版社 1987 年版，第 272—273 页。

　③　同上。

　④　《歌德谈话录》，人民文学出版社 1980 年版，第 137 页。

　⑤　转引自《近代文学批评史》第 1 卷，上海译文出版社 1987 年版，第 273 页。

　⑥　《美学》第 1 卷，商务印书馆 1984 年版，第 356 页。

　⑦　同上书，第 373 页。

　⑧　同上书，第 359 页。

　⑨　同上书，第 536 页。

认为:"一个诗人的全部作品,尽管在内容和形式上每篇各不相同,却仍有一种共同的面貌,即刻下只有他才有的那种特殊性格,因为这些作品都是从一个人格,一个完整不可分割的'我'生发出来的。因此,要着力研究一个诗人,首先要在他的许多种不同的形式的作品中抓住他个人性格的秘密,这就是他才有的那种精神特点。"① 他指出在研究一个诗人的时刻,首先应当抓住他的个性心理的奥秘,抓住了它就等于"找到了打开诗人人格和诗歌的秘密的钥匙"。别林斯基对艺术家个性心理的认识有两点是值得重视的。一是他认为艺术家的个性既是个人的,又是同人类相联系的:"伟大的诗人在谈论他自己,他的'我'时,也就是在谈着一般人,谈着全人类。"② 二是他认为艺术家的个性既是无意识的和不自觉的,同时又是有意识和自觉的,而且是两者的统一。他指出:"现象的直感性是艺术的基本法则,确定不移的条件,赋予艺术崇高的、神秘的意义;可是,不自觉性不但不是艺术的必要的属性,并且是跟艺术敌对的、贬低艺术的。"③

在西方文论中,法国著名评论家圣伯夫(1804—1869)的传记批评虽然遭到批评,认为他混淆生活和艺术、人品和文品的界限,但他关于艺术家个性心理的见解也有其合理的内核。同泰勒、斯达尔夫人的社会学批评相反,圣伯夫侧重从作家的传记心理去解释作品,把艺术作品看成是作家艺术家遗传体质、环境、生活经历和性格、气质等心理因素的投影,形成所谓"传记批评"。他说:"不去观察作家而要判断他的作品,是很困难的。我愿意说:'有其树,必有其果'。""艺术的价值依存于艺术家的价值。"④ 在他看来,用泰勒的社会分析方法是无法深入到"天才的火花"、"诗人的精髓",而传记心理批评恰恰是社会历史批评的补充,"总有某个方面是无从解释难以言表的,天才的个人禀赋便在这一面……总该为不可知的原动力留出一席地位,即较高级的灵感的中心焦点,或意志,即表达不出的单子"。⑤

---

① 转引自《西方美学史》下卷,人民文学出版社 1979 年版,第 536 页。

② 同上书,第 539 页。

③ 《别林斯基选集》第 3 卷,上海译文出版社 1980 年版,第 107 页。

④ 《新星期一漫谈》,转引自《文艺学美学方法论》,北京大学出版社 1994 年版,第 50 页。

⑤ 转引自《近代文学批评史》第 3 卷,上海译文出版社 1991 年版,第 43 页。

　　20 世纪影响最大的精神分析心理学派对艺术家个性心理的研究做出了重要贡献。弗洛伊德认为人格结构有三个层次：本我、自我和超我，人的心理结构也有三个意识层次：无意识、有意识和潜意识。他以泛性论为基础，强调无意识的重要性，认为艺术是无意识的象征和替代性满足，艺术创造是性本能的升华。而荣格则提出集体无意识理论，认为艺术要揭示人类集体无意识原型，使个人无意识与集体无意识处于和谐状态。在他看来，艺术家具有双重身份：既有自己的个性和人格，又必须忠实地做集体无意识的传达工具。弗洛伊德和荣格的理论对于我们了解艺术家个性心理结构，特别是揭示艺术家个性心理结构"无意识"的新大陆，有重要的理论价值。

　　从中外文论中关于艺术家个性心理的论述来看，相对于艺术创作心理的研究，中外艺术家个性心理研究起步比较晚，同时也是比较薄弱的。尽管如此，其中还是有许多有价值的思想资料值得我们研究艺术家个性心理时认真借鉴的。总的来说，中西文论都重视艺术家个性心理的研究，都把文艺作品看成是艺术家主体创造性活动的成果，都认为艺术作品的独创性源于艺术家独特的个性心理。比较来看，中国的文论更重视作家艺术家主体的德行、人格，关注道德、修养、学识对艺术家个性心理的影响，对作家艺术家个性心理和文艺作品风格的内在关系的研究，对作家艺术家艺术创造能力的研究比较深入。研究方法一般是点到为止，很少从理论上系统地从容地展开。西方的文论更强调艺术创造活动是一种艺术家自由的创造活动，重视艺术家主体心灵的自由，把艺术创造和人的生命活动联系起来，因此他们更崇尚艺术家主体的天才和灵感，也更重视艺术创作活动中想象、直觉、情感和无意识的作用。他们在研究作家艺术家个性心理结构的内在层次方面，在研究作家艺术家个性心理的基本特征——自觉与非自觉、意识与无意识方面，都有突出的理论建树。就研究方法而言，特别到了近现代，由于有了现代心理学科做指导，艺术家个性心理的研究也就有了系统性和科学性。

三　艺术家心理学研究的理论思考

　　艺术家心理学研究虽是文艺心理研究之本，但在整个文艺心理学研究中，相对来说是起步比较晚的，也是比较薄弱的。造成这种局面的原因是复杂的。这首先同研究对象的隐秘性和个别性有关。文艺作品是外露的、可以触摸的，而艺术家个性心理时摸不着看不见的，虽然我们可以通过文本，通过传记来研究艺术家心理，但毕竟是有难度的。同时艺术家个性心理又带有强烈的个性色彩，要从千差万别的个性心理中总结出个性心理的一般特点和规律，也是有相当难度的。其次，艺术家心理研究在 20 世纪受到文本研究（俄国形式主义、新批评、结构主义）的挑战，有不少人说"作者死了"，因此艺术家心理研究一度沉寂了。其实这只能说文艺学研究的多元化和文艺学研究的转向，任何研究方法都有自己的优势和价值，也都有自己的不足，实际上离开艺术家心理研究的文艺学研究是不完整的。除了上面两个原因外，艺术家心理研究停滞不前，我认为归根到底还是学科本身的问题，也就是艺术家心理研究缺乏明确的理论指导，缺乏一种新的视角，缺乏研究方法论的深入思考。

先谈研究角度问题，也就是对研究对象的认识，对艺术家个性心理的认识问题。

在相当一个时期内，我们的艺术家心理研究常常把互不联系的、处于静止状态的气质、性格、能力等个性心理因素看成是艺术家心理研究的对象，也就是说把艺术家心理仅仅看成是艺术家气质、性格、能力等因素的机械相加，同时也不考虑艺术家心理的形成和发展。这种把艺术家心理看成是孤立和静止的观点，是完全不切合艺术家心理的实际的，也是无法准确把握艺术家心理研究的特定对象。形成这种认识的重要原因在于艺术家心理研究本身缺乏明确的理论指导，因此无法深入了解研究对象。那么，艺术家心理研究的理论背景和理论支柱是什么呢？我认为是个性心理学和发展心理学，根据这两门学科的基本理论观点来研究艺术家个性心理，我们应当把艺术家个性心理看成是一个有机的、发展的和充满矛盾的结构。

艺术家的个性心理是有机的。从系统论的观点来看，艺术家的个性心理是一个完整的系统，构成艺术家个性心理的各个因素不是相互割裂、毫不相干的，而是组成一个相互联系和相互作用的整体。同时，这个系统受到外界事物的制约，并且作用于外界事物。由于在不同作家艺术家身上诸多心理因素相互联系的形式不同，也就有各自的系统性，从而形成作家艺术家不同的创作个性。

艺术家的个性心理是发展的。艺术家的个性心理有相对的稳定性，然而又不是静止的、一成不变的，是不断变化和发展的。从发展心理学的观点来看，人的一生，他的个性从童年、青年、成年到老年，是不断发展变化的，而且他的一生某个时期也是不断发展和变化的，个性的稳定是相对的，个性的变化和发展是绝对的，艺术家的情况也一样，他的个性心理在一生中有个变化发展的过程，就是在某个时期也有发展和变化的过程。艺术创作是一种生命现象，艺术家把自己的创作当作自己生命的一部分，当作自己生命的延续，而他们的作品则是他们心血的结晶。从这个意义上讲，研究艺术家个性心理的发展也就是研究艺术家的艺术生命和艺术生命的兴衰。

艺术家的个性心理是充满矛盾的。艺术家的个性心理并不像有些人所理解的是和谐和稳定的，相反，它是充满矛盾的，充满焦虑的，而且这种矛盾是普遍和持久的，例如自我意识和社会意识的矛盾，审美和功利的矛盾，主观与客观的矛盾，遵从和叛逆的矛盾，孤独和开放的矛盾，等等。这些矛盾的存在对于艺术家个性心理的发展来讲是积极的，而不是消极的，在某种意义上讲，艺术家个性心理的矛盾正是艺术家个性心理发展的动力，在艺术家的一生中，他的个性心理正是在解决和克服许许多多的矛盾中得到发展和逐步走向成熟的。

根据个性心理学和发展心理学的基本理论，如果我们把艺术家个性心理看成是一个有机的、发展的和充满矛盾的结构，用这种新的视角来看待艺术家心理学的研究对象，这样就有可能给艺术家心理的研究带来新的生机和活力，使得我们能更深入地了解艺术家个性心理，把握艺术家的创作个性。

再谈谈研究方法问题。解决了研究对象和研究角度并不能使一切问题迎刃而解，在某种意义上讲研究方法更为重要。

第一是如何把普通心理学运用于艺术家心理研究的问题。

就个性心理研究而言，普通心理学关于人的个性心理，具体到气质、性格、能力、个性倾向，有一套理论、概念和范畴；关于个性心理的发展，具体到个性形成的遗传生物因素和环境因素、个性发展的动力和个性发展的阶段，也有一套理论、概念和范畴。然而，我们在研究中发现，艺术家个性心理同一般人的个性心理有共同之处，这是基本的一面，同时也有独特之处，有其鲜明的特征和独特的内容，而这正是艺术家心理所要研究的重点。在研究艺术家心理时，我们必须以普通心理学，以个性心理学和发展心理学的一般理论、观点和方法作为指导。同时，我们也不能把普通心理学关于个性心理和个性心理发展的理论、概念和范畴完全搬到艺术家心理研究中来。第一步要引进和消化那些切合艺术家个性心特点的理论、观点和方法。第二步要加以改造和运用。我们要面向艺术家心理的实际，面向大量丰富、新鲜的第一手材料，通过一番思索，做出具有审美特色的理论概括，争取有所发现、有所创造，进一步提出符合艺术家心理实际的理论、概念和范畴。如果艺术家心理的实际同普通心理学发生矛盾时，我们只能选择前者，正如一位西方学者所说，对于文艺心理学来说，"唯一正确的结论并不是把违反心理学基本原则的艺术家批评一通，而是修正心理学的原则，使之服从艺术的事实"。[①] 艺术家个性心理是人类个性心理的一个比较复杂、比较独特的领域，通过艺术家心理的深入研究，其成果完全有可能丰富和加深普通心理学个性心理的研究，对此我们是充满信心的。例如个性心理学谈到个性形成和发展的环境时，只是一般地涉及社会、家庭和学校，而研究艺术家个性心理的形成和发展就需要从艺术家独特的个性心理出发，具体分析艺术家的早期经验（童年经验）、人生体验、情感生活和文化氛围等重要因素对其个性心理发展的影响。又如，个性心理学是以年龄为标准来划分个性心理发展的阶段，而艺术家个性心理的发展阶段就无法按照年龄来划分，有的艺术家年轻轻的就达到艺术成熟期，有艺术家年纪一大把才进入艺术的青春期。凡此种种，只有从艺术家个性心理实际出发，才能得出比较科学的结论。事实证明，照搬普通心理学的研究是没有生命力的，只有那种从实际出发创造性运用普通心理学理论、观点和方法的研究才能是充满生机和活力的。

第二，艺术家个性心理同社会文化心理的关系问题。

马克思指出，人的本质"不是人所固有的抽象物"，而是"一切社会关系的总和"。尽管艺术家的心理具有强烈的个性色彩，但艺术家毕竟是社会的人，艺术家的个性心理总要反映出一定的社会历史，积淀一定的社

---

① A. 埃伦茨韦格：《艺术的潜在秩序》，见《当代美学》，光明日报出版社 1986 年版，第 421 页。

会文化，折射出一定的社会心理。社会的人的心理区别于动物的心理的根本特点就在于人的心理的社会性。马克思说："社会的人的感觉不同于非社会的人的感觉。""五官感觉的形成是以往全部世界史的产物。"① 显然，把艺术家个性心理同社会历史文化割裂开，是无法探寻艺术家个性心理的全部奥秘的。普列汉诺夫曾经正确指出，历史上伟大人物的主要的个人特性，所谓的"最高的独创性"，正是表现在这些人物在"自己的领域是比别人更早或者更好、更充分地表现出他那个时代社会的或者精神的需要和憧憬"。② 也就是人的个性是同历史时代，同社会精神相联系。作为艺术家，他的个性心理是一种美学现象，也是一种社会历史现象，它是从社会历史发展的伟大过程中产生的。高尔基曾经这样说过："在俄罗斯，每一个作家都确实是鲜明地个性化的，可是把所有一切作家连接起来的是一个顽强的渴望——就是力求要理解、感觉、猜想国家的未来，它的人民的命运，它在这地球上所起的作用。"③

从艺术家的个性心理结构来看，它客观存在生理、心理和社会文化三个层面，艺术家的个性心理同普通人的个性心理一样，是以生理作为基础，但又不停留在生理层面上，他有自觉的意识，而且他的个性心理是同社会文化相联系，向社会文化开放的。只有全面了解艺术家个性心理结构的三个层面以及三个层面之间的联系，只有把艺术家个性心理结构看成是一个有机的开放的系统，才能真正把握艺术家的个性心理结构。

事实证明，艺术心理研究同社会历史文化研究并不是对立的，文艺的心理研究是离不开文艺的社会历史文化研究的，同样，艺术家个性心理研究也离不开社会历史文化研究。一个时期以来，在文艺心理学的研究中更侧重于个性心理研究，而忽视个性心理同社会文化心理的联系。如果我们认真地解决个性心理与社会文化心理的结合问题，那将为文艺心理学的研究开辟出一条新路，这也可以成为马克思主义文艺心理学的重要特色。

第三，艺术家心理研究中理论和实践相结合的问题。

文艺心理学这门学科不仅理论性强，实践性也很强，它的理论来源于

---

① 《1844年经济学－哲学手稿》，人民出版社1979年版，第79页。
② 《论西欧文学》，人民文学出版社1957年版，第122页。
③ 《高尔基文集》（30卷本）第24卷，俄文版，第66页。

创作实践，也要受创作实践的检验。事实证明，新时期以来最受欢迎的文艺心理学论著恰恰是那些同作家艺术家的创作实践密切结合的论著。作家艺术家的创作实践是非常丰富的，而作家艺术家的个性心理也是千差万别的。如果只是从概念出发，用一种固定的框框去套丰富多彩、千变万化的艺术家个性心理，弄不好就要落入陷阱，常常顾此失彼，不能自圆其说。因此，艺术家心理研究要解决理论与实践相结合的问题。第一是不要从概念出发，从教条出发，而要面向丰富多彩的创作实践，尽量掌握新鲜的第一手材料。第二是不要只是随意地选取个别例证，而要比较全面和比较系统地掌握材料。只要重视材料的全面系统，才能做出比较有说服力的理论概括，才能真正做到理论和实践的结合。例如有人根据一部分材料，认为只有经历人生坎坷的作家艺术家才能写出优秀的作品。这种观点当然有一定道理，但显然不够全面，有人马上可以举出歌德的例子加以反驳。歌德一生物质生活优裕，生活状态平稳，没有受过多大的苦难却写下了传世名作。又如，有人根据一部分材料，认为青年作家充满生机与活力，最富有艺术生命力，而作家一进入老年，艺术创造力就衰退了。这种概括当然也有一定道理，但也不够全面，因为不少作家、艺术家到了暮年艺术创造力依然十分健旺。托尔斯泰完成《复活》已六七十岁，歌德写成《浮士德》也82岁了。那么，生活际遇同作家艺术家的创作是什么关系，它对艺术家个性心理的形成能起什么作用？艺术家的生理年龄同艺术创造力有什么关系？类似的艺术家个性心理问题是不能以简单的例证加以解决的，而需要根据比较系统的材料才能得出令人信服的分析。

第四，艺术家心理研究中传记研究和文本研究相结合的问题。

艺术家的个性心理是隐秘的。我们根据什么来研究艺术家的心理呢？有人主张根据作品，有人主张根据传记，更多的人认为两者不可偏废。

先说传记。所谓作家艺术家的传记材料主要包括两个部分：一是作家艺术家本人的自述，其中有他们所写的自传、回忆录、日记、书信、创作谈等；一是他人对作家艺术家的记述，其中有作家艺术家的亲属、朋友以及传记作者所写的日记和有关材料。其中著名的如歌德的《诗与真》、《与爱克曼谈话录》，雨果的《〈克伦威尔〉序言》，托尔斯泰的《日记》，巴金的创作回忆录，托尔斯泰夫人的日记，周作人的《知堂回忆录》等。这些材料对于我们了解作家艺术家人生经历和创作经历，他们的人生态度和美学观念，他们的气质、性格和才能，都有重要价值。然而如果仅仅根据传记材料去把握艺术家个性心理也存在很大的问题：一是材料本身的可靠性，真实性问题。作家艺术家本人的材料由于种种原因有时存在水分，即使他人的材料由于某种偏见和好恶也会影响其价值。二是容易混淆艺术家日常生活的个性和艺术的个性。艺术创作归根到底是一种虚构，一种创造，作家不等于作品，艺术家的艺术个性不等于日常生活中的个性，所以除了传记材料还必须根据其他方面材料去把握艺术家的个性心理。

再说文本。文学艺术创作是一种最富于个性的活动，不管作家艺术家如何极力掩盖自己，不管他们如何冷静客观，他的个性心理总要在作品中表露出来，作家艺术家的个性越强大我们就越容易在作品中认出他们的个性心理特征。从某种意义上讲，我们从作品中认出的作家艺术家要比从生活中认出的作家艺术家更为真实。正因为如此，我们应当把文本作为研究艺术家个性心理的重要依据，应当说它比传记具有更大的可靠性和更大的优势。

以文本为主要根据研究作家艺术家的个性心理并不等于排斥传记。传记，特别是一些真实性强的传记对于研究作家艺术家的个性心理也有重要的意义。从这个意义上讲，艺术家个性心理研究还应当走文本研究和传记研究相结合的道路，要用两者双向互证的方法，通过这个途径我们或许能获得更为真实的艺术家个性。

四 艺术家心理研究的理论意义和实践

在文艺心理学研究中，艺术家心理确实是一个重要的、诱人的、尚待开发的领域。这个领域的研究如有新的进展，对文艺心理学发展，对于文艺学和文学史的建设，对于作家艺术家的培养，都有重要的意义。

就文艺学而言，艺术家创作个性一直是一个十分重要又难于深入的理论问题。以往的研究仅仅从认识论的角度和社会学的角度加以探讨，在相当长的时间难有明显的进步。人们寄希望于艺术家心理学。这些年不少论著从心理学的角度研究作家艺术家的个性心理结构、个性心理特征、个性心理状态、变态心理、个性心理矛盾以及作家艺术家的艺术创造力。这都把创作个性的研究引向深入。就文学史而言，在现当代文学、古代文学、外国文学的研究中，不少学者从心理学的角度来研究作家的个性和创作心态，给作家作品研究，给文学史研究带来新的生机和活力。其中如王晓明的《潜流与漩涡——论二十世纪中国小说家的创作心理障碍》、吴俊《鲁迅个性心理研究》、畅广元主编《神秘黑箱的窥视》、杨守森主编的《20世纪中国作家心态史》、张若茗《纪德的态度》、程正民《俄国作家创作心理研究》等。这些论著把艺术家心理学的理论同作家的创作实践结合起来，不仅为文艺心理学的研究开辟新的道路，也为文学史的研究带来新的活力。

艺术家心理学的研究对作家艺术家的培养更有重要意义。世上有多少年轻人幻想成为作家艺术家，其中不少人为此耗费了大量心血，结果依然好梦难圆，这是因为他们往往处于一种盲目的、不自觉的状态，不了解作家艺术家应当具有什么素质，应当在什么样的环境条件下成长。即使是艺术院校对作家艺术家的培养，虽有一些科学的理论和方法，但往往也带有很大的随意性。如果我们所建设的艺术家心理学既有科学性、理论性，又有实践性，那么未来的作家艺术家，已经走上文学艺术之路的作家艺术家，以及从事文学艺术教育的教师，都会从中获得一些有益的启示。

上　篇

艺术家个性心理结构

第 一 章

艺术家的道德情感

艺术家个性心理研究是艺术心理学的重要组成部分，它不仅对于整个文艺心理学的研究有重要意义，而且对于揭示艺术家创作个性的奥秘，乃至揭示整个艺术创作的奥秘都是至关重要的。

艺术家的个性心理是一个十分复杂的系统，主要包括艺术家个性倾向、艺术家个性心理特征（性格、气质和能力等）和艺术家个性自我调节三个方面。

本章主要研究作为艺术家个性心理动力系统的艺术家个性倾向及其重要表现形态——艺术家的道德情感。

一 艺术家的个性倾向和道德情感

艺术家的个性倾向包括艺术家的需要、动机、兴趣、理想、信念和世界观，其中世界观居于最高层次，它决定艺术家总的个性倾向。艺术家个性倾向是艺术家个性心理结构中的动力系统，它决定艺术家对客观事物的态度和艺术家的行为，是艺术家进行创作活动的基本动力，也就是说，艺术家整个创作活动归根到底是由艺术家个性倾向来推动的。艺术家的个性倾向一方面组织和引导艺术家的心理活动，使其有目的和有选择地对客观现实作出反应。生活在同一时代和同一社会环境、面临同一社会矛盾的艺术家，他们每个人都会依据自己的个性倾向，依据自己的信念、理想和世界观，对社会作出不同反应，有人面对现实，干预现实，有人逃避现实，消极遁世。另一方面，艺术家个性倾向还制约着艺术家一切心理活动。面对同一生活素材，有的艺术家可能产生一种非写不可的艺术冲动，于是艺术家的认识、情感和意志都能统统调动起来，他的艺术思维显得特别活跃，艺术情感处于亢奋状态，并且能用一种百折不挠的意志来完成艺术创作；相反，面对同一生活素材，有的艺术家就可能十分冷淡，即使被迫进行创作，也只能凑合交卷，结果所写出来的作品必定是毫无生命力的。可见，艺术家的心理活动归根到底是受艺术家个性倾向所制约的。

问题是艺术家的个性倾向如何制约艺术家的创作活动，如何成为艺术家创作活动的推动力？人们常说世界观决定创作，世界观是创作的动力，这种观点当然是正确的，但似乎又不够准确。艺术家的创作活动和一般人的创造活动有共同的一面，也有特殊的一面，艺术家的创作不能同世界观无关，但世界观只能指导而不能代替艺术创作，世界观归根到底能对艺术家的创作起作用，而不是直接对艺术家的创作起作用。就艺术家的个性倾向而言，它所包含的信念、理想和世界观并不能直接成为艺术家创作的推动力。因为，世界观是一种认识——理论形态的东西，它必须内化为一种情感形态的东西，内化为一种心理因素，也就是说通过一定的中介因素，才能直接推动艺术家的创作活动，并且制约艺术家的其他心理活动。

那么，艺术家的信念、理想和世界观是内化为一种什么情感形态来推动和制约艺术家的创作的？从许多艺术家身上可以看到，推动他们创作的动力主要是一种道德情感。这里所讲的道德情感，不只是一般人认为的道德规范和道德观念的情感化，更重要的是指艺术家对自己的社会责任的情感体验。这种情感更多的不是理性的而是感性，不是外部强加的而是内心自觉的，不是功利的而是无私的，不是虚伪的而是真诚的。惟其如此，这种情感才能更贴近艺术的审美本性，更贴近艺术创作心理，因而才能更直接成为推动艺术家创作的力量。

车尔尼雪夫斯基在托尔斯泰刚走上文坛时，就指出他的创作才能具有两个重要的特色：一是善于表现心灵辩证法，一是具有纯洁的道德情感。他认为纯洁的道德情感是当代一切卓越不凡的作品所具有的，而在托尔斯泰的作品中，这种情感比其他任何卓越的作家表现得更为强烈，同时具有一种特殊的色彩，"在他身上道德情感不是只依靠反省或者生活经验而复活，这种情感从来不会动摇，它一直保持所有年轻人的真诚和朝气蓬勃"。他认为这种纯洁的道德情感给托尔斯泰的创作增添一种"完全独特价值的力量"，一种"独特的魅力"，并且成为托尔斯泰创作的一种活动，

"只有依赖这种内心直率无隐的活动，《童年》和《少年》才能以其非常精确的色彩、以其温柔的和谐叙述出来，而赋予中篇小说以真正的生命"。① 可以说，纯洁的道德情感是托尔斯泰个性倾向的核心，是推动他一生创作的动力。

车尔尼雪夫斯基的评论是有深刻的洞察力和富有预见性的。事实证明，托尔斯泰后来的创作一直是以纯洁的道德情感，以作家情感的真诚来打动千万读者的。在他后来的作品中，无论是对专制制度和官方教会的无情揭露，对资本主义的强烈抗议，还是对下层劳动群众的深切同情，甚至是对"道德自我完善"和"不以暴力抗恶"的虔诚追求，都是来自艺术家纯洁的道德情感，来自艺术家的直率和真诚。列宁在论托尔斯泰的一系列论文中独具慧眼地抓住了托尔斯泰创作这一重要特色，多次反复提到托尔斯泰创作的真诚。例如，"他对社会上的撒谎和虚伪作了非常有力的、直率的、真诚的抗议"②；他"曾经以巨大的力量、信念和真诚提出许多有关现代政治和社会制度的基本特点的问题"③；托尔斯泰的批判"有这样充沛的感情，这样的热情，这样有说服力，这样新鲜、诚恳……"④；"托尔斯泰以巨大的力量和真诚鞭打了统治阶级"⑤，等等。这说明托尔斯泰的创作一直到后期，仍然保持纯洁的道德情感，仍然保持艺术家的真诚，只不过它已不是年轻人的真诚，而是饱经沧桑的老人的真诚，然而这种真诚益发显得可贵，这也正是一切真正伟大艺术家创作活力的源泉。

艺术家道德情感的内容是相当丰富的，但主要的是忧患意识和忏悔意识，下面就分别谈谈这两个问题。

二 艺术家的忧患意识

忧患意识是艺术家道德情感的重要内容，任何真正的艺术家都有深沉的忧患意识。托尔斯泰在 1884 年的日记中曾经写下这样一段话：

---

① 《车尔尼雪夫斯基》下卷（一），上海译文出版社 1982 年版，第 268—270 页。

② 《列宁论文学与艺术》，人民文学出版社 1983 年版，第 202 页。

③ 同上书，第 216 页。

④ 同上书，第 218 页。

⑤ 同上书，第 220 页。

思想家和艺术家不是象我们想象的那样，永远心平气和地稳坐在奥林匹斯之巅……思想家和艺术家一贯地、永恒地处于惊慌和激动之中：他可以解决一些问题，说出一些话以造福于人，拯救他们于苦海，给他们以慰藉；而他并没有说出这些话，并未表现应该表现的东西；他根本没有解决什么问题和说出什么有意义的话，而明天，说不定为时已晚——他快死了……

八面玲珑、满脑肥肠、自鸣得意的思想家和艺术家从来没有。①

托尔斯泰这一段话相当形象而又十分深刻地描述了艺术家的忧患意识。忧患意识是人类对自身现实存在状态的不满足，其表现形态是不安、焦虑，甚至像托尔斯泰所说的"惊慌和激动"。忧患的对立面是安乐，是对一切感到满足，所谓的志得意满。

翻开文学史，我们更会发现，一切真正伟大的作家都具有深沉的忧患意识，他们的创作大都是由忧患意识所推动的。

中国文学史上第一个伟大诗人屈原的作品就充满忧患意识，他的代表作《离骚》就是一部十分动人的忧患之作。诗人在这部作品里讲述自己的家世和抱负，自己政治上的遭遇，以及遭受迫害之后的抑郁、矛盾和悲愤，同时正面表现自己的理想；写他幻想上天入地寻求理解和失望；最后写他幻想离开楚国远游又依恋不舍，表示要以死来殉自己的理想。这部作品之所以能震撼人心，并且对中国文人的性格和中国文学的发展产生历史性的影响，就在于诗人具有崇高的道德情感，具有深沉忧患意识，而这种情感和意识则源于诗人期望祖国统一和强大的理想，源于诗人眷恋祖国和热爱人民的情怀。诗人在作品中所表现的思想艺术和浪漫色彩，诗人那种"路漫漫其修远兮，吾将上下而求索"的精神追求，都是与诗人崇高的道德情感相联系的。

中国新文学创始人鲁迅的作品也充满忧患意识。鲁迅生活在一个充满希望和失望的时代，他的早期小说《呐喊》和《彷徨》从"艺术为人生"出发，集中表现了"上流社会的堕落和下层社会的不幸"，揭露和批

---

① 《托尔斯泰论创作》，漓江出版社 1982 年版，第 7 页。

判了封建制度的罪恶，反映了处于经济剥削和精神奴役双重压迫下的农民的境况，描写了在激烈社会矛盾中挣扎着的知识分子的命运。这些小说拿作者的话说，相当一部分给人一种"重压之感"。这种"重压之感"其实就是一种深广的忧患意识，作家深刻感受到古老民族的深重灾难，同时也为农民和知识分子尚未觉醒而感到悲哀，这就是所谓"哀其不幸，怒其不争"。正是这种深广的忧愤，使鲁迅的小说比同时代其他作家的小说显得深刻，也更加震撼人心。

从世界范围来看，欧洲各国传统的现实主义作家具有忧患意识自不待言，例如19世纪俄罗斯作家的苦难和忧患意识造就了俄罗斯文学空前的发展和繁荣。就20世纪西方现代主义艺术家而言，他们也是具有忧患意识的。现代主义源于两次世界大战的灾难和战后社会矛盾的深化所引起的人们的悲观失望心理。现代主义流派虽然纷繁众多，但着重表现危机社会中人的异化，表现西方社会中人与社会、人与人、人与自然以及人与自我的尖锐矛盾与畸形脱节，以及由此而产生的精神创伤、变态心理和悲观情绪。从现代主义作品所透露出的沉重的悲剧色彩中，我们可以看到优秀的现代主义作家排遣不去的不安和焦虑，以及无法实现自己使命的痛楚，而在这一切的背后是他们改造和拯救世界的庄重感和责任感。

艺术家的忧患意识从何而来呢？艺术家的忧患意识首先来自现实生活。人与自然、人与社会、人与历史的深刻矛盾，这是人类历史长河中的永恒矛盾，它无时不在，无处不在，比如自然灾害、环境污染、战争、社会动乱、社会道德沦丧和贫穷落后，等等。这一切矛盾几千年来，直至今天，给人类带来深重的苦难和精神创伤，同时，人类也是在解决这些矛盾的过程中不断前进的。艺术家作为社会的特殊成员，作为更富有人道精神和感受更为敏锐的社会成员，他们自然比其他社会成员更强烈、更敏锐，从而也就更迅速感受到人类社会存在的种种矛盾以及它们给人类带来的沉重的苦难和无尽的悲剧，并且为此日夜不安、忧心如焚，他们用自己的心灵去苦苦思索，寻找出路，用自己的笔去抒发，去呐喊。同时，艺术家在试图解决人类社会的种种矛盾时，又常常感到自己无能为力。因为人类社会和它的发展是无限的，人类社会的矛盾也是无限的，然而人类认识自然和认识社会的能力是有限的，人类改造自然和改造社会的能力也是有限的。人们要从认识的必然王国进入自然王国，要实现改造自然、改造社会和改造自身的愿望是一个十分艰巨的过程。艺术家的情况也是如此，他们感受到人类社会存在的种种矛盾，总想在自己的作品中提出问题和解决问题，而实际上只能提出问题而解决不了问题。批判现实主义的作家艺术家对资本主义社会的揭露和批判是十分深刻的、有力的，他们深厚的人道主义精神也是十分激动人心的，然而他们根本无法找到解决矛盾的出路，于是必然常常陷入深刻的痛苦之中。

艺术家的忧患意识除了来自现实生活，也来自人类自身。这种忧患意识是人与生俱来的，是来自人的生命本体。对艺术家来说，生是一种忧患，死是一种忧患，病残是一种忧患，爱情也是一种忧患，从某种意义上讲，所有艺术家都有来自生命本体的痛苦和忧患。同时还应当看到，艺术家这种来自生命本体的忧患往往是一种积极的痛苦，同痛苦作斗争，他就有可能从痛苦中得到升华。从这个意义上讲，艺术家来自生命本体的痛苦和忧患意识都可能成为推动艺术家创作的力量，这就是古人所说的"文章憎命达"，"文章成于忧患"。俄罗斯作家果戈理就一生饱受疾病的忧患，死的忧患，他从小体弱多病，疾病不断，而且不断产生精神危机。他的父亲也是从小忧郁多病，45 岁就早逝了。果戈理由此十分担心自己不会长寿，他在 1837 年写给诗人茹可夫斯基的信中说："我爱惜寸阴，因为我不相信我会长寿。"1838 年，他又给茹可夫斯基写信说："唉，我的健康不良，可是雄心浩大……唉，朋友，如果我再能健康工作五年该多好啊！"正是这种对疾病的忧患，对生命的忧患促使果戈理"爱惜寸阴"，集中自己的生命力进行拼搏。当他获得《死灵魂》的题材后，在给朋友的信中兴奋地说："我的天！多么好的题材！谁知力量够不够啊！""只要足以完成《死灵魂》的一点生命，此外我一小时也不向上帝要了！""不要使我分心。我发誓，这是罪过，是大罪过，是深重的罪过。"对此，俄罗斯作家柯罗连科曾正确指出："果戈理的每一部作品，不但是艺术珍品，而且是从致命的疾病手中夺得的胜利，是人的精神对命定的疾病的胜利。"①

当然，艺术家来自生命本体的忧患和艺术家来自现实生活的忧患并不是毫不相干的，而是相互联系的。当艺术家把个人的痛苦同社会相联系

---

① 柯罗连科：《文学回忆录》，人民文学出版社 1985 年版，第 192—206 页。

时，艺术家的精神就会得到升华。北京的残疾作家史铁生曾说过："我是面对无法解决的生存困境，才沦落到文学这条道上来的。一直到现在，真正的专业还是在生病，动笔写东西该说是业余爱好。"那么是什么力量使他在 21 年前坚持活下来并且在创作上做出成绩呢？他说是当年医院女大夫在他想自杀时对他说的一句话："还是看看书吧……人活一天就不要白活"。① 这里出现一个问题，同样面对种种社会矛盾和人类种种痛苦，并不是每个社会成员都有忧患意识的，有的人可以是日夜不安、忧心如焚，甚至形容枯槁；有的人可以是潇洒快活，志得意满，甚至满脑肥肠。就是作家艺术家当中，也有的人整天忧心忡忡，有的人快活自在。究其原因，主要还是因为每个人都有不同的信念、理想和世界观。歌德写《浮士德》用了 60 年，托尔斯泰写《复活》用了 10 年，曹雪芹写《红楼梦》也用了 10 年。一个真正的艺术家如果没有崇高的生活理想，没有一种社会责任感和使命感，没有对人类深沉博大的爱，没有对文学事业的迷狂和酷爱，他是不可能有忧患意识的，也不可能有巨大的精神力量来承受忧患意识所带来的心理重压，来克服艺术创作和艺术探索中所遇到的重重困难。

忧患意识作为一种道德情感，作为艺术家的个性倾向，它是一种精神力量，也是一种创作动力。古人说"生于忧患，死于安乐"。这是一句具有深刻哲理含义、蕴含着丰富生命体验的至理名言。从心理学角度看，忧患是一种郁结性、内指性的情感，这种情感由于发散不出，郁结于心中，常常形成一种充满张力的、强烈的心理潜能；而安乐则是一种发散性的、外泄性的情感，它无法在艺术家心中形成心理潜能，形成强烈的艺术冲动。事实证明，艺术家如果有忧患意识，他就能自强不息，他的创作就有活力，就有永不衰竭的艺术生命力，他的作品就能打动千百万人的心灵。艺术家如果没有忧患意识，只满足于安乐，他的创作就没有活力，他的艺术生命也会慢慢枯竭，他的作品也就会被人民所遗忘。

三 艺术家的忏悔意识

构成艺术家个性倾向的道德情感的另一个重要内容是忏悔意识。

---

① 何东：《史铁生：活一天就不要白活》，《中国青年报》1993 年 12 月 30 日。

所谓艺术家的忏悔意识就是艺术家对自我的自觉反省和自觉审问。像鲁迅的"无情地解剖我自己",陀思妥耶夫斯基对人的灵魂的拷问,巴金的"说真话",等等,都是艺术家最动人的和最深刻的忏悔意识。

如果说忧患意识是指向现实的,那么忏悔意识则是指向艺术家自我的,这是一种更为深刻的道德情感,也是一种层次更高的道德情感。我们看到,文学史上一些能震撼人灵魂的作品,总是同作家艺术家的忏悔意识相联系的。

如果说多数作家艺术家具有忧患意识,那具有忏悔意识的作家艺术家就不那么普遍,事实证明,不是任何一个作家艺术家都具有忏悔意识的。在当代社会,人们的道德责任感正受到猛烈的冲击,艺术家在痛切抨击现实社会的同时,多数人缺乏对自身的反省,缺乏对自己责任的确认。有人指出中国当代文学正因为缺乏这种忏悔意识,所以很难出现震撼灵魂的巨著,这种说法不是没有道理的。然而,文学史上一些真正伟大的作家都是具有忏悔意识的。把他们作为一面镜子,我们也许能找到当代文学的问题所在。

托尔斯泰就是一个具有忏悔意识的作家。作为一个有道德良知的作家,他看到千百万农民在受苦受难而自己却过着优裕的生活,一直觉得自己有罪。1882年他参加了莫斯科的人口调查,而且特别选了一个最穷的区。后来他写了一篇文章《那么我们应该怎么办?》,作家从城市的罪行联系到自身,他说:"目睹成千上万人饥寒交迫,过着屈辱生活,我不是用脑,也不是用心灵,而是用整个身心体会到,在莫斯科有成千上万人过着这种生活的时候,我同数千学者们嚼辣肉排和鳇鱼,马背上垫毡子,房里铺地毡,这便是犯罪行为。——不管世界上的学者们如何对我说这是必不可少的。这种罪行不是发生一次就完了,而是连续不断;我过着奢侈的生活,不仅是罪行的纵容者,而且是直接参加者。"托尔斯泰觉得自己有罪,同时又无力改变千万人的贫困处境,也不同意暴力主义,于是只好求诸自己,主张道德自我完善。他言行一致,试图改变自己的生活,把土地分给农民,亲自下地干活,决心过"不通过为政府效劳的手段,不通过占有土地的手段,也不利用金钱的手段享受别人的劳动"① 的生活。托尔

① 亚·托尔斯泰娅:《父亲》,湖南人民出版社1985年版,第415—416页。

斯泰这种负罪意识主宰了他的一生，特别是他的后期显得更为强烈。他的作品中的忏悔贵族形象，特别是《复活》中的聂赫留多夫的形象，集中地体现了作家的忏悔意识。在聂赫留多夫身上，托尔斯泰展现了一种良知的煎熬，具体表现了主人公如何从道德的纯洁到道德的堕落，再到道德复苏的过程，如何从精神的人到动物的人，又从动物的人到精神的人，最后达到精神新生的过程。在这个过程中，作家对主人公进行残酷的精神拷问，并且在这种拷问中显示出道德的光辉。

鲁迅也是一位具有忏悔意识的作家。他不仅敢于无情地解剖他所处的时代，也敢于无情解剖自己，他说："我的确时时解剖别人，然而更多的是更无情面地解剖我自己。"[1] 在他的作品中，不仅解剖了赵太爷、鲁四老爷，同时也解剖了不觉悟的农民和空虚、动摇的知识分子。在《一件小事》中，鲁迅通过"我"和车夫对待一件小事的两种态度，深刻解剖了知识分子的灵魂。在对俄国作家陀思妥耶夫斯基的评论中，鲁迅认为真正的作家艺术家应当是"人的灵魂的伟大的审问者"。他指出陀思妥耶夫斯基的作品之所以动人心魄，就在于作家是以"残酷的拷问官而出现"，他"把小说中的男男女女，放在万难忍受的境遇里，来试炼它们，不但剥去了表面的洁白，拷问出藏在底下的罪恶，而且还要拷问出藏在那罪恶之下的真正的洁白来"[2]。鲁迅并且由此作出结论说："凡是人的灵魂的伟大的审问者，同时也一定是伟大的犯人。审问者在堂上举劾着他的恶，犯人在阶下陈述他自己的善；审问者在灵魂中揭发污秽，犯人在所揭发的污秽中阐明那埋藏的光辉。"鲁迅这一观点是十分重要的，在他看来，艺术家对灵魂的审问和拷问的目的不单是揭出恶和污秽，归根到底还要通过对灵魂的审问和拷问使灵魂获得新生。他说："穿掘着灵魂的深处，使人受了精神底苦刑而得到创伤，又即从这得伤和养伤和愈合中，得到苦的涤除，而上了苏生的路。"[3]

在中国当代作家中，最具有忏悔意识的，当推巴金。"文化大革命"过后，有人忘了这段历史，有人不愿提这段历史，也有人不让提这段历

---

① 《鲁迅全集》第1卷，人民文学出版社1957年版，第362页。
② 《鲁迅全集》第6卷，人民文学出版社1958年版，第327页。
③ 《鲁迅全集》第7卷，人民文学出版社1958年版，第95页。

史，然而巴金老人拖着年老的病体，整整用了八年时间写出了五集《随想录》。他写《随想录》是为了反思那场空前的民族大灾难，但是他不是为了寻找"文化大革命"的"罪魁祸首"。他是出于艺术家的良知来进行自我审问和自我反思，看看自己对这场大灾难应当承担什么道德责任。不管有人想方设法逃避责任，有人摇身一变，从狼变成羊，有人则以受害者自居，巴金老人却无情地拷问自己，无情地解剖自己。他忏悔最多的是两件事，一是说假话，一是对受难者的责任。

他在《说真话》一文中自责"文化大革命"中的表现："他们就是靠说假话起家的。我并不责怪他们，我自己也有责任。我相信过假话，我传播过假话，我不曾跟假话做过斗争。别人'高举'，我就'紧跟'；别人指出'神明'，我就低首膜拜。即使我有疑惑，我有不满，我也把它们完全咽下。我甚至愚蠢到愿意钻进魔术箱变'脱胎换骨'的戏法。正因为有不少象我这样的人，谎话才有畅销的市场，说谎话的人才能步步高升。"① 在《再论说真话》中，老人又一次自责："那些时候，那些年我就是在谎言中过日子，听假话，说假话，起初把假话当真理，后来逐渐认出了虚假；起初为了改造自己，后来为了保全自己；起初假话当真话说，后来假话当假话说。"②

在追究自己对受难者的道德责任时，巴金老人的心像是在滴着血。在《怀念老舍同志》一文中，巴金无法平静："老舍死去，使我们活着的人惭愧……""我们不能保护一个老舍，怎么向后人交待呢？"③ 在《怀念胡风》一文中，巴金更是无法抑制住自己的感情。当年在反胡风运动中，他被人"劝说"写了表态文章，今天再谈到当年的批判文字时，他说："我好象挨了当头一棒！写在白纸上的黑字是永远揩不掉的。子孙后代是我们真正的裁判官，究竟对什么错误我们应该负责，他们知道，他们不会原谅我们。五十年代我常说做一个中国作家是我的骄傲。可是想到那些斗争，那些运动，我对自己的表演（即使是不得已而为之吧），也感到恶心，感到羞耻。今天翻看三十年前写的那些话，我还是不能原谅自己，也

---

① 巴金：《随想录》，三联书店 1987 年版，第 271—272 页。
② 同上书，第 281 页。
③ 同上书，第 186 页。

不想要求后人原谅我。"①

从托尔斯泰、鲁迅和巴金身上，我们清楚地看到艺术家唯有良知，才有责任，也才能进行自觉、无私和真诚的自我审问和自我拷问。艺术家的忏悔意识归根到底是源于艺术家的道德良知，源于艺术家的道德责任，一切真正的艺术家都有道德良知。在他们看来，人类是一个整体，人与人都是相互关联，而不是互不相关，人与人应当充满关心和爱，而不应当相互冷淡。作为人类的一个成员，特别是作为人类最为敏感、最有良知和最有教养的成员，他们认为自己对社会、对人类富有道德责任，人类的一切忧患、灾难和不幸自己都有一份责任，也就是所谓"没有别人的痛苦"，"没有别人的不幸"；他们时常把自己摆进去，时常反省自己、审问自己、拷问自己，总是为自己没能尽到自己的道德责任而自责和内疚。

艺术家这种忏悔意识，这种道德责任，是一种崇高的道德情感，它之所以有一种震撼灵魂和洗涤心灵的力量，就在于它有以下几个重要特点。

首先，艺术家的忏悔意识是内在的而不是外在的。艺术家在自己心灵深处展开自省和自审，他本人既是被审者，又是审问者，他的行为完全是内在的，而不是外在的，是出于一种义务，而不是符合一种义务。同时它是一种内在动机，而不顾及客观效果，正如康德所说："善良意志，并不因为它促成的事物而善，并不因为它期望的事物而善，也不因为它善于达到预定的目标而善，而仅是由于意愿而善，它是自在的善。"②

其次，艺术家的忏悔意识是自觉的，而不是强制。艺术家是出于一种崇高的道德责任，出于一种人类的良知而进行自省和自审的，道德责任完全不同于法律责任，道德责任完全是自觉的，而法律责任则是强制的。艺术家的道德责任是一种出自内心的、高度自觉的行为，即使他不这么去做，也不会有人知道，也不会有人责备他，谴责他。他之所以要这么去做是为了对得起自己的良心，是感觉到自己对人类所应承担的责任，这是任何人为的力量所驱使不了的。

第三，艺术家的忏悔意识是无私的，而不是功利的，同名利、地位、金钱、权势、荣誉、奖赏等毫无相关，不仅如此，艺术家还往往为了自己

---

① 巴金：《随想录》，三联书店 1987 年版，第 886 页。

② 《道德形而上学原理》，上海人民出版社 1986 年版，第 43 页。

的信念和理想，为了承担自己的道德责任而遭人非议，而付出种种代价，甚至牺牲自己的生命，他们往往历尽磨难而至死不悔。

第四，艺术家的忏悔意识是真诚的，而不是虚伪的。艺术家的自省和自审是自觉的，是有巨大道德动力的，因此他没有任何顾虑，无须权衡得失，无须隐瞒什么，这样的作家和艺术家把自己的心完全交给读者，把自己的灵魂完全袒露给读者。这种真诚是十分动人的，它一是毫不做作，不是做给别人看的，不是为了沽名钓誉；二是毫不遮掩，不是欲说还止，不是犹抱琵琶半遮面；三是毫不留情，敢于无情解剖自己。艺术家的真诚是一种美，在他们真诚的自审中，我们看到了真正艺术家人格的美和力量。

艺术家的忏悔意识作为一种崇高的道德情感，因为它具有上述自觉、无私和真诚的特点，也就具有一种内在的力量，内在的光辉，并且能够震撼人的心灵。我们在阅读这些作品时，好像感觉到艺术家的心在颤动，在哭泣，在滴血，它让我们懂得什么是真，什么是善，什么是美，什么是人世间最崇高、最纯洁、最动人的情感，我们的情感也在不知不觉中随之净化，得到升华。鲁迅曾指出"穿掘着灵魂的深处"最后是为了"得到苦的涤除，而上了苏生的路"。维特根斯坦也说过一句精彩的话："忏悔必须成为你的新生活的一部分。"① 这就是说，忏悔意识终将把艺术家引向灵魂的新生。事实也正是如此，艺术家在没有经过自我审问、自我拷问和自我反省以前，往往处于一种不自觉的状态，认不清自我的本来面目，或者说迷失了自我。他们看不清自己的缺点和弱点，甚至是极其丑恶的东西，他们忘记了自己的道德责任和道德良知。经过一番自我反省，自我审问和自我拷问之后，艺术家重新清醒过来，重新认识了自我，唤起了道德良知。这样，他既清醒地认识到自己过去做过什么，也清醒地认识到自己将来必须做什么。当一个新的、身心健康的、富有道德良知的艺术家重新出现时，他才有可能代表民族的智慧和时代的良心来进行创作，才有可能写出震撼千百万人心灵的作品，也才有可能真正造福于人类。

---

① 《文化与价值》，清华大学出版社1987年版，第25页。

第 二 章

艺术家的艺术气质

艺术家的气质是艺术家个性心理结构的重要组成部分，艺术家的气质同艺术家的个性有深刻的联系，也给艺术家的创作打下深深的烙印。

一 艺术家的气质和艺术家的创作

每个艺术家都有自己独特的气质。恩格斯就曾经将德国两位大诗人歌德和席勒进行比较，指出他们的差别。他说："歌德过于博学，天性过于活跃，过于富有血肉，因此不能象席勒那样逃向康德的理想来摆脱俗气；他过于敏锐，因此不能不看到这种逃跑归根到底不过是以夸张的庸俗气来代替平凡的庸俗气。他的气质、他的精力，他的全部精神意向都把他推向实际生活，而他所接触的实际生活都是很可怜的。"① 恩格斯在这里分析了歌德的气质，分析了他的活跃、他的敏锐、他的富有血肉，以及对他的个性的影响。对此，歌德的研究者也做出了同样的结论："席勒即令在他感受的时候，也总是在思考，歌德即使在他思考的时候，也总是在感受。"② 这说明艺术家的气质在艺术家的各种心理活动过程中，都会有鲜明的表现。

艺术家独特的气质也给艺术家的创作以深刻的影响。莫泊桑在谈到左拉的创作时曾经指出，"所有文学上的争论主要是关于气质问题的争论"，"艺术家独特的气质，会使他所描绘的事物带上某种符合于他的思想本质

---

① 《马克思恩格斯全集》，人民出版社 1984 年版，第 256 页。

② 艾米尔·路德维希：《歌德传》，天津人民出版社 1982 年版，第 328 页。

的特殊色彩和独特风格，左拉给自然主义所下的定义是：'通过艺术家的气质看到自然'；这是能够给一般的文学所下的最清楚、最确切的定义。气质就是商标；艺术家有多少才能，就能在他描绘的景象中赋予多少独特性"。①

艺术家气质对艺术家创作的影响是渗透到各个方面的，其中包括题材的选择、人物的塑造以及作品风格，等等。同时，在艺术家的创作过程中，也可以看到艺术家气质的生动体现。

郭沫若是属于胆汁型气质的作家，他好兴奋，好冲动，抑制能力差，作品热血沸腾，心潮澎湃，风格狂放、豪迈。他自己表白："我又是一个冲动性的人，我的朋友们向我如是说，我自己也承认。我回顾我所走过的半生行路，都是一任我自己的冲动在那里奔驰；我便作起诗来，也任我一己的冲动在那里跳跃。我在一有冲动的时候，就好像一匹奔马，我在冲动窒息了的时候，又好像一只死了的河豚。"②

郭沫若的创作过程也鲜明地体现他的气质特征。他的《地球，我的母亲》是在图书馆受到诗兴的袭击，立即赶回寓所写的。他说，在图书馆看书时，"突然受到诗兴袭击，便出了馆，在馆后僻静的石子路上，把'下驮'（日本的木屐）脱了，赤着脚踱来踱去，时而又率性倒在路上睡着，真想真切地和'地球母亲'亲昵，去感触她的皮肤，受她的拥抱。——这在现在看来，显得是有点发狂，然而在当时却委实感受着迫切。在那样的状态中受着诗的推荡、鼓舞，终于见到了她的完成，便连忙跑回寓所把她来写在纸上，自己觉得就好像真的是新生了一样"。他写《凤凰涅槃》的情况也十分相似。他说："那首长诗是在一天之中分两个时期写出来的。上半天在学校课堂听课的时候，突然有诗意袭来，便在抄本上东鳞西爪地写出了那诗的前半。在晚上就寝的时候，诗的后半段的意趣又袭来了，伏在枕头上用铅笔只是火速的写，全身都有点作寒作冷，连牙关都在打战。就那样把那首奇怪的诗也写了出来。那诗是在象征中的再生，同时也是我自己的再生。"③从两首诗的创作过程看，诗兴爆发的突

---

① 《古典文艺理论译丛》第 8 册，人民文学出版社 1964 年版，第 149 页。
② 郭沫若：《文艺论集》，人民文学出版社 1979 年版，第 109 页。
③ 《沫若文集》第 11 卷，人民文学出版社 1959 年版，第 143—144 页。

然性和写作时的发狂状态同郭沫若好冲动的气质是完全一致的。

气质对于形成艺术家独特的艺术个性和创作风格是十分重要的，因此，艺术家很珍惜自己的气质，从不轻易听从别人的意见随便改变自己，在这方面表现得相当固执。福楼拜和乔治·桑属于不同气质的作家，前者外倾，后者内倾。当乔治·桑要求福楼拜改变气质，接受她的美学观时，福楼拜回答说："假如我用你的方式来看整个人世，我会变成可笑的，如此而已。因为她白向我布道，我不能另来一个我的气质以外的气质，或者另来一套不是根据我的气质发展起来的美学。"① 看来，艺术家对自己的气质是十分珍惜，倍加爱护。他们对气质的坚持，就是对自己独特个性和风格的坚持，这点往往是一般人所不能理解的。当然，来自艺术家本性的气质也不是一成不变的，也需要不断培养和积累。俄罗斯作家柯罗连科说："艺术天才，可以说就象纯洁的水晶一样，应当是从本性中产生出来并加倍爱护的。人从认识自己的时候起，就开始逐渐积累艺术气质，并使这种积累连续不断。"②

二 艺术家气质的特征

气质是一个相当古老的概念，早在古希腊罗马时期，就提出人体四液体说（即粘液、黄胆汁、黑胆汁和血液）和四种气质类型说（即胆汁质、多血质、粘液质和抑郁质），提出了气质的概念，认为气质的形成是有生理基础的，气质是可以划为不同类型的。现代心理学认为，气质是不依活动的目的和内容为转移的典型的、稳定的心理活动的动力特征。气质具有动力性、天赋性和稳定性等特征。从人的个性结构和发展来看，气质是个性的底色，是个性发展的基础。

在了解气质的概念之后，可以进入艺术家气质的话题。这是一个更为复杂的领域。谈到艺术家气质，需要注意两个问题：一是艺术家的气质是同其他职业人群的气质相比较而言，他们之间不是完全不同的，而是有共同性也有特殊性。比如俄国心理学家巴甫洛夫就指出人类有三种心理气质

---

① 《西方文论选》下卷，上海人民出版社 1979 年版，第 215 页。
② 转引自季尼伏洛娃《文艺创作心理学》，甘肃人民出版社 1984 年版，第 225 页。

类型，即艺术型、思想型和中间型，艺术型重于主观体验，善于完整表现现实，思想型重于客观分析，善于分割地把握现实。西方的心理学家也曾指出，艺术家内倾多于外倾，倾向于内省，敏感性较高，而科学家较为理智，讲求实际，强调逻辑性，等等。二是艺术家的气质除了有共同性的一面，他们之间还有很明显的差异性。艺术家都是多情、敏感、内省，具体到每个人身上又是各不相同的，有的艺术家是哲理型的，较为冷静，善于沉思反省，自控能力强，另一些艺术家则是情绪型的，好情绪冲动，不善反省，自控力差。

如前所述，气质是人的心理活动的动力，它是不依活动的目的和活动的内容为转移的，也不决定人的活动的社会价值和成就的大小，而且从事某项职业的人可以是属于不同气质类型的人。然而一些职业还是对人的气质提出一些特殊的要求，比如，飞行员、宇航员就要求有胆有识，有高度的敏感性和耐力，在危难中能镇定自若。那么，从事艺术职业对气质又有什么特殊要求呢？我们常说这个人有艺术气质，那个人缺乏艺术气质。那么什么是艺术气质呢？艺术家气质有哪些共同的、主要的特征呢？这个问题见仁见智，很难全面概括，很难得出一致的看法，只能举出一些重要的方面供进一步思考。

一是多情。

艺术家的情感可以是内向，可以是外向，可以是强烈，可以是平稳，但他总是富于情感，总是易于动情的。鲁迅说，"创作须情感，至少总得发点热"①，又说，"文学的修养，决不能使人变成木石，所以文人还是人，既然还是人，他心里就仍有是非，有爱憎；但又因为是文人，他的是非就愈分明，爱憎也就愈强烈"。② 对艺术家来说，在别人看来不屑一顾和不值得关注的事，他常常情感起伏；要是发生重大的事情，他更是激动不已，不能自制。

艺术家的多情，艺术家对客体强烈的情感体验既包括对社会人生的情感体验，也包括对大自然的情感体验。鲁迅面对辛亥革命时期中国农民的弱点，怀着"哀其不幸，怒其不争"的感情，写出了《阿Q正传》。茅盾

---

① 《鲁迅全集》第6卷，人民文学出版社1958年版，第332页。

② 同上书，第265页。

面对坚持抗战的北方农民，怀着崇敬的感情写出了《白杨礼赞》。这都是艺术家对社会人生强烈的情感体验。艺术家对大自然也会有强烈的情绪体验。有一位朋友发现俄罗斯画家列维坦清晨泪流满面，问他："怎么回事？"他解释说，太阳照在结冰的玻璃窗上，色彩太美了，于是流下高兴的眼泪。还是这位画家，他从雅尔塔给契诃夫写信也深深为当地的美景所感动，他说，"这里别提多美了！葱翠的绿茵，蔚蓝的天空，天空真的美的出奇！昨晚我登上一块礁岩，从岩顶俯瞰大海，您知道吗——我哭了，并且哽咽地哭出声来，这里有永恒的美……"①

需要强调的是艺术家对社会人生，对大自然的情感体验是以艺术家自我情感作为基础的，他对外界情感体验的强度和深度，是同他的情感的质量相关联的。白居易在《琵琶行》中写道，客人们在船中听完长安女的哭泣之后，"满座重闻皆掩泣"，然而每个人动情的程度是不同的，诗中曰："座中泣下谁最多，江州司马青衫湿。"江州司马为什么最动情，他的情感体验为什么最强烈，因为他有同样的遭遇，有同样的情感体验，因为"同是天涯沦落人"。在这里，主体的情感质量决定了情感体验的强度和深度。对此，毛泽东曾有一段评论："江州司马，青衫泪湿，同在天涯。作者与琵琶演奏者有平等心情。白诗高处在此。不在他处。"② 1869年，俄罗斯画家列宾到涅瓦河野游，在一个河岸码头上，他看到一边是穿得珠光宝气、光彩照人的贵族妇人和贵族小姐，一边是蓬首垢面、衣衫褴褛的纤夫，这种景象别人看来习以为常，毫不在意，然而却引起画家心灵的颤动，画下了著名油画《伏尔加河上的纤夫》。同样的景象，别人无动于衷，而列宾的心弦被拨动了，显然是他十分同情俄罗斯底层的民众，他有民主主义思想。由此看来，艺术家的多情并不等于泛情，只有能引起他生命感悟，引起他强烈情绪体验的事物，才能成为他的多情的对象。而所引起的情感体验的强度和深度则取决于艺术家情感的质量。艺术家要提高情感质量，需要在生活实践和艺术实践中不断丰富和提升自己的情感。

艺术家的多情除了表现在对创作客体的情感体验之中，还表现在创作

---

① 转引自库津《美术心理学》，人民美术出版社 1990 年版，第 191 页。
② 转引自张贻玖编《毛泽东点评、圈阅的中国古典诗词》，中国工人出版社 1992 年版，第 116 页。

过程之中。艺术家常常为他所塑造的人物的快乐而快乐，为他们的忧虑而忧虑，他的血在他们的血管里奔流，他的心在他们的心里跳动，他甚至为自己心爱人物的死亡而痛苦，而昏死过去，真正进入一种如痴如醉的状态。艺术家这种情感特征是常人难以比拟的，俄罗斯作家陀思妥耶夫斯基曾经这样描述过："如果说我过去什么时候有过幸福的话，那么，这也并不是我因成就而陶醉的最初瞬间，而是当我还没有把我的手稿读给任何人听，给任何人看的时候：在那漫漫的长夜里，我沉湎于兴奋的希望和幻想以及对创作的热爱之中；我同我的想象，同亲手塑造的人物共同生活着，好像他们是我的亲人，是实际生活着的人；我热爱他们，与他们同欢乐、共悲愁，有时甚至为我心地单纯的主人公洒下最真诚的眼泪。"①

二是敏感。

艺术家对外界事物的反应非常敏感，善于感受和体察到一般人所感受不到和体察不到的东西。这里指的不完全是反应的速度，而指的是反应的敏锐性，感受的深度。俄国批评家杜勃罗留波夫曾经这样说过："一个感受力比较敏锐的人，一个有'艺术家气质'的人，当他在周围的现实世界中，看到了某一事物的最初事实时，他就会发生强烈的感动。他虽然还没有在理论上解释这种事实的思考能力，可是他却看见了，这里有一种值得注意的特别的东西，他就热心而好奇地注意这个事实，把它摄取到自己的心灵中来，开头把它作为一个单独的形象，加以孕育，后来就使它和其他形象和事实结合起来，而最后，终于创造了典型……"② 批评家在这里谈到的是艺术家塑造艺术典型的经验，他首先谈到的就是对现实敏锐的感受力。俄罗斯作家屠格涅夫就是具有这种艺术感受力、这种艺术气质的人。他特别善于在迅速变化的现实生活中敏锐观察到时代的变化，敏锐地捕捉新的现象和新的人物，并通过鲜明生动的艺术形象加以表现。早在19 世纪40 年代，在《猎人笔记》中，他就善于从所谓愚昧、顺从的俄国农民身上，敏锐地深刻地揭示出他们美好的心灵和卓越的才干。后来在新的历史条件下，他又敏锐地觉察到贵族知识分子的变化，揭示出新一代"多余人"的特征。他在《罗亭》和《贵族之家》中，反映了贵族知识

---

① 《古典文艺理论译丛》第 11 册，人民文学出版社 1964 年版，第 111 页。
② 《杜勃罗留波夫选集》第 1 卷，上海译文出版社 1954 年版，第 164 页。

分子历史作用的消失,为贵族阶级的没落唱了挽歌;而在《前夜》和《父与子》中,则表现了"新人"——平民知识分子取代"旧的英雄"——贵族知识分子的必然趋势。对于屠格涅夫这种特殊的艺术气质和艺术才能,杜勃罗留波夫曾经做过这样的概括:"他很快猜到了新的要求,猜到了渗透进社会意识的新的观念,在他作品中通常(一定)注意到(只要情势许可)那些已经轮到、已经开始朦胧地扰乱社会的问题……我们要把屠格涅夫在俄国公众中间所得到的成功,极大部分都归给作者对社会充满生气的弦索的这种敏感,归给这种立刻对刚刚开始渗透进优秀人们意识里的高贵以及真诚的感觉表示反应的能力。"①

艺术家不仅善于敏锐地感受社会生活的变化,也善于敏锐地感受到大自然的诗意。屠格涅夫也同样具有这种才能,他特别善于敏锐感受到大自然的多种声响、色彩、光线、气味,感受到大自然的诗意。同时把自己的感情渗透到所描绘的自然景色之中,使作品充满诗情画意,达到了情景交融的境界。在《猎人笔记》的"森林与草原"一节中,大自然的景物是通过猎人的眼睛来描写的:"七月里的早晨,除了猎人,有谁能感受到黎明时分漫步丛林中的愉快呢?跟着你在沾满露水的、白蒙蒙的青草地上走过的足印,出现一道绿色的线条,您拨开潮湿的灌木丛——这样,积累了一夜的火热的气味向您袭来;整个空气充满着艾草的新鲜苦味和三叶草的甘香;远处像一堵墙似的椭树林,在阳光下闪闪发光,显出鲜红色。"这简直就是一幅七月丛林之晨的风景画,作家对色彩、光线和气味的感受都非常敏锐,描写也非常准确、到位,在猎人欢愉之情的感染下,七月丛林之晨的色彩、光线和气味都显得新鲜、火热、生气勃勃。

三是孩子气。

孩子气就是童贞、童心,也就是我们平常所说的艺术家都是"老小孩"。这是艺术家最重要的气质。艺术家一旦失去了童心,也就会很快丧失他的艺术生命。马克思在谈到古代希腊艺术"何以仍然能够给我们以艺术享受,而且就某方面说,还是一种规范和高不可及的范本"时,曾经说过一段耐人寻味的话:"一个成人不能再度变成儿童,否则就变得稚气。但是,儿童的天真不使他感到愉快吗?他自己不该努力在更高的阶梯

---

① 《杜勃罗留波夫选集》第 2 卷,上海译文出版社 1961 年版,第 263 页。

上把自己的真实再现出来吗？在每一个时代，它的固有的性格不是在儿童天性中纯真地活着吗？为什么历史上人类童年时代，在它发展得最完美的地方，不该作为永不复返的阶段而显示出永久的魅力呢？"①

马克思这段话对于我们研究艺术家的童心，是有启示意义的。艺术家无法回到童年，但儿童天性中的纯真仍然在他的身上活着，并且"以更高的阶梯"再现出来。这里涉及两个问题，一个是艺术家的童心指的是什么，一个是艺术家如何在"更高的阶梯"上把它体现出来，使自己的创作永远充满活力。就童心而言，包含两个重要因素：一个是坚持讲真话，不讲假话，对历史和现实充满批判精神；一个是充满好奇心，不僵化不保守，在艺术创作中保持创新和活力。

首先是讲真话。

儿童最可贵的品质就是真诚，讲真话，不讲假话，他总是用一双清澈如水的眼睛去看世界，敢于讲出皇帝是没有穿衣服的。艺术家成人之后，虽然告别了童年，但在他身上童心犹存。面对纷繁复杂的世界，面对充满强权、名利的世界，他最可贵的气质就是依然保持童心，敢于真诚地面对人生，敢于讲真话。巴金在晚年倡导讲真话，赵丹临终前讲出"管得太具体，文艺没希望"，这都说明他们身上童心依存。

童心为艺术家观察人生和审视社会提供了视角，艺术家只有在自己的心灵保持着纯洁和真诚，才能勇敢地面对现实、批判现实。托尔斯泰曾经不止一次给艺术提出种种条件，比如对事物的正确态度，比如叙述的清晰、形式的美，但他始终将真诚当作唯一不变的、首要的、决定性的条件。在他的作品中，无论是对专制制度和官方教会的无情揭露，对资本主义的强烈抗议，还是对下层劳动群众的深切同情，甚至是对"道德自我完善"和"不以暴力抗恶"的虔诚追求，都是来自宗法制农民的真诚，他的敢于撕下一切假面目的彻底的批判现实主义精神就是来自他的真诚。

其次是好奇心。

好奇心是童心重要的一个方面。孩童对现实世界永远充满不知足的好奇心。他对世界的观察是不受任何条条框框，不受已有观念的限制和束缚的，世界对他来讲永远是陌生的，是新鲜的，他对世界的表现和创造也是

---

① 《马克思恩格斯选集》第 2 卷，人民出版社 1974 年版，第 114 页。

永远别具一格、别出心裁的。因此，我们说儿童的眼光不仅永远是清澈、明净的，也是永远富有诗意的。葆有童心的艺术家也同孩童一样，他们的创作不受传统和常规的种种束缚，敢于突破传统和常规，永远好奇地面对丰富、新鲜的世界，不断有新的发现，不断创新。毕加索在面对儿童和他们的创作时，曾经这样说过："我和他们一样大时，就能够画得和拉斐尔一样，但是我要像他们这样画，却花去了我一生的时间。"① 这说明艺术家一生都要像儿童那样去观察世界，去创新。他们一旦丧失了儿童对生活的好奇心，丧失了创新的力量，他们的艺术生命也就完结了。

艺术家的孩子气，艺术家葆有童心，对艺术创作是有重要意义的，这能使他永远真诚而不世俗，永远创新而不僵化。马斯洛指出，艺术家"既是非常成熟的，同时又是非常孩子气的"②。这正好道出了艺术家气质的复杂性和双重性，成熟能使他深刻，天真能使他真诚，使他的创作永远充满活力。

三　艺术家的气质类型

艺术家作为一个群体，他们的气质有上述一些重要特征，然而单个艺术家的气质又是多种多样，千变万化，又是分别属于不同的气质类型。

心理学认为气质类型是在一类人身上共有或相似的心理活动特征的有规律的结合。这些特征包括感受性、耐受性、反应的敏捷性、行为的可塑性、情绪的兴奋性，以及外倾性和内倾性等。根据上述各种特征的结合构成，把人分成四种气质类型：胆汁质（情绪体验强烈，精力旺盛，心理活动迅速、易变），多血质（性情外倾，热情开朗，活泼好动，思维敏捷、灵活，但热情不持久，情感不稳定），粘液质（情绪兴奋性弱，心情平稳，变化缓慢，喜沉思，踏实，不易习惯新的工作），抑郁质（情绪体验不强烈但深刻持久，内向，敏感，孤独）。苏联心理学家曾对四种气质类型的人物做了具体的描述，他们在相同的环境中表现出四种不同的心理状态和行为特点。比如他们去剧院看戏都迟到了 15 分钟，结果面对同样

---

① 《毕加索的生平与创作》，人民美术出版社 1986 年版，第 339 页。
② 马斯洛：《存在心理学探索》，云南人民出版社 1987 年版，第 87 页。

的情境他们各自的心态和行为是完全不同的。胆汁质者对检票员不让入场的做法极为气愤，并和检票员大吵大闹，想闯入剧场。多血质者对检票员的做法表示理解，但随后找到一个没有任何人检票的入口入场，安心地看戏去了。粘液质者碰到检票员不让入场非常理解，心平气和，并自我安慰说："第一场戏总是不太精彩的，先去小卖部买点东西吃，休息一下，等幕间休息再进去也不迟。"抑郁质者，早就对自己迟到很郁闷，认为悔不该来看这场戏，进而又想到："我运气不好，这场戏看下去，还不知道要出什么麻烦事呢？"于是就扭头打道回府了，后来过了好几天还不痛快。

艺术的种类繁多，从事多种艺术活动的艺术家气质各异，但从一些艺术家身上还是可以看到四种气质类型不同程度的表现，他们还是可以大致归属于不同的气质类型。

就中国现代作家而言，闻一多、徐志摩、朱自清、郁达夫分属不同气质类型。

闻一多是属于胆汁质。作为诗人，他的情绪体验非常强烈，他的许多诗充满火山爆发式的感情，他曾经在《致臧克家》中这样明确地自我表白："我只觉得自己是座没有爆发的火山，火烧得我痛，却始终没有能力（就是技巧）炸开那禁锢我的地壳，放射出光和热来。只有少数跟我很久的朋友（如梦家）才知道我有火，并且就在《死水》里觉察出我的火来。"他在晚年奋不顾身地投入民主斗争，大义凛然，毫不畏惧反动派的枪口，对此，毛泽东在《别了，司徒雷登》一文中赞道："我们中国人是有骨气的……闻一多拍案而起，横眉冷对国民党的手枪，宁可倒下，不愿屈服……表现了我们民族的英雄气概。"

徐志摩属于多血质。他是一个热情的、外向型的诗人，但情感易变，不稳定。1919 年在海外得到"五四"运动爆发的消息，他"曾经'感情激发不能自己'过"，1921 年起开始写新诗，按他的说法，"诗情真有些像是山洪爆发，不分方向的乱冲"。1927 年革命失败，使他由对资产阶级民主制度"单纯信仰"的追求而"流入怀疑的颓废"（《猛虎集》序）。他自己认为"我一生的周折，大都寻得出情感的线索"，而这线索是不断起伏的。他早期的诗体现了青年徐志摩"那股不顾一切，带有激烈燃烧性的热情"（郁达夫《怀四十岁的志摩》），而《猛虎集》、《云游集》中的诗，却是"抹去了以前的火气"（陈梦家《纪念志摩》），用"圆熟的外形，配着淡到几乎没有的内容，而且这淡极了的内容也不外乎感伤的情绪"，用反复低吟着"我不知道风是在哪一个方向吹，——我是在梦中，黯淡是梦里的光辉"这样低沉的调子。（茅盾《徐志摩论》）

朱自清属于粘液质。作为现代散文化、诗人、文学研究家，朱自清为人纯正朴实，散文、诗歌体现一种清新、朴实的风格。他早年积极参加"五四"爱国运动和新文学运动，积极创办诗社和诗刊，为开拓新诗的道路，踏实而辛勤地劳动。1923年，他发表了长诗《毁灭》，表明自己对生活的严肃思考和"一步步踏在土泥上，打上深深的烙印"。这样进取的不懈的人生态度在当时产生较大的影响。1928年的第一本散文集《背影》出版，集中各篇均为个人真切见闻和独到感受，以朴素平淡、缜密细致而又清新秀丽的风格独树一帜，显示了新文学的艺术生命力。他在各个时期的文学教学和文学研究中也始终坚持一种严谨的治学态度，他的古典文学研究著作具有很高的学术价值。

郁达夫属于抑郁质。作为现代小说家、散文家，郁达夫才华横溢，具有浪漫主义气质。他三岁丧父，家道衰落，一生漂泊，这也造就了他抑郁质的性格。他早期的作品反映中国留学生身在异国的屈辱生活，以及回国后为个人生计颠沛流离的艰难处境，描写了一代青年在黑暗现实中找不到出路的苦闷心理。他的小说侧重从主观内心世界出发，表现自我的真挚感情。在倾诉对旧社会的反抗情绪以及反映青年的苦闷的心理方面，充满大胆的自我暴露手法和浓厚的抒情色彩，形成了鲜明的创作个性和艺术风格。"他的小说一以贯之的气质，即使孤独、内省、敏感、自卑、愤世嫉俗，而又载着不堪忍受的伤感。"对此，钱杏邨在《〈郁达夫代表作〉后序》中对他的忧郁性格作了深入的分析。他指出："在幼年的时候，他失去了父亲，同时又失去了母亲的慈爱，这种幼稚的悲哀，建设了他忧郁性的基础。长大后，婚姻的不满，生活中的不安适，经济的压迫，社会的苦闷，故国的哀愁，呈现在眼前的劳动阶级的悲惨生活的实际……使他的忧郁性渐渐扩张到无穷的大，而不得不在文字上吐露出来，而不得不使生活完全变成病态。"①

就俄国作家而言，普希金、赫尔岑、克雷诺夫、果戈理，也分属不同

① 《中国文论选》现代卷（中），江苏文艺出版社1996年版，第260页。

的气质类型。

普希金属于胆汁质。诗人情绪体验强烈，易于感情用事。他的情感常常是不可遏制。他用自己的诗歌抨击沙皇专制制度，歌颂自由，甚至顶撞沙皇，因此被流放。他同反对沙皇的十二月党人秘密团体非常接近，观点也十分一致，只因他性格浮躁，狂放不羁，朋友怕他守不住秘密，不让他参加。十二月党人起义时，他不在彼得堡，闻讯后十分激动，立刻收拾行装准备上路。后来担心于朋友不利，又改变主意。这里充分体现出诗人好冲动的性格，他常常变化无常，判若两人，十二月党人起义失败后，普希金情绪受到强烈震动，他的朋友被判刑、流放。面对这种严峻的局势，普希金决不向沙皇低头，他在诗中写道："诗人，你应该骄傲／应该欢呼／因为你在我们时代的耻辱面前／未曾顺从地垂下头颅！／你对强大的恶表示了蔑视……"后来沙皇在接见他的时候问他："如果您 12 月 14 日在彼得堡的话，您会怎么办呢？"普希金回答道："我会站到叛乱者的行列里。"从此之后，普希金不能说没有改变，他忍受种种屈辱和迫害，但最后终于选择决斗，这既是普希金的气质使然，也是他对沙皇专制制度最后的抗争。

赫尔岑属于多血质。作为思想家、政论家和作家，赫尔岑思维敏捷、灵活，反应迅速，对事业有"火一样"的热情。1825 年沙皇镇压十二月党人起义，当年他这个年仅十二岁的少年就同好友奥加辽夫到莫斯科城郊麻雀山上共同发誓，要为这些"从头到脚用纯钢铸成的英雄"报仇。列宁说："十二月党人唤醒了赫尔岑。赫尔岑开展了革命鼓动。"在大学，他组织研究社会主义和政治的小组。毕业后他从事革命活动，两次被流放，之后回到莫斯科又似火一样投入战斗，发表政论和文学作品。他的名言是："凡是失去政治自由的人民，文学是唯一的讲坛，可以从这个讲坛上向大众发出自己愤怒的呐喊和良心的呼声。"1847 年赫尔岑到欧洲，1848 年革命时他也走上街头。后来他又创办《北极星》和《钟声》鼓吹革命。除了有火一样的热情，赫尔岑另一个突出的特点是才思敏捷、文笔犀利，好争论，好论辩。他的朋友安年科夫看到他同别人争论，立刻"被这火山爆发般无穷无尽的机智，被这种把似乎相去甚远的概念突然聚到一起、而又深入事物本质的本领惊呆了"。赫尔岑发现安年科夫显露出一丝惶惑，马上问道："您不同意我的看法？"并且用一种炯炯有神的目光死死盯住安年科夫，准备投入新的战斗。面对赫尔岑的咄咄逼人，安年科夫大声喘着粗气："跟您在一起，恰如在深渊边缘行走，脑袋因不习惯而晕眩。"

克雷诺夫属于粘液质。克雷诺夫是俄国著名的寓言作家，他出身贫寒，9 岁丧父，11 岁就当小职员。他没有受过正规的教育，完全靠顽强的自学走进作家的行列。他先当小职员，后来办报刊，直到 1812 年才在彼得堡公共图书馆任职，一直干了三十多年，直到 1841 年 72 岁退休，1844年去世。长期的图书馆工作对他的生活，对他的气质和性格有很大影响。作为粘液质型的作家，他平和、稳重、踏实、冷静。关于克雷诺夫的气质，别林斯基在看到老年克雷诺夫时，曾有一段生动的描绘："这是一个性情开朗的人，聪明，善于理解和评价任何事物，任何局势，并且很了解人。但是，克雷诺夫也是一个不知忧虑、动作迟缓、平静得近于冷漠的人……只消看到这颗鬓发霜白的头颅、那张无任何奢求的纯朴、严庄的面孔，就感到一阵舒服。真是这样，你看到你面前是一位古代的圣贤。"①

果戈理属于抑郁质。他从小忧郁、孤独、内向，但十分敏感，好沉思，情绪体验强烈、持久。他的忧郁带有遗传性，他父亲从小健康不良，衰弱的身体常常引起忧郁、多疑，甚至绝望，45 岁就去世了。果戈理也是从小体弱多病，精神忧郁，早在少年时代就预料自己一生是短促的。他在 1837 年写给诗人茹可夫斯基的信中说："我爱惜寸阴，因为我不相信自己会长寿。"在 1847 年 12 月 29 日给茹可夫斯基的信中也承认："我是忧郁质和倾向于沉思的性格。后来又加上病态的忧郁症。"这种忧郁症几次导致果戈理的思想危机和创作危机。1836 年，《钦差大臣》首演后，进步阵营给予热烈肯定，沙皇和反动阵营却给予猛烈抨击，上层社会认为剧作"是诽谤，是胡闹"，沙皇认为"大家都受到谴责，而我受到的最多"，报刊认为他写的都是反面人物，没有写出可以"寄托道德感情"的德行人物。在反动势力进攻面前，果戈理由于感到自己不被理解而陷入深深苦闷。果戈理给普希金的信中说："我身心交瘁。我发誓，没有一个人知道，也没有一个人看到我的痛苦。"之后，他又谴责其自己："从一开始——我在剧院就感到寂寞了。我并不关心观众是否喜欢，能否接受。在

---

① 转引自《俄罗斯古典作家论》（上），人民文学出版社 1958 年版，第 278 页。

所有当时在场的人中间，我只害怕一个审判官，这个审判官就是我自己。我自己在内心听见对自己戏剧的责备和埋怨，这个声音甚至压倒其他一切声音。"对这件事的反应充分体现出果戈理抑郁性的气质，他一受到挫折就苦闷、痛苦，不仅十分敏感，觉得大家都在反对自己，甚至引起强烈的自责，痛苦的情感强烈、持久、深刻。

同一般人气质类型的划分一样，上面把艺术家的气质划分为四种类型，只能是相对而言，只能说他主要属于哪种类型，但并不排斥他也具有其他类型的某些特点。其实，一些艺术家也很难归于哪一种类型，他们常常同时具有两种类型或者更多类型的特点。艺术家气质类型的划分只是为了使我们更好地理解艺术家的个性和艺术家的风格。

四　艺术家气质和创作的复杂关系

本章谈了艺术家气质的特点，艺术家气质的类型，艺术家气质对创作的影响。其实，艺术家气质对创作的影响是个相当复杂的问题。艺术家的气质对艺术家创作的影响是多方面的，其中包括影响题材的选择、人物的刻画、情感的表现形式、艺术构思和艺术风格，等等。李卓吾在《读律肤说》中用音乐说明艺术家不同个性气质形成作品的不同风格："性格清彻者音调自然宣畅，性格舒徐者音调自然舒缓，旷达者自然浩荡，雄迈者自然壮烈，沉郁者自然悲酸，古怪者自然奇绝。有是格，便有是调，皆情性自然之谓也。"① 这种观点有一定道理，然而创作心理现象千变万化，十分复杂，艺术家的气质和艺术作品并不是一种简单的对应关系。豪迈者的作品必然是壮烈的吗？沉郁者的作品必然是悲酸的吗？如上所述，果戈理的气质属抑郁质，是出众的沉郁者。他固然写出十分悲酸的《外套》，然而也写出十分欢快的《狄康卡近乡夜话》，也写出非常辛辣的《钦差大臣》。这说明艺术家的气质同创作的关系，并不是一种表层的、外在的、直线的关系，而是一种深层的、内在的、曲折的关系。《狄康卡近乡夜话》是果戈理的成名之作，作者用浪漫主义的笔调刻画出了乌克兰人民智慧、勇敢和热爱自由的性格，表现了乌克兰迷人的风情，全书充满欢

---

① 转引自王元化《〈文心雕龙〉创作论》，上海古籍出版社 1979 年版，第 120 页。

快、清新、幽默的情调。然而在作品的结尾，作者的情绪突变，在婚礼的最后随着喧闹声、笑声、歌声慢慢沉寂，是一声"真寂寞啊"的感叹，好像快乐的琴弦突然绷断了，随之而来的是揪心的哀愁。当年普希金读完这部作品的第一个反应是："真是一部愉快的书。"过了不久，诗人也以自己敏锐的感受听出果戈理"笑"的全部复杂性，认为果戈理是个"愉快的忧郁者"。气质属于抑郁质的果戈理为什么会写出欢快情调的作品呢？果戈理 1847 年 12 月 29 日写给茹可夫斯基的信中是这样解释的："我是忧郁质和倾向于沉思的性格。后来又加上病态和忧郁症。而这种病态和忧郁的心情却成了我早期作品表现出来的快乐情绪的原因。为了使自己快乐，我在缺乏进一步的目的和人物设想的情况下进行虚构，将人物置于令人发笑的地位——这样就产生了我的中篇小说。"① 他在《作者自白》中把这种创作动机归为一种"精神要求"，他说："人们在我的初期作品中看到的那种愉快，其原因在于某种精神要求。我有一种自己也无法解释的苦闷，常常发作。这种苦闷也许是由于我的疾病而产生的。为了使自己开心。我……想出些十分可笑的人物和性格来。"② 这两段自白说明了果戈理气质和作家早期作品的内在关系。生活的苦闷和疾病造成果戈理忧郁的气质，他正是通过早期充满欢乐情调的作品来发泄和排解自己心中的郁闷，于是他的创作成了一种精神需要。我们从中可以看出，作家心中的苦闷和由此造成的忧郁气质是根本的，至于采用什么艺术形式来发泄和排解不是绝对，不是一种对应关系，它要随着作家对生活认识的深化和审美情趣的变化而变化。然而，不管作家采用什么艺术形式，作家内在的气质总是要在风格迥异的作品中顽强地表现出来，总是要影响作品的基调。

① 《果戈理全集》第 6 卷，俄文版，第 378—379 页。
② 转引自柯罗连科《文学回忆录》，人民文学出版社 1985 年版，第 194 页。

第 三 章

艺术家的文化性格

在艺术家的个性结构中，性格是核心。要了解艺术家的个性，就必须深入了解艺术家的性格。不同的艺术家都有自己的性格特征，这些性格特征对艺术家的创作有重要的影响。

恩格斯指出，"人物的性格不仅表现在他做什么，而且表现在他怎么做"①。心理学家把性格的概念确定为：表现在人对现实的态度和行为方式中的比较稳定的独特的心理特征的总和。性格有先天的生理基础，但它的形成和发展要受社会制约。性格和气质是有联系也有区别的：气质更偏于先天，性格更偏于后天；气质表现为动力，性格表现为态度和行为；气质更多表现为情绪，性格表现为认知、情绪和意志三方面。同时，相同的性格也可以有不同的气质。同属勤快性格的人，干起活来，胆汁质的是情绪饱满，急急忙忙，多血质的人是兴高采烈，充满热情，粘液质的人是不慌不忙，从容不迫，抑郁质的人是不露声色，埋头苦干。如何判断一个人的性格呢？心理学指出以下几方面：一是对现实和对自己的态度（对社会和他人是关心还是冷漠，对工作是认真还是马虎，对自己是自信还是自卑，是谦虚还是骄傲等）；二是认知特征（观察事物是精细还是马虎，思维是偏于分析还是偏于综合等）；三是情绪特征（情绪是强还是弱，是始终如一还是变化无常等）；四是意志特征（是不屈不挠还是动摇不定，是当机立断还是优柔寡断等）。

了解了普通心理学关于性格的一般概念，就可以进入艺术家的性格。这里主要谈两个问题，一个是艺术家的性格特征，一个是艺术家的文化性

---

① 《马克思恩格斯选集》第 4 卷，人民出版社 1972 年版，第 344 页。

格，后者是试图从一个新的角度来探讨艺术家的性格，力求使研究更贴近艺术家的实际。

一 艺术家的性格特征

艺术家的性格特征在各种论著中有许多理论概括，有些问题，前面已有涉及（如对现实的态度，强烈的情感体验等），这里只谈艺术家的自信和孤傲、艺术家思维的独创性、艺术家的执着和坚韧等三个特征。

一是艺术家的自信和孤傲。

艺术家对待现实的态度主要表现为具有社会责任感和人类的良知，他们常常被称为人类的良心和时代的感官，他们不可能是对现实冷漠的人，不可能是满脑肥肠、志得意满的人。而艺术家对待自己的态度则主要是自信，这是艺术家性格的重要特征。

自信是艺术家自我意识的一种表现形式，是艺术家对自己的道德信念、审美理想、艺术探索、艺术风格、艺术表现形式以及自己的艺术才能深信不疑、坚定不移，决不会因为他人的质疑和指责而六神无主，而轻易改变或放弃。当然，从事任何职业的人都需要有自信，但艺术是一种特殊的职业，艺术家更需要有自信的性格。这完全是由艺术创作这种劳动的特征决定的。艺术创作是一种艰苦的，特别是一种标新立异的、具有创造性的劳动。艺术家如果没有足够的自信心，如果不相信自己的探索和才能，如果碰到别人的指责和非议马上就退缩，就随波逐流，就媚俗，那么他就无法成为一个真正的具有独创性的艺术家。巴尔扎克说："艺术家给人的印象常常是一个不合情理的人。众人看来是红的东西他都看出是青的。他是那样深知事物内在的原因，这就使他诅咒美景而为厄运欢呼；他赞扬缺点而为罪行辩护。"[①] 正是艺术家这种"不合情理"，这种"怪异"，这种"独具慧眼"，这种敢于标新立异的精神和气概，使他常常得到的不是赞扬而是指责，使他们常常陷入深深的孤独和痛苦之中。1857 年，福楼拜《包法利夫人》出版，立即遭到社会舆论的指责，政府甚至还以"把色情文学强加给读者大众"的罪名将他逮捕。梵高的画，生前一幅也卖不出

---

① 《巴尔扎克论文学》，中国社会科学出版社 1986 年版，第 11 页。

去。巴赫死后，他的学生在墓前感慨："世界可能要几个世纪以后才能认识他的伟大。"事实证明，正是这些艺术家的自信和坚持，才为世人留下独具一格的艺术珍品。

艺术家的自信常常用另一种形式表现出来，这就是大家常说的艺术家的孤傲，其实孤傲就是自信的变态。所谓孤傲就是孤独和倨傲，它们都是艺术家的自信，是艺术家的抱负和追求不被人理解，甚至被歪曲和指责时所产生的心态。司汤达就认为自己是"一个被遗弃在街头的孤儿"。威尔第尽管拥有美满的家庭和称心如意的妻子，他依然抱怨："我感到孤独，孤独，孤独！"孤独是自信遭到非议所产生的内向心态。一个指向艺术家的内心世界，一个指向外部世界。实际上艺术家的倨傲是自信的一种扭曲，它是进攻性的。倨傲首先是艺术家捍卫自身人格尊严的手段。音乐家李斯特有一次在俄国沙皇宫廷演奏，沙皇和副官的谈话影响他的演奏，于是他停了下来。当沙皇问他为什么停止演奏时，李斯特回答说："在沙皇陛下谈话的时候，音乐家的职责就是保持沉默。"其次，倨傲是艺术家对自己的才能表现充分自信的手段。声名显赫的德国音乐家门德尔松在听了年轻音乐家古诺的演奏后，向他表示祝贺说："我亲爱的朋友，这个曲子使我想起凯鲁比尼。"这时年轻的古诺回答道："谢谢，但我希望有一天能写出一支曲子，使你想起古诺。"第三，倨傲又是艺术家捍卫自己的审美理想，坚持自己的艺术风格和艺术探索的手段。艺术家的创作往往同读者、听众、观众的口味产生矛盾，常常是曲高和寡，这是很正常的现象。因为艺术家具有强烈的艺术个性，具有很强的探索精神、创新精神和超前意识，不愿意媚俗、流俗，而读者、听众、观众有的层次偏低或者欣赏趣味各异，无法理解艺术家的创新和探索。在这种情况下，一些艺术家就采取一种倨傲的态度。法国著名作家龚古尔兄弟就说过这样一句话："公众所不期然产生厌恶的东西便是美的。"美学家玛克思·德索也说："人们常说，艺术一旦脱离了群众便会变质，但我则认为，一旦把艺术家献给了人民，那么艺术就给毁了。"① 这些话听来十分偏激、片面、刺耳，我们很难同意，但仔细想想，在这种倨傲的心态中也流露出艺术家捍卫自己艺术理想、艺术个性和

————————

① 《美学与艺术理论》，中国社会科学出版社 1987 年版，第 430 页。

艺术探索的强烈愿望。我们对艺术家的倨傲是不是可以从积极的角度加以理解。当然,我们也需要把艺术家的自信同盲目自大和贵族式的清高区分开来。

二是艺术家思维的独创性。

艺术家性格的认知特征表现在感知、思维、想象、记忆等方面,这里只谈谈思维方面的特征。

艺术家的个性是千差万别的,他们的艺术创作也总是标新立异,是富于独创性的,而艺术创作的独创性归根到底是源于艺术家思维的独创性,可以说,艺术家思维的独创性是艺术家个性的重要特征。艺术家思维的独创性主要表现在新颖性、批判性和超前性三个方面。

1. 新颖性

新颖性是思维独创性最重要的特征,它就是我们常说的标新立异,求新求异。具体说,就是艺术家在认识生活和表现生活时,都要求自己有独特的、新鲜的感受和认识,独特的、新鲜的艺术表现形式和手段,这是一种求新求异的思想活动,这种求新的思维能保证艺术家的创作永远充满活力,使他的艺术生命长青。艺术家的思维一旦落入俗套、僵化保守了,那么他的艺术生命也就完结了。历史上著名的艺术家都具有求新求异的思维。大画家齐白石向来主张求新独创,他自己年龄一大把还不断求变,对自己的弟子也是要求创新。胡佩衡跟他学画,认真临摹他的画,最后果然画得很像,然而齐白石却说:"你不要只注意学我的皮毛,而要多钻研,自己多写生,然后再创造发挥才对。"最后送给学生八个字:"学我者生,似我者死。"毕加索也是终生探索,即使获得世人称赞,他仍然不断寻求新的出路和新的方法,不断突破前人,不断突破自己。到了90高龄,他仍然对生活充满好奇心,思维充满活力。直到临终前,他看到世上的事物还好像第一次看到的一样,还拿出画笔画新画。人们称毕加索为"世上最年轻的画家"。从齐白石、毕加索身上,可以发现艺术家求新求异的思维并不是天生的,它是源于生活和艺术的实践,是在生活和艺术的实践中培养的。艺术家对生活总抱有一种好奇心,他们的求新求异的思维源于对生活独特的感受和认识。他们也重视生活的普遍性但更重视生活的特殊性。正如巴尔扎克所说:"偶然是世界上最伟大的小说家,若想文思不竭，只要研究偶然就行。"① 歌德也说："艺术的真正生命在于对特殊事物的把握和描述。此外，作家如果满足于一般，任何人都可以照样摹仿，但是如果写出个别特殊，旁人就无法摹仿，因为没有亲身体验过。"②

2. 批判性

批判性主要指的是艺术家思维的独立性，不人云亦云，盲目附和，它是同艺术家的自我意识相联系的，是思维中自我意识作用的结果。艺术家思维的批判性包括指向自我和指向他人两个方面。

艺术家思维的批判性首先指向自我。艺术家在创作过程中不断修改，实际上就是对自己的不断批判，不断否定，他正是通过这种自我批判和自我否定来捍卫自己艺术创作的独创性。果戈理 17 岁写出长诗《汉斯·谢加顿》，写的是德国少年汉斯的故事，结果非但一本也没有卖出去，还招来一篇鄙薄该诗的评论。他赶紧把存在各个书店的书都收回烧掉，反思自己为什么去写自己不熟悉的德国生活和德国少年。俄国诗人涅克拉索夫在 17 岁时候也写出第一本诗集《幻想与声音》，拿去向茹可夫斯基请教，老诗人说只有两首还可以，如果出版不要署上自己的名字，否则将来会为它羞愧的。诗人化名出版这本诗集，结果卖不出去。别林斯基指出诗人缺乏独特性，人云亦云，平淡无味。诗人听了赶紧收回诗集，通通烧掉。两个诗人自焚诗集的行为，令人想起诗人贝朗瑞的一句名言："没有什么比那被勇敢地投进火炉去的手稿的火焰更能够照出一个作家了。"

艺术家思维的批判性也指向他人。在一般人眼里，艺术家、作家，特别是批评家，是一些好挑毛病的人，有时甚至指责他们"尖酸刻薄"。可是人们往往忽略了这种"尖酸刻薄"，恰好体现了艺术家思维的批判性，透过这种批判性可以看到艺术家思维的独创性，看到艺术家独特的美学理想和独特的艺术追求。托尔斯泰和莎士比亚都是大作家、大艺术家，然而托尔斯泰却在《论莎士比亚和戏剧》（1903）一文中，对莎士比亚全盘否定，指出"不仅不能把莎士比亚看作伟大的、天才的作家，甚至不能看

---

① 《西方古典作家论文艺创作》，春风文艺出版社 1980 年版，第 300 页。

② 《歌德谈话录》，人民文学出版社 1980 年版，第 10 页。

作最平常的文人"①。这种偏激、武断的结论令人惊异,但听听他批评的内容(歌颂国王贵族,贬低下层人民;作品人物热衷于追求个人幸福和利益;作品语言华丽、浮夸),可以发现他虽然缺乏历史观点,但他是站在人民艺术立场,把莎士比亚的戏剧当作老爷的艺术加以批判的。托尔斯泰透过这种批判来表达和捍卫自己独特的道德观和艺术观。

3. 超前性

艺术家的思维具有超前性,他能看到目前仅仅是萌芽而将来会长成大树的事物,甚至能预测到将来有可能出现的事物。屠格涅夫笔下的"新人"巴扎罗夫是超前的,高尔基笔下的有觉悟的工人巴维尔也是超前的,评论家沃罗夫斯基称高尔基是"为了倾听刚刚诞生出来的还很微弱的新生活的声息的作家"②。苏联作家扎米亚京 1921 完成的长篇小说《我们》也是一部具有超前意识的小说。作者讲述 1000 年后发生在由"救世主"统治的"统一王国"的故事。在这个国家里,居民只有代码没有姓名,穿的是统一的蓝制服,住的是玻璃墙的房子,吃饭规定必须嚼 50 次才能咽下,走路必须四人一行按节拍进行,性交时间也需要按性刺激素量的规定,等等,总之,一切都要绝对统一,不允许有半点独立性。后来居民造了"救世主"的反,但又被镇压。小说预测了工业技术统治和专制政权所带来的强制、僵化、划一、机械、停滞、陈腐的生活,矛头直指向任何专制和极权。小说当年虽然被禁被批判,20 世纪的历史却证明了它的超前性,作家被誉为 20 世纪三部"反乌托邦小说"的奠基人。

三是艺术家的执着和坚韧。

从意志特征来看,艺术家性格的重要特征是执着和坚韧。伟大的力量来自崇高的目标,一个艺术家如果把表现美、创造美当作自己终身的奋斗目标,他对艺术事业就会有执着的追求和坚忍不拔的奋斗精神。

艺术家的执着和坚韧首先表现在未成名之前对艺术苦苦的追求。事实上每个人身上或多或少都有点艺术素质,诚如高尔基所言,每个人都可能成为作家。那么为什么有些人最终能成为作家,大多数人则不能成为作家

① 《托尔斯泰文集》第 14 卷,人民文学出版社 1992 年版,第 334—335 页。

② 《沃罗夫斯基论文集》,人民文学出版社 1981 年版,第 270 页。

呢？这当然有多种因素，但在具备一定艺术修养之后，其中很重要的一个条件是你是否具有爱好的稳固性，是否有对创作的执着追求。从所掌握的艺术家传记材料来看，可以发现艺术天才重要的性格特征便是爱好的稳固性和对艺术执着的追求。

这里可以介绍一下俄国心理学家巴甫洛夫对文学爱好者能否从事创作的一个判断，一个案例分析。① 巴甫洛夫有一次到医院参加一个患有精神疾病的青年工人（文学爱好者）的病情分析。他首先问道，病人的诗歌质量如何，他对文学创作的渴望是否稳固，如果文学渴望稳固有可能是天才。巴甫洛夫指出，为了深入了解青年工人的病情，应当请有权威的人物来给他做鉴定，看看他是否真有文学才能，如果真有艺术素质，真有文学才能，那么当他走上文学创作道路时碰上不被理解，无法实现自己的理想而他的爱好又如此稳固，追求又如此执着，这样一来，他必然郁闷、焦虑，必然憔悴，最后患上精神疾病。巴甫洛夫在这里谈到了文学创作兴趣和爱好的稳固性和艺术创作才能问题，指出这是艺术天才的重要标志之一。

当然，艺术家对艺术的执着追求不是都导致精神疾病，但他们爱好的稳固性常常是要受到严峻的考验，他们受到的折磨常常是令人难以想象的。作家艺术家走上创作道路很少有一帆风顺，大多数人是相当艰辛的，哪怕是当今文坛的佼佼者，当今文坛的顶尖人物。小说家贾平凹在新时期开始创作，开始非常兴奋，稿子源源不断投向四面八方，然而稿子又从四面八方源源不断退回来，多数退稿信是按格式印好的，抬头连名字都不写。这使他情绪非常低落，心灰意冷，长夜伴孤灯，恨自己命薄，恨自己低能，恨编辑。然而他相信自己还是有文学才能的，于是将187张退稿信全贴在墙上，继续坚持写下去，最后终于成名了。

艺术家成名之后，依然要经受来自政治的、经济的、身体的和创作劳动本身的种种考验和压力，更需要他具有坚定的信念和坚韧的毅力。

政治的迫害。由于艺术和政治的冲突，艺术家常受政治迫害。俄罗斯多数优秀作家都遭迫害、流放，甚至被处死刑，但他们决不退缩。普希金在诗中说，"我的声音是不可收买的人民的声音"。中国左翼革命文学的

---

① 科瓦廖夫：《文学创作心理学》，人民出版社1983年版，第109—110页。

第一页也是由"左联"五烈士的鲜血写成的。

经济的困顿。这是由艺术家的社会地位决定的，特别是他们成名之前常常穷困潦倒。梵高和伦勃朗生前的油画很难卖出去，但他们依然坚持自己的艺术信念，顽强地坚持下去。

身体的疾病。艺术家在这方面所体现出的顽强意志就更为动人。耳聋的贝多芬写交响乐，患癫痫病的陀思妥耶夫斯基写长篇小说，需要有多么顽强的意志和克服多少常人难以想象的困难。弥尔顿在双目失明后还写了《失乐园》、《复乐园》和《力士参孙》。他在诗中写道："在茫茫的岁月里，／我用这无用的双眼，／再也看不见太阳、月亮和星星，／男人和女人，／但我并不埋怨……／我还能勇往直前。"

当然，更多的困难是来自创作劳动的艰辛，这对艺术家提出更大的挑战。在法国大作家中，巴尔扎克写得快，福楼拜写得慢，但他们都为创作付出巨大的劳动。巴尔扎克从深夜 12 点一直写到早上 8 点，9 点又开始校稿，一干又是三四个小时，吃了午饭稍稍休息又是校稿、写信，下午 5 点才搁笔，之后是晚饭、读报、待客，8 点之后睡 3—4 小时，12 点之后又开始写作。1830—1831 两年，他写了 145 种书，平均每天写 16 页。福楼拜十分严谨，写得很慢，《包法利夫人》写了 5 年，有时 8 天写一页。他给高莱女士的信中说："整整 15 年以来，我像驴一样工作着。我这一生就似顽石过着，我把我的热情关在笼子里，唉，只要写成一部美丽的作品，我这一生也不白活！"文学劳动如此，艺术劳动更是如此。俄国画家列宾认为顽强性是画家才能的和主要的特征，真正的天才不达目的是决不会退却的。列宾本人才华出众，坚毅顽强，孜孜不倦地劳动了一辈子。他的学生回忆说："每天一早，不管出现什么情况，他都要走进自己的画室，孜孜不倦地进行工作。他告诉我们，不管有天大的伤心事，他都照样拿起画笔，工作起来也就把什么都忘了。"熟知列宾的丘科夫斯基说，"晚年，他的右手开始消瘦起来，已无力握笔作画，他就立刻用左手学习画画。因为年迈体衰，拿不住调色板，他就用特制的皮带把调色板挂在脖子上，调色板重如石头，他就挂着这块石头从早干到晚。"①

---

①　库津：《美术心理学》，人民美术出版社 1990 年版，第 206 页。

二　艺术家的文化性格

艺术家的文化性格的提出，是艺术家个性心理研究中一个新的、有难度的课题，然而又是一个很有理论价值的课题。以往的艺术家个性心理研究只限于艺术家个人的心理，有很大的局限性。实际上艺术家的个性心理是同社会文化心理紧密相连的。《三字经》上有两句话："性相近，习相远。""性"大约等于性格，"习"大约等于人生活的环境，也包含社会文化环境，"习"是要对"性"起作用的。艺术家文化性格的提出，就是试图将个性心理同社会文化心理结构结合起来，更深入地揭示艺术家性格的丰富内容，开拓艺术家心理研究的新境界。

如果说性格是表现在人对现实的态度和行为方式中比较稳定的独特的心理特征的总和，艺术家的文化性格是否可以说是艺术家身上所体现出来的具有文化蕴含的认知、情感、意志和行为等特征的总和，也就是艺术家性格中被深深打上文化烙印的那些方面。

艺术家文化性格所蕴含的文化内容是非常丰富的，其中有地域文化、群体文化和历史文化等方面。

先谈地域文化。俗话说，一方水土养一方人。古人也说："南方谓荆杨之地，其地多阳。阳气舒散，人情宽缓柔和"；"北方沙漠之地，其地多阴，阴气坚急，故人刚猛，性好斗争"。斯达尔夫人也从地域的角度论述南北方文学的差异："存在两种完全不同的文学，一种来自南方，一种来自北方。""南方的诗人不断把清新的空气、繁茂的树林、清澈的河流这样一些形象和人的性情结合起来"，而"北方各民族萦绕于心的不是逸乐而是痛苦，他们的想象因而更加丰富。大自然的景象在他们身上起着强烈的作用。这个大自然，跟它在天气方面所表现的那样，总是阴霾而暗淡"。① 由于不同的地域文化造就艺术家不同的文化性格，这是明显的事实。

中国作为一个历史悠久、幅员辽阔的国家，形成许多不同的地域文化，例如东北之粗犷，燕赵之慷慨，西北之雄奇，楚风之绚丽，吴域之道

---

① 《斯达尔夫人论文学》，人民文学出版社 1986 年版，第 145—147 页。

遥，巴蜀之灵气，等等。不论是现代作家还是当代作家，都可以看出他们同地域文化的密切联系，例如沈从文之湘西，鲁迅之浙江，老舍之北京，孙犁之白洋淀，莫言之山东高密，贾平凹之商州，王安忆之上海石库门，等等，不同的地域文化造就了作家不同的文化性格，也孕育出不同的文学流派。例如，在老舍这样一些京派作家身上，可以看出他们的自若、刚直、谦恭、讲礼、潇洒、闲逸。在张爱玲这样一些海派作家身上，既可以看出海派的趋时、唯实，又能觉察到现代人奇异的智慧。在叶圣陶、陆文夫这些江苏作家身上，可以看出他们智性过人，对现实有精微的认知但又同现实保持距离，对生活描写很细致却始终控制生命的激情；他们关注人生、批判人生，可又总以宽容、温和的态度，用美和自然代替对现实的严酷剖析。①

造就作家艺术家文化性格，除了地域文化，民族文化也是重要因素。世界上有成千上万的民族，各民族的性格和文化也大异其趣，它不能不给各民族作家艺术家的性格打上民族的文化烙印。德国人一般说来老实、诚恳、认真，有时到了板滞的程度，而法国人一般来说是活泼、热情、伶俐，喜交友。有人说，德国人把心藏在腔子里，而法国人则把心托在手上，这是耐人思考的。而俄国人的性格则有另外一番景象，他们深沉、忧郁。俄罗斯民族长期忍受深重的苦难，于是形成一种坚忍、深沉、忧郁的性格，正如别林斯基所指出的，在俄国文学中，在俄国作家身上，始终散布着一种"销魂而广漠的哀愁"，这种哀愁构成俄罗斯"民族诗歌的基本因素，亲如血肉的力量，主要的调子"。② 这种哀愁当然也构成俄罗斯作家艺术家文化性格的底色和基调。只要你听一听柴可夫斯基的交响曲，听一听俄罗斯民歌《伏尔加河上的纤夫》，看一看陀思妥耶夫斯基和托尔斯泰的小说，你就可以深深感受到俄罗斯作家艺术家深沉、忧郁的文化性格。

历史文化也是造就作家艺术家文化性格的一个重要因素。中国的历史文化传统，中国的儒家和道家，几千年来影响中国古代作家艺术家的文化性格，也影响中国现当代作家艺术家的文化性格。中国古代儒家以"修

---

① 见罗成琰《20 世纪中国文学与区域文化学术研讨会述要》，《文学评论》1993 年第 1 期。
② 《别林斯基选集》第 2 卷，上海译文出版社 1979 年版，第 485 页。

身、治国、平天下"的入世思想，以"仁、义、礼、智、信"为标准道德观念，以"允执其中"的中庸哲学，给无数作家艺术家极大的影响，造就他们的重教化而轻个性的文化品格，他们的美学追求是"乐而不淫，哀而不伤"的中和之美。与此相对应，古代道家清静无为、独善其身的思想也影响不少作家艺术家，造就他们超迈、飘逸的文化性格，他们追求"自然天成"之美，冲破实用功利的束缚。在古代，杜甫、白居易等诗人的文化性格更多的受儒家思想的影响，而李白、王维的文化性格就更多的受道家思想的影响。在现代，鲁迅、茅盾等主张艺术为人生的作家的文化性格和周作人、废名等主张艺术为艺术的作家的文化性格，显然受到中国古代历史文化传统的不同影响。

俄罗斯的历史文化，特别是宗教文化，也深深影响俄罗斯作家艺术家的文化性格。浓厚的宗教情怀是俄罗斯历史文化的一个重要内容，俄罗斯历史文化中深深打上了宗教文化的印记。别尔嘉耶夫说："俄罗斯人民的灵魂是由东正教教会培育的，它具有纯粹的宗教形式。这种宗教形式一直保存到现在，保存到俄罗斯的虚无主义者和共产主义者身上。"① 俄罗斯历史文化中的宗教情怀主要不是体现为俄罗斯人对宗教教条的恪守，而是体现为他们带有浓厚宗教色彩的生活态度，他们从宗教的角度对生命的意义，对人与人的关系，对灵魂和未来等一系列问题的关注和思考。其中最重要的是表现为一种强烈的救世主义，或者称普世主义。他们认为俄罗斯的东正教是基督教的正统，俄国是基督教世界的中心，俄罗斯具有普济天下的使命。这种理念渗透到俄罗斯历史文化中，就使俄罗斯人具有一种救世的责任感，造就了俄罗斯作家艺术家一种独特的文化性格。在果戈理、陀思妥耶夫斯基、托尔斯泰的作品中，表现出一种对人类命运的深切关怀的深沉的忧患意识，以其强烈的救世精神震撼人的心灵。正如别尔嘉耶夫所说："俄国文学不是产生于愉快的创作冲动，而是产生于人和人民的痛苦和多灾多难的命运，产生于对拯救全人类的艰苦思考。但是，这表明俄国文学主要动机是宗教性的，作为它的特点的怜悯之心和全人类性震撼了整个世界。"②

---

① 别尔嘉耶夫：《俄国共产主义的由来和意义》，俄文版，1990 年，第 8 页。
② 同上书，第 63 页。

上面从地域文化、民族文化和历史文化三个方面揭示了艺术家文化性格的内容，说明艺术家的文化性格是如何造就的。必须特别指出的是，艺术家文化性格是一个非常复杂的现象，艺术家文化性格的造就也是一个非常复杂的过程。艺术家的性格和艺术家的文化性格存在复杂的关系。艺术家是以自己固有的性格作为底色去接受不同文化的影响，最终形成自己的文化性格。一般说来，不同性格的艺术家选择、吸收和接受不同的文化。同时，同一种文化可以为不同性格的艺术家所接受，同一性格的作家也可以接受不同的文化。这样，我们就可以看到，在艺术家文化性格中，各种文化因素可能是和谐统一的，也可能是矛盾冲突的。在一些作家艺术家身上，我们常常可以看到，儒家文化和道家文化的冲突，积极入世和消极出世的矛盾；东方文化和西方文化的冲突，讲求群体和讲求个体的矛盾。这种矛盾和冲突几乎贯穿于"五四"以来一代又一代的中国作家艺术家的文化性格之中。在一些从上海亭子间到延安革命根据地的作家艺术家身上，也产生小资产阶级文化和无产阶级文化的冲突。这种矛盾和冲突在延安的作家艺术家文化性格中，在新中国成立后的作家艺术家文化性格中也得到鲜明的反映。例如，丁玲在私下场合虽表示对冰心的喜爱和感激，而在公开场合又尖锐地批评冰心的小资产阶级气息。作家艺术家文化性格及其矛盾冲突，是一个需深入研究的问题，它能帮助我们更深入地了解作家艺术家性格的复杂性，使我们更贴近艺术家个性心理的世界。

第 四 章

艺术家的创造能力

能力是人成功地完成某种活动所必需的个性心理特征和品质。而各种能力的高度发展和完美结合，能创造性地完成一般人所不能完成的活动，那就是天才。

能力分为一般能力和特殊能力。一般能力指人在不同种类的活动中所表现出来的共同能力。特殊能力，指从事某种专业活动所必需的多种能力的有机结合。

艺术家的艺术能力是艺术家成功地完成艺术活动所必需的个性心理能力。艺术家有一般人所共有的一般能力，又有一般人所不具有的特殊能力。

艺术包括各种专业门类，从事各种不同艺术种类活动的艺术家，除了需要艺术家必需的共同艺术能力外，又必须具有各自艺术活动所需要的特殊能力。比如，同是艺术感受力，音乐家需要有曲调感（区分声音的旋律和表达情绪色彩的能力），听觉表象（再现听过的旋律），节奏感（感受和再现音乐的节奏）等。美术家则需要空间感（对物体空间位置的敏锐知觉），明暗、色彩感等。同是从事文学活动，作家和评论家所需要的艺术能力也有很大不同，前者更需要形象思维的能力，后者则更需要抽象思维的能力，更需要思维的批判性和攻击性。

艺术家所需要的共同的艺术能力有很多方面，下面主要谈谈艺术家的艺术观察力、艺术感知力、艺术记忆力、艺术想象力和艺术表现力。

一 艺术观察力

观察力是艺术家从事艺术创作的基本能力。艺术家要反映生活和表现生活，首先就得认识生活，而观察力是艺术家有目的认知的手段。正如罗丹所说："所谓大师，就是这样的人：他们用自己的眼睛去看别人见过的东西，在别人司空见惯的东西上能够发现出美来。"①

巴尔扎克的朋友达文在《〈哲学研究〉导论》中说："巴尔扎克先生，到每一个家庭，到每一个火炉旁去寻找，在那些外表看来千篇一律、平稳安静的人物身上进行挖掘，挖掘出好些既如此复杂又如此自然的性格，以致大家都奇怪这些如此熟悉、如此真实的事，为什么一直没有被人发现。这是因为，在他以前，从来没有小说家像他这样深入地考察细节和琐事，以深刻的观察力把这些东西选择出来，加以表现，以老螺钿工匠的那种耐心和手艺把它们组合起来，使它们构成一个统一、独创、新鲜的整体。"②巴尔扎克朋友这段话说明一个重要的道理，艺术创作的源泉是生活，艺术家要获得生活的信息，除了通过观察来了解一切人和一切事，是没有别的路可走的。海明威说过，"如果一个作家停止观察，那他就要完了"。艺术家只有通过长期地、孜孜不倦地观察生活，才能不断获得新的信息，才能不断丰富自己的信息，也才能对生活有新的发现。对此，海明威深有体会地指出："他所看到的每一件事情都进入了他知道或者曾经看到的事物的庞大储藏室了。要是知道它有任何用处的话，我总是试图根据冰山原理去写它。关于显现出来的每一部分，八分之七是在水面以下的。"③

艺术家的艺术观察力，同一般人的观察力有共同的特征，比如说要敏锐，要由表及里，等等，同时也有自己一些独特的对象和特点。

从观察的对象来看，艺术家要观察社会，观察生活，观察大自然，但重点是观察人，观察人的心灵，因为归根到底社会是由人组成的，大自然在艺术家眼中也是人化的自然。自然科学家观察自然，也观察人，但侧重地观察人的自然属性。社会科学家也观察人，但侧重观察社会关系中的人，人的内心世界不是观察的重点。因此，当有人问司汤达的职业时，他直接回答说："人类心灵的观察者。"④

---

① 《罗丹艺术论》，人民美术出版社 1978 年版，第 5 页。

② 《欧美古典作家论现实主义和浪漫主义》（二），中国社会科学出版社 1981 年版，第 146 页。

③ 《"冰山"理论：对话与潜对话》上册，工人出版社 1987 年版，第 79 页。

④ 《译文》1958 年第 7 期，第 138 页。

再进一步说，艺术要观察外部世界，观察人的内心世界，同时也要观察自我。这就是心理学所说的外部注意和内部注意，前者指的是外部世界，外部刺激，后者指的是内心世界，情感体验。艺术家要重视自我观察的意义在于：人的内心世界既是无限丰富又是十分隐秘的，要洞察他人心灵的奥秘，就必须以观察自我心灵的奥秘为基础，再进一步向别人的心灵奥秘掘进。车尔尼雪夫斯基就十分欣赏托尔斯泰善于通过自我观察去把握人物瞬息万变的心理过程的才能。他说："人类行为的规律，情感的变错，环境和社会关系的影响，我们可以通过仔细观察别人而加以研究。但是如果我们不去研究极其隐秘的心理生活规律——它们的变化只有在我们〔自己〕的自我意识里才公开地展示在我们的面前——那么，通过观察别人的途径而获得的一切知识，就不可能深刻和确切。谁要是不在自己内心研究人，那就永远达不到关于人的深刻知识。我们上述的托尔斯泰伯爵那种才华的特点证明了他极其仔细地在自己内心里研究过人类精神生活的秘密……假如我们说，自我观察一般会使他的观察力特别尖锐，使他学会以敏锐的眼光观察别人，这是不会错的。"① 一切伟大的作家都有自我观察的能力，托尔斯泰如此，巴尔扎克也如此，他也曾说过："就我所知，我的性格最最特别。我观察自己，如同观察别人一样；我这五尺二寸的身躯，包含一切可能有的分歧和矛盾。"②

艺术家的艺术观察力除了观察对象有自己的特点，观察方式也有自己的特点。

一是有意注意和无意注意的结合。

注意分两类，一种是有意注意，一种是无意注意。艺术观察力的重要特征是有意和持久。所谓有意注意就是有目的的注意，就是观察主体对观察目标总是有所选择，这种选择当然又是同主体的个性相联系的。只有这种有意的注意，只有抓住一个目标反复观察，才有可能把握对象的整体和深入对象的本质。为了做到这点，必然要求观察要有持久性。正如福楼拜对莫泊桑所说："对你所要表现的东西，要长时间很注意去观察它，以能发现别人没发现过和没有写过的特点。人物事物里都有未曾被发现的东

---

① 《俄国作家批评家论托尔斯泰》，中国社会科学出版社 1982 年版，第 32—33 页。

② 《文艺理论译丛》第 2 册，人民文学出版社 1957 年版，第 118 页。

西，因为人们用眼睛去看事物的时候，只习惯于回忆起前人对这事物的想法。最细致的事物里也会有一点点未被认识过的东西，让我们去发掘它。为了描写一堆篝火和平原上的一株大树，我们要面对着这堆火和这棵树，一直到我们发现了它们和其他树和其他火不相同特点的时候。"①

然而有意注意也是有局限性的，它将形成心理定势，注意持久到一定程度就会视而不见，听而不闻，熟视无睹了。结果必然导致观察力的钝化，失去对事物的新鲜感。因此，不能把有意注意绝对化，有时无意注意比有意注意更有效，它使艺术家的观察力永远活跃，永远新鲜，使艺术家能源源不断地获得新的信息。正如海明威所说："如果一个作家停止观察，那他就完了。但是他不必有意识去观察，也不必去想怎样它才会有用。"② 这大概就是所谓有意栽花花不开，无意插柳柳成荫吧。托尔斯泰就在一块翻耕过的土地上无意发现了被折断但依然挺立的牛蒡草，于是联想到高加索的山民哈吉·穆拉特，于是产生了写小说《哈吉·穆拉特》的欲望。他在 1896 年 7 月 19 日的日记中写道："昨天在新翻耕过的休闲黑土地上走。一眼望去，只见黑色的土地，连一棵绿草也没有。在尘土飞扬的灰色大路旁有一株牛蒡，长出三根嫩枝。一根折断了，上面有一朵沾泥的小白花；第二根也断了，溅了泥，变成黑色，折断的茎上都是泥；第三根往一旁伸出去，也被满尘土，变成黑色，但还活着，中间呈现出红色。这株牛蒡使我想起哈吉·穆拉特。想写出来。它捍卫生命直到最后，这片田地里就剩这一株了，不管怎样，它总想捍卫住了生命。"③

二是直觉力和洞察力的结合。

契诃夫说："作家务必要把自己铸成一个目光敏锐、永不罢休的观察家……要把自己铸练到让观察简直成了习惯……仿佛变为第二天性了。"④ 所谓敏锐，一是指直觉力，一是指洞察力，只有两者具备，两者结合，才能谈得上目光敏锐。

直觉力就是指迅速地直接地把握新鲜的印象。这是强调迅速、直接和

---

① 《文艺理论译丛》第 3 册，人民文学出版社 1958 年版，第 175 页。
② 《"冰山"理论：对话与潜对话》上册，工人出版社 1987 年版，第 78—79 页。
③ 《列夫·托尔斯泰文集》第 17 卷，人民文学出版社 1991 年版，第 204 页。
④ 《契诃夫论文学》，人民文学出版社 1958 年版，第 416 页。

新鲜。例如，雾在人们眼里是灰色的，然而画家莫奈笔下伦敦的雾却是有颜色的，他所画的威斯敏斯特教堂的油画，雾是紫红色的，原来这是画家一种直觉的印象。当年工业化带来烟囱林立，空气中弥漫煤和灰的光柱，加上教堂有红的颜色，周围建筑也有红的颜色，在阳光照射下，雾就显出紫红色来。

如果说直觉力保证艺术家创作富有新鲜感，富有新意，那么洞察力就保证艺术家创作具有深刻性，具有深意。所谓洞察力就是艺术家善于在观察中透过表面深入本质，通过局部把握整体，就是人们所说的具有入木三分、一眼看穿的穿透力。苏联作家阿·托尔斯泰谈到高尔基曾经给他讲过一件事。当年高尔基和他同时代的作家安德列耶夫、蒲宁，曾在意大利那不勒斯一家饭馆做过一次观察力的比赛。阿·托尔斯泰写道："那时流行着一种这样的游戏：大家坐在饭馆里，只要看见一个人进来，就各给三分钟时间对这个人进行观察和分析。高尔基观察后说道：他是一个脸色苍白的人，身上穿的是灰色西服，他还有一双细长的发红的手。这就是他所看到的一切。安德列耶夫也观察了三分钟，可是他却胡诌了一通，他连西服的颜色都没有看出来。然而蒲宁却有一双非常敏锐的眼睛。他在三分钟的观察中把这个人的一切都给抓住了，他甚至把西服上的一些细小的东西都给描绘了出来，他说这个人结的是一条满是小点子的领带，小指头的指甲长得有些不正常，他连这个人身上的一个小瘊子也看出来了。他详细地把他所看到的这一切都描绘了出来，最后他还说道，这个人是个国际骗子。为什么是这样，蒲宁说不出来，但他一定是骗子。他们当即向饭馆的堂倌头儿打听这个人是谁。他说他不知道这个人是从哪儿来的，但他经常出现在那不勒斯街头。这是个什么人，——他不知道，可是，他的名声却很糟。这就是说，蒲宁讲的完全正确。这就是锻炼眼力的结果。"① 这段描绘虽然没有更细地说明蒲宁如何识破骗子，但可以看出他善于观察细节，通过细节把握人物的特征。正是这种平时练就的直觉力和洞察力，正是凭着这双艺术慧眼，使他的文学创作获得了很高的成就，最后获得了诺贝尔奖奖金也就不足为奇了。

---

① 《阿·托尔斯泰论文学》，人民文学出版社 1980 年版，第 287 页。

二　艺术知觉力

艺术家只有观察力还不能进入创作，还需要有艺术知觉力。艺术知觉力是艺术家创作活动中创作主体感知和把握创作对象审美属性的能力，是创作活动中艺术家与对象产生审美联系的桥梁。

事物的性质可分为三级：第一级性质指事物的数目、形状、重量等可计量的客观属性；第二级指声音、色彩、气味等感觉属性；事物的第三级性是审美属性，是一种由事物所引起的依赖主体心灵的属性，如"喜悦"、"美丽"的感受。一、二级属性是一般的、普通的知觉力所把握的对象，三级属性，即审美属性则是艺术知觉力所把握的对象。从这个意义上讲，一个对象是成为认知对象还是审美对象，是同你用何种形式去把握它有关。马克思所说的"对世界的艺术把握"，从对象和方式看，归根到底也是借助艺术家的艺术知觉力去把握事物的审美属性。

艺术知觉力有两个重要特征。

一是情感性。

艺术知觉力最大的特征是它的主观情感性。科学知觉要求排除情感态度去感知事物，达到认知的目的，而艺术知觉则要以情感作为基础。艺术家要把握的不是事物的物理属性，而是事物的审美属性。因此，艺术家在感知对象时要将自己的感情投入，使之情感化、生命化，并产生创作活动中的知觉变形。在杜甫的眼中，由于"感时"，花可以"溅泪"，由于"恨别"，鸟可以"惊心"。在托尔斯泰眼中，由于对生命热爱，对不屈性格的尊崇，从田地里被折被污的牛蒡草身上可以看出顽强的生命力。在肖洛霍夫《静静的顿河》中，主人公葛利高里由于极度伤感、绝望，他所看到的顿河上空的太阳竟然是黑色的。

二是独创性。

艺术家的艺术知觉力是受艺术家的个性，艺术家的心理定势所制约的，也就是受作家的生活经历、情感体验、价值态度和文化素质的影响。过去的经验在知觉主体中形成知觉图式，于是便形成审美知觉的不同角度，形成审美知觉力的独创性。例如孟浩然的《春晓》："春眠不觉晓，处处闻啼鸟。夜来风雨声，花落知多少。"诗人在诗中对春天景象的感知

（既有鸟啼又有花落），对春天引起的人生感慨（春天的生机和美好和春天的易逝），都是独特的，都不同于其他诗人以春天为题的诗篇。

下面通过诗人、作家对雪景的知觉，进一步说明艺术知觉力的两个特征。

冬天下雪了，你必然会有种种感觉：你看到雪花飘飘，大地白茫茫，这是视觉；你听到沙沙声，这是听觉；你用手触摸雪花，觉得凉丝丝的，这是触觉；你闻到下雪天一种清新的气息，这是嗅觉。综合这一切感觉，你感觉到下雪了。但这不是艺术感知，因为这种感觉没有情感性，没有个性，没有独创性。

再看看作家艺术家对下雪的感知。曹雪芹《红楼梦》中宝玉最后出走：那是一场大雪，"落得个白茫茫一片，真干净"。作家抓住的是"干净"的感知，表达的是树倒猢狲散的孤寂的感情。艾青的诗《雪落在中国的土地上》："雪花落在中国的土地上，／寒冷在封锁着中国呀……／中国，／我的在没有灯光的晚上／所写的无力的诗句，能给你些许温暖么？"这也是一场大雪，诗人在对寒冷的感受中渗透着对苦难深重的祖国的痛苦的感情。再看毛泽东的《沁园春·雪》"北国风光，／千里冰封，／万里雪飘，／望长城内外，／惟余茫茫，／大河上下，／顿失滔滔，／山舞银蛇，／原驰蜡象，／欲与天公试比高。／须晴日，／看红妆素裹，／分外妖娆。"这更是一场大雪，诗人看到的是大雪的磅礴、壮丽，体现的是诗人的豪气和对未来的信心。

同样是一场大雪，三位作家、诗人有不同的艺术感知，充分展现自己独特的艺术个性，表达自己动人的情怀。第一例把握的是大雪的干净，渗透的是孤寂的情绪，第二例把握的是大雪的寒冷，渗透的是痛苦的感情，第三例把握的是大雪的气势，渗透的是豪气。三位作家诗人对事物的感知都是独特的，富于个性和感情的，于是才能写出如此独特、动人的诗篇。艺术家这种独特的艺术知觉力正是创作出真正独创性艺术品的必要条件和基础。如果艺术家对客观事物的感知是雷同的，是漠然的，那么哪来风格各异、绚烂多彩的艺术之花呢？

问题是艺术家如何培养和提高自己的艺术知觉力？一般认为应该深入生活，这是绝对正确的，但过于笼统。艺术家要从生活中获取独特的感受和认识，最重要的是要提高艺术家艺术感知的档次和质量。他的艺术感知既要有直觉力，又要有洞察力，既要有广度，又要有深度。歌德指出：
"艺术并不打算在深度和广度上与自然竞争，它停留于自然现象的表面；
但它有自己的深度，自己的力量。它借助于这些表面现象中见出规律性的
性格、尽善尽美的和谐一致、登峰造极的美、雍容华贵的气氛、达到顶点
的激情，从而将这些现象的最强烈的瞬间定形化。"① 这里提出了一个重
要的问题，艺术家的艺术知觉不能只停留在把握"表面现象"上，还必
须有深入把握其内涵的能力，艺术家的知觉力不能仅仅靠直觉，还必须靠
艺术家的思考来提高，艺术家必须有领悟和洞悉已感觉到的事物的内在的
特质和规律的能力。在艺术家的创作过程中，艺术家的思想需要丰富的艺
术感知的滋润，艺术感知则需要思想的提升。只有两者的紧密结合，艺术
家的创作才能达到一个完美的境界。

三　艺术记忆力

记忆是个体对以往经验的识记、保持和再现。艺术记忆力就是艺术家
对以往经验的识记、保持和再现。

艺术记忆力是艺术家艺术创造力中重要的能力。车尔尼雪夫斯基指
出，"艺术的力量通常就是记忆的力量"②。黑格尔在分析艺术创造力的时
候也特别指出记忆力在创作过程中的重要意义："属于这种创造活动的首
先是掌管现实及其形象的资禀和敏感，这种资禀和敏感通过常在注意的听
觉和视觉，把现实世界的丰富多彩的图形印入心灵里。此外，这种创造活
动还要靠牢固的记忆力，能把这种多样图形的花花世界记住……艺术家必
需置身于这种材料里，跟它建立亲密的关系；他应该看得多、听得多、而
且记得多。一般地说，卓越的人物总是有超乎寻常的广博的记忆。"③

作家需要有超常的记忆力，艺术家也需要有超常的记忆力。据苏联画
家 B. H. 巴克舍耶夫回忆，有一年冬天，在画家 A. E. 阿尔希波夫家里聚
集一批画家，其中就有俄罗斯著名的风景画家列维坦。那天月色高照，夜

---

①　转引自卡西尔《人论》，上海译文出版社 1986 年版，第 186 页。

②　车尔尼雪夫斯基：《生活与美学》，人民文学出版社 1959 年版，第 89 页。

③　黑格尔：《美学》第 1 卷，人民文学出版社第 357—358 页。

景宜人。大家决定到索科尔尼基去散步。周围的景色美极了：暗蓝色的天宇一望无垠，星星闪烁着耀眼的光辉，月光洒满树林，在月色中奇异地露出磨坊的磨盘。几天后，巴克舍耶夫顺便去看列维坦，见到列维坦已经把当晚的夜景画成草图，不觉大吃一惊。这幅草图就传达的准确和绘画的细腻而言，无异于一幅写生素描。列维坦本人曾经说过，"风景画家也许比其他人更需要发展视察记忆和观察力。没有视察记忆，甚至照着习作画不出油画来。有些画家习作画得很好，却画不了油画。"① 俄国著名的海景画家 H. K. 艾瓦佐夫斯基也有惊人的视觉记忆，他能画出千百个各不相同的海景题材。画家本人说过："一个人如果没有能保持生动自然的印象的记忆，就不可能成为一名真正的画家，而充其量只能成为一名出色的临摹画家或一部活的照相机；画笔捕捉不到活生生的自然力所发生的大量变化，所以电闪雷鸣、狂风大作、浪花飞溅是无法写生的，画家必须把它们记在心上，就象明暗效果一样，用这些偶然的情形来安排画面。"②

艺术家如此重视艺术记忆力，艺术记忆力在艺术家创作活动中所发挥的重要作用是显而易见的。首先，它是创作材料积累的库房。艺术家不仅要深入到生活中去观察、体验和认识一切人和事，同时要把它储存在自己记忆的库房里，并且凭着出色的艺术记忆力在创作中随时把它们唤醒和激活。巴金在回忆《家》的创作时，曾这样说过："我写《家》的时候，我仿佛在跟一些人一同受苦，一同在魔爪下面挣扎。我陪着那些可爱的年轻生命欢笑，也陪着他们哀哭。我一个字一个字地写下去，我好像在挖开我的记忆力的坟墓，我又看见了过去使我心灵激动的一切。"③ 其次，它是展开艺术想象的根基。艺术家的艺术想象不是凭空产生的，它需要靠生活，靠储存的记忆来滋养和激发。艺术想象实际上是对艺术家所储存的记忆的唤醒、触发、改造和升华。福克纳在谈到自己的创作时，曾经这样指出："对我来说，往往一个想法、一个回忆、脑海里一个画面，就是一部小说的萌芽。写小说无非是围绕这个特定场面设计情节，或解释何故如

---

① 转引自库津《美术心理学》，人民美术出版社 1990 年版，第 128 页。

② 同上。

③ 《巴金文集》第 14 卷，人民文学出版社 1962 年版，第 342 页。

此，或叙述其造成的后果如何。"①.

在创作活动中发挥重要作用的艺术记忆力，相比于一般记忆力，它有什么特点呢？心理学把记忆分为理解记忆和机械记忆两大类。如果从心理活动三种基本形态——知、情、意来考虑，记忆也可以分为以知为基础的理解记忆，以意为基础的机械记忆，以情为基础的情绪记忆。如果这种划分能够成立，艺术家的记忆力则属于情绪记忆。当然也有人将艺术家的记忆称之为形象记忆，其实两者是相通的。重要的是需要思考艺术家的记忆究竟具有哪些重要特点。下面举出几点相对突出的特点，供大家思考。

首先是形象的、可感的、新鲜的。

理解记忆和机械记忆往往是抽象的、概念的、重复的，艺术家的记忆则是形象的、可感的、新鲜的。艺术家在脑海里回忆起来的情景总是具体、生动的，总是同一定的形象相联系，好像是第一次看到的、感受到的。美国诗人惠特曼回忆说，他当年参加林肯总统的葬礼时，是一个四月的天气，棺材两边堆满了紫丁香花。他说，在以后的年月中，"由于一种难以解释的奇怪想法，我每次看到紫丁香，每次闻到它的香味，我就想起林肯的悲剧。"② 这种记忆确实是奇异的，诗人关于林肯悲剧的记忆不是同哪家报纸的报导相联系，不是由哪本历史书籍所触发，而是同生动的丁香花形象相联系，是由丁香花的香味所触发。

其次是带有情感色彩的，是具有情绪性的。

艺术家的记忆往往不是冷漠的，机械的，它总是同一定的情感体验相联系，有时甚至是同一种莫名其妙的、无以言状的情绪相联系的。卓别林在他的《自传》中写道，他始终记着他们家起居室里"那些曾经影响了我情绪的东西"："母亲的那幅和真人一般大小的蕾尔·格温画像，使我感到厌恶；我们家餐具架上那些长颈瓶，使我感到憋闷；那个圆形的小八音琴，它的珐琅面上绘了几个云雾中的天使，我看了又是喜欢又是迷惑。我喜欢的却是那个用六个便士从吉普赛人那儿买来的玩具椅子，它们使我体会到一种占有财物的特殊感觉。"③ 显然，艺术家的记忆是同不同的情

① 《诺贝尔文学奖获奖作家谈创作》，北京大学出版社 1987 年版，第 181 页。

② 转引自鲁枢元《创作心理研究》，黄河文艺出版社 1987 年版，第 51 页。

③ 《卓别林自传》，中国戏剧出版社 1985 年版，第 34—35 页。

绪相联系，卓别林对玩具椅子印象深刻，是因为对它情有独钟，让他体验了一种占有财物的特殊感觉。

第三，是经过艺术家主体过滤的、带有主体色彩的诗化记忆。

艺术家的记忆不可能像机械记忆那样，原封不动地再现以往的人和事，以往的种种情景，它带有很强的主体色彩，往往是变形或重塑的，是一种创造性的心理活动。人们把艺术家的记忆称之为诗化记忆是很有意思的，它包含两个内容。一是艺术家的记忆是要经过选择和淘洗的，是要经常筛选的，它要过滤掉艺术家不感兴趣或不愉快的东西，留下艺术家感兴趣或感到愉快的东西。例如，鲁迅三味书屋杂草丛生的荒芜的后院在他的记忆中成了乐趣横生的儿童乐园，马克·吐温那位于偏僻的密苏里州的简陋的旧居，在他眼里却始终是一座宏大的"宫殿"。二是艺术家的记忆是要加以改造和重塑的。正如斯坦尼斯拉夫斯基所说："时间是一种很好的滤器，能把我们对体验过的情感的回忆澄清和滤净。它还是一个卓越的艺术家。它不但能澄清回忆，还能把回忆诗化。由于记忆的这种特性，即使是那种黯淡的、实际存在的和粗糙的自然主义的体验，也都会随着时间的进展而变得美丽些、艺术性些。"①

四　艺术想象力

想象是以人脑中存留的客观事物的形象——表象为基础，对其进行加工改造，形成事物新形象的过程。想象分为再造性想象和创造性想象两种：再造性想象是根据别人的语言描述或图表说明进行的想象，例如读者根据作品的语言提示，脑海里出现有关人物、场景；创造性想象是不依据现成描述而依据客观事物为基础独立进行的想象，它产生的形象是新鲜的、独立的，具有创造性的。艺术家的想象是一种创造性的想象。

艺术家的想象力在艺术创作活动中占有重要的地位，艺术家的艺术形象是通过艺术家的想象创造出来的。别林斯基指出，要成为一个诗人，"必须天生赋有创造性的想象，只有它才构成诗人之所以有别于非诗人的

---

① 《斯坦尼斯拉夫斯基全集》第 2 卷，中国电影出版社 1985 年版，第 276 页。

特点"。① 黑格尔说:"通过想象的创造劳动,艺术家在内心把绝对理性转化为现实形象,成为最适于表现他自己的作品,这种活动就叫做'才能'、'天才'等等。"②

问题是为什么想象、想象力对创作活动如此重要?因为文学创作是一种具有高度自由性的精神活动,没有心灵的自由就不存在创作。想象力恰好是人类心灵活动中最少受限制、最能体现心灵自由的一种心理能力。知觉和记忆较多受对象或经验制约,想象虽以记忆为基础,但不受记忆束缚。记忆重在再现,想象重在创造。康德说:"就它的自由而论,想象力并非被联想律约束住而只能照样复制的;它能够创造和自己活动,首创各种可能的意象,赋予随心所欲的模样","想象力是一个创造性的认识功能"。③

高度发展的艺术想象力,是艺术创作的基本成分,艺术想象力质量的高低直接影响艺术作品的质量。因此,苏联作家 K. 巴乌斯托夫斯基指出:"我们应当把一切最伟大的艺术品都归功于想象。"④ K. 费定在向青年作家谈到想象对创作的特殊意义时指出:"事实在大多数情况下,是我们称之为幻想的着力点。我觉得,同作家'编造'工作相比较,你过高估计了作家生活知识的意义,而降低了虚构的意义。现在在完成总共 60 个印刷页的两部曲(指《早年的欢乐》、《不平凡的夏天》)之后,我估计虚构与'事实'的比例为 98:2。当然,我过去和现在都非常了解 1910—1912 年俄国现实生活的事实。但是只有离开生活事实,进入想象的广阔天地时,我才能编造我在生活中没有见过、从没有遇到过的、然而又仿佛必然存在的人物。"⑤

一切伟大艺术家都具有高度的艺术想象力。下面引用一段俄国作家陀思妥耶夫斯基的日记,看看伟大的艺术家如何进行艺术想象,看看他的艺术想象力达到何等高度。他是这样论述的:

① 转引自《外国理论家作家论形象思维》,中国社会科学出版社 1979 年版,第 67 页。

② 黑格尔:《美学》第 1 卷,商务印书馆 1979 年版,第 357、360 页。

③ 《达·芬奇论绘画》,人民美术出版社 1979 年版,第 45 页。

④ 《论写作》,人民文学出版社 1957 年版,第 82 页。

⑤ 《十月》1995 年第 8 期,第 152 页;引自科瓦廖夫《文学创作心理学》,福建人民出版社 1983 年版,第 87 页。

　　我在人群中发现一个孤独的工人，而且带着一个小孩，一个小男孩，孤零零的两个人，两人的样子也一样孤独。工人三十岁左右，有一张枯黄而病态的脸。他是节日打扮：穿着德国式的常礼服，衣服开了绽，纽扣磨损了，领子满是油垢；裤子是从旧货市场偶然'倒手'买来的，但一切都尽可能收拾得干净些。细棉布的胸衣和领带，大衣帽，都是皱巴巴的。刮了胡子。他应当是在某个钳工作坊或是印刷厂工作。面部表情晦暗、忧郁、沉思、生硬，几乎是凶狠的。他拉着小男孩的手，小男孩有点摇摇晃晃地跟着他慢慢走，这是个两岁多的小男孩，非常孱弱，非常苍白，但是穿着一件长衫，一双带红色贴边的靴子，戴着一顶带小孔雀毛的帽子。他累了，父亲对他说了句什么，或许就是说说而已，而结果像是呵斥。小男孩不吭声了。但又走了五步，父亲弯下腰，小心地把小男孩抱在手里，带走了。小男孩习惯而信赖地紧贴着他，用右手搂住他的脖子，带着孩子的惊奇开始凝视着我，好象在问：你干吗跟着我们走，而且那么看着我们？于是我朝他点了点头，笑了笑，可是他皱起眉头，更紧地搂住父亲的脖子。两个好朋友就应当是这样的。

　　我喜欢一边在街上漫步，一边端详完全陌生的行人，研究他们的面孔，揣测他们是什么人，日子过得怎么样，干什么工作，特别是此刻什么东西使他们感兴趣。关于带小男孩的工人当时我起了这样一些念头：就在一个月前，他的妻子死了，而且不知为什么，一定是因为得肺结核死的。暂时由住在地下层的、随便哪个小老太婆照看小孤儿（父亲整周在作坊干活），他们在地下层租了间小屋，也可能只是一个小角落。现在是星期天，鳏夫带着儿子到远在维堡区的一个唯一剩下的亲戚那里去，更准确点说就是去死者的姐妹那里，先前他们不常到那儿去，这个亲戚嫁给一个带镶条的军士，一定住在一个最大的公馆里，也是住在地下层，可是那是特殊的地下层。她可能为死者伤心过，但不十分伤心，鳏夫在做客的时候大概也不十分伤心，但是整个时间都是忧郁的，很少谈话，谈起话来也不多，一定把话题转到某个实际的、专门的问题上，可是这个话题很快就中断了。应当是他们摆上茶炊，就着糖块喝茶。小男孩整个时间都坐在角落里的条凳上，皱着眉头，很怯生，最后打起盹来。姨妈和姨夫很少注意他，但是最后毕竟送来了牛奶面包，所以直到现在一点也没有注意他的主人——军士以爱抚的样子向小男孩说起了俏皮话，可是说得很不得体，很不合适，说得自己（其实就是一个人）也大笑起来，而鳏夫则相反，就在这时严厉地，也不知为什么，冲小孩嚷起来，随后小孩一定想要大便，于是父亲立刻不喊了，严肃地把小孩从房间里带出去几分钟……告别也像谈话一样，也是沉闷而刻板，遵循着一切礼节。父亲笨手笨脚地拽着小孩的手，把他领回家去，从维堡区到铸造区。明天又得到作坊去，而小孩又得到老太婆那里去。你就这样走啊走啊，为了给自己解闷想出这样一些无根据的小场面。"①

这段记述前半段是观察，后半段是以观察为依据，充分展开大胆的想象，显示了作家高度的艺术想象力。作家想象的根据和起点是大人和小孩的穿着、脸色、表情和动作。作家高度的想象力表现在他善于从生活出发，想象出人物的特殊身份、特殊心理、特殊关系，以及这一切在特殊环境中的种种表现。这里有特殊身份（鳏夫）、特殊心理（疼爱孩子又不会照顾孩子，容易动火也会克制）、特殊关系（唯一的亲戚，关系又不亲，人死了也不会伤心）。把这一切放在一个特殊环境中，作家就充分展开想象，极力表现出一种特殊的气氛：既没有对死者的共同悼念，也没有对小孩的怜惜和关爱，谈话始终活跃不起来，一切显得沉闷、忧郁。结果父子的不幸和悲哀并没有得到亲戚的理解与慰藉，亲戚之间仍然十分隔膜。最后作家留给我们的是一丝悲凉，是作家特有的为外在行动所掩盖的潜在的连主人公都未必意识到的悲凉。作家这种艺术想象之所以有高的质量，在于它是来自生活的观察、生活的真实，在于它始终为一种动人的情感所笼罩。

从这个个案出发，我们还可以进一步分析高质量的艺术想象力所应当具有的品位和特征。第一，由情感所激发的。想象是客观事物在主观情感

---

① 陀思妥耶夫斯基：《作家日记》，《陀思妥耶夫斯基全集》第 19 卷，第 280—281 页，俄文版，圣彼得堡，1911 年；转引自科瓦廖夫《文学创作心理学》，福建人民出版社 1983 年版，第 84—85 页。

冲击下产生的，情感的激流会使人的感知产生变异，在情感冲击下所产生的想象是动人的。如《西厢记》中崔莺莺送别张生时，她觉得那霜打的枫叶是妻子离别丈夫的眼泪染红的，第二，是新鲜、独创的。这种想象的独创性是源于艺术家独特的个性，源于艺术家独特的经历、气质、性格，独特的审美理想和审美趣味。如陆游的诗句"夜阑卧听风吹雨，铁马冰河入梦来"，将风雨声想象成骑马杀敌的战斗声，这种想象是奇特、独创的，同时又是同诗人的生活遭遇、豪放的性格和爱国情怀相联系的。第三，是超越自我的。艺术想象从自我出发，具有艺术家的个性，然而它又是超越自我的，是自我与非我的结合。正如高尔基所说："科学工作者研究公羊时，用不着想象自己也是一头公羊，但是文学家则不然，他虽慷慨，却必须想象自己是个吝啬鬼，他虽毫无私心，却必须觉得自己是个贪婪的守财奴，他虽意志薄弱，但必须令人信服地描写出一个意志坚强的人。有才能的文学家正是依靠这种十分发达的想象力，才能常常取得这样的效果：他所描写的人物在读者面前要比创造他们的作者本人出色和鲜明得多，心理上也和谐和完整得多。"① 在这种情况下，艺术家在发挥想象力时，必须控制自我，超越自我，进入非我的境地，然而艺术家的自我也不可能不流露，所表现的终归离不开"作者本人"。

五　艺术表现力

艺术家的智能因素分为认知和实行两部分。如果说艺术观察力、艺术知觉力、艺术记忆力和艺术想象力属于认知方面，那么艺术表现力就属于实行方面。这就是艺术创作活动、艺术实践活动中知与行的统一。

所谓艺术表现力，就是艺术家将艺术情感化为艺术形式的能力，将艺术构思化为艺术作品的能力。正如玛克斯·德索所说："特殊精神创造力求获得一定的形式，还需要一种新的经验来使相对自由的任性的意识活动变为一种可靠的统一体。容易引起激动的材料准备好了，一旦有一粒火星落到上面，那么一闪之间，羽毛丰满的戏剧便在诗人心中出现，旋律的格

---

① 高尔基：《论文学》，人民文学出版社 1983 年版，第 317 页。

局便在作曲家耳边震响，画家便看见他的图画，雕刻家则见到了他的雕塑。"① 这里所说的"一粒火星"可以说就是艺术的形式，艺术家正是通过一定的艺术形式将艺术构思中的多种因素组成一个艺术整体，而这种能力就是形式化的能力，艺术表现的能力。对艺术创作而言，非形式化的印象、情感、体验只有经过形式化，才能成为艺术品。实际上形式化的过程往往也会使得艺术家原有的艺术构思产生变化，使它变得更加明晰，更加完善。从这里可以看出实现艺术的形式化的艺术表现能力对艺术创作的重要意义。

艺术表现力，艺术形式化的能力，由于艺术家的个性差异，各种艺术门类也有自己的特点，实行起来自然有差别，但基本要涉及操作工具、操作技巧、操作程序三个问题。

首先涉及操作工具，涉及对操作工具本身质地、特性和功能的了解。语言是文学创作的工具，从事文学创作需要对语言的特性有充分的了解。文房四宝纸、笔、墨、砚是从事书法创作的工具，从事书法创作需要对它们的特性都有所了解。比如，笔就有择笔的问题，写起来要合手，笔要是不合手还是不好受的。苏东坡说过，好受的笔，写着让人手里拿着不觉得有笔。从事音乐、美术等艺术创作，在进行艺术表现，进行形式化时，也都要面临工具问题，音乐有乐器的问题，美术也有画笔、颜料和画布的问题。古人说欲善其事必先工其器，讲的就是操作工具的问题。这个问题作家向来是非常重视的，而艺术理论家常常是关注不够的。

其次是操作技巧。

艺术家如何运用一定的工具将心中的审美体验，将心中的艺术构思形式化，技巧的操作是其中的关键问题、核心问题。因为技巧的本质就是审美意象的传达，也就是使艺术家的艺术构思向艺术作品的生成。美国著名的作家和批评家马克·肖勒认为，内容可分为未完成的和完成的两种，未完成的内容就是存在于作家心中的审美体验，完成的内容便是艺术品，"内容（或经验）与完成的内容（或艺术）之间的差距便是技巧"。②

技巧操作对艺术表现和形式化来说，不仅是十分重要，同时也是非常

---

① 玛克斯·德索：《美学与艺术理论》，中国社会科学出版社1987年版，第176—177页。
② 《"冰山"理论：对话与潜对话》上册，工人出版社1987年版，第174页。

深奥和艰难的操作。技巧操作归根到底是为艺术家内心的印象、体验，为艺术家内心的审美意象找到物质的对应物，找到形式的对应物。要找到两者的契合点是需要克服许多矛盾，接受许多挑战的。就文学创作的语言操作而言，许多作家为找不到恰当的语言苦不堪言。这其中的矛盾就有文与意的矛盾，如陆机所说的"文不逮意，意不称物"。艺术家"意会"了，但要"言传"就难了。为了找到达意的词语，古代许多诗人就得反复炼字，甚至是"两句三年得，一吟双泪流"，真正做到"语不惊人死不休"。除了文意的矛盾，就作家创作而言，还有作家个性语言和作品人物语言的矛盾。在文学创作中，作家运用的语言必须同作品中人物的气质和性格相适应，同时还要有作家自己的语言个性特征，也就是要有自己的语言风格，自己的笔调。正如契诃夫所说："关于初学写作的作家，首先可以由语言下判断。如果这个作家没有自己的笔调，那他绝不会成为作家，要是他有笔调，有自己的语言，那么他当作家就不是没有希望了。"① 为达到作家个性语言和人物语言的和谐一致，作家在语言操作上需要下很大功夫。

再深入一步谈，艺术家的技巧操作还面临着非常微妙的创作心理的问题。在一般人看来，艺术家的技巧操作只是艺术表现过程的具体运作，其实不然，其中还蕴含着深层次的心理活动。其中之一是自觉和不自觉，意识和无意识的问题。技巧操作可分为两个层次，第一个层次是自觉操作的层次，有意识操作的层次；第二个层次是不十分自觉的层次，无意识的层次，也就是艺术家的技巧操作已进入驾轻就熟的境界，出神入化的境界，或者叫无技巧的境界。此时，艺术家的技巧操作已不受对象的制约，不受记忆的制约，完全进入一种自由的境界。艺术技巧操作的奥秘就在于自觉和不自觉、意识和无意识相互调节，技巧的高度发挥正是在二者协调一致的时刻实现的。技巧操作的另一个深层心理问题是情感和规范的问题。技巧操作是有规范的，而艺术家的情感是自由的。技巧要规范情感，情感要挣脱技巧规范的束缚，两者既形成矛盾，也形成张力，矛盾的克服和张力的形成，实际上也为艺术家提供了艺术创新的可能性。有经验的艺术家总是在情感和技巧规范之间保持平衡：时而让情感突破技巧规范，时而又让

---

① 《契诃夫论文学》，人民文学出版社 1958 年版，第 420 页。

技巧规范来制约情感。

第三是操作程序。

艺术家进入创作后又分为两个阶段，一是动手阶段，一是修改阶段。在这两个阶段的运作过程中，每个艺术家都表现出自己鲜明的艺术个性特征。在写作阶段，有的作家写得很慢，托尔斯泰的《复活》写了 10 年，马尔克斯的《百年孤独》写了 18 年。有的写得很快，一气呵成。歌德的《少年维特的烦恼》，就在 1774 年 2—3 月写成，屠格涅夫的《罗亭》写于 1855 年 6 月 5 日到 7 月 24 日。有的作家是集中时间写作，涅克拉索夫写《不幸的人们》就 24 天，除了写作什么也不干；有的作家则是细水长流，每天抽一点时间来写作，左拉就每天平均写三页，没有一天不写。同一个时间，更多的作家只能写一部作品，有的作家则可以同时写几部作品，普希金的《青铜骑士》手稿中就有《安德热洛》和《死公主的故事》的草稿。在修改阶段，有的完稿以后，很少修改，如鲁迅；有的完稿后还大加修改，托尔斯泰《复活》有四种修改稿，果戈理《钦差大臣》有六种修改稿，《死灵魂》有五种修改稿。

尽管作家们的写作习惯各异，但他们的写作还是有表现出一定的阶段性和明显的特征。下面看看果戈理是如何写作和修改作品的。他写道：

先把所想到的一切都不加思索地写下来，虽然可能写得不好，废话过多，但一定要把一切都写下来，然后就把这个笔记本忘掉吧。之后，经过一个月，经过两个月，有时还要经过更长的时间（听其自然好了），再拿出所写的东西重读一遍：您便会发现，许多地方写得不是那么回事儿，有许多多余的地方，但有的缺少某些东西。您就在稿纸旁边修改吧，做记号吧，然后再把笔记本丢开。下次再读它的时候，纸边上还会出现新的记号，要是地方不够了，就拿一张纸从旁边粘上。等到所有地方都这样写满之后，您再亲自把笔记誊清。这时将会自然而然地出现新的领悟、剪裁、补充，文笔也变得洗练了。从先前的文字中会跳出一些新词儿，而这些词儿还非得用在那里不可，可是不知怎么一下子想不起来。您再把笔记本丢开，去旅行吧，散心吧，什么也别干或者另外写别的东西吧。到时候又会想起丢下的笔记本。把它拿出来，重读一遍，然后再用同样的方法修改它，等到再涂抹得一塌糊涂的时候，再亲自把笔记本誊清。您这时便会发现，随着文笔的坚实，句子的优美和凝练，您的手也仿佛坚实起来。依我看需要这样改八遍。对一些人来说，可能需要少一些，而对另外一些人来说，则可能还要多一些。我改八遍。只有亲自动手修改八遍之后，作品从艺术上来说才算是完成了，成了最精美的杰作。看来再进一步修改和反复检查就会坏事，画家们称之为卖弄。当然，遵循这样的规则，太难了。我说的是理想。①

　　果戈理这段话说明写作的艰苦，修改的重要性，也说明了作家写作和修改阶段的大致程序：第一，先把一切都写下来，尽快将自己的印象、体验、构思用语言化为作品，把它物质化；第二，然后把它放一放，目的是为了保持距离，加以理智地审视。第三是反复修改，在修改中出现新的领悟、新的情节、新的细节、新的人物，也使语言更准确、更坚实。这个过程对艺术创作来说是至关重要的，它让艺术构思文本化了，让心中之竹变成笔下之竹，同时也让艺术构思不断完善和深化，让语言和形式日臻完美。

　　上面分别谈了艺术家的艺术观察能力、知觉能力、记忆能力、想象能力和表现能力，在这个基础上有几个问题是需要进一步加以深入思考的。

　　第一，艺术家的各种艺术能力在具体创作过程中并不是孤立发挥作用的，它们之间是相互交融、相互作用的。艺术知觉力离不开艺术观察力，艺术想象力也需要以艺术观察、艺术知觉和艺术记忆作为基础，常常是被它们所激发。艺术家各种艺术能力如果能够得到高度发展和完美结合，那就是艺术天才。

　　第二，艺术能力是一种特殊的能力，而一般能力又寓于特殊能力之中，艺术能力的发展要以一般能力的发展做为基础，如果一般能力水平比较差，作为特殊能力的艺术能力就很难得到发展，只有一般能力得到很好的发展，才能为艺术能力的发展提供有利的条件。

　　第三，艺术家艺术能力的发展同艺术实践活动有密切关系，同艺术家掌握人类历史发展所积累的文化知识也有密切关系。艺术家不仅要成为本

---

①　转引自科瓦廖夫《文学创作心理学》，福建人民出版社1983年版，第132—133页。

艺术门类的专家，也要通晓人类文化知识，提高整体文化素质，具有其他艺术门类的素养，这样才能使他成为具有高度文化素养的艺术家，成为具有综合艺术素养的艺术家，他的艺术能力也才能得到高度发展。

第 五 章

艺术家的自我意识

自我意识在个性心理结构中属于个性自我调节的部分。自我意识是指个体把主体自身当作客体来认识和体验，艺术家的自我意识是艺术家把主体自身当作客体来认识和体验，就是艺术家对自己的认识，比如说，"我是写诗的不适合写小说"，"我适合写浪花不适合写大海"，"我是写农村的不适合写城市"，等等。

自我意识对艺术家创作，对艺术家创作个性的形成，有重要的意义和作用。自我意识是艺术家给自己定位，承担着艺术家内部世界以及内部世界和外部世界之间的协调任务，也是艺术家创作个性成熟的重要标志。一个艺术家在创作上如果没有自我意识，人云亦云，随波逐流，是不可能形成独特的性格和风格的，艺术家只有在创作实践中逐渐增强自我意识，才能有自己独特的创作个性和创作风格。

以往常谈创作风格的形成是艺术家成熟的标志，殊不知创作风格源于创作个性，而创作个性则来自艺术家的自我意识。从艺术家个性心理的角度研究艺术家自我意识问题，能深化我们对艺术家个性和风格的认识。

一　艺术家的自我认识、自我体验、自我控制

自我意识是自我认识（知）、自我体验（情）、自我控制（意）三方面组成的自我调节系统，调控着个体的心理活动和行为。

（一）自我认知

自我认识是对自己的洞察和了解，包括自我观察和自我评价。自我观察是对自己内部感受的觉察，并对所观察的情况做初步的分析归纳，是自我认识的初级阶段，有待上升为自我评价。自我评价是对自己的想法、期望、品德、行为及个性特征的判断和评估。自我评价是自我调节的重要条件。正确的评价能处理好个人与社会，个人与他人的关系，使自己扬长避短，使个性得到健康的发展。反之，错误的评价，过高或过低的评价，或自高自大或丧失信心，都会阻碍个性的健康的发展。

真正的艺术家总是善于自我观察，进行自我评价，并从中确定自己行为的方向。

只要你去翻翻托尔斯泰的日记，你会发现他是一个敢于自我解剖的人。他在青年时代的日记中写道："我对别人暴躁、厌烦、不谦虚、不忍耐，象小孩一样害羞；我差不多是个不学无术的人，我总是马马虎虎地抓着空儿，没有联系的、没有结果的、那么少地学过一些东西；我无节制、不果断、无恒心、愚笨、浮华和情绪急躁，象所有意志脆弱的人一样。"在严格地指出自己弱点的同时，他也看到自己的优点："我是有才能的，但我的才能还没有经过考验……我是一个诚实的人，就是我爱善良……当我离开它时，就感到不愉快，而转向它时就看到愉快。但有一件事情比善良还重要，那就是荣誉。我有这样的虚荣心，这样地很少满足，假如让我在荣誉和善良中进行选择的话，恐怕我常常选择第一位。"① 托尔斯泰的自我意识和自我评价是十分准确的，既看到自己的浮躁和意志脆弱，也看到自己的善良和对荣誉的珍惜，其中善良就是使他成为伟大作家的重要条件，车尔尼雪夫斯基在他步入文坛时就敏锐指出"崇高的道德情感"是托尔斯泰创作重要特征。托尔斯泰在进行一番自我认识以后，给自己制定了计划和准则，要求自己对工作要有明确的目的；一切从理性出发；不受金钱名利的诱惑；做事要有始有终、坚持到底。这一切促使他成长为伟大的作家。

巴尔扎克对自己也有一番自我观察和自我评价。他在致阿柏朗台斯公

---

① 转引自高玉祥《个性心理学》，北京师范大学出版社1999年版，第305页。

爵夫人的信（1828 年 7 月）中说："就我所知，我的性格最最特别。我观察自己，如同观察别人一样；我这五尺二寸的身躯，包含一切可能有的分歧和矛盾。有些人认为我高傲、浪漫、顽固、轻浮、思考散漫、狂妄、疏忽、懒惰、懈怠、冒失、毫无恒心、爱说话、不周到、欠礼数、无礼貌、乖戾、好使性子；另一些人却说我节俭、谦虚、勇敢、顽强、刚毅、不修边幅、用功、有恒、不爱说话、心细、有礼貌、经常快活，其实都有道理。说我胆小如鼠的人，不见得就比说我勇敢的人更没有道理，再如说我博学或无知，能干或者愚蠢，也是如此；没有什么使我大惊小怪的。我最后认为自己只是被环境玩弄的一种工具而已。"① 他在给妹妹洛尔·徐尔维勤夫人的信（1832 年 8 月）中又说："直到现在，我能克服生活里的困难，勇气全是你给我的！是的，你说的对，我不能停下来，我要前进，我一定要达到目的，总有一天，你会看到我列身于祖国伟大文化人里的！"② 巴尔扎克通过别人对自己的不同看法，展现了和表现了对自己充满矛盾的性格的清醒认识，更重要的是看到了自己的刚毅和自信，自己对崇高目标的执着追求。

在艺术家的自我认识中，存在一种十分有趣的文化现象，就是艺术家对自己的认识和社会的评价常常不一致。

齐白石自我鉴定："诗第一，治印第二，绘画第三。"而社会上的评价正相反，黄宾虹曾评说："齐白石画艺胜于书法，书法胜于篆刻，篆刻胜于诗文。"

王国维对自己的词相当自负。他的词集《人间词》曾托名作一序文，对自己的词评价极高。在 30 岁作的《自序》中也自称其词"自南宋以后除一二人外，尚未有及余者。"自己评价如此之高，但历来公认他的词《人间词》不及《人间词话》。

刘叔雅（文典）是著名国学家，但行为怪癖。西南联大时期跑警报，沈从文跑在前面，他正色道："你跑什么，我跑因为我炸死了就不再有人讲《庄子》了。"他对学生说："陈寅恪如不在了，全中国就没有什么人才了。现在趁我还在，你们认真听课吧。"50 年代他被评为一级教授。

① 《文艺理论译丛》1957 年第 2 册，人民文学出版社 1957 年版，第 118 页。
② 同上书，第 125 页。

名家自评往往很狂。不过老舍在谈到张恨水的"狂"时，却有独特的看法：能这样狂的人才能做文人，因为他的"狂"，所以他才肯受苦，才会爱惜羽毛。

当然，也有一种谦虚的自评，自己的评价低社会的评价高。鲁迅曾称冯至是"中国最为杰出的抒情诗人"（《中国新文学大系》小说二集"导言"）。当别人提起鲁迅的评价时，冯至则说我不是杰出的诗人，更不是最杰出的，你千万别这样说。大家都公认他是学者，但他从来认为："我不是学者，没有写过一定水平的学术著作。"[1]

一般来说，自我认识和自我评价要准确、恰当、实事求是，然而艺术家的自我认识和自我评价却往往带有情感色彩，甚至有夸大的成分，这种现象要做具体分析。他们的"狂"，有时是对自己的价值、追求、风格和能力的肯定和捍卫。敢于"狂"，他们也就能吃苦，能有所作为，能爱惜自己的羽毛。从另一方面看，他们对自己的看法同别人评价产生差异，有时是为了突出自己不被人重视、被其他名声所掩盖的独到之处、得意之处，这也可以使我们对艺术家的成就有更全面和更深入的认识。

（二）自我体验

自我体验是自我意识的情感表现。它和其他情感体验一样，也是人对客观事物是否符合人的需要而产生的内心体验，是伴随着自我认识对客观世界一种特殊的反映形式。自我体验起调节作用。在艺术家自我意识的形成过程中，自我体验起着重要作用，因为艺术家的自我认识带有更强烈的情感色彩。

自我体验使艺术家的自我认识化为个人的需要和信念。人们对客观事物的认识必须通过切身体验，才能变成个人的需要和信念。艺术家对创作事业的认识，对自己为什么要从事创作的认识常常是来自强烈的自我情感体验。当读者问俄罗斯著名军事题材作家邦达列夫，为什么从事军事题材创作，"为什么认为自己除了写作之外没有别的职业"。他回答说："在阵亡将士的面前，我不只一次感到内疚。也许这种心情并不完全合理，但是有一点是毫无疑义的：你的生命是成千上万的阵亡将士换来的，你在战后

---

[1] 以上材料参见王建辉《艺术家的自评》，《光明日报》1994 年 3 月 18 日。

度过的岁月就是他们馈赠你的最珍贵、最美好的礼品。不应该忘记，许许多多的同代人安息在斯大林格勒郊外，安息在库尔斯克和柏林城市。——想到这里，就会产生前线战士所熟悉的痛苦，那失去战友、束手无策的痛苦，因为无法做出努力，无法改变当时的状况，无法使战死沙场的战友起死回生，哪怕这个世界上只剩下一个老战士，这种感觉也将长久保持下去。这就是对您问题的回答。"① 显然，正是对牺牲战友的强烈自我情感体验，使作家立下终身从事战争题材创作的信念。我国当代作家航鹰在自己作品签名售书活动时，开始生怕来买书的人太少，曾找托儿来排队，后来看到买书的人排起长长的队伍，她非常感动，觉得自己的写作面对的是普通人，并坚定了写普通人的信念。

自我体验能使艺术家激起创作的热情。情感是一种激励和鼓舞的力量，它常常能调动艺术家整个身心投入创作。托尔斯泰在从事处女作《童年》的写作时，虽然也做了充分准备，下了很大功夫，但仍然怀疑自己的才能，一会觉得写得不错，一会又觉得写得不好，完全没有信心。他在 1852 年 4 月 7 日的日记中写道："我坚信，写得简直不行。文字太粗，思想太少，以至无法原谅内容的空洞……这部作品寄不寄出，我还没有拿定主意。"5 月 23 日的日记中写道："我觉得《童年》不太坏。只要我有耐心写第四遍，甚至会写好。"6 月 2 日的日记写道："……这部作品还是不错的。关于它，我想到的只是，有比它差的小说。我还不相信我没有才华。我觉得我是缺乏耐心、熟巧和明晰，无论在文学、情感，还是在思想上也都没有什么伟大之处，不过最后一点我还有疑问。"7 月份，托尔斯泰将处女作《童年》寄给《现代人》杂志主编、著名诗人涅克拉索夫，8 月涅克拉索夫回信称赞小说作者是有才华的，认为"作者的方向，作品的内容的质朴和真诚构成这部作品无可比拟的（不可剥夺的）优点"。接到涅克拉索夫来信，托尔斯泰十分激动，他在 8 月 29 日的日记中写道："收到编辑部来信，我高兴得象个傻子。"② 小说在 11 月发表，获得一片赞誉，他愉快地读了这些称赞的文章。后来他回忆说："我读着，沉醉在一片赞叹的享受之中。欢乐的热泪甚至使我窒息。"处女作成功带来的强

---

① 《苏联当代作家谈创作》，北京师范大学出版社 1984 年版，第 36 页。
② 《托尔斯泰文集》第 17 卷，人民文学出版社 1991 年版，第 30—36 页。

烈的自我情感体验使托尔斯泰坚定了创作的信念，决心"怀着信念兴致勃勃地写一点好的有益的东西"[①]。

（三）自我控制

自我控制是艺术家自我意识在意志行动上的表现。艺术家个人通过自我认识和自我体验，主动地提出目标，以实际行动来实现目标，并自觉控制与目标相悖的行为。艺术家成名之后对荣誉、金钱保持高度警惕，对低级庸俗的趣味自觉抵制，有的作家甚至把自己不满意的书稿烧毁，有的画家把自己不满意的画作撕毁，这些都是艺术家的自我控制，都是艺术家自我意识的高度体现。

艺术家自我意识的三个方面实际上是紧密联系和相互制约的。他在自我认识时总会产生自我体验，同时也要产生支配和调节行动的内心活动。

二　艺术家增强自我意识的心理机制

艺术家的自我意识的形成，是一个自我发现的过程，它经历了形成、确定和成熟这样一个过程。一个艺术家从怀疑自己是否有创作才能，到确定自己是有文学才能的；从没有确定的创作方向，到确定了自己的创作方向；从没有自己的创作个性和创作风格到形成自己的创作个性和创作风格，这样一个自我意识的形成过程是十分艰难和曲折的。那么艺术家是运用什么方法来形成和增强自我意识，艺术家自我意识形成和增强的心理机制是什么，这是一个需要深入揭示的问题。它主要有以下一些方面。

（一）善于反思

反思是自我意识形成和增强的重要途径，艺术家总是善于反思的，通过反思自己走过的创作道路，认真总结哪些创作是不符合社会的需要和自己的个性的，哪些创作是同社会的需要和自己的创作个性相吻合，从而逐渐形成和明确自己的创作方向，形成自己独特的创作个性和创作风格。在这方面有高度自觉的艺术家，有自己主见的艺术家，比较容易获得成功；

---

① 《托尔斯泰文集》第 17 卷，人民文学出版社 1991 年版，第 39 页。

在这方面缺乏自觉的作家，听从别人摆弄、没有自己主见的艺术家，常常要走很多弯路，也很难获得成功。在许多作家艺术家身上，可以看到经验和教训。

俄国一些著名的作家特别善于对自己的创作进行反思，从而形成自己明确的创作方向和独特的创作风格。

在俄国作家中屠格涅夫是一位有强烈自我意识和独特个性的作家。他曾经这样说过："在文学天才身上，重要的是我敢称之为自己声音的一种东西。是的，重要的是自己的声音。重要的是生动的、特殊的、自己个人所有的音调，这些音调在其他每一个人的喉咙里是发不出来的。"[1] 为了在创作中发出"自己的声音"，屠格涅夫一生不断创作，不断探索，不断总结。在他一生中有两次比较系统总结自己的创作，一次是在《关于〈父与子〉》（1869）中，一次是在《六篇长篇小说总序》（1880）中。在这两篇文章中，屠格涅夫系统总结和反思了自己的创作，讲述了每部小说的创作过程和自己的创作心迹，针对文坛的种种指责，坚持了自己的创作原则，并希望读者能给予理解。通过总结和反思，他坚持了两大创作原则和创作风格。其中之一是真诚，他认为，"准确而有力地表现真实和生活实况是作家最高的幸福，即使这真实同他个人的喜爱并不符合"[2]。其中之二是迅速而敏锐地反映时代的变化。他在《六篇长篇小说总序》中总结一些创作时说："1855 年的《罗亭》的作者和 1876 年《处女地》的作者是同一个人。在整个这段时间中，我用尽力气和本领，务求诚挚而冷静地把莎士比亚称之为 the body and pressure of time（此处所引与原文由出入，原文下之琳先生译为给时代和社会看看自己的形象和印记——译注）的东西和俄国文明阶层人士的迅速变化的面貌描绘出来，并体现在适当的典型之中。"[3]

俄国作家陀思妥耶夫斯基创作最大的特色是敢于对人性进行深入、大胆、残酷的剖析。这种创作风格的形成也是他自觉探寻、反思的结果。他

---

[1] 《俄国作家论文学创作》第 2 卷，苏联作家出版社 1955 年版，第 712 页；转引自《作家的创作个性和文学的发展》，上海人民出版社 1977 年版，第 70 页。

[2] 《文艺理论译丛》1957 年第 1 册，人民文学出版社 1957 年版，第 203 页。

[3] 《屠格涅夫回忆录》，人民文学出版社 1962 年版，第 90 页。

在 17 岁就说过: "人是一个秘密,必须识破它。如果识破它需要整整一生,也不能说是浪费时间,我要探寻这个秘密。"① 年轻的作家用毕生的精力探索人的奥秘,实现了自己的诺言。他在晚年总结和反思自己的创作时,又进一步明确自己的创作是"用完全的现实主义在人身上发现人","描绘的是人的内心的全部奥秘"。②

俄国著名小说家、戏剧家契诃夫创作理念和创作风格的形成,也经历了复杂的过程。经历了一条坎坷的探索道路。他早期以契洪特笔名进行创作,当时迫于生计,一度为了迎合时尚,写了一些滑稽故事和诙谐小品,后来他进行反思,对这些作品持批判态度,他直言不讳早期的幽默故事"犯过一大堆错误"③。他说: "讲老实话,一味追求幽默是困难的!你有的时候只顾追求幽默,胡乱写出一些东西,连自己看了都恶心,你就不由自主地要钻到进严肃的领域去。"④ 通过反思,他抛弃了契洪特的笔名和早期的创作理念,以契诃夫为笔名写出了揭露和批判现实的优秀的现实主义作品。在创作中,契诃夫一贯坚持寓倾向和感情于客观描写之中的创作原则,主张客观地真实地描写现实,反对所谓的"倾向性",为此,招来了种种非议。当时有人指责他是一个"没有世界观的人",是一个"对善和恶漠不关心的人"。其实他不是笼统地反对倾向性,而是反对错误的和反动的倾向性和教条,反对空洞的政治说教,主张"以实事求是的冷静态度,按照生活的实际情况,真实地、正直地、独立地、客观地描写俄罗斯生活"⑤。经过探索、反思和顶住种种压力,他坚持和捍卫了自己的创作原则,明确指出"要符合下列条件才能成为艺术品: ①不要那种政治、社会、经济性质的冗长的高谈阔论;②彻底的客观态度;③人物和事实描写的真实;④加倍的简练;⑤大胆和独创精神,避免陈腔滥调;⑥诚恳。"⑥

---

① 《陀思妥耶夫斯基论艺术》,俄文版,1973 年,第 465 页。
② 《陀思妥耶夫斯基书信集》第 1 卷,俄文版,1928 年,第 76 页。
③ 《契诃夫论文学》,人民文学出版社 1958 年版,第 167 页。
④ 同上书,第 9 页。
⑤ 《契诃夫传》,人民文学出版社 1960 年版,第 228 页。
⑥ 《契诃夫论文学》,人民文学出版社 1958 年版,第 26 页。

（二）学会比较

"人到世间没有带镜子"，马克思曾说过，"人起初是以别人来反映自己的。名叫彼得的人把自己当作人，只是由于他把名叫保罗的人看作是和自我相同的。"① 艺术家的自我意识也是在同其他艺术家的比较中形成的。

美国作家海明威是一个很自负的作家，也是一个很清醒的作家，他经常拿自己同其他作家比较，以明确自己的长处和不足。他认为一个作家应该多读书，这样才能知道应该超过什么。他说："你写前人已经写过的东西，那是没有用处的，除非你能够超过他。我们这个时代的作家要做的事情是写出前人没有写过的作品，或者说，超过死人写的东西。说明一位作家写得好不好，唯一的办法是同死人比。批评家永远需要流行的天才，这种人的作品既完全看得懂，赞扬他也感到保险，可是等到这些捏造出来的天才一死，他们就不存在了。一个认真的作家只有同死去的作家比高低，这些作家他知道是优秀的。这好比长跑运动员争的是计时表上的时间，而不仅仅是要超过同他一起赛跑的人。他要是不同时间赛，他永远不会知道他可以达到什么速度。"② 这段话充分说明海明威是一个善于通过比较来增强自我意识的作家。首先，他始终保持清醒的头脑，不认同批评家们廉价的赞扬。其次，他善于比较，不同流俗的当代作家，只同死去的经典作家比。第三，他有比较高的期望水平，他知道山外有山，天外有天，要力争达到最优秀的、最高的水平。这一切显示了一个伟大作家成熟之后的强烈的自我意识，也正是这种强烈的自我使他获得成功。他在诺贝尔奖奖金颁发仪式上的书面发言中说："对一个真正的作家来说，每一本书都应该成为他继续探索那些尚未到达的领域的一个新起点。他应该永远尝试去做那些从来没有人做过或者他人没有做成的事。这样他就有幸会获得成功。"③

（三）正确对待批评

艺术家自我意识的形成和成熟有内部条件，也有外部条件，一方面他

---

① 《马克思恩格斯全集》第 23 卷，人民出版社 1963 年版，第 72 页。
② 《"冰山"理论：对话与潜对话》，工人出版社 1987 年版，第 90—91 页。
③ 《诺贝尔文学奖获奖作家谈创作》，北京大学出版社 1987 年版，第 254 页。

在自己的内心要通过不断思考、比较和反思来增强自我意识，另一方面，他也要面对外部的世界，面对社会上对他的评价，其中有肯定和赞扬，也有否定和批评。艺术家的自我意识就是要在经受外界批评中得到增强。有的艺术家能正确面对外界批评，吸纳其正确的成分，加以改进，拒绝其错误成分，继续坚持自己的创作方向和创作个性。有的艺术家则是由于种种原因，在舆论和批评面前退却，轻易放弃自己的创作方向和创作风格，其结果必然是由于自我意识的丧失导致创作的衰退，其中的经验教训值得认真总结和记取。

上海作家茹志鹃是当代著名女作家。五六十年代走上文坛时，她的作品《百合花》、《静静的产院》、《高高的小白树》等，以特有清新、细腻的笔调传达当代人情感深处的颤动，构成小巧玲珑的艺术世界，形成一种清新、独特的艺术风格，获得了文艺界的肯定和赞扬。茅盾称赞《百合花》"清新、俊逸"，"富于抒情诗的风味"，"是我最近读过的几十个短篇中间最使我满意、也最使我感动的一篇"。[1] 与此同时，文艺界也有人对她的创作风格不满意，说她写的不过只是"一朵浪花"，要她写得更豪放些，更开阔些。当时固然也有批评家鼓励她扬长避短，保持自己的风格，但由于压力过大，她感到无所适从，于是作品写得越来越少。"文化大革命"后她在总结当年的创作时说："我觉得我是一个党员，我怎么可以不上劲呢怎么光去写浪花呢。人家评我是一朵浪花，我心里很难受。我觉得只好不去写浪花。我也去写大海，你们说要我避我所短，那我拼命去学粗犷的，应该去写党所需要的东西。党所需要的我不去写，怎么行呢？于是我搁笔不写，写不出来。所以这十一年不动笔是可以理解的，不用去总结，大都理解。"[2] 茹志鹃的这段话读来令人心酸，你当然可以说她没能顶住舆论的压力，坚持自己的创作风格，但在当年的政治压力下，在把创作风格和政治画等号的年代，这谈何容易？

著名作家巴金在新中国成立前也有过茹志鹃的遭遇，当年，他还能对各种错误的批评加以反驳和抵制，极力坚持自己的创作方向和创作风格，

---

[1] 《茅盾文艺评论集》（上），文化艺术出版社1981年版，第299—303页。
[2] 茹志鹃：《漫谈我的创作经历》，见《文学回忆与思考》，人民文学出版社1980年版，第283页。

捍卫自己的创作个性。①

　　1932 年，施蛰存在《现代》杂志第 1 卷第 5 期发表文章批评巴金的短篇小说集《复仇》。他批评这些写域外生活的作品是"因袭"，是"凭书本，凭想象，凭皮毛的见闻"而创作的，作品中所表现的悲哀是中国人万万不会有的。巴金看了，立即在第 6 期发表文章《我的自剖》给予反驳，他说："人类所追求的都是同样的东西——青春、生命、爱情，不为他们自己，而且也为别的人……失去了这一切以后所产生的悲哀，乃是人类共有的悲哀。这对于中国人无论如何绝不会是例外。"针对当时有人指责他的作品"结局常常很阴暗，没有给读者指示一条出路"，巴金认为自己并不希望在作品中扮演一个说教者，或者在作品中加个"光明的尾巴"。他说："我只是把一个垂死制度的牺牲品摆在人们的面前，指给他们看：'这儿是伤痕，这儿是血你们看！'也许有些人会憎厌地跑开，但是聪明的读者就不会从这些伤痕遍体的尸首上看出来一个合理制度的新生？"②

　　1932 年，巴金到台州探望好朋友朱洗（留法生物学家），也见到了思想左倾、在中学教书的徐懋庸，并一起讨论文艺问题。徐后来写了一篇《巴金到台州》（载上海《社会与教育》杂志第 5 卷第 13 期），记叙这次谈话。他认为巴金作品结局阴暗，建议巴金到农村去观察，中国社会问题的核心是农民问题，写农村题材容易获得读者，等等。巴金不同意他的意见，认为"艺术的使命是普遍地表现人类的感情和思想，伟大的艺术作品不拘其题材如何，其给予读者的效果是同样的"。

　　1947 年，一位署名"莫名奇"的先生在《新民报》（晚刊）连续发表攻击性的短文，指责巴金作品"抑郁"，这是罪恶，"陷害青年"，认为这样的作家"该捉来吊死"。青年作家耿庸也在上海《联合晚报》、《文汇报·新文艺》连续发表《做戏的虚无党》、《从生活的洞口……》、《略说不安》等文章，附和说巴金是"做戏的虚无党"，"应该捉来吊死"。指责巴金"既不敢明目张胆地卖身投靠，又不敢反对鲜血淋漓的现实，'哎呦呦，黎明！'这就是一切"。对于这些恶劣的攻击，巴金在小说《寒夜》

①　下面材料均见丹晨《巴金批评叙略》，《文学评论》1993 年第 1 期。

②　《巴金全集》第 12 卷，人民文学出版社 1989 年版，第 243 页。

的"后记"中给予驳斥。他说:"我从来不是一个伟大的作家,我连做梦也不敢妄想写史诗。诚如一个《从生活的洞口……》的批评家所说,我'不敢面对鲜血淋漓的现实',所以我只写了耳闻目睹的小事,我只写了一个肺病患者的血痰,我只写了一个渺小的读书人的生与死……""我没有在小说最后照'批评家'的吩咐加一句'哎哟哟,黎明!'并不是害怕说了会被人'捉来吊死',唯一的原因是那些被不合理制度摧毁,被生活拖的人断气时已经没有力量呼吁'黎明'了。"

以上的材料叙述的是 30—40 年代文坛对巴金创作的批评和巴金的反批评,其中争论的是写光明还是写黑暗,是表现抑郁还是表现乐观的问题,涉及两种不同文艺观。所幸当年文坛还比较正常,多种意见均能发表,巴金能够通过自己的反批评捍卫自己的文艺主张和创作风格,并在争论中增强艺术家的自我意识,使自己的文学创作放出光彩。艺术家一旦丧失自我意识,无法坚持自己的创作主张和创作风格,他的创作就难于取得成就。

三 艺术家的自我意识和社会意识

艺术家需要有强烈的自我意识,然而人是社会关系的总和,艺术家又需要有强烈的社会意识。在艺术家身上自我意识和社会意识有和谐统一的一面,而常常又存在矛盾和冲突。艺术家自我意识和社会意识的矛盾和冲突,成了文学史上绕不开的重要课题。

一些艺术家将自己的创作奉献于人类进步事业的同时,又毅然保持自我意识,顽强地捍卫自己的创作个性和创作风格,使自己的创作焕发出艺术生命。另一些艺术家在复杂的环境中,经不起种种政治压力,经不起名利的诱惑,则往往丧失自我意识,迷失了自我,使自己成为政治的牺牲品,最终丧失了艺术生命。

在这方面,郭沫若就有沉痛的教训。

"五四"时代的郭沫若,"女神"时代的郭沫若具有强烈的自我意识,他始终不忘自我的存在,他要摧毁一切,创造一切,他是自己的太阳,而这一切又是同"五四"的精神相一致的,都是同社会意识相感应的。后来,他虽然从不愿意当留声机到甘当留声机,不断调整自我与社会的适应度，但仍然没有完全丧失自我意识，没有完全丧失艺术家的艺术个性，于是才可能产生《屈原》中的"雷电颂"那样的充满诗人激情的诗篇，充满"把人当成人"的历史思考的绝唱。①

新中国成立后的情况就完全起了变化，这时的郭沫若逐渐丧失了自我，他的创作唯任务是从，唯领袖是从，他自己由诗人变成诗匠，成了"太阳下的蜡烛"。② 为了配合全运会，他写下了这样的诗句："无论在空中，在水中，在陆上，／也无论是举重、球赛、投弹、投枪，／游泳、赛跑、跳高、跳远、滑翔……／各个项目都要出冠军。"对此，郭沫若也不是毫无自觉，他自嘲道："郭老郭老，／诗多好的少，／大家齐努力，／学习毛主席。"50 年代毛主席提出"百家争鸣，百花齐放"，郭沫若又连忙写出一百诗来歌颂一百朵花。他在写给当年的小朋友陈明远的信中说："尽管《百花齐放》发表后博得一些溢美之誉，但我还没有糊涂到丧失自知之明的地步。那样单调刻板的三段八股的形式，接连一百零一首都用的同一尺寸，确实削足适履，倒象是方方正正、四平八稳的花架子，装在植物园里，勉强地换上规格统一的标签。天然的情趣就很少了……现在我自己重读一遍也赧然汗颜；悔不该当初硬着头皮赶这个时髦。我何尝不想写出像样的新诗来，苦恼的是力不从心。没有新鲜诗意，又哪里谈得上新鲜的形式！"（1959 年 11 月 8 日）③ 显然，郭沫若的内心是充满懊悔和矛盾的。

在"文化大革命"中，郭沫若更是彻底否定自我。1966 年 4 月，"文化大革命"尚未正式拉开序幕，郭沫若就在全国人大常委会发言："拿今天的标准来讲，我们以前所写的东西，严格地说，应该全都把它烧掉，没有一点价值。""我虽然已经七十几岁了，雄心壮志还有一点。就是说滚一身泥巴，我愿意；要沾一身油污，我愿意；甚至于要染上一身血迹，假使美帝国主义要来打我们的话，向帝国主义分子投几个手榴弹，我也愿意。"④ 1967 年，郭沫若出席群众大会，郭沫若写诗，特地说明"献给在

---

① 参见黄侯兴《论郭沫若"青春型"的文化品格》，《文学评论》1992 年第 5 期。
② 见李辉《太阳下的蜡烛》，《收获》1994 年第 2 期。
③ 《新发现的郭沫若书简（致陈明远）》，《文汇报》1993 年 3 月 10 日。
④ 《人民日报》1966 年 5 月 5 日。

座的江青同志"。诗曰：　"亲爱的江青同志，／你是我们学习的好榜
样，／你善于活学活用战无不胜的毛泽东思想，／你奋不顾身地在文艺战
线上冲锋陷阵／使中国舞台充满了工农兵英雄形象。"①

　　郭沫若是中国现代著名的诗人、剧作家、历史学家，他的历史贡献和
历史地位是不可动摇的。上面列举了一些事实，目的不是贬损他，而是说
明一代文学大师失去自我、失去创作个性之后所造成的历史悲剧，说明一
个艺术家在一种特殊的社会政治环境中，要坚持自我、保持艺术家的创作
个性是多么不容易。

　　如前所述，艺术家自我意识和社会意识的关系是一个复杂的问题，艺
术家不能过于自我化，也不能过于社会化；不能离开自我意识来谈社会意
识，也不能离开社会意识来谈自我意识，用社会意识来代替自我意识，就
会丧失自我，终结艺术生命。相反，艺术家如果只有自我意识，没有社会
意识，他的创作不能同社会相感应，不能反映人民和时代的需要，他的创
作也就没有任何意义。其实，艺术家的"自我"不等于"自己"，它不是
生活中的自我，而是艺术中的自我。艾略特就曾指出，"艺术的感情是非
个人的"，"诗歌不是感情的放纵，而是感情的脱离；诗歌不是个性的表
现，而是个性的脱离"。② 这是说诗人要表现的不是完全属于个人的感情，
而是要表现更普通的、更有意义的感情。苏珊·朗格也指出："一个艺术
家表现的是情感，但并不象一个大发牢骚的政治家或一个正在伤心大哭或
大笑的儿童所表现出来的情感……艺术家表现出的决不是他自己的真实情
感，而是他认识到的人类情感。"③ 她这里强调的也是个人情感不等于艺
术情感，诗人情感是淡化了个人的、带有普遍性的艺术情感，是个人情感
的审美升华，是艺术情感的形式化。

――――――――――――

①　《人民日报》1967 年 6 月 6 日。
②　《艾略特文学论文集》，百花文艺出版社 1994 年版，第 11 页。
③　《艺术问题》，中国社会科学出版社 1983 年版，第 25 页。

第 六 章

艺术家个性心理的多样性和角色扮演

上面分析了艺术家的个性心理结构的各个组成部分，其中包括艺术家的个性倾向（艺术家的道德情感），艺术家的气质、性格和能力，以及艺术家个性的自我调节（自我意识）。如果再进一步深入到艺术家个性的内部世界，还能发现艺术家的个性心理世界不仅是一个由多部分组成的，相互联系、相互作用的有机整体，而且是一个多重的、复杂的和相互矛盾的世界，其中例如艺术家的艺术个性和艺术家的日常生活个性就有同有异，艺术家的创作实际上是在进行一种角色扮演，例如艺术家的个人意识和社会意识是充满矛盾的，艺术家的性格本身也是充满矛盾的。当然，一般人的心理个性也存在多重性、复杂性和矛盾性，然而这些方面在艺术家身上就表现得更为明显和突出。而在文艺心理学的研究中，在艺术家个性心理的研究中，艺术家个性心理的多重性、复杂性和矛盾性，恰恰是长期被忽视的。实际上要真正揭示艺术家个性心理的奥秘，需要深入进行这方面的研究。

一　艺术家的生活个性和艺术个性

艺术家的艺术个性或创作个性同艺术家的生活个性，是存在复杂关系的。艺术家的艺术个性要以生活个性做为基础，并受其制约，古人就指出言为心声，刘勰在《文心雕龙·体性》中也提出"各师成心，其异如面"和"吐纳英华，莫非性情"的看法。然而也不能把艺术家的艺术个性和生活个性完全等同起来，艺术个性以生活个性为基础，但又是生活个性的升华。这种复杂的现象早就被许多理论家注意到了。

恩格斯在《诗歌和散文中的德国社会主义》一文中，就以德国作家诗人歌德为例，指出这种现象。他说："在他心中经常进行着天才诗人和法兰克福市议员的谨慎的儿子、可敬的魏玛的枢密顾问之间的斗争；前者厌恶周围环境的鄙俗气，而后者却不得不对这两种鄙俗气妥协、迁就。因此，歌德有时候非常伟大，有时候极为渺小；有时是叛逆的、爱嘲笑、鄙视世界的天才，有时则是谨小慎微、事事知足、胸襟狭隘的庸人。"① 这里指出，作为天才诗人的歌德体现的是人格自尊，敢于斗争，而作为官员的歌德却是唯唯诺诺、谨小慎微的庸人。

苏联著名文艺理论家赫拉普钦科在他获得国家奖学金的理论名著《作家的创作个性和文学发展》中，对这种现象也进行了分析。他说："毫无疑问，把创作个性和艺术家实际个人对立起来，是跟把两者完全等同起来一样，都是不对的。这两种现象是不同类的，也不是完全相同的。创作个性和艺术家日常生活中的个人的相互关系可能是多种多样的。既不是所有标出艺术家日常生活中的个人的东西都可以在他的作品中得到反映。另一方面，并不经常总是，而且也不是所有一切显示出创作的'我'的东西，都能在作家实际的个人特点中找到直接的完全符合的表现。"②

赫拉普钦科所指出的两者的"相互关系可能是多种多样的"包括以下三种情况。

第一种情况是两者反差大，甚至是相互对立的。这方面，巴尔扎克曾举出不少例子："拉伯雷——一个有节制的人——却在他的生活中驳斥了自己的风格的无节制以及自己作品中的形象……他喝的是白开水，却颂扬新酿的酒，正象布里亚－萨瓦兰（法国作家）一样，他吃得很少，却赞美丰富的食物。"又如"大不列颠可以以引以为傲的最富有独创性的现代作家马图林（爱尔兰小说家、戏剧家）也是这样的；马图林是一个神父，留传给我们的有《夏娃》、《美尔莫特》和《贝尔特拉姆》等作品；他自命风流，殷勤体贴，尊敬妇女；这个在其作品中专门描写灾祸的人，每到夜晚，就变成了巴结献媚妇女的人，就变成了花花公子。布瓦洛也是这

① 《马克思恩格斯全集》第4卷，人民出版社1984年版，第256页。
② 赫拉普钦科：《作家的创作个性和文学的发展》，上海译文出版社1982年版，第83页。

样，他的柔和和文雅的谈话跟他那种大胆诗句的讽刺精神是不相称的"。①
赫拉普钦科也举了俄国作家的例子，"费特（俄国诗人）是一个精巧的抒
情诗人，一个歌颂爱情、大自然和美的充满灵感的歌手，一个在其作品中
表现出对当前最迫切问题完全处于隔绝状态的艺术家，但他在实际生活中
却是一个相当精打细算的当家人"。②

第二种情况是反差不大，基本相似。巴尔扎克就指出："彼特拉克，
拜伦爵士，霍夫曼和伏尔泰，他们的性格和天才是相接近的。"③ 就俄苏
作家而言，果戈理和马雅可夫斯基是属于这种类型，果戈理作品忧郁的基
调和他抑郁性的气质是一致的，而马雅可夫斯基豪放的性格也决定了他的
诗歌豪放的风格。

第三种情况是有同有异，既不是反差很大，也不是基本相似，而是处
于一种中间状况，多数艺术家是属于这种情况。

尽管艺术家艺术个性和生活个性的差异有多种情况，或者是反差很
大，或者是反差不大，或者是反差不大不小，不可否认的基本事实是两者
是存在差异的。深入研究这种现象，对于理解艺术家的个性，对于理解艺
术创作，是有理论价值和实践意义的。就两者关系而言，生活个性是基
础，艺术个性受生活个性制约，然而艺术个性又是生活个性的超越和升
华，艺术个性是高于生活个性的。艺术家在艺术实践中要清除生活个性中
一些日常的、毫不足道的和偶然因素，使自己成为理想个性的体现者。事
实上是，艺术个性越深厚、越强大、越成熟，就越能摆脱生活个性，摆脱
日常生活个性所固有的不该进入创作的那些平庸的世俗特征。这样，艺术
家的个性就会是成熟的，他的创作也就会是深刻的。

那么，艺术家的艺术个性和艺术家的生活个性为什么会产生差异呢？
这种复杂的现象从单一的角度是很难说清楚的，可以从社会学的、心理学
的、美学的、文学的各种角度来加以分析。

从社会学角度来看，艺术家的艺术个性是一种社会现象。单个的人是
社会关系的总和，艺术家的生活个性和艺术个性都离不开艺术家生活和创

---

① 赫拉普钦科：《作家的创作个性和文学的发展》，上海译文出版社 1982 年版，第 82 页。

② 同上书，第 83 页。

③ 同上。

作的那些生活条件，它们都是社会环境和它所特有的生活方式和思想方式的产物。艺术家的艺术个性不论如何独特，都要同一定的社会历史文化相联系，艺术既是艺术家的自我表现，也是社会的自我表现。社会生活的发展产生新的社会要求、思想要求和审美要求，特别是在社会转型期、社会变动时期、社会危机时期，这些要求会更强有力地吸引艺术家，而艺术家则必须同这些时代的、社会的要求接近，在这个过程中，艺术家的艺术个性必然要去掉日常生活中一些纯个人的因素，去适应社会和时代的要求，他的艺术个性必然要超越日常生活的个性。例如，在抗日战争时期，在民族危亡的关头，作家艺术家自觉走出个人创作的小天地，投入时代的洪流，写出反映时代精神的作品。诗人艾青自觉排斥了与生活、时代绝缘的雕琢气和意念化，从抗日的滚滚烽烟中汲取诗情。他的名篇《我爱这土地》中发出了"为什么我的眼里常含泪水？因为我对这土地爱得深沉"的倾诉，把个人的感情和时代、人民、祖国完全融为一体。聂耳的《义勇军进行曲》、冼星海的《黄河大合唱》更是以磅礴、豪迈的气势，奏出时代的最强音，鼓舞亿万人民投入抗日战争。他们的艺术作品体现出的艺术家的艺术个性完全是艺术家生活个性的超越和升华。对这种现象，荣格曾这样说过："要了解艺术创作和艺术效果的秘密，唯一的要法是回复到所谓的'神秘参与'状况，回复到并非只有个人，而是那人人共同感受的经验中去。那是种个人苦乐已失去了重要性，只有全人类的生活经验。这就是为什么每部伟大的艺术作品都是客观的、无我的，但其感染力并不因此而减少的原因。这也是为什么诗人的私生活和他的艺术品关系不大，充其量只能给他的创作一些裨益或阻碍而已。"①

从心理学角度看，艺术家的艺术个性是一种心理现象。艺术家的艺术个性是同人的个性心理紧密相联的，而人的个性心理是复杂的、丰富的、多侧面的、多层面的、矛盾的。艺术家艺术个性同艺术家生活个性的差异，实际上是艺术个性只是反映了生活个性某个侧面并加以扩大，这就同其他侧面产生了差异。正如恩格斯在谈到歌德时所说的，歌德"对德国社会的态度是带有双重性的，有时敌视它，讨厌它，反对它，逃避它；有

---

① 荣格：《探索心灵秘密的现代人》，社会科学文献出版社 1987 年版，第 164—165 页。

时亲近它，迁就它，称赞它，保护它"。① 显然，歌德对德国社会的双重态度，反映了歌德生活个性的双重性，而反映在创作中的歌德的艺术个性主要是反映歌德生活个性中强的一方面，它当然要同歌德生活个性中弱的一面产生差异了。二是艺术个性反映了生活个性的某些层面并加以扩大，这也要同生活个性中的另一些层面产生差异。人的个性心理是分为不同层面的，有深层面，有浅层面。艺术个性如果反映的艺术个性中的深层面，那就要同生活个性中的浅层面产生差异。这里面的情况是相当复杂的。弗洛伊德把人格构成分为本我、自我和超我三部分，所谓本我是原始的、生来就有的潜意识部分，遵循顺应本我冲动的愉快原则；自我代表理智，以现实的原则控制本我的活动；超我是伦理化的自我，带有理想特征，它约束自我以控制本我的非理性冲动，同时又比自我更进一步，遵循理想的原则。艺术家的艺术个性是反映了艺术家日常生活个性中的本我、自我，但更多是反映艺术家生活个性中的超我，是一种理想的个性。这样一来，艺术个性当然要同生活个性产生差异。

从审美的角度看，艺术家的艺术个性是一种审美现象。艺术家的创作是一种审美活动，艺术家的审美活动和艺术家的日常生活活动是有联系又有区别的，后者是前者的基础，前者是后者的超越和升华。相对来说，艺术家的日常生活活动是以功利为中心而展开的，而艺术家的审美活动则往往是非功利的，它并不寻求实际利益的满足。康德指出："那规定鉴赏判断的快感是没有任何利害关系的。""一个关于美的判断，只要夹杂着极少的利害感在里面，就会有偏爱而不是纯粹的欣赏判断了。"② 这一见解虽然忽视了审美的某种功利性，但道出了审美最重要的特性。作为审美创造主体的艺术家，只有在不同程度上努力摆脱各种各样实际功利的欲望，以审美的态度去观察生活和表现生活进入艺术的审美的境界，才能将生活个性转化为艺术个性。

从文学艺术发展的角度看，艺术家的艺术个性是一种历史现象。赫拉普钦科指出："创作个性是一种历史现象。如果把创作个性的形成放在历史前景中来看的话，那么，作为艺术中实际的和具有重要作用的创作个性

---

① 《马克思恩格斯全集》第 4 卷，人民出版社 1984 年版，第 256 页。

② 康德：《判断力批判》上卷，商务印书馆 1964 年版，第 40—41 页。

的形成，是在各种不同艺术种类中逐渐地、具有不同意义地发生的。"①
这段话告诉我们，艺术家艺术个性和生活个性关系的变化是随着各种文学
艺术的发展而变化的，艺术家日常生活个性在文学艺术中的表现要受文学
艺术创作规律所制约，受不同时期的不同文学艺术种类、不同创作方法的
发展变化所制约。赫拉普钦科讲述了这个历史发展过程：在文学艺术发展
的最初阶段，在民间创作中个人因素所起的作用并不大。随着时间的推
移，艺术家的艺术自觉才逐渐成熟起来，艺术家的艺术个性才逐渐得到体
现。然而，在不同历史时期的不同创作方法中，艺术家日常生活个性在创
作中所起的作用是不尽相同的。在古典主义时期，艺术家的艺术个性是不
被重视的，艺术家个人的因素要服从于责任、名誉，以及最高权力和宗教
的要求。在创作中，艺术家日常生活中个人的东西，生活的风尚，都被排
斥在艺术创作范围之外。在象征主义时期，艺术家的创作中，艺术个性和
生活个性并不一致，同古典主义不同，象征主义的诗情集中在个人情绪、
愿望和追求上，突出表现了个人的因素。然而象征主义诗中的"我"通
常不是以现实的面貌出现，而是一种不同于日常事物的心情和感觉的综合
体出现的，诗情的"我"同日常生活中的"我"是有本质区别的。在浪
漫主义时期，艺术家创作中个人性质得到鲜明而强烈的表现。他们高度紧
张的情绪，公民的激情，是同个人的特征，同社会环境相联系的。现实主
义时期，艺术家艺术个性的发展有了更广阔的天地，以现实为依归，使得
艺术范围大大扩充，同时也对个人生活的千差万别表现出更强烈的兴趣。
反过来，艺术家的个人特征也有可能在文学艺术创作中得到更加充分的显
现。与此同时，在现实主义文学艺术作品的不同题材中，艺术家个性的表
现形式也更加复杂化了。

二 艺术家的角色扮演②

艺术家的个性既然存在生活个性和艺术个性的两重性，出现生活个性
和艺术个性的联系和差别，也就必然出现艺术家角色扮演的现象。艺术家

① 赫拉普钦科：《作家的创作个性和文学的发展》，上海译文出版社 1982 年版，第 84 页。
② 本节的内容采用了殷炼的硕士学位论文《论艺术家的角色扮演》的观点和材料。

个性的两重性表现在艺术创作过程中，就是艺术家本人和所表现的角色的关系问题。就作家而言，是作家本人的个性同所描写的人物的个性的关系；就演员而言，就是演员的本色同所扮演的角色的关系。描写人物也好，扮演人物也好，实际上都是一种角色扮演。研究角色扮演，对于我们深入了解艺术家个性的复杂性和矛盾性，是很重要的。

什么是艺术家的角色扮演？

角色一词最早来自戏剧表演，后来才进入社会学、心理学领域。莎士比亚戏剧《请君入瓮》中有这样一段台词：

> 全世界是一个舞台，
> 所有的男人女人都是演员。
> 他们有各自的进口和出口，
> 一个人在一生中扮演许多角色。

莎士比亚这段台词就是平常大家所说的"人生如戏，戏剧人生"，它把戏剧舞台的专业名词"角色扮演"引向了社会，形象地说明了它的社会学含义。

角色一词显然是来自戏剧舞台上的人物，20 世纪 20 年代美国社会心理学家米德首先把它引入社会学中，称之为社会角色。社会角色是人们的社会地位所决定，为社会期望所制约的行为模式。而角色扮演则是角色承担者按其特定的地位和所处的情境，遵循角色期待所表现出来的一系列角色行为。这里强调角色扮演首先是一种个体行为，是一种行为模式，每一种行为都是特定角色的体现。其次，角色扮演是由人们的社会地位和所处的情境所决定的。角色行为真实地反映出个体在群体生活和社会关系中所处的位置，例如你是领导者或是被领导者，你是校长或者是教师。同时，在不同场合，一个人可能扮演不同角色，例如在单位你扮演的角色是干部，在家里你扮演的角色是丈夫和父亲。由于同一个人同时扮演不同的角色也会产生角色冲突。第三，角色扮演要符合角色期待，要符合群体或个人对某种角色应表现出来的特定行为的期望，要按照社会所规定的行为规范、责任和义务去行动。

角色扮演能否成功，取决于两个条件。一个条件是取决于扮演者对自己在群体中所处的地位的认知是否准确，对角色期待的把握是否得当。一个人如果不把本职工作放在第一位，净忙其他工作，人们就说他"不务正业"，没有扮演好自己的角色。一个母亲尽管在外面工作很出色，但对子女不关心，人们也会说她没有扮演好母亲的角色。另一个条件取决是扮演者的角色技巧应用得如何，其中有三个标准。一是角色扮演的数量。角色扮演者在各种情况下都能成功地扮演不同的角色，则说明角色扮演的技巧是娴熟的。一个演员如果只能演符合自己性格的角色，人们称之为本色演员；如果能演各个角色，并且都获得成功，人们称之为演技派演员。二是角色扮演者进入角色的程度要适宜，不可过强，亦不可太弱。三是角色扮演时间的长短，看在角色扮演过程中所花费的时间的量是否适度，是否能尽快进入角色。

如果说社会学把角色扮演更多地看成是一种受社会地位所决定、符合社会期望的个体行为模式，强调它是一种外在的行为模式，那么心理学在此基础上，还特别指出角色扮演更重要的它还是一种内在的心理过程。朱智贤主编的《心理学大词典》就指出："有时也可把角色扮演理解为个体把自己置于他人位置上，按他人的角色规范行事的过程，这种情形多见于儿童玩耍中，是儿童社会化的重要途径。成年人也存在着这种情况，但多不实际表现在行动上，而是在想象中把自己放在他人的位置上，体会自己将会有什么感情出现。"①

那么，文学心理学所说的艺术家的角色扮演和社会学、心理学所说的角色扮演又有什么区别呢？应当说它们之间有很多共同点，它们都是一种个体行为模式，也是一种心理过程，而艺术家的角色扮演则更多的是一种心理过程。艺术家的角色扮演可以既是外在的个体行为又是个体纯粹的内在心理活动，也可以只是一种纯粹的心理活动。在戏剧和影视等表演艺术中，更多的是外在个体行为和内在心理活动的联合。表演艺术家既要通过想象体验等一系列心理活动，把自己置于所扮演角色的地位，也要通过一定行为动作把自己所扮演的角色艺术地表现出来。作家的情况就不完全相同了，他的角色扮演主要是一种心理活动，通过想象、体验等一系列心理活动表现出来，而不需要有一系列外在的动作和行为。这实际上是内心的

---

① 朱智贤主编：《心理学大词典》，北京师范大学出版社1989年版，第348页。

角色扮演，而不是外在的角色扮演。法国作家莫利亚克曾谈起这种扮演，他说："作家扮演着自己笔下的一切人物，有时变作恶魔，有时又化为天使。他远远超出了想象的范围……既超越了神圣，也超出了卑劣的范围。"① 福楼拜在谈到《包法利夫人》的创作时也深有感触："写作中把自己完全忘去，创造什么人物就过着什么人物的生活，真是一件快事……我觉得自己就是马，就是风，就是两人的情语，就是使他们填满情波的眼睛眯着的那道阳光。"②

从艺术创作的角度看，艺术家的角色扮演实际是艺术审美创造的一个重要阶段，一个心理过程，艺术家自觉地通过想象和体验等一系列心理方式进入人物的心理位置，置身于人物的角色环境之中，以此来准确地把握人物的身份和特点，为艺术的审美创造打下坚实的基础。从这个角度看，艺术家的角色扮演对于艺术家的审美创造来讲是十分重要的。

那么艺术家的角色扮演是如何进行的？它是通过一系列心理活动和心理方式进行的。主要有体验和想象这两种方式。

一是体验方式。这是艺术家角色扮演的主要方式。所谓体验就是艺术家对所扮演的对象设身处地、感同身受的体味与体悟，它以经验为基础，但又不等于经验，它带有强烈的情感色彩，往往达到物我不分的境界。艺术家能否扮演好自己所扮演的角色，在相当程度上取决于他的体验是否深切，能否以推己及人的能力来体悟人物在他所处的境地可能有和应该有的知觉、情感、意志和行动。真正的体验方式被巴尔扎克称之为"摄取别人的身体和灵魂"。为了写好作品，巴尔扎克曾经深入到巴黎的贫民窟，体验下层人民的生活。他说，用这种方法，"我就能深深体会他们的生活，仿佛自己身上就穿着他们那破旧不堪的衣服，脚上就穿着他们那双满是窟窿的鞋子；他们的欲望，他们的需求，这一切都深入我的心灵，我的心灵和他们的心灵已经溶而为一了。这就象一个醒着的人在那里做梦一样。对那些虐待他们的工头，或者催了好几次始终不给钱的坏主顾，我也和他们一样感到愤恨"。③

---

① 《法国作家论文学》，三联书店 1984 年版，第 203 页。
② 转引自刘烜《文艺创作心理学》，1992 年版，第 69 页。
③ 巴尔扎克：《法齐诺·加奈》（1836），《译文》1958 年第 1 期，第 117—118 页。

二是想象方式。黑格尔把想象称之为"最杰出的艺术本领",想象在艺术创作中有重大的作用,离开想象艺术创作根本无法进行,艺术家想象力的高低直接影响作品的艺术质量。在艺术家的角色扮演中,艺术家的想象起着举足轻重的作用。对角色的体验必须深入生活,以经验为基础,而对角色的想象则不一定深入生活,艺术家可以根据自己的间接经验,对角色的地位和社会期待,大胆进行想象,以自己丰富的想象力进入所扮演角色的生活世界和情感世界,最后达到同角色的接近。艺术家想象力的现实性、丰富性和独创性,直接影响艺术家角色扮演的质量,关系到角色扮演能否成功。因此,艺术家十分重视想象的作用和想象力的培养。列宁在同高尔基的一次谈话中,特别强调想象在艺术创作中的作用,他说:"您的事业反正不一样。不是在实质上,而是在形式上。我们没有权利把自己想象成傻瓜,而您呢,倒是应该如此,否则就分不出傻瓜来。这就是区别之所在。"① 高尔基对此也有同感,他也曾说过,"科学工作者研究山羊时,用不着想象自己也是一头山羊,但是文学家则不然,他虽慷慨,却必须想象自己是吝啬鬼,他虽毫无私心,却必须觉得自己是个贪婪的守财奴,他虽意志薄弱,但必须令人信服地描写出一个意志坚强的人。有才能的艺术家正是依靠这种十分发达的想象力,才能常常取得这样的文学效果:他所描写的人物在读者面前比创作他们的作者本人出色和鲜明得多,心理上也和谐和完整得多"。②

体验和想象这两种方式,在艺术家的角色扮演中实际上不是截然分开的,两者常常是相互交融的,在体验中有想象,在想象中有体验,这是两者的交互作用促使艺术家的角色扮演获得成功。只要深入研究,就会发现这两种方式有一个共同的重要特点,这就是心理位移。所谓心理位移,就是创作主体客体化,移出自身,移向所扮演的角色和情境,也就是俗话所说的"设身处地"、"感同身受"。卢那察尔斯基在称赞托尔斯泰的创作才能时,就指出"托尔斯泰拥有一项把自己化身为各色人等的非凡能力。他代替老太婆和年轻姑娘,代表小孩和马说话,他代表形形色色的阶级和

① 《列宁和高尔基》,苏联科学出版社 1957 年版,第 282 页。

② 高尔基:《论文学》,人民文学出版社 1983 年版,第 317 页。

人们说话，并且每一次都真实得令人信服。这是唯独艺术家才能具有的力量"。① 然而，艺术家要获得这种心理位移的能力并非易事，这需要在生活中和艺术实践中长期进行艰苦的磨炼。为了演好自己的角色，演员们要给自己所扮演的角色写自传，有的作家要给自己所创造的人物写日记。屠格涅夫为了写好《父与子》，塑造好主人公巴扎罗夫的形象，他连续数年以巴扎罗夫的身份写日记，以便使自己准确地进入巴扎罗夫的身份和心理。他说："倘使我读到一本新书，倘使我遇到一个有趣味的人，或者当时发生了一件重大的政治事件，我就依巴扎罗夫的观点把这些全部记在那本日记里面。"②

同社会学和心理学所说的角色扮演相比，艺术家的角色扮演除了更多的是一种心理过程这一重要特点之外，艺术家所扮演的角色不仅指向人物还可指向拟人化的动物和非生命的物体，同时，艺术家长时间的角色扮演还可以影响自己的心理，产生正面的或负面的效应。

（二）艺术家角色扮演的心理特征

艺术家角色扮演以体验和想象为主要方式进行，其中包含了知觉、情感、意志等一系列现象，呈现出明显的知觉特征、情感特征和意志特征。

1. 知觉特征

角色知觉指个体在社会情境中对角色及其有关角色现象的整体反映。艺术家的角色知觉指艺术家对角色的认知。角色知觉是角色扮演的先决条件，艺术家能否成功地扮演各种角色，取决于角色认知的程度，角色扮演如果没有十分清晰的角色知觉，想要获得成功是难以想象的。角色知觉作为一个过程，贯穿于角色扮演的整个过程之中，它包括对自我角色的认知、对他人角色的认知和对角色期待的认知三个方面。

艺术家对自我角色的认知，是对他人角色认知和对角色期待认知的前提。艺术家必须通过自我角色的分析，由己及人，使自己的内心体验和内心分析，成为探索他人内心世界的出发点和坚实的基础。托尔斯泰就说过，"艺术是一架显微镜，艺术家用它来对准自己灵魂的秘密，并且把这

---

① 卢那察尔斯基：《论文学》，人民文学出版社 1978 年版，第 286 页。
② 屠格涅夫：《父与子》，人民文学出版社 1959 年版，第 295 页。

些人所共有的秘密展示给人们"。① 车尔尼雪夫斯基非常赞赏托尔斯泰善
于揭示和表现人的内心秘密、人的心理活动的过程的才能。他认为托尔斯
泰这种独特才能的基础就是"自我反省,是努力锲而不舍地自我观照"。
他说:"谁要是不从本身研究人,他就永远不会对人们达到深刻的认识。
我们上面已经说过的托尔斯泰伯爵的才能的特点证明他十分注意从自己内
心之中研究人类精神生活的秘密;这种知识的可贵,不只是因为这使他能
够描写出我们要使读者注意的人的思想的内在生活的图景,但也许,更多
的是因为这给他研究一般人类生活、猜测人物性格和行为的动力以及热情
与印象的斗争提供一种坚实的基础。我们要是说自我观照一般说应该使他
观察力变得十分敏锐,教会他用有洞察力的目光来观察人……这是不会
错的。"②

　　艺术家对自我角色的认知,他由己及人,可以成为艺术家认知角色的
先决条件和基础,但毕竟有其片面性和不足,艺术家还需要通过他人角色
的认知和对角色期待的认知,达到对角色更全面、更深刻的认知。后者在
艺术家角色扮演中起到一个视觉转换的作用,这种转换使角色增强了自我
意识和独立性,也使艺术家修正自己对角色不合情理、不合逻辑的认识。
这种现象在艺术家创作中经常可见,他们常常根据"对他人角色的认知"
和对"角色期待的认知",修正自己对角色的认知。比如普希金违背自己
的原意让达吉亚娜嫁人了,比如托尔斯泰让安娜卧轨自杀,比如法捷耶夫
对美蒂克自杀的意外,等等。对此,托尔斯泰曾经这样说过:"艺术家之
所以为艺术家,只是因为他并不是按照他想要看到的那样去看事物,而是
按照事物本来面目去看事物。"③ 他又说:"你设身处地体会您所描写的人
物,把他们的内心感受通过形象描写出来;人物自己会照他们的性格做出
需要做的事情,也就是说,从人物的性格和处境所得出的结局,会自然而
然地来到,出现……"④ 这段话说明,艺术家在角色扮演中,艺术家的自
我角色认知和他人角色认知、角色期待认知这两方面都不可偏废,都是重

　　① 《托尔斯泰全集》第 53 卷,俄文版,第 94 页。
　　② 《车尔尼雪夫斯基论文学》下卷(一),上海译文出版社 1982 年版,第 267—268 页。
　　③ 《托尔斯泰全集》第 30 卷,俄文版,第 20 页。
　　④ 《托尔斯泰全集》第 63 卷,俄文版,第 420 页。

要的，只有两者的结合，最后才能达到对角色完整、深刻的认知。

2. 情感特征

艺术家在角色扮演中，把自己完全投入所扮演的角色和艺术世界之中，自己的感受，情感与所扮演的角色，所描写的对象完全融为一体。艺术家角色扮演的情感体验有两大特点，其中之一是情感的强度。随着艺术作品的人物命运的跌宕起伏，艺术家在短时间内必须承受巨大而强烈的情感冲击，往往达到一种亢奋状态，如同火山爆发。他们如痴如狂，近乎忘我。曹禺在谈到《日出》写作的情况时说："我绝望地嘶嘎着，那时我愿意一切都毁灭了吧，我如一只负伤的兽扑在地上，噬着咸丝丝的土壤。我觉得宇宙缩成昏黑的一团，压得我喘不出一口气。"① 巴金在写《激流》三部曲时，强烈的情感体验也几乎达到了难以自持的状态，他说："我写到觉新和觉民抬着淑贞尸首的时候，我流了眼泪，我几乎要哭出声来了。"② "我写《家》的时候，我仿佛在跟一些人一同受苦，一同在魔爪下挣扎，我陪着那些可爱的年轻生命欢笑，也陪着他们哀哭。"③ 艺术家角色扮演中情感体验的另一个特点是情感急速的切换。在角色扮演中，艺术家的情感体验不仅是高强度，同时还在强烈的状态下不断进行着急速的切换。随着所扮演和所描写的人物的命运和情感的不断变化，艺术家的情感也要不断切换，时而欢乐、兴奋，时而痛苦、消沉，时而轻松高歌，时而悲伤哭泣。在情感体验如此强烈而又急速切换的情况下，艺术家靠什么来支撑内心的统一，这就要靠艺术家强烈的自我意识和理智的控制能力。

3. 意志特征

艺术家的角色扮演需要强烈的情感体验，同时也需要有意志的调控。艺术家如果缺乏激情，缺乏强烈的情感体验，就无法进行创作，就无法使角色扮演获得成功。相反，艺术家如果听任情感像野马狂奔，无法加以控制，那么他的角色扮演必然导致失败。艺术家在角色扮演时无论多么投入，无论陷入多么悲痛，多么疯狂的状态，在他们身上用理智思考的自我始终惊醒着。在他们身上，永远有这样一个"调节器"——自我感觉，

---

① 《中国现代作家论创作经验》，山东人民出版社 1980 年版，第 369 页。

② 同上，第 241 页。

③ 同上，第 206 页。

自我意识，自我意志。演员们在谈到自己舞台演出经验时，常常谈到，演出中完全保持冷静的头脑，像观众那样监视自己的演出，那是不行的，反之，完全陷入忘我的沉醉、迷狂状态，也是不行的。他们的体会是，在舞台上恍惚像是"多出了一根神经"，它常常暗暗地若隐若现地监督自己的演出。其实，文学创作的状况也是如此。英国散文家毛姆曾经生动地讲述艺术家在角色扮演中的自我监控的状况。他写道：

> 其实，真正的诗人，哪怕在做梦的时候也是清醒的。他并没有象着了魔似地被他的诗材所支配，而是牢牢控制着它。他漫游在伊甸园的圣林里，就象在自己家乡的小路上散步一样自由自在。他高蹈于九天之上，却并未因之如痴如狂。即使身处地狱，足蹈这燃烧的火灰，他也毫不灰心丧气；即使穿过天外的混沌界的"黑暗古国"，他依然毫不为难，得意翱翔。甚至，即使暂时让自己处于"心灵失调"的严重浑沌状，他心甘情愿地与李尔王一同发疯，或者与泰门一同厌恶人类（这也算是一种疯病吧），然而，不管他发疯也好，厌恶人类也好，都不是毫无控制、任意泛滥的——尽管看起来他们似乎完全甩掉了理智的缰绳，实际上他并未甩掉——他自有保护神在他身边悄悄蜜语，有善良的臣仆肯特向他提出清醒的劝告，还有那正直的管家弗莱维斯向他推荐友好的决策。[①]

在艺术家的角色扮演中，激情体验和自我控制看似一对矛盾，其实，而这不仅是相互对立的，同时也是互补的、相辅相成的，缺了谁都不行。王国维在《人间词话》中有一段名言："诗人对于宇宙人生，须入乎其内，又须出乎其外。入乎其内，故能写之。出乎其外，故能观之。入乎其内，故有生气，出乎其外，故有高致。"这里所说的一入一出，如同一醉一醒，一热一冷一样，正是艺术家对角色扮演进行调控的结果，是艺术家在角色扮演中知觉、情感和意志三者协同作用的结果。

---

① 《毛姆随笔集》，三联书店 1987 年版，第 326 页。

（二）艺术家角色扮演对艺术家个性的正负面影响

艺术家的角色扮演是个复杂的心理过程，长久的艺术扮演对艺术家的个性心理，对艺术家的生理、心理，乃至思维方式和行为习惯都会产生很大的影响。荣格有句名言："不是歌德创造了《浮士德》，而是《浮士德》创造了歌德。"这句话的原意是在说明一切伟大的艺术家的创作都不是个人意识的产物，而是集体意识和集体无意识的造化，不是歌德创造了《浮士德》，而是德意志民族的浮士德精神造就了歌德。谈到这个问题时，荣格指出创作活动本身对艺术家个性和精神心理的影响。他说："每当创造力占优势，人的生命就受无意识的统治和影响而违背主观愿望，意识到自我就被一股内心的潜流所席卷，成为正在发生的心理事件的束手无策的旁观者。创作过程中的活动于是成为诗人的命运并决定其精神发展。不是歌德创造了《浮士德》，而是《浮士德》创造了歌德。"[1] 荣格所说的"创造过程的活动"，也就是艺术家的角色扮演，它对艺术家的个性的影响和作用包括正负两个方面：一方面是正面的作用。角色扮演有可能使艺术家的情感得到宣泄，内心冲突得到缓解，内心得到统一，自我得到实现，从而达到人格的和谐和进一步完善。另一方面是负面作用。由于创作活动的沉重、紧张，由于角色扮演中角色冲突引起的角色混乱或人格分裂，会使艺术家的心理受到损伤，健康得到损害。

1. 角色扮演的正面影响

角色扮演可以通过被压抑的情感宣泄，来缓和内心的焦虑和冲突，达到内心的统一和自我的实现。现实生活中人们都在期盼潜能的发挥，渴望自我的实现，然而内心受到压抑。内心的和谐却成了发挥潜能、实现自我价值的最大障碍。为了解决这个矛盾，弗洛伊德提出"压抑升华说"，就是把被压抑的能量转移至艺术创作这样一些领域。艺术家可以在创作活动中，通过自己所扮演的角色，通过对现实超越，发泄自己的痛苦、郁闷、不安和愤怒，满足自己的愿望，把艺术创造和自己的人生追求完全融合在一起，最后达到内心的和谐统一。

角色扮演不仅可以缓解艺术家的内心冲突，使其达到内心的和谐统

---

[1] 荣格：《心理学和文学》，三联书店 1988 年版，第 142 页。

一，而且也有一种治疗精神疾病的作用。美国著名心理学家阿瑞提认为诗歌是人类生活中的一种精神活动，它能使我们超越日常生活发现美，同时也可以用来治疗人的精神，使人们的内心矛盾和冲突得到缓解或解脱，他以但丁的《神曲》为例，谈到诗歌创作对艺术家精神治疗的作用。他说："长期以来，诗歌就被看成有益于健康。《神曲》就可以被看作是一种精神治疗的方式，或者是一种自我分析的形式。但丁的内心冲突以他进入地狱和炼狱这种隐喻的方式表现出来。最后，在心上人贝亚德陪伴下进入天堂而得到解脱。"①

艺术家角色扮演的精神治疗作用，在俄国作家果戈理身上可以看得很清楚。果戈理一生体弱多病，精神长期抑郁。然而他的早期作品却具有欢快、轻松的喜剧风格，对此，他自己解释说："人们在我初期作品中所看到的那种愉快，其原因在于某种精神要求，我有一种自己也无法解释的苦闷常常发作。这种苦闷也许是由我的疾病产生的，为了使自己开心，我……想出些十分可笑的人物和性格来……这便是我那些初期作品的来源……这些作品使有些人，还使我自己无忧无虑地欢笑。"② 显然，果戈理早期欢快、轻松作品的创作，是治疗他忧郁症的手段。果戈理一生都在同疾病作斗争，也都在从创作中获得战胜疾病的力量，对于自己在疾病缠身的情况下又能出现创作高潮，果戈理在 1841 年写给茹科夫斯基的信中是这样说的："我不能说我是健康的。不，身体也许比以前更坏。然而，我比健康更胜一筹。我常常在刹那间听到奇妙的声音，体验到内在的、伟大的、包含在我自己心里奇妙的生活，我宁愿不要任何幸福和健康。"③这说明创作的激情往往能成为战胜疾病的力量。对此，俄国作家柯罗连科有更为生动和深刻的描述："艺术构思一旦找到自己的形象，就获得一种犹如自己有机生命般的东西，并且按照自己的规律向前进展。这种井井有条进展的思考，是一种几近于自发的过程，可以作为作者高度满足的源泉。我们不要忘记，按照果戈理的明确记述，他最初那些幽默形象竟是在精神压抑期间产生的。现在，当这位天才人物稳固下来的想象力在生动的

---

① 阿瑞提：《创作的秘密》，辽宁人民出版社 1981 年版，第 246—247 页。
② 柯罗连科：《文学回忆录》，人民文学出版社 1985 年版，第 194 页。
③ 同上书，第 210 页。

艺术构思激流中推进的时候，他的创作是一股强大的、有益于身心的力量……那种神秘的病，其全部作用在于引起精神压抑的那种病，在这浩浩荡荡奔向指定目标的特殊热情的激流面前就退避三舍了。"①

此外，艺术家的角色扮演还会涤除人格中的消极的成分，使自己的人格得到完善。果戈理对此曾有一段自白："所有我最近的著作都是我的心史……对我这些人物，我除了赋予他们自身的龌龊行径之外，还把我本人的丑陋行径也赋予他们，把它放在另一个人的身上和另一个场合里，然后跟踪追缉，竭力把他当作一个深深侮辱过自己的死敌来描绘，用仇恨、嘲笑以及凡是能到手的一切追逐他。如果有谁看到我笔下的那些首先为我本人所写的怪物，他一定不寒而栗……可是你不要以为我这样自白之后，我自己就成为我的人物那样的丑类了。不对，我同他们可不一样。我喜爱善，我寻找它，不像我的人物那样同他们手挽着手。我现在和将来都要同它们战斗，一定要把它们清除掉。"② 艺术家就是这样透过自己所扮演的角色，所创造的人物，对自己的人格和灵魂进行大清洗，大扫荡，涤除阴暗、卑微的人格，使自己的人格趋向健康完美。

2. 角色扮演的负面影响

艺术家角色扮演对艺术家个性的正面影响是十分明显的，然而负面影响也相当突出。由于艺术家性格和创作特点所致，艺术家在角色扮演时，工作极度紧张，劳累，内心常常焦虑不安，甚至达到癫狂的状态，这样就给他的身心带来极大的伤害。荣格说："艺术家的生活即使不是说悲剧性的，至少也是高度不幸的。"③

艺术家在社会生活中属于特殊的人群，他不满足于现状和安逸的生活。作为人类的精英和社会的良知，他们只是苦苦寻找社会的出路和人类的希望，顶住种种压力，顽强地进行深层次的精神探索，承受着思维之苦，精神之苦。长期同社会的矛盾对抗，造就他们内心的痛苦、孤独，甚至是绝望，有的艺术家甚至选择死亡来解脱。美国现代剧作家尤金·奥尼

---

① 柯罗连科：《文学回忆录》，人民文学出版社 1985 年版，第 211 页。

② 《果戈理是怎样写作的》，天津人民出版社 1980 年版，第 21 页。

③ 荣格：《心理学与文学》，三联书店 1987 年版，第 141 页。

尔曾说过："我们本身就是悲剧，是已经写成和尚未写成的悲剧中最令人震撼的悲剧。"① 艺术家在创作中产生的深沉的悲剧意识，对艺术家的个性和心理具有很大的杀伤力。

进入艺术扮演和艺术创作所必需的紧张，甚至是超强度的创作劳动，对艺术家的身心也会造成极大的损害。曹雪芹写《红楼梦》"字字看来皆是血，十年辛苦不寻常"。俄国作家迦尔洵称写作时"每个字母费去我的一滴血，这绝不是夸大其词"。艺术家在进入角色扮演，进行角色体验时，常常是食不甘味，废寝忘食。这也会使他产生一系列生理变化和心理变化。尤金·奥尼尔的夫人在追忆剧作家的创作活动时说："每天工作完毕从书房里出来时，他总是面容憔悴，有时还流着泪，两眼往往哭得通红，看上去比早上进书房老了十岁。"尽管如此，为了艺术，艺术家常常心甘情愿牺牲自己的健康，甚至是生命。果戈理曾经表示："我不能说我是健康的。不，身体也许比以前更坏。然而，我比健康更胜一筹。我常常在刹那间听到奇妙的声音，体验到内在的、伟大的、包含在我自己心里奇妙的生活，我宁愿不要任何幸福和健康。"②

角色扮演对艺术家的伤害更深层的、更致命的还在于导致他们的心理冲突和人格分裂。根据社会心理学的角色理论，角色扮演会不可避免出现"角色紧张"和"角色冲突"等现象。它们将会对个体心理和人格造成不同程度的损害，甚至导致角色混乱和人格分裂。所谓角色紧张，指个体所承担的各种角色同时向个体提出各种要求，或个体承担的某一角色内部所规定的各种规范之间不相容，从而使个体感受到精神紧张。而角色冲突，则是指当一个角色扮演者同时处于两个或更多的不同地位，并且进行相互矛盾的角色扮演而引起的角色与角色之间的矛盾冲突现象。艺术家的角色扮演同样面临这种角色紧张和角色冲突的现象：作为艺术家的本人要同所扮演的某角色发生冲突，艺术家要同所扮演的各种各样的、许许多多的角色发生冲突。这种情况如果长期在艺术家身上存在，艺术家长期陷入人戏不分的状态，无法走出角色，那么就有可能产生人格分裂和精神崩溃，对艺术家个性产生极大伤害。法国作家莫里亚克指出："小说家时刻得把自

---

① 《外国文学》1980 年第 1 期，第 205 页。

② 柯罗连科：《文学回忆录》，人民文学出版社 1985 年版，第 210 页。

己个人、把'自我'下在赌注上。如同 X 光射线专家使自己身体遭受危险一样,作家是以自己整个身心去冒险。"① 作家是这样,演员何尝不是这样?

著名演员费雯·丽扮演了一系列性格复杂的人物,她的神经敏感而脆弱,在演完《乱世佳人》之后,她无法摆脱郝思佳这一角色。直到看到《欲望号街车》之后,她一下子对女主人公布兰奇着迷了。她说:"这是一个妖魔般的人物,她的感情丰富不是她那娇小的身躯可以容纳的,所以她必须发展成疯狂。"② 她很快深入到这个角色中去,经常感到自己也即将疯狂。影片上映后,评论说:"费雯·丽小姐在浪潮般、激动人心的念白中走向毁灭,她的表演就象一场美妙的回忆,感人至深。她的感动之处,还在与她顺理成章地、恰到好处地表现出布兰奇丧失理智的过程,布兰奇是荒唐而执拗的,她的表演随着戏剧冲突的发展而愈加扣人心弦。"③ 之后,费雯·丽精神变化越来越令人恐慌,布兰奇占有了她,她宣称自己就是布兰奇,情绪极不稳定。她也感到自己精神出了毛病,隐约觉得有一团黑色、浓密的迷雾正向她围绕过来,迷雾中仿佛有一个黑影,可能就是毁灭的幻影,绝望攫住了她!当疯狂袭来,她边反复背诵布兰奇的一句台词:"快滚出去,我要喊着火了!"边夺门而出。她一直以双重面目出现,时而言语举止温文尔雅,时而口不择言、荒唐狂野。随后,费雯·丽的一生都在同这种分裂她的"恶魔"进行抗争。

费雯·丽的情况属于比较极端的个案,艺术的角色的表演当然时常出现人戏不分的现象,时常出现由角色紧张和角色冲突导致性格的分裂,但总的来说,艺术家还是有控制能力的,多数艺术家通过长期角色扮演的磨炼,还是有能力找到自己内心的坚强支柱,还是有办法尽快走出角色,恢复人生的常态。正如莫里亚克所言:"作家比任何一个人都更加需要可靠的支柱。他必须以另一种力量来对抗不停歇地分裂他的力量……我之所说'不停息地',因为小说家从不停息工作,甚至当你看到他在休息的时候……他应当恢复自己内心的统一,在有如磐石般坚固的基础上,调稳自

---

① 《"冰山"理论:对话与潜对话》下册,工人出版社 1987 年版,第 459 页。

② 《费雯·丽传》,中国戏剧出版社 1983 年版,第 191 页。

③ 同上。

己的无数矛盾；他应当把自身的抵抗力量在一个永不变化的人周围固定起来。内心分裂的，从而注定要灭亡的作家只能在统一中才能得救，他只是返回到上帝那里，才能回到自己身中来。"①

---

① 《"冰山"理论：对话与潜对话》下册，工人出版社 1987 年版，第 459 页。

第 七 章

艺术家的个性心理矛盾

艺术家是人类生活中思想较超前、对现实生活的感应最敏感的群体，他们认为自己对人类负有责任。艺术家渴望和谐和美好，但他们的心理世界永远充满焦虑和不安，永远充满着矛盾冲突。对此，荣格指出："每一个创作家都是一个双重体或是一个许多矛盾性的综合体。一方面，他是个有其个人生活面的人，另一方面，他也是一种无私的、创造的发展过程……一位具有特殊艺术才能的作家，他的精神生活所具有的集体性，通常都远远超过个人性。……艺术家是不自由的，是不能随心所欲的，他是一位受艺术的利用而成为实现其目的的工具。作为一个人，也许他有自己的情绪、意志与个人的目标，可是做为一个艺术家，他都是一位具有较深含义的'人'，他是一位'集体人'（collective man），一位带领并塑造全人类潜意识的心灵生活的人。"正是看到了"艺术家的生活充满着冲突和矛盾"，荣格提出，"难怪艺术家就成了以分析法为主的心理学家所特别感兴趣的对象"。[①] 看来，从心理学的角度，进一步分析艺术家个性心理的矛盾性和复杂性，对于深入了解艺术家个性心理结构是很有必要的。

一　艺术家个性心理矛盾是普遍和持久的

托尔斯泰在 1884 年的日记中写过这样一段话：

思想家和艺术家不是象我们想象的那样，永远心平气和地稳坐奥

---

① 荣格：《探索心灵奥秘的现代人》，社会科学文献出版社 1987 年版，第 161—162 页。

林匹斯山之巅……思想家和艺术家一贯地、永恒地处于惊慌和激动之中：他可以解决一些问题，说出一些话以造福于人，拯救他们于苦海，给他们以慰藉；而他并没有说出这些话，并没表现应该表现的东西；他根本没有解决什么问题和说出什么有意义的话，而明天，说不定为时已晚——他快死了……

八面玲珑、脑满肥肠、自鸣得意的思想家和艺术家从来没有。①

托尔斯泰这里讲的惊慌和激动就是焦虑，就是心理矛盾。俄国的贵族作家虽然自身生活条件很不错，但他们却在精神上苦苦探索"谁之罪"，"怎么办"，常常陷于惊慌和激动之中。在当代西方现代派艺术家那里，他们的忧郁和不安、孤独和绝望就更加突出。艺术家的个性心理矛盾有两大特点，一是普遍，一是持久。

一是普遍。艺术家的个性心理矛盾不是特殊的、局部的，而是普遍存在，处处存在的，它体现在艺术家个性心理的方方面面。

就艺术家的个性倾向而言，就艺术家对现实的态度而言，有艺术家个人化和社会化的矛盾，自我意识和社会意识的矛盾；审美和功利的矛盾，为艺术和为人生的矛盾；人文和历史的矛盾，等等。

就艺术家思维而言，有主观和客观的矛盾，感性和理性的矛盾，等等。

就性格而言，有童心和社会化的矛盾，稚气和成熟的矛盾，等等。

艺术家的个性心理矛盾还可以罗列许许多多，这里只是择其要者而言。

二是持久。所谓持久，指的是在艺术家个性心理矛盾中，矛盾是主导的、绝对的、持久的，和谐是非主导的、相对的、暂时的；不稳定是主导的、绝对的、长久的，稳定是非主导的、相对的、暂时的。

这里所说的矛盾和不稳定是一种不安、焦虑，乃至冲动的心态。这种心态作为艺术家个性心理的普遍特征，固然是主导的、绝对的和持久的，但也应当看到，矛盾与和谐，不稳定与稳定在艺术家身上也是交替出现的，这也是一种正常状态。艺术家需要在矛盾与和谐之间，不稳定与稳定

---

① 《托尔斯泰论创作》，漓江出版社1982年版，第7页。

之间，不断调整自己的心态，如果只是矛盾和不稳定，创作也无法进行。

同时，处于日常生活中的艺术家和处于艺术创作活动中的艺术家，情况也不尽相同。处于日常生活中的艺术家心态往往相对比较平静、和谐，处于艺术创作活动中的艺术家心态往往相对比较不安、矛盾、冲动，情感忽高忽低、忽悲忽喜。例如托尔斯泰平日生活比较刻板、稳定、清心寡欲，很有规律，但进入创作状态，往往就激动不安，不能自已。他说，创作"使我疲劳，使我苦恼，也使我欢乐，有时使我欣喜若狂，有时使我忧郁愁闷，疑团丛生；但无论是白天还是黑夜，也不管是否健康，创作的念头总是纠缠着我"。

最后，艺术家个性心理矛盾的和谐和矛盾，稳定和不稳定，还同艺术家个人的气质、性格有关。气质平和的艺术家心态可能更多地处于和谐、稳定的状态，好冲动的艺术家可能更多地处于矛盾和不稳定的状况。尽管如此，个性心理矛盾和不稳定依然是艺术家普遍的个性心理特征。有些艺术家的创作状态表面看可能是和谐和稳定的，但他的内心深处仍然是充满矛盾的；而他的和谐归根到底也是通过不断克服矛盾而达到的。

艺术家个性心理矛盾的产生有种种复杂的原因。

艺术家个性心理矛盾首先来自社会历史现实。艺术家作为社会的一个成员，他总要面对社会历史现实的种种矛盾，面对现实的社会危机、道德危机、生态危机，等等。在现实矛盾面前，他总要产生生存的困惑，追问生存的意义，陷入不安和焦虑。当然这一切是社会许多成员都具有的，但由于艺术家特有的气质，他要比其他社会成员更敏锐地感受生存的不安和焦虑。艺术家要通过艺术创作表现大家共有的不安和焦虑，寻求生存意义的解答。艺术创作成了艺术家表现人生和思考人生的手段。在他所有创作的艺术作品中，他的不安和焦虑被缓解、被释放了。不久，新的不安和焦虑又产生了。社会历史现实所带来的永恒的焦虑和不安，就使艺术家永远处于矛盾之中，永远处于创作冲动之中。

艺术家个性心理矛盾其次也来自艺术的特性。艺术是审美意识形态，它既是无功利的，也是功利的。艺术首先是审美的，它往往是无功利的，是不寻求实际利益的满足。正如康德所说："那规定鉴赏判断的快感是没有任何利害关系的。一个关于美的判断，只要夹杂着较少的利害感在这里，就会有偏爱而不是纯粹的欣赏判断。"① 从艺术家创作过程看，中外文论家都强调要排除功利考虑，以淡泊、宁静之心对待，艺术家同现实要保持一定的审美距离，要追求一种审美的愉悦和审美的理想。而实际上，艺术家又不能完全脱离现实，他的艺术作品又不能与功利完全无关。这样一来，艺术家的个性心理中，就不可避免地存在功利与无功利的表层的或者深层的矛盾。

艺术家的个性心理矛盾最后还来自创作活动本身。艺术家不仅要认识生活，感受生活，更重要的是要艺术地表现生活。就在艺术地表现生活的创作过程中，必然要碰到主观与客观、情感和理智、内容和形式、传统和创新等一系列矛盾。艺术创作中所引起的矛盾和焦虑，丝毫不亚于现实生活所引起的矛盾和焦虑。许多艺术家为了塑造一个人物，为了寻找到最理想的艺术表现形式和艺术表现手法，常常是废寝忘食、日夜不安。艺术家把艺术作品看作是自己心血的凝聚，看成是自己生命的流溢。托尔斯泰曾经说过："只有当你每次浸下笔，就像把一块肉浸到墨水瓶的时候，你才应该写作。"② 另一个俄国作家迦尔洵也说过类似的话："我实际上是仅仅用我的不幸的神经来写作，每一个字母要费去我的一滴血，这绝不是夸大其词。"③ 艺术家在创作过程中所碰到的矛盾和劳累，是一般人难以想象的。

二 艺术家个性心理矛盾的种种表现

就艺术家的个性倾向而言，就艺术家对现实的态度而言，存在三大心理矛盾。

（一）个性和社会的矛盾，自我意识和社会意识的矛盾

艺术家是富于个性的，同时又是属于社会的，他有强烈的自我意识，又不可能没有社会意识。他的个性心理有两个部分，一部分来自个体生命本体，一部分来自社会指令，前者是内在的，后者是外在的，这就是心理

---

① 康德：《判断力批判》，商务印书馆 1964 年版，第 40—41 页。
② 《托尔斯泰评传》，时代出版社 1954 年版，第 160 页。
③ 柯罗连科：《文学回忆录》，人民文学出版社 1985 年版，第 281 页。

学家所说的"主体我"和"客体我"。同时这两个部分在艺术家的个性心理中又经常处于矛盾斗争的状态。

从人类社会发展的历史来看，个人和社会，个人意识和社会意识始终充满矛盾。在封建社会，封建制度和封建意识扼杀人的个性和自由。到了资本主义社会，社会虽然大谈个性和自由，实际上人的个性仍然受到大工业生产的压抑。个体和社会的矛盾的真正解决，作为一种美好的理想，那是遥远未来的事情。

从艺术创作来看，艺术家的自我意识和社会意识的关系，可能出现两种情况。一种情况是艺术家的自我意识和社会意识在某个时期相对来说是一致的，在欧洲文艺复兴时期、俄国的反农奴制时期、中国的"五四"时期，艺术家追求个性自由的要求同整个社会反封建的任务是一致的，于是出现了一大批有世界影响的艺术家和作家，一大批世界名著。然而，在更多的情况下，艺术家自我意识和社会意识是矛盾的、冲突的。在这种情况下，一些艺术家用个人意识对抗社会意识，例如苏联的一些艺术家、作家，他们的命运是悲惨的。有些艺术家则是完全压抑个人去适应社会，用社会意识取代个人意识，结果完全失去了个性，丧失了自我意识，最终也葬送了艺术生命，他们的艺术作品成了社会意识的传声筒，成了一种思想说教。这当然是更大的悲剧。

这样讲并不是否定艺术家的社会化，艺术家的社会意识，而只是强调艺术家的个性和社会性的矛盾，艺术家自我意识和社会意识的冲突，在艺术家个性心理中是一个普遍的客观的存在，而艺术家的个性和艺术家的创作正是在这种矛盾冲突中得到发展。

艺术家自我意识和社会意识的矛盾在艺术创作中要得到比较好的解决和比较好的表现，需要有两个重要的前提：一是社会意识是进步的，是代表大多数人的利益的，是符合人类共同的价值观的，在性质上和艺术家的自我意识不存在根本矛盾；二是艺术家要善于将社会意识审美化，也就是要把社会意识个性化、情感化，把社会意识变成艺术家个人的内在的情感要求，并用完美的艺术形式体现出来。

（二）审美和功利的矛盾，为艺术和为人生的矛盾

艺术是一种意识形态，同时又是一种特殊的意识形态，是一种审美意

识形态。它是非功利的又是功利的，作为审美是非功利的，作为意识形态又是功利的。在艺术的双重性质中，审美和功利也总是存在矛盾和冲突的，有时审美占主导而排斥功利，有时功利占主导而排斥审美。

正是艺术的双重性质也决定了艺术家个性心理的双重性质。艺术家对待艺术的态度是具有双重性的：他既有强烈的社会责任感和使命感，有一种为人生而艺术，为艺术而献身的人格特征。他们为了人类社会的进步，为了艺术事业的发展，可以忍受和克服来自政治、经济、生活和创作劳动本身带来的种种艰难困苦和重重压力，甚至是牺牲自己的生命。这种精神虽然是悲剧性的，但也成为艺术家强大的创作动力。同时，艺术家对艺术也有一种非功利的态度，一种为艺术而艺术的态度，一种游戏的态度。他们把创作看作是一种精神的神游，在创作中享受精神的愉悦，让自己进入一种不受任何约束的高度自由的境界。自由是创造的本质，正是在高度自由的境界中，艺术家的思想特别活跃，浮想联翩，进入一个无比广阔、无比丰富、无比生动的时空。在这个时空中，"有个人创造性和个人爱好的广阔天地，有思想和幻想，形式和内容的广阔天地"（列宁语）。从这个意义上讲，艺术家对艺术采取审美的、非功利的态度，也是艺术创作的一种功力。

审美和功利，为人生和为艺术，献身与游戏，在艺术家性格中是又矛盾又统一的。所谓统一，指的是艺术家的使命感、艺术家的献身精神，只有进入自由的创作境界才能实现，他们只有在这种自由的境界中才能充分发挥自己的艺术才能，创造出真心有益于人类的艺术珍品。从这个意义上讲，对艺术而艺术的片面理解和批判，是错误的。所谓矛盾，指的是艺术家所承担的责任和使命与创作自由有时是不一致的。你认为那样写才有益于社会，有益于人生，我认为那样写违反我的艺术个性。如果一味坚持下去，无法创作出好的作品，归根到底也无益于社会，无益于人生。这样，也就有了为艺术和为人生之争。

（三）人文与历史的矛盾

人文和历史是观察社会的两个角度，所谓历史是指社会历史的进步，社会生产力的发展，所谓人文指的是对人的关怀，对人的个性、自由和人的生存价值的关怀。对于改革开放，一方面感到社会生产力的发展，物质生产的丰富，社会的进步，另一方面又对道德的沦丧，拜金主义盛行，人的异化感到忧心忡忡。这就是所谓人文和历史的矛盾。

作为艺术家，在他的个性心理结构中，人文和历史始终存在矛盾，他的心灵始终存在困惑、焦虑和不安。社会贫困、人民受压迫，艺术家就站在历史前进的方向，热情呼吁改革和革命；在社会革命和社会改革使人的个性和自由受到损害时，艺术家又站在人道的立场，坚决站出来维护人文的精神。艺术家不同于一般的人群，比如说不同于政论家，他对于社会的观察，相对于历史的角度，更注重从人文的角度。从对人的关怀出发，他对历史的发展保持审慎的态度，警觉的态度，更关注人的生存状态，人的个性和自由，更关注人的内心世界和精神世界。

以高尔基为例。他始终站在反农奴制，反资本主义制度的立场，在早期描写底层流浪汉的小说中，他肯定底层人们的价值，赞扬他们有金子般的心；在《海燕之歌》中，他呼唤革命的风暴快些到来。谁都认为高尔基是革命文学家，是无产阶级作家。可是在十月革命前后，他连续发表题为《不合时宜的思想》的一系列政论文章，猛烈反对十月革命，认为列宁是拿工人阶级的血肉做实验。在看到革命和内战给社会和文化带来严重破坏时，他坚决站出来维护科学文化，维护人的个性和自由，反对漠视科学文化，反对践踏人的尊严。作为一个伟大的作家，在历史转折的关头，他承受着比常人更多的困惑、痛苦和焦虑，同时也激发起对历史、对人的命运的深沉思考，一切伟大艺术家的杰作也正是在这种思考中酝酿、产生。

艺术家个性心理中这种人文和历史的矛盾是普遍存在的，也体现在艺术创作中，并且深刻影响艺术家的创作，成为激发艺术家创作的巨大动力。

以战争文学为例。

在战争问题上人文和历史的冲突尤为突出，在战争文学中人文和历史的冲突更是得到淋漓尽致的表现。在政治家看来，战争分为正义的和非正义的，看它是否推动历史的进步。在艺术家看来，战争是双重的，他关心的不仅是战争的性质、战争的胜负，他主要关心的是人。在艺术家眼中，战争参加者不仅是战士，他还是人。战争中为了胜负失去个把战士，对于统帅来说是无法特别关注的，可是对艺术家来说，却不是微不足道的。

作家艺术家对战争的描写有三种情况。

一种是用历史的角度压倒人文的角度，只注重战争不注重人，有的甚至极力掩饰战争的流血和残酷，把战争写成重大的节日，如苏联电影《攻克柏林》。

一种是历史的角度和人文的角度是一致的，作品中对战争的谴责和对人的关怀是一致的。如美国的越战电影《现代启示录》、《野战排》。

一种是历史角度和人文角度是矛盾的，这种文学艺术作品既要肯定战争的正义性，又要关心战争中人的命运，不敢用人的悲惨命运来否定战争的正义性，也不敢用战争的正义性来否定人的悲惨命运，艺术家作家始终在两个视角中游移不定。比如诺贝尔文学奖获奖者苏联作家肖洛霍夫的小说《一个人的遭遇》（又译《一个人的命运》）。这部小说响起了苏联战争文学的"新调子"，它既不粉饰战争，也不一味暴露战争的残酷，它的重点始终放在对战争中人的命运的关怀。作家不因为战争的残酷而否定苏联卫国战争的正义性，但又充满对主人公悲惨命运的深切关怀。作品的历史判断是明确、清晰的，基调又是十分低沉、忧伤、感人。作者的历史沉思和艺术沉思是十分痛苦的，他无法提供答案：在战争中历史和人文究竟谁轻谁重。但他起码告诉人们历史中至轻的东西对个人来说是至重的。作品在历史和人文两个角度的游移中、矛盾中，显示出了张力，表现出了巨大的艺术震撼力。事实告诉我们，问题不在于历史和人文矛盾的存在，而在于艺术家如何加以艺术地表现。事实上并不是艺术家关注人文就无法关注历史，关注个人就无法关注社会。谁都无法否定 19 世纪俄罗斯文学是最富社会批判激情，最有历史感的，同样，谁也无法否定 19 世纪俄罗斯文学又是最富有人道主义激情的文学，最富有人文精神的文学，它充满对人、对人的价值、对人的命运和人的内心世界的关注。俄罗斯文学最动人之处也正在于此。在俄罗斯作家笔下，反农奴制的激情、崇高的社会理想、人物的精神探索，同俄罗斯的白桦、草原、伏尔加河、东正教金顶教堂，是可以水乳交融的。19 世纪俄罗斯文学留给我们的宝贵的创作经验正是关注人文和关注历史、关注个人和关注社会的一致性：俄罗斯作家在关注人的价值和人的命运时，始终没有离开社会历史的迫切问题；在关注社会历史时又始终以关注人为中心。在俄罗斯作家看来，人的被侮辱被损害是由农奴制造成的，只有砸烂这个黑暗王国，才能有人的尊严和价值，才能给个性的自由发展带来光明。正是这种社会理想和人道理想的融合，社会历史批判激情和人文精神的融合，使得俄罗斯文学在世界文学中能独放异彩，并且具有永久的艺术魅力。人道精神也好，人文精神也好，其实都不是非历史和抽象的，而是历史和具体的，其中的核心内容便是个人和社会的关系，人文和历史的关系。因此，艺术家对个人的关注，对人文的关注，始终是无法脱离客观的社会历史实践的。

从艺术家的思维来看，也有主观和客观、情感和理智这两组矛盾。

（一）主观和客观的矛盾

尽管有些作家的艺术思维偏于主观型，有的作家的艺术思维偏于客观型，但总的来说，艺术家的个性心理中都有主观和客观两股力量。所谓主观的力量就是引导艺术家忠于内心，忠于心灵的真实，忠于心灵的召唤。所谓客观的力量，就是引导艺术家忠于现实，忠于客观的真实。在艺术家的个性心理中，这两股力量实际上又是相互依存，相互制约的，是充满矛盾，充满冲突的。

一方面，艺术家要忠于内心，忠于心灵的真实，用自己的审美理想、审美情操、审美趣味来熔铸现实、改造现实，使主体意向渗透和体现于客体之中，使客体贴近主体。李白的诗句"黄河之水天上来"，表现的不仅是黄河的客观存在，更重要的是诗人通过夸张的手法表现自己对黄河雄伟气势的感觉，表现自己的豪气。在托尔斯泰的《战争与和平》中，同是一棵老橡树，由于心情不同，在安德烈眼中呈现出两种完全不同的形象和情态。在他心情阴冷、绝望的时候，看到的老橡树是那么僵硬、丑陋、冷酷；在他充满喜悦和希望的时候，看到的老橡树却是长满嫩叶，充满生机。艺术家把主人公的主观感情投入客观景物中，使景物情绪化、人格化，形成一种艺术力量。这就是主体对客体的改造和熔铸。

另一方面是艺术家要忠于现实，忠于客观真实，主观要受客观制约，主观要贴近客观。巴尔扎克在自己的小说中违背了自己对待保皇党贵族阶级同情和政治偏见，他看到了自己喜爱的贵族们灭亡的必然性，从而把他们写成不配有更好命运的人。出身于贵族的屠格涅夫也是违背自己对贵族的同情，在自己的小说中为贵族阶级唱挽歌，为新生的平民知识分子唱赞歌。这是客观对主观的制约，客观力量战胜主观力量的胜利。有一次，托尔斯泰的朋友埋怨他,说他让安娜·卡列尼娜最后卧轨自杀未免太残酷。托尔斯泰笑了笑回道说:"这个意见……使我想起了,普希金遇到过的一件事。有一次他对自己的朋友说,'想想看,我那位塔姬娅娜跟我开了多大的玩笑!她竟嫁了人!我简直怎么也没有想到她会那样做'。关于安娜·卡列尼娜我也可以说同样的话。根本讲来,我那些男女主人公有时就常常闹出一些违反我本意的把戏来:他们做了在实际生活中常有和应该做的事,而不是做了我希望他们做的事。"① 在这里,同样是艺术家主观上希望做的事被客观实际生活的常有的和应该做的事所战胜了。

在艺术家身上,在艺术家个性心理结构中,主观和客观这两股力量都在左右他,这两股力量的关系用胡风的话来说,就是主观与客观相克相生,它们之间既是相互矛盾、相互冲突,又是相互纠缠、相互依存、相互制约、相互生发。正是在这两股力量的相克相生之中,在这两股力量的相互搏斗之中,爆发了艺术家的创造力,推动了艺术创作的发展。

(二) 情感和理智的矛盾,冲动力和控制力的矛盾

就艺术家的个性心理类型而言,有情感型和理智型之分,这是就其主导因素来划分的。但不管是哪个类型的艺术家,在他们的个性心理中都有情感的力量,也都有理智的力量,都有冲动力,也都有控制力。这两种力量在艺术家身上是不可少的,也都是相互矛盾的。艺术家的本领就是调节好这两种力量,让创作活动得到正常发展。

首先是情感的力量,也就是创作的冲动力。鲁迅认为创作总根情,没有情感的冲动就无所谓创作活动。没有情感的力量,艺术家就无法进入创作境界,就无法让艺术想象力自由驰骋。当理智绝对占上风时,理智高度警觉,艺术家就无法进入创作状态,他处处要考虑如何合于规范、合于逻辑、合于理性,这就会完全窒息了艺术家的个性,艺术创作也就完全没有生气和活力。

其次是理智的力量,也就是创作的控制力。古罗马文艺理论家朗吉努斯在《论崇高》中指出,创作如同野马,需要鞭策,也需要缰绳。他说,"在情绪高涨时,人的性情固然往往不知守法,但仍不是天马行空,不可

---

① 贝奇柯夫:《托尔斯泰评传》,人民文学出版社 1981 年版,第 344—345 页。

羁縻","激昂的性情，若不以理性控制，任其盲目冲动，随波逐流，有若无舵之舟，定必更加危险。因为天才常常需要刺激，也常常需要羁縻"。①

所谓理智，所谓控制力，可以说是对情感的审视，对情感的升华和超越。理智对情感的控制表现在创作的各个方面，比如情绪的控制、节奏的控制、技巧的控制、语言的控制，等等，他们都应当是浓淡有度、张弛有度、收放有度，这样才能达到创作的胜景。艺术家常常为作品找不到基调感到苦恼，其实这就是对作品的控制的问题，基调的选择是作家对作品的整体把握，是创作中一个重要的因素。苏联作家法捷耶夫曾经说过，他在写小说《青年近卫军》时，一切都准备好了，但因为找不到作品的基调工作毫无进展。可是，当他找到同作品总体构思相适应的基调——兴奋激越、打动人心，同时又是严峻沉着的基调时，写作就顺利进行了。②

在艺术家身上情与理、冲动与调控是一对矛盾，是对立的统一。如何解决这一对矛盾，达到对立的统一，关键在于艺术家的调控，他既要入乎其内，又要出乎其外，既要进入角色，又要保持清醒。托尔斯泰的《复活》源于检察官科尼给他讲的玛丝洛娃悲惨命运和贵族聂赫留多夫忏悔的故事。这个故事很快打动了作家，激起了创作欲望，但在创作过程中却是困难重重，多年写不下去。后来通过思考，他发现自己的写作被情感所蒙蔽，重点不对，落入了俗套。他在 1895 年 11 月 5 日的日记中写道："刚才出去散步，完全弄清楚了为什么我的《复活》不行。起头起得不对。我是在考虑《谁有理》这篇孩子的故事时明白的。我明白了，应该从农民的生活写起，农民是对象，是正面，否则只有阴影，只有反面。《复活》也是这样，应从她③写起。现在我就想动笔。"④ 作家从此把自己的感情从贵族聂赫留多夫身上转移到农民玛丝洛娃身上，作品所表现的再也不是贵族忏悔的故事，而是用玛丝洛娃的悲惨遭遇控诉专制制度的罪恶。从此《复活》的创作进入顺境。

---

① 《缪灵珠美学译文集》第 1 卷，中国人民大学出版社 1998 年版，第 78 页。
② 赫拉普钦科：《作家的创作个性和文学的发展》，上海人民出版社 1977 年版，第 143 页。
③ 指玛丝洛娃，起初小说是从聂赫留多夫开始的。
④ 《列夫·托尔斯泰文集》第 17 卷，人民文学出版社 1991 年版，第 195 页。

从艺术家的性格来说，也有遵从和叛逆、孤独和开放两组矛盾。

（一） 遵从和叛逆的矛盾

就艺术家对待文化的态度而言，他们的性格中有对文化遵从的力量，也有对文化叛逆的力量，也就是说他们往往喜新而不厌旧。

所谓遵从就是艺术家从文化接受中获得文化范型，并内化为一种文化性格。所谓叛逆就是艺术家对文化传统的背离和自己的创新。艺术创造力强调艺术家是离不开对文化的遵从，他的创新必须以前人的文化累积和自己对文化的遵从为前提，他的独立的文化性格特征也是在遵从的基础上发展起来。

遵从和叛逆在所有人身上都是不平衡的，在一般人那里，遵从强于叛逆，而在艺术家身上则是叛逆强于遵从，艺术家在他的一生中要在继承传统的基础上不断变异，不断创新，否则，他的艺术生命就要中止了。从艺术家的创新过程看，遵从和叛逆又是始终充满矛盾的。艺术家也经常存在内心的紧张和焦虑，这不仅表现在艺术家对待文化接受的态度上，也表现在艺术家对待其他艺术家和对待大众的态度上。

艺术家遵从和叛逆的关系，存在着两种情况。

一种是遵从和叛逆大致平衡，相对达到一致。在一些艺术家身上通和变是相反相成的：不通，没有对传统的遵从，失其常就谈不上异，变就失去意义。反之，只通不变就会陈陈相因，泥古不化。大诗人杜甫首先读书万卷，转益为师，然后才有可能做出前无古人的创新。他是在遵从传统的基础上改写了传统，达到了创新。

一种是遵从和叛逆的矛盾相对比较尖锐，这体现在另一些艺术家身上，特别体现在社会转型和文化转型时期的艺术家身上。例如鲁迅在新旧文化剧烈冲撞的"五四"时期，十分彻底地否定传统，甚至主张不看中国书，但在他的文化性格中，在他的骨子里又始终摆脱不了中国传统文化的影响和重压，因此时常处于矛盾和焦虑之中。

无论属于什么情况，艺术家身上始终存在遵从和叛逆这两股力量，也正是这两股力量的矛盾和冲突推动了他们艺术创作的发展。

（二）孤独和开放

从艺术家个性心理结构看，从艺术家的性格看，艺术家既是孤独的又是开放的，在艺术家身上孤独和开放也是矛盾统一的。

孤独是艺术家的性格特征，杰出的艺术家都有强烈的孤独感。从文艺心理学角度来看，这种孤独感是两个方面的原因所致。一是艺术家创作需要孤独体验，艺术家在孤独的情境中创作，可以减少外界的纷扰和常规事物的影响，可以更多地倾听内心的声音，获得更多的思绪和灵感。二是艺术家用孤独捍卫自己艺术人格和艺术个性，捍卫自己的审美理想、审美趣味和独特的艺术风格。艺术天才往往总是孤独的，总是怀才不遇的，因为他总是探索者、超前者和创新者。

开放是艺术家性格的另一面。艺术家同时也不能沉湎于自我，总要向外界开放，向他人的经验开放，吸收一切有利于创作的外来信息。具有广泛的兴趣和对外界信息有敏锐的感觉，是艺术家性格的特征之一。当然，开放不等于好交际，艺术家可能是不好交际的，但他对外来信息总是开放的，总是敏感的。特别有意思的是，艺术家对大自然有一种特殊的亲近感。他们在人群中可能显得孤僻，在大自然中则显得生动活泼，他们在大自然中摆脱社会人生的困扰，回到人与自然的统一，在清澈明净的自然中敞开自己的心灵，捕捉各种灵感。

孤独和开放看似是两种不同的性格特征，但在艺术家身上是并存的，是统一的。在一般人身上孤独和开放可能是相互排斥的，孤独而不开放，开放而不孤独。在艺术家身上二者是矛盾统一，艺术家是一个开放的孤独者。画家毕加索就是一个典型的例子。他深感孤独，乐于在孤独中创造。他不许别人进入他的画室，他喜欢一个人关起门来创作，喜欢一个人深夜孤独漫游，传记作者潘罗斯在《毕加索生平与创作》中说，"他在生活上是孤独的，在时代中是孤独的"。① 另一方面，他一生又是充满活力的，他用儿童的眼光看世界，善于在生活中吸取新的灵感，敏于接受新的事物。潘罗斯说："毕加索把他一生的巨大成就赠给我们。在解放艺术，在

---

① 潘罗斯：《毕加索生平与创作》，人民美术出版社 1986 年版，第 477 页。

使我们对艺术的反应更敏锐方面，他比当代任何画家的贡献都大。"①

三　艺术家个性心理矛盾是艺术创作的动力

通过上面的分析，可以得出两个结论。

第一，艺术家个性心理并不像有人所理解的是和谐的、轻松和稳定的，相反，它是充满矛盾，充满紧张焦虑和不稳定的。这种矛盾体现在人生态度、思维特征和性格特征等各方面，是普遍存在和持久存在的，同时造就了艺术家特殊的个性心理。

第二，艺术家个性心理矛盾对艺术家的创作产生全面影响，这种影响不能只是消极地加以理解，它常常能激发艺术家的创作激情和艺术创造力，成为推动创作的动力。

问题是艺术家的个性心理矛盾是通过什么心理机制来激发艺术家的艺术创造力的？奥地利著名作家茨威格在《艺术创造的秘密》一文中，试图揭开这个秘密。他首先指出，"创作的秘密是最最神秘不过的秘密"，因为艺术家的创作活动是一种"从无之中生成了有"的活动，是一种不可窥视的、神圣的"内心过程"，他所创作的作品充满"永恒和神性"。他认为再现艺术家的创作过程是很难的，因为艺术家在创作中是处于某种"自我不在的状况"，他很难讲述自己的创作过程。因此研究者只能借助可能得到的艺术家的手稿、草稿和其他材料，在一定程度上复制这个过程，揭开创作的秘密。最有理论价值的是茨威格指出创作活动过程不是一种轻松过程，而是多种因素、多种成分进行搏斗的过程，它可能是"纯灵感的一种行为"，也可能是"一种完整的有意识的思考劳动"，它不是"灵感或劳动"，而是"灵感加劳动"，它不是有意识或无意识，而是"无意识和有意识之间的一种持续不断的搏斗"。关于艺术家在创作过程中存在的这种充满矛盾的复杂的心理现象，他做了深刻的分析。他说：

　　实际上在艺术创作中，如同在自然界一样，混杂着许多种成份。很少有纯粹的好人和纯粹的坏人，很少有百分之一百的乐观主义者和

---

①　潘罗斯：《毕加索生平与创作》，人民美术出版社1986年版，第468页。

百分之一百的悲观主义者。我提出的仅是艺术创作中截然对立的两极；艺术创作中所发生的，本质是这两极之间的一种紧张状态。艺术迸发几乎是一直仅是通过处于两种对立成份之间的紧张关系而产生的，这有如自然界雄性和雌性为了繁殖而必须结合一样，在艺术生产活动中，总是两种成份的混合：无意识和意识，灵感和技巧，昏迷和清醒。①

这段话里，茨威格谈到了两个问题。

一是艺术创作是艺术家个性心理中多种成分的相互作用，缺谁都不行，只有人文没有历史不行，只有情感没有理智不行，只有孤独没有开放不行，只有灵感没有技巧不行，只有无意识没有意识不行，反之，也一样。不能简单地把其中某种成分绝对化，而排斥其他成分。没有个性心理中各种对立的、矛盾的成分之间的相互结合和作用，或者说相克相生，相反相成，就不可形成艺术家完整的艺术个性，也就不可能有艺术创作活动的正常进行。

二是艺术家个性心理矛盾激发艺术创造力的心理机制是一种两极之间的"紧张关系"和"紧张状态"。所谓"紧张关系"和"紧张状态"就是两极对峙、两难选择所引起的心理矛盾和心理焦虑。而这两种"紧张"必然会调动艺术家的一切心理能量，调动他的感知、情感、记忆、意志，激发他的灵感和想象，最终产生强大的创作内驱力。比如说，情感和理智的矛盾，光重情感不行，光重理智也不行，艺术家就要想办法让情感在理智的轨道上进行，使两者达到平衡。比如说，人文和历史的矛盾，重人文轻历史不行，重历史轻人文也不行，艺术家就要在重此轻彼、重彼轻此的焦虑和矛盾中进入苦苦的思索和沉思，也正是在这种深入的、艰难的沉思中，艺术家往往会有出人意料的、新鲜的、独特的艺术发现，找到理想的艺术表现形式和手段，使艺术作品达到新的思想境界和艺术境界。从这个意义说，艺术家的个性心理矛盾是艺术创作的动力。

---

① 《波佩的面纱——日内瓦学派论文选》（《世界文论》5），社会科学文献出版社 1995 年版，第 213 页。

下　篇

艺术家个性心理发展

第 一 章

艺术家个性心理发展与生物学因素

前面从横向的角度考察了艺术家个性心理结果的组成因素，以及艺术家个性心理结构内部的复杂性和矛盾性。从这部分开始，主要从纵向的角度，考察艺术家个性心理的发展，它的发展经历哪些阶段，以及受到哪些因素的影响，也就是说艺术家个性心理发展要受到哪些先天的和后天的条件的影响。

谈到艺术家个性心理发展的条件，一般都涉及家庭、学校、社会的影响，童年经验、社会经历、文化环境的影响，而回避甚至否认生物学因素的影响，好像如果承认这种影响就同马克思主义的社会学观点发生矛盾。这种看法是简单和片面的。

生理学的因素，或者叫遗传学生物学因素、人类学因素，主要指艺术家个性心理发展的先天因素、先天条件，它包括遗传、性别、体质、年龄、身体和精神疾病等因素。这些因素对艺术家个性心理发展的影响是客观存在，可是以往被忽视和否定了。其实，马克思主义经典作家在谈到人的发展时，从来不否认生物学的因素。

马克思说："人们之所以有历史，是因为他们必须生产自己的生活，而且是用一定的方式来进行，这和人们的意识一样，也是受他们的肉体组织所制约。"[1]

卢那察尔斯基在《列宁和文艺学》一书中的"列宁与现代马克思主义文艺学"一章谈到，列宁强调只有从社会关系出发才能研究"真实的个人"，同时在《哲学笔记》中也指出在研究人，在研究"整个认识的历

---

[1] 《马克思恩格斯选集》第 1 卷，人民出版社 1972 年版，第 34 页。

史"时也应当注重心理学，注意感觉器官的生理学，并把它作为"值得注意的知识单子"，作为"辅助材料"列出。对此，卢那察尔斯基指出："列宁对试图直接把生物学规律运用到社会关系研究领域来的做法，批评得相当尖锐（继恩格斯和马克思之后），但这丝毫不与这能值得注意的附加知识单子相矛盾。马克思主义的社会学'扬弃'生物学，但可悲的是，有人不懂这个列宁本人曾经详细阐释过的黑格尔用语：'扬弃就意味着结束，但结束是在高度综合上的保持'。这就是说，生物学因素不再是人的社会生活的主导因素了，但这并不是说可以完全无视人的机体，包括大脑、疾病等的结构和功能了。所有这一切都获得了新的性质，所有这一切被新的社会力量深深地改头换面了，但所有这一切并没有消失。"①

显然，马克思主义经典作家在研究人和人的发展时，从来不否认生物学的因素，只不过认为社会学因素是占主导的。从艺术家个性心理发展来看，它是受社会学因素和生物学因素双重制约的，这两种因素是以对立统一的形式存在着、发展着，既没有不受社会学因素制约的生物学因素，也没有不受生物学因素影响的社会学因素。然而，这两种因素在艺术家个性心理发展中也不是并存的，其中社会学因素是占主导作用的，生物学因素是消融在社会学因素之中，是通过社会学因素起作用的，

与艺术家个性心理发展相关的生物学因素很多，这里只谈谈遗传、性别和精神疾病对艺术家个性心理发展的影响。

一 遗传与艺术家心理发展

艺术家个性心理发展和遗传的关系，艺术家才能、天才发展和遗传的关系，是一个十分复杂的问题。或者认为遗传决定艺术家个性和才能的发展，或者认为艺术家个性和才能的发展同遗传无关，这两种看法都是简单、片面，对两者的关系必须全面、辩证地看待。

首先，应当承认遗传对艺术家个性和才能的发展是有影响的。

艺术家的才能和天才的形成和发展，确有遗传的一面，但遗传仅仅是指素质，才能和天才是无法遗传的。艺术家的天才和才能是以先天自然素

---

① 卢那察尔斯基：《艺术及其最新形式》，百花文艺出版社 1998 年版，第 535 页。

质作为生理基础。素质作为天才和才能发展的自然前提，指的是脑、感官、运功结构形态和生理特点，是机体先天的解剖和心理生理的特点。

人生下来就有不同的素质，马克思就说过，"人直接地是自然存在物。作为自然存在物，而且是有生命的自然存在物，人一方面赋予自然力、生命力，是能动的自然存在物；这些力量是作为素质……在他身上存在的……"① 素质对人的能力及天才形成和发展的作用是客观存在，不可否认的，如爱因斯坦的脑子左半部神经质细胞就比普通人多百分之七十三。

人为了顺利发展具体活动的能力，就需要有相应的素质。艺术家从事某种艺术活动需要以一定的生理条件作为基础，比如歌唱家必须具备一定的嗓音条件，而对于画家来说，视觉分析器的特性（正确测定比例、颜色等）和良好的视察记忆，就显得十分重要。当然，从事不同艺术活动的艺术家对生理素质的要求也是不同的。在音乐家、画家、表演艺术家身上，遗传的生理素质的作用要大一些，明显一些，而在文学家身上则相对要少一些。

其次，承认遗传对艺术家个性和才能发展的影响，但不能夸大，更不能是遗传决定论。

在研究人的个性发展方面，曾经盛行遗传决定论。英国心理学家高尔顿（1822—1911）依据达尔文生物遗传理论，直接把生物学搬用到人文社会科学领域，提出个性行为发展遗传学说。他在 1869 出版的《遗传与天才》一书中，根据名家传记，名人辞典等资料，选取 977 位著名政治家、法官、军官、科学家、文学家、画家、音乐家作为研究对象，对这些名人的亲属进行调查，然后把调查的结果同一般人的亲属进行比较。结果表明，这些名人亲属中，出名的父亲有 89 人，儿子有 192 人，兄弟 114 人，共 332 人，而一般人人组中出名的亲属只有 1 人。他用同样方法，调查了父母都有艺术才能的 30 个家庭，从中发现在这些家庭的子女中有 64％具有艺术才能，而对 150 个一般家庭的调查中发现，他们的子女只有 21％有艺术才能。② 高尔顿的研究试图说明遗传对个性和天才发展的作

① 马克思：《1844 年经济学－哲学手稿》，人民出版社 1979 年版，第 120 页。
② 见高玉祥《个性心理学》，北京师范大学出版社 1989 年版，第 284 页。

用。这方面当然也还可以举出中外古今的许多例子，例如有音乐才能的巴赫家族从1550年到1880年，出现大约60位音乐家，其中有20名相当优秀。英国的勃朗特姐妹（夏洛蒂·勃朗特、艾米莉·勃朗特）都是著名作家。中国古代三曹父子（曹操、曹丕、曹植）都是文学家、诗人。中国当代母女作家、艺术家，父子作家、艺术家也不少见，如茹志鹃和王安忆等。相反也可以举出许多作家、艺术家并没有作家、艺术家亲属的例子。因此遗传决定论理所当然受到质疑，把遗传当作个性发展的决定因素，显然是不科学的。事实上艺术家的个性和才能的发展固然同遗传有一定的干系，但更重要的是与他们成长的家庭文化环境有关系。以音乐家的成长为例，他们固然可以从音乐家父母那里继承音乐素质，但更重要的是家庭音乐文化氛围从小对他们的影响，他们从小听音乐，从小练琴，于是就有从小接受音乐基础训练的好环境和好机会，这就更促进他们音乐才能的发展。正是从这个角度看，马克思指出，人的素质差异不能夸大，搬运夫和哲学家之间的原始差别要比家犬和猎犬的差别小得多。因此，对艺术家个性和才能发展中遗传和环境的关系、先天和后天的关系、生物学因素和社会学的关系，要有科学的认识。

第三，艺术家个性和才能发展中先天的遗传和后天的环境是相互起作用的，其中后天的社会文化环境和实践是起主导作用的。

遗传决定论是不科学的，环境决定论同样也是不科学的，因为它完全否定了主体的积极作用。于是人们试图从遗传和环境相互影响和相互作用的角度来说明两者在个性发展中的关系。瑞典著名心理学家皮亚杰（1896—1980）在《发生认识论原理》中指出："一般说来，如果我们要说明认知结构的生物根据，以及认知结构之所以成为必然这一事实，我们必须既不认为只有环境才对认识结构起作用，也不认为认识结构是先天地预先形成了的，而应看作是在循环往复的道路中发生作用的，并且具有趋向于平衡的内在倾向的自我调节作用。"[1] 皮亚杰说明个性和人的认知的发展是在遗传和环境的反复作用中，在主体和客体的相互作用中实现的。而苏联心理学家又进一步说明人的活动、人的实践在这种遗传和环境、主体和客体相互作用中的重要性。苏联心理学家列昂节夫（1903—1979）

---

[1] 皮亚杰：《发生认识论原理》，商务印书馆1981年版，第67页。

在《活动·意识·个性》（1975）一书中指出："研究社会意识的形成，就要分析社会存在、社会固有的生产方式和社会关系；研究个体的心理，就是要分析个体在其身临的这种社会条件和具体情况下的活动。"① 他又说："个性的真正基础乃是主体的活动的整体的特殊结构，这种结构是在主体同世界之间的关系的一定发展阶段产生的。"② 这种观点说明了活动是对周围现实的能动关系的最重要的形式，主体和客体正是在活动中实现了相互的作用，促使了个性的形成和发展。事实上艺术家个性也正是在社会实践活动和艺术实践活动中，通过主体和客观的不断反复的作用，才得以逐步得到发展的。

二 性别与艺术家心理发展

性别也是影响艺术家个性心理发展的生物学因素。这里着重谈谈女性性别特征对艺术家个性心理和艺术家创作的影响。

在许多职业当中男性是占主导地位的，但在文学艺术领域女性都十分风光。保加利亚学者瓦西列夫指出："妇女的确是男子在一切科学领域的伴侣。在诸如教育学、语言学、表演艺术、美学、新闻学等职业中，妇女毋庸质疑地占第一位。"③ 这里姑且不论女性是否在文学艺术领域占第一位，但女性在文学艺术领域扮演重要角色，特别是在表演艺术领域起着无可替代的特殊作用，却是毋庸置疑的。女性能在文学艺术创作领域大显身手，固然有种种原因，但其中一个重要因素是女性固有的个性心理特征同艺术家的个性心理特征有不少相同之处。同时，女性固有的个性心理特征也会给她们的创作带来特殊的影响，打下深深的烙印，形成一种独特的艺术风格。

女性和女性作家在知觉、情绪、记忆和语言等方面，呈现出一系列重要特征。女性的知觉能力比较强。女性对事物的感觉一般来说比较敏锐，能够迅速、准确地抓住事物的特征。她们对事物注意的是事实和细节，不

---

① 列昂节夫：《活动·意识·个性》，上海译文出版社 1980 年版，第 5 页。

② 同上书，第 156 页。

③ 瓦西列夫：《情爱论》，三联书店 1985 年版，第 87 页。

太注重整体，不善抽象概括，同时，她们对大自然和人的内心世界的感知尤为敏锐。她们善于感受和捕捉大自然的声响和色彩，尤其善于感受人的内心世界，体察人的内心世界的细微变化。

女性的情绪有高度的敏感性，并且变化快。女性富于同情心，能体贴人，甚至连最小的不幸也引起她们流泪。她们对外人的态度相当敏感，会很快做出反应，"她们对极其微不足道的摩擦都十分敏感，对一丝一毫的怠慢和不尊重，也能察觉出来"（康德）。同时，她们情绪的变化也比较大，比较快，"一个正在哭泣的妇女能够比较容易止住眼泪，忘掉痛苦。而一个痛苦失声的男子很难平静下来。妇女的笑声大都象一阵轻风，一掠而过。男子的笑声却不常听到，但却常常很有感染力的"。①

女性记忆力强，更善于情绪记忆。相对于男性，女性的记忆力从早期就显出优势，而且她们是特别长于情绪记忆、形象记忆。就掌握并记忆具体事实、现象、情境、情感状态，以及日后形象再现而言，女性的记忆力都比男性强。作家叶文玲在回答鲁枢元"创作心理调查"时，曾经说过，自己小时候受夸奖一类的事印象模糊，"而对一些小事，比如我怎样因一件小过失受了责罚，我怎样因家里人粗心的冷落而伤感，以及旁人的和自己的某种委屈，特别是身闻目睹的生活中的不幸者、不幸的事，比如说有个拿板凳做拐杖走路的跛子，有个被生身母亲剜了双眼的瞎子，有个常遭婆婆打骂的童养媳……我总是忘不了，记得住有关他们的许多细节……我自尊心又极度敏感，因此，最爱记住那些富于人情味儿美好的东西，也最能为一些受伤害的人和某事心怀凄恻"。②

女性在思维和语言方面也有自己的特点和优势。男性思维的特点是偏重于逻辑思维，穿透力强，善于进行抽象、概括，善于宏观把握。女性思维则更偏重于形象思维，更富于情感性和形象性，更注重细节的把握和细致的分析。在语言能力方面，女性从小就比男性强，在语言联想反应能力方面占优势。相对男性语言的理性、逻辑性，女性的语言更细腻、抒情，更富有情感性。

上面谈到了女性个性心理的一系列重要特征，这些特征的存在是相对

---

①　瓦西列夫：《情爱论》，三联书店 1985 年版，第 81 页。

②　鲁枢元：《创作心理研究》，黄河文艺出版社 1987 年版，第 237 页。

于男性而言的，是相对的不是绝对的。同时，还要进一步了解这些女性个性心理特征对女性创作的深刻影响，这种影响既体现在作品内容方面，也体现在作品的形式方面。

关于女性个性心理对作品内容的影响，不少论著往往只关注写什么，比如说女性创作富于浓厚的自传色彩，比如说爱情是女性创作的母题等，这些说法也有一定的道理，但不是问题的关键。女性个性心理对作品内容的影响主要不表现在写什么不写什么，而在于怎么写，从什么角度来写。男性是外倾型的，更关注社会人生，女性是内倾型的，相对来说更关心自我本真体验。这当然不是说女性不关心社会人生，而是说她们的社会关怀道德关怀，更多的是从自我本真的体验出发，很少把两者完全割裂开来。从这个角度出发，就不难理解张爱玲在抗战热火朝天的年代，为什么会去抒发个人的人生体验，从女性意识出发去拷问人性。她正是通过对人性的关注和控诉体现着深层的道德关怀。在 20 世纪 40—60 年代，赵树理的创作和茹志鹃的创作同样触及妇女解放问题，但前者突出的是妇女解放外在的政治因素，封建制度对妇女的压迫，而后者表现的则是妇女在解放过程中的心理矛盾、情感变化和精神需求。同样是写"文化大革命"年代的干校生活，许多作家写的是在干校如何受苦、受批判，一肚子怒气、怨气。而杨绛在《干校六记》中，却写得从容、优雅，很少怒气、怨气，没有眼泪和哭泣，只是在干校日常化的徐徐描绘中，透露出淡淡的悲切和哀伤。

女性个性心理对作品形式的影响也是十分明显的。表现在叙事特点方面，不少论著认为女性创作更多采用第一人称写法，它更能袒露女性的内心世界。其实这还不是最重要的，更重要的是作品中同女性意识相联系的女性视角。在一些作品中作者是男性叙述者是女性，但作品表现的依然是男性的观念和男性的视角。在另一些作品中，作者是女性，叙述者虽是男性，但作品表现的依然是女性的观念和女性的视角。所以说，重要的是同女性意识相联系的女性视角，而不在于由谁来叙述。丁玲在《莎菲女士的日记》中，以女性作为审美主体，作为叙事视角，审视男性，观照男性，对男性角色作了大胆不恭的描写，消解了女性和男性历来固定不变的主客体关系，新中国成立后的文学创作中，同女性意识相联系的女性视角又渐渐淡化了，模糊了，直到新时期，情况才有了变化。王安忆从"三恋"(《小城之恋》、《荒山之恋》、《锦绣谷之恋》)开始,改变对男性文化视角的趋同,开始用女性的眼睛,女性的感受,女性的视角来观察世界和认识世界,来塑造人物,在后来的《岗上的世纪》中,王安忆完全以女性性心理变化为线索,把两性关系中以男性为中心的快感转移到以女性为中心的真切的心理感受上,由此出现了小说叙述层面的变化。

性别作为一种生物因素,对于艺术家个性心理发展的影响,对艺术家创作的影响,是毫无疑问的。从上面的论述和分析中,同时也可以看到这种影响往往不是孤立的,它是同社会因素相联系的,归根到底还是社会因素在起作用。论者常说女性作家注重细节,注重身边的事,这归根到底还是同女性的社会地位有关,女作家伍尔夫就说过,"由于她们的性别,被剥夺了中产阶级客厅所碰到的事情之外的一切"。女性文学研究者常说女性意识的增强,女性的自觉,而女性意识的自觉归根到底还是个性的自觉,人的自觉,而个性的自觉,人的自觉是产生于社会实践之中,是通过社会实践来实现的,离开社会变革、社会实践,人的自觉,个性的自觉,女性的自觉就无从谈起。历史的事实告诉我们,在封建社会女作家同男作家相比就少得可怜,在"五四"思想解放运动中,女作家才开始涌现,而改革开放的新时代女作家群又一次在中国大地上崛起。从某种意义上说,性别对艺术家个性心理发展的影响,对文学创作的影响,是一种潜在的影响,它只有在一定的社会文化环境下才能得以实现。在新中国成立后十七年的文学创作中,性别的创作并不突出,由于集体对个性的压抑,导致性别角色差异的模糊,也就说不上女性写作。新时期思想解放文化环境的形成,女性写作才可能得到复活和发展。

三 精神疾病与艺术家心理发展

美国作家爱伦·坡在致友人信中曾经说过,"人们经常把我看成疯子,这我不在乎。然而有一个疑问却久久盘桓于我心底,这就是:癫狂到底是不是人类智慧的最高显现?"这里提出了一个尖锐的问题。癫狂一类的精神疾病对艺术家个性心理的发展,对艺术家的艺术创造力,对艺术家的艺术作品,究竟有没有影响?是如何影响的?有多大影响?这是一个十分复杂的、难于给予明确回答的问题,只能提供一些事实和看法,供进一步思考的参考。

艺术家的精神疾病是影响艺术家个性心理发展的生物学因素，指的是艺术家的一种反常人格或变态心理，他们的精神病理现象常常表现为癫狂、歇斯底里、焦虑、抑郁、精神分裂、幻想狂、自大狂，等等，归纳起来主要表现为两种类型：一种是狂躁性精神疾病，一种是抑郁性精神疾病。历史上不少著名的文学家艺术家都患有精神疾病，也都创造出不朽的名著，这是人所周知的事实，像作家果戈理、陀思妥耶夫斯基、迦尔洵、爱伦·坡、卡夫卡等，诗人布莱克、拜伦、丁尼生、波德莱尔等，作曲家贝多芬、柴可夫斯基、舒曼等，画家梵高等。1992 年，美国肯塔基大学拉德维格博士发表一篇很有影响的论文，该文对 20 世纪 1005 位著名作家、艺术家以及从事其他职业的著名人士进行对比研究，发现从事艺术工作的人士在自杀、精神失常方面的比例是从事商业、科技、公共事务人士的 2—3 倍，其中诗人是最常见的精神疾病患者，他们自杀的比例是常人的 18 倍。[①]

精神疾病同艺术家个性心理发展，同艺术家创作的关系固然不能无限制加以夸大，但这种联系确实是存在的，下面可以通过个案进一步加以分析。

俄国作家陀思妥耶夫斯基被鲁迅称为"俄罗斯专制时代的精神病者"，他的癫痫病与他的个性心理发展，与他的创作的关系，向来是许多批评家、理论家关注的问题。作家生活在一个社会动荡、危机四伏的时代，一生命运坎坷，遭受到巨大的精神创伤。他生于莫斯科贫民区的医生家庭，亲眼目睹俄国专制暴行的黑暗和下层人们悲惨的生活。后来又因反对政府罪被判处死刑，在临刑前一刻才又被改判为苦役，此后在西伯利亚服了四年苦役。由于身心受到巨大的折磨和痛苦，他的癫痫病不断发作。这一切在他的创作中留下了深刻的痕迹。他的小说中许多人物都患有癫痫病，像《被侮辱和被损害的》中的中涅莉，《白痴》中的梅思金公爵，《卡拉马佐夫兄弟》中的斯麦尔加科夫。在这些人物身上都真实地再现了陀思妥耶夫斯基患病时肉体痛苦和精神痛苦的真切体验。

---

① 王家平：《是天才，还是疯子——文学创作与精神疾病》，《文艺报》1995 年 11 月 10日。

法国作家莫里亚克在谈到陀思妥耶夫斯基的精神疾病同作家的关系时说过这样一段话:

> 陀思妥耶夫斯基的癫痫病在他笔下的所有人物身上留下了深深的痕迹,印上了立刻就认得出来的标志,正是这种癫痫病使这位作家创造的人物具有一种特殊的神秘性。一个艺术家如果是天才的话,他的一切缺点和偏见也可以为创作服务,借助于它们,创作得以向从来没有人敢于冒险的方向扩展。①

陀思妥耶夫斯基作为天才的作家,癫痫病对他的个性和创作确实造成很大的影响,身心的折磨和痛苦首先造就他一种多疑、敏感、好冲动和忧郁的性格,常常处于一种焦虑、不安、狂躁之中,处于一种强烈的情感生活和精神生活中。而这种性格和情感状态又使得他的创作"向从来没有人敢于冒险的方向扩展",使他对人物的双重性格和内心分裂十分敏感,敢于向人的灵魂深处挖掘,成为"残酷的天才",并形成一种异常独特的艺术风格。

强烈的情感常常使得他的作品成为一道火热的河流。他所创造的气氛是火热的,由于温度的急剧变化和升高,他笔下的人物和情境往往好像是恍恍惚惚的、变形的、扭曲的,而叙述者的声调也往往是痉挛的、哆哆嗦嗦的,这就造成一种十分强烈的感染力。

情感和精神的紧张使作家和作品的人物完全融为一体,而且作家特别津津有味去玩味这种痛苦,正如卢那察尔斯基所说,"陀思妥耶夫斯基在痛苦中生育他的形象,他的心急剧地跳动着,他吃力地喘息着"。② 这就使他的作品具有一种震撼人心的力量。

神经的高度敏感不仅能使作家能够真切感受和体验社会的苦难和下层的悲剧,更能使作家敏锐地察觉社会复杂的矛盾,洞察人类隐秘的心灵世界的奥秘,并且进行惊心动魄的挖掘和无情的解剖。

强烈的情感和紧张的神经往往能激发作家丰富的想象力和奇妙的幻

---

① 《法国作家论文学》,三联书店1986年版,第199—200页。
② 《卢那察尔斯基论文学》,人民文学出版社1978年版,第214页。

觉。作家处于高度紧张、强烈的精神状态时，处于神魂颠倒、心醉神迷的心理状态时，特别能感受到无人知晓的美妙幻觉。作家作品中常常出现梦境、幻觉就源于此。

最后作家强烈的情感和紧张敏感的异常感知，也给他的作品留下惶惑不安的痕迹，造成一种紧张、忧郁的基调。

上面罗列的事实和个案分析，说明艺术家精神疾病对艺术家个性心理发展和创作的深刻影响，对这种影响还可以从理论上加以归纳和认识。

艺术家精神疾病对艺术个性心理的影响主要表现在对艺术家个性和性格的影响，它造成艺术家一种反常的性格，使他常常处于敏感、焦虑、狂躁、抑郁的情感状态之中。而这种反常的性格不仅反映在日常生活行为之中，而且表现在创作活动之中，深刻地影响艺术家的艺术认知、艺术情感、艺术思维，形成艺术作品十分异常的、十分独特的风格。

比如寻常的认知。

人的认知活动有正常状态，也有异常状态。人在异常的思维情感状态中往往会产生异常的认知。在肖洛霍夫的笔下，《静静的顿河》的主人公葛利高里处于高度悲伤和绝望时，他的头顶是"一片黑色的天空和一轮耀眼的黑太阳"。黑色的天空和黑色的太阳是异常的认知，而这种异常的认知正是人物极度悲伤和极度绝望心理的一种夸张的艺术反映。有精神疾病的艺术家的认知也是异常的，患狂躁性精神疾病的艺术家情绪敏感、警觉，反应强烈而迅速，他们用大幅度的情绪变化来接受和表现外在的世界；患抑郁性精神病的艺术家则是带着一幅黑色的眼睛看世界。处于精神分裂，处于狂躁情感的梵高出现了异常的认知，他眼中，周围的一切景物都有大幅度的变化，都扭曲了，他的画作激烈地扭动、跳跃，弥散着一种痉挛性的感觉。在《星月夜》（1889，又名《星空》）中，画家用充满动感的、急速流动的笔触表现星云和树木，画面出现炫目的奇幻景象，大地好像在颤抖，天空如同漩涡般的火焰在燃烧，树木扭绞，似乎要把自身连根拔起。这一切异常的认知和异常的艺术表现，都不是来自事物本身固有的肌理，也不是对象本身的动态，它是来自画家躁动不安的心灵。

比如由强烈的感情激发丰富的想象。

医学家发现，轻度的精神疾病往往有助于艺术家形成和表现富有创造性的思维。患有精神疾病的艺术家在强烈情感和延宕起伏的思维刺激下，常常会出现丰富的联想、想象和奇妙的幻境，给缺乏戏剧性的日常生活注入富有创造性的内涵。俄国著名作家迦尔洵（1855—1888）是个精神病患者，鲁迅称他是"在俄皇亚历山大三世政府压迫下，首先绝叫，以一身来担人间苦的小说家"。① 他的精神疾病反复发作，一生处于"精神紧张"中。他舅舅指出，他的作品"几乎全部是在发作的时候写出来的"。迦尔洵的精神紧张和强烈的感情，常常使他在创作中激发出丰富的想象和奇妙幻想。在他著名的小说《红花》（1883）中，他写了一个疯子在疯人院期间，把几朵红罂粟当作世间一切邪恶的化身，下定决心同幻想中的邪恶苦斗，最后终于精力耗尽，牺牲自我。由于作家有疯人院的生活经历和精神病的精神体验，他把疯子的幻觉写得十分真切，把故事写得十分动人。对此，俄国作家柯罗连科指出："作者带着悲凉的微笑告诉我们，这只是一朵红花，一朵普遍的红罂粟花。这就是说，是一种幻想。然而在这幻想的周围，以异常凝缩的形式展开着自我牺牲和英勇行为的整整一出精神悲剧，其中是如此鲜明地表现着人类精神的高度的美……"②

在肯定作为生物学因素的精神疾病同艺术家个性心理发展，同艺术创作关系的同时，也要看到两者的关系确实是非常复杂的。事实并不是所有的艺术家都患有精神疾病，也不是患有精神疾病的艺术家都能成为天才，都能创造出优秀的艺术作品。可以说不少富于创造性的艺术家是患有精神疾病的，是有变态人格的，是可以创造出优秀的作品，但是这种情况不能加以夸大。英国学者爱立斯曾对一千多名天才人物进行了考察，并用很有说服力的统计学数字加以证明："天才与精神病之间的联系我认为不是没有意义的。但是证据表明这种情况的出现仅仅不到5％。面对这一事实，我们必须对任何关于天才乃是精神病的一种形式的理论采取蔑视态度。"③同时，精神疾病对艺术创作的影响是有条件的。首先，精神疾病必须是轻度的，在精神疾病严重发作时，艺术家是无法进行创作的。陀思妥耶夫斯基1868年8月28日给朋友迈科夫的信中就谈道："您知道我出国的原因。主要有两个：一、要挽救的不仅仅是健康，甚至是可以说生命。癫痫病每

---

① 《鲁迅译文集》第10卷，人民文学出版社1958年版，第575页。

② 柯罗连科：《文学回忆录》，人民文学出版社1985年版，第293页。

③ 阿瑞提：《创造的秘密》，辽宁人民出版社1987年版，第457页。

周发作，清楚地感受并意识到这种神经性和大脑的疾患是非常痛苦的。甚至确实是混乱了，这是真的，我感到这种情况，神经的疾患有时使我发狂……"① 事实证明精神疾病发作时，一般来说艺术家是很难创作的。其次，患有精神疾病的艺术家在创作时必须有自控力。在病人那里，他的心理活动是不受控制和监督的。在艺术家那里他的心理活动在任何时候都要受控制和监督的，艺术家在创作时常常处于高度激动的状态，甚至是迷狂的状态，但他始终能控制自己，他的作品也有很强的分寸感。俄国作家柯罗连科在谈到有精神疾患的作家迦尔洵的创作时，指出"他的作品具有高度的抒情风格，在这些作品上留下了一种特别惶惑不安的痕迹。他的大部分短篇小说的语调，几乎都保持在把抒情的兴奋同病态的激情区分开来的界限上，他异常懂得分寸，几乎没有一处超越这界限。然而，要保持这种镇静的态度，显然需要他付出很大的努力"。②

在谈到艺术家精神疾病与艺术家个性心理、艺术家艺术创作关系时，更要特别重视的是生物学因素同社会学因素的关系。苏联著名的文艺理论家、批评家卢那察尔斯基 1929 年 10 月 30 日在苏联共产主义学院文学、艺术、语言部，以诗人荷尔德林为个案，专门做了《艺术史上的社会学因素和病理学因素》的报告（1930 年发表）。在报告中，他首先肯定病理学因素对创作的影响，指出"我的任务是：在不否认病理学现象对某些文学作品的影响的情况下，把病理学溶化于社会学之中"。最后他得出的结论是："这是有某种双重制约性，而社会制约性明显占主导地位……我们不能忽视病理学，不过，正如我说过的应当把它溶化在社会因素中。"③ 卢那察尔斯基是首次运用马克思主义观点来阐明这个复杂的问题的，他冲破"左"的思想，不把问题简单化，同时又坚持唯物的、辩证的思想和方法论。他的观点是实事求是的，是符合创作实际的，我们可以举陀思妥耶夫斯基的癫痫病同作家创作的关系来论证卢那察尔斯基的观点。陀思妥耶夫斯基的癫痫病同他的创作有密切关系是无可否认的，问题是不能离开社会学因素过分夸大生物学因素的影响。癫痫病是有遗传性的，但它的发

----

① 陀思妥耶夫斯基：《书信选》，人民文学出版社 1986 年版，第 168 页。

② 柯罗连科：《文学回忆录》，人民文学出版社 1985 年版，第 281 页。

③ 卢那察尔斯基：《艺术及其最新形式》，百花文艺出版社 1998 年版，第 341、351 页。

作是同后天的因素相联系的。据陀思妥耶夫斯基本人证明，他初次发病是在服苦役的时候，是在一次关于宗教问题的争论之后。陀思妥耶夫斯基癫痫病的发作，显然是同作家在肉体上和精神上所受的残酷折磨相关的，它多半是精神性的，而不是官能性的。卢那察尔斯基曾经指出："可见是社会原因促使陀思妥耶夫斯基害了'神圣的病'，社会原因在生理学性质的前提中找到一个适当的基础（这基础无疑与他的才能有关），于是同时产生了他的世界观、创作风格和他的病。"① 鲁迅先生也曾就这个问题做过一番精辟的分析，他说："医学者往往用病态来解释陀思妥耶夫斯基的作品。这伦勃罗梭式的说明，在现今的大多数国度里，恐怕实在也非常便利，能得一般人的赞许的。但是，即使他是神经病者，也是俄国专制时代的神经病者，倘若谁身受了和他相类的重压，那么，愈身受，也就愈会懂得他那夹着夸张的真实，热到发冷的热情，快要破裂的忍从，于是爱他起来的罢。"② 显然，在陀思妥耶夫斯基身上，是后天的社会因素引发了先天因素造成的癫痫病，最后造成作家独特的气质和独特的创作风格，在这里生物学因素溶化于社会学的因素之中，社会学的因素起了重要的主导作用。鲁迅一句"专制时代的神经病者"，再恰当不过说明社会学因素和生物学因素的关系。

---

① 《卢那察尔斯基论文学》，人民文学出版社 1983 年版，第 217 页。
② 《鲁迅全集》第 6 卷，人民文学出版社 1958 年版，第 328 页。

第 二 章

艺术家个性心理发展与人生体验

　　艺术家个性心理的发展要受各种因素的影响，有生物学因素，更有社会的因素、文化的因素。艺术家作为社会的存在，作为社会关系的总和，社会的因素对艺术家个性心理的影响是最基本的影响。然而，这种社会因素的影响不仅仅表现为一种社会生活经历的影响，而更多的表现为作为心理层面的、深层的人生体验的影响。也就是说，在社会生活经历基础上产生的心理体验、人生体验，对艺术家个性心理的发展更为重要，也更值得深入研究。

　　这里首先要区分经验和体验这两个概念。经验是人的社会生活经历以及从中获得的知识和能力，而体验是对经验带有感情色彩的回味，是对经验意义和诗意的发现和升华。体验虽是经验的超越和升华，但体验是离不开社会实践的，体验常常是以经验为材料，为对象，为基础的。

　　如果拿科学和艺术相比较，科学同人的经验关系更为密切，而艺术则同人的体验关系更为亲密。在艺术创作活动中，在艺术家个性心理发展过程中，体验之所以受到高度的重视，就是因为人的体验同艺术活动有十分密切的关系，体验的特性同艺术的特性有许多相似之处。首先，两者都是指向生命体验。它们同是既非感性直观又非逻辑理性的心理活动，是主体对于生命意义的把握，是指向人的生命价值的体验。其次，两者都是带有强烈的感情色彩。由于它们直接指向人的生命，是对人的生活、生命及其价值的追问，因此不同于带有认识色彩的经验，它们都带有强烈的情感色彩。情感是体验和艺术活动的出发点，也是它们的归结点，主体总是从先前的情感积累和感受出发，去体验和把握生命的意蕴和价值，同时生成更深刻把握生命意义的新情感。第三，两者都是一种比经验更强烈、更深刻的心理活动，常常达到物我两忘的境界。经验作为一种认识活动，是有明显的主客之分的，认知主体意识到自己是独立于客体的，主客体保持着一定的距离，而在体验和艺术活动中，由于情感的推动，主客体距离缩小了，消失了，物我两忘代替了主客体的分离。

正因为体验同艺术活动有十分密切的关系，有许多相似之处，因此艺术家的生命体验对艺术创作，对艺术家个性心理的形成与发展，就具有十分重要的意义。体验在艺术家的创作中发挥着重要的美学功能，它能使艺术家所描写的艺术形象具有充满活力的打动人心的力量，能使艺术形象具有诗意的升华和超越，显示出事物的审美价值和诗意的光辉。同时，体验对艺术家个性心理的形成和发展也有重要的作用。艺术家的任务不是对事物表面现象的认识，而是要发现生活的诗意，揭示事物内在的意义和价值。要实现这一目标，艺术家就需要有一种敏锐的感受力，一种对生活的穿透力和洞察力，要善于捕捉生活的诗意和意义。而体验恰恰具有这样一种穿透力和洞察力。艺术家的生命体验和艺术家的个性发展有重要的关系：一方面，艺术家的个性，他的敏锐的感受能力决定他比常人有更强烈的生命体验，更能从平凡的事物中见出不平凡的诗意和意义。另一方面艺术家也正是在丰富的生活实践中，在深刻的人生体验中，不断地加深对生活的认识，不断地增强自己敏锐的感受能力，不断地发展自己的艺术个性，艺术家的人生体验对于艺术家个性心理的发展是至关重要的。

艺术家的人生体验，艺术家的生命体验是丰富多样的，是多姿多彩的，有童年体验、青春体验、老年体验；有爱情体验、亲情体验、友情体验；有病痛体验、流亡体验、死亡体验，等等。就其实质内容来看，又有缺失体验、崇高体验、焦虑体验、罪疚体验、孤独体验、神秘体验、归依体验，等等。这里只谈谈童年体验、爱情体验和流亡体验对艺术家个性发展的影响，涉及的只是一些重要的或有特色的体验，而不是艺术家生命体验的全部内容。

一　艺术家个性心理发展与童年体验

一般论著都习惯于把童年体验称之为童年经验，这里还是恢复童年体验的科学说法，因为童年体验不仅仅指是人的童年的生活经历，更重要的是包含主体对童年生活经历的带有很强主观情感色彩的心理感受，它对人、对艺术家一生的成长有重要的影响。

艺术家非常珍视童年体验对自己个性发展和创作的重要影响，并把它看成是生活伟大的馈赠，看成是成长的根基和创作的源泉，看成是艺术开花结果的肥沃土壤。俄罗斯作家康·巴乌斯托夫斯基曾经深情地说过："在童年时代和少年时代，世界对我们来说，和成年时代不同。在童年时代阳光更温暖，草木更茂密，雨更滂沛，天更苍蔚，而且每个人都有趣得要命……对生活、对我们周围一切诗意的理解，是童年时代给我们的最伟大的馈赠。如果一个人在悠长而严肃的岁月中，没有失去这个馈赠，那他就是诗人和作家。"①

艺术家的童年体验对艺术家个性发展和创作之所以有重要意义，归根到底在于童年体验最接近审美体验，它摆脱一切世俗功利的干扰，是对生活最纯真的领悟，是最接近于人的本性，是最本真的生命体验。从这个意义上说，童心和文心是相通的。

首先，儿童和艺术家都有"赤子之心"，都有真诚的精神品格。儿童由于身心发展尚未成熟，尚未受到世俗功利的污染，他们不仅对事物充满陌生感、新鲜感、好奇心，而且总是用自己清澈的眼睛去看世界，用自己纯净的心灵去感受世界。他们不受权力和金钱的束缚，敢于表达自己对事物的真实感受，说出对事物的真实看法，人们把这称之为"赤子之心"。艺术家也是有这种"赤子之心"的人，他们虽然长大了，成熟了，但仍然葆有童心，往往被称之为老小孩。所谓"赤子之心"就是真诚之心，就是要真诚地看待世界，真诚地看待别人，敢于说出事物和人世的真相，敢于揭示出人的真实面貌。一个真正的艺术家应当是既成熟又单纯，他们不断走向成熟，又不断生出儿童般的新鲜感觉和生命活力，不断地在更高层次上体味和表现儿童般的真诚和对生活、对生命的热爱，永远保持赤子的根性。如果说"童心"是儿童天性的自然流露，那么艺术家在经受世俗的污染之后要保持童心就更为艰难，然而艺术家也只有永远保持童心，永远保持真诚，才能打造出动人的艺术世界。

其次，儿童和艺术家的思维方式都类似于一种"我向思维"，这种思

---

① 康·巴乌斯托夫斯基：《金蔷薇》，上海译文出版社 1980 年版，第 22 页。

维的特点就是以我为中心，一切都化为生命的我，都作为有生命、有感情的对象来看待。儿童由于对事物不理解，把事物都化为有生命的我，把自己化到事物里面去，在儿童的眼里，花仙子向大家微笑，给人间带来幸福；小星星快乐地向大家眨着眼，向小朋友问好。在他们的思维中，主体客体是分不清的，梦想和现实是分不清的，心理世界和物理世界是分不清的。儿童的心理世界中，世间万物都是充满生命的活力，他们的眼前展现的是一个富有诗意的世界。如果说，儿童的我向思维是出自对事物的不理解，是出自儿童的自然天性，那么作家的我向思维则是在对事物有深刻的理解之后，自觉地使我融于物，物融于我，形成一个物我两忘、物我合一的诗意世界。刘勰文论所说的"登山则情满于山，观海则意溢于海"，杜甫诗所说的"感时花溅泪，恨别鸟惊心"，指的都是艺术家的"我向思维"，都是艺术家将主体融于客体、主客体融合为一的诗意境界，都是心理学家所说的移情现象。

第三，儿童和艺术家都有很强的想象能力。儿童由于对世界不够了解，逻辑思维能力不强，他们的想象尽管可能是幼稚的、荒唐的、散乱的，但都是十分自由的、开放的、大胆的、无拘无束的。他们可以骑着弯月在宇宙中荡秋千，也可以变成小鱼儿在小河里嬉戏。艺术家的想象与儿童的想象一样，同样是自由的、开放的，可以由现实世界向理想世界自由飞翔，具有明显的超越性。然而，艺术家的想象是自由飞翔，具有明显的超越性。然而，艺术家的想象是一种艺术的想象，是一种创造性的想象，它是有明确的目的性，是受主体的意向性的制约。主体的意向性极大规范和制约想象的方向，使客观材料向主观意向靠拢。不同艺术家由于性格、经历、价值观的不同，必然形成不同的审美理想、审美追求和审美趣味，在想象活动中则表现为一种使想象材料向主观意向靠拢和适应的力量。同时，主体的情感也是影响想象的动力和翅膀。艺术家许多奇特瑰丽的想象都是在强烈的情感的激发下产生的。

儿童的童心和艺术家的文心既然有许多相同之处，艺术家的童年体验必然对艺术家的创作会有深刻的影响，而这种影响是表现在各个方面的。

首先，艺术家童年的体验影响艺术家个性心理结构和它的发展，这是童年经验对艺术家深层的影响，也是最根本的影响。童年是人的一生中最重要的发展阶段，这不仅因为人对世界最早的认识来自童年，更重要的是，童年是人的个性心理发展的开端。童年的经历和体验对一个人的个性，对他的气质、性格、能力、思维方式的形成和发展起着重要的，甚至是决定性的作用。弗洛伊德认为，一个人"思想发展过程的每个早期阶段仍同它发展而来的后期阶段并驾齐驱，同时存在早期精神状态可能在后来多少年内不显露出来，但是其力量却丝毫不会减弱，随时都可以成为头脑中各种势力的表现形式"。① 对艺术家来讲也是如此，艺术家童年的生活经历和生活体验对艺术家气质、性格和思维方式的形成有深刻的影响，而这种在童年时代形成的气质、性格和思维方式又会给他们日后创作的内容和风格打下深深的烙印。冰心曾经说过："提到童年，总使人有些向往，不论童年生活是快乐，是悲哀，人们总觉得都是生活中最深刻的一段；有许多印象，许多习惯，深固地刻画在他的人格和气质上，而影响他的一生。"② 钱杏邨在谈到郁达夫独特的创作风格时，认为除了现实生活的影响，更深层的是来自作家童年痛苦经历造成的忧郁性格。他在《〈达夫代表作〉后序》中写道："在幼年的时候他失去父亲，同时又失去母亲的慈爱，这种幼稚的悲哀，建设了他忧郁性的基础。长大后，婚姻的不满，生活的不安适，经济的压迫，社会的苦闷，故国的哀愁，呈现在眼前的劳动阶级悲惨生活的实际……使他的忧郁性渐渐的扩张到无穷的大，而不得不在文字上吐露出来，而不得不使他的生活完全变成病态。"③

其次，艺术家的童年体验成为艺术家创作的推动力。艺术家童年的体验，特别是缺失性的体验，比如父母的亡故、生活的贫困、精神受到摧残，往往会转化为艺术家创作的推动力。艺术家童年的缺失需要在成年得到补偿，它可以推动艺术家去奋斗，去创造，使自己得到补偿和慰藉。正如弗洛伊德所说："我所可以肯定一个幸福的人从不幻想，幻想只发生在愿望得不到满足的人身上。幻想的动力是未被满意的愿望，每一个幻想都是一个愿望的满足，都是对一次令人不能满足的现实的校正。"④ 美国著名剧作家阿瑟·米勒就指出，艺术家、作家童年目睹家境的败落、父母亲

---

① 《弗洛伊德论创造力与无意识》，中国展望出版社 1986 年版，第 217 页。

② 《冰心研究资料》，北京出版社 1984 年版，第 42 页。

③ 《中国文论选》现代卷（中），江苏文艺出版社 1996 年版，第 260 页。

④ 弗洛伊德：《作家与白日梦》，《弗洛伊德论文选》，知识出版社 1987 年版，第 31—32 页。

的失败，就会激发起成功的渴望和创作的冲动。他说："福克纳、海明威、菲茨杰拉德、契诃夫和梅尔维尔等许多重要作家都有一个共同点：他们的父亲不是被看出将要失败，就是已经败下阵了或自杀身亡了……这样的环境会在一个孩子或青年身上引起一系列的反应的。他相信自己能从一种复杂的心情在重建一个世界，一个已经逝去的世界。所谓一个复杂的心情，是指他想到自己失败的父亲不免有一种危险和痛苦的感觉，而他发现事业为自己大显身手而敞开大门又不禁雄心勃勃。不论他干些什么，只要他有雄心壮志，一个作家就认为他是在创造新的东西。"① 缺失性的体验可以成为艺术家创作的推动力，成为他们创作的动机，也可以使他们更深刻地去体味人生，使自己感知更敏锐，想象力更丰富，最后达到对人生、对事物、对人更深刻的理解。鲁迅正因为童年有家道中落而饱受世态炎凉的人生体验，此后就深刻影响了他对人世的认识。正是从这个意义讲，海明威在被问到什么是作家的最好的早期训练这个问题时，他马上回答道："不愉快的童年。"②

艺术家童年体验对艺术家创作的影响还包括童年经历和童年的体验以作品的题材和人物原型进入创作之中，其中有的作品是直接把童年的经历和体验写进作品，如托尔斯泰的《童年·少年·青年》，高尔基的《童年》，以及许多作家的自传小说；有的作品是以童年经历和体验为原型，是童年经历和体验的加工、改造，如《红楼梦》、《少年维特之烦恼》，等等。

在谈到艺术家童年体验对艺术家个性发展和创作的影响时，需要看到这种影响往往不是人们想象的那么直接，那么原封不动地照搬，它在经过时间的过滤和后天体验的影响时，会产生两种重要的机制，一是变形、重塑，一是超越、升华。

首先是变形和塑造。

艺术家记忆中的童年经历和体验事实上不可能是原来的本真状态。正如弗洛伊德所言："童年以后的诸种强烈力量往往改塑了我们婴儿期经验

---

① 《外国文学动态》1988 年第 5 期。

② 《"冰山"理论：对话与潜对话》上册，工人出版社 1987 年版，第 91 页。

的记忆，可能也就是这一种力量的作用，才使得我们的童年朦胧似梦。"①
实践是一个洗涤器，它起着淘洗和筛选的作用，随着岁月的消逝，人间沧
桑变化，在艺术家的记忆中，有些美好的记忆留下来了，并且被诗化了；
有些没有价值的东西则常常被淡化，甚至被遗忘了。从这个意义上讲，成
年的体验不仅使童年体验变形了，而且重塑了童年体验。对此，弗洛伊德
说："在所谓的最早的童年记忆中，我们所保留的并不是真正的记忆痕迹
而却是后来对它的修改。这种修改后来可能受到了各种心理力量的影响。
因此，个人的'童年记忆'一般获得了'掩蔽记忆'的意义，而且童年
的这种记忆与一个民族保留它的传记和神话有惊人的相似之处。"②

其次是超越和升华。

艺术家童年体验的超越和升华，是艺术家人生体验的普遍化、哲理
化、深刻化。马克思在《〈政治经济学批判〉导言》的结尾，在谈到古希
腊艺术和史诗"是一种规范和高不可及的范本"时，曾说过这么一段名
言："一个成人不能再变成儿童，否则就变得稚气了。但是，儿童的天真
不使他感到愉快吗？他自己不该努力在一个更高的阶梯上把自己的天真再
现出来吗？在每一个时代，它的固有的性格不是在儿童的天性中纯真地复
活着吗？为什么历史上的人类童年时代，在它发展得最完美的地方，不该
作为永不复返的阶段而是显示出永久的魅力呢？"③ 事实上，真正的艺术
家也就是在葆有童心、赤子之心的同时，一生都在更高的阶段上把童心、
赤子之心表现出现，并努力加以超越和升华。卡夫卡童年最深刻的体验就
是父亲的粗暴，成年后又感受到社会的专制，这样，他对父亲粗暴的体验
就慢慢升华为对奥匈帝国暴君专制的体验，契诃夫从小受到家庭的专制以
及学校和棍棒纪律的摧残，心灵和尊严倍受摧残，因此他沉痛地说过
"我的童年没有童年"。正因为童年痛苦的精神经历，使作家决心摆脱专
制和小市民习气的束缚，自觉地一点一滴地挤出自己身上的奴性，维护人
的尊严，争取人的自由。正是这种自觉的超越，使他的思想得到升华，写

---

① 弗洛伊德：《日常生活的心理分析》，上海文学杂志社编，第39—40页。

② 弗洛伊德：《日常生活的精神病理学》，《弗洛伊德主义原著选辑》上卷，辽宁人民出版
社1988年版，第105页。

③ 《马克思恩格斯选集》第2卷，人民出版社1972年版，第114页。

出了充满人道主义精神的作品。

从艺术家对童年经验和体验的重塑、超越和升华来看，艺术家的童年经验和体验同艺术家后期的经验和体验有一种复杂的关系。童年经验和体验是艺术家人生经验和体验的基础，然而当艺术家走入社会之后，后期的人生经验和体验又必然要超越它，并加以升华。艺术家进入社会，积累了丰富的人生体验和艺术经验，这是艺术家走向成熟的标志。然而人生经验的过于"世故"，艺术经验的过于"圆熟"，也会使艺术家逐渐丧失感受生活的新鲜感、敏锐感，逐渐丧失对生活的真诚，逐渐丧失艺术表现的生机和活力。因此在走向成熟的同时，如何不失去童心，永远能用儿童的真诚和好奇去看待人生和艺术，是对真正艺术家的考验。

二　艺术家个性心理发展的爱情体验

爱情是人类生活的重要领域。它对人类各个生活领域都有全面影响，其中，爱情和艺术的关系最为密切。同人类生活的其他领域比较起来，爱情在艺术中占有统治地位，有人甚至认为艺术和爱情是两位一体的。爱情对于艺术的重要意义，不仅在于人们普遍认为爱情是艺术的永恒主题，还在于爱情生活和爱情体验对于艺术家个性心理关系的产生和发展有着重要的深刻的影响。古今中外，许许多多作家和艺术家都有不同寻常的爱情经历，都有或者是幸福或者是不幸的爱情体验，这些经历和体验或者给他们带来精神抚慰或者给他们带来精神创伤，但都造就了他们各自的个性，并且成为他们创作的动力，或者成为创作的题材。在艺术家的人生体验当中，除去童年体验，爱情体验便是对艺术家一生影响最大的、最重要的一种人生体验。这个问题虽然有人涉及，但多半是事实的罗列。要从理论上加以阐明并非易事，这里涉及爱情和艺术的关连，以及爱情生活的爱情体验对艺术家的个性心理发展和艺术创作有什么影响两个问题。

有人认为艺术和爱情是两位一体的，归根到底是因为艺术和爱情都是对美的追求，都是试图用美的规律来改变自己和改变世界，都是一种美的创造活动。

作为一种美的创造性活动，艺术和爱情都是一种生命现象。人们把爱情当成生命的一部分，他们在爱情中获得生机和活力，使自己得以完善，使自己的生命得以延续。艺术家也把自己的创作当作生命的一部分，在自己的创作中融进自己的心血，他们的作品就是自己心血的结晶。在他们的作品中，我们可以感到生气的灌注，感到生命汩汩的流动。

　　作为一种美的创造活动，艺术和爱情都是一种对自由的追求，真心的爱情是对心灵自由的追求，它应当摆脱物质和功利的束缚，超越世俗的观念，使双方的心灵自由地翱翔，达到一种美的理想境界。艺术创作从根本上来讲也是人对自由的追求，它应当是超越物质和功利的，它并不寻求实际利益的满意，而只是追求精神上的愉悦和精神的澡雪，所以康德说，"一个关于美的判断，只要夹杂着极少的利害感在里面，就会有偏爱而不是纯粹的欣赏判断了"。①

　　作为一种美的创造活动，艺术和爱情都具有独特性和多样性。世界上没有完全相同的爱情，爱情对于每对相爱者来说都有独特的内容和独特的形式，比如在每个爱情实例中理智和激情的比例就各不相同，有人用激情去爱，也有人用"头脑"去爱，也有人兼而有之，这是因为相恋者每个人的气质、性格、学识、文化教养是各不相同的。艺术作为一种创造性的活动也是极富个性的，由于创作主体具有强烈的个性特征，艺术作品也就必然具有突出的独创性和多样性，失去独创性也就窒息了艺术的生命。

　　作为一种美的创造活动，艺术和爱情在感知、想象和情感等心理过程中都有一些相似之处。就感知而言，艺术家对事物的感知具有很强的主体性，具有很强的主观色彩。在主观情感的冲击下，艺术家所感知的事物常常是人化的，甚至是变形的，如杜甫的诗"感时花溅泪，恨别鸟惊心"。同样，恋人的感知也带有很强的主观性，是以某种情感体验作为基础，是为某种情感所激发。俗话所说的"情人眼里出西施"，就说明爱情的认知是以爱情体验作为基础的，是有强烈的主观色彩的。就想象而言，艺术家在创作过程中总要展开丰富的想象和联想，把自己想象为各色人物，把大自然拟人化，所谓"寂然凝虑，思接千载"，所谓"悄焉动容，视通万里"。恋人在恋爱过程中，在爱情体验时也会产生许多丰富的、生动的想象和联想。并在这一过程中得到相互发现，相互了解，使对方在自己心目中获得更高的审美价值和道德价值。就情感而言，艺术家在创作过程中对

---

　　① 康德：《判断力批判》上册，商务印书馆 1964 年版，第 41 页。

所描写的事物，对所塑造的人物是充满激情的，没有情感的推动就不可能有艺术创作。爱情本身也是充满激情的，有时甚至不问原由，不顾一切，不计利害，常常达到一种白热化的疯狂程度。情感在情爱的整体中起着巨大的促进和推动作用。

说明艺术和爱情的相似性和共通性，并不是说艺术和爱情是相同的。作为人类生活中的两个领域，作为人类精神生活的两个方面，它们还是有区别的。应当说，相对于爱情，艺术是人类更为高级的精神现象，是对人类情感更大的超越和更高的升华。着重说明艺术和爱情的相似和相通，根本目的还是在于说明爱情生活和爱情体验对艺术家个性心理发展和创作的影响，说明爱情如何点燃天才之光。

艺术家的爱情生活有幸福的，也有不幸的，因此，他们既有丰富性的爱情体验，也有缺失性的爱情体验，这两种生活和两种体验都对艺术家个性心理和创作产生深刻的影响。

艺术家幸福的爱情往往是艺术家创作的推动力，幸福的爱情体验能使艺术家获得高度的创造力。普希金 1829 年首次在舞台上认识"莫斯科第一美人"冈察洛娃，1830 年 9 月同她订婚，诗人从此沉浸在幸福的爱情体验之中，创作激情也突然爆发，在 9 月到 12 月 3 个月当中，诗人在老家波尔金诺村完成了《叶甫盖尼·奥涅金》最后两章、《别尔金小说集》（《驿站长》等）、《吝啬骑士》等四部小悲剧，以及抒情诗多首，获得创作的丰收。这是俄国文学史上有名的"波尔金诺之秋"。陀思妥耶夫斯基一生坎坷并一直受癫痫病的折磨。1867 年，46 岁的作家同自己的打字员 21 岁的安娜·格里高里芙娜结婚。幸福的婚姻给作家带来安定的生活和爱的温暖，大大推动了他的创作。之后的十几年是作家创作最好的时期，他的半数作品，如《赌徒》（1866）、《白痴》（1867—1868）、《群魔》（1871—1872）、《作家日记》（1876—1877）、《卡拉马佐夫兄弟》（1878—1880），都是在这个时期写成的。事实说明，艺术家幸福的爱情体验对与艺术家个性和创作是有重要推动作用的。安定的生活、爱的温暖和快乐的情绪，能使艺术家摆脱痛苦、郁闷、孤寂，使心境处于自由和超越的最佳创作状态，使智力得到最大程度的发挥。

艺术家不幸的爱情和缺失性的情感体验，对艺术家个性心理和创作的影响，在某种程度讲，比艺术家幸福的爱情和丰富性的体验对艺术家的影响更大。在世界著名的艺术家中，不幸的爱情与幸福的爱情相比要占多数。作家的创作都同他们不幸的爱情有密切的关系，世界上许多名著也往往出自爱情不幸的艺术家之手。这其中有莫泊桑、安徒生、屠格涅夫、歌德、罗曼·罗兰、小仲马、乔治·桑、拜伦，等等。比如歌德，一生经历过十多次不成功的爱情，他的小说《少年维特之烦恼》就是在失恋之后自杀未遂之作，作家将失恋的痛苦化为艺术的灵感，成就了名著。艺术家不幸爱情的缺失性体验对艺术家个性心理和创作的影响，主要表现为缺失性体验成为创作的推动力，艺术家在现实生活得不到满足的东西试图在艺术中得到实现，得到补偿，他们把爱的不幸当成激发创作激情的契机，在创作中散发心中的郁结，达到心理的慰藉和平衡。同时不幸爱情的缺失性体验，也会使艺术家的意志得到磨炼，让他们从不幸的爱情中奋起，在创作中取得更大的成就。

从上面的分析来看，不论是幸福爱情的丰富性体验，还是不幸爱情的缺失性体验，都会从不同方面、不同的角度调谐艺术家的个性心理，提高艺术家的生命力，激发他们的创作灵感，推动他们的创作。同时，还可以看到，艺术家的艺术创造力也会在爱情生活和爱情体验中得到发展和提高，爱情缺失点燃天才之光。就艺术家的认知能力来说，爱情作为一种特殊的审美感受，能使人对事物，对美的领悟能力敏锐起来，加深对世界的感受力，促进艺术家对世界艺术化的认识。爱情能加深机体生活的紧张程度，提高机体的生命力和积极性。恋爱中的人对世界、对人的感觉特别敏锐，正如莎士比亚在《爱的徒劳》中所说，爱情"使每一个器官发出双倍的效能"。在他看来，爱情使恋人的眼睛增加一重明亮，使恋人的耳朵听得出最微细的声音，恋人的感觉比带壳蜗牛的触角还要微妙灵敏，恋人的舌头使善于辨味的希腊神话中的酒神显得迟钝……①。此外，爱情的生活和体验能激发艺术家的想象能力。幸福爱情的丰富性体验会激发艺术家的想象力，不幸爱情的缺失性体验更会激发艺术家的想象力。艺术家在现实生活得不到实现的爱情需要借助艺术想象化为艺术创造。他们为了克服缺失，求得满足，会调动自己一切心智力量，其中包括激发自己的想象能力。康德曾经谈起缺失想象力的激发作用。他说："由于想象力在观念上

---

① 瓦西列夫：《情爱论》，三联书店 1985 年版，第 40 页。

比感官更丰富多彩，所以如果有情欲的加入，则缺乏对象比有一个对象更能激发想象力。"①

三 艺术家的个性心理发展与流亡体验②

流亡文学艺术是一种独特的文学艺术现象，在艺术家的生命体验中，流亡体验也是艺术家一种非常独特的生命体验。流亡在古今中外文学艺术史上，虽然不是处处可见、经常存在的文学艺术现象，也是一种能见得到的独特的文学艺术现象。外国文学史上伏尔泰、雨果、拜伦都是流亡者。法国的斯达尔夫人（1766—1817）更是著名的流亡作家。1789 年，法国大革命爆发时，她热情欢呼革命，但不久态度冷淡。雅各宾当政时逃到日内瓦，她父亲的故乡。拿破仑执政时，不许她留居巴黎，她前往欧洲各国。德国 - 瑞典女诗人奈丽·萨克斯（1879—1970）生于柏林犹太工厂主家庭，很早开始写诗，1933 年以后，在法西斯排犹恐怖中隐居了七年，研究希伯来和德国的神话故事。1940 年，逃出纳粹德国，逃到瑞典，之后她的亲人全部死于集中营，她定居斯德哥尔摩，加入瑞典国籍。她的诗歌主要写欧洲犹太人在法西斯统治下的命运，1966 年获诺贝尔文学奖金。

在苏联，流亡作家和流亡文学不仅是一个独特的文学现象，而且是一个突出的文学现象，并出现过三个阶段，或称三次浪潮。

第一个阶段，第一代流亡者是在十月革命到第二次大战前。其中，著名的作家、诗人有俄国第一个获得诺贝尔奖金的布宁、纳博科夫（美国小说家）、特罗亚特（法国科学院院士）、阿维尔琴科、安德列耶夫、阿尔志跋绥夫、巴尔蒙特、别雷（1923 年回国）、库普林、吉皮乌斯、梅列日科夫斯基、明斯基、阿·托尔斯泰（1923 年回国）、苔菲、扎伊采夫、雷夫佐夫、茨维塔耶娃（1939 年回国）等。音乐家有斯特拉夫斯基、拉赫曼尼诺夫，戏剧家有涅米诺维奇 - 丹钦科。

第二个阶段，第二代流亡者是在第二次世界大战期间及战后。其中主要有诗人叶拉金、克列诺夫斯基、纳尔茨索夫；小说家希里亚耶夫、马克

---

① 康德：《实用人类学》，重庆出版社 1987 年版，第 64 页。
② 本节的内容采用了刘宇硕士论文《伊甸之旅——流亡文学的意义》的观点和材料。

西莫夫、纳罗科夫、尤拉索夫等。这批人才华素质、创作水平不及第一代流亡者。

第三个阶段，第三代流亡者是在 20 世纪 70—80 年代。其中突出的代表人物是诺贝尔奖金获得者索尔仁尼琴（1974 年被逐出境），此外还有诺贝尔奖金得主诗人布罗茨基，小说家沃伊诺维奇、阿克肖诺夫、马克西莫夫、弗拉基莫夫、涅克拉索夫以及评论家西尼亚夫斯基等。

前面所说的流亡、流亡作家和流亡文学家是有特定的内涵的，流亡文学不是一般侨居国外的作家所创作的文学，而指的是作家艺术家在精神层面上与主流社会，与专制制度处于离异状态下由独特的生活经历和独特的生命体验所形成的艺术的结晶。有的作家虽然没有离开自己的国家，但他的内心是处于流亡状态，是与当局的专制格格不入的。例如诺贝尔奖金得主帕斯捷尔纳克到死也没有离开俄罗斯，然而，他却属于真正文学意义上的流亡作家。艺术家的流亡生活是一种生存状态，更是一种生命状态，一种独特的生命体验，他不仅要经受生存的压力，文学动荡，漂泊不定的生活，更重要的是要经受精神的磨难，他经常处在孤独、迷惘、被动、悬浮，甚至是恐慌的心境之中。处于文化的、心理的、语言的种种矛盾、冲突和撕裂之中。而正是这种独特的生活磨炼和浸着血泪的生命体验，对艺术家的个性发展和创作，对艺术家的人格、精神、价值观、审美观、思维方式，对艺术家的创作方式和创作风格，产生至关重要的、深刻的影响，而这影响往往又包含积极和消极两个方面。

艺术家的流亡体验对艺术家个性和创作的影响主要是精神层面的，同时是通过种种文化、心理、语言的矛盾、冲突和撕裂来实现的。独立的人格和创作的自由是艺术家的生命，他们离乡背井远离祖国，就是为捍卫独立的人格，争取创作的自由。流亡，对他们来讲是一种精神探求，是精神家园的追寻，来到新的国度，并不是一切遂顺，他们饱受文化、心理、语言的矛盾、冲突和撕裂，而正是在这个矛盾、冲突和撕裂的过程中，他们进一步加深了人生的体验，增强了独立的人格，巩固了自己的价值观、审美观，丰富和深化了创作的思想底蕴和艺术底蕴。

首先是文化的冲突。

文化是艺术家的根，是艺术家的精神支柱。艺术家的个性、心理、价值观和思维方式不可能不受本民族历史文化的制约和塑造。当他们流亡后和故土的联系也只有文化的联系。爱伦堡在谈到诗人茨维塔耶娃时说："对俄罗斯的爱和对艺术的爱，这两种感情在她心中是合而为一的。"艺术家流亡后寻找归宿实际上也是在寻找文化的归宿。

艺术家流亡后面临的最严峻的现实也就是文化的冲突。文化是艺术家生存的最基本的条件，流亡作家由于其前后所处的文化背景的差异，很快使他们处于一种悬浮、无根的状态和迷惘、尴尬的境地。艺术家是依赖本土文化而生长并塑造自己，一旦流亡异国他乡，文化的断裂就使他们如同陷入深渊，丧失了生存和创造的根基，真有一种被连根拔起的感觉。他们如果对本民族文化爱得越深，积淀越深厚，这种内心的文化冲突就越发剧烈。

文化冲突给流亡作家带来一方面被连根拔起，另一方面又扎不下根的悬浮状态。这种状态使他们很难创作出具有个性的独特的作品，于是只能沉浸于往事的回忆之中，死死抓住过去熟悉的题材不放。俄国作家纳博科夫在长期的流亡生活中用"希林"的笔名创作俄文作品，描写俄罗斯的生活。在他的长篇小说《普宁》中写一个流亡的俄国老教授在美国的一所大学教书，他与周围环境格格不入，深深沉醉在已被历史淘汰却又好像格外鲜明灿烂的古俄罗斯文化和生活准则里。

当然，文化冲突和碰撞给流亡作家带来的影响也有积极的方面。它也有可能给艺术家带来新的视角、新的艺术表现形式，促进文化和艺术的交流。瑞典皇家学院常务秘书斯图尔·艾伦在谈到俄国流亡诗人布罗茨基时，曾经指出："近来布罗茨基开始用英语写作。对他来说，俄语和英语是观察世界的两种方法。他说过，掌握这两种语言有如坐上存在主义的山巅，可以静观两侧的斜坡，俯视人类发展的两种倾向。东西兼容的背景为他提供了异常丰富的题材和多样化的观察方法。该背景同他对历史文化的透彻的悟解力相结合，每每孕育出纵横捭阖的历史想象力。"[1] 这种看法是很有见地的，两种文化的碰撞，常常孕育出新的艺术成果。艺术家优秀精神成果的产生一是来自本民族的优秀的历史文化传统，一是来自与其他民族文化的碰撞、交融。俄罗斯作家纳博科夫在俄罗斯度过童年和少年时光，是一位典型的俄罗斯作家，俄罗斯是他的血脉、他的梦境、他的回

---

① 布罗茨基：《从彼得堡到斯德哥尔摩》，漓江出版社 1990 年版，第 542 页。

忆。然而后来在美国定居之后，他就更贴近美国社会，走上俄罗斯文学与美国文学融合之路，他是在俄罗斯文化背景上审视和表现西方的现实，他的力作《洛丽塔》便是这种作品。

流亡作家的文化冲突往往又是在心理层面和语言层面上具体展开的，形成一种心理冲突和语言冲突。

流亡作家，他们独在异乡为异客，被自己的祖国所抛弃，而在异国又不被人承认，于是心中充满一种恐慌感、被遗弃感和孤独感。正如布罗茨基所言：“他所置身的民主国家给予他生存的安全，同时把他降为一个在社会上无足轻重的人物，而无足轻重是任何作家，无论他流亡与否，万难接受的现实。”① 茨维塔耶娃给友人的信就更具体描绘这种被边缘化、被抛弃的孤独心境。她在 1933 年的信中说：“我 1922 年出国，可是我的读者留在俄国，我的诗（1922—1933 的）送不到我的读者手中。最初，在流亡中，他们发表我的作品（头脑发热！）可是后来，他们醒悟过来，不再刊载了，他们觉得我不是他们的人，我是那边的人！内容好象是我们的，而声音是他们的。”② 她对一位朋友说，“我在这儿是多余的人，到那边去也是不堪设想；在这儿我便没有读者；在那边尽管可能有成千上万的读者，但我也不能自由呼吸，也就是说，我不能创作和出版诗集。”③ 这种两头不沾的被抛弃的境地，生成一种迷惘、悲凉、孤独的心理，使艺术家感到自我身份的迷失，自我意识的衰弱，这对艺术家个性的精神的伤害是致命的。在这种情况下，流亡作家艺术家的创作转向往事的回忆，他们个个都成了抒写往事的大师。疼痛的记忆成为他们精神的财富，成为他们顶住现实生存下来的力量，成为他们解决精神饥饿、迷惘、孤独和自卑有效的保证。同时，流亡中的恐慌感、孤独感也极大激发作家艺术家对世界敏锐的感悟，他们每个人都会在流亡的特殊境遇中对人、对世界、对自己重新的审视，对人生做出一种形而上的思考，甚至是一种残酷的思考，而这种思考往往有一种直透事物本质的震撼力量。可以看到许多流亡作家艺术家正是在这种境遇和思考中重新崛起。像蒲宁、布罗茨基、纳博科夫、

---

① 布罗茨基：《从彼得堡到斯德哥尔摩》，漓江出版社 1990 年版，第 532 页。
② 《苏联女诗人抒情诗选》，漓江出版社 1986 年版，第 343 页。
③ 斯洛宁：《俄罗斯苏维埃文学》，上海译文出版社 1983 年版，第 273 页。

米沃什、奈丽·萨克斯等，都是属于这类作家。

语言的冲突对流亡作家艺术家来讲，是一种更为深刻的冲突，语言的流亡才是作家艺术家真正意义上的流亡，因为母语是作家艺术家的精神寄居所，语言是与艺术家的个性与民族的社会文化密切相连的。艺术家失去了它也就丧失了自己精神上的生存条件。流亡作家艺术家在本国同权力社会的矛盾，常常表现为他的语言系统和权力语言系统的矛盾和不协调。俄罗斯作家帕斯捷尔纳克在国内被视为革命的叛徒，就是他太忠实于用自己的语言来表现现实，而他那种含混的、低沉的、委顿的个人化语言是同大革命雷鸣中的牛皮大话格格不入的。而当流亡作家艺术家流亡异国他乡时，又面临着更尖锐的语言矛盾冲突，在丧失母语的环境中，他们一下子很难适应异国的声调，于是流亡作家无一不陷入这种语言分裂的痛苦之中。摆脱德国法西斯迫害，流亡到瑞典的女作家奈丽·萨克斯感到"我们呼吸着自由的空气，却听不懂人家的话"（获诺贝尔奖金时的答词）。她在书信中说："脉搏和呼吸创造了诗。我曾失去了语言能力——没有人能帮助我呼吸。"① 语言的冲突固然给流亡作家艺术家带来表现现实生活的困惑和障碍，然而母语和异国语言的矛盾、对立乃至搏斗，也使流亡作家对语言的运用和锤炼更为看重，更为敏感。一方面，在同异国语言的对照中，流亡作家对母语的优势、美感和不足显得更加敏感，看得更清楚；另一方面，异国的新语言也是一种新的刺激、新的挑战，掌握了新的语言就能增多一种观察世界的视角，增多一种表现现实的方法。布罗茨基在接受采访谈到用英语写作时说："这是爱的写作。倘若要我用俄文写，我绝无如此的热情。用英语写却给我极大的满足。"

无论是文化冲突、心理冲突还是语言冲突，都是流亡作家艺术家一种浸透着血和泪的独特的生命体验，流亡或许给他们带来相对的解脱和自由的创作，同时也给他们带来充满悲剧意味的矛盾、冲突和挑战，而这一切都在他们的个性发展和创作中打下了深深的烙印。

---

① 奈丽·萨克斯：《书信集》，漓江出版社 1991 年版，第 361 页。

第 三 章

艺术家个性心理发展和文化氛围

文学和文化密不可分，文学是一种文化现象。文学的发展受文化的影响。文学又是一个时代文化的集中体现，是一个时代文化的自我意识。古希腊罗马的文学集中表现了古希腊罗马文化的特征。文艺复兴时期的文学集中表现了文艺复兴时期文化的特征，同样，"五四"时期的文学也集中表现了"五四"文化的特征。从这个角度看，研究文学必须在文化语境中加以考察，否则很难对文学有深入的了解。

同样，文学艺术家是在一定文化环境中成长的，文化是文学艺术家的根，是他们的精神家园。文学艺术家从小受本民族文化的熏陶逐渐形成自己的艺术个性。他们一旦离开自己赖以生存的文化精神家园，就有一种被连根拔起的感觉。他们不论流落何方，总是同本民族的文化保持血肉的联系。从这个角度看，研究作家艺术家的个性和发展，也必须深入了解他们成长的文化环境，文化是文学的根，也是文学艺术家个性形成和发展的土壤。

一 家庭、学校、乡土、沙龙对艺术家个性形成和发展的影响

谈到艺术家个性形成和发展与文化的关系时，一般都是从大的、宏观的文化环境着眼，忽略具体影响艺术家个性形成和发展的小的、微观的文化环境，给人一种大而无当的感觉，很难深入到作家艺术家的个性心理层面，很难得出完全令人信服的结论。事实上，影响艺术家个性形成和发展的文化环境有大的文化环境，也有小的文化环境，大的文化环境往往是通

过小的文化环境来影响艺术家个性的形成和发展的。这种小的文化环境可以称之为文化氛围。

影响艺术家个性形成和发展的大的文化环境，包含着丰富的内容。

就时间而言，有传统文化，有当代文化。

就地域而言，有东方文化，有西方文化；有南方文化，有北方文化；有法兰西文化，有俄罗斯文化；有京派文化，有海派文化；有河北的白洋淀文化，由山西的山药蛋文化。

就内容而言，有物质文化，有非物质文化，有精神文化。

就层面而言，有上层文化，有中层文化，有下层文化；有雅文化，有俗文化；有精英文化，有大众文化。

就传播方式而言，有甲骨文文化，有竹简文化，有纸质文化，有影视文化，有电脑文化。

小的文化环境也有丰富的内容，它包括家庭文化、学校文化、乡土文化、沙龙文化，等等。把它称之为文化氛围，是因为大的文化环境是通过它来体现的，它是具体的、直接影响艺术家个性形成和发展的文化环境，它受大的文化环境的制约，同时又有一系列明显的个性特征。

一是个性化。大的文化环境一般来说是宏观的、普遍的、概括的，如儒家文化和道家文化，可以从理论上归纳出几个重要的普遍特征，而文化氛围则是非常个性化的，它是通过独特的人物、独特的环境和独特的方式来体现的。俄罗斯民间文化对普希金的影响是通过他的奶娘来实现的；中国传统文化对沈从文的影响是通过他的老师废名来实现的，而中国传统文化对汪曾祺的影响又是通过沈从文来实现的；革命文化对丁玲的影响是通过冯雪峰、胡也频来实现的，也是通过延安文化运功来实现的。

二是空灵、流动。大的文化环境一般来说比较确定，比较容易把握，而文化氛围相对则比较空灵、流动，往往弥漫其中，浸润其中，比较不容易把握，不容易说出确定的内容。比较一所大学的精神，一所学校的校风，固然可以归为几个字的校训，但你很难从什么大的方面去把握，它完全弥漫和浸润于校园中师生的一言一行之中，是"随风潜入夜"的，是"润物细无声"的。

三是情绪化的。大的文化环境一般来说是比较理性的，是比较教化的，而文化氛围则是比较感性的，比较富于情感色彩的，是重熏陶，重感化的。"五四"文化对作家艺术家个性形成和发展的影响，从大的文化环境看，从宏观的角度看，是一种时代的民主自由的启蒙，是一种人的觉醒的教化，而这一切又必须通过学校的文化氛围、家庭的文化氛围来实现。比如巴金对"五四"精神文化的理解，就是通过自己的"家"含着血泪的痛苦和挣扎来感受。

下面具体谈谈家庭文化氛围、学校文化氛围、乡土文化氛围、沙龙文化氛围对艺术家个性心理形成和发展的影响。

家庭是社会的基本构成单位，它不仅是生命传承之地，也是文化传承之地，家庭文化氛围对于艺术家个性的形成和成长是至关重要的。谈到家庭文化氛围，人们很自然会想到文化艺术人才的遗传和继承关系。文学方面像魏的"三曹"父子（父曹操，子曹丕、曹植），宋代的三苏（父苏洵，子苏轼、苏辙）、明代的三袁（袁宗道、袁宏道、袁中道），当代有叶圣陶、叶至诚、叶兆言，茹志鹃、王安忆等。艺术方面，有京剧世家梅兰芳家族（曾祖梅鸿浩、祖父梅巧玲、父亲梅明瑞到梅兰芳、梅葆玖五代），画家傅抱石其子女三人都是画家。在家传方面，艺术家的家传比文学家的家传可能要更为突出，这除了与基因有关，同时也同艺术在记忆上要求更高，需要有长期的磨炼有关。当然，家传只是艺术家成长的家庭文化氛围的一个方面，更多的艺术家并不是家传的，但家庭文化氛围的影响依然十分重要，十分突出。这主要指在家庭中，父母长辈对艺术家从小的文化教养，家庭成员之间相互的文化交流、文化熏陶，等等。在中国古代，士大夫讲究书香门第，家中的孩子都要读四书五经，都要学会琴棋书画，这就是传统文化的熏陶。在西方，贵族家庭也讲究文化教养，从小要让孩子学外语、学画画、弹钢琴。俄罗斯作家、诺贝尔奖金获得者帕斯捷尔纳克从小生长在艺术家庭，父亲是画家，母亲是钢琴家，虽然他们家不算富裕，但经常来往的都是著名作家、诗人、艺术家，像大作家托尔斯泰、奥地利诗人里尔克、音乐家斯克里亚宾等。后来他又到德国，在大哲学家科恩的指导下研读新康德主义。就是在这种家庭文化氛围中，在世界一流的作家艺术家和哲学家的直接熏陶下，帕斯捷尔纳克成为世界著名的诗人、作家。上层家庭如此，下层家庭同样也有家庭文化的熏陶。高尔基三岁父亲就去世，同母亲来到外祖父家，外祖父对他很凶，外祖母却给他温暖，经常给他讲俄罗斯的民间故事、童话和歌谣，使他受到俄罗斯民间文化的熏陶，也教会他对生活的爱和对邪恶的憎恨。作家后来回忆说，我满肚子装的都是外祖母的诗歌，如同蜂房装满了蜂蜜一样。

艺术家除了家庭的熏陶，一生中学校教育、校园文化，对他们个性的形成和发展也是至关重要的。一所好学校不光要有漂亮的大楼，有好的设施，还要有好的传统，好的文脉。一个国家、一个民族有大的文化传统这是大的文化传统，一个学校也有承继大传统的小的文化传统，这种文化传统，是从教师身上，从教学的每一个环节的细微之处体现出来的，作家、艺术家的个性从小就受到这种文化传统、文化氛围的熏陶和浸润，而且往往是不知不觉的。俄罗斯诗人普希金走上诗坛，除了家庭文化的熏陶（父母、家庭教师、奶娘），贵族子弟学校——皇村学校对他的影响也是很大的。这所学校里，一些教授具有自由主义倾向，教授库民岑就曾在课堂上宣传自由主义的思想，他在开学典礼上大谈公民的义务，而绝口不提沙皇。在这所学校里，普希金与同学、未来十二月党人普希钦、丘赫尔别凯结下了终生不渝的友谊。在这所学校里，普希金开始了诗歌创作。他一生创作的抒情诗歌约880首，在皇村写的就有130首，他在诗中歌颂祖国、歌颂友谊、歌颂爱情、歌颂自然。在毕业典礼上，他朗诵了他的诗作《皇村日记》，受到德高望重的老诗人杰尔查文的赞赏，称他为自己的继承人。皇村学校的文化氛围对普希金的影响是很深的，他不仅受到自由主义思想的浸染，也初步形成自己的诗歌观念、诗歌题材和诗歌风格。可以说皇村学校是普希金一生诗歌创作的起点，俄罗斯诗歌的太阳正是从皇村学校的花园里升起的。

我们虽然不赞成地理环境决定论，但俗话说"一方水土养一方人"，一个地区的山川气候、文化传统、文化习俗，所谓的乡土文化对艺术家个性的影响也是很明显的。这种影响既表现为自然环境使艺术家在个性、气质、艺术感受能力、艺术创造力方面存在差异，也表现在人文环境、文化传统、语言风格和风俗习惯的差异，对艺术家创作内容、形式和风格的影响。在中外古今文学史上，乡土文化对艺术家个性形成和发展的影响是处处可见的，就俄罗斯文学而言，高加索山区文化曾影响了普希金和莱蒙托夫的创作；顿河地区的文化，哥萨克的热爱自由的剽悍气质曾影响了肖洛霍夫的艺术个性。而高尔基之于伏尔加河文化，当代作家拉斯普庭之于西伯利亚文化，也是十分突出的。就中国现代文学而言，鲁迅之于绍兴、沈从文之于湘西、废名之于黄梅、孙犁之于白洋淀、贾平凹之于商洛、莫言之于山东高密东北乡、王安忆之于上海石库门、汪曾祺之于江苏高邮，也是十分明显的。再以绍兴为例，这座具有两千多年的江南古城，在中国以其丰厚的文化传统造就了不知多少著名的文学家、艺术家，并使他们的创作流芳百世。早在吴越春秋年代，越王勾践就在此卧薪尝胆，显示出一种坚忍不屈的文化精神；东汉思想家王充也在此地诞生；晋代书法家王羲之在此"流觞曲水"，书写了不朽的《兰亭集序》；宋代大诗人陆游在此留有沈园故址及《钗头凤》等千古绝唱；明代大画家徐渭，清代散文家纪晓岚，以及近代的义士、诗人秋瑾，大教育家蔡元培，大文学家鲁迅，也都诞生于此。两千年来英才辈出，确实是与绍兴的文化传统和文化氛围分不开的。

最后要谈的是沙龙文化氛围。这种文化氛围西方称之为"文化沙龙"，我们称之为文人雅集，总之，是一种作家艺术家的文化圈。在这个圈子当中，一些志同道合的作家艺术家，也就是一些有共同的思想观、艺术观的作家艺术家常常很松散地聚在一起。西方是喝喝咖啡、听听钢琴演奏，听听作品朗诵，就各自感兴趣的话题随意发表意见，共同探讨；东方是饮茶吃饭，梨园听戏，茶余饭后谈古论今，谈天说地，不拘形式地交流切磋。以往这种文化氛围常被忽视，但比起家庭文化氛围、乡土文化氛围，这种文化氛围对作家艺术家个性的影响恰恰是更重要的，更不可忽视的。因为这种影响是在作家艺术家更年长、更成熟的年代形成的，它的影响也就更大。西方文化沙龙性质的文化圈子，比较出名的有以左拉为首的梅塘集团。左拉 1878 年在巴黎郊外，买下了梅塘，每年在那住几个月，莫泊桑等五六个同他志同道合的作家也到他那儿度假，莫泊桑还为他买了一艘游艇。他们在那里度假、野餐、讨论创作问题。有一次，左拉以普法战争为题材写了一篇小说《磨坊之役》，其他几位作家也以同样的题目每人写了一篇小说，最后结集以《梅塘之夜》（1889）出版。在俄罗斯，文学艺术家们也常有文学沙龙、文学晚会。屠格涅夫在他的回忆录中，就谈到当年（1837）他作为圣彼得堡大学语文学三年级的学生，参加的文学教授普列特尼约夫的文学晚会，参加晚会的有诗人、作家、评论家、翻译家，晚会的话题有的涉及文学，有的涉及上流社会和官场新闻。在这个晚会上，屠格涅夫见到了诗人普希金、诗人柯尔卓夫。应当说，文学晚会浓郁的文化氛围,同著名作家艺术家的接触,给大学生的屠格涅夫很大的影响。俄国美术家们也经常搞"星期四"和"星期五"的聚会。音乐家、演唱家和诗人都照例来参加聚会。事实上,多种艺术门类,文学、美术、音乐都是相通的。列宾、克拉姆斯柯依都很喜欢音乐。列维坦常说,画家离不开音乐和文学,在音乐和文学的影响下才能创造出优秀的作品。同样许多著名的作家也有很高的美术修养,乌克兰诗人谢甫琴科不仅是杰出的诗人,也是天才的画家,普希金、莱蒙托夫、果戈理也画过许多素描。在文学艺术晚会上,作家艺术家的相聚、交流、切磋有利于他们个性的成长和创作的发展。相对于西方的文化沙龙,中国自古以来就有文人雅集,并且在此基础上形成文学流派或文学社团。古代有"建安七子"、"竹林七贤"、"公安派"、"竟陵派"等,现代的也有文学研究会、创造社、晨光社、湖畔诗社、新月派、七月诗派、九叶诗派等。这些文人雅集,这些作家诗人志同道合的聚集或结社,在自由、开放、对话、创造的氛围中,培育了一代诗人、作家的创作个性,创造出一批辉耀文学史的传世之作。可惜,这种文化氛围在新中国成立后很长时间不见了。看来,少来一些思想一律,少来一些严密的组织形式,少来一些文化衙门,多来一些松散的、自由的、对话的文化氛围,多来一些文化沙龙、文人雅集式的文化氛围,将有利于作家艺术家的成长。

二 文化氛围对艺术家的价值观、艺术观和艺术风格的影响

文化对艺术家个性的影响是十分深刻和广泛的,这包含影响艺术家的世界观、价值观、人生态度,包含影响艺术家的艺术观念、思维方式,也包含影响艺术家的艺术形式和艺术风格,等等。

其中最重要的是影响艺术家的世界观、价值观和人生态度。这方面包含艺术家如何看待人和社会的关系(人是为自己还是为社会而活着,是以人为本还是把人看成工具、看成革命的齿轮和螺丝钉),如何看待人和自然的关系(人同自然是亲近的、融洽的、和谐的,还是人应当改造自然、征服自然、战胜自然),如何看待人与人的关系(人与人是平等的、对话的,还是你死我活,充满对立、争斗),如何看待人与自我的关系

（是充满自信、不断进取，还是迷失自我、不思进取）。世界观、价值观和人生态度是艺术个性的核心，文化通过影响它再进一步影响到艺术家的艺术观念、艺术个性和艺术风格。

文化对作家艺术家的影响是一个十分复杂的现象。从宏观角度看，一个国家、一个民族大的文化传统有其共同的特性，同时也有差别。从微观的角度看，作家艺术家所处的文化氛围既体现了民族文化传统，同时也有自己的独特性。因此，十分复杂多样的文化传统和文化氛围造就了作家艺术家复杂多样的艺术个性，孕育出绚丽多彩的文学艺术珍品。

先谈谈中国古代作家艺术家个性形成同中国传统文化的关系。中国传统文化中占正统地位的是儒家文化。儒家文化几千年来以其哲学观、文学观，从整体上深深影响中国古代文人、古代作家艺术家的个性形成和发展，造就了他们的文化性格和文化心理结构。儒家思想文化在历史上虽然前后有不少变化，但它通过下面几方面影响作家艺术家的文化性格：以"修身、齐家、治国、平天下"为核心的入世思想，以"仁、义、礼、智、信"为标准的道德观念和道德理想，以"允执其中"的中庸哲学。在这种入世哲学，这种价值观的支配下，儒家强调文学艺术的教化功能，称文学是"经国之大业"，文学要"经夫妇、成孝敬、厚人伦、美教化"，要"乐而不淫，哀而不伤"。儒家的入世哲学和教化的文学观念，使中国古代作家艺术家具有忧患意识和强烈的社会使命感，造就一种积极进取的文化性格。当然，也在一定程度上压抑了作家的情感和自我意识。和占统治地位的儒家文化并存，道家文化也从另一个侧面影响古代作家艺术家个性形成和发展。与儒家不同，道家崇尚的是自然哲学，认为一切事物都要合于道，都要顺其自然，听其自然，而不要人为，不要违反自然，主张"无为而治"的社会。他们认为文学艺术也是道的体现，真正的艺术应当是"大音希声"、"大象无形"、"至乐无乐"的。在这里，道家倡导的是出世的哲学，是超越功利的艺术精神，这种哲学观和文学观也从另一个侧面培育了中国古代作家艺术家追求精神自由、追求审美自由的艺术个性。总的来说，儒家文化和道家文化是互补的，儒家文化和道家文化对中国古代作家艺术家的影响也是互补的，它们从不同的侧面培育和丰富了中国古代作家的文化性格。可以看到受儒家文化影响深的作家艺术家固然更重"教化"，但他们的人格理想也有对审美的追求，对诗性的追求，也有对自然的崇尚，对和谐的崇尚。受道家文化影响深的作家艺术家固然更重超越，更重自由和审美，但他们也有对社会人生的关怀，也不是不食人间烟火的。古代作家艺术家的地位是不断变化的，他们"穷则独善其身，达则兼济天下"，他们身上积极入世和消极避世的思想往往是交织在一起的，或者是此消彼长，此起彼伏的。而这一切都在他们的艺术个性和创作风格上打下了深深的烙印。就陶渊明来说，他一生在官僚和隐士这两种社会角色中选择、挣扎，出仕时想归隐，归隐时念着出仕，直到晚年贫病交加。他谙熟儒家经典，有儒家入世精神，重视个人道德修养，同时又深受老庄思想影响，他的思想融合了儒道两家的思想，又有个人来自生活实践的体悟和见解，他所坚持的人生准则一是安贫乐道，决不同流合污；一是崇尚自然，返归真我。正是这种独特的人生观和价值观，造就了他"不为五斗米折腰"的清高超逸的文化性格，形成了他的独特的田园诗和冲淡平和的诗风。从陶渊明身上，可以看到中国传统文化和中国古代作家艺术家个性形成和发展的复杂关系。中国古代许多作家艺术家，许多士人，都像陶渊明一样先是积极入世，求得建功立业，而在官场仕途失意后往往又归隐田园，以寻找新的人生价值以安慰自己，用"不为五斗米折腰"的精神来捍卫自己的精神自由，于是冲淡、质朴、自然也就成为他们的审美理想和审美追求。

　　下面再谈谈俄罗斯作家艺术家同俄罗斯文化传统的关系。拿鲁迅的话说，俄罗斯文学的主流是"为人生"，他说："俄国的文学，从尼古拉二世时候以来，就是'为人生'的，无论它的主意是在探究，或在解决，或堕入神秘，沦于颓唐，而其主流还是一个：为人生。"① 而俄罗斯文学的主要基调则是深沉、忧郁，用别林斯基的话说，在俄罗斯文学中始终散布着一种"销魂而广漠的哀愁"，这种哀愁构成俄罗斯"民族诗歌的基本因素，亲如血肉的因素，主要的调子"。② 而俄罗斯作家艺术家这种"为人生"的人生观和艺术观，这种深沉、忧郁的艺术个性，同俄罗斯文学传统有着亲密的联系。其中，一是在长期与农奴制斗争中所形成的强调"为人生"的思想文化传统，俄罗斯人民长期受农奴制的压迫，苦难深

---

① 《鲁迅全集》第 19 卷，人民文学出版社 1973 年版，第 7 页。
② 《别林斯基选集》第 2 卷，上海译文出版社 1979 年版，第 485 页。

重，人民没有任何自由。在这种情况下，文学艺术成为表达思想的重要场所，作家艺术家成为人民的代言人。正如赫尔岑所说："凡是失去政治自由的人民，文学是唯一的论坛，可以从这个论坛上向民众倾诉自己愤怒的呐喊和良心的呼声。"① 用卢那察尔斯基的话说，俄罗斯文学成了社会的气门，"所有一切社会激情都通过这气门直冲出来"。② 从这个角度看，就可以理解俄罗斯作家艺术家为什么那么强调对人生的关注。二是浓厚的宗教情怀所体现的人道思想和救世思想。浓厚的宗教情怀是俄罗斯文化的主要特征和重要传统。别尔嘉耶夫说："俄罗斯人民的灵魂是由东正教会培育的，它具有纯粹的宗教形式。"③ 俄罗斯文化中的宗教情怀，不仅体现在日常生活中对教规的恪守，更体现在他们都带有浓厚宗教色彩的生活态度和人生态度，他们对生命意义，对灵魂和未来的思考。其中最突出是一种人道关怀和救世精神。这种思想同基督教的历史有关，他们认为当第一罗马、第二罗马相继灭亡之后，基督教中心转移到莫斯科，形成第三罗马。俄国是世界基督教中心和希望所在，俄国的东正教是唯一正统的基督教，俄罗斯人民具有普济天下的使命，具有救世责任。这种精神渗透到俄国文学艺术中，就表现为一种对人类命运的深切关注，一种浓厚的人道精神，一种深沉的忧患意识和淡淡的哀愁。

三　文化氛围影响艺术家个性
形成和发展的机制

　　艺术家对文化的接受是有特殊的机制，有其鲜明的特点，它本身是更符合文化传承的规律，更符合艺术接受的规律，只有把它的影响机制搞清楚了，才能更具体地把握艺术家个性是如何在一定的文化传统，一定的文化氛围中逐渐形成和发展。这个机制包括了熏陶、积累、整合和创新这样一些环节和过程。

---

① 《赫尔岑文集》第 7 卷，莫斯科，科学出版社 1956 年版，第 198 页。
② 《关于艺术的对话》，三联书店 1998 年版，第 63 页。
③ 别尔嘉耶夫：《俄国共产主义的由来和意义》，俄罗斯，1990 年，第 8 页。

（一）熏陶

熏陶或者叫浸润。艺术家生活在一定的文化环境和文化氛围中，他对文化的接受往往是无意识的、无形的、不自觉的，而不是有意识的、有形的、自觉的；往往是潜移默化的、润物细无声的，而不是耳提面命的、急切功利的。就家庭而言，文化的传承不是体现在家长的正襟危坐的说教中，而是体现在父亲、母亲、兄弟、姐妹之间浓郁的文化氛围中。就学校而言，文化传承不仅体现在教师的讲课中，也体现在校园文化的每一个细节之中。如果对比一下中俄两国的文化传承特点，就可以看出一些问题。在我国，常常把文化传承当成一种运动，一说要重视继承传统文化马上就要开各种会议，搞一些隆重的仪式，大办什么国学班。而在俄罗斯，对文化的重视和传承，是体现在每一个生活细节中，体现在名人墓地的雕像中，体现在为每座名人住过的楼房挂上纪念牌子中，体现在地铁车站人人都在看报中。两相对比，后者的文化熏陶、文化浸润，可能更贴切文化接受的实际，更贴近作家艺术家个性形成和发展的实际。当代著名书画家、古代文物鉴定家、古典文学研究专家启功先生，虽然是清代皇族后裔，但他出生后，家族已经没落，从小失去父亲，家境十分困难。他的青少时代备尝艰辛，中学没毕业就辍学了。所幸的是，他从小生活在浓郁文化氛围中，受到传统文化的熏陶。在家里，祖父培养了他对读书和绘画的兴趣，长大后，拜贾羲民先生、吴镜汀先生为师学画，跟贾先生到故宫博物院观摩古代名画，学书法鉴定，同时自己苦练书法。18 岁时，他跟戴姜福先生学习古文，从唐宋古文读起，自己点句，在古典文学方面打下了坚实的基础。21 岁，傅增湘先生把他介绍给辅仁大学校长陈垣先生，从此在陈垣校长循循善诱下，从事教学研究工作，"从来造化本无私"，一个家庭贫困，从小辍学的年轻人，在亲人、长辈、恩师的帮助下，在浓郁的文化氛围中，经过自己坚忍的刻苦努力，就这样成就为集诗文、书画和文物鉴定为一身的一代国学大师。启功先生的个案虽有其特殊性，他有十分独特的文化环境和得天独厚的条件，但从中也可以看出浓郁的文化氛围对艺术家个性成长的独特功能。

（二）积累

文化的形成本身是一个不断积累，不断丰富的过程，艺术家受到文化的影响也不是一次完成的，也是一个不断积累，不断丰富的过程。艺术家一生要在不同阶段在不同的文化语境和文化氛围中接受不同文化的熏陶和滋养，最后形成丰富、多样、成熟的文化性格。一个艺术家的文化接受如果是单向的，那么他的文化性格必然是单一的，他的艺术作品也同样不会是厚实的。艺术家的个性就是在不同文化的接受中得到丰富、升华和发展。中国现代作家不仅有深厚的国学底子，他们深谙中国传统文化，同时也接受西方文化的影响，向西方文化开放。鲁迅本人国学底子深厚，同时又积极译介、研习域外文学，这才有可能成就一代文学大师。人们常常慨叹当代出不了文学大师，这恐怕同当代作家的文化积累不足，缺乏世界文化视野不无关系。在俄罗斯，出于所谓"爱国主义"的情结，以往只谈本国文化传统，避免谈论外国文化和外国文学的影响，殊不知俄罗斯的文学大师是在国内外文学影响下造就的。普希金本人不仅继承本民族的文化和文学传统，他也认真学习了莎士比亚的历史剧，学习了拜伦的诗歌，丰厚的文化积累使他成为俄罗斯现代文学的奠基人。以中国当代作家王蒙为例，他在人生不同阶段接受了不同的文化，不断丰富和提升他的艺术个性。在 50 年代初期，他接受的是俄苏"红色文化"，青春和理想是他的文化性格的底色。1957 年前后对俄苏"解冻文学"的接受和反右的受挫，给他的文化性格增添了独立和"叛逆"的成分。之后在下放新疆的 16 年的日子里，他同牧民朝夕相处，不仅体验了少数民族生活，还学会了维吾尔语，受到维吾尔民族文化的熏陶，他的文化性格又增添了达观、幽默的色彩。改革开放以后，王蒙在西方文化的影响下，思想进一步解放，在不放弃理想前提下更清醒、更冷峻地看待现实，形成一种所谓"杂色"的文化性格。90 年代以后，随着国内形势的变化，他又皈依和认同了中国古代文化传统，使他的文化性格走向成熟。从他身上可以在某种程度上折射出中国当代作家个性形成和发展所受的影响，可以看出他们如何在不同的文化氛围中挣扎、成长。

（三）整合

艺术家所面临的文化环境和文化氛围往往是多元的、复杂的，多种文化充满矛盾和冲突。因此，艺术家面临一个文化选择的问题。在同一时代，他会从自己的个性出发，去接受一种文化，拒绝另一种文化。对艺术家来说，吸收一种符合自己艺术个性的文化是强化自己的艺术个性，拒绝一种不符合自己艺术个性的文化也是强化自己的艺术个性。在文学艺术家中可以看到一种相吸和排斥的现象。作家汪曾祺从自己的审美情趣、审美理想出发，他自然是亲近周作人、沈从文、废名的强调审美的文化传统，而排斥强调功利的左翼文化传统。汪曾祺同他们之间的接近是非常自然而然的，是无法阻拦的，而且从心灵上和写作上达到了一种契合。同样，贾平凹到河北只能亲近孙犁而不能亲近梁斌；张爱玲只能接受《红楼梦》的文化传统，而不能接近《水浒传》和《三国演义》的文化传统。当然，问题并不像前面所说的那么简单，作家艺术家面对多种文化做出文化选择的时，必然要经历一个艰难的过程，往往不是简单的要么接近，要么排斥，就可以成事的，往往是需要对不同文化进行整合。也就是说，艺术家对文化的接受不仅需要契合，也需要整合。这种整合有时候可能是成功的，它可以丰富和发展自己的艺术个性；有时候可能是失败的，它会削弱自己的艺术个性。高尔基出身于底层，他接受的底层文化、民间文化的熏陶，他最初写的是底层人民的生活，写的是流浪汉，他发现被人们认为是肮脏、粗鲁的流浪汉身上有一颗善良的金子般的心，并把它艺术地表现出来。因此，他早期充满浪漫情调的流浪汉小说取得成功，受到普遍赞叹。以后，人们要求他写工人阶级的生活，工人阶级的觉醒，他虽然也写出这样的作品，但由于他对工人阶级的生活不熟悉，对工人阶级的文化心理和文化传统不了解，在他的内心并没有完成两种文化的融合、两种心理的整合，他写的作品更多的只能从理念上表现工人阶级如何从自发走向自觉的过程，在艺术上并不是十分成功的。同样，在抗日战争时期，许多进步的作家艺术家从上海的亭子间来到了革命根据地延安，也面临着两种文化的碰撞、矛盾和整合。这个整合过程同样也是艰难的、痛苦的，丁玲从写《莎菲女士的日记》到后来写《太阳照在桑干河上》，正经历了这样的过程。

（四）创新

　　文化的本质是创新，作家艺术家对文化的接受也不是单纯的吸收，而是在接受过程中要有所创新。作家艺术家总要是在接受和继承前人文化的基础上给文化增添新的活力，以自己独特的创造来丰富人类的文化。归根到底，创新是作家艺术家文化接受的最终目的，然而，在文化接受的基础上要达到真正的创新并不是一件简单的事情，作家艺术家在整个文化接受过程中，要有强烈的创新意识，一方面需要具有开放的胸襟，具有"有容乃大"的气魄，善于从多种不同的文化中吸收契合自己的艺术个性，吸收有利于自己艺术个性发展的文化传统和文化成分；另一方面也需要有很强的整合能力，扬各种文化之所长，避各种文化之所短，在取舍中，在整合中，达到新的超越。像齐白石这样的艺术大师，他来自民间，从小受到民间艺术的熏陶，他的画融合了民间艺术的传统和文人画的传统。到了晚年，他并不满足已有的成就，又冒着极大的风险，决心"衰年变法"，使自己的艺术创作得到超越，达到了新的艺术境界。他告诫自己的弟子"似我者死，学我者生"。要达到艺术创新确实需要有艺术的积累和整合，也需要有较大的艺术勇气。

第 四 章

艺术家个性心理发展的阶段

艺术家个性心理的发展有其明显的阶段性，研究每个发展阶段的特点以及每个阶段个性心理发展的规律，对于了解艺术家成长的一般过程和规律是很有意义的。

在心理学当中，发展是指所有人从生到死身心的变化过程。发展心理学是研究人从生到死一生心理发展的心理学。发展心理学的研究有三个重要原则：发展的连续性（从量到质），发展的顺序性（从低到高），发展的阶段性（有联系、有质的规定性）。发展心理学根据生理和心理的发展变化，把人的个性心理发展划分为若干阶段，目前一般划分为乳儿期、婴儿期、幼年期、童年期、少年期、青年期、中年期、老年期等阶段。人在各个阶段的个性心理发展有外因（家庭、学校、社会的影响），也有内因，所谓的内因就是人的个性心理发展的内在矛盾，指的是社会的发展、外部世界的变化不断向人提出新的要求，使人产生新的需要，而这种新的需要同人原有的个性心理结构产生了矛盾。这种内在的心理矛盾，就是个性心理发展的根本动力。

艺术家个性心理的发展同人的个性心理发展有其共同性，这是主要的方面，然而艺术家个性心理有特点，因此艺术家个性心理的发展也有其特点。

就个性心理发展的阶段划分而言，后者受前者的制约，但又不完全等同于前者。如前所述，发展心理把人的个性心理发展划分为乳儿期、婴儿期、幼年期、童年期、少年期、青年期、中年期、老年期。我们把艺术家的个性心理发展只划分为儿童期、青春期、成熟期和衰老期。就青年和老年而言，发展心理学一般把青年期定为14—15岁到27—28岁，把老年期定为 60 岁以后，而艺术家的青春期和衰老期的年龄界限就不尽然了。正如郭沫若所说："年龄是可以分成生理上的年龄和精神上的年龄两种。虽然没有到老年而精神已经衰老了的人，我们也可以叫他们做老年；但是许多前进的人，不怕到了七八十岁，他在精神上却还是个青年。"① 同样，有些艺术家虽然不到 60 岁，但他的艺术生命已经衰老了，而有些艺术家虽然岁数不小，但正焕发着艺术的青春。

下面，依次展示艺术家个性心理发展的四个时期（儿童期、青春期、成熟期和衰老期），并探讨各个时期的一些特征和发展规律。这四个时期的划分除参照发展心理学划分人的个性心理发展阶段的生理心理根据，主要强调艺术家个性心理的一些重要特点，比如艺术家自我意识确立的程度（艺术家如何从不自信到自信，到最后形成很强的自我意识），艺术家艺术个性和艺术风格的成熟程度（艺术家如何从只是模仿他人的创作，没有自己的艺术个性，到逐渐形成自己鲜明的艺术个性和独特的艺术风格），艺术家艺术创作能力增强的程度（在生活实践和艺术实践中不断磨炼自己的艺术认知能力，艺术想象能力，艺术表现能力），等等。

一　艺术家个性心理发展的儿童期

前面在"艺术家个性心理发展和人生体验"一章曾谈到艺术家的童年体验，那是从艺术家个性心理形成和发展的条件的角度讲的，讲的是童年体验对艺术家个性和创作的影响。这里讲的艺术家个性心理发展的儿童期，是艺术家个性心理发展的一个阶段，一个起始的重要阶段，主要关注的是艺术家儿童期的重要性，这个阶段的艺术家心理的发展和特征，以及艺术家儿童期的培养等问题。

儿童期对艺术家一生个性心理的发展有十分重要的意义。一般人的儿童期对他一生个性心理的发展同样有重要的意义，而艺术家的儿童期对他一生的发展就显得更为重要。艺术家的早慧比从事其他职业的人的早慧显然更为突出，这一现象就是充分的证明。我国古代诗人不少是少年才子，

---

① 郭沫若：《青年与文化》，《郭沫若文集》第 11 卷，人民文学出版社 1959 年版，第 87 页。

李商隐"五岁诵经书，六岁弄笔墨"，杜甫"七龄思即壮，开口咏凤凰"，李贺"七岁能辞章"，骆宾王七岁写下《咏鹅》诗，白居易五岁能作诗，王勃六岁善辞章。这种早慧在艺术领域就更为突出，贝多芬八岁就能演奏、作曲。莫扎特三岁学琴，五岁能写出小步舞曲，六岁到维也纳演出，七岁在巴黎创作的奏鸣曲出版，八岁在美国创作交响乐，十一岁为萨尔斯堡大学写歌剧，为维也纳歌剧院写歌剧，十四岁登上米兰歌剧院指挥意大利乐队演奏自己的歌剧。

　　艺术家为什么能比较早显示出艺术才能呢？归根到底是因为儿童对生活的认识和对生活的表现同艺术家有许多相似之处，每个小孩在某种程度上都是艺术家。简齐指出："同儿童个性结构的最近的类似物并不是魔术师的心灵结构，而是艺术家的心灵结构。"① 儿童的游戏活动，儿童的创作活动，虽然不等于艺术创作活动，但已经包含着许多艺术创作的因素，已经显露出艺术创作活动的许多特色，是艺术创作活动的雏形。阿恩海姆说："我想不出有什么艺术和艺术创造中的基本因素是在儿童作品中看不到其萌芽的。"② 比如儿童的感受能力很强，他们对世界的感受是新奇的、鲜明的、强烈的、真切的，是不受任何束缚，没有先入之见；比如儿童的想象力是很强的，很丰富的，他们可以上天入地，四处畅游；比如儿童的表演能力是很强，在游戏中他们可以模仿各种角色，并注入自己的感情。由此可见，儿童从小就在他们的心中，在他们的活动中播下了文学艺术的种子，而这就是他们长大之后可能从事文学艺术活动的基础，这是必须特别加以珍惜和呵护的。歌德在谈到这个问题时曾说："倘若儿童能按照早期的迹象成长起来，那么我们就都是天才了。但成长并不仅仅是发展而已……过了一定时期之后，这些能力和机能表现就根本不复存在了"。③ 对此，托尔斯泰在回忆他童年时代时就说道："我那时不就已经获得了现在所需要的一切了么？我掌握的那样多，那样快，这在以后的生活中我连其中的百分之一都没有得到过。我从五岁到现在，是存在一个跳跃。幼儿

---

① 转引自加登纳《艺术与人的发展》，光明日报出版社 1988 年版，第 28 页。

② 同上。

③ 同上。

时期的我与现在的我，这中间的距离非常非常之大。"① 这两位大作家的
看法可以说明，在作家艺术家的个性心理发展的过程中，尽管他们的儿童
期和后来的发展不可同日而语，他们的艺术感受力和艺术表现力日后均达
到更高的层次，但儿童期仍是他们个性心理发展的最重要的阶段，是他们
从事文学艺术活动的根基。

　　艺术家儿童期的艺术个性心理包括智力因素和非智力因素两个方面，
这两个方面都占有同样重要的地位。智力因素包括认知能力、感受能力、
想象能力、思维能力和表现能力，等等。这些能力在艺术家的儿童期就开
始显露出来。骆宾王七岁写的《咏鹅》诗，"鹅、鹅、鹅，曲项向天歌，
白毛浮绿水，红掌拨清波"，呈现的是一幅生机盎然的白鹅戏水图，小诗
人在现实中强烈感受到大自然的活泼生机，而且通过白鹅戏水的动作，
白、红、绿的色彩和向天歌的声响，有机地、生动地表现出来。从中可以
看出小诗人的艺术感受力和艺术表现力都是很出色的。中国台湾有一位小
学生也写了这样一首诗："到河里捉鱼，河里没有鱼，我们都变成鱼，捉
来捉去。"这也是一幅充满儿童情趣的捉鱼图。孩子们其实不是为了捉鱼
而捉鱼，也不为河里无鱼而感到索然无味，他们觉得大家在河里捉来捉
去，在河里嬉闹比捉鱼更有趣。从中可以看出小作者观察力的敏锐，想象
力的丰富和思维的灵活多变。每个孩子日后不一定成为作家、艺术家，但
他们身上确实都有艺术的种子，都有艺术的萌芽。除了智力的因素，儿童
期的非智力活动因素（兴趣、意志、品德）也不可忽视。智力虽是基础，
非智力因素在个性心理中也起动力、定向、强化和激励的作用。兴趣是儿
童艺术成长的起点，而意志是成功的保证，艺术才能的培养需要反复磨
炼，需要坚持。此外，品德更是十分重要，文学艺术是以人为对象，艺术
总根于情，真正的艺术家应当是善良的、富有同情心的，对人类充满爱。
国内有位小学生刘倩倩写了一首题为《你别问这是为什么》的诗参加了
国际写作比赛，诗中写道："妈妈给我两块蛋糕，我悄悄留下一块，你别
问，这是为什么……我要把蛋糕送给她吃，把棉衣给她挡风雪，在一块唱
那最美丽的歌。你想知道她是谁吗？请去问安徒生爷爷——她就是卖火柴
的那位小姐姐。"这首小诗写得朴实无华，谈不上有多么高的技巧，但作

---

① 　转引自加登纳《艺术与人的发展》，光明日报出版社 1988 年版，第 28 页。

者的善良，作者真挚的同情心打动了评委，最后获得了大奖。

艺术家儿童期艺术个性心理发展也要经历一个逐渐变化的过程。就绘画而言，一般认为要经历四个时期：一是涂鸦期，随便乱涂，可以说是一种绘画游戏，所画成的东西还是无意义的；二是象征期，把自己涂鸦出来的东西开始赋予象征意义，如画一个圆圈成了一个球，一条直线就是树；三是定型期，所画的画能表达对象的某些特点，如人的头是圆圆的，有鼻子、眼睛、嘴巴，也有一定的组织画面的能力，把分散的东西贯穿起来；四是写实期，能基本反映客观现实，不用文字说明也能让人理解，除能正确画出事物形状外还能注意到透视、明暗、结构等方面。

由于儿童期对于艺术家艺术个性心理发展具有全面意义，艺术家儿童期的培养，儿童的艺术教育得到高度重视。

儿童的艺术教育首先要有一个好的环境，儿童应当在家庭、学校和社会的艺术文化环境中健康成长。以儿童的文学教育为例，有人对世界公认的 175 位古典作家和当代作家进行调查和分析①，发现绝大多数人上小学以前便开始了文学作品的阅读，在 28 人当中，4 岁有 5 人，5 岁有 7 人，6 岁有 2 人，上小学前有 5 人，幼年有 5 人，7 岁有 2 人，7 岁以后有 2 人。就家庭环境而言，在 75 人中，32 人从小朗读，30 人家中有藏书，14 人家里有人从事创作，11 人写作得到家人的鼓励，6 人家长常给他们讲故事。就受到辅导而言，在 94 人中 45 人受到语文老师指导，37 人受到作家指导，12 人受亲属指导，3 人受同龄人指导，3 人受评论指导，2 人受编辑指导，2 人受课外文学小组指导，9 人受其他方面指导。文学才能的形成、发展除了客观因素的影响，主观因素也显示出鲜明的特点，其中有 70 人酷爱读书，29 人对人的性格、人与人关系特别感兴趣，47 人热爱大自然，37 人喜欢艺术，等等。

艺术教育除了有好的环境，更重要的是还要有明确的目的和科学的方法，要走出艺术教育的误区，使艺术教育更符合本身的特点和规律。首先，艺术教育的目的是为了人的发展，是为了培养人，挖掘人身上潜在的艺术能力，是为了使人得到全面的发展，而不仅仅把儿童作为一个匠人或作家、艺术家来培养。其次，艺术教育固然要模仿，要学技巧，但更强调

---

① 《心理学问题》1986 年第 4 期，《文化读书周报》1987 年 2 月 21 日。

让儿童自由地、毫不拘束地去探索，去想象，去发挥，去创造，因为艺术的本质是自由的，是创造的。在儿童期的艺术教育中，一切功利的做法，一切拔苗助长的做法，都是同艺术教育的本质相违反的，只有把人的发展作为出发点，抓住了自由和创造，才能找到儿童艺术教育的真谛。

二　艺术家个性心理发展的青春期

发展心理学认为个性发展的青春期是指由儿童生长发育到成年的过渡时期，是以性成熟为主的一系列形态、生理、生化、内分泌及心理、行为的突变阶段，大约在 10—20 岁。而个性发展的青年期指的是个体发展的一个阶段，在这个阶段人的身心包括生理、智力、情绪、意志、个性等方面都已成熟。这一般指 14—15 到 27—28 岁之间，这是一个从生理到心理由不成熟到成熟的阶段。

艺术家个性心理发展的青春期与发展心理学所说的青春期和青年期有同中之异，它指的是艺术家个性心理发展的过渡期和突变期，是一个从非艺术家步入艺术家的阶段，一个从业余作者步入文坛、艺坛的阶段，一个从艺术个性不鲜明到艺术个性开始形成的阶段。每个作家艺术家的具体情况各不相同，大致是从爱好文学艺术，决心从事文学艺术创作，到处女作发表，登上文坛、艺坛这个时期。这个时期是艺术家创作生活的开端，这对他一生创作，对他个性心理的发展有重要意义，它表明艺术家形成了自我意识，得到社会的承认，同时也将影响他一生的创作发展方向。这个阶段艺术家的个性心理呈现出一些重要的特征。

其一，从人格特征看，有一种不达到目的决不罢休的执着精神，在他们刚刚走上文学艺术的道路还不被社会所承认的时候，所面临的困难和挫折是一般人难以想象的。然而他们对文学艺术事业有一种狂热的热爱，为了实现自己的理想，不怕一切艰难困苦，不怕牺牲一切，坚信自己的事业一定会成功，并坚持到最后的胜利。巴尔扎克说，"艺术家在社会上所遇到的许多困难来自艺术家自身"，他从小喜欢创作，但父亲逼他学习法律，在法律事务所当抄写员。到 20 岁，他不干了，还想当作家，父亲给他两年时间。期限到了，他写出了诗体悲剧，结果不成功。后来他又写了十几篇小说，也无人问津，只好自己花钱出版。到了而立之年，他还在贫民区的小阁楼上继续奋斗，每天工作十个小时以上，最后终于写出《朱安党》（30岁），写出《驴皮记》（32岁）、《欧也妮·葛朗台》（34岁）、《高老头》（35岁），获得了成功。著名的科幻小说家儒勒·凡尔纳的处女作《气球上的五星期》一连寄了15家出版社结果都被退回，他气得要把稿子烧掉，到第16家，终于被看中。从此，他一发不可收拾，一生共写了10部科幻小说，被称为"科幻小说之父"。另一位英国作家约翰·克里西，在未成名时收到743件退稿信。我国作家贾平凹成名之前也收到127封退稿信，但在他们的坚持之下，最后都获得成功。他们的执着，他们的坚持，都是来自他们对文学艺术事业的热爱。

其二，从精神、气质来看，有一种初生牛犊不怕虎的朝气与勇气，他们充满热情、思想活跃、大胆探索、渴望创新，反对一切陈规陋习，不迷信任何权威。用通俗的话来说，就是有一股子狂劲。其中最关键的是创新的勇气，因为艺术创作最讲创新，正如叶燮在《原诗》所言"文章千古事，苟无胆，何能千古乎？"这里不是说不要继承，不要学习，而是说青年作家艺术家刚刚走上文坛、艺坛时，特别需要有一种艺术的朝气和勇气，否则就无法对付多种困难和挑战，无法对付一些传统的积习。贝多芬最早将鞑靼民歌引进他的《克罗齐奏鸣曲》，开始就遭到德国高雅评论家的攻击，认为他是离经叛道，但最后贝多芬的创新还是取得成功。罗丹创造了十分独特的巴尔扎克雕像，巴黎上层文人横加指责，但罗丹到底还是胜利了。

其三，从个性心理发展看，往往是从不稳定到稳定，从不自信到自信。青年作家艺术家刚开始创作时常常是不稳定，不自信的，他们艺术上自我意识的形成是一个艰难的过程。在创作方向方面，他们开始都是多方搜索，最后才逐渐找到适合自己的创作方向和创作体裁。高尔基开始是写诗，他拿诗稿《老柞树之歌》给老作家柯罗连科看，后者说"我觉得你的诗很难懂"。高尔基伤心地毁了诗稿，甚至想要放弃写作。后来他又写了小说，老作家看了他的习作，觉得他有才能，但"还没有探索出自己该走的路"，建议他"不妨写一篇你亲身经历的事情"，经柯罗连科的点拨，高尔基写出了自传体三部曲《童年》、《在人间》、《我的大学》，终于获得了成功。同样，屠格涅夫也是从写诗剧《斯捷诺》到写小说，别林斯基也是从写话剧《卡罗宁》转到写评论。在创作方法方面，他们开始都是模仿他人的创作，最后才从生活实践出发，找到符合自己创作个性的创新之路。果戈理最早以阿洛夫为笔名写了长诗《汉斯·古谢加顿》，写的是他不熟悉的德国生活和德国人物，脱离俄国生活，毫无创新内容，遭到了评论家的冷嘲热讽，他在气愤之余从书店取回全部原书付之一炬。后来写了他熟悉的乌克兰生活，写了《狄康卡近乡夜话》，这部作品充满浓郁的乡土色彩、浪漫情调和幽默明快的格调，具有鲜明的独特风格，终于获得成功。鲁迅的《狂人日记》虽然受到了果戈理的《狂人日记》的触动和启发，但全然是写中国狂人的创新之作。曹禺的《雷雨》中后母与长子私通的情节，显然是受到奥尼尔《榆树下的欲望》的启发，但作品的主题和人物都是全新的。他说"我追忆不出哪一点是故意在模拟谁"。再有，在作品内容和形式方面，他们开始都是比较追求艺术形式，逐渐才重视内容的深刻，最后达到形式创新和内容创新的完美统一。

艺术家的青春期分为前期和后期两个阶段，中间以处女作的发表为界。前期是痛苦的追求，执着的追求，要经受动机和意志的考验，既要有爱创作的真诚的动机，又要有坚持不懈的意志。后期是处女作发表了，这对艺术家个性心理的发展是相当关键的时期，它形成了艺术家的自我意识和创作的方向。这里有两个需要研究的问题，一是处女作发表一般是在什么年龄段，也就是说什么年龄段是艺术家个性心理发展的最佳时期；二是为什么说处女作的发表是艺术家个性心理发展的关键时期。

关于作家处女作发表的最佳年龄段，宋跃良根据中国社会科学院外国文学研究所编的《外国名作家传》（上、中、下三册，中国社会科学出版社 1979—1980 年版）统计[①]，在处女作有据可查的 210 名作家中：

20 岁以前发表处女作的有 72 人，占 34%（诗人 54 人，占 70%）。

21—25 岁发表处女作的有 95 人，占 45%。

26—30 岁发表处女作的有 36 人，占 17%。

31—35 岁发表处女作的有 7 人，占 3%。

这个统计说明两个问题，一是作家处女作发表的最佳年龄大约在 20—25 岁；二是诗人发表处女作的时间要早于小说家，原因除了共同都需要大脑发育成熟外（人脑智力发育 4 岁达 5‰，8 岁达 8‰，17 岁已完

---

① 《上海文学》1981 年第 1 期。

全发育成熟），小说家比诗人需要更多地了解社会，需要有更多的人生历练。

关于处女作发表对艺术家个性心理发展的意义问题，可以先看看陀思妥耶夫斯基的一段回忆。①

陀思妥耶夫斯基曾在 1877 年冬天在《作家日记》中深情回忆处女作《穷人》在 1845 年被前辈作家肯定和赞赏以及对他日后创作影响的情景。他在 1845 年写出了第一篇小说《穷人》，交给当时文坛著名作家格里格罗维奇和著名诗人、文学杂志编辑涅克拉索夫，但又担心他们会看不上这篇小说。不料，当天深夜四点，这两位作家就来找他，扑过来拥抱他，激动得都要哭出来，高度评价他的作品。第二天涅克拉索夫就带着手稿去找别林斯基，涅克拉索夫一见到别林斯基就喊道："新的果戈理诞生了"，后者不以为然。等涅克拉索夫当晚再去找他的时候，别林斯基简直激动得不得了，让赶紧把陀思妥耶夫斯基找来。作家回忆说，伟大的批评家接待二十出头的初学写作者，让他非常激动，别林斯基当时睁着燃烧般眼睛，热烈对他说："您知道不知道，你写了什么……您只能象艺术家那样，凭着直觉写出这种东西，可是你自己能够领会您给我们现实的这一切可怕的真实吗？你只有二十来岁，是不可能理解这些的。你写的这个不幸官吏他勤勤恳恳工作到这种地步，甚至由于屈辱感，都不敢认为自己是不幸的人，几乎把任何一点埋怨都当作是自由思想，甚至不敢认为自己有权做一个不幸的人，当好心肠的将军赏赐给他一百卢布的时候，他神魂颠倒，受宠若惊，不懂'大人'怎么能够怜惜象他这样一个人？还有掉落的纽扣，吻将军手的一刹那，——这简直不是对不幸人的怜悯，而是悲惨、悲惨！在他的这种感激中包含着悲惨！您触到了事物的本质，一下子就把主要的东西写出来了。我们，政论家和批评家，只是议论，力图用言辞说明这件事，而您，一位艺术家，一笔就在形象里把最本质的东西表现出来，让人可以用手去触摸，让最不善于判断的读者也一下子就可以把一切都明白过来！这便是艺术的秘密，这便是艺术中的真理！这便是艺术家对真理的服务！真理展示并宣告在艺术家您的面前，象天禀一般落在您的身上，您得珍视你的天禀，对它忠诚不渝，你会成为一个伟大的作家！"陀思妥耶夫

① 见叶尔米洛夫《陀思妥耶夫斯基论》，上海译文出版社 1985 年版，第 28—33 页。

斯基从别林斯基家里走出来时，他"是整个心灵感觉到，在我的生活里发生了庄严的一刻，永久的转变，开始显出一种完全新的，但当时甚至在我最热烈的梦想里也不曾料到的东西，我一定要配得上这些赞美……得努力成为象他们一样了不起的人，我要忠诚不渝！"

陀思妥耶夫斯基这段生动的回忆，形象地说明了处女作的发表对于作家艺术家个性心理发展的关键作用。一是处女作的发表标志着艺术家得到社会的承认，他们从没有信心到树立信心，并从中意识到自我，而自我意识的确立正是艺术家个性心理发展的关键。二是处女作的发表将影响到作家艺术家未来创作的发展方向，其中包括创作的主题、题材、风格、形式等等。《穷人》的发表确定陀思妥耶夫斯基创作着力于人性的探索，在人身上发现人，探索人的心灵奥秘的方向。托尔斯泰最早的作品《童年》、《少年》和《战争小说集》发表后，车尔尼雪夫斯基在评论中就敏锐地抓住作家创作才华的两个重要特点：心灵辩证法和真诚纯洁的道德情感。托尔斯泰早期作品显露出的特点日后也成为托尔斯泰创作的方向。

三 艺术家个性心理发展的成熟期

从发展心理学角度看，人从 18 岁以后就进入成年期，而成年期又分为三个时期，成年初期为 18—35 岁，成年中期为 35—60 岁，成年后期为 60 岁以后，实际上已经进入老年期。一般说人成熟了，包括生理成熟和心理成熟两个方面。生理成熟指人的身体各种器官、结构、机能发展到完备的状态，生长已经停止。心理成熟指智能成熟（个体智力发展到顶点，对问题能做出理智判断和逻辑推理）、情绪成熟（情绪较为稳定、能自我控制）、社会性成熟（熟练掌握与人的相处技巧和社会行为规范，独立处理各种事物，有自信和自尊）等。

参考发展心理学关于成年期和成熟期的内涵，艺术家个性心理的成熟期相对于青春期和衰老期，主要指艺术家个性心理发展已经成熟。在这个时期，艺术家自我意识完全确立，艺术创造力得到充分发挥并达到最佳状态，创作上已经形成自己独特的风格。这个时期的主要标志就是作家艺术家代表作的发表。这里也涉及两个问题：一是艺术家个性心理发展的成熟期呈现出哪些主要个性特征；二是艺术家个性心理发展的成熟期经历哪些阶段。

艺术家成熟期的个性心理比起青春期应当说有了很大的变化，达到了质变的新阶段。

首先，从创造能力来看，比起青春期有很大的提高。如果说青春期艺术家的各种能力达到了作为一个艺术家的基本要求，那么到了成熟期各种能力应达到得心应手的新境界，在积累了丰富的生活阅历的基础上，他们对人的认识、对生活的认识，比以前要更为敏锐，更为深刻。他们的艺术表现力也应当达到新的水平，作家对语言的运用从不熟练到纯熟，而且逐渐形成自己的语言风格。艺术家们不仅是掌握了各种艺术门类的艺术技巧，而且往往开始进入一种不露技巧痕迹的佳境，开始有自己的独门手艺。

其次，从精神气质，从情感特征方面看，艺术家个性心理开始趋于稳定。如果说艺术家的青春期是凭着一股子锐气和朝气进行创作，他们充满热情和创新的勇气。那么艺术家成名之作在经过一个时期的生活历练和艺术磨炼之后，他们的情绪仍然是十分饱满，充满热情，但总的来说更趋于稳定，更能控制自己，情绪不会忽冷忽热、忽高忽低，而是朝着既定的目标坚定走下去。这种稳定的良好的精神状态和精神气质，为攀上新的艺术高峰创造了有利的条件。

第三，从意志品质方面看，艺术家的意志更为坚定。如果说艺术家处女作的发表，一夜成名，带来的是鲜花和荣誉，那么在成名之后艺术家要攀登新的艺术高峰，就要付出更大的代价，就要顶住更大的压力，艺术家如果真正成熟了，他们不会因一时的成名而沾沾自喜，而飘飘然，他们也不会因创作劳动的艰辛而退缩，他们更不会因外界的种种压力而放弃自己的艺术追求。一个成熟的艺术家必然是在成名之后不知满足，勇于承受物质的和精神的各种压力，日夜兼程，马不停蹄地去奔向新的目标。

最后，从自我意识来看，艺术家在成熟期自我意识应当完全确立。如果艺术家在青春期，在处女作发表时，开始有了自信，开始有了自我意识，但有时还会受外界舆论的影响而摇摆不定，那么艺术家在成熟期对自己则是绝对自信，在创作上有很强的创新精神，有自己独特的风格。他们我行我素，对外界的舆论不予理睬，并带用一种十分偏激的方式加以反击，例如海明威就痛骂评论家是附在自己身上的虱子。这种不为人待见的

"狂劲"往往表现成熟期艺术家很强的自我意识。骂人不可取，但艺术家的绝对自信是十分必要的，它是艺术家成熟的重要标志。

艺术家的成熟期以代表作的发表为界，也可以划分为前后两个阶段。从处女作发表到代表作是前期，代表作发表之后是后期，它标志着艺术家进入成熟期。代表作发表后，艺术家或者呈现高峰状态，不断攀上新的高峰；或者呈现高原状态，发展比较平稳。这里的关键是代表作的发表大概是在哪个年龄段，从处女作发表到代表作发表大约需要经过多少时间的努力，这是需要探讨两个问题。

还是宋教良根据《外国作家传》的统计，在287名有代表作发表时间可查的作家中：

21—25岁发表代表作的有8人占3%。

26—30岁发表代表作的有31人占11%。

31—35岁发表代表作的有96人占33%。

36—40岁发表代表作的有50人占17%。

41—45岁发表代表作的有37人占13%。

46—50岁发表代表作的有32人占11%。

51—55岁发表代表作的有19人占7%。

56—60岁发表代表作的有8人占3%。

60岁以后发表代表作的有6人占2%。

从上述统计可以看出31—35岁年龄段是作家发表代表作的高潮，它比邻近两个年龄段都高出一倍。下面可以举出一些例子。在外国作家中，夏洛蒂的《简·爱》是31岁，果戈理的《死魂灵》是33岁，杰克·伦敦的《马丁·伊登》是33岁，艾略特的《荒原》是34岁，普希金的《叶甫盖尼·奥涅金》是34岁，赫尔岑的《谁之罪》是35岁，萨克雷的《名利场》是35岁，福楼拜的《包法利夫人》是35岁，高尔基的《母亲》是38岁。在中国作家中，巴金的《家》是35岁，茅盾的《子夜》是36岁，老舍的《骆驼祥子》是37岁，鲁迅的《阿Q正传》是40岁。

再拿处女作发表的年龄高潮段21—25岁，同代表作发表的年龄高潮段31—35岁作个对照，可以发现两者之间的距离恰好是在十年左右。例如果戈理22岁发表处女作《狄康卡近乡夜话》，33岁发表代表作《死魂灵》。罗曼·罗兰27岁发表第一部作品，38岁发表《约翰·克利斯朵夫》

前几卷。加缪 25 岁发表第一部作品，34 岁发表代表作《鼠疫》。莎士比亚创作分三个时期，1590—1600 年是第一个时期，十年后的第二个时期是高峰期，作为代表作的《哈姆雷特》等四大悲剧开始出现。鲁迅从发表第一篇小说《怀旧》（1911）到发表《阿 Q 正传》（1921）也是十年。十年是一个大概的说法，它起码说明作家在处女作发表之后，在成名之后，还需要经过大约十年的努力，十年的拼搏，才有可能登上新的艺术高峰。这十年是准备期，是关键期，它酝酿着新的突破。作家艺术家经过十年左右的努力，由于人生体验、生活积累丰富，思想趋于深刻，艺术技巧也臻于成熟，是完全有可能登上新的艺术高峰。当然有了准备之后，还得看时机，看作家艺术家能否把握住时代的变化，把握住重要的时机，把自己长期积蓄的力量及时地爆发出来。

四　艺术家个性心理发展的衰老期

从发展心理学角度看，衰老期是人的个性心理发展的最后一段，是人随着年龄的增长而表现出的一系列生理、心理功能和形态学方面的退行性变化，最后导致生命的终结，大约是在 60 岁以后，从心理的角度看，主要是认知能力、记忆能力、想象能力和思维能力的逐渐下降；开始出现消极、孤独、伤感的情绪，长期滞留在某种情绪很难摆脱，还有就是以我为中心，自尊心强，缺乏适应能力，很难听进不同意见，等等。衰老是一个逐渐变化的过程，在不同人群中情况也不尽相同，如在知识分子智力的衰退就比较缓慢，不少人在老年阶段还显示出很高的智力水平，还很有作为。

艺术家个性心理虽有自己的特点，但仍有个衰老的过程，艺术家个性心理发展的衰老期也呈现出一些明显的个性心理特征。

从智力特征来看，艺术家进入老年期后，各种艺术能力开始衰退，对生活的感知显得迟钝，不如以前敏锐，缺乏一种新鲜的感觉；记忆力、想象力也明显下降；思维不如以前那么活跃、活泼，那么具有独创性，而逐渐显得呆滞。总的来说，他们在创作上也老想有新的作为，但总有一种力不从心的感觉，一种心有余力不足的感觉。拿艺术感受能力来说，一个艺术家是需要敏锐的艺术感受力的，要能够敏锐地抓住生活的变化，抓住时代脉搏的跳动。艺术家一旦丧失这种能力，也就无法进行创作，屠格涅夫曾经说过，他总是在生活中一些人物身上感到"有某种与众不同的东西，我在别人身上没有看见过和听见过的东西震撼了我"，才开始创作，如果"这种对某种事物——特别是我遇见的人物和现象中存在的事物——的敏感性"逐渐消失了，"描写我所见的事物的要求本身也慢慢消失了"。①

从情感特征看，他们的情绪往往处于孤独和忧郁状态，他们的情绪更多的不是指向未来而是指向过去，而且情感长期滞留在某种事情上，很难得到排解。反映在创作上就是喜欢写回忆录，反思自己走过的道路。像托尔斯泰晚年就非常忧郁、孤独，在世界观激变之后，于1882年到1884年曾经一再想离家出走。在他生前的最后几年，他意识到农民的觉醒，因自己同他们的思想有距离而悲观失望，对地方庄园生活不符合自己信念，也感到不安，同时与家庭、夫人的矛盾又使他深以为苦。在这种孤独、痛苦的心境中，他秘密离家出走，途中因患肺炎在车站逝世。巴金在"文化大革命"中受到残酷的迫害，"文化大革命"过后他拖着年老的病体用了八年时间写了五集的《随想录》，倡导讲真话，无情地拷问自己，解剖自己，对历史进行反思。

从个性特征看，艺术家进入衰老期后个性心理早已稳定下来，可塑性非常小，很难再有什么变化，因此从总体上来讲趋于保守，不易创新；以我为中心，听不得不同意见。可是，他们往往不甘心于就此放弃创作，他们不同于竞技运动员，运动员老了，创造不出新的成绩，立马退役，非常痛快，而作家艺术家到了创作衰老期时往往自己并没有意识到，他们还不服老，常常自我感觉良好，试图写出超越自己的作品，而实际上这是很不现实的，他们所写的作品虽然花了很大的功夫、付出不少心血，但难得有新的进展，难得有新的突破。其中最大的问题是在创作中出现了大量的重复现象，主题重复，思想重复，人物重复，艺术表现方法也是原有的一套。这对作家、艺术家来说，是一件非常痛苦的事情。比如杨沫在"文化大革命"后又写了《芳菲之歌》、《英华之歌》，就没有什么反响。面对这种衰老期的尴尬局面，有些作家就不再写小说了，而转向散文、随笔、回忆录的创作。

---

① 《古典文艺理论译丛》第3册，人民文学出版社1962年版，第196—197页。

　　当然，艺术家进入老年期后的状况受各种条件制约也不尽相同，他们之中出现了以下三种类型。

　　第一种是一蹶不振型。有些作家艺术家达到艺术高峰之后，碰到思想危机和艺术危机，从此一蹶不振，直到创作生命力完全枯竭。果戈理写出《死魂灵》第一部，达到了创作的高峰，之后产生了精神危机，《死魂灵》第二部的创作完全失败，他意识到所写的一切都是"十分糟糕"，于是将手稿付之一炬。最后他身心交瘁，在焚稿后十天，就离开人世。

　　第二种是忽高忽低型。有些作家艺术家虽然在达到艺术高峰后碰到了种种危机，但他们勇于克服艺术高峰碰到了重重危机，在创作上焕发二度青春，又出现了新的高峰。陀思妥耶夫斯基（1821—1881）在 19 世纪 40 年代，连续写出《穷人》（1845）、《双重人格》（1846）、《白夜》（1848），出现了创作高潮。1849 年被捕，被处死刑，临刑时又改为服苦役。在之后的十年中（1849—1859），他的身心受到极大的摧残，产生思想危机，中断了十年的文学创作。在度过第一次危机之后，他又写出了《舅舅的梦》（1859）、《被侮辱和被损害的》（1861）、《死屋手记》（1861—1862）等作品。1864 年作家妻子、哥哥相继去世，哥哥留下的大量债务需要偿还，他的癫痫病又不断发作，他的创作碰上了第二次危机。1867 年，他同打字员结婚，精神得到慰藉，病情有了好转，于是又重新焕发创作的生机。在这前后，创作速度加快，写出了《地下室手记》（1864）、《赌徒》（1865）、《罪与罚》（1866）、《白痴》（1868）、《群魔》（1871）、《卡拉马佐夫兄弟》（1879—1880）等一系列重要作品，从 1867 年到去世 14 年间，他所创作的作品等于一生作品的半数。

　　第三种是可持续型。这种类型的作家艺术家的创作没有多大起伏，一直保持旺盛的创作力。特别是一些老作家艺术家，直到老年还是不断有佳作问世，在艺术家中如米开朗基罗、毕加索、齐白石等人，作家中如托尔斯泰、歌德、雨果、萧伯纳等人。托尔斯泰（1828—1910）在晚年还有丰硕的创作成果，其中有长篇小说《复活》（1889—1899），中短篇小说《克莱采奏鸣曲》（1889）、《魔鬼》（1889—1991）、《谢尔盖神父》（1890—1898）、《哈吉·穆拉特》（1890—1904）、《舞会之后》（1903）等，戏剧《黑暗势力》（1886）、《教育的果实》（1890）、《活尸》（1900）等，文论《什么是艺术》（1897—1898）、《莫泊桑文集序》（1894）、《论莎士比亚及其戏剧》（1904）等，政论《那么我们应当怎么办》（1882—1886）、《天国在您心中》（1893—1903）等。这里产生一个问题，为什么一些老年作家艺术家还能保持旺盛的创造力呢？据研究，其中一个重要的因素是，依赖于知识、文化经验的智力因素的人，在年岁大了之后，不但智力不衰退，而且还有所增长，经常从事脑力劳动的人，生活和情绪比较稳定的人，一般说来智力下降是比较缓慢的。有人甚至认为从事创造性劳动是有益于健康的。阿瑞提就指出："创造在任何年龄甚至暮年时期都能够发生。并且对于有创造力的人来说它是有益于健康的。我们还能假设认为，有创造力的人进入暮年时，他在记忆上的减弱似乎并不那么显著。或者即便存在这种情况，也能通过对生活的广阔想象以及丰富的联想力来加以补偿。"① 创造性的劳动能使作家艺术家对生活保持新鲜感，文学的激情能使他们童心不泯，能使他们的思维活跃、想象丰富，同时，文学艺术创作也能使他们感到创作的喜悦和满足，在精神上得到慰藉。

---

① 阿瑞提：《创造的秘密》，辽宁人民出版社 1887 年版，第 493 页。

第四编

心理美学和文艺心理学

第一章

心理美学:历史、对象和方法[①]

心理美学或称心理学美学 (psychological Aesthetics)、艺术心理学，是一门既古老而又年轻的学科。它虽然是一门独立的学科，但目前并不具有现代科学形态；它所提出的课题有无穷的奥秘，但又难以科学地加以说明。心理美学的研究困难重重，却具有无限发展的可能性，并正跻身于现代科学的前沿。我们被这门诱人的学科深深吸引，终于走上这条十分艰难而又充满乐趣的道路。我们并不企望建立心理美学的完整体系，也无法洞悉心理美学的全部奥秘，我们只希望在前人所走过的道路上有所发现，有所创新，为建立巍峨的具有现代科学形态的心理美学大厦添砖加瓦。

下面分别谈谈心理美学发展的历史、研究对象、研究方法。

一 走向心理学的美学——心理美学的产生和发展

如果说美学属于哲学，心理美学则属于美学。不了解哲学发展的历史就无法了解美学，同样，不了解美学发展的历史，也无法了解心理美学。更确切地说，心理美学是现代美学发展的产物，心理美学产生和发展的历史是美学走向心理学的历史。只有了解美学走向心理学的历史，我们才能深刻认识心理美学产生的历史必然性，认识心理美学学科存在的价值。

无论是西方还是东方，人类自从有了审美的能力，有了文学和艺术，

---

① 本章是为《现代心理美学》一书写的"总论"。

也就有了美学思想，也就有了心理美学思想。例如古希腊的"迷狂说"（柏拉图）、"净化说"（亚里士多德），中国古代的"虚静说"（老子、庄子）、"天人合一说"（董仲舒）、"发愤著书说"（司马迁）、"物感说"、"兴会说"、"言意说"、"空灵说"、"顿悟说"、"性灵说"、"意境说"，等等，然而美学和心理美学作为独立科学存在则是近代和现代的事情。

　　一般认为，从德国哲学家鲍姆嘉通（1714—1762）发表《美学》（1750）起，美学才被看做一门独立的学科。从美学史上看，美学历来是哲学的一个附属部门，从柏拉图、亚里士多德到黑格尔、康德，到别林斯基、车尔尼雪夫斯基，西方著名的美学家都是哲学家，重要的和系统的美学观点和美学理论也几乎都是由哲学家提出的。严格地说，当时的美学实际上是哲学美学。哲学美学从哲学的高度，从认识论的高度来探讨美学中的根本性问题和最主要的范畴，它只对美和艺术的本质作形而上的阐述，具有思辨性质，但有时也流于抽象和空泛。到了 19 世纪下半期，随着自然科学的迅速发展，特别是现代心理学的产生，开始出现对形而上的哲学美学的挑战，其代表人物是德国心理学家费希纳。他运用心理实验的方法对各种审美现象进行心理学研究，注重审美体验研究，用他的形象说法，这是用"自下而上"的美学代替"自上而下"的美学。从研究对象看，它把美学研究的重点从传统美学的审美客体和审美对象转向审美主体的审美体验和心理功能。从研究方法看，它不是采用演绎的方法，从理论出发，推演出一套美学体系，而是采用归纳的方法，从审美体验出发进行概括，最后得出一套观点和理论。同时，美学研究不仅同社会科学相联系，也同自然科学相联系。美学从"自上而下"到"自下而上"的重要转变，开辟了现代美学的新纪元，同时标志着心理美学的产生。心理美学产生于现代美学的潮流之中，同时也成为现代美学的重要潮流。

　　实验心理美学是心理美学第一个重要流派。它的代表人物是德国心理学家费希纳（1801—1887）。他在《心理物理学原理》（1860）中创立了心理物理学方法，用实验方法证明韦伯所提出的"心灵状态与身体状态之间有一定因果关系"的假设，用与刺激相联系的物理量来测定人所经验的感觉，说明感觉的强度与刺激的对数成正比，这就是著名的韦伯 - 费希纳定律。他还设立了一套专门的术语，为近代实验心理学奠定了基础。他对美学的主要贡献是把实验心理学的方法引入美学。他所发表的《美学导论》（1876），开创了心理美学的研究，开创了近代心理美学。费希纳从心理学的角度对美学进行研究，既采用实验和核对的方法，还采用观察和内省的方法。采用这些方法进行心理实验，使他得出了接近于黄金分割的长方形最受喜爱、长带形和正四方形最不受喜爱的结论。他还提出一系列心理美学的规则，主要有："审美阈"原则（美感的刺激必须达到进入"审美阈"的强度）、审美加强原则（几种审美因素相联会加强总的审美满足）、审美联想原则（审美要富于联想）、审美对比原则（大小、美丑、悲喜对比，能产生相辅相成的效果）、审美和谐原则（要在多样中达到和谐统一），等等。费希纳的实验心理美学后来在屈耳佩、华伦亭和齐亨那里得到发展。实验心理美学标志着美学从形而上学方法向心理学方法的转变，为心理美学开辟了道路。然而实验心理美学也有明显的缺陷，由于它没有顾及到实验者的主观条件和实验时客观环境的影响，这就使得一些统计数字带有偶然性和不稳定性。同时它也不涉及艺术中的情感表现和对现实的感情把握等主要现象。

　　与实验心理美学同时兴起的"移情说"和"距离说"，也是很有影响的心理美学理论，它们也是运用心理学的观点来分析美感和审美体验，努力使美学走向心理学。"移情说"的代表人物有费肖尔父子、李普斯、谷鲁斯、浮龙·李等一大批美学家，其代表作有李普斯的《空间美学和几何学·视觉的错觉》（1897）、《论移情作用》（1903）、《再论移情作用》（1905）；罗·费肖尔的《视觉的形式感》（1873）；浮龙·李的《论美》（1913）等。"移情说"认为美感产生是由于在审美时我们把自己的情感投射到审美对象上去，或者是设身处地与对象融为一体，达到物我同一，或者是对于对象的一种心领神会的"内摹仿"，前者由我及物，后者由物及我。"移情说"强调了审美主体的主观能动性，然而把美的本质视为主观情感则是错误的。"距离说"的代表是爱德华·布洛（1880—1934），其代表作是《作为艺术因素与审美原则的"心理距离说"》（1912）。他认为审美要保持一定"心理距离"，也就是要摆脱功利的、实用的考虑，不是用现实的态度，而是用一种超脱的精神状态去观照对象，这样才能产生美感。在审美中主客体过分贴近或者完全脱离都无法引起美感。"距离说"是从心理角度对审美体验的一种科学阐述，然而只强调审美"无利害关系"是无法真正揭示审美活动的本质的。

如果说实验心理美学在 19 世纪开创了心理美学的研究，心理美学在 20 世纪则进入新的发展阶段。这时各种心理学流派的蓬勃发展给心理美学带来生机，形成了精神分析心理美学、格式塔心理美学、人本主义心理美学和历史文化心理美学等一系列心理美学流派争奇斗艳的局面。

20 世纪影响最大的心理美学流派是精神分析心理美学，它建立在精神分析心理学的基础上，其代表人物是弗洛伊德（1856—1936）和荣格（1875—1961）。弗洛伊德的代表作是《释梦》（1900）、《精神分析引论》（1915—1917）、《创作家与白日梦》（1908）、《图腾与禁忌》（1911）等。他的精神分析学说以泛性论为基础，强调无意识的重要性，认为艺术是无意识的象征表现和替代性满足，艺术创造是性本能的升华。荣格的代表作是《无意识的心理学》（1912）、《论分析心理学和诗的艺术的关系》（1922）、《心理学与文学》（1930）等。荣格曾是弗洛伊德的学生和信徒，但后来他与其老师在艺术观点上产生了严重的分歧，并创立了"分析心理学派"。同弗洛伊德的无意识和性本能的立论不同，荣格强调集体无意识，认为艺术就是要揭示人类集体无意识的原型，使个体性和社会性、个人无意识和集体无意识处于和谐状态。精神分析心理学强调无意识对艺术创作和审美体验的作用，把艺术或者看成是性本能的升华，或者看成是"集体无意识"的体现。它的独特贡献在于揭示人的心理结构中无意识的"新大陆"及其对艺术创作和艺术审美的作用，这对艺术创作和心理美学的发展都产生重大的影响。然而它的局限也是十分明显的，它夸大了无意识的成分和作用，没有充分认识到意识和无意识相互调节、彼此转换的对立统一关系，抹杀了艺术创作和审美体验的社会内容。

格式塔心理美学在 20 世纪心理美学中是别具一格的，它建立在格式塔心理学的基础之上，其代表人物是考夫卡（1886—1941）和阿恩海姆（1904—）。考夫卡的代表作是《艺术心理学问题》（1940），他认为艺术作品的魅力来自它的结构，艺术作品的各部分组成一个有机结构的整体，这种整体对人发出某种要求，使人受到感染，艺术作品是作为一种结构来感染人的。对于心理美学来说，最重要的不是艺术作品的结构所唤起的情感，而是艺术作品的结构本身。阿恩海姆的代表作是《艺术与视知觉》（1954）、《走向艺术心理学》（1966）和《视觉思维》（1971）等。他把格式塔心理学系统运用于美学研究之中，主要以视觉艺术作为分析对象。

他认为视觉艺术不是诸元素的简单相加或者某种机械复制，而是对有意义的整体结构式样的把握。视觉在外部事物本身的性质和观看主体之间的相互作用中遵循一定原则，如简化原则。他认为心理事实和物理事实之间存在着同构关系，艺术作品的表现性就源于物质结构所呈现出来的力和情感活动所呈现出来的力之间的统一，而审美快感是由于艺术作品的力的结构与审美主体情感结构的一致而产生的，这就是格式塔心理学所谓精神现象和物质现象同形同构的关系。格式塔心理美学广泛运用心理实验的方法，对艺术视知觉研究做出独特贡献，它的不足是在艺术视知觉分析中回避了社会历史内容。

人本主义心理学是 20 世纪心理美学最新潮流，它建立在人本主义心理学基础之上，其代表人物是马斯洛（1908—1970），他的代表作有《动机和人格》（1954）、《走向存在心理学》（1962）等，人本主义心理学既不同于行为主义心理学仅满足于"刺激—反应"的模式，也不同于精神分析心理学只着眼于人的生物本能和病态心理，它极力张扬人的健康心理和人格的创造。马斯洛把人本主义心理学运用于美学，强调新型人物的塑造，审美人格的建立，并提出了著名的"高峰体验"学说。马斯洛认为人的基本需要有多个层次：生理需要、安全需要、归属需要和爱的需要、尊重的需要，但这都是匮乏性的需要，在此基础上人还有一种自我实现的需要，这就是对于认识和美的需要，这是一种超越性的高级需要。人的自我实现是一种创造性的过程，这就是人的审美人格的生成过程。而所谓"高峰体验"就是自我实现的创造性活动中最激动人心的时刻，是人存在的最完美和最和谐的状态，在这种状态中人有一种如痴如醉的感觉，人把自然领悟为真善美，这种体验具有超功利、超时空和越生死的性质。"高峰体验"不限于艺术实践和审美实践，但最容易在审美活动中产生。总的来说，人本主义心理美学的基调是积极向上的，它对人的价值作了充分肯定，把审美活动视为健康人的整个自我实现过程中不可分割的一部分，但它对人的"自我实现"未能联系社会时代内容作具体的历史的分析。

在谈到 20 世纪心理美学流派时，苏联的社会文化历史心理美学是不容忽视的，同西方心理美学相比，它是独树一帜的，并具有前者所没有的优势。苏联的社会文化历史心理美学是苏联社会文化历史心理学在美学领域中的运用。苏联社会文化历史心理学自觉以马克思列宁主义作为指导，它的代表人物是维戈茨基（1896—1934）、列昂捷夫（1903—1979）和鲁利亚（1901—1977）。如果说西方心理学派往往忽视心理机能的社会制约性，忽视对人的心理活动进行社会历史分析，苏联社会文化历史心理学派的突出特点就是重视对人的高级心理机能的研究，他们不仅看到人的心理机能同生理机能的联系，同时十分重视人的心理机能的社会制约性，人的心理机能同社会实践活动的密切联系。在他们看来，研究个体心理不能脱离个体所处的社会历史条件，人的心理是在活动中形成的，而人的心理映象是主客体双方相互作用的结果，而不是像行为主义心理学简单归之为"刺激—对应"的模式。维戈茨基在心理美学方面的代表作是《艺术心理学》（1925）。他在这部专著中既批评唯心主义和形式主义，也批评教条主义和庸俗社会学，力求建立客观的心理美学体系。他所坚持的客观分析方法，也就是客观现实决定艺术创作心理的辩证唯物主义原则。他通过对克雷洛夫寓言、布宁短篇小说和莎士比亚悲剧的具体分析，说明艺术作品形式要素和结构功能同读者审美反应心理机制的内在联系，并以此阐明审美反应的内在规律。70—80年代以来，力求运用新的方法研究心理美学的代表人物是梅拉赫（1909—1987），他的代表作是《创作过程和艺术接受（综合方法：经验、探索和远景）》（1985）。他倡导和领导了苏联的艺术创作综合研究，组织社会科学和自然科学的各种专家和作家艺术家共同研究艺术创作过程和艺术接受过程的心理机制问题。他在上述专著中，以普希金、陀思妥耶夫斯基和契诃夫的创作为例，运用系统方法分析了作家艺术家的艺术思维问题。他认为各种心理因素在不同作家那里是按照不同的方式连结起来的，形成独特的联系，并且具有系统性，正是这种系统性决定每个作家创作过程中的个性特征，决定作家艺术思维的类型。他认为可以根据作家艺术思维中是理性逻辑思维占优势还是具体感性思维占优势，将艺术思维划为三种类型：理性型（理性逻辑思维较之具体感性思维占相对优势），主观表达型（情感色彩浓重，分析概括相对薄弱），艺术分析型（理性和感性、思想和形象结合得比较好）。

西方心理美学在中国也引起反响，其主要代表人物是朱光潜（1897—1986）。他在美学研究方面走的是一条从心理学角度研究美学的道路，他早期的几部著作真正称得上是心理美学专著。他用英文写作的《悲剧心理学》（1933）对西方美学有关悲剧快感理论进行研究，而《文艺心理学》（1936）则是中国心理美学的开山之作。书中系统介绍了克罗齐的直觉说，布洛的距离说，李普斯的移情说和谷鲁斯的内摹仿说，并且结合中国古代文艺现象和文艺理论，对美感经验进行深入研究。

回顾心理美学在 19 世纪后半期产生和 20 世纪兴起的历史，我们清楚看到以重视审美主体为特征的心理美学是对传统美学的挑战，而它的产生和兴起始终受着两股潮流的推动，一是受自然科学发展，特别是心理学发展的影响；一是受社会变动的影响，特别是人本主义思潮的影响。

作为现代科学的心理美学是在自然科学迅速发展的历史背景下产生的，没有心理学科学的产生就不可能有心理美学的产生。19—20 世纪一切心理学流派对心理美学都有影响，只不过有影响大小和影响多少之分罢了。在 19 世纪，心理美学的产生是同实验心理学的产生相联系的。在 20世纪，除了上面所说的精神分析心理学、格式塔心理学、人本主义心理学和社会文化历史心理学对心理美学的发展产生直接、广泛和深刻的影响外，其他诸如行为主义心理学、认知心理学等心理学流派也都对心理美学的发展有过影响，而各种心理学流派对心理学影响的程度则是同各学派和心理美学研究对象相关的程度相联系的。

然而，心理美学的发展也不能完全归之于自然科学的发展和心理学的发展，有些心理学流派对心理美学影响并不大，同时心理学的研究成果也不可能完全直接运用于心理美学，并转化为心理美学的成果。归根到底，这是因为美学和心理美学还有自己特殊的研究对象，它们同属于人文科学，而不属于自然科学。作为美学分支的心理美学的发展还有更为深层的动因。从 19 世纪到 20 世纪的历史来看，特别是从 19 世纪末 20 世纪初的历史来看，心理美学的发展是同社会历史的大变动，同人本主义的思潮相联系的。20 世纪是一个充满历史变革的时代，两次世界大战把人们推进战争的苦海，火和血的残酷现实使人们的心灵受到极大的震颤；而现代科学技术的空前发展除了带来生产力的极大发展，也给人类带来战争、生态、道德种种危机，极猛烈地冲击人们的生活方式和思维方式，威胁着人类的生存。因此，个体的生存状态和内心世界，人的地位、价值和个性，普遍引起关注，人自身再次成为各学科凝视的中心，人们试图通过对人自身的研究来探索世界的本质，这股人本主义思潮在美学领域的表现就是在研究审美客体的同时，更加关注审美主体的研究。从心理学角度研究美学，研究审美主体的心理体验的心理美学也就应运而生了。

科学主义思潮和人本主义思潮对心理美学发展的影响有时是直接的，有时是间接的，有时是外露的，有时是潜在的，而且常常是此长彼消或此消彼长，作为自然科学和社会科学交叉的心理美学，过去、现在和将来都要受到这两股思潮的推动，然而人本主义思潮的推动是主要的、深层的。

二 建立具有现代科学形态的心理美学——心理美学的研究对象

一门学科能否独立存在取决于它是否有自己明确的研究对象。

心理美学是美学的一个分支，要确定它的研究对象，就必须同美学的其他分支的研究对象作比较。随着现代科学的发展，美学的分支也不断发展，但构成现代美学的三大支柱、三个重要分支则是哲学美学、社会美学和心理美学。这三个分支从不同角度研究艺术现象和审美现象，彼此相互联系和相互渗透，又有各自相对的独立性，有自己独立的研究对象，我们只有弄清这三个分支的相互联系和相互区别，才能明确心理美学的研究对象。

哲学美学是美学最基本和最重要的分支。美学和哲学的关系十分密切，按照传统说法，美学向来是哲学的一个部门。哲学美学经常作为某种哲学体系或哲学理论分支的组织部分。哲学美学不是对审美现象和艺术现象作具体的分析，而是对审美现象和艺术现象的本质作形而上的阐述，它主要从哲学的高度和角度来探讨美学中一系列根本性的问题，例如美是什么？美感的本质特征是什么？美的基本范畴是什么？艺术的本质是什么？等等。就美的本质而论，美学史上就有柏拉图的美的"理念"说，柏克的"美在愉悦"说，狄德罗的"美在关系说"，谢林的美是"整体"说，黑格尔的美是"理念的感性显现"说，车尔尼雪夫斯基的"美是生活"说。当代哲学美学在美的本质问题上又以对存在与思维的不同理解而分成许多学派：客观论认为美的本质在于事物的客观属性；主观论认为美在于人的主观情感、观念；主客观统一论者认为美是"人化的自然"，是客观性和社会性的统一，必须从人类实践活动中来寻求美的根源和本质。哲学美学显然有高度的思辨性，它的特点是善于对审美现象和艺术现象作宏观的概括和把握，采用逻辑推理的方法，这是任何一个美学分支所不能代替的。不过哲学美学的形而上学思辨性有时也被一些哲学家引向过于抽象和空泛的境地。当然，当代哲学美学也开始出现转向艺术，转向社会的趋势。不少哲学美学家已不是单纯根据自身的哲学理论来推导出自己的美学观点，而是根据深入研究艺术和深入研究人类的境况来形成自己的美学观点。

社会学美学不同于哲学美学，它不是从哲学思辨的高度来研究艺术现象和审美现象，而是从社会历史的角度来研究艺术现象和审美现象，它把艺术现象和审美现象看做是一定社会条件和历史时代的产物，着重研究人类社会中审美现象的存在、变化和发展。在西方，斯达尔夫人、丹纳等人早就从事社会学美学研究，但最早运用马克思主义的唯物史观研究艺术现象和审美现象，并为社会学美学发展作出突出贡献的是普列汉诺夫。他不仅坚持艺术现象和审美现象是社会生活产物的观点，而且进一步指出经济生活和艺术现象、审美现象之间的因果关系是十分复杂和曲折的，经济生活往往是通过政治、哲学、心理、道德、宗教等中间媒介来影响审美和文艺。社会学美学在 20 世纪又有很大发展。法国社会美学家拉罗认为美学应当考察创作中个人和社会的种种条件，不仅要研究艺术的审美条件，还要分析艺术的非审美条件。艺术中的心理事实只是一种潜在性，只有社会因素才能把它们变成审美的现实性。美学决不是个人的，艺术只有在一定的社会条件下才有具体性可言。美国社会学家豪塞尔认为艺术处于历史进程的网络之中，艺术毕竟是生活的一种解释，社会学美学研究艺术的任务是"按照艺术的实际来源去解释一件艺术作品中表现出来的对生活的看法"。这就必须把握艺术中表现出来的意识形态观念。例如艺术风格的演变虽有其内在逻辑，但不能忽视社会环境和社会意识都是风格演变的外部先决条件。他认为艺术史研究应当坚持意识形态观点："支配艺术史的评价和再评价的是意识形态，而不是逻辑"。他肯定心理分析美学对艺术现象的分析很有价值，但认为艺术作品还有其他先决条件，因此要正确把握审美现象和艺术现象，"心理学也要依靠社会学"。在研究艺术和审美现象时，社会学美学和心理学是相互借助和相互渗透的。从社会学美学的角度研究艺术和审美现象，证实了马克思所说的人的心理以及五官是全部世界史的产物这个科学论断的正确性。

心理美学既不同于哲学美学，也不同于社会学美学，它有自己独特的研究对象、研究角度和研究方法。从某种意义上说，心理美学是对传统美学，对哲学美学的反拨：它把研究的重点从审美客体转向审美主体；它在一定程度上抛弃了"自上而下"的方法，而采用了"自下而上"的方法，它不是高度思辨和演绎的方法，而是经验的、实证的和归纳的方法。以往我们在解决美学和文艺学的一些重要理论问题时，往往只限于运用哲学美学的思辨的推理的方法，只限于运用社会学美学的社会历史分析方法，因此无法完全洞悉艺术和审美现象的全部奥秘。心理美学正因为有独特的角度，有自己的优势，它能进入哲学美学和社会学美学所无法深入的领域，能进入艺术创作和艺术接受的个性心理的深处。例如艺术本质问题，如果只从哲学反映论和认识论的角度，只从存在决定意识的角度，固然也能深刻说明艺术和生活的基本关系，但无法深入到审美主体和审美客体相互碰撞、相互逼近和相互契合的无限复杂和十分微妙的心理过程。长期争论不休的形象思维问题就是一个例子。如果我们只停留在形象和思维、感性和理性的哲学思辨层次上打转转，不深入到创作过程中直觉、想象、情感诸多心理因素相互联系和相互作用的复杂过程，是很难科学加以阐明的。把心理学引进美学领域，就使一些复杂而微妙的艺术现象和审美现象得到科学而具体的阐释。正如托马斯·门罗所指出的："实验心理学在把科学方法运用于对复杂多变的现象的研究时，很快就获得成功，而这些复杂多变的现象曾被人们认为是科学无法接近的。这种鼓舞人心的成功使人们更加确信：即使像艺术和感情生活这样一些最微妙的现象，也不可能永远处于神秘状态。"[1]

作为美学研究对象的艺术现象和审美现象是既同审美客体相联系，又同审美主体相联系，而艺术活动和审美活动也是既满足社会需要又满足个人需要的，适应于前者的需要就有了社会学美学，适应于后者的需要就有了心理美学，而哲学美学则是两者更高层次的概括和综合，是从更高的层次来研究艺术现象和审美现象最一般和最本质的规律。哲学美学、社会学美学和心理美学作为美学的三大支柱，有着各自的研究对象，各自的研究角度，各自的研究方法，既有各自的优势，也有各自的不足，三者是彼此

---

[1] 《走向科学的美学》，中国文联出版公司1985年版，第73页。

独立而又相互联系，相互渗透的。哲学美学具有宏观概括，高度思辨的优势，但有时失之空泛和抽象；社会学美学具有社会历史分析的优势，给人一种历史感，但很难深入审美和艺术的深处；心理美学较能深入审美和艺术的深处，但离开社会历史分析，又往往无法深刻说明个体审美心理的本质。总之，任何一个美学分支都不能独立穷尽美学研究的领域，而缺少任何一个分支也无法支撑起美学这座大厦。

下面具体谈谈心理美学的研究对象。

心理美学的研究对象是审美主体在一切审美体验中的心理活动，其中既包括研究艺术美的创作和接受中的心理律动，也包括研究欣赏自然美和社会美中的心理活动轨迹。但因为艺术美是美的最高和最集中的表现，所以心理美学的主要对象不能不是艺术创作和艺术接受活动中的审美心理机制。这样，艺术家的心理特征，艺术创作的动力，艺术创作的心理流程，艺术作品的心理蕴含，艺术接受的心理规律等，就自然成为心理学的主要课题。

在心理美学研究对象中，审美体验是一个核心的命题。作为心理美学研究对象的人的审美活动和艺术活动，归根到底都是人的一种生命体验。人活在世界上总是要不断领悟世界的意义和人本身存在的意义，体验就是主体对生命意义的把握。体验作为一种心理活动，是指向人的生命，它具有强烈的情感色彩，常常使人进入心醉神迷、物我两忘的境界，而这种心理活动又是以经验作为基础的，它是对经验带有感情色彩的回味、反刍和体现。从这个意义上讲，主体的审美体验是同社会实践相联系的，离开了社会实践就谈不上生命体验。作家艺术家只有以整个生命投入社会实践，使主体和客体产生深沉的撞击，才有可能获得深刻、丰盈的人生体验，也才可能有真正的文学艺术创作。

现代社会的发展，现代科学技术的发展在造福人类的同时，也给人类的生存带来新的威胁，它造成人的片面发展，使人对文学、诗歌、音乐等麻木不仁，使人的情感受到压抑，人们在享受现代物质文明的同时却常常感到失去精神家园。而人的审美活动和艺术活动恰好可以弥补这方面的缺陷。苏联著名作家格拉宁曾经这样说过："在科技革命过程中，人越来越成了一种机能——这种机能使人变得单调、畸形，文学则捍卫人性的完整，保护人的内心世界。"① 人类就是渴望通过自己的社会实践和艺术实践，通过自己的审美体验，来把自己造就成情感和理性得到和谐统一的人，使马克思所提出的造就全面发展的人的伟大理想得以实现。这正是我们把审美体验作为心理美学的核心命题的意义之所在，正是我们研究心理美学的意义之所在。

从研究审美主体在一切审美体验中的内在规律这一中心命题出发，心理美学的研究包括以下几部分内容。

第一部分是作为体验阐释者的艺术家。艺术家要把对生命的体验在艺术作品中表现出来，首先必须有深刻的生命体验，必须具备获得这种深刻体验的特殊的敏感性和洞察力，以及将这种体验形式化的能力。同时，艺术家既要有体验的能力，也要善于储备自己的体验，特别是储备童年的体验。这样，艺术家才能形成内容丰富而深刻的体验储备，才能不断激起自己的创作冲动。

第二部分是作为体验外化的创作过程。艺术家的创作动机虽然十分复杂多样，但归根到底是由他的生命体验所激发的；艺术家所进入的创作状态，所谓癫狂状态、高峰体验、沉思境界和内觉体验，等等，就是艺术家生命体验的再现和升华。所以说艺术家的创作过程实际上就是艺术家生命体验的外化过程。在这个过程中必须处理好创作心理的两极对立——生命意识和角色意识的关系，必须处理好艺术的内形式（审美意象）和艺术外形式（艺术表现形式）的关系。

第三部分是作为体验形式化的艺术作品。艺术作品之所以能够成为存在，不仅在于它再现了客观世界和表现了艺术家的情感和审美理想，还在于它能使具有普遍性的人类体验形式化。艺术作品尽管千变万化，归根到底是人类情感、人类生命体验的表现形式，它作为一种符号，其奥秘正在于这种符号和这种形式同人类情感和人类生命体验的天然契合，而最终使人类情感和人类生命体验生动表现出来，使艺术作品获得一种生命力。其中，不论是艺术范式的存在和生成，艺术作品内容和形式的相互征服，还是艺术技巧的种种操作，都蕴含着艺术家深刻的生命体验和丰富的心理内容。

---

① 格拉宁：《科技革命·个性·文学》，《文学俄罗斯》1987 年 6 月 2 日。

　　第四部分是作为二度体验的艺术接受。艺术接受者如果没有自己的生命体验，实际上不可能领悟艺术作品所蕴含的生命体验的内容。作为接受主体的读者、观众和听众是艺术家原体验的二度阐释者，他们的艺术接受过程是对艺术家原体验的接受和升华。而作为艺术接受的最终效果则是通过接受者的审美体验达到人性的重建，达到培养感情和理性和谐统一的全面发展的人的目的。

　　通过对心理美学研究对象和研究内容的分析，可以比较清楚地看出我们试图建立的心理美学不仅是描述性的心理美学，而且是具有现代科学形态的功能性的心理美学。这两者的区别如果打个比喻，有点类似解剖学和生理学，前者只是直观地展示和描述人体内部器官的结构，后者却必须揭示各部分器官是如何发挥自己的功能，是如何作为整体的一部分而进行工作的。那种描述性的心理美学一般也只是在作家艺术家创作经验谈的基础上，对创作过程和接受过程中的各种心理活动作孤立的和静止的描述，因此无法揭示审美主体在一切审美体验中的内在规律。而功能性的心理美学则是把创作过程和接受过程中审美主体的种种心理活动看成是一个有机的整体，认为各种心理因素是相互联系和相互作用的，并处于一个有机的整体之中。心理美学的任务就是要从整体的角度，从动态的角度，来揭示主体审美体验中各种心理因素是如何发挥自己的功能的，是如何相互联系和相互作用的，从而揭示审美主体在一切审美体验中的内在规律。这个任务当然是十分艰巨的，也是任何一部专著所不能单独完成的，然而建立具有现代科学形态的心理美学的目标是确定不移的，我们的任何努力都是向着目标的逼近。

三　多种学科和多种方法的综合——心理美学的研究方法

　　一门学科的独立是同它的特殊研究对象相联系的，如果把心理美学的研究对象混同于其他学科的研究对象，最终将取消心理美学本身。同时，一门学科的发展则是同它的研究方法的不断革新相联系的，如果心理美学的研究方法凝固了，最终将阻碍心理美学的发展。从心理美学发展的历史来看，心理学研究方法的不断革新和美学文艺学研究方法的不断革新，都对心理美学发展产生深刻的影响。

　　学科的研究方法是学科的性质所决定的。心理美学作为一门社会科学和自然科学的交叉学科，它的研究方法正出现一种走向综合的趋势，所谓的综合，一是指多种学科的综合，一是指多种研究方法的综合。

　　先谈多种学科的综合。由于心理美学的研究对象具有精神的、心理的和生理的多种层面，要探寻审美主体种种审美体验的奥秘，就不能只靠单一的学科进行。所谓多种学科的综合，就是联合社会科学和自然科学的各种专家，以及作家和艺术活动家，共同研究审美主体在艺术创作过程和艺术接受过程中的心理机制问题。这种综合研究最早始于苏联，1968 年在梅拉赫教授领导下成立了属于苏联科学院世界文化史科学委员会的艺术创作综合研究委员会。科学院给委员会确定的基本任务是：组织和协调在美学、文化学、艺术学同其他学科相互作用的基础上研究艺术创作问题；深入探讨艺术创作综合研究的方法论和战略；组织研究文学艺术创作过程和文学艺术接受过程的规律。具体课题是科学思维和艺术思维的相互关系；艺术创作的动态过程和创作过程的类型；艺术创作过程和艺术接受过程中语言、视觉、情感、记忆的各自功能和相互联系、相互作用；创作过程的合目的性和自发性、意识和无意识；科学技术革命和艺术创作；各种艺术种类的相互作用和综合；艺术文化史的一般规律，等等。委员会自创立起吸收了二百多名文艺学家、哲学家、历史学家、社会学家、心理学家、生理学家、物理学家、数学家、控制论学家以及作家、艺术活动家，共同研究艺术创作问题，召开过十几次艺术讨论会，出版了十五本和讨论会同名的研究文集，其中有《科学的合作和创作的奥秘》（1968）、《艺术接受》（1971）、《艺术和科学的创造》（1972）、《文学和艺术中的节奏、空间和时间》（1974）、《创作过程和艺术接受问题》（1978）、《科技革命和艺术创作的发展》（1980）、《艺术创作过程心理学》（1980）、《艺术创作（综合研究问题）》（1982、1983），等等。

　　再谈谈多种研究方法的综合。心理美学作为一门尚未完善和成熟的学科，至今尚未形成自己独立的研究方法；从它的交叉学科性质看，也不可能靠单一的方法进行研究。因此心理美学的研究方法也是多种研究方法的综合，它采用心理学传统方法，如实验的方法，观察的方法，内省的方法，问卷的方法，心理测试的方法，等等；也采用美学和文艺学的方法，如系统方法，比较方法，类型方法，结构符号方法，历史分析方法，等等。在具体运用时，采用何种方法要视研究的具体内容而定。而且心理学的方法和美学文艺学的方法常常是相互结合的。

心理美学的研究日趋综合是有深刻的社会历史原因的，同时又是同心理美学研究客体的特点密切相关的。

学科的综合和方法的综合首先是时代的要求。社会科学和自然科学的相互联系和相互渗透，并且在它们的结合点上产生新的学科和新的研究方向，这是当今科学发展的突出特点和重要趋势。心理美学作为交叉学科，它必然要吸收社会科学和自然科学的相关学科参加研究，必然要采用社会科学和自然科学的各种行之有效的研究方法。当然，社会科学的学科和方法是研究心理美学的基础，而自然科学的学科和方法是在适当范围被吸收的。

学科的综合和方法的综合也是同研究客体的特点相联系的。综合研究的要求一般是在研究特别复杂的客体时产生的。人类社会和人本身，文化活动和艺术创作，都属于这种客体。心理美学的研究对象是审美主体在艺术创作过程和艺术接受过程中的心理活动，而它的研究客体是人，是人的精神生活，是人类最复杂和最隐秘的精神活动的客观规律。要充分认识和揭示这样一个具有复杂性、隐秘性、动态性、有机性和个体性的客体，特别需要多种学科的协作，特别需要采用多种研究方法。

多种学科和多种方法研究的实质就是要把审美主体的心理当作一种人类活动，一种人类的精神活动来加以研究。审美主体的心理是动态的，不是静止的；是多面的，不是单一的；是相互联系的，不是彼此孤立的。这是综合研究的根本出发点，它认为在复杂的研究客体中的一切方面和所有组成部分，都是密切联系的，如果对它们加以肢解，对它们进行化整为零的研究，是无法了解客体从整体上是如何发生作用的，因此必须运用系统的观点，从整体上把握复杂的客体。

在心理美学研究中，多种学科和多种方法的综合，并不是多种学科和多种方法的机械相加，而是要求不同学科和不同方法在心理美学总的学科背景上，围绕一个总目标，从不同角度和运用不同方法，来研究审美主体在艺术创作过程和艺术接受过程中的心理机制，从而丰富对审美主体在一切审美体验中的内在规律的认识，而且力求达到完整的统一性。不论是从理论上讲，还是从实践上讲，要达到这一目标是相当艰难的。要达到这一目标，参加心理美学研究的各种学科和各种方法必须遵循统一的哲学指导思想，必须充分注意研究对象本身的审美特点，必须确定各门相关学科在研究中的恰当地位和作用。

辩证唯物主义和历史唯物主义是运用多种学科和多种方法研究心理美学的哲学基础。

马克思主义以前的各种心理美学流派在研究审美主体的心理机制方面，都有自己独特的贡献，但也有突出的弱点，他们往往脱离一定社会历史条件，脱离人的社会实践来谈论审美主体的心理机制，因此无法辩证地历史地说明审美主体和审美客体的复杂关系，无法深刻阐明最复杂和最隐秘的艺术现象和审美现象。

马克思主义向来重视人的心理活动，认为人们把握客观现实和认识自身是通过感觉、直觉、情感、想象等心理活动来完成的。马克思曾经说过："人不仅通过思维，而且以全部感觉在对象世界中肯定自己。"[1] 他在批评费尔巴哈的机械唯物论时，曾经尖锐地指出："以前的唯物主义——包括费尔巴哈的唯物主义——的主要缺点是：对事物、现实、感性，只是从客体或者直观的形式去理解，而不是把它们当作人的感性活动，当作实践去理解，不是从主观方面去理解。"[2] 列宁也十分重视想象、幻想和情感等心理因素在认识世界中的作用。他认为想象力、幻想和创造性的预见是认识的必要组成部分，提出"幻想是极其可贵的品质"，不仅诗人需要幻想，数学家也需要幻想。[3] 同时还强调："没有'人的感情'，就从来没有也不可能有对真理的追求。"[4]

运用马克思主义哲学研究主体审美体验，有两个重要观点值得注意。一是审美主体心理活动的历史制约性。马克思说过："五官感觉的形成，是以往全部世界历史的产物。"[5] 这就是说作为高级心理机能的人的心理的形成和进化的过程，决不只是生物进化的过程，而是文化历史发展的过

---

[1] 《马克思恩格斯全集》第 42 卷，人民出版社 1979 年版，第 1 页。

[2] 《马克思恩格斯选集》第 1 卷，人民出版社 1972 年版，第 16 页。

[3] 《列宁全集》第 33 卷，人民出版社 1957 年版，第 282 页。

[4] 《列宁全集》第 20 卷，人民出版社 1958 年版，第 255 页。

[5] 《马克思恩格斯全集》第 42 卷，人民出版社 1979 年版，第 126 页。

程，是受社会历史条件制约的，只有深入分析社会生活环境和社会历史条件，才能完全洞悉审美主体心理活动的全部奥秘。二是审美主体心理活动的社会实践性。人的心理是在社会实践活动中形成的，人的内部的心理活动实际上是人的外部实践活动的内化，离开人的实践活动就不可能有人的心理活动。同时应当看到，在人的实践活动中，人的心理对外部世界的反映不是简单的"刺激—反应"的过程，而是主客体相互碰撞，相互作用的过程，正如列宁所说的，"不是'僵死的'，不是'抽象的'，不是没有运动的，不是没有矛盾的，而是处于运动的永恒过程中，处于矛盾的产生和解决的永恒过程中的"①。

　　如果我们稍稍分析一下以往心理美学流派的失误，就可以更清楚看出马克思主义哲学对心理美学研究的重大意义。就拿精神分析心理美学来说，弗洛伊德发现了无意识这块心理领域的"新大陆"，并且揭示了无意识对艺术创作和艺术审美的作用，这无疑是对心理学和心理美学的重大贡献。然而，他过分强调人的本能，尤其是性本能，这就完全抹杀了人的心理活动的社会历史内容，用泛性主义的眼光去分析无意识的内容，就无法对文学作品做出正确的中肯的分析。例如莎士比亚的悲剧《哈姆雷特》，原意在于通过表现主人公报仇时的犹豫不决来揭示市民阶级性格的软弱。然而弗洛伊德却认为主人公的犹豫是由于"恋母情结"所产生的负罪感，这就完全抹杀了这个著名悲剧深刻的社会历史内容。同样，把陀思妥耶夫斯基的《卡拉马佐夫兄弟》中的儿子弑父的恶念也归之于"俄狄甫斯情结"，同样也是牵强附会的。事实证明，没有马克思主义哲学的指导，是无法真正解决审美活动和艺术活动中的心理问题的。同时，还应当看到，心理学和心理美学的研究也能丰富和加深我们对马克思主义哲学的认识。列宁就曾经指出，心理学是"构成认识论和辩证法的知识领域"② 之一，他认为"心理学所提供的一切原理已使人们不得不拒绝主观主义而接受唯物主义"③。

　　马克思主义哲学对于心理美学的研究方法也有重要指导意义。由研究

---

① 《列宁全集》第 38 卷，人民出版社 1959 年版，第 208 页。
② 同上书，第 398 页。
③ 《列宁全集》第 1 卷，人民出版社 1955 年版，第 396 页。

对象的特殊性所决定，心理美学研究很自然侧重于审美主体，但客体对主体的制约也隐藏其中。列宁说："真正认识事物，就必须把握、研究它的一切方面，一切联系和'中介'。"① 我们在研究诸如主体和客体、感性和理性、情感与认识、意识与无意识、内容与形式等问题时，必须十分注意揭示它们之间的复杂联系和中介，以求从一个方面达到尽可能的全面，这样才有可能把握审美现象和艺术现象的全部复杂性和无穷的奥秘。

充分考虑研究对象的审美特征，是运用多种学科和多种方法研究心理美学的一个关键性问题。

美学首先是美学，不论运用什么学科和采用什么方法，首先必须紧紧抓住这一主要特征，决不能模糊心理美学的特殊对象，如果背离这个原则，心理美学的研究就会走上机械套用和简单类比的庸俗社会学的老路，其结果将完全葬送心理美学的研究。

这里着重谈谈普通心理学和心理美学的关系。普通心理学和心理美学的关系最为密切，它在心理美学研究中占有特殊地位，心理美学研究离开普通心理学是很难完成的，同时也应当看到，普通心理学和心理美学毕竟是两门学科，它们有着各自不同的研究对象和研究方法。普通心理学的研究对象是人类普通的心理，心理美学的研究对象是人类的特殊心理——审美心理。后者比前者更为复杂和微妙，它有自己鲜明的特征和独特的内容。就拿情感来说，艺术活动中的情感和日常生活活动中的情感就有很大的差别。日常生活情感是个人情感，不带有普遍性；艺术情感是人类情感，带有普遍性，是人类共通的。同时，日常生活情感采取直接宣泄的方式，艺术情感则要求形式化和对象化。再从研究方法看，普通心理学更带有自然科学性质，它的研究更多采用实验方法，力求定量定性；而心理美学面对情感色彩强烈和复杂微妙的审美心理，更多采用体验和内省的方法，要达到定量和定性难度是很大的。

考虑到两个学科的联系和区别，在普通心理学和心理美学的结合上，有两个问题是值得充分注意的。

首先，必须充分重视普通心理学的理论和方法。普通心理学的一般理论、观点和方法对于心理美学的研究有重要指导意义，它是心理美学研究

---

① 《列宁全集》第 32 卷，人民出版社 1958 年版，第 83 页。

的基础和前提。从心理美学的发展历史来看，心理美学任何流派的形成和发展，都是同一定的心理学流派的形成和发展相联系的，心理学史上的大部分著名心理学家对审美活动和艺术活动的心理机制都有精湛的研究，他们都不可能忽略艺术心理这一人类最复杂和最微妙的心理。因此，要建立具有现代科学形态的心理美学，离开现代心理学的成就是寸步难行的。我们必须十分珍视一切有利于研究心理美学的现代心理学的理论、观点和方法，如果不是这样做，我们的心理美学就有可能只是徒有心理学名词的美学研究或文艺学研究。

其次，必须充分注意审美心理的特点。由于普通心理学和心理美学有不同的研究对象和研究方法，普通心理学理论、观点和方法对心理学虽有指导意义，但严格地讲，它们只是对普通心理学的对象才是完全适用和完全合理的。心理美学在运用普通心理学的一般理论、观点和方法时不能机械照搬，必须根据心理美学对象的特点加以消化和改造，使之成为心理美学的理论、观点和方法。这是一个十分艰难的过程。第一步要引进和消化那些切合心理美学对象特点的理论、观点和方法。这里消化是十分重要的，只有对普通心理学的理论、观点和方法本身有透彻的了解和把握，才能谈得上改造和运用，如果只满足于一知半解，那只能是机械套用。第二步是改造和运用。这里要特别强调的是，必须从审美主体的心理实际出发，而不是从普通心理学的条条出发。我们要在普通心理学理论、观点和方法的指导下，重视掌握体现审美主体心理机制的大量的新鲜的第一手材料，做出富有心理美学特色的新的理论概括，提出新的理论、新的范畴和新的概念。如果在研究中碰到心理学的理论、观点和方法与审美心理活动的实际发生矛盾时，我们只能选择后者而不能选择前者，正如一位西方学者所说，对于心理美学来说，"惟一正确的结论并不是把违反心理学基本原则的艺术家批评一通，而是修正心理学的原则，使之服从艺术的事实"[1]。事实证明，那种照搬普通心理学理论和方法的心理美学的研究是没有生命力的，只有那种从实际出发创造性运用普通心理学的理论和方法的心理美学研究才是生气勃勃的，也只有这样做，心理美学才有独立存在

---

① A.埃伦茨韦格：《艺术的潜在秩序》，见《当代美学》，光明日报出版社 1986 年版，第421 页。

的价值。我们不能盲目自信，也无须妄自菲薄，可以满怀信心地预言，心理美学对人类最复杂和最微妙的心理活动的研究，反过来也完全有可能丰富和发展现代心理科学。

确定各相关学科的恰当地位和作用，是运用多种学科和多种方法研究心理美学的又一重要原则。

多种学科综合研究不是吸收一切学科参加心理美学研究，而是吸收同研究对象相关的学科参加研究，其中有社会科学学科，也有自然科学学科。在综合研究中这些相关学科的地位和作用不是等价的，其中有基本学科和辅助学科之分。因此，必须十分明确每个学科为心理美学研究效力的可能性和界限，必须仔细说明每一相关学科同研究对象有什么关系，它从什么角度切入心理美学研究，它在综合研究中占有什么地位，起什么作用。

哲学，特别是辩证唯物主义和历史唯物主义哲学，是心理美学研究的哲学基础和方法论基础。没有正确的哲学思想作为指导，心理美学的研究就不可能有正确的方向和方法。然而哲学并不能代替一切，哲学切入心理美学研究的基本问题是研究艺术把握世界的认识论基础，其中包括审美主体和审美客体的关系问题，艺术强大的认识潜能同艺术审美本质的内在联系问题，主体审美体验中一切心理因素的辩证关系等问题。只有正确解决这些问题，才有可能真正深入审美主体复杂而又隐秘的心理世界。

美学、文艺学和艺术学是参与心理美学研究的主要学科。这三门学科是相互联系的，其中美学好像是指示器，主要保证多学科研究始终不离开美学标准，否则心理美学研究就丢失审美特性。心理美学所研究的基本问题实际上是美学、文艺学和艺术学所研究的基本问题，心理美学是从心理学的角度阐释美学、文艺学和艺术学所涉及的基本问题。

社会学、语言学、人类学、历史学是最接近心理美学研究对象的"邻近学科"，例如可以从语言学角度研究语言和艺术思维问题，从社会学角度研究读者、听众和观众的艺术接受心理的社会层次和类型，从人类学的角度研究人类的生存方式和审美体验的关系等。再如从历史学的角度结合艺术史和心理学，可以开展艺术史的心理研究，揭示艺术史发展变化的内在心理奥秘。

在参与多学科研究的自然科学中，除了心理学占有特殊地位外，生理学也占有重要地位。如果说哲学是心理美学研究的哲学基础，生理学则是心理美学研究的生理基础。生理学认为，任何人的心理活动，包括审美心理活动，都可以在生理层次上找到原因。苏联著名的心理生理学家巴甫洛夫晚年就同苏联著名戏剧学家斯坦尼斯拉夫斯基建立联系，斯坦尼斯拉夫斯基试图从心理生理中寻找自己戏剧理论体系的科学根据；巴甫洛夫则打算研究演员是如何使自己适合于角色的动作，以便深入研究神经系统改造的机制。当代生理学和心理美学联系的研究已进入新阶段，例如"裂脑人"的研究表明，人脑两半球的功能具有高度专业化的特征，左半球专司抽象思维。又如，根据大脑功能系统分析艺术形象形成的机制，用高级神经中心兴奋和抑制的过程说明联想产生的机制，等等。同时也应当看到，生理学和大脑科学的进步虽然是十分明显的，然而研究审美心理的生理机制的成就却还远远未跟上。

参与心理美学研究的自然科学还有数学、控制论，等等。一些学者认为，控制论、电子计算机技术对于研究艺术创作过程和艺术接受过程的心理机制来说，是辅助性的学科和手段，然而是潜在的和有效的方法。首先是作为哲学理论层次的控制论理论和概念，例如系统、功能、结构等现代科学所共有的概念在心理美学研究中的运用，其次是电子计算机也可以成为心理美学研究的辅助手段。

从以上分析可以看出，社会科学和自然科学的有关学科，都有可能从不同角度介入心理美学的研究，作出自己独特的贡献。不过由心理美学的学科性质所决定，社会科学相关的学科和方法比之自然科学的相关的学科和方法更为重要。

第 二 章

社会历史文化心理学派和文艺心理学

一 苏联的社会文化历史心理学派

社会文化历史学派一般指的是心理学中的苏联学派,这一学派继承了俄国心理学的传统,同时又自觉以马克思列宁主义为指导。这一学派认为人的心理是受人的社会实践制约的,是在一定的社会文化历史环境中形成的,它力求把心理学建立在历史唯物主义和辩证唯物主义的基础上。社会文化历史学派的形成也不是一帆风顺,它是在同唯心主义和机械唯物论的对话中不断得到发展,在20世纪的世界心理学中逐渐形成的别具一格的学派。这一学派的代表人物有以下三人:Л. C. 维戈茨基(1896—1934),主要著有《高级心理机能发展》(1931)、《思维与语言》(1934)、《艺术心理学》(1925)等;A. H. 列昂节夫(1903—1979),主要著有《心理发展的问题》(1959)、《活动·意识·个性》(1975)等;A. P. 鲁利亚(1902—1977),主要著有《人的脑和心理过程》(1963)、《神经心理学基础》(1972)等。

一个多世纪以来,西方各种心理学派有着各自的特色和优势,取得了公认的成就,但也存在各自的不足,如行为主义心理学把人的心理活动简单归之为“刺激—反应”的模式,忽视主体的能动作用和主客体之间的相互作用;如精神分析心理学夸大了无意识的成分和作用,忽视意识和无意识的相互调节和转化,忽视意识的社会文化历史内容。总之,一些心理学派不是把人的心理现象仅仅归结为生理现象,归结为人脑的物质化学变化,就是把人的心理活动看成是一种抽象的、孤立的个体活动。这些现象的存在,归根到底是他们不理解人的本质是“一切社会关系的总和”,

"人实际上是属于一定的社会形式的"。① 苏联社会文化历史心理学派，正是针对以往心理学研究中的各种不足，自觉以马克思列宁主义思想作为指导，来建设科学的心理学。这个学派虽然也有其不足，但它是力图用历史唯物主义和辩证唯物主义观点来阐明人的心理现象。关于人的心理、意识的社会文化历史本质的学说，强调社会文化历史对人的心理、意识的形成和发展的制约性的学说，是这个学派的理论基础。

除了维戈茨基曾经研究过文艺心理学外，苏联社会文化历史心理学派的代表人物并没有专门研究过文艺心理学，不过他们一系列重要的理论观点对文艺心理学的研究有重要的启示。

一是决定论的原则。

人的心理和意识是属于个人的，是有个体性的，同时，又是受社会生活所制约的。在社会文化历史心理学派看来，心理决定于生活方式，并且随着生活方式的变化而变化，它总是积淀着社会文化历史的蕴含。如果我们说的是动物心理，那么它的产生和发展取决于自然淘汰的生物学规律。如果我们说的是人的心理和人的意识的产生和发展，那么它则取决于社会物质生产发展的规律。正如列昂节夫所指出的，人的许多心理机能是从祖先遗传下来的种种特性，但是，"问题在于从分析个别人的活动和心理特点跟先辈人们与社会发展的成就的相互关系入手去解释这些特点"。② 社会文化历史心理学派从社会存在决定社会意识这个历史唯物主义的原理出发，他们所得出的重要结论就是人的心理和人的意识是具有社会历史性的，是受社会文化历史所制约的。就拿作家和艺术家来讲，尽管他们的心理都具有强烈的个性色彩，但他们毕竟都是社会的人，历史的人，他们的个性心理总要反映出一定的社会历史，积淀一定的社会文化，折射出一定的社会心理。社会的人的心理区别于动物的心理的根本特点，就在于人的心理的社会性。马克思说："社会的人的感觉不同于非社会的人的感觉。""五官感觉的形成是以往全部世界历史的产物"。③ 显然，把作家艺术家的

---

① 《马克思恩格斯选集》第 1 卷，人民出版社 1995 年版，第 56 页。

② 列昂节夫：《人类心理研究中的历史观》，《苏联心理科学》第 1 卷，科学出版社 1962 年版，第 9 页。

③ 《马克思恩格斯全集》第 42 卷，人民出版社 1979 年版，第 126 页。

个性心理同社会历史文化，同社会心理完全割裂开，是无法探寻作家艺术家个性心理的全部奥秘的。

二是意识和活动统一的原则。

社会文化历史心理学派突出的贡献就是对心理和活动相互关系的理论探讨，强调意识和活动统一的原则。列昂节夫说："研究社会意识形成，就是要分析社会存在、社会固有的生产方式和社会关系体系；研究个体的心理，就是要分析个体在其身临的这种社会条件和具体情况下的活动。"[①] 针对西方一些心理学派割裂意识和活动关系的理论，他们认为活动是人对周围现实的能动关系的最重要的形式。正是在活动中，实现着对客观现实的心理反映，被反映的东西转化为主观映象、转化为观念的东西，同时，也正是在活动中，观念的东西转化为活动的客观产物，转化为物质的东西。他们认为人的活动有外部的、实践的活动，也有内部的心理的活动，而且二者是统一的。鲁宾斯坦指出："活动和意识，不是指向于不同方向的两个方面，它们形成有机的整体——不是等同，而是统一。""每一个最简单的人的动作不可避免地同时也就是某种心理动作，它或多或少地都要浸透着、表现着动作者对其他人、对周围事物的关系的体验。"[②] 心理和活动的统一，意味着每一个心理过程通常都是在某种活动中进行的，它依从于活动以及活动的目的、动机和完成形式。实际情况就是人的心理在活动中形成，在活动中得到表现，通过活动被认识。内部的心理活动是外部活动的内化，内部活动又通过外部活动得到外化。根据心理和活动统一的原则，这一学派反对行为主义心理学派把心理活动简单归纳为"刺激—反应"的模式，认为人的心理映象，主体的心理和意识是主客体双方相互作用的结果，也就是说不能离开完整的活动系统来了解人的心理映象。社会文化历史心理学派所强调的心理、意识和活动统一的原则，对于我们认识创作心理和社会实践活动的关系，认识创作过程中主客体的相互作用，在理论上是至关重要的。

三是心理在活动中发展的原则。

社会文化历史心理学派认为人的心理有相对的稳定性，然而又不是静

---

① 列昂节夫：《活动·意识·个性》，上海译文出版社 1980 年版，第 5 页。

② 鲁宾斯坦：《苏联心理科学的发展和现状》，人民教育出版社 1984 年版，第 427 页。

止的、一成不变的，而是不断变化和发展的。他们认为心理、意识是在活动中得到发展的，只有把心理看作发展的产物和活动的结果，它才能得到正确的解释。心理发展的辩证唯物主义观点确定了心理发展对活动、教学和游戏的依赖关系。捷普洛夫在研究能力这一重要心理品质时就指出，能力只能在发展中存在，因为发展正是在活动的过程中实现的，所以"能力就不能离开相应的具体活动而产生"。[①]他在强调外部条件对心理发展主要影响的同时，也指出外部因素和环境不能直接决定发展，外部影响始终是通过人的个性心理特征来折射的，是以人的个性心理特征的内部条件为中介。总之，人的心理发展的基础不在于内部条件（个性心理），也不在于外部条件（外来的影响），而只能是人和周围现实的相互作用。人在这种相互作用中显示出自己的能动性，在这种相互作用中外部影响具有主导作用，但外部影响又总是要通过内部条件而折射出来。总之，外部原因通过内部条件而起作用，其中内部条件是中介。社会文化历史心理学派关于心理在活动中发展的原则，对于我们认识作家艺术家个性心理发展的规律，同样也具有启示意义。

社会文化历史心理学派自觉以马克思列宁主义作为指导来研究心理现象，既重视人的心理活动的生理机制，又强调人的心理活动的社会制约性，既关注个体心理也重视社会心理，其中又特别地突出活动在心理形成和发展中的作用。他们所提出的理论、观点，从一个重要的角度纠正了西方心理学派的种种偏颇，对文艺心理学研究有着重要的指导意义。这个学派的代表人物很少有从事文艺心理学研究的，但苏联的文艺心理学研究几十年来是在这个学派的理论观点影响下进行的，其中20世纪上半世纪的维戈茨基和下半世纪的梅拉赫是两位有代表性的人物。

二　维戈茨基：审美反应理论的研究

列夫·谢苗诺维奇·维戈茨基（1896—1934）是苏联早期杰出的心理学家，是在十月革命后头一个十年从事文艺心理学研究的。十月革命后，苏联文艺学把主要注意力集中于思想宣传任务和批判唯心主义、形式

①　彼得罗夫斯基主编：《普通心理学》，人民教育出版社1991年版，第51页。

主义，重点是阐述辩证唯物主义和历史唯物主义艺术观的基本原理，很少顾及艺术特性和艺术规律的研究。同时，文艺界"左"的思潮泛滥，庸俗社会学盛行，他们把研究文艺心理学的人往往不分青红皂白统统斥之为唯心主义者，文艺心理学研究被视为雷区。卢那察尔斯基曾在一次报告中谈到这种情况："不久前我们这里还有各种评论家写文章说，无产阶级作家不应该研究心理学，——说是既然我们根本否定了灵魂，还讲什么心理学？"① 这种观点今天听来荒唐可笑，然而却道出了当时严峻的现实。在这种情况下，如何以马克思列宁主义为指导研究文艺心理学的问题，一直没有提到日程上来。20 年代也出现了为数不多的文艺心理学著作，这些著作虽然力求在客观材料的基础上把文艺心理学作为一门独立的学科加以研究，但由于受到西方心理学的明显影响，方法论基本上是唯心主义的。

这个时期值得特别重视的文艺心理学研究专著是维戈茨基的《艺术心理学》（1925）。② 维戈茨基在 1915—1925 年期间，大约用了十年时间才完成这部专著。当年他是个不到 30 岁的青年学者，而他的专著《艺术心理学》却在 20 年代的多种文艺学、文艺心理学论著中异军突起。他既批评唯心主义和形式主义，又批评教条主义和庸俗社会学，力图建立客观的艺术心理学理论体系。维戈茨基是面对文艺界十分复杂的局面而步入文艺心理学领域的。从方法论讲，他坚持的客观分析的方法，也就是客观现实决定心理和意识，客观现实决定艺术创作心理的辩证唯物主义原则，他力求从社会生活和作为社会历史存在的人的生活去理解艺术的功能。为了依据这一原则展开对艺术创作心理的论述，他首先用了不少篇幅清理和批判了各种错误观点：既批判了把艺术仅仅理解为纯认识功能的片面认识，也批判了把艺术理解为手法的形式主义观点，以及指出心理分析学派把人的一切心理活动统统归之为性欲，因而抹杀意识的唯心主义实质。然而，可贵的是维戈茨基并没以简单对待形式主义和心理分析学派。尽管他从方法论上指出它们的唯心主义实质，但同时也看到了其中的有益成分，并把它融化到自己的理论体系之中。他十分强调艺术形式的重要性，认为"艺术开始于形式开始的地方"，"艺术作品只有在它既有的形式中才能发

---

① 卢那察尔斯基：《论文学》，人民文学出版社 1978 年版，第 286 页。
② 维戈茨基：《艺术心理学》，上海文艺出版社 1985 年版。

挥它的心理作用"。① 他指出心理分析学说有"积极方面",有"十分可贵的论点","提出了无意识,即扩大了研究的范围,指出了艺术中无意识如何成为社会性的东西"。② 在这里我们看到,当年这位青年学者既表现出敢于触雷的科学勇气和批判精神,也显示出实事求是的科学态度和恢宏气度。

维戈茨基认为艺术学离不开心理学,心理学对于理解艺术作品的内在结构和艺术的特殊功能,都有重要的意义。他指出:"一方面,艺术学越来越需要心理学的论证。另一方面,心理学在力求解释整个行为时,不能不注意审美反应的复杂问题。"③ 他试图在《艺术心理学》中建立一种独具一格的,以文学作品为自身研究对象的客观艺术心理学理论体系。因此他没有在著作中全面、系统地介绍艺术心理学的基本知识,而是不厌其烦地通过对文艺作品的分析和解剖来验证自己的理论观点。作者力图通过对作品的分析把文艺学和心理学有机地结合起来。用他的话说,就是"从艺术作品的形式出发,通过对形式的要素和结构的功能分析,说明审美反应和它的一般规律"。④ 这里关键是通过分析艺术作品结构的内在矛盾来揭示美感反应的心理机制。他认为只有抓住这个关键才能理解艺术的特性,洞察伟大艺术作品之所以不朽的奥秘。在专著中,作者利用大量篇幅,通过对克雷洛夫寓言、布宁短篇小说和莎士比亚的悲剧这三种一个比一个高级的艺术形式的详尽分析,从理论和实践的结合上来阐明自己的理论,读来令人觉得具体、生动,韵味无穷。在他看来,分析作品的结构主要是分析结构的内在矛盾,从心理基础来讲就是所谓"逆向感情"的运动。正是这种运动造成艺术的感染力,产生艺术的特殊功能。他认为,"逆向感情"就是构成作品内容的情绪和激情沿着两个相反而又趋向同一终点的方向发展。在终点上仿佛发生"短路"似的,排除了激情,感情得到改造和净化,也就是痛苦的和不愉快的激情得到一定的舒泄,转化为相反的激情。他指出:"审美反应本身实质上就可以被归结为这种净化。

---

① 维戈茨基:《艺术心理学》,上海文艺出版社 1985 年版,第 41 页。
② 同上书,第 106 页。
③ 同上书,第 14 页。
④ 同上书,第 27 页。

亦即复杂感情的转化。"① 正是从这个意义上讲，他认为脱离心理学就无法解释文学，心理学对于理解艺术作品的结构和艺术的特殊功能有举足轻重的意义。

首先，通过对克雷洛夫的寓言的分析，维戈茨基认为诗体寓言包含着抒情诗、叙事诗和高级文学样式的种子，这种诗体寓言艺术效果的基础是感情逆行，而这种感情逆行是来自寓言情节内部的矛盾结构。在他看来，同一个寓言由于作者的不同的叙述，它所达到的艺术效果和情感反应是不相同。以《乌鸦和狐狸》为例，在以往的叙述中，乌鸦给人的感觉是阿谀者，是卑鄙的；这时我们的感情朝着单一的方向发展，而在克雷洛夫"诗的叙述"中，由于他通过"富有诗意的暗示"，通过不同的语调，把狐狸写得很俏皮，很机智，把乌鸦写得很愚蠢。这样一来，我们的感情就不是朝着单一的方向发展，而是沿着两个方面发展，我们在狐狸的每句奉承话里都听出两层意识：既是阿谀，又是嘲弄。由此，维戈茨基指出："任何寓言，以至我们对寓言的反应，始终是在两个方面发展着，而这两个方面完全是同时不断增长，激化和提高的，因此它们实质上是组成一体，联合在一个动作中，而又始终具有双重性的。"② 在《乌鸦和狐狸》中，阿谀越勤，嘲弄就越厉害；阿谀和嘲弄包含在同一个句子中，这个句子既是阿谀，又是嘲弄，它把两个对立的意思合而为一。据此，他认为"寓言这两个方面所引起的激情矛盾是审美反应的真正的心理基础"。③ 而这种激情矛盾最后导致"寓言的倒转"，也就是说在寓言的结尾处，对立得到充分暴露，矛盾达到极点，感情上的双重性也随之得到松缓，"仿佛两股相反的电流发生短路一样，矛盾本身就在短路中爆炸，燃烧，以至被消除。我们反应中的激情矛盾也是这样解决的"。④ 在《乌鸦和狐狸》中，乌鸦"呱呱叫了一声"，这是阿谀的顶点，同时也是嘲弄的顶点，最终乌鸦失去奶酪，狐狸获得胜利。阿谀和嘲弄爆炸和消灭在"短路"中。

其次，维戈茨基通过对布宁短篇小说《轻轻的呼吸》的分析，说明

---

① 维戈茨基：《艺术心理学》，上海文艺出版社 1985 年版，第 282 页。
② 同上书，第 189—190 页。
③ 同上书，第 190 页。
④ 同上书，第 191 页。

小说材料和形式的关系，说明作者如何用特定的形式和结构去克服材料，用特定的形式和结构去消灭内容，并由此引起读者的审美反应，达到艺术所具有的"净化"目的。维戈茨基认为对审美反应的分析应当以作品为中心，用他的话说，就是"从艺术作品的艺术形式出现，通过对形式和结构的功能分析，说明审美反应和它的一般规律"。① 那么，这个规律是什么呢？在他看来，读者的审美反应同作品内在形式和结构相关，不同的审美反应源于作品的不同的形式和结构。比如，小说的正叙引起一种审美反应，倒叙则引起另一种审美反应，前者可能引起一种舒缓的情绪，后者则可能引起一种紧张的情绪。这里涉及两个问题：一个问题是，作品材料和形式的关系，材料和形式的区别，作者如何用特定的形式和结构去克服材料，去征服内容。另一个问题是，作者通过对材料的改造和对内容的征服所要达到的目的，所引起的读者的审美反应，所引起的艺术净化的功能。维戈茨基通过布宁短篇小说《轻轻的呼吸》的分析，反复说明的就是这两个问题。

首先是材料和形式，形式如何克服材料，如何克服内容的问题。

维戈茨基抛弃了以往文艺学关于内容和形式的概念，而采用俄国形式主义材料和形式的概念。就小说而言，就是本事和情节的概念，作为小说基础的事件本身就是小说的材料，而如何叙述这个事件就是小说的情节，就是作品的形式。他认为小说创作的任务就是对本事进行加工，用形式改造、征服本事，把本事变成诗的情节。作品中作者是如何用形式来加工改造和征服本事的呢？主要是彻底打乱了事件叙述的顺序。按照本事的时间顺序是：女中学生如何成长，如何变成一个美人儿，如何走向堕落，如何同老地主发生爱情瓜葛，如何勾引哥萨克军官，如何被军官打死，以及女班级主任老师常去坟地看她。这种叙述给人的印象是一个女中学生一段乱七八糟的生活，是"生活的混沌"。在小说中，作者并不是按照这种时间顺序去叙述事件，而是彻底打乱时间的顺序，他在小说中一开始就写她的坟墓，然后写她的童年，后来又突然说到她的最后一个冬天，在这之后，才在同女校长的一次谈话中告诉我们去年夏天发生的她的堕落，然后我们知道她的被杀，而几乎在小说结尾我们才知道她很久以前的一段中学生时

---

① 　维戈茨基：《艺术心理学》，上海译文出版社 1988 年版，第 27 页。

代的似乎不重要的经历，一段关于美丽的秘诀在于"轻轻的呼吸"的谈话。这样一种彻底打乱时间顺序的叙述，同按照原有故事时间顺序的叙述，给人造成的印象是大不相同的，如果说前者给人造成是"生活的混沌"，是沉重之感，那么后者给人造成的印象就是"轻轻的呼吸"，就是"解脱、轻松、超然和生活透明性的感觉"，而这种感觉就是对美好青春的向往，对幸福生活的向往，以及这种愿望得不到实现的淡淡的忧伤。于是，维戈茨基得出结论说："在艺术作品中总是包涵着材料和形式之间的某种矛盾和内在的不一致，作者好象故意挑选费劲的、对抗的材料，这一材料以它的特性对抗着作者想要说出他想说的东西的一切努力。材料本身越是不易克服，越是顽强，越是敌对，对于作者仿佛也就越是适用。作者把形式赋予这一材料，目的不是为了揭示材料本身所含有的特性，不是为了彻底地、在它的全部典型性和深度上暴露一个俄国女中学生的生活，不是分析和浏览一下事件的真正本质。恰恰相反，是为了克服这些特性，为了使可怕的东西用轻轻的呼吸的语言说话，为了使生活的混沌象料峭的春风那样飒飒鸣响。"①

　　另一问题是作者对材料的改造和对内容的征服同读者审美反应的关系。维戈茨基认为作者不是为改造、征服材料而改造、征服材料，他对材料的改造和征服是造成读者不同印象，是要引起读者不同的审美反应。反过来就是说，读者的审美反应同作者对材料的改造和征服，同作品的形式和结构，同由此造成的激情的矛盾，感情的对立和冲突有内在的联系。就是说，维戈茨基不是从作者那里，不是从读者那里，而是要从作品本身来理解艺术的审美反应及其规律。从布宁的《轻轻的呼吸》来看，对事件的不同叙述就造成了不同的心理反应。按事件本身原有的时间顺序来叙述故事，就给人一种沉重感，一种痛苦的紧张，这不是审美的感情。作者打乱了故事本身的时间顺序，形成一种艺术的情节，它给人的感觉就是"轻轻的呼吸"。尽管我们读到的是有关凶杀、死亡这些可怕的事，但是由于作者对事件的艺术处理，这时我们仿佛看到的却不是可怕的事，仿佛作品的每一部分都包含着对这种可怕的事的说服和缓解，我们感受到的不是痛苦的紧张，不是沉重的感觉，而是一种哀而不露的情感，一种病态的

────────────

① 维戈茨基：《艺术心理学》，上海译文出版社1988年版，第213页。

轻松，这就是一种审美的感情。正如维戈茨基所说："激情的矛盾，两种对立感情的冲突看来就是艺术小说一条奇异心理学规律。我所以说是一条奇异的规律，是因为整个传统美学养成了我们一种完全相反的艺术观：千百年来，美学家们一直在强调形式和内容的和谐一致，强调形式图解、补充和配合内容；而我们忽然发现，这是一个莫大的谬误，形式是在同内容作战，同它斗争，形式克服内容，形式和内容的这一辩证矛盾似乎正是我们审美反应的真正心理学涵义。"① 维戈茨基的这一发现，对于理解艺术创作的特殊规律，对于理解审美反应的特殊规律，都有重要的理论价值。

最后，维戈茨基通过对莎士比亚的悲剧《哈姆雷特》的分析，指出故事、情节和人物是悲剧的三重结构，而三者的矛盾便是悲剧所具有的多重矛盾。在悲剧《哈姆雷特》中，第一个矛盾是故事和情节的矛盾。如果按照原本的故事来叙述，故事应该是直线展开，也就是哈姆雷特在鬼魂把真相揭发出来之后立刻杀死国王为自己的父亲报仇，这样走的是两点之间最近的距离。然而作者所安排的情节却采取另一种叙述方法，让剧情出现偏差和迂回。维戈茨基认为悲剧原本的故事（本文）讲的是哈姆雷特如何杀死国王以报杀父之仇，而悲剧现有的情节讲的都是他如何迟迟不杀国王，而当他杀死国王的时候也并非由于报杀父之仇。这个悲剧的基础就是这种情节的两重性，而这种情节结构内在矛盾的心理基础就是"逆向情感"的运动：悲剧仿佛在戏弄观众的感情，向我们许诺一开始就呈现在我们面前的目标，可是又总使我们离开这个目标。我们原以为两条路线是走着相反的方向，可是最后却在国王被杀这场戏上相遇。导致杀死国王的因素就是始终推迟杀死国王的因素，这样两股道上的电流"短路"了。观众的感情并不因为国王被杀而感到满足和轻松。国王被杀后，观众的注意力马上闪电似的转到哈姆雷特的死亡身上，从新的死亡中感受到和体验到观看悲剧时始终折磨他的意识的种种令人痛苦的矛盾。观众的感情也在这个过程中得到净化。悲剧的第二矛盾是人物和情节的矛盾，即主人公的性格和情节发展之间的矛盾，维戈茨基认为悲剧人物在每一时刻都把上面所说的故事和情节的矛盾这两方面统一起来，他是"悲剧中矛盾的最高的和始终存在的统一"，"是连接两股相反电流的力量，这一力量就是把

① 维戈茨基：《艺术心理学》，上海译文出版社 1988 年版，第 213 页。

两股相反的情感集合成一种体验并把它赋予主人公"。①

通过以上对寓言、短篇小说和悲剧三个个案的分析，维戈茨基进一步向我们展示了自己的审美反应理论，这也是他对文艺心理学最重要的贡献，这个审美反应理论包含以下几个主要方面。

首先，审美反应的基础在于艺术形式和结构。

维戈茨基审美反应理论的主要特点在于把审美反应分析和作品的形式结构分析结合起来，认为审美反应的基础在于艺术的形式和结构，必须通过形式要素和结构的功能分析来阐明审美反应和它的一般规律。他非常赞同席勒关于悲剧形式作用所说的一句话："大师的真正的艺术奥秘就于用形式消灭内容。"②艺术家正是通过对材料，对内容的征服和改造，通过形式对内容的消灭，来引起读者的审美反应。且不说，情节的不同安排，情节的不同叙述，引起不同的审美反应，他指出，节奏作为形式的要素也能引起不同的审美反应。布宁在《轻轻的呼吸》中是用淡漠平静的节奏叙述凶杀、枪声和情欲的。他的节奏所引起的效果同他的小说的对象所引起的效果是完全相反的。结果审美反应便成为净化，我们经历了复杂的情感舒泄，情感的相互转化，我们产生的是高尚、清醒的轻轻呼吸的感觉，而不是由小说内容所引起的痛苦体验。由此，他得出结论："我们在艺术形式和内容的结构上所发现的对立，就正是审美反应净化作用的基础。"③

其次，审美反应的实质在于"净化"。

维戈茨基在论述审美反应时借用了亚里士多德的"净化"概念，但对它作了自己独特的、全新的解释。在他看来，任何艺术作品，不论是寓言、短篇小说，还是悲剧，其审美反应的规律是都包含有两个相反方向发展的激情矛盾，这种激情最后消失在一个终点上，好像电流"短路"一样。而这种艺术作品的真正效果就可以称为"净化"。他说："心理学迄今所使用的任何其他术语都不能如此完满地、清晰地表达审美反应的这一主要事实，即痛苦的和不愉快的激情得到一定舒泄、消灭、转化为相反的

① 维戈茨基：《艺术心理学》，上海译文出版社 1988 年版，第 255 页。
② 同上书，第 284 页。
③ 同上书，第 283—284 页。

激情。审美反应本身实质上就可以被归结为这种净化，亦即复杂的情感转化。"① 在他看来，审美反应的净化作用就在于这一激情的转化，就在于激情的自燃，就在于导致此刻被唤起的情绪得到舒泄的爆炸式反应。他说："艺术最直接的特点是：它在我们身上引起相反方向的激情，只是由于对立定律而阻滞情绪的运动的表现；它使相反的冲动发生冲突，消灭内容的激情和形式的激情，导致神经能量的爆炸和舒泄。"② 总之，在维戈茨基看来，净化是审美反应的过程，也是审美反应的目的。由于作品形式结构的对立引起的激情矛盾和它的发展是审美反应的过程，而激情矛盾的相碰，短路，最后导致激情矛盾在"短路"中获得解决，导致激情的舒泄和转化，则是审美反应的目的。

第三，从社会生活的角度来理解审美反应和艺术的功能。

维戈茨基作为苏联心理学中社会文化历史学派的代表人物，他很重视社会历史文化条件对人的心理、意识的发展和形成的制约。因此在论述艺术的审美反应和艺术的功能性时，他就不只是停留在谈论个人情感的舒泄，而是进一步强调个人情感向社会情感的转化，强调艺术的社会功能。他不同意把艺术归结为一种最普通的情绪，把艺术只看成是感染感情的共振器、放大器和传送器。他说："如果表现悲伤的诗除了因作者的悲伤感染我们而外别无其他任务，这对艺术来说岂不是太可悲伤吗？艺术的奇迹更像福音书上的另一个奇迹——把水变成酒。因此艺术的真正本性总是包涵有改变和克服普通情感的某种东西，由艺术引起的同样的恐惧、痛苦和不安，除了它们本身所含有的东西外，还含有某种别的东西。这某种别的东西能克服这些情感，使这些情感清澈起来，把它们的水变成酒，艺术的使命就是这样实现的。"③ 这是所说的"某种别的东西"是什么呢？就是"社会情感"，艺术的使命就是要把个人情感转化为社会情感。艺术不是简单地延长人的情感，艺术是对原有情感的超越。他指出，在艺术起源过程中，劳动歌曲不仅组织了集体劳动，使不堪的紧张得到松懈。艺术在它的最高阶段，在失去同劳动的直接联系之后，也还应当组织或联合社会情

---

① 维戈茨基：《艺术心理学》，上海译文出版社 1988 年版，第 282 页。

② 同上书，第 284 页。

③ 同上书，第 323 页。

感，使不堪的紧张得到缓解和松懈。在这里，维戈茨基指出了审美反应一个新的方面，它不只是个人情感的舒泄，它还要求激发人的一定行为和举动。只不过他认为艺术从来不会由自身直接产生任何实际动作，它只是使机体去准备实现这一动作。

维戈茨基的文艺心理学研究是别具一格的，他在批判总结前人研究的基础上，提出以艺术作品为对象，通过对形式和结构的功能分析，阐明审美反应的规律，并且对"净化"理论和艺术的独特功能做出新的阐释，这一切都给人耳目一新的感觉，特别是对个人情感和社会情感关系的论述，也充分体现社会历史文化学派文艺心理学固有的特色。

三 梅拉赫：文艺心理学研究方法的创新和艺术思维类型学的研究

由于受到庸俗社会学和教条主义的影响，苏联的文艺心理学研究一度沉寂。20世纪60年代以后随着文艺特征、创作规律和作家个性等问题日益受到文艺界的高度重视，文艺心理学的研究又开始活跃起来，出现了一批力图用马克思主义观点研究文艺心理学的著作，涉及了有关文艺心理学的研究对象、理论基础和研究方法论等一系列问题。但由于视角和方法论的局限，水平都不是很高，这引起一些专家的不满，他们要求从研究方法论方面加以革新，力求有所突破。这方面的代表便是梅拉赫。

梅拉赫（1909—1987）是苏联著名的文艺学家，他也非常重视文艺心理学的研究，并做出了重要贡献。如果说苏联文艺学存在学派的话，梅拉赫就是苏联文艺心理学派的代表。早在50年代，他就主编了4卷本的皇皇巨著《俄国作家论文学创作》（1954—1956），后来又写出了很有影响的专著《作为创作过程的普希金艺术思维》（1962）。60年代以来，他开创和领导了苏联艺术创作综合研究这一新的学科方向，把苏联文艺心理学的研究推到一个新的阶段。梅拉赫所著《创作过程和艺术接受》[①]（1985）一书，是作者多年从事文艺心理学研究和艺术创作综合研究带总

---

① 梅拉赫：《创作过程和艺术接受》，黄河文艺出版社1989年版。

结性的成果，也体现了苏联 20 世纪 80 年代艺术创作综合研究和文艺心理学研究的新水平。这部专著的鲜明特点是对文艺心理学研究的方法论十分重视，作者力求从综合研究和系统分析的角度来研究创作过程和艺术接受问题，其中特别对艺术思维问题进行了深入的研究。

　　梅拉赫文艺心理学研究的内容是十分丰富的，这里只是重点谈谈梅拉赫对文艺心理学研究方法的创新和艺术思维类型学的研究。

　　梅拉赫对文艺心理学研究方法的创新，首先是提出综合研究方法。

　　艺术创作综合研究是梅拉赫所倡导的文艺心理学研究方法，它为苏联文艺学研究揭示了新的前景。所谓艺术创作综合研究，就是吸收社会科学和自然科学的各种专家以及作家和各种艺术家共同研究艺术创作问题，它的课题相当广泛，其核心问题是文艺心理学所研究的两个相互关联的问题——艺术创作过程的心理机制和艺术接受过程的心理机制问题。

　　梅拉赫认为，运用综合研究方法研究文艺心理学是毫无疑义的，关键在于如何进行综合研究。他指出，综合研究并不要求每个参加研究的专家都是无所不晓的博学家，而是要求他们从不同学科的角度来研究艺术创作心理问题，从而丰富和加深对艺术创作规律的认识。同时，这种综合研究的结果也不是各门学科观点的总和，而是力求达到完整的系统性。这就要求综合研究必须遵循十分明确的原则。梅拉赫在总结前人研究的经验和教训的基础上，指出运用综合方法研究文艺心理学必须坚持以下几项原则：首先，要有共同的终极目标，要制定共同的研究大纲；其次，要明确各学科在综合研究中的可能性和界限；第三，最重要的是要充分考虑艺术的审美特性，艺术创作的特性，不能偷换学科的对象。如果背离了这条重要原则，综合研究就有可能走上机械套用和简单类比的庸俗社会学老路，其结果将会葬送整个艺术创作综合研究。

　　梅拉赫所阐明的艺术创作综合研究的原则对文艺心理学研究有重要的方法论意义。20 世纪 80 年代在我国文艺心理学研究刚刚恢复时，很快碰到一个令人苦恼的问题：文艺心理学研究多半是由从事文艺学研究的研究者进行的，他们在研究实践中大胆运用心理学的概念和理论，结合文艺创作的实践，研究文艺心理学问题。对此，有人不予理会，认为那不是文艺心理学。我们并不否认文艺心理学研究者在运用心理学的概念和理论方面难免存在一些缺点，然而必须看到，文艺心理学毕竟不同于心理学，文艺心理学研究必须吸收其他社会科学和自然科学的成果，但不能机械搬用，而需要加以改造，使其符合文艺心理学学科本身的审美特性。每门学科都有自己独特的对象和方法，正如梅拉赫所指出的，实际上纯心理学的概念和方法也只有从心理学本身的对象来看才是完全合理的。文艺心理学研究者毫无疑问需要十分认真地学习心理学理论和心理学史，汲取心理学的理论、概念和方法，同时也需要从文艺创作心理和文艺接受心理的实际出发，根据本学科对象的特点加以改造，创作出一套符合艺术创作审美本性的理论、概念和方法，建立文艺心理学本身完整的理论体系。

其次是提出系统分析方法。

梅拉赫指出苏联文艺心理研究存在的主要问题是将创作过程和艺术思维同一化。这表现为：多半是按照通常的栏目（灵感、情感、想象、直觉等）孤立地研究创作过程的心理机制。这种研究存在明显的弊病：一是割裂了艺术思维诸种心理因素的内在联系和相互作用；二是忽视了创作过程各个阶段和各个环节的特点和联系，没有把创作过程看作是包含着相互联系的许多阶段和环节的动态过程；三是脱离了属于不同时代、不同流派、不同创作方法、不同艺术体裁、不同创作个性的作家的材料，结果只能造成同一化、简单化，只能是例子的堆砌。这些弊病的存在使文艺心理学研究只停留在例证的引用和分析上，停留在创作心理现象的表层，很难深入分析和把握艺术创作过程和艺术思维的规律。正是针对这些问题，梅拉赫强调文艺心理学研究要打破旧的框框，采用系统分析方法。他认为系统分析方法是无所不包的，它处于当代所有科学探索的中心，运用这种方法对文艺心理学研究有重要意义。

梅拉赫提出运用系统方法从不同层次上研究创作过程（单个作品的、单个作家的、不同作家的），最后找出创作过程的共同特点和规律。他也提出运用系统方法来阐明幻想、直觉、下意识、联想等心理因素在不同创作流派、不同创作个性的作家身上的独特表现形式。

然而，梅拉赫运用系统方法研究文艺心理学取得最重要的成果，是运用系统方法研究艺术思维类型学问题，并且提出了艺术思维类型学研究的新方向。

艺术思维的研究长期以来是个久攻不下的难题，一直没有取得较大的突破和进展，不少人放弃了这方面的研究。梅拉赫在艺术思维的研究方面都是知难而进，独辟蹊径，别开生面地运用系统方法研究艺术思维，提出进行艺术创作过程类型学研究，艺术思维类型学研究，为艺术思维的研究开辟了新的前景。

梅拉赫指出每个作家的创作意识中存在不同的思维因素：概念的和形象的因素，直觉和创作幻想的因素，语言逻辑的、视觉的、情感记忆的因素，等等。这些因素在不同作家那里按照不同方式连结起来，形成独特的联系，并且具有系统性。正是这种独特的系统性决定了每个作家创作过程独特的个性特征，并且体现在创作过程之中。他认为可以根据在艺术家艺术思维中是理性逻辑思维占优势还是具体感性思维占优势，将艺术思维划为三种类型：一是理性型，理性逻辑思维较之具体感性思维占相对"优势"，具有思想压倒形象的特点；二是主观表达型，描写的感情和激情色彩浓重，分析和概括的倾向相对薄弱一些；三是艺术分析型，创作中具体感性因素和分析因素相结合，思想和形象相结合。当然这种分类不是十分严格的，仅仅是指占优势的倾向而言，而不是对它质的特点的完整说明，同时还存在中间型和过渡型。从文学艺术发展的历史来看，每种艺术思维类型的发展都有历史的制约性，历史上有过这种或那种艺术思维类型占优势的时代。例如理性型在古典主义时期占优势，主观表达型在浪漫主义时期占优势，艺术分析型在现实主义时期占优势。然而这种优势并不意味着作家创作个性的泯灭，在任何一个时期都可能出现这样一些作家，他们在自己的创作中同时表现出不同艺术思维类型的各种因素。总之，艺术思维体现着作家世界观的综合特征，理解周围世界和大自然的独特方式，对现实印象进行独特加工和概括的特点，是有一定规律的，因此分析艺术思维是阐述作家创作个性的有效途径。

梅拉赫的艺术思维和艺术思维类型研究不只是在抽象的理论层面上进行，而且非常重视理论和实践的结合，重视在总结作家创作实践的基础上进行理论概括。他在《创作过程和艺术接受》一书中，就用了大量篇幅对普希金、陀思妥耶夫斯基和契诃夫的艺术思维进行系统、细致分析，概括他们的艺术思维，寻找艺术思维的规律。他的分析有以下几个明显的特点。

首先，善于从总体上把握作家艺术思维的特征。梅拉赫不是从个别作品，个别材料出发，而是通过比较系统地掌握作家创作过程的材料，紧紧抓住作家艺术思维的主要特征。作者认为普希金的创作具有"灵感的真诚"、"明晰的思想"和"感情真实"的特点,他的艺术思维体系是有别于古典主义的一种开放体系,它不囿于条条框框,是向生活开放的。他称普希金为诗哲,认为在他的独特的艺术思维中思想家和诗人是融合在一起的。普希金作为真正的诗人特别强调真正的诗歌必须具有诗意的感情和丰富的想象力,同时他身上非凡的想象力是同创作过程明确的目的性并行不悖的,想象是服从于创作思想的:诗人善于克服想象的"无拘无束",使其符合思想的方向。这突出表现在他对创作提纲的重视。然而在创作过程中,内在的"立意"又始终没有囿于理性主义之下,没有产生通过诗歌语言复述抽象真理的现象。在他的艺术思维中,概念的和形象的因素,深刻的思想和生动的形象是和谐统一的。如果说普希金的艺术思维是明晰的、和谐的,那么陀思妥耶夫斯基的艺术思维体系则是矛盾的、复杂的。然而梅拉赫依然能够透过作家十分复杂和充满矛盾的艺术思维体系看出作家艺术思维的基本特征是"认识—分析"的趋向。作家常常发表必须寻找一定"规则"和"指导线索"的议论,对创作过程的认识分析任务怀有浓厚的兴趣。他认为艺术家的任务就在于抓住最尖锐、最折磨人的问题,揭示当代最隐秘的现象,看到普通人发现不了的东西。他十分重视周密思考提纲,重视作品的"主要思想"。他的创作构思总是贯穿统一的意向,力求搞清在充满"分裂"和"二重性"的土壤上形成的性格。在创作中他力求将理性逻辑的因素同浓烈的情感因素、生动的形象因素结合起来。至于契诃夫,梅拉赫是通过同陀思妥耶夫斯基相比较来揭示作家艺术思维的特点的。陀思妥耶夫斯基认为自己的创作任务是说明社会的"杂乱无章"、"混乱不堪",面临新时代的契诃夫则提出了要分析生活的"迷魂阵"结构,他给自己规定的艺术创作总课题是对人类灵魂的"无形世界"进行艺术分析。他对艺术与科学、艺术思维和科学思维的相互关系问题经常感兴趣。在他身上具有分析家和艺术家的天赋。在他的创作过程中,总是把严整的逻辑和对世界的诗意感受结合起来,总是把构思的"纲领性"同充分客观描写的要求、细腻的表现手法结合起来。在具体分析三个作家艺术思维的各自特点之后,梅拉赫又在这个基础上归纳出他们的共同特点。他最后得出结论说:"普希金、陀思妥耶夫斯基、契诃夫的艺术思维——在保持他们差别的同时,以综合性为其主要特色,在这类思维中分析性和情感表达性的因素有机结合在一起。"①

其次，善于从矛盾和斗争的角度把握作家艺术思维的特征，而不是把艺术思维看成是绝对统一的，无比和谐的体系。这方面最精彩的例子是对陀思妥耶夫斯基的艺术思维特征的分析。这是梅拉赫在其专著《创作过程和艺术接受》的一部分"艺术思维和创作实践"中谈到的。

西方评论界对陀思妥耶夫斯基创作的看法各执一端，有人说他是直觉主义，有人说他是理性主义，各抓住一点大做文章，总想把作家复杂的艺术思维纳入自己设计的框框里。梅拉赫认为他们这些看法并没有真正抓住陀思妥耶夫斯基艺术思维的真正特征。他认为作家艺术思维的基本特征是认识—分析的趋向，然而作家的艺术思维体系是一个复杂的、不平衡的、不稳定的而又特别活跃的体系，在这个体系中各种因素的对比关系不断变化，总之，是一个充满矛盾而又充满活力的艺术思维体系。陀思妥耶夫斯基的世界观存在强的一面和弱的一面，他对当代生活"骇人听闻的混乱"的批判是天才的，而他所提出的解决矛盾的办法，所谓对未来的"省悟"却是神秘和反动的。这种矛盾也体现在他的艺术思维中。当作家从现实生活出发，当他艺术思维中形象情感因素占优势，逻辑理性的因素被情感因素所掩盖时，作品就充满艺术力量，例如在《卡拉马佐夫兄弟》中，当哥哥伊凡向苦修道士阿辽沙弟弟讲述将军如何当着母亲的面放出一群猎犬把小孩撕成碎片时，笃信宗教的阿辽沙竟然违背他所敬重的新约说了一句"枪毙他！"在这里起作用的是现实生活的力量，形象情感的力量，而不是宗教理性逻辑的力量。相反，当作家艺术思维中脱离现实的理性逻辑因素占优势时，具体形象感情的因素只能做为一种点缀，这时作品必然丧失艺术力量。同样是在《卡拉马佐夫兄弟》中，当作家企图塑造出挽救世界的教士的"光辉"形象时，艺术思维中脱离现实生活的逻辑理性因素完全挤掉了形象感情的因素，结果作品的描写千篇一律，空洞无物，完全丧失艺术的力量。事实证明，在创作中如果背离艺术思维的法则，连陀思妥耶夫斯基这样的大作家也逃脱不了受惩罚的命运。但是总的看来，陀思妥耶夫斯基的艺术思维体系是现实主义的，它比作家任何脱离现实生活的偏执理论更有力量，作家创作不朽的力量盖源于此。

----

① 梅拉赫：《创作过程与艺术接受》，黄河文艺出版社 1989 年版，第 182 页。

　　第三，善于从发展中把握作家艺术思维的特征。梅拉赫没有把作家的艺术思维看成是静止的，而看成是不断发展变化的，因此特别注意分析艺术思维不同发展阶段上的特征。这方面突出的例证是分析普希金艺术思维的发展变化。普希金的创作经历了从浪漫主义到现实主义的发展过程，他的艺术思维也经历了前后变化的过程，这表现在他对待创作提纲态度的变化和创作提纲本身的变化上。在浪漫主义时期，他的注意力集中在所描写的事物的质的规定性和主要特征上，在激情的表达上，而不是对产生人物性格和激情的根源，制约人物性格的环境进行深入的分析。这时，他对创作提纲也没有给予更多的重视。例如在浪漫主义时期的作品《高加索的俘虏》中，他着重表现一种性格，表现 19 世纪青年的典型特性——"对生活的淡漠"。尽管在草稿中有揭示主人公体验的现实具体材料：他被俘了，他对家乡的怀念，他的痛苦，然而这一切都被删去了，最后留下抽象的浪漫主义的"无形体形象"："他拥抱了高傲的痛苦"。而在现实主义时期，作家越来越重视创作提纲，大大加强了对人物行为动机、性格和激情的根源的探索，以及事件的因果关系、人物和环境关系的细致分析。他在创作《鲍里斯·戈都诺夫》时期曾在一封信中写道："我边写边思索。"创作中这种分析的倾向十分明显地表现在《鲍里斯·戈都诺夫》、《叶甫盖尼·奥涅金》、《波尔塔瓦》、《青铜骑士》的创作提纲中。例如《鲍里斯·戈都诺夫》的创作提纲是作家在仔细研究了沙皇鲍里斯的朝代史以后写成的，提纲很注意构想性，不仅指出了事件的连贯性、历史人物及其安排，以及用以揭示人物性格的情节，而且还指出了一些支撑点，这些支撑点的展开表明俄国戏剧中出现了一种新的现象——情节中的人民背景，比如提纲中多次提到"广场"，并且出现百姓的活动。

　　梅拉赫的文艺心理学研究在苏联 20 世纪 60—80 年代的文艺学心理学研究中是一枝独秀的，他对研究方法的创新和对艺术思维类型学的研究都为文艺心理学研究揭示了新的前景。

第三章

苏联的文艺心理学研究

一 俄国的文艺心理学派

苏联的文艺心理学研究源远流长，它源于俄国的文艺心理学研究。俄国文艺心理学作为一门特殊的、独立的学科是在 19 世纪中叶才开始形成的。在这以前文艺心理学研究是在哲学、美学和文艺学等学科的范围内进行的。俄国文艺学家和作家艺术家在文学艺术史上所积累的有关创作过程的大量材料和珍贵思想，都是文艺心理学的重要源泉，其中，俄国革命民主主义者的美学思想，为研究文艺创作的理论奠定了唯物主义基础。他们坚持了文艺创作客观决定论，阐明了创作过程和作家创作个性的一系列重要特点。

俄国文艺心理学派是 19 世纪 70—80 年代才开始形成的，它是俄国文艺学学院派中的一个派别（其余三个学派为神话学派、历史文化学派和历史比较学派）。由于历史文化学派着重研究的是文学的外部联系，针对它的不足，一些文艺学家提出要重视作家创作个性和创作心理的研究。加上 19 世纪后半期欧洲和俄国心理学和生理学都有很大发展，这就为俄国文艺心理学派的形成创造了客观条件。

俄国心理学派认为艺术创作的本质在于艺术创作的内在心理机制，由于作家的心理机制各不相同，于是就形成作家不同的创作个性。这个学派的代表人物是 A. A. 波捷勃尼亚（1835—1891）和他的学生 Д. H. 奥夫相尼科－库里科夫斯基。他们都是科学院院士、哈尔科夫大学教授。

波捷勃尼亚主要是通过研究语言和思维的关系，来揭示文学和社会心理的关系、创作心理和艺术欣赏的关系。他认为语言不仅仅是表达思想的工具，而且是促进思维活动的工具，语言的出现既有个人心理因素，也有社会心理因素。他在《思想和语言》（1862）中提出文艺心理学的基本观点，认为文艺创作的奥秘在于作家的个性，文艺创作的规律体现于创作过程之中。他指出艺术和科学都是思维活动，区别在于两者表现思维的语言形式不同。诗歌艺术的语言包括三种构成因素：外在形式（语音）、语义和内在形式（形象）。例如 подснежник 一词有它的外在形式语音，它的语义是雪花①，而它的内在形式（形象）是春天的信息，内在形式是认识新事物的手段，艺术不是通过科学抽象的途径，而是借助现存形象来表达艺术家新的生活感受。艺术创作是通过语言的形象传达一定的生活感受、生活印象和想象的心理活动过程，因此艺术作品是心理活动的产物。波捷勃尼亚也十分重视创作心理和接受心理的研究，他认为作家的创作心理是通过文学作品反映到读者的心里。读者在接受文学作品时的心理机制同作家是相同的。他还认为通过对作品创造性的阅读，读者有能力丰富作品的意义。他说："听者可能比说话者更好地理解那语音背后的蕴涵。因而，读者可能比诗人本身更好地透视其作品的思想。因此，这样作品的实质的力量就不在于其作者凭借其作品所欲指的意思，而在于这作品本身怎样作用于读者。"

波捷勃尼亚之后，他的学生奥夫相尼科－库里科夫斯基等人继承了他的思想，在俄国形成别具一格的文艺心理学派，奥夫相尼科－库里科夫斯基的文艺心理学研究主要包括两个方面：一是提出作家艺术思维的两种类型，一是提出通过艺术典型的心理考察社会心理。

奥夫相尼科－库里科夫斯基从心理学出发，把艺术思维和科学思维加以比较，区分艺术创作的两种思维类型：观察型（客观型）和实验型（主观型）。他认为观察型是以客观地观察和表现各种生活现象和人物作为创作的前提，要求逼真性，对生活中现象之间和人物之间的比例关系不作任何歪曲、改变。作家在创造人物典型时不是从自我出发，他所塑造的人物是同作家本人的个性不同的，甚至是对立的。实验型则根据作家主观需要，把各种人物和事件重新加以改造、综合，破坏原有的比例关系，好像对现实生活进行某种心理实验，作家在创造人物典型时是从自我出发，

---

① 早春化雪时开花的植物。

他所塑造的人物是同作家本人的个性相近的，甚至是相同的。但是观察型和实验型又不是绝对的，它们常常相互补充，相互渗透。

他认为普希金、屠格涅夫、冈察洛夫等作家是属于观察型，果戈理、谢德林、契诃夫等作家是属于实验型。普希金是客观型诗人，非自我中心意识作家，他的诗歌有"写实的"（生活的直接作用）和"人工的"（主观的加工）两类，而前一类占主导地位。果戈理是个内向的、善于自我分析和自我谴责的作家。他主要从自我观照出发，从自己的气质、情绪出发来观察现实生活，一方面将自己的性格加到作品人物身上，另一方面又把别人的品性加到自己身上以便了解其心理活动，这就是所谓实验的方法。至于列夫·托尔斯泰，奥夫相尼科－库里科夫斯基认为他的早期创作是属于观察型，自70年代起便转为实验型。他认为："艺术中实验的主要手段是幽默、嘲笑、辛辣的讽刺、眼泪、悲哀。对生活庸俗一面的痛苦反应、不满。"① 而这一切在托尔斯泰前期作品中是极其微弱的。相反，在后期作品中，"以《黑暗的势力》、《伊凡·伊里奇之死》、《克莱采奏鸣曲》、《复活》命名的这些色调鲜明、强烈、激动人心的'实验'，充满了热情的号召、愤怒、辛辣的讽刺、不满、蔑视，在罪恶和道德沦丧的深渊之前的恐怖"②。

奥夫相尼科－库里科夫斯基这种研究方法在揭示艺术创作的复杂心理过程和艺术作品细致入微的情感内涵方面，确实是别具一格的。其局限是忽视艺术创作和社会生活的联系，忽视文学艺术现象的社会历史根源和文学艺术作品的社会思想内容。对此，他后期有所觉察。他在《列夫·尼古拉耶维奇·托尔斯泰》（1911）一文中指出："作家从自我出发，结果再现的已经不局限于个人，而是自己的家庭、环境、阶级，它们的特征已溶化为他的心理，而且再现的与其说是个人，不如说是这一圈子的一个代表人物。"③ 这种认识的变化促使他提出社会心理类型的概念，把文学史的过程作为社会变动和各种心理类型的更替和演变过程加以考察。他的后期著作《俄国知识分子的历史》（1906—1911）论述了19世纪转折时期

---

① 《俄国作家、批评家论托尔斯泰》，中国社会科学出版社1982年版，第184页。

② 同上书，第186页。

③ 同上书，第196页。

知识分子的精神生活及其在俄国优秀作品中的反映，并从社会心理学的角度分析了 30 年代到 50 年代多余人形象的演变。高尔基对这部著作给予很高的评价，认为它奠定了心理学派在俄国文艺学中的地位。

奥夫相尼科 - 库里科夫斯基认为《俄国知识分子的历史》一书的主要任务是阐明"恰达耶夫情绪"的社会与心理成因。恰达耶夫（1794—1856）是俄国宗教哲学家，他在《哲学通讯》中对俄国历史（包括对东正教、专制政体和农奴制）持批判态度，因此被沙皇宣布为"疯子"，长期遭受软禁。他在信里对俄国社会表现出不满、不安和悲观情绪。作者认为知识分子是社会中具有良好教养、肯于思考的成员，他们创造和传播了全人类共同的精神财富。但是在俄国社会却出现了一种背反现象，一方面是知识分子精神生活十分丰富，创造了思想文化的丰硕成果，另一方面是知识分子对民族文化的提高直接影响很小，全俄的文化总水准落后。正是这种强烈的背反现象产生了"恰达耶夫情绪"，这种情绪正是社会的先进部分脱离广大社会阶层的必然结果。他正是从这个角度来考察俄国知识分子的历史的。他认为格里鲍耶多夫的《智慧的痛苦》（一译《聪明误》）中的恰茨基是 20 年代的优秀分子，反映了俄国社会自我意识的觉醒，他同法穆索夫的冲突反映了两代人、两种势力的心理冲突。普希金的奥涅金是恰茨基的继承者，他们都是俄国知识界情绪的代表者。奥涅金体现了上层社会典型的心理特征，他成为"多余人"的根本原因是这个时代人的心理结构不良，其次是个人同阶层在思想、道德和智力上的分裂。莱蒙托夫在历史条件有所变化的情况下发展了"多余人"的形象。皮却林和奥涅金一样，属于同一社会心理典型，他们都是惶惶不安，自觉多余，没有实现自己的社会价值。不过皮却林有很强烈的自我中心意识，他认为一切为他存在，这一形象反映了 30 年代末和 40 年代个性形成与发展的社会心理过程。40 年代是个复杂时期，这时社会自我意识急剧发展，西欧各种理论学派传到俄国，西欧派和斯拉夫派逐渐形成，中层社会逐渐发挥作用，而他们最大的弱点是言行脱节，这是造成 40 年代"独特悲剧性"的因素，造成俄国社会生活停滞的因素。冈察洛夫的奥勃洛莫夫就体现了这个时期的社会心理，他只会空想，不会也不愿行动。60 年代是俄国社会历史的转折时期，平民知识分子登上历史舞台，俄国文学出现了新社会心理典型。屠格涅夫的巴扎罗夫的矛头是指向奥涅金和罗亭式的贵族自我反省，否定奥勃洛莫夫精神，同时也是民族心理的扭曲。这个形象的意义在于说明奥勃洛莫夫精神这种痼疾是可以治疗的。70 年代到 80 年代，知识分子改变对待人民的态度，乌斯宾斯基的创作正是这种态度改变的尝试。

奥夫相尼科－库里科夫斯基的《俄国知识分子的历史》力图揭示作家的创作心理，指明俄国文学所塑造的社会心理典型之间的内在联系，从社会心理的角度宏观地把握俄国文学发展的历史，这体现出俄国文学史研究的新视角。

俄国文艺心理学派除了波捷勃尼亚和奥夫相尼科－库里科夫斯基之外，还有一批著名的评论家，如 Н. А. 罗日科夫、А. Р. 戈尔恩费德等，他们出版过为俄国文艺心理学发展做出重要贡献的《理论问题和创作心理学》（1—8 卷，1907—1923）。

二　苏联文艺心理学的开拓者——维戈茨基

十月革命后，苏联文艺学把主要注意力集中于思想宣传任务和批判唯心主义和形式主义，很少顾及艺术特性和艺术规律的研究。同时，文艺界"左"的思潮泛滥，庸俗社会学盛行，他们把研究文艺心理学的人往往不分青红皂白统统斥之为唯心主义者。文艺心理学的研究被视为雷区。

20 世纪 20 年代也出现了为数不多的文艺心理学著作，这些著作虽然力求在客观材料的基础上把文艺心理学作为一门独立的学科加以研究，但由于受西方心理学的明显影响，方法论基本上是唯心主义的。例如 И. Д. 叶尔马科夫的《普希金创作心理研究》（1923）和《果戈理创作分析概述》（年代不详），就试图运用弗洛伊德的观点来分析普希金和果戈理的创作。而 С. О. 格鲁津别尔格的《创作心理学》（1923）和《天才与创作》则坚持病态心理学的观点，把创作看做是克服死亡恐惧的结果，是由于悲观情绪和道德匮乏而产生的。当然，也存在把创作看成是反映通过作家意识折射的客观现实的见解。例如 А. И. 别列茨基《在语言艺术家的工作实验室里》（1923）就明确指出："文学活动不是某种神经病的结果，它同其他类型的脑力活动一样，是一种理智和合理的活动……关于创作是完全本能的思想，如同关于诗的创作带即兴性质的思想，应当大大加以限制。"

　　这个时期值得特别重视的文艺心理学研究专著是 Л.С. 维戈茨基的《艺术心理学》（写于 1925 年，1965 年初版，1968 年再版）。列夫·谢苗诺维奇·维戈茨基（1896—1934）是苏联早期杰出的心理学家，至今在苏联国内外仍有很大影响，维戈茨基是在 1915—1925 年期间，大约用了十年时间才完成这部专著的。当年他是一个不到 30 岁的青年学者，而他的《艺术心理学》却在 20 年代的多种文艺学、文艺心理学论著中异军突起。他既批评唯心主义和形式主义，又批评教条主义和庸俗社会学，力图建立客观的艺术心理学理论体系。维戈茨基当年是面对文艺界十分复杂的局面而步入文艺心理学领域的。从方法论讲，他坚持的是客观分析的方法，也就是客观现实决定艺术创作心理的辩证唯物主义原则。为了依据这一原则展开对艺术创作心理学的论述，他首先用了不少篇幅清理和批判了各种错误观点：既批判了把艺术仅仅理解为纯认识功能的片面认识，也批判了把艺术理解为手法的形式主义观点，批判了心理分析学派把人的一切心理活动统统归之于性欲，因而抹杀意识的唯心主义观点。正如梅拉赫所指出的，"这本专著充满主观唯心主义的创作心理学同客观主义理论相对照的热情"①，"它在艺术心理学史上的意义是公认的"②。然而更为可贵的是维戈茨基并没有简单对待形式主义和精神分析学派。尽管他从方法论上指出它们的唯心主义实质，同时也看到其中的有益成分，并把它融化到自己的理论体系之中。例如，他指出心理分析学说有"积极方面"，有"十分可贵的论点"，"提出了无意识，即扩大了研究的范围，指出了艺术中无意识如何成为社会性的东西"。在这里，我们看到当年这位青年学者既表现出敢于触雷的科学态度和批判精神，也显示出实事求是的科学态度和恢弘的气度。

　　维戈茨基试图在《艺术心理学》中建立一种独具一格的、以文学作品为自身研究对象的客观艺术心理学理论体系。他没有在著作中全面系统地介绍艺术心理学的基本知识，而是不厌其烦地通过对文艺作品的分析和解剖来验证自己的理论观点。作者力图通过对作品的分析把文艺学和心理

---

　　①　梅拉赫：《文学创作心理学》，见《简明文学百科》第 6 卷，1971 年版，第 69 页。

　　②　梅拉赫：《文学创作心理学：研究对象和方法》，见文集《艺术创作过程心理学》，列宁格勒，1980 年。

学结合起来。用他的话说，就是"从艺术作品的形式出发，通过对形式要素和结构的功能的分析，说明审美反应和确立它的一般规律"。这里的关键是通过分析艺术作品结构的内在矛盾来揭示美感反应的心理机制。他认为只有抓住这个关键才能理解艺术的特性，洞察伟大艺术作品之所以不朽的奥秘。在专著中，作者利用大量篇幅，通过对克雷洛夫寓言、布宁的短篇小说和莎士比亚悲剧这三种一个比一个高级的艺术形式的详尽分析，从理论和实践的结合上来阐明自己的理论，读来令人觉得具体、生动，韵味无穷，在他看来，分析作品的结构主要是分析结构的内在矛盾，从心理基础来讲就是所谓"逆向感情"的运动，正是这种情感运动造成艺术的感染力，产生艺术的特殊功能。他认为，"逆向感情"就是构成作品内容的情绪和激情沿着两个相反的方向又趋向同一终点的方向发展，在终点上仿佛发生"短路"似的，排除了激情，感情得到改造和净化，也就是痛苦和不愉快的激情得到一定的宣泄，转化为相反的激情。他指出："审美反应本身实质上就可以被归结为这种净化。"正是从这个意义上讲，他认为脱离心理学就无法解释文学，心理学对于理解艺术作品的结构和特殊功能有举足轻重的意义。以莎士比亚的悲剧《哈姆雷特》为例，维戈茨基认为悲剧的内容和悲剧的材料是讲哈姆雷特如何杀死国王以报杀父之仇，而悲剧的情节讲的却是他如何不杀国王，而当他杀死国王的时候也并非由于报杀父之仇。这个剧的基础就是这种情节的两重性，而这种结构内在矛盾的心理基础就是"逆向感情"运动：悲剧仿佛始终在戏弄观众的情感，向我们许诺一开始就呈现在我们面前的目标，可是又总使我们离开这个目标。我们原以为两条路线是走着相反的方向，可是最后却在国王被杀这场戏上相遇。导致杀死国王的因素就是始终推迟杀死国王的因素，这样两股道上的电流"短路"了。观众的感情并不因为国王被杀而感到满足和轻松。国王被杀后，观众的注意力马上闪电般的转到哈姆雷特的死亡身上，从新的死亡中感受到和体验到观看悲剧时始终折磨他的意识的种种令人痛苦的矛盾，观众的感情也就在这个过程中得到"净化"。

维戈茨基通过对作品形式和结构的分析来阐明审美反应的规律确有独到之处，令人耳目一新。然而从方法论角度看，这种只是通过分析文艺作品来研究文艺心理学的方法是有其局限性的。维戈茨基始终认为艺术心理学的新方法"不应该把作者和观众，而应该把作品当做根本来抓"。这就使文艺心理学的研究既脱离了艺术创作过程和艺术接受过程，也脱离了作家艺术家的个性。对此，梅拉赫曾经指出："从方法论的观点来看，书中有不少东西是不适合现代观念的。维戈茨基使创作的结果脱离了创作和接受的过程。"① 尽管如此，《艺术心理学》仍然是一部经受了时间考验的很有学术价值的专著。

到了 30 年代，随着庸俗社会学在苏联文艺界受到批判，列宁文艺思想的研究受到重视，一些文艺学家开始运用辩证唯物主义的反映论研究文艺心理学。这方面的代表作是 П. Н. 麦德维杰夫的《在作家的创作实验室里》（1933）。作者总的肯定创作活动是通过作家个性反映客观现实的理论原则。梅拉赫认为这部著作"力求在马克思主义认识论的基础上来研究创作过程的本质"，是"方法论研究新的一步"。② 当然，麦德维杰夫的尝试有局限性，书中并没有把方法论问题提到应有的地位，对创作过程的论述带有明显的描述性质。

三 60—70 年代文艺心理学的复兴和发展

60 年代以后，苏联文艺心理学研究出现了新的转机。随着文艺特征、创作规律和作家创作个性问题日益受到苏联文艺界的重视，沉寂多年的文艺心理学研究又开始活跃起来了。这个时期出现的一批著作虽然写作宗旨各异，水平高低不一，但都力图运用马列主义观点研究文艺心理学，批判唯心主义观点。其中有 A. 科瓦廖夫《文学创作心理学》（1960），П. 雅科勃松《情感心理学》（1—2 卷，1958—1961）、《艺术感受》（1965），A. 切伊特林《作家的劳动》（1962、1969），Л. 维戈茨基《艺术心理学》（写于 1925 年，1965 年初版，1968 年二版），Г. 列诺勃里《作家和他的工作》（1966），Б. 梅拉赫《作为创作过程的普希金艺术思维》（1962、1971）和《作家的天才和创作过程》（1971）等，这些著作涉及建设文艺心理学的一系列重要理论问题。

---

① 梅拉赫：《艺术创作心理学：研究对象和方法》，见《艺术创作过程心理学》，列宁格勒，1980 年。

② 梅拉赫：《文学创作心理学》，《简明文学百科》第 6 卷，莫斯科，1971 年。

首先是研究对象问题。文艺心理学是一门边缘科学，它同美学、文艺学等相邻学科都有密切联系，都是研究文艺创作的，然而又有特殊的研究对象。梅拉赫指出，文艺心理学"研究作家对现实印象进行创造性加工的心理特点，作为创造者的作者的个性心理，处于动态（从构思产生到完成）的艺术作品创作过程的普遍和局部的规律"[①]。科瓦廖夫认为："文学创作心理学既研究作为反映现实的特殊形式的艺术创作过程本身的规律性，又研究读者和听众感受和理解艺术作品的规律性。"[②] 在他们看来，文艺心理学是以创作过程作为研究对象的，它研究创作过程的心理机制。但创作过程是离不开作家个性的，因此它又必须研究作家个性心理，包括作家的气质、感觉特点、才能、情感意志特点和兴趣爱好等。同时，他们又把创作的心理过程看成是作者和读者双向交流和协同活动的过程，因此又强调文艺心理学既要研究艺术创作过程的心理机制，又要研究艺术接受过程的心理机制。

苏联学者还阐明了研究文艺心理学的重要意义。从理论上讲，文艺心理学揭示了创作过程的特点和规律，这对于研究艺术的本质、艺术创作的规律和艺术思维的特点至关重要。从实践上讲，文艺心理学可以帮助作家提高专业素养和技巧，帮助他们认识"创作战略"，同时也可以帮助高等艺术院校选拔艺术人才。

其次是理论基础问题。苏联学者强调文艺心理学研究必须建立在科学的理论基础之上，他们指出："依靠作为哲学基础的马克思列宁主义反映论，依靠作为自然科学基础的巴甫洛夫高级神经活动学说，我们就能比较充分地描绘和理解文学艺术创作的现象。"[③] 依据马克思列宁主义的反映论原理，心理是处于现实状态的大脑的功能。现实是创作的源泉，然而文艺创作又不是现实的机械反映，它是一种创造性的反映现实的活动，它是离不开作家的创作个性的。艺术创作过程的全部复杂性归根到底是由反映现实的全部复杂性决定的。因此，只有依靠辩证唯物主义反映论，才能揭示作家艺术家复杂的隐秘的创作过程。而巴甫洛夫的高级神经活动学说则

---

① 梅拉赫：《文学创作心理学》，《简明文学百科》第6卷，莫斯科，1971年，第69页。

② 科瓦廖夫：《文学创作心理学》，福建人民出版社1983年版，第1—2页。

③ 同上书，第6页。

是从自然科学角度，用生命的状况来解释心理活动的根源，它为揭示创作活动物质的、生理的基础提供理论根据。梅拉赫认为，巴甫洛夫学说从生理学角度阐明了一般思维的机制，有助于揭示艺术思维的生理心理基础。他的第一信号系统和第二信号系统交互作用的原理有助于揭示想象、幻想、记忆在艺术思维中的特殊作用。科瓦廖夫认为，巴甫洛夫的第一信号和第二信号相互作用的原理"从生理上论证了创作过程形象思维和抽象思维的统一"，"其中，人的高级神经活动的特殊类型学说，在研究文艺创作心理学方面有特殊意义，因为它恰好揭示了艺术反映现实的特殊性以及它同科学反映现实的区别"。① 巴甫洛夫根据两种信号系统把人分成思想型、艺术型和中间型三种类型。他认为艺术型的特点是感受的完整性、丰富性和生动性；高度抽象思维的想象力；高度的激情。但他往往把艺术型和思想型尖锐对立起来，认为艺术型是第一信号系统占优势，思想型是第二信号系统占优势，艺术家是不好的思想家，思想家是不好的艺术家。科瓦廖夫指出，事实并非如此，他说："艺术型和思想型的本质区别在于，艺术家在自己的活动中更多依靠第一信号系统，而科学家更多依靠第二信号系统，第二信号系统在两种类型人那里都起最高调节作用。"② 当然，苏联学者的研究尚待进一步深入，然而必须把文艺心理学建立在科学理论的基础之上则是毫无疑义的。

最后是方法论问题。对一门学科的发展来说，方法论至关重要。苏联文艺心理学研究也十分重视方法论问题。他们认为："文学艺术创作是非常复杂的、隐秘的，也是潜藏的过程，心理学研究家很难深入到作家的意识中，去跟踪形象的运动和变化，所以直接认识创作活动的现象是不可能的，为此心理学家选择了迂回的道路，也就是间接地研究创作过程的道路。"③ 所谓间接研究方法，可以包括以下几个方面：客观地、偶然地观察作家在创作时的行动和活动，主要借助亲友的观察材料、回忆录；分析作家以口头形式或书面形式谈创作的材料，其中系统整理的理论性意见尤为重要；分析创作活动的产品——文学艺术作品，不仅要研究最后定稿

---

① 科瓦廖夫：《文学创作心理学》，福建人民出版社1983年版，第48页。
② 同上书，第20页。
③ 同上。

本，还要研究最初的草稿，以便通过比较不同文本研究作家艺术思维的过程；研究作家的日记、札记和笔记，等等。为了促进文艺心理学研究的深入，苏联学者向来重视整理积累有关创作过程的第一手材料，力求从大量材料的研究中寻找文艺心理学的规律。其中，关于世界文学经典作家和俄苏作家"创作实验室"的书籍在文艺心理学研究的文献中占有特殊地位。早在 30 年代，就有以"我们是如何写作"为题在作家中间进行调查的尝试（见文集《我们是如何写作》1930 年），高尔基、A. 托尔斯泰、费定等人的回复都包含创作心理学的珍贵材料。50 年代，苏联作家的自我分析也反映在《作家的劳动》（1955）、《论戏剧家的劳动》（1957）等书籍中。其中在文艺心理学研究文献中占有特殊地位的是 4 卷本的皇皇巨著《俄罗斯作家论创作劳动》（18—19 世纪）（梅拉赫编，1954—1956）。再以列夫·托尔斯泰为例，有关的文献就有《托尔斯泰论文学》、《托尔斯泰文学日记和书信》、《托尔斯泰夫人的日记》、《同时代人回忆托尔斯泰》，以及《〈复活〉创作过程》、《〈安娜·卡列尼娜〉创造过程》、《〈战争与和平〉创作过程》、《托尔斯泰是怎样写作的》等专著和书籍。

当然，随着现代科学技术的发展，文艺心理学研究就已经不能满足于传统的方法，人们还采用实验方法，甚至主要运用控制论、人工智能研究方面的成就作为研究的辅助手段。

到了 70—80 年代，苏联的文艺心理学研究进入了新的阶段。苏联学者在总结 60 年代文艺心理学研究状况时，一方面充分肯定这个时期确定了在辩证唯物主义和历史唯物主义基础上研究文艺创作过程的可能性，积累了大量的、尚待进行深入分析的事实材料，为文艺心理学研究创造了前提条件。另一方面又尖锐指出这门学科没有能够得到进一步发展的主要原因在于方法论的研究比较薄弱。从以唯心主义为指导转到以辩证唯物主义的反映论为指导，这当然是方法论的一大进步，但不等于这门学科不存在方法论问题了。梅拉赫指出，方法论的主要问题是把创作过程的特点同一化，多半是按照通常的栏目（灵感、构思、想象、直觉等）来研究创作过程，这种研究方法既脱离创作过程一定阶段的特点，也脱离了运用不同创作方式、属于不同艺术流派的作家的特点。例如，为了举例说明创作过程某种心理机制，常常不加区分地引用属于不同时代、不同流派和不同创作方法的作家和艺术家的材料。其结果得到的往往是例子的总和，而不能深入分析创作过程的规律。这种研究方法的产生和运用虽受其历史条件所限，也有其意义所在，然而已不适应文艺心理学发展的要求。梅拉赫指出苏联创作心理学研究者面临的首要任务是在哲学、心理学、文艺学和其他人文科学以及自然科学最新成就的基础上重新理解先前的问题：灵感、想象、创作动机、直觉和天赋，等等。研究艺术思维的心理和由于艺术方法不同而形成的不同类型的艺术思维的心理，具有最重要的意义。① 这里提出了对文艺心理学发展具有重要意义的两个方法论问题。一是要运用综合研究方法研究文艺心理学。这是因为文艺心理学的研究客体——文艺创作是特别复杂的，要深入揭示它的奥秘，是哪门学科都无法单独完成的。因此必须进行综合研究，需要吸收社会科学和自然科学的各种专家以及作家和各种艺术活动家的共同研究。苏联文艺心理学研究正朝着这个方向发展，成立了全苏艺术创作综合研究委员会，召开了十几次全苏学术讨论会和出版了十几本有关文集，内容涉及艺术创作过程和艺术接受过程一系列重要心理机制问题。二是要充分重视创作个性。针对以往文艺心理学研究中忽视创作个性，把创作过程与心理机制同一化的缺点，提出要重视艺术思维特点和艺术思维类型的研究，这是因为作家的创作个性是同作家艺术思维的特点相联系的，而采用不同的创作方法，也是与不同的艺术类型相联系的。这个方法论问题的提出为苏联当代文艺心理学研究开辟了新的前景，是文艺心理学研究的一个重要突破。

　　70—80 年代以来，苏联文艺心理学研究除了方法论的革新外，研究范围也得到扩展。"意识—无意识"体系中的无意识问题开始引起重视。1979 年 9 月 29 日至 10 月 5 日曾经在梯比里斯召开了无意识心理活动问题国际会议。为了迎接这次国际讨论会，1978 年出版了由 A. C. 普兰吉什维里、A. E. 谢罗季雅、Φ. B. 巴辛编辑的 3 卷本专著《元意识。本质、功能、研究方法》。以这样的规模和力量来研究苏联学术界过去曾经加以否定的无意识问题，在苏联这是少见的。

　　专著提出了研究无意识活动的基本方法论原则。② 其中包括：要在由

---

　　①　梅拉赫：《文学创作心理学》，《简明文学百科》第 6 卷，莫斯科，1971 年。
　　②　关于专著内容的介绍均据 O. Л. 斯维勃洛娃《艺术中无意识问题研究进展》，见《艺术创作综合研究问题，1982》，列宁格勒，1982 年。

生理心理过程的低水平直到人的精神生活的最高水平的基础上研究无意识表现的必然性；在对待任何一个有关无意识活动的问题时，都要考虑到体验的"意象"要素的重大作用；在研究无意识问题时不仅应注意到对立意象，而且更应注意到其间不可消弭地存在着的协同性意象。

专著的第 2 卷有专门研究艺术的无意识问题的篇章，题为《艺术接受和艺术创作结构中的无意识心理表现》，其中集中了苏联和国外研究者的 21 篇文章。在这些文章中，首篇是编者的文章《论无意识对艺术创作和艺术接受的主动性关系》。文章认为首要的任务是研究艺术形象结构功能的特殊性，而这一特殊性决定了艺术形象在其形成过程中同无意识的主动性联系。要解决这个任务，文章认为既要考虑到艺术形象语言的本质特征，还要考虑到无意识心理活动规律的特殊性。其余文章包括以下几方面的内容：用无意识理论分析决定创作过程的心理结构；无意识心理主动性的结构和功能对艺术家个性和艺术创作或隐或显的影响；对艺术创作和艺术接受规律的探索等。

H. Я. 金吉哈什维里在《论艺术的心理必然性》中，研究了艺术产生同人类意识某些最重要定势现实化的联系。他不仅从认识论角度，而且从社会历史观出发考察了一系列或隐或显的定势，从它们的定型中发现艺术的永恒功能。他认为艺术作为无意识向意识转化的手段，导致个人同个人的内在世界、自然和社会意识之间关系的扩展与和谐。

T. A. 弗洛连斯卡娅在《净化：一种领悟》中，认为净化的心理学本质包含在对艺术作品的接受意识向新的水平转变和必然升格之中。艺术接受被看做是认识，但不是对艺术的外部联系，而是对它们的内涵和本质的认识。由于共同痛苦和共同行为的结果，观众被主人公从个人体验水平提高到人类共同价值和思想参与的水平。这时，观众的个人体验经受了一次蜕变，主观上感受到一种情绪宁静和心灵振奋。作者把这种由于进入了另一更高的价值系统而形成的否定性情感向肯定性情感的转变看做是净化现象的心理学本质，并把它界定为"由于高级的、人类共同的思想在人的心灵中占了优势地位，从而产生的内部有序性和心灵和谐的状态"。文章作者的基本结论是将净化作为一种领悟来理解，但不是就弗洛伊德的沉入潜意识深层而言，而是把意识的个人界限扩展到普遍性来理解。

П. B. 西蒙诺夫在《斯坦尼斯拉夫斯基创作体系中的意识、潜意识和表意识的范畴》中，首先研究了无意识心理活动的结构问题，指出其中存在两类现象，一是"具有非常个性化目的的适应性反应：内部器官的调节过程，未被意识到的动作细节、情绪的色彩"；一是"创作的结构、假说、猜测、推断的形成"。后者在斯坦尼斯拉夫斯基的著作中是作为"表意识"显露出来的。在区别无意识心理的两种形式——潜意识和表意识的原则意义之后，作者又分析了意识范畴。他把意识范畴理解为一种关于世界的知识。首先，它可以作为满足需要的手段；其次，可以通过第二信号系统的中介转达给其他社会成员。按照作者的看法，对斯坦尼斯拉夫斯基创作体系的研究证明，对潜意识、意识和表意识进行单独考察是富有成效的，因为这为深入研究影响（即使是间接的）创作的隐秘结构的方式提供了可能性。

在 Р. Г. 卡拉拉什维里的《赫尔曼·海塞创作中作为无意识"图像"的人物的功能》中，作者证明心理分析在海塞创作中起着重要作用，无意识心理概念深入作家生活和精神经验的过程，"直到他认为自己的艺术创作与'精神分析学'完全合拍，成为了解个人无意识的神秘深渊的一个不间断的过程为止"。作者认为可以把海塞的作品看做是作家在自身个性化的领域中多年努力的、自我认识的复杂道路中某些个别阶段的反映。而且个性化的问题被海塞理解为同荣格的"向整合有意识和无意识的灵魂的完整个性渐近"的概念相一致。这里所说的是个体意识生活的扩展过程，这一过程的结果是他得到了与他自己想冒充的那个形象相反的个性本质的认识。作者通过研究得出这样的结论：海塞后期中长篇小说中的人物不是个别的、独立的个性，不是独立的文学形象，而是象征符号，也是作者精神活动的某一个方面的代表。在海塞的长篇小说中，这些人物彼此并存，他们的活动不是展示在现实中，而是在某种想象的精神空间，在那些无意识的"图像"关系中。

特别值得重视的是专著中那些以实验材料为基础的研究，其中有 Э. А. 瓦奇纳泽的《论病态艺术和现代颓废派艺术的相似性问题》。作者在文章中介绍了 А. 艾依的观点，艾依认为，按照本身的美学价值，超现实主义作品与病态作品是能够接近的，两者的主要区别在于进行艺术表现活动时各自的心理特征。在艺术家那里，他的心理活动在任何时候都是受监督的，他能够使自己的作品客观化。在病人那里，他的心理活动是无法监督的，他以最紧密的方式同自己的动作相联系。瓦奇纳泽根据艾依的这些观点，对超现实主义艺术表现活动受监督的程度进行实验，他请艺术科学院的大学生、艺术家们用最不合逻辑的手法将一系列不同的或相同的素材部分重新组合之后，描绘出一幅完整的图画，结果得到的是与超现实主义同轨的作品。通过对被试者绘画时心理状态的询问，证明了他们在创作时意识的积极性和意志的努力都起了作用。

瓦奇纳泽在研究精神分裂症患者的艺术活动时指出，这种活动带有或多或少的冲动性和无目的性。他说：“精神分裂症患者的艺术表现活动是在心理定势结构中的直接行为，作品是一时感情冲动而无意识地、接连不断地与个性交融而描绘出来的。艺术家则是使自己和自己的创作相对立，在客观化的基础上，积极地、随意地创作艺术作品。”

四　苏联当代文艺心理学的代表——梅拉赫

Б. С. 梅拉赫（1909—J987）是苏联著名的文艺学家、语文科学博士、列宁格勒大学教授、全苏艺术创作综合研究委员会主席。梅拉赫长期从事俄国文学史和文艺学的研究，他著有一系列研究普希金的专著，对苏联普希金学的发展做出了重要的贡献；他的文艺学专著《列宁和 19 世纪末 20 世纪初俄国文学问题》（中译本题为《列宁和俄国文学问题》）对苏联现代文艺学发展有着方法论意义，曾获苏联国家奖金。梅拉赫同时还非常重视文艺心理学的研究并做出重大贡献。如果说苏联文艺学存在学派的话，梅拉赫就是苏联文艺心理学派的代表。早在 50 年代。他就主编了 4 卷本的皇皇巨著《俄国作家论文学创作》（1954—1956）；收集了 18—19 世纪俄国作家论文学创作的丰富的第一手材料。后来又写出了很有影响的专著《作为创作过程的普希金艺术思维》。60 年代以来，他开创和领导了苏联艺术创作综合研究这一新的科学方向，把苏联文艺心理学的研究推到一个新的阶段，取得了一系列引人注目的成果，得到国内外学术界的广泛承认。梅拉赫本人在70—80年代主编过《艺术和科学创作》（1972）、《艺术创作过程心理学》（1980）、《艺术创作：综合研究问题》（1982、1983）等论文集，著有《在科学和艺术的交接点上》（1971）、《作家的天才和创作过程》（1971I）、《创作过程和艺术接受》（1985）等专著。《创作过程和艺术接受》一书是作者多年从事文艺心理学研究和艺术创作综合研究带总结性的成果，也体现了苏联 80 年代艺术创作综合研究和文艺心理学研究的新水平。这部专著的鲜明特点是对文艺心理学研究的方法论十分重视，作者为此特地给专著标上副标题"综合方法：经验、探索和远景"。作者力求从综合分析的角度，从不同学科相互影响和相互作用的角度来研究创作过程和艺术接受问题。同时，理论的研究又同分析创作实践相结合。

梅拉赫文艺心理学研究的内容是十分丰富的，这里只是重点谈谈梅拉赫的文艺心理学研究方法及其给我们的启示。

首先是综合研究方法。

艺术创作综合研究是梅拉赫所倡导的文艺心理学研究方法，它为苏联文艺学研究揭示了新的前景。所谓艺术创作综合研究，就是吸收社会科学和自然科学的各种专家以及作家和各种艺术家共同研究艺术创作问题，它的课题相当广泛，其核心问题是文艺心理学所研究的两个相互关联的问题——艺术创作过程的心理机制和艺术接受过程的心理机制问题。

梅拉赫认为运用综合研究方法研究文艺心理学是毫无疑义的，关键在于如何进行综合研究。他指出，综合研究并不要求每个参加研究的专家都是无所不晓的博学家，而是要求他们从不同学科的角度来研究艺术创作心理问题，从而丰富和加深对艺术创作规律的认识。同时，这种综合研究的结果也不是各门学科观点的总和，而是力求达到完整的系统性。这就要求综合研究必须遵循十分明确的原则。梅拉赫在总结前人研究的经验和教训的基础上，指出运用综合方法研究文艺心理学必须坚持以下几项原则：首先，要有共同的终极目标，要制定共同的研究大纲；其次，要明确各学科在综合研究中的可能性和界限；第三，最重要的是要充分考虑艺术的审美特性，艺术创作的特性，不能偷换学科的对象。如果背离了这条重要原则，综合研究就有可能走上机械套用和简单类比的庸俗社会学老路，其结果将会葬送整个艺术创作综合研究。

梅拉赫所阐明的艺术创作综合研究的原则对文艺心理学研究有重要的方法论意义。在我国文艺心理学研究刚刚恢复时，也碰到一个令人苦恼的问题：文艺心理学研究多半是由从事文艺学研究的研究者进行的，他们在研究实践中大胆运用心理学的概念和理论，结合文艺创作的实践，研究文艺心理学问题，对此，有人不予理会，认为那不是文艺心理学。我们并不否认文艺心理学研究者在运用心理学的概念和理论方面难免存在一些缺点，然而必须看到，文艺心理学毕竟不同于心理学，文艺心理学研究必须吸收其他社会科学和自然科学的成果，但不能机械搬用，而需要加以改造，使其符合文艺心理学学科本身的审美特性。每门学科都有自己独特的对象和方法，正如梅拉赫所指出的，实际上纯心理学的概念和方法也只有从心理学本身的对象来看才是完全合理的。文艺心理学研究者毫无疑问需要十分认真学习心理学理论和心理学史，汲取心理学的理论、概念和方法，同时也需要从文艺创作心理和文艺接受心理的实际出发，根据本学科对象的特点加以改造，创造出一套符合艺术创作审美本性的理论、概念和方法，建立文艺心理学本身完整的理论体系。

其次是系统分析方法。

梅拉赫指出，苏联文艺心理研究存在的主要问题是将创作过程和艺术思维同一化，表现为：多半是按照通常的栏目（灵感、情感、想象、直觉等）孤立地研究创作过程的心理机制。这种研究存在明显的弊病：一是割裂了艺术思维诸种心理因素的内在联系和相互作用；二是忽视创作过程各个阶段和各个环节的特点和联系，没有把创作过程看做是包含着相互联系的许多阶段和环节的动态过程；三是脱离了属于不同时代、不同流派、不同创作方法、不同艺术体裁、不同创作个性的作家的创作过程和艺术思维所具有的特点。例如为了举例说明创作过程中某种心理因素，常常不加区分地引用分属不同时代、不同流派、不同创作方法、不同艺术体裁、不同创作个性的作家的材料，结果只能造成同一化、简单化，只能是例子的堆砌。这些弊病的存在使文艺心理学研究只停留在例证的引用和分析上，停留在创作心理现象的表层，很难深入分析和把握艺术创作过程和艺术思维的规律。正是针对这些问题，梅拉赫强调文艺心理学研究要打破旧的框框，采用系统分析方法。他认为系统分析方法是无所不包的，它处于当代所有科学探索的中心，运用这种方法对于文艺心理学研究有重要意义。

第一，系统方法的运用揭示了在文艺心理学研究中再现创作过程完整图景的可能性和从不同等级的层次上研究创作过程的可能性。梅赫拉认为，根据系统分析方法，可以把创作过程分为三个等级层次。

第一级层次是研究某个作品的创作过程，揭示创作过程同作家创作目的的关系。

第二级层次是研究某个作家的作品的创作过程，揭示一定作家创作过程的总特点。

第三级层次是按照一定的特征比较分析不同作家的创作过程，从中找出创作过程的共同特点和一般规律。

梅拉赫在《创作过程和艺术接受》一书中，就具体分析了普希金、陀思妥耶夫斯基、契诃夫三个俄国作家创作过程的各自特点，同时指出这三个作家的创作过程都明显地表现出以下几个阶段：一定的问题情势，思想的产生，计划的选择，探索和挑选最佳的创作方案。在他们的创作过程中占主导地位的是奠定作品基础的思想，作家通过思想把一切美学的、表达的和描写的因素结合在一个完整的艺术结构之中。

第二，系统方法可以运用于研究创作过程的艺术思维。梅拉赫指出，每个作家的创作意识中存在不同的思维因素：概念的和形象的因素，直觉和幻想的因素，语言逻辑的、视觉的和情感记忆的因素，等等。这些因素在不同作家那里按照不同的方式连结起来，形成独特的联系，并且具有系统性。正是这种独特的系统性决定了每个作家创作过程独特的个性特征，并且体现在创作过程之中。他认为，可以根据作家艺术家的艺术思维是理性逻辑思维占优势还是具体感性思维占优势，将艺术思维划为三种类型：理性型，理性逻辑思维较之具体感性思维占相对优势，具有思想压倒形象的特点；主观表达型，描写的感情和激情色彩浓重，分析和概括的倾向相对薄弱一些；艺术分析型，创作具体感情因素和分析因素相结合，思想和形象相结合。当然这种分类不是十分严格的，仅仅是指占优势的倾向而言，而不是对它质的特点的完整说明，同时还存在中间型和过渡型。从文学艺术发展的历史来看，每种艺术思维类型的发展都有历史的制约性，历史上有过这种或那种艺术思维类型占优势的时代。例如理性型在古典主义时期占优势，主观表达型在浪漫主义时期占优势，艺术分析型在现实主义时期占优势。然而这种优势的存在并不意味着作家创作个性的泯灭，在任何一个时期都可能出现这样一些作家，他们在自己的创作中同时表现出不同艺术思维类型的各种因素。总之，艺术思维体现着作家世界观的综合特征，理解周围世界和大自然的独特方式，对现实印象进行独特加工和概括的特点，是有一定规律的，因此分析艺术思维是阐明作家创作个性的重要途径。

第三，系统方法的运用使得我们有可能按照新的方式来阐明幻想、直觉、下意识、联想和其他一些艺术思维因素，也就是不把艺术思维的各种因素同一化、简单化，而是通过系统分析的方法指出不同作家在不同创作方法、流派、体裁和创作个性作用下所产生的独特表现形式。拿联想来说，在艺术分析型的艺术思维中，就有可能促进艺术描写的丰富性，有助于多方面地、现实主义地揭示形象和情节运动的因果关系。然而在现代主义的某些作品中，联想就不是以描绘事物本质的形式出现，而是由一些概念杂乱无章、七拼八凑堆砌起来的意象，这种联想就丧失了用来沟通思想的性质，建立在联想基础上的隐喻在这些作品中也就丧失了自己的审美认识功能，失去了客观基础和说服力，隐喻的堆积结果变成了毫无目的的游戏。

除综合研究和系统分析外，梅拉赫文艺心理学研究方法另一个值得重视的特点就是理论和实践的密切结合，也就是抽象理论层次和具体描写文学创作过程的经验层次的结合。他认为这两个过程如果是彼此孤立进行，那是无法深入揭示艺术创作心理的规律的。因为文艺心理学研究中任何理论概括都来自作家的创作实践，为了达到理论和实践的紧密结合，需要十分重视掌握材料，特别是掌握系统的材料。如果我们所掌握的材料是不充分的、零散的、片面的，就无法深入揭示艺术创作心理的特点和规律，就会表现出表面性和片面性的毛病。

梅拉赫在理论和实践相结合方面，在系统掌握第一手材料方面是下了很大功夫的。早在1954—1956年，他就主编了《俄国作家论创作劳动》，其中收集了18—20世纪40名俄国著名作家论述创作劳动的第一手材料，内容相当系统，十分丰富。1962年，他又充分发挥自己研究普希金创作的优势，通过大量手稿对普希金的艺术思维进行系统深入的研究，写出了著名专著《作为创作过程的普希金艺术思维》。而梅拉赫的新著《创作过程和艺术接受》（1985），对普希金、陀思妥耶夫斯基和契诃夫艺术思维的系统分析，可以说是文艺心理学研究中少见的理论和实践相结合的范例。艺术思维的研究长期以来是久攻不下的难题，一直没有取得较大的突破和进展，不少人只得放弃了这方面的研究。梅拉赫在艺术思维的研究方面却是知难而进，独辟蹊径，别开生面地运用系统方法研究艺术思维，提出进行创作过程类型学研究，艺术思维类型学研究，为艺术思维的研究开辟了新的前景。值得称道的是，他的这种研究不仅是建立在抽象思辩的基础上，而且是建立在对俄国著名作家艺术思维类型研究的基础上。在对三大作家艺术思维进行分析时，他先是依据作家不同文本的手稿、书信、日记、言论和作家同时代人的回忆录，把作家本人论述创作的意见同他的创作过程结合起来，对他们的创作过程进行系统细致的分析。由于这种分析具有比较完整的系统性，因此能够比较深刻地揭示出作家艺术思维体系中各自的特点和同类作家的共同特点。他的这种分析具体讲有以下几个比较明显的特点。

首先，善于从总体上把握作家艺术家艺术思维的特征。梅拉赫不是从个别作品、个别材料出发，而是通过比较系统地掌握作家创作过程的材料，紧紧抓住作家艺术思维的主要特征。作者认为普希金的创作具有"灵感的真诚"、"明晰的思想"和"感情真实"的特点，他的艺术思维体系是有别于古典主义的一种开放体系，它不囿于条条框框，而是向生活开放的。他称普希金为诗哲，认为在他的独特的艺术思维中思想家和诗人融为一体。普希金作为真正的诗人特别强调真正的诗歌必须具有诗意的情感和丰富的想象力，同时他身上非凡的想象力是同创作过程明确的目的性并行不悖的，想象是服从于创作思想的，诗人善于克服想象的"无拘无束"使其符合思想的方向。这突出表现在他对创作提纲的重视。而在创作过程中，内在的"立意"又始终没有囿于理性主义，没有产生通过诗歌语言复述抽象真理的现象。在他的艺术思维中，概念和形象的因素，深刻的思想和生动的形象是和谐统一的。如果说普希金的艺术思维是明晰的、和谐的，那么陀思妥耶夫斯基的艺术思维体系则是矛盾复杂的。然而梅拉赫依然能够透过作家十分复杂和充满矛盾的艺术思维体系，看出作家艺术思维的基本特征是"认识—分析"的趋向。作家常常发表必须寻找一定"规则"和"指导线索"的议论，对创作过程的认识—分析任务怀有浓厚兴趣。他认为艺术家的任务就在于抓住最尖锐、最折磨人的问题，揭示当代最隐秘的现象，看到普通人发现不了的东西。他十分重视周密思考提纲，重视作品的"主要思想"。他的创作构思总是贯穿统一的意向，力求搞清在充满"分裂"和"二重性"的土壤上形成的性格，在创作中，他力求将理性逻辑的因素同浓烈的情感因素、生动的形象因素结合起来。至于契诃夫，梅拉赫是通过同陀思妥耶夫斯基相比较来揭示作家艺术思维的特点的。陀思妥耶夫斯基认为自己的创作任务是说明社会的"杂乱无章"、"混乱不堪"，而临近新时代的契诃夫则提出了要分析生活的"迷魂阵"结构，他给自己规定的艺术创作总课题是对人类灵魂的"无形世界"进行艺术分析。他对艺术与科学，艺术思维和科学思维相互关系问题经常感兴趣。在他身上具有分析家和艺术家的天赋。在他的创作过程中，总是把严整的逻辑和对世界的诗意感受结合起来，总是把构思的"纲领性"同充分客观描写的要求、细腻的表现手法结合起来。在具体分析三位作家艺术思维的各自特点之后，梅拉赫又在这个基础上归纳出他们的共同特点。他最后得出结论说："普希金、陀思妥耶夫斯基、契诃夫的艺术思维——在保持他们的差别的同时，以综合性为其主要特色，在这类思维中分析性和情感表达性的因素有机地结合在一起。"

其次，善于从矛盾和斗争的角度把握作家艺术思维的特征，而不是把艺术思维看成是绝对统一的和无比和谐的体系。这方面最精彩的例子是对陀思妥耶夫斯基艺术思维特征的分析。西方评论界对陀思妥耶夫斯基创作的看法各执一端，有人说他是直觉主义，有人说他是理性主义，各抓住一点大做文章，总想把作家复杂的艺术思维纳入自己设计的框框里。梅拉赫认为他们这些看法并没有真正抓住陀思妥耶夫斯基艺术思维的真正特征。他认为作家艺术思维的基本特征是认识—分析的趋向，然而作家的艺术思维体系是一个复杂的、不平衡的、不稳定的而又特别活跃的体系，在这个体系中各种因素的对比关系不断变化，总之，是一个充满矛盾而又充满活力的艺术思维体系。陀思妥耶夫斯基的世界观存在强的一面和弱的一面，他对当代生活"骇人听闻的混乱"的批判是天才的，而他所提出的解决矛盾的办法，所谓对未来的"省悟"却是神秘的和反动的。这种矛盾也体现在他的艺术思维中。当作家从现实生活出发，当他的艺术思维中形象情感因素占优势，逻辑理性因素被形象情感因素所掩盖时，作品就充满艺术力量。例如在《卡拉马佐夫兄弟》中，当哥哥伊凡向苦修道士阿辽沙弟弟讲述将军如何当着母亲的面放出一群猎犬把小孩撕成碎片时，笃信宗教的阿辽沙竟然违背他所敬重的新约说了一句"枪毙他！"在这里起作用的是现实生活的力量，形象情感的力量，而不是宗教理性逻辑的力量。相反，当作家艺术思维中脱离现实的理性逻辑因素占优势时，具体形象情感的因素只能作为一种点缀，这时作品必然丧失艺术力量。同样是在《卡拉马佐夫兄弟》中，当作家企图塑造出挽救世界的教士的"光辉"形象时，艺术思维中脱离现实生活的逻辑理性因素完全挤掉了形象情感的因素，结果作品的描写千篇一律，空洞无物，完全丧失艺术的力量。事实证明，在创作中如果背离艺术思维的法则，连陀思妥耶夫斯基这样的大作家也逃脱不了受惩罚的命运。但是总的看来，陀思妥耶夫斯基的艺术思维体系是现实主义的，它比作家任何脱离现实生活的偏执理论更有力量，作家创作不朽的力量盖源于此。

第三，善于从发展中把握作家艺术思维的特征。梅拉赫没有把作家的艺术思维看成是静止的，而看成是不断发展变化的，因此特别注意分析艺术思维不同发展阶段上的特征。这方面突出的例证是分析普希金艺术思维的发展变化。普希金的创作经历了从浪漫主义到现实主义的发展过程，他的艺术思维也经历了前后变化的过程，这表现在他对待创作提纲态度的变化和创作提纲本身的变化上。在浪漫主义时期，他的注意力集中在所描写的事物的质的规定性和主要特征上，在激情的表达上，而不是集中在对产生人物性格和激情的根源，制约人物性格的环境进行深入的分析上。这时，他对创作提纲也没有给予更多的重视。例如在浪漫主义时期的作品《高加索的俘虏》中，他着重表现一种性格，表现 19 世纪青年的典型特征——"对生活的淡漠"，尽管在草稿中有揭示主人公体验的现实具体材料：他被俘了，他对家乡的怀念，他的痛苦，然而这一切后来都被删去了，最后只留下抽象的浪漫主义的"无形体形象"："他拥抱了高傲的痛苦。"而在现实主义时期，作家越来越重视创作提纲，大大加强了对人物行为动机、性格和激情根源的探索，以及对事件的因果关系，人物和环境关系的细致分析。他在创作《鲍里斯·戈都诺夫》时期曾在一封信中写道："我边写边思索。"创作中这种分析倾向也十分明显地表现在《鲍里斯·戈都诺夫》、《叶甫盖尼·奥涅金》、《波尔塔瓦》和《青铜骑士》的创作提纲中。例如《鲍里斯·戈都诺夫》的创作提纲是作家在仔细研究了沙皇鲍里斯的朝代史以后写成的，提纲很注意构想性，不仅指出了事件的连贯性，安排历史人物，以及用以揭示人物性格的情节，而且出现了情节的人民背景，多次提到"广场"，突出"市民会议"，出现百姓活动。

人民背景的出现是俄国戏剧的全新现象，也是作品的重要支撑点，它表现了人民是影响皇位更替的重要力量。总之，剧本中深刻的思想和历史的内容，历史真实和艺术真实，思想和形象达到和谐统一，它比较好地实现了普希金的艺术理想，同时也集中地体现了普希金现实主义艺术思维的特点。

　　梅拉赫所提出的和所实践的文艺心理学研究方法是富有启示性的，它为文艺心理学研究开辟了新的前景。然而方法并不能代替一切，在研究实践中要创造性地运用这些方法还需要付出艰苦的努力。梅拉赫讲过这么一段话："把艺术创作的痛苦同创作奥秘和创作之谜的研究者所遇到的困难直接比较未必恰当"，然而"为了深入到艺术家非常隐秘的、旁人看不到的内心世界，深入到他的创作实验室，确实需要顽强的毅力和繁重的劳动，需要真正的热情和灵感"。①

---

　　① 梅拉赫：《创作过程和艺术接受》，黄河文艺出版社 1989 年版，第 298 页。

参考书目

彼得罗夫斯基主编：《心理学》，人民教育出版社 1992 年版。

列昂节夫：《活动、意识、个性》，上海译文出版社 1980 年版。

高玉祥：《个性心理学》，北京师范大学出版社 1991 年版。

朱智贤、林崇德：《思维发展心理学》，北京师范大学出版社 1987 年版。

朱智贤：《心理学大辞典》，北京师范大学出版社 1989 年版。

赫拉普钦科：《作家的个性和文学的发展》，上海译文出版社 1982 年版。

阿瑞提：《创作的秘密》，辽宁人民出版社 1987 年版。

加登纳：《艺术和人的发展》，光明日报出版社 1988 年版。

艾伦·温诺：《创造的世界——艺术心理学》，黄河文艺出版社 1988
    年版。

阿恩海姆等：《艺术的心理世界》，人民大学出版社 2003 年版。

弗洛伊德：《弗洛伊德论美文选》，知识出版社 1987 年版。

弗洛伊德：《精神分析引论》，商务印书馆 1984 年版。

荣格：《探索心灵秘密的现代人》，社会科学文献出版社 1987 年版。

荣格：《心理学与文学》，三联书店 1988 年版。

马斯洛：《存在心理探索》，云南人民出版社 1987 年版。

马斯洛：《人的潜能和价值》，华夏出版社 1987 年版。

维戈茨基：《艺术心理学》，上海文艺出版社 1985 年版。

梅拉赫：《创作过程与艺术接受》，黄河文艺出版社 1989 年版。

柯瓦廖夫：《文学创作心理学》，福建人民出版社 1983 年版。

尼季伏洛娃：《文艺创作心理学》，甘肃人民出版社 1984 年版。

库津：《美术心理学》，人民美术出版社 1990 年版。

朱光潜：《文艺心理学》，开明书店 1936 年版。

金开诚：《文艺心理学论稿》，北京大学出版 1982 年版。

鲁枢元：《创作心理研究》，黄河文艺出版社 1987 年版。

钱谷融、鲁枢元主编：《文学心理学教程》，华东师大出版社 1987 年版。

童庆炳主编、程正民副主编：《现代心理美学》，中国社会科学出版社 1993 年版。

童庆炳等：《文学艺术和社会心理》，高等教育出版社 1997 年版。

童庆炳、程正民主编：《文艺心理学教程》，高等教育出版社 2001 年版。

程正民主编：《文艺心理学新编》，北京师范大学出版社 2010 年版。

孙绍振：《文学作论》，春风文艺出版社 1987 年版。

刘烜：《文艺创作心理学》，吉林教育出版社 1992 年版。

周宪：《走向创造的境界——艺术创造的心理探索》，吉林教育出版社 1992 年版。

程正民：《俄国作家创作心理研究》，百花文艺出版社 1990 年版。

吕俊华：《艺术创作与变态心理》，三联书店 1987 年版。

崔子恩：《艺术家的宇宙》，三联书店 1993 年版。

彭放：《文学人才学》，中国文联出版公司 1992 年版。

陈宪年：《创作个性论》，安徽教育出版社 1997 年版。

《外国理论家作家论形象思维》，中国社会科学出版社 1979 年版。

《西方古典作家论文学创作》，春风文艺出版社 1980 年版。

《诺贝尔奖金获得者谈创作》，北京大学出版社 1987 年版。

《"冰山"理论：对话与潜对话》，工人出版社 1987 年版。

《美国作家论文学》，三联书店 1984 年版。

《法国作家论文学》，三联书店 1984 年版。

《英国作家论文学》，三联书店 1987 年版。

《歌德谈话录》，人民文学出版社 1978 年版。

《巴尔扎克论文学》，中国社会科学出版社 1986 年版。

《罗丹艺术论》，人民美术出版社 1978 年版。

《达·芬奇论绘画》，人民美术出版社 1979 年版。

《毕加索的生平与创作》，人民美术出版社 1986 年版。

梅拉赫：《俄国作家论创作劳动（18—19 世纪）》（4 卷本），苏联作家出版社 1954—1956 年版。

《普希金论文学》，漓江出版社 1983 年版。

《果戈理是怎样写作的》，大津人民出版社 1980 年版。

《屠格涅夫回忆录》，人民文学出版社 1962 年版。

《托尔斯泰论创作》，漓江出版社 1982 年版。

《陀思妥耶夫斯基论艺术》，漓江出版社 1988 年版。

《契诃夫论文学》，人民文学出版社 1958 年版。

柯罗连科：《文学回忆录》，人民文学出版社 1985 年版。

巴乌斯托夫斯基：《金蔷薇》，上海译文出版社 1980 年版。

《论写作》，人民文学出版社 1957 年版。

《苏联作家谈创作经验》，中国青年出版社 1959 年版。

《苏联当代作家谈创作》，北京师范大学出版社 1984 年版。

王元化：《〈文心雕龙〉创作论》，上海古籍出版社 1979 年版。

《中国现代作家谈创作经验》，山东人民出版社 1980 年版。

编 后 记

本集收入我研究文艺心理学的成果。

第一编"俄罗斯作家个性心理研究"曾由百花文艺出版社 1990 年初版，1999 年再版。

第二编"俄罗斯作家个性心理和社会心理"选自《文学艺术和社会心理》（高等教育出版社 1997 年版）。

第三编"艺术家个性心理和发展"选自《艺术家个性心理和发展》（北京大学出版社 2012 年版）。

第四编"心理美学和文艺心理学"中的三篇论文分别选自《现代心理美学》（中国社会科学出版社 1993 年版）、《文艺心理学教程》（高等教育出版社 2001 年版）、《俄国作家创作心理研究》（百花文艺出版社 1990 年版）等著作。

责编罗莉工作认真细致，为本书编辑出版付出了辛勤的劳动，我向她表示诚挚的感谢。